Henning Mankell
KINESEN

Böcker av Henning Mankell

Bergsprängaren 1973
Sandmålaren 1974
Vettvillingen 1977
Fångvårdskolonin som försvann 1979
Dödsbrickan 1980
En seglares död 1981
Daisy Sisters 1982
Apelsinträdet 1983
Älskade syster 1983
Sagan om Isidor 1984
Hunden som sprang mot en stjärna 1990
Leopardens öga 1990
Mördare utan ansikte 1991
Skuggorna växer i skymningen 1991
Hundarna i Riga 1992
Katten som älskade regn 1992
Den vita lejoninnan 1993
Mannen som log 1994
Comédia infantil 1995
Eldens hemlighet 1995
Villospår 1995
Den femte kvinnan 1996
Pojken som sov med snö i sin säng 1996
Steget efter 1997
Brandvägg 1998
Resan till världens ände 1998
I sand och i lera 1999
Pyramiden 1999
Danslärarens återkomst 2000
Labyrinten 2000
Vindens son 2000
Eldens gåta 2001
Tea Bag 2001
Innan frosten 2002
Jag dör, men minnet lever 2003
Djup 2004
Kennedys hjärna 2005
Italienska skor 2006
Eldens vrede 2007

Henning Mankell

Kinesen

LEOPARD FÖRLAG

STOCKHOLM 2008

Henning Mankell: Kinesen

Leopard förlag, S:t Paulsgatan 11, 118 46 Stockholm
www.leopardforlag.se

© Henning Mankell, 2008
Omslag: Niklas Lindblad, Mystical Garden Design
Sättning: Team Media Sweden AB, Falkenberg
Tryckt hos Bookwell, Finland 2008
Första upplagan, andra tryckningen, nittiosjätte tusendet
ISBN 978-91-7343-170-5

Innehåll

Del 1
STILLHETEN (2006)
Gravskriften 9
Domaren 59

Del 2
NIGGERS AND CHINKS (1863)
Vägen till Kanton 139
Fjädern och stenen 201

Del 3
DET RÖDA BANDET (2006)
Rebellerna 253
Den kinesiska leken 337

Del 4
KOLONISATÖRERNA (2006)
Bark avskalad av elefanter 407
Chinatown, London 501

Del 1

STILLHETEN (2006)

Jag, Birgitta Roslin, lovar och försäkrar på heder och samvete,
att jag vill och skall efter mitt bästa förstånd och samvete
i alla domar rätt göra, ej mindre den fattige än den rike,
och döma efter Sveriges lag och laga stadgar; aldrig lag vränga
eller orätt främja för släktskap, svågerskap, vänskap, avund,
illvilja eller räddhåga, ej heller för mutor och gåvor eller annan orsak,
under vad sken det vara må; ej den saker göra, som saklös är,
eller den saklös, som saker är. Jag skall varken förr, än domen
avsäges, eller sedan uppenbara dem, som till rätta gå, eller andra
de rådslag rätten inom stängda dörrar håller. Detta allt vill och skall
jag som en ärlig och uppriktig domare troget hålla.

Rättegångsbalken 4 kap. 11§

Domareden

Gravskriften

1

Skare, sträng kyla. Midvinter.

En ensam varg passerar någon av de första dagarna i januari 2006 den omarkerade gränsen och kommer in i Sverige genom Vauldalen från Norge. En skoterförare tror sig skymta den utanför Fjällnäs, men vargen försvinner genom skogarna österut innan någon hinner se vart den tar vägen. Långt inne i de norska Österdalarna hade den hittat en bit av ett fruset älgkadaver, där det fortfarande fanns ben att tugga rena. Men det var för över två dygn sedan. Nu börjar den bli uthungrad och söker föda på nytt.

Det är en ung hanne som har gett sig ut på vandring för att upprätta ett eget revir. Han fortsätter oavbrutet mot öster. Vid Nävjarna, norr om Linsell, hittar vargen ytterligare ett älgkadaver. Under ett dygn ligger han stilla och äter sig mätt, innan han fortsätter. Hela tiden mot öster. Vid Kårböle springer han över den tillfrusna Ljusnan och följer sedan älven på den vindlande vägen mot havet. En månljus natt rör han sig på ljudlösa tassar över bron vid Järvsö och viker sedan av genom de djupa skogarna som sträcker sig mot havet.

Tidigt på morgonen den 13 januari kommer vargen fram till Hesjövallen, en liten by söder om Hansesjön i Hälsingland. Han stannar och vädrar. Någonstans ifrån kommer blodlukt. Vargen ser sig runt. I husen bor människor. Men det stiger ingen rök ur skorstenarna. Inte heller kan den skarpa hörseln uppfatta några ljud.

Men blodlukten är där, det är vargen säker på. Han väntar i skogsbrynet, försöker vädra varifrån den kommer. Sedan börjar han långsamt springa genom snön. Lukten kommer drivande från ett av husen som ligger vid änden av den lilla byn. Han är vaksam nu, i närheten av människor måste man vara både försiktig och tålmodig. Återigen stannar han. Lukten kommer från baksidan av huset. Vargen väntar. Till sist börjar han röra sig igen. När han kommer fram ser han ett nytt kadaver. Han drar undan det tunga bytet mot skogsbrynet. Fortfarande har ingen upptäckt honom, inte ens har några hundar börjat skälla. Tystnaden denna kalla morgon är fullständig.

I skogsbrynet börjar vargen äta. Eftersom köttet inte är fruset går det lätt. Han är mycket hungrig nu. Efter att ha slitit av en lädersko börjar han gnaga längst ner på benet, alldeles intill foten.

Det har snöat under natten, sedan har det varit uppehåll. Medan vargen äter börjar det åter falla lätta snöflingor mot den frusna jorden.

2

När Karsten Höglin vaknade mindes han att han hade drömt om en bild. Han låg orörlig i sängen och kände att den långsamt återvände, som om drömmens negativ skickade en kopia upp till hans medvetande. Han kände igen bilden. Den var svartvit och föreställde en man som satt på en gammal järnsäng med ett jaktvapen på väggen och en potta vid fötterna. När han sett den första gången hade han fångats av den gamle mannens vemodiga leende. Det var något skyggt och avvaktande hos honom. Långt senare hade Karsten fått veta bakgrunden till bilden. Mannen hade några år innan den togs vådaskjutit sin ende son till döds under jakt på sjöfågel. Efter det hade geväret hängt där uppe på väggen och mannen blivit alltmer enstörig.

Karsten Höglin tänkte att av alla de tusentals bilder och negativ han sett var det en han aldrig skulle glömma. Han hade gärna tagit den själv.

Klockan på nattygsbordet visade halv åtta. I vanliga fall vaknade Karsten Höglin mycket tidigt. Men han hade sovit dåligt under natten, sängen och madrassen var obekväm. Han bestämde sig för att klaga när han betalade sin hotellräkning och gav sig av.

Det var den nionde och sista dagen som han var ute på sin resa. Ett stipendium, som gav honom möjlighet att dokumentera ödebyar och andra småsamhällen som var på väg att avfolkas, hade finansierat denna resa. Nu befann han sig i Hudiksvall och hade en by kvar att fotografera. Att han valt just den byn berodde på att en gammal man hade läst om hans kartläggning, skrivit ett brev och berättat om den

13

plats där han själv levde. Karsten Höglin hade tagit intryck av brevet och bestämt sig att avsluta sin fotoresa just där.

Han steg upp och drog undan gardinerna. Det hade snöat under natten. Fortfarande var det grått, ännu ingen sol ovanför horisonten. En påbyltad kvinna cyklade förbi nere på gatan. Karsten följde henne med blicken och undrade hur kallt det var. Minus fem, kanske sju grader. Inte mer. Han klädde sig och for ner till receptionen med den långsamma hissen. Bilen hade han parkerat inne på hotellets gård. Där stod den säker. Men fotoväskorna tog han ändå med sig upp på sitt rum. Det hade han alltid gjort. Hans värsta mardröm var att en gång stå vid sin bil och upptäcka att kamerorna var borta.

Portieren var en ung kvinna, knappast mer än tonåring. Han såg att hon var slarvigt sminkad och gav upp tanken på att klaga över sängen. Han skulle ändå aldrig återvända till hotellet.

I frukostmatsalen satt ett fåtal gäster lutade över sina tidningar. Ett ögonblick kände han sig frestad att plocka upp en av sina kameror och ta en bild av denna tysta frukostmatsal. På något sätt gav det honom en upplevelse av ett Sverige som alltid hade sett ut just på detta sätt. Tysta människor, lutade över tidningar och kaffekoppar, var och en med sina tankar, sina öden.

Han lät tanken bero, serverade sig kaffe, bredde två smörgåsar och tog ett av de löskokta äggen. Eftersom han inte hittade någon ledig tidning åt han fort. Han avskydde att sitta ensam vid ett matbord och inte ha någonting att läsa.

Det var kallare än han hade väntat när han kom ut. Han ställde sig på tå och läste av termometern som satt vid receptionens fönster. Minus elva grader. Dessutom fallande, tänkte han. Den vinter vi har haft hittills har varit alltför varm. Nu kommer kylan vi väntat på så länge.

Han ställde in väskorna i baksätet, startade motorn och började skrapa vindrutan. Det låg en karta på sätet. Redan dagen innan hade han, när han gjort en paus efter att ha fotograferat en by i närheten av Hasselasjön, letat reda på vägen mot den sista byn. Först skulle han köra huvudvägen söderut och vika av mot Sörforsa vid Iggesund. Sedan fanns två möjligheter, han kunde köra antingen öster eller väster om sjön som omväxlande hette Storsjön och Långsjön. Den östra vägen var dålig hade han hört på en bensinstation vid infarten till Hudiksvall. Ändå bestämde han sig för att ta den. Det skulle gå fortare. Och ljuset denna vintermorgon var vackert. Han kunde redan se framför sig röken ur skorstenarna som stod rakt upp mot himlen.

Det tog honom fyrtio minuter att komma fram. Då hade han lyckats köra fel en gång. Han hade vikt av på en väg som ledde söderut, mot Näcksjö.

Hesjövallen låg i en liten dalgång intill en sjö som Karsten inte mindes namnet på. Kanske Hesjön? De täta skogarna sträckte sig ända ner mot byn som låg längs sluttningen mot sjön, på båda sidor om den smala vägen som ledde vidare upp mot Härjedalen.

Karsten stannade vid infarten till byn och steg ur bilen. Molntäcket hade börjat spricka upp. Ljuset skulle bli besvärligare, kanske inte heller så uttrycksfullt. Han såg sig runt. Husen låg där de låg, allt var mycket stilla. På avstånd kunde han höra det svaga ljudet av bilar som passerade på huvudvägen.

Det kom som en vag oro över honom. Han höll andan, som alltid när han inte riktigt förstod vad han hade framför sig.

Sedan insåg han vad det var. Skorstenarna. De var kalla. Röken, som skulle bli ett effektfullt inslag i de fotografier han hoppades kunna ta, fanns inte. Långsamt lät han blicken glida över husen. Någon hade redan varit ute och plogat, tänkte han. Men ingen har stigit upp och tänt i spisarna och pannorna. Han erinrade sig brevet han fått av mannen som berättat om byn. Denne hade talat om skorstenarna,

15

om hur husen på ett barnsligt vis tycktes skicka röksignaler till varandra.

Han suckade. Man får brev, tänkte han. Folk skriver inte vad som är sant utan vad de tror att man vill läsa. Nu får jag fotografera de kalla skorstenarna. Eller skulle han strunta i hela företaget? Ingen tvingade honom att fotografera Hesjövallen och dess invånare. Han hade redan bilder nog från det Sverige som tynade bort, ödegårdarna, de ensligt belägna byarna som ibland räddades av tyskar och danskar som gjorde om husen till sommarställen, eller bara fick förfalla tills de återgått till jorden. Han bestämde sig för att köra därifrån och satte sig i bilen igen. Men handen blev hängande på startnyckeln. Hade han rest så långt kunde han ändå försöka få några porträttbilder av de människor som bodde i byn. Trots allt var det ansikten han sökte. Under sina år som fotograf hade Karsten Höglin alltmer kommit att fängslas av gamla människor. Ett hemligt uppdrag som han hade gett sig själv, innan han lade undan kamerorna för gott, var att ställa samman en porträttbok med kvinnoansikten. Hans bilder skulle berätta om den skönhet som man bara kunde hitta i riktigt gamla kvinnors ansikten. Där deras liv och möda fanns inristat i huden, som sediment i en klippvägg.

Karsten Höglin var alltid på spaning efter ansikten, särskilt på gamla människor.

Han steg ur bilen igen, drog ner pälsmössan över huvudet, tog en Leica M6 som följt honom i tio år och började gå mot det hus som låg närmast. I allt fanns det tio bostadshus i byn, de flesta var röda, några hade utbyggda förstukvistar. Ett enda nybygge kunde han se. Om det nu kunde kallas nybygge eftersom det var ett egnahem från 1950-talet. När han kommit fram till grinden stannade han och lyfte kameran. Skylten berättade att familjen Andrén bodde här. Han tog några bilder, ändrade bländare och exponeringstid, sökte olika vinklar. Fortfarande är det för grått, tänkte han. Det blir förmodligen bara nåt sud-

16

digt. Men man vet aldrig. Att vara fotograf innebär att man ibland avtäcker oväntade hemligheter.

Karsten Höglin arbetade ofta på ren intuition. Inte så att han struntade i att kontrollmäta ljus när han behövde. Men han hade ibland lyckats uppnå överraskande resultat eftersom han inte alltför noga bestämt exponeringstiderna. Improvisationen var en del av arbetet. En gång i Oskarshamn hade ett segelfartyg legat ute på redden med hissade segel. Det hade varit en klar dag med skarp sol. Just när han skulle ta bilden fick han för sig att blåsa imma på objektivet. När han framkallade bilden seglade ett spökskepp ut ur dimman. För den hade han vunnit ett stort fotopris.

Han glömde aldrig imman.

Grinden var trög. Han var tvungen att ta i för att få upp den. Det fanns inga fotspår i nysnön. Fortfarande inte ett ljud, inte ens en hund som upptäckt mig, tänkte han. Det är som om alla plötsligt har begett sig av. Det här är ingen by, det är en flygande holländare.

Han gick uppför trappan och knackade på dörren, väntade, knackade igen. Ingen hund, ingen jamande katt, ingenting. Nu blev han betänksam. Något var definitivt inte som det skulle. Han knackade en gång till, hårdare och längre. Sedan kände han på dörrvredet. Det var låst. Gamla människor är ängsliga, tänkte han. De låser om sig, fruktar att allt det de läser om i tidningarna ska drabba just dem.

Han bultade på dörren utan att någon svarade. Sedan bestämde han sig för att huset måste vara tomt.

Han gick ut genom grinden igen, vidare till grannhuset. Det hade börjat ljusna nu. Huset var gult. Fönsterkittet var dåligt, huset måste vara dragigt. Innan han knackade kände han på dörrvredet. Också den här dörren var låst. Han knackade hårt och började bulta innan någon ens hade haft chansen att svara. Inte heller här tycktes det finnas någon hemma.

Återigen bestämde han sig för att låta det hela bero. Om han satte sig i bilen nu skulle han vara hemma i Piteå tidigt på eftermiddagen. Det skulle glädja hans hustru Magda. Hon tyckte att han var för gammal för alla resor, trots att han inte fyllt mer än 63. Men han hade haft vaga symptom på att en angina var på väg. Läkaren hade sagt åt honom att tänka på vad han åt och försöka röra sig så mycket han kunde.

Men han for inte hem. Istället gick han till baksidan av huset och kände på en dörr, som tycktes leda till en tvättstuga bakom köket. Också den var låst. Han gick fram till det närmaste fönstret, hävde sig upp på tå och tittade in. Genom en glipa i gardinen såg han rakt in i ett rum, där det stod en teve. Han gick vidare till nästa fönster. Det var samma rum, fortfarande kunde han se teven. "Jesus är din bäste vän" stod det på en bonad som hängde på väggen. Han skulle just gå vidare till nästa fönster när någonting fångade hans uppmärksamhet. Något låg på golvet. Först trodde han att det var ett garnnystan. Sedan insåg han att det var en raggsocka, och att raggsockan satt på en fot. Han tog ett steg bort från fönstret. Hjärtat bultade. Hade han sett rätt? Var det verkligen en fot? Han återvände till det första fönstret igen, men därifrån kunde han inte se så långt in i rummet. Han gick tillbaka till det andra fönstret. Nu var han säker. Det var en fot han såg. En orörlig fot. Om den tillhörde en man eller en kvinna kunde han inte svara på. Det kunde vara så att den som foten tillhörde satt i en stol. Men också att det var någon som låg ner.

Han knackade så hårt han vågade på fönstret. Ingenting hände. Han tog upp sin mobiltelefon och började slå numret till larmcentralen. Täckningen var så dålig att han inte fick kontakt. Han sprang bort mot det tredje huset och bankade på dörren. Inte heller här var det någon som öppnade. Han undrade nu om han befann sig i ett landskap som långsamt höll på att förvandlas till en mardröm. Bredvid dörren låg en fotskrapa. Han stack in den vid låset och bräckte upp dörren. Hans enda tanke var att hitta en telefon. När han rusade in i huset insåg han för sent att samma syn skulle möta honom här, en människa som var död. På golvet i köket låg en gammal kvinna. Hennes huvud var nästan helt avskiljt från halsen. Bredvid henne fanns kadavret av en hund som var kluven i två delar.

Karsten Höglin skrek och vände sig om för att lämna huset så fort han kunde. Från tamburen såg han en man som låg på vardagsrumsgolvet mellan bordet och en röd soffa med ett vitt överdrag. Den gamle mannen var naken. Hela ryggen var täckt av blod.

Karsten Höglin sprang ut ur huset. Han ville bara bort. På vägen tappade han sin kamera men brydde sig inte om att stanna. Inom honom växte en fruktan att en varelse han inte kunde se skulle hugga honom i ryggen. Han vände bilen och for därifrån.

Först när han kommit ut på huvudvägen stannade han och slog larmnumret med skakande händer. I samma ögonblick han tryckte luren mot örat drabbades han av en våldsam smärta i bröstet. Det var som om någon trots allt hade hunnit ikapp honom och huggit en kniv i hans kropp.

En röst talade till honom i telefonen. Men han kunde inte svara. Smärtan var så våldsam att han inte kunde få fram annat än ett väsande ur strupen.

– Jag kan inte höra, sa rösten som tillhörde en kvinna.

Han försökte igen. Återigen bara ett väsande. Han höll på att dö.

– Kan ni tala högre? sa kvinnan. Jag uppfattar inte ert ärende.

Med yttersta möda lyckades han pressa fram några ord.

– Jag dör, väste han. Gode Gud, jag dör. Hjälp mig.

– Var är ni?

Men kvinnan fick inget svar. Karsten Höglin var på väg in i det stora mörkret. I ett krampaktigt försök att befria sig från den svåra smärtan, som om han var en drunknande som förgäves försökte nå upp till ytan, trampade han på gasen. Bilen for rakt ut på fel sida av vägen. En

19

mindre lastbil på väg till Hudiksvall med kontorsmöbler lyckades inte bromsa innan de törnade ihop. Chauffören steg ur lastbilen för att se hur det hade gått med mannen i den bil han krockat med. Han låg lutad över ratten. Chauffören, som kom från Bosnien, talade dålig svenska.

– Hur är det? frågade han.

– Byn, väste Karsten Höglin. Hesjövallen.

Mer sa han aldrig. När polis och ambulans kom till platsen hade Karsten Höglin redan avlidit av den massiva hjärtattack som drabbat honom. Det rådde till en början stor oklarhet om vad som hade hänt. Minst av allt kunde någon ana vad som verkligen låg bakom den plötsliga hjärtattack som drabbat mannen bakom ratten i den mörkblå Volvon. Det var först när Karsten Höglin redan förts bort och bärgningsbilar höll på att dra undan möbelbussen, som fått de svåraste skadorna, som en polisman brydde sig om att lyssna på vad den bosniske chauffören försökte berätta. Polismannen hette Erik Huddén och tyckte inte om att i onödan prata med människor som talade dålig svenska. Det var som om deras berättelser minskade i betydelse när deras förmåga att uttrycka sig inte var tillräckligt stor. Naturligtvis började han med att testa honom för eventuellt rattfylleri. Chauffören var nykter, mätaren visade grönt och hans körkort verkade vara i sin ordning.

– Han försökte säga nånting, sa chauffören.

– Vad? frågade Erik Huddén avvisande.

– Nånting om Herö. En plats kanske?

Erik Huddén, som kom från trakten, skakade otåligt på huvudet.

– Det finns inget Herö här.

– Kanske hörde jag fel? Kanske var det nånting med "s"? Hersjö kanske det var.

– Hesjövallen?

Chauffören nickade.

– Så sa han.

– Vad menade han med det?

– Det vet jag inte. Han dog.

Erik Huddén stoppade undan sitt anteckningsblock. Han hade inte antecknat vad chauffören sagt. När bärgningsbilarna en halvtimme senare hade farit iväg med de kvaddade fordonen och en annan polisbil hade hämtat den bosniske chauffören för vidare förhör på polishuset, satte sig Erik Huddén i sin bil för att åka tillbaka till Hudiksvall. Med sig hade han sin kollega Leif Ytterström. Det var Ytterström som körde.

– Vi åker förbi Hesjövallen, sa Erik Huddén plötsligt.

– Varför det? Har det kommit nåt larm?

– Jag vill bara undersöka en sak.

Erik Huddén var den äldre. Han var känd för att vara både tystlåten och envis. Leif Ytterström svängde in på vägen mot Sörforsa. När de kom fram till Hesjövallen bad Erik Huddén honom att långsamt köra igenom byn. Fortfarande hade han inte förklarat för sin kollega varför de gjort denna omväg.

– Det ser öde ut, sa Leif Ytterström när de långsamt passerade hus efter hus.

– Kör tillbaka, sa Erik Huddén. Lika långsamt.

Sedan sa han åt Leif Ytterström att stanna. Någonting hade fångat hans uppmärksamhet. Det låg något i snön vid ett av husen. Han steg ur och gick närmare. Plötsligt stannade han med ett ryck och drog sitt vapen. Leif Ytterström slängde sig ur bilen och drog även han sitt vapen.

– Vad är det?

Erik Huddén svarade inte. Försiktigt rörde han sig framåt. Sedan stannade han igen och böjde sig framåt som om han fått ont i bröstet. Erik Huddén var vit i ansiktet när han kom tillbaka till bilen.

– Det ligger en död människa där, sa han. Han är alldeles ihjäl-huggen. Nånting fattas.

– Vad menar du?

– Ett av benen är borta.

Båda stod tysta. De stirrade på varandra. Sedan satte sig Erik Hud-dén i bilen och bad genom radion att få bli kopplad till Vivi Sundberg, som han visste var i tjänst under dagen. Hon svarade genast.

– Det är Erik. Jag är ute i Hesjövallen.

Han kunde höra att hon tänkte efter. Det fanns mängder med orts-namn i trakten som påminde om varandra.

– Söder om Sörforsa?

– Snarare väster om. Men jag kanske har fel.

– Vad är det som har hänt?

– Jag vet inte. Men det ligger en död man utan sitt ena ben i snön.

– En gång till.

– En död man. I snön. Det verkar som om han har blivit huggen till döds. Ett av hans ben är borta.

De kände varandra väl. Vivi Sundberg visste att Erik Huddén ald-rig skulle överdriva, hur otroligt det han berättade än kunde låta.

– Vi kommer, sa Vivi Sundberg.

– Ring teknikerna i Gävle.

– Vem har du med dig?

– Ytterström.

Hon tänkte efter.

– Finns det nån rimlig förklaring till det som har hänt?

– Jag har aldrig i mitt liv sett nånting liknande.

Han visste att hon skulle förstå. Han hade varit polis så länge att det inte fanns någon egentlig gräns för det elände och det våld han tving-ats möta.

Det tog trettiofem minuter innan de hörde sirenerna på avstånd.

Erik Huddén hade försökt få med sig Ytterström för att tala med grannarna i det närmast belägna huset. Men Ytterström hade vägrat innan de fick förstärkning. Eftersom Erik Huddén inte ville gå in i huset ensam stannade de vid bilen. Medan de väntade sa de ingenting.

Vivi Sundberg steg ur den första bilen som kom till platsen. Hon var en kraftigt byggd kvinna i 50-årsåldern. De som kände henne visste att hon trots sin tunga kropp hade både ork och uthållighet. Bara några månader tidigare hade hon sprungit ikapp två inbrottstjuvar i 20-årsåldern. De hade skrattat åt henne när de började springa. Några hundra meter längre bort skrattade de inte längre när hon grep dem båda två.

Vivi Sundberg hade rött hår. Fyra gånger per år gick hon till sin dotter som hade frisersalong och fyllde på den röda färgen.

Hon var född på en gård utanför Harmånger och hade vårdat sina föräldrar tills de blev gamla och till sist avlidit. Då hade hon börjat utbilda sig och efter några år sökt till polisskolan och till sin stora förvåning kommit in. Ingen kunde egentligen förklara varför hon antagits trots sin massiva kropp. Men ingen frågade och själv sa hon ingenting. När någon av hennes, oftast manliga, kollegor talade om att börja banta muttrade hon irriterat. Vivi Sundberg var försiktig med socker men samtidigt matglad. Två gånger hade hon varit gift. Först med en industriarbetare i Iggesund. Det var med honom hon hade sin dotter Elin. Mannen hade omkommit i en arbetsolycka. Några år senare hade hon gift om sig med en rörläggare från Hudiksvall. Deras äktenskap varade i mindre än två månader. Sedan körde han ihjäl sig på en hal vinterväg mellan Delsbo och Bjuråker. Efter det hade hon inte gift om sig. Men bland hennes kollegor gick det rykten om att hon hade en manlig vän på någon av de många öarna i den grekiska arkipelagen. Dit for hon två gånger varje år på semester. Men ingen visste säkert om ryktena talade sant eller inte.

Vivi Sundberg var en duktig polis. Hon hade envishet och stor förmåga att analysera även de minsta ledtrådar, som kunde vara de enda spår de hade att hålla sig till vid en brottsutredning.

Hon strök med ena handen genom sitt hår och betraktade Erik Huddén som stod framför henne.

– Ska du visa mig?

De gick bort mot kroppen. Vivi Sundberg grimaserade och satte sig på huk.

– Har läkaren kommit?

– Hon är på väg.

– Hon?

– Hugo har en vikarie. Han ska opereras för en tumör.

Vivi Sundberg tappade för ett ögonblick intresset för den blodiga kropp som låg i snön.

– Är han sjuk?

– Han har cancer. Visste du inte det?

– Nej. Var då?

– I magen. Men den lär inte ha spridit sig. Nu har han en vikarie från Uppsala. Valentina Miir heter hon. Om jag uttalar det rätt.

– Och hon är på väg?

Erik Huddén ropade bort till Ytterström som stod vid en av bilarna och drack kaffe. Han bekräftade att rättsläkaren snart skulle komma.

Vivi Sundberg började studera kroppen på allvar. Varje gång hon stod inför en människa som blivit dödad, drabbades hon av samma känsla av meningslöshet. Hon kunde inte uppväcka den döda, bara i bästa fall klargöra orsakerna till brottet och skicka en gärningsman in i en fängelsecell eller bakom de låsta dörrarna på en vårdavdelning för psykiskt sjuka.

– Någon har gått bärsärkagång, sa hon. Med en stor kniv. Eller en bajonett. Kanske ett svärd. Jag kan se minst tio olika hugg, nästan alla förmodligen dödande. Men det här med benet förstår jag inte. Vet vi vem mannen är?

– Inte än. Alla husen verkar vara tomma.

Vivi Sundberg reste sig upp och såg sig uppmärksamt runt i byn. Det var som om husen avvaktande besvarade hennes blickar.

– Har du knackat på?

– Jag ville avvakta. Den som har gjort det här kan ju finnas kvar.

– Det gjorde du helt rätt i.

Hon vinkade till sig Ytterström som slängde pappersmuggen i snön.

– Vi går in, sa hon. Det måste finnas människor här. Det här är ingen ödeby.

– Ingen har visat sig.

Vivi Sundberg betraktade återigen husen, de översnöade trädgårdarna, vägen. Hon tog fram sin pistol och började gå mot det närmaste huset. De andra följde henne. Klockan hade hunnit bli några minuter över elva.

Det som sedan skedde skulle komma att bli en del av den svenska rättshistorien. Det som de tre poliserna upptäckte saknade motstycke i svensk kriminalhistoria. De gick från hus till hus med dragna vapen. Överallt möttes de av döda människor. Där låg hundar och katter knivhuggna till döds, till och med en papegoja med avhugget huvud. Sammanlagt hittade de 19 döda människor, alla äldre, utom en pojke i tolvårsåldern. Några hade dödats i sömnen i sina sängar, andra låg på golv eller satt på stolar vid sina köksbord. En gammal kvinna hade dött med sin kam i handen, en man vid en spis med en utspilld kaffepanna vid sidan. I ett av husen fann de två människor hoplänkade med varandra. Alla hade utsatts för samma ursinniga våld. Det var som om en blodig orkan hade dragit fram bland de gamla människorna, som just varit på väg att stiga upp. Eftersom gamla människor på landsbygden oftast hade tidiga vanor antog Vivi Sundberg att morden hade skett under efternatten eller mycket tidigt på morgonen.

Det kändes som om Vivi Sundbergs hela huvud höll på att dränkas i blod. Trots att hon skakade av upprördhet blev hon samtidigt alldeles kall. Det var som om hon betraktade de döda och vanställda kropparna genom en kikare, som gjorde att hon inte behövde komma alltför nära. Där fanns också lukten. Trots att liken knappast ännu kallnat utsöndrade de redan en lukt som var både söt och besk. Så länge Vivi Sundberg var inomhus andades hon genom munnen. När hon kommit ut drog hon häftigt efter andan. Att kliva över tröskeln till nästa hus var som att förbereda sig för något som nästan var oöverstigligt.

Allt hon hade framför sig, den ena kroppen efter den andra, präglades av samma ursinne och skador tillfogade av ett skarpslipat handvapen. Den lista hon senare samma dag gjorde upp, och som hon aldrig visade för någon, bestod av korta minnesanteckningar som exakt beskrev det hon hade sett:

Hus nummer ett. Död äldre man, halvnaken, trasig pyjamas, tofflor, halvligger i trappa från övervåningen. Huvudet nästan skilt från kroppen, vänster hands tumme en meter från kroppen. Död äldre kvinna, nattlinne, magen uppsprättad, delar av tarmkexet hängande ut, löständer sönderslagna.

Hus nummer två. Död man och död kvinna, båda gamla, minst åttio år. Kropparna funna i dubbelsäng på nedre botten. Kvinnan kan ha dödats i sömnen med ett hugg från vänster axel genom bröstet mot höger höftben. Mannen har försökt värja sig med en hammare men fått ena armen avhuggen, strupen sönderskuren. Det märkliga är att kropparna är hopbundna. Ger intryck av att mannen varit vid liv när han bundits medan kvinnan varit död. Har naturligtvis inget bevis för detta, bara en stundens ingivelse. Ung pojke död i litet sovrum. Kan ha sovit när han dödades.

Hus nummer tre. Ensam kvinna, död på golvet i köket. En hund av obestämd ras sönderhuggen vid hennes sida. Kvinnans ryggrad verkar av på mer än ett ställe.

Hus nummer fyra. Man död i tamburen. Klädd i byxor, skjorta, barfota. Har sannolikt försökt bjuda motstånd. Kroppen nästan helt delad vid magen. Äldre kvinna sittande död i köket. Två, möjligen tre hugg mot hjässan.

Hus nummer sju. Två äldre kvinnor samt en äldre man döda i sina sängar på övervåningen. Intryck: de har varit vakna, medvetna, men aldrig hunnit reagera. Katt huggen till döds i köket.

Hus nummer åtta. Äldre man död utomhus, ena benet borta. Två hundar med avhuggna huvuden. Kvinna död i trappa, obeskrivligt söndertrasad.

Hus nummer nio. Fyra personer döda i vardagsrum på nedre botten. Halvklädda, med kaffekoppar, radio påslagen, program ett. Tre äldre kvinnor, en äldre man. Alla med sina huvuden i knäna.

Hus nummer tio. Två mycket gamla människor, en man och en kvinna, döda i sina sängar. Kan inte avgöra om de varit medvetna om vad som skedde med dem.

Mot slutet av sin lista orkade hon inte längre låta minnet registrera alla detaljer. Det hon hade sett var ändå oförglömligt, en blick rakt ner i helvetet.

Hon numrerade husen där offren blev funna. Men de låg inte i ordningsföljd i byn. När de kom till det femte huset under den makabra vandringen stötte de på liv. Från gården kunde de uppfatta musik som trängde ut genom väggarna. Ytterström påstod att det lät som Jimi Hendrix. Vivi Sundberg visste väl vem gitarristen var medan Erik Huddén inte ens anade vem de talade om. Hans favorit var Björn Skifs.

Innan de gick in kallade de på ytterligare två polismän som höll på att sätta upp avspärrningar. De behövde så mycket att de hade fått ringa in till Hudiksvall efter nya rullar med plastband. Med dragna vapen närmade de sig ytterdörren. Erik Huddén bultade. Dörren öppnades av en halvnaken, långhårig man. Han ryggade förskräckt när han såg alla vapen som riktades mot honom. Vivi Sundberg sänkte sitt vapen när hon såg att han var obeväpnad.

– Är du ensam i huset?

– Min fru är här, svarade mannen med darrande röst.

– Ingen annan?

– Nej. Vad är det som har hänt?

Vivi Sundberg stoppade undan sitt vapen och gav tecken till de andra att göra samma sak.

– Vi går in, sa hon till den halvnakna mannen som huttrade i kylan. Vad heter du?

– Tom.

– Nånting mer?

– Hansson.

– Nu går vi in, Tom Hansson. Så slipper du frysa.

Musiken inne i huset var högt uppskruvad. Vivi Sundberg fick en känsla av att det dolde sig högtalare i alla rum. Hon följde efter mannen in i ett stökigt vardagsrum där en kvinna i nattlinne satt uppkrupen i en soffa. Han skruvade ner musiken och satte på sig ett par byxor som hängde över en stol. Tom Hansson och kvinnan i soffan verkade vara några år äldre än Vivi Sundberg, i 60-årsåldern.

– Vad är det som har hänt? frågade kvinnan skrämt.

Vivi Sundberg kunde höra att hon talade en utpräglad stockholmsdialekt. Förmodligen var de övervintrande människor från den tid då unga stadsbor flyttade ut på landet för att leva enkelt. Hon bestämde sig för att gå rakt på sak. Den ohyggliga upptäckt hon och hennes kollegor just hade gjort gav henne en föreställning om att allt var mycket bråttom. Det fanns inget skäl att anta annat än att den eller de personer som utfört de makabra illdåden mycket väl kunde vara på väg att begå ytterligare någon massaker.

– En del av era grannar är döda, sa Vivi Sundberg. Det har i natt utspelats förfärliga händelser i den här byn. Det är viktigt att ni svarar på våra frågor. Vad heter du?

– Ninni, sa kvinnan i soffan. Är Herman och Hilda döda?

– Var bor dom?

– I huset till vänster.

Vivi Sundberg nickade.

– Dom är tyvärr döda. Dom har blivit mördade. Men inte bara dom. Det verkar som om många här i byn har dödats.

– Om det är ett skämt är det inte särskilt lyckat, sa Tom Hansson.

Vivi Sundberg förlorade för ett ögonblick behärskningen.

– Jag har inte tid till något annat än att ställa frågor som ni ska svara på. Även om jag förstår att ni tycker det jag säger verkar obegripligt så är det sant. Det är fasansfullt och det är sant. Hur har det varit här i natt? Har ni hört nånting?

Mannen hade satt sig bredvid kvinnan i soffan.

– Vi har sovit.

– Ni har inte hört nånting?

Båda skakade på huvudet.

– Har ni inte ens lagt märke till att byn är full med poliser?

– När vi spelar musik på hög nivå hör vi ingenting.

– När såg ni era grannar senast?

– Om det är Herman och Hilda så var det igår, sa Ninni. Vi brukar träffas när vi går ut med hundarna.

– Har ni hund?

Tom Hansson nickade ut mot köket.

– Han är ganska gammal och lat. Han reser sig inte ens upp när det kommer främmande.

29

– Han har inte skällt i natt?

– Han skäller aldrig.

– Vilken tid träffade ni era grannar?

– Vid tretiden i går eftermiddag. Men bara Hilda.

– Verkade allt vara som vanligt?

– Hon hade ont i ryggen. Herman satt väl inne i köket och löste korsord. Honom träffade jag inte.

– Hur var det med dom andra här i byn?

– Allt var väl som det brukar. Det är bara gamlingar här i byn. Dom är inne när det är kallt. På vårarna och somrarna träffas vi oftare.

– Finns det inga barn här?

– Inga alls.

Vivi Sundberg tystnade och tänkte på den döda pojken.

– Är det sant? frågade kvinnan i soffan.

Vivi Sundberg kunde höra att hon var rädd.

– Ja, svarade hon. Det jag berättar är sant. Det kan mycket väl vara så att alla här i byn är döda. Utom ni.

Erik Huddén stod vid fönstret.

– Inte riktigt, sa han långsamt.

– Vad menar du?

– Inte riktigt alla är döda. Det är nån här ute på vägen.

Vivi Sundberg sprang fram till fönstret. Hon såg vad som fångat Erik Huddéns uppmärksamhet.

Ute på vägen stod en kvinna. Hon var gammal, klädd i en badrock och hade svarta gummistövlar på fötterna. Händerna höll hon knäppta som till bön.

Vivi Sundberg höll andan. Kvinnan rörde sig inte.

3

Tom Hansson kom fram till fönstret och ställde sig bredvid Vivi Sundberg.

– Det är bara Julia, sa han. Vi hittar henne ibland utan ytterkläder. Hilda och Herman brukar se efter henne när hemtjänsten inte är här.

– Var bor hon? frågade Vivi Sundberg.

Han pekade mot det hus som låg näst ytterst i byn.

– Vi har bott här i nästan tjugo år, fortsatte han. Tanken var att flera skulle komma hit. Till sist blev det ändå bara vi två. Den gången var Julia gift. Hennes man hette Rune och körde skogsmaskiner. En dag brast en pulsåder. Han dog i förarhytten. Hon blev konstig efter det. En människa som gick med händerna knutna i fickorna, om du förstår vad jag menar. Och sen kom seniliteten. Vi har väl tänkt att hon skulle få lov att dö här. Hon har två barn som kommer hit en gång om året. Dom väntar på sitt lilla arv och bryr sig inte om henne.

Vivi Sundberg gick ut tillsammans med Erik Huddén. Kvinnan stod orörlig på vägen. Hon såg upp när Vivi Sundberg ställde sig framför henne. Men hon sa ingenting. Hon protesterade inte heller när Erik Huddén hjälpte Vivi att leda henne tillbaka till huset. Huset var välstädat. På en vägg hängde inramade fotografier av den döde mannen och de två barn som struntade i henne.

Vivi Sundberg tog för första gången sedan hon kommit till Hesjövallen fram ett anteckningsblock. Erik Huddén läste samtidigt på ett papper med myndighetsstämplar som låg på köksbordet.

– Julia Holmgren, sa han. Hon är 87 år gammal.

– Se till att någon ringer till hemtjänsten. Jag bryr mig inte om vad dom har för tider när dom besöker henne. Dom måste ta hand om henne nu.

Den gamla kvinnan satt vid sitt köksbord och såg ut genom fönstret. Molnen hängde tungt över landskapet.

– Ska vi försöka fråga henne nånting?

Vivi Sundberg skakade på huvudet.

– Det tjänar ingenting till. Vad kan hon berätta?

Hon nickade åt Erik Huddén att han skulle lämna henne ensam. Han försvann ut på gården. Hon gick in i vardagsrummet och ställde sig mitt på golvet och slöt ögonen. Snart skulle hon bli tvungen att ta ett fast grepp om allt det vidriga som hade hänt. Hon måste försöka hitta någon form av utgångspunkt.

Det var någonting med den gamla kvinnan som skickade en vag aning genom Vivi Sundbergs medvetande. Men hon lyckades inte få tag på tanken. Hon stod orörlig, öppnade ögonen och försökte tänka. Vad var det som hade hänt denna morgon i januari? Ett antal mördade människor i en ensligt belägen by. Därtill några döda husdjur. Allt tydde på ett stort raseri. Kunde verkligen en ensam gärningsman ha gjort allt detta? Hade det varit flera som dykt upp i byn under natten och sedan försvunnit igen efter att ha utfört sin brutala massaker? Det var för tidigt, Vivi Sundberg hade inga svar, bara ett fåtal omständigheter fanns och alla de döda. Hon hade ett övervintrande par som en gång i tiden rymt från Stockholm. Och en senil kvinna som brukade stå i sitt nattlinne ute på byvägen.

Där fanns ändå en utgångspunkt, tänkte hon. Alla i byn var inte döda. Åtminstone tre personer hade lämnats kvar. Varför? Var det en tillfällighet eller betydde det någonting?

Ännu några minuter stod Vivi Sundberg orörlig. Hon såg genom ett fönster att kriminalteknikerna från Gävle hade kommit och dessutom en kvinna som hon antog var läkaren. Hon drog djupt efter andan. Nu var det hon som förde befälet. Även om detta var ett brott som skulle vålla stor uppmärksamhet, sannolikt inte bara inom landets gränser, måste hon tills vidare ta sitt ansvar. Men redan samma dag tänkte hon begära assistans från Stockholm. En gång i tiden, när hon varit ung polis, hade hon drömt om att få arbeta inom riksmordkommissionen som gjort sig känd för att bedriva välorganiserade mordutredningar. Nu önskade hon att den avdelningen snarast skulle komma till hennes undsättning.

Vivi Sundberg började med att ringa ett samtal på sin mobiltelefon. Det dröjde innan det svarade.

– Sten Robertsson.

– Det är Vivi. Är du upptagen?

– Det är jag alltid eftersom jag är åklagare. Vad vill du?

– Jag är i en by som heter Hesjövallen. Vet du var den ligger? Vid Sörforsa?

– Jag har en karta här på väggen. Vad är det som har hänt?

– Se efter först att du hittar platsen.

– Då får du vänta.

Han lade ifrån sig telefonen. Vivi Sundberg undrade hur han skulle reagera. Ingen av oss har varit med om nåt liknande, tänkte hon. Inte en enda polis i det här landet, och knappast i många andra länder heller. Vi tänker hela tiden att det vi möter inte kan bli värre. Men gränserna flyttas hela tiden. Här är vi nu. Var är vi imorgon? Eller om ett år?

Robertsson kom tillbaka i luren.

– Jag har hittat stället. Är det inte en ödeby?

– Inte riktigt. Men den håller mycket snabbt på att bli det. Fast inte på grund av utflyttning.

– Vad menar du?

Vivi Sundberg förklarade så utförligt hon kunde vad som hade

33

hänt. Robertsson lyssnade utan att avbryta. Hon kunde höra hans andetag.

– Ska jag tro på det här? sa Robertsson när hon slutat.

– Ja.

– Det låter obegripligt.

– Det är obegripligt. Det är så stort att du som åklagare inte bara genast måste gå in som förundersökningsledare. Jag vill att du kommer hit. Du måste se med egna ögon vad det är jag har framför mig.

– Jag kommer. Finns det nån misstänkt?

– Ingen.

Sten Robertsson hostade till i luren. I förtroende hade han en gång nämnt för Vivi Sundberg att han led av kol, efter att ha varit storrökare tills han tvärt slutade vid sin 50-årsdag. Robertsson och hon var inte bara jämnåriga, de fyllde år samma dag, den 12 mars.

Samtalet tog slut. Men Vivi Sundberg blev stående, tvekande, gick inte ut. Det var ett annat telefonsamtal hon också måste ringa. Gjorde hon det inte nu visste hon inte när hon skulle få tid.

Hon slog numret.

– Elins salong.

– Det är jag. Har du tid?

– Inte så länge. Jag har två tanter i torkhuvarna. Vad är det?

– Jag är ute i en by några mil från stan. Det har hänt förfärliga saker här. Det kommer att bli stor uppståndelse. Jag kommer inte att få en lugn stund.

– Vad är det som har hänt?

– En massa gamla människor är döda. Vi får hoppas att det är en galning som varit framme.

– Varför hoppas du det?

– Därför att det vore fullständigt obegripligt om en normal människa hade gjort det här.

– Kan du inte säga nåt mer? Var är du?

– Jag hinner inte. Men jag vill be dig om en tjänst. Jag vill att du ringer till resebyrån om min resa till Leros. Jag beställde den förra veckan. Om jag avbeställer nu förlorar jag inga pengar.

– Jag ska göra det. Är det någon fara för dig därute?

– Jag är omgiven av människor här. Ta vara på tanterna i huvarna nu. Innan dom kokar bort.

– Har du glömt att du har tid hos mig i morgon?

– Ta bort den tiden också. Det finns en överhängande risk att jag kommer att få grått hår av det jag håller på med.

Hon stoppade telefonen i fickan och gick ut. Nu kunde hon inte vänta längre. På vägen stod de två kriminalteknikerna och rättsläkaren och väntade på henne.

– Jag tänker inte beskriva nånting, sa hon. Ni måste se det själva. Vi börjar med mannen som ligger här ute i snön. Sen går vi igenom hus efter hus. Ni får avgöra om ni behöver flera medhjälpare. Det är en mycket stor brottsplats. Sannolikt den största ni nånsin kommer att uppleva. Trots att det är så ohyggligt att vi knappast kan förstå vad det är vi har framför oss, måste vi försöka se det som inledningen till en vanlig brottsutredning.

Alla hade frågor. Men Vivi Sundberg värjde sig. Det viktigaste var nu att alla fick se med egna ögon. Hon ledde sin procession från den ena makabra brottsplatsen till den andra. När de kom till det tredje huset sa Lönngren, som var den äldste kriminalteknikern, att han genast ville ringa in efter förstärkning. Vid det fjärde huset sa den kvinnliga läkaren att hon måste göra samma sak. Medan telefonsamtalen ringdes stannade processionen upp. De fortsatte sedan genom de resterande husen och samlades på nytt ute på vägen. Då hade den första journalisten redan kommit. Vivi Sundberg sa åt Ytterström att se till att ingen pratade med honom. Hon skulle själv göra det när hon fick tid.

35

De som stod runt henne på den snöiga vägen var bleka och tysta. Ingen av dem förmådde inse vidden av vad de just hade upplevt.

– Så här ser det ut, sa Vivi Sundberg. Vår samlade erfarenhet och förmåga kommer att utsättas för utmaningar som vi knappast ens kan föreställa oss. Den här utredningen kommer att dominera massmedia, inte bara i Sverige. Det kommer att ställas krav på oss att uppnå resultat på kort tid. Vi kan bara hoppas att den eller dom som har gjort det här har lämnat spår som gör att vi snabbt kan gripa dom. Vi får försöka samla ihop oss och kalla in dom personer som vi anser att vi behöver. Kammaråklagare Robertsson är på väg. Jag vill att han personligen ska se det här och direkt gå in som förundersökningsledare. Är det någon som har någon fråga? Om inte så måste vi börja arbeta.

– Jag tror jag har en fråga, sa Lönngren.

Han var en liten tunn karl. Vivi Sundberg betraktade honom som en mycket kvalificerad tekniker. Men han led av svagheten att han ofta arbetade påfrestande långsamt för dem som väntade på besked.

– Ställ den!

– Är det risk för att den här galningen, om det nu är en sån, ska slå till igen?

– Risken finns, sa Vivi Sundberg. Eftersom vi inte vet nånting måste vi utgå från att allt kan hända.

– Det kommer att bli skräck i bygderna, fortsatte Lönngren. För en gångs skull är jag glad att jag bor i en stad.

Gruppen ute på vägen splittrades. I samma ögonblick kom Sten Robertsson. Journalisten som väntade utanför avspärrningarna gick genast fram mot honom när han steg ur bilen.

– Inte nu, ropade Vivi Sundberg. Du får vänta.

– Kan du inte säga nånting, Vivi? Du brukar inte vara omöjlig.

– Just nu är jag det.

Hon tyckte illa om journalisten som arbetade för Hudiksvalls Tidning. Han hade för vana att skriva insinuanta artiklar om polisens arbete. Det som möjligen retade henne mest var att han ofta hade rätt i sin kritik.

Robertsson frös i sin alltför tunna jacka. Han är fåfäng, tänkte hon hastigt. Han bär inte mössa eftersom han är rädd för ryktet att de som gör det fortare blir skalliga.

– Nu får du berätta, sa Robertsson.

– Nej. Nu ska du följa med mig.

För tredje gången denna morgon gick Vivi Sundberg från brottsplats till brottsplats. Vid två tillfällen var Robertsson tvungen att gå ut eftersom han höll på att börja kräkas. Hon väntade tålmodigt. Det var viktigt att han insåg vad det var för utredning han nu skulle leda. Hon var osäker på om han skulle klara av uppgiften. Men hon var samtidigt medveten om att av de tillgängliga åklagarna var han den mest lämpade. Om nu inte högre instans bestämde sig för att utse någon med större erfarenhet.

När de till sist kom ut på vägen igen föreslog hon att de skulle sätta sig i hennes bil. Hon hade hunnit få med sig en termos med kaffe när hon for från polishuset.

Robertsson var skakad. Handen som höll kaffemuggen darrade.

– Har du sett nånting liknande? frågade han.

– Det har ingen av oss.

– Vem annat än en galning kan ha gjort det här?

– Det vet vi inte. Vad vi måste göra nu är att säkra spår och arbeta förutsättningslöst. Jag har bett kriminalteknikerna om att begära mer resurser om dom anser det vara befogat. Samma med läkaren.

– Vem är hon?

– En vikarie. Det här är visst hennes första brottsplats. Hon har ringt efter hjälp.

– Och du själv?

– Hur menar du?

– Vad behöver du?

– Först och främst ett besked från dig om det är något särskilt vi ska koncentrera oss på. Sedan måste naturligtvis Rikskriminalen agera.

– Vad skulle det vara som vi måste koncentrera oss på?

– Det är du som är förundersökningsledare, inte jag.

– Det enda som gäller är att hitta den person som har gjort det här.

– Eller dom. Vi kan inte utesluta att det inte är mer än en gärningsman.

– Dårar arbetar sällan i lag med andra.

– Vi kan inte utesluta det.

– Finns det nånting vi kan utesluta?

– Ingenting. Inte ens att det inte kan ske igen.

Robertsson nickade. De satt tysta. På vägen och mellan husen rörde sig människor. Då och då skymtade en kcamerablixt. Över den kropp som blivit funnen ute i snön hade nu rests ett tält. Det hade kommit flera fotografer och journalister till platsen. Nu fanns också det första teveteamet där.

– Jag vill att du är med på presskonferensen, sa hon. Där kan jag inte vara ensam. Och den måste hållas redan i dag. Sent i eftermiddag.

– Har du talat med Ludde?

Tobias Ludwig var närpolischef i Hudiksvall. Han var ung och hade aldrig varit utövande polis. Han hade läst juridik och sedan direkt gått en utbildning för blivande polischefer. Varken Sten Robertsson eller Vivi Sundberg tyckte om honom. Han hade svag känsla för vad polisarbete på fältet innebar och ägnade sin mesta tid åt att grubbla över polisens interna administration.

38

– Jag har inte talat med honom, sa hon. Det enda han kommer att be oss om är att vi är extra noga med att fylla i alla olika blanketter på ett korrekt sätt.

– Så illa är han inte, svarade Robertsson.

– Han är värre, sa Vivi Sundberg. Men jag ska ringa honom.

– Gör det nu!

Hon ringde in till polishuset i Hudiksvall och fick veta att Tobias Ludwig befann sig på tjänsteresa till Stockholm. Hon bad växeln söka honom på hans mobiltelefon.

Han hörde av sig tjugu minuter senare. Robertsson höll då på att prata med några nyanlända kriminaltekniker från Gävle. Vivi Sundberg stod tillsammans med Tom Hansson och hans fru Ninni ute på gården. De hade satt på sig gamla militärpälsar och betraktade det som pågick.

Jag måste börja med de levande, hade hon tänkt. Julia går inte att tala med, hon befinner sig i en död inre värld. Åtminstone är den oåtkomlig för mig. Men Tom och Ninni Hansson kan ha varit vittnen till något de själva inte vet om.

Det var en av de få reflektioner hon hittills kunnat göra. En gärningsman som bestämmer sig för att slå till mot en hel by måste, även om han är galen, ha någon sorts plan för det som ska ske.

Hon gick ut på vägen och såg sig omkring. Den tillfrusna sjön, skogen, de avlägsna bergen som höjde och sänkte sig. Var kom han ifrån? tänkte hon. Jag tror jag kan vara säker på att det inte är en kvinna som har gjort det här. Men någonstans måste han eller de ha kommit ifrån och åt något håll måste de också ha försvunnit.

Just när hon skulle gå tillbaka in genom grinden stannade en bil intill henne. Det var en av de hundpatruller som kallats in.

– Kommer det bara en? frågade hon utan att dölja sin irritation.

– Karpen är sjuk, sa polismannen med hunden.

39

– Kan polishundar bli sjuka?

– Tydligen. Var vill du jag ska börja? Vad är det egentligen som har hänt? Det talas om många döda.

– Prata med Huddén. Försök sen se om hunden kan få upp någon vittring.

Polismannen ville fråga något mer men hon vände ryggen till. Jag borde inte göra det, tänkte hon. Just nu borde jag ha tid med alla. Jag måste dölja att jag är irriterad och nervös. Ingen som ser det här kommer någonsin att glömma det. Många kommer säkert att drabbas av ångest.

Hon tog med sig Tom och Ninni Hansson in i huset. De hade ännu inte hunnit sätta sig ner när hennes telefon ringde.

– Jag hör att du har sökt mig, sa Tobias Ludwig. Du vet att jag helst inte vill bli störd när jag sitter i möte på Rikspolisstyrelsen.

– Det kan nog inte hjälpas den här gången.

– Vad har hänt?

– Vi har ett antal döda människor i Hesjövallens by.

Hon redogjorde hastigt för vad som hade hänt. Tobias Ludwig var helt tyst. Hon väntade.

– Det här låter så vidrigt att jag har svårt att tro det du berättar.

– Det har jag med. Men det är sant. Du måste komma.

– Jag förstår. Jag ger mig av så fort jag kan.

Vivi Sundberg såg på sitt armbandsur.

– Vi måste ha en presskonferens, sa hon. Vi sätter den till klockan sex. Till dess säger jag bara att det har inträffat ett mord. Jag avslöjar inte omfattningen. Kom så fort du kan. Men kör inte ihjäl dig.

– Jag får försöka få tag på ett utryckningsfordon.

– Hellre en helikopter. Vi talar om nitton mördade personer, Tobias.

Samtalet tog slut. Tom och Ninni Hansson hade hört varje ord hon sagt. Hon kunde se deras vantro, samma som hon själv gick och bar på.

Det var som om mardrömmen växte. Det var inte verkligheten som kom närmare.

Hon satte sig i en stol efter att ha föst undan en sovande katt.

– Alla i byn är döda. Det är bara ni och Julia som lever. Till och med husdjuren är döda. Jag förstår om ni är chockade. Det är vi alla. Men jag måste ställa några frågor till er. Jag ber er försöka svara så noga som möjligt. Jag vill också att ni försöker tänka på saker jag inte frågar om. Allt som ni kan komma på kan vara viktigt. Förstår ni?

Hon fick tysta och skrämda nickar till svar. Vivi Sundberg bestämde sig för att gå försiktigt framåt. Hon började med att tala om morgonen. När hade de vaknat? Hade de hört några ljud? Och under natten? Hade något hänt? Hade någonting varit annorlunda? De måste försöka leta i minnet. Allt kunde vara av vikt.

De turades om att svara, en fyllde i när den andra avbröt sig. Vivi Sundberg insåg att de två verkligen ansträngde sig att hjälpa henne.

Hon gick bakåt, en sorts vintrigt återtåg genom ett okänt landskap. Hade det hänt något speciellt på kvällen? Ingenting. "Allt var som vanligt", de orden återkom i nästan varje svar de gav henne.

Samtalet avbröts av att Erik Huddén kom in. Vad skulle han göra med journalisterna? Det hade kommit fler, snart skulle de börja förvandlas till en irriterad och otålig flock.

– Vänta en stund, sa hon. Jag kommer ut. Säg att vi ska ha en presskonferens inne i Hudiksvall klockan sex idag.

– Hinner vi det?

– Vi måste.

Erik Huddén försvann. Vivi Sundberg fortsatte samtalet. Ännu ett steg bakåt, till gårdagen. Den här gången var det Ninni som gav svaren.

– Allt var som vanligt igår, sa Ninni. Jag var lite förkyld, Tom högg ved hela dagen.

– Talade ni med någon av grannarna?

41

– Tom växlade väl några ord med Hilda. Men det har vi redan berättat.

– Såg ni några andra?

– Det gjorde jag nog. Det snöade. Då är dom alltid ute och skottar. Jo, jag såg flera av dom utan att jag tänkte på det.

– Såg du nån helt annan?

– Vem skulle det ha varit?

– Nån som inte hörde till? Eller kanske en främmande bil?

– Ingen alls.

– Hur var det dagen innan?

– Det var väl ungefär på samma sätt. Här händer inte mycket.

– Ingenting ovanligt?

– Ingenting.

Hon tog fram ett anteckningsblock och en penna.

– Nu kommer nånting svårt, sa hon. Jag måste be er om alla era grannars namn.

Hon rev av ett papper och lade på bordet.

– Rita upp byn, sa hon. Ert hus och dom andra husen. Sen ger vi dom olika nummer. Ert hus är nummer ett. Jag vill veta vad alla som bodde i dom olika husen hette.

Kvinnan reste sig och hämtade ett större pappersark och ritade upp byn. Vivi Sundberg anade att hon var van att teckna.

– Vad lever ni av? frågade Vivi Sundberg. Jordbruk?

Svaret hon fick förvånade henne.

– Vi har en aktieportfölj. Den är inte stor men vi sköter den noga. När börsen går upp säljer vi och när den går ner köper vi. Vi är "daytraders".

Vivi Sundberg tänkte hastigt att ingenting längre borde förvåna henne. Varför skulle inte ett par övervintrande hippies i en by i Hälsingland kunna handla med aktier?

– Dessutom pratar vi mycket, fortsatte Ninni. Berättar historier för varandra. Det gör inte folk längre nuförtiden.

Vivi Sundberg fick en känsla av att samtalet höll på att glida henne ur händerna.

– Namnen, sa hon. Gärna också ålder. Ta tid på er så att det blir rätt. Men inte mer än nödvändigt.

Hon såg hur de två lutade sig över pappret och mumlande började skriva olika namn. En tanke hade slagit henne. Bland alla tänkbara förklaringar på massakern kunde naturligtvis också finnas den möjligheten att det var någon som bodde i byn som förövat dådet.

Efter femton minuter hade hon sin lista i handen. Antalet stämde inte. Det var en död för mycket. Det måste vara pojken. Hon ställde sig vid fönstret och läste igenom listan. Det verkade som om det i huvudsak fanns tre olika släkter i byn. En grupp som hette Andersson, en annan grupp med namnet Andrén och sedan två personer som hette Magnusson. När hon stod med listan i handen tänkte hon på alla de utflugna barn och barnbarn som inom några timmar skulle drabbas av en stor chock, när de fick veta vad som hade hänt. Vi behöver omfattande hjälp för att kunna underrätta alla, sa hon till sig själv. Det här är en katastrof som berör många fler än jag kan föreställa mig.

Hon insåg att uppgiften till stor del skulle falla på henne själv. Det ingav henne en känsla av både hjälplöshet och rädsla. Det som hade hänt var alltför fruktansvärt för att en normalt sammansatt människa skulle kunna förstå och sedan hantera det.

Alla förnamn flimrade förbi, Elna, Sara, Brita, August, Herman, Hilda, Johannes, Erik, Gertrud, Vendela … Hon försökte se deras ansikten framför sig men bilderna var suddiga.

Plötsligt slog henne en tanke, som hon alldeles hade förbisett. Hon gick ut på gården och ropade till sig Erik Huddén, som pratade med en av de nyanlända kriminalteknikerna.

– Erik, vem var det som upptäckte allt det här?

– Det var en man som ringde. Sen dog han och krockade med en möbelbuss, som kördes av en bosnisk chaufför.

– Krockade han och dog?

– Nej, han dog. En hjärtattack, förmodligen. Sen krockade han.

– Kan det ha varit han som gjort det här?

– Den tanken har inte slagit mig. Hans bil var full med kameror. Han verkade vara fotograf.

– Ta reda på vad du kan om honom. Sen får vi inrätta nån sorts högkvarter i det här huset. Vi måste gå igenom namnen och leta efter anhöriga. Vad hände med chauffören till möbelbussen?

– Han fick blåsa. Men han var nykter. Eftersom han talade så dålig svenska tog dom in honom till Hudiksvall istället för att stå ute på vägen och försöka förhöra honom. Men det verkade inte som om han visste nånting.

– Det vet vi inte än. Var det inte i Bosnien dom slaktade varandra rätt nyligen?

Erik Huddén försvann. Hon skulle just återvända in i huset när hon såg en polisman komma springande längs vägen. Hon gick ut till grinden och mötte honom. Hon såg genast att han var rädd.

– Vi har hittat benet, sa han. Hunden spårade det ungefär femtio meter in bland träden.

Han pekade bort mot skogsbrynet. Vivi Sundberg fick en känsla av att mannen ville säga någonting mer.

– Var det allt?

– Jag tror det är bäst att du tittar själv, sa han.

Sedan vände han sig bort och kräktes. Hon gav sig inte tid att hjälpa honom utan skyndade bort mot skogen. Två gånger halkade hon och ramlade.

När hon kom fram insåg hon vad det var som gjort polismannen så upprörd. Benet hade på sina ställen blivit avgnagt in till skelettet. Foten var helt avbiten.

Hon såg på Ytterström och hundföraren som fanns intill fyndet.

– En kannibal, sa Ytterström. Är det det vi håller på att leta efter? Kom vi och störde mitt i hans måltid?

Någonting föll på Vivi Sundbergs hand. Hon ryckte till. Men det var bara en snöflinga som snabbt smälte.

– Ett tält, sa hon. Ett tält till här. Jag vill inte att spåren förstörs.

Hon blundade och tänkte plötsligt på ett blått hav och vita hus som klättrade längs en varm bergssida. Sedan gick hon tillbaka till aktieägarnas hus och satte sig i deras kök med sin namnlista.

Någonstans måste det finnas något jag inte har upptäckt, tänkte hon.

Långsamt började hon söka sig fram, namn efter namn. Det var som om hon rörde sig genom ett minfält.

4

Vivi Sundberg tänkte att hon betraktade en gravskrift över de omkomna efter en stor katastrof. Om ett flygplan störtat eller en båt gått under skulle man satt upp en minnesplatta där de dödas namn ristats in. Men vem skulle resa minnesstenen över de människor i Hesjövallens by som en natt i januari 2006 hade blivit mördade? Hon sköt pappret med namnen ifrån sig och såg på sina händer. Hon lyckades inte hålla dem stilla. Händerna darrade. Hade det funnits någon annan hon kunnat lämna över till, så hade hon inte tvekat. Hon ville göra ett bra arbete och kanske få beröm. Men polischef ville hon minst av allt befordras till. Hon hade alltid sett sig själv som ärelysten men knappast makthungrig. Men just nu fanns ingen annan som bättre än hon kunde ta ansvar för utredningen. Åklagare Robertsson hade hon lätt att samarbeta med. Tobias Ludwig som snart skulle dyka upp i byn, sannolikt nersläppt från himlen av en helikopter, kunde inte ta ansvar för en brottsutredning. Han var en byråkrat som räknade pengar, nekade övertid och skickade sina underlydande på meningslösa seminarier om hur man undvek att ta illa vid sig av hånfulla tillmälen från människor på gatan.

Hon rös till och drog namnlistan till sig på nytt.

Erik August Andersson

Vendela Andersson

Hans-Evert Andersson

Elsa Andersson

Gertrud Andersson

Viktoria Andersson

Hans Andrén

Lars Andrén

Klara Andrén

Sara Andrén

Elna Andrén

Brita Andrén

August Andrén

Herman Andrén

Hilda Andrén

Johannes Andrén

Tora Magnusson

Regina Magnusson

Arton namn, tre släkter. Hon reste sig och gick in i rummet där makarna Hansson satt i soffan och viskade med varandra. De tystnade när hon kom in.

– Ni sa att det inte fanns några barn här i byn? Stämmer det?

Båda nickade.

– Ni har heller inte sett några barn här under de senaste dagarna?

– Det händer att barnen som kommer på besök har sina egna barn med sig. Men det sker inte särskilt ofta.

Vivi Sundberg tvekade innan hon fortsatte.

– Tyvärr finns det en ung pojke bland dom döda, sa hon.

Hon pekade på ett av husen i byn. Kvinnan såg på henne med uppspärrade ögon.

– Är han också död?

– Ja, han är död. Om det stämmer med vad ni skrivit så fanns han i huset hos Hans-Evert och Elsa Andersson. Är ni säkra på att ni inte vet vem det är?

De såg återigen på varandra och skakade sedan på huvudet. Vivi

47

Sundberg reste sig och gick tillbaka ut i köket. Den nittonde personen hade inget namn. Han är den avvikande, tänkte hon. Han och de två personer som bor här samt den dementa Julia, som är den som slipper förhålla sig till den här katastrofen. De övriga 18 människorna som igår kväll gick och lade sig i sina sängar för att sova är nu döda. Och pojken. Men han hör på något sätt inte till.

Hon vek ihop pappret, stoppade det i fickan och gick ut. Enstaka snöflingor föll mot marken. Allt runt henne var mycket tyst. Bara enstaka röster, en dörr som stängdes, klangen av verktyg. Erik Huddén kom emot henne. Han var mycket blek. Alla var bleka.

– Var är läkaren? frågade hon.

– Ute vid benet.

– Hur verkar hon?

– Chockad. Först rusade hon in på en toalett. Sedan började hon gråta. Men det är fler läkare på väg. Vad gör vi med journalisterna?

– Jag ska tala med dom.

Hon tog upp namnlistan ur fickan.

– Pojken har inget namn. Vi måste ta reda på vem han är. Se till att den här listan blir kopierad. Men dela inte ut den.

– Man förstår det inte, sa Erik Huddén. Arton personer.

– Nitton. Pojken står inte med.

Hon tog upp en penna ur fickan och skrev till "okänd pojke" längst ner på pappret.

Sedan samlade hon de frusna och undrande journalisterna i en halvcirkel ute på vägen.

– Ni ska få en kort kommentar, började hon. Ni får ställa frågor men just nu har vi inga svar. Däremot ska det bli en presskonferens senare i dag inne i stan. Preliminär tid är klockan 18.00. Det enda jag kan säga är att i natt har här skett några mycket grova brott. Det är tills vidare det ni får veta.

En ung, fräknig flicka räckte upp handen.

– Nåt mer måste du kunna säga? Det begriper vi väl själva att det har hänt nåt allvarligt när ni spärrar av hela byn.

Vivi Sundberg kände inte igen flickan. Men på hennes jacka stod namnet på en stor rikstidning.

– Det spelar ingen roll hur mycket du frågar. Av utredningstekniska skäl kan jag inte säga nånting mer just nu.

En av tevejournalisterna stack en mikrofon i ansiktet på henne. Honom hade hon träffat många gånger tidigare.

– Kan du upprepa det du just sa?

Hon gjorde det han bad om, men när han efteråt ville ställa en följdfråga vände hon sig om och gick därifrån. Hon stannade inte förrän hon hade kommit till det sist uppsatta tältet. Ett häftigt illamående kom över henne. Hon gick åt sidan, drog några djupa andetag och gick tillbaka först när illamåendet lagt sig.

En gång under ett av de första åren som polis hade hon svimmat när hon och en kollega kommit till ett hus och hittat en man som hängt sig. Hon ville helst inte att det skulle ske igen.

Kvinnan som satt på huk intill benet såg upp när hon steg in. En stark lampa gjorde det mycket varmt under tältduken. Vivi Sundberg nickade och sa vem hon var. Valentina Miir talade med stark brytning. Hon var i fyrtioårsåldern.

– Vad kan du säga?

– Jag har aldrig sett något liknande, svarade Valentina. Avslitna eller avhuggna kroppsdelar kan man stöta på. Men det här ...

– Är det nån som har ätit på benet?

– Det troliga är förstås att det är ett djur. Men det finns märken här som oroar mig.

– Hur då?

– Djur äter och gnager på ben på ett särskilt sätt. Man kan nästan

49

direkt avläsa vilket djur som har varit framme. Jag misstänker att det är en varg. Dessutom är det en annan sak som du bör se.

Hon sträckte sig efter en genomskinlig plastpåse. I den låg en läderkänga.

– Vi kan utgå från att den satt på foten, sa hon. Ett djur kan naturligtvis ha slitit bort den för att komma åt foten. Men det oroar mig att skosnörena var uppknutna.

Vivi Sundberg mindes att den andra skon satt fastknuten på den döde mannens fot.

I minnet gick hon igenom listan över var alla bodde. Om den stämde kunde det vara Lars Andrén som fått sitt ben avslitet eller avhugget.

– Kan du se nånting mer?

– Det är för tidigt.

– Jag vill att du följer med mig. Jag lägger mig naturligtvis inte i hur du organiserar ditt arbete. Men jag behöver din hjälp.

De lämnade tältet och gick mot det hus där den okände pojken låg död tillsammans med de två personer som sannolikt var Hans-Evert och Elsa Andersson. Det härskade en genomträngande tystnad där inne.

Pojken låg på magen i sin säng. Rummet var litet och hade snedtak. Vivi Sundberg bet ihop tänderna för att inte börja gråta. Mitt emellan två andetag hade hans liv, som knappt ens hade börjat, tagit slut.

De stod tysta.

– Jag förstår inte hur någon kan begå ett så fasansfullt övergrepp mot ett barn, sa Valentina till sist.

– Det är just för att vi inte förstår som vi måste anstränga oss att tränga igenom det här. För att förstå vad som verkligen har hänt.

Läkaren sa ingenting. Samtidigt började en vag tanke söka sig fram genom Vivi Sundbergs medvetande. Först visste hon inte vad det var. Ett mönster, tänkte hon. Någonting som bryts. Sedan insåg hon plötsligt vad som hade fångat hennes uppmärksamhet.

– Kan du se hur många hugg han har fått?

Läkaren böjde sig fram och riktade in en sänglampa mot kroppen. Det dröjde flera minuter innan hon svarade.

– Det verkar som om han bara har fått ett enda hugg. Det har varit direkt dödande.

– Kan du säga något mer?

– Han kan inte ha hunnit märka nånting. Hugget har skurit av ryggraden.

– Har du hunnit se på dom andra kropparna?

– Jag har mest koncentrerat mig på att konstatera att dom verkligen är döda. Jag vill vänta på mina kollegor innan jag börjar på allvar.

– Kan du på rak arm säga om något av dom andra offren har dött av ett enda hugg?

Först var det som om Valentina Miir inte förstod hennes fråga. Sedan gick hon i minnet igenom vad hon hade sett.

– Faktiskt inte, sa hon till sist. Om jag inte tar alldeles fel så hade alla dom andra döda utsatts för en mängd hugg.

– Som inte nödvändigtvis omedelbart var dödande?

– Det är för tidigt att svara på, men troligtvis har du rätt.

– Då tackar jag dig.

Läkaren gick. När Vivi Sundberg blivit ensam letade hon igenom rummet och pojkens kläder för att hitta något som kunde tala om för henne vad han hette. Det fanns ingenting, inte ens ett busskort. Hon gick nerför trappan och ut på gården. Eftersom hon ville vara ifred sökte hon sig till baksidan av huset som vette mot den istäckta sjön. Hon försökte få klarhet i vad det var hon hade upptäckt. Pojken hade dött av ett enda hugg, de andra döda hade utsatts för ett mer systematiskt våld. Vad kunde det betyda? Hon kunde bara hitta en rimlig förklaring, som samtidigt var mycket skrämmande. Den som hade dödat pojken hade velat att han inte skulle plågas. Medan alla de andra hade utsatts för ett våld som snarast var som en utdragen tortyr.

Hon stod och såg mot de disiga bergen bortom sjön. Han ville plåga dem, tänkte hon. Den som höll i svärdet eller kniven ville att de skulle vara medvetna om att de skulle dö.

Varför? Vivi Sundberg förblev svarslös. Ett kraftigt motorljud som närmade sig fick henne att gå tillbaka till framsidan av huset. En helikopter sänkte sig över skogsåsarna och landade på ett gärde i ett snömoln. Tobias Ludwig hoppade ur och helikoptern lyfte genast och satte kurs söderut.

Vivi Sundberg gick och mötte honom. Tobias Ludwig hade lågskor och kom pulsande med snö upp över anklarna. På avstånd tyckte Vivi att han liknade en förvirrad insekt som fastnat i snön och flaxade med vingarna.

De möttes ute på vägen. Ludwig borstade av sig snön.

– Jag försöker förstå, sa han. Vad det var du berättade.

– Det ligger många döda inne i dom här husen. Jag ville att du ska se dom. Sten Robertsson är här. Jag har kallat hit så mycket resurser jag kunnat få tag på. Men nu är det din tur att ta över ansvaret för att vi ska få den hjälp vi behöver.

– Jag kan fortfarande inte förstå. Många döda? Bara gamlingar?

– Det finns en pojke som bryter mönstret. Han är ung. Men han är också död.

För fjärde gången denna morgon gick hon igenom husen. Tobias Ludwig stönade när han följde vid hennes sida. De slutade vid tältet där benet låg. Läkaren hade försvunnit. Tobias Ludwig skakade hjälplöst på huvudet.

– Vad är det som har hänt? Det måste ha varit en galning som har gjort det här?

– Vi vet inte om det är en. Det kan vara fler.

– Galningar?

– Ingen vet.

Han såg granskande på henne.

– Vet vi nånting överhuvudtaget?

– Egentligen inte.

– Det här är för stort för oss. Vi måste ha hjälp.

– Det blir din uppgift. Sen har jag meddelat journalisterna att vi ska ha en presskonferens klockan sex.

– Vad ska vi säga?

– Det beror på hur många anhöriga vi har lyckats få tag på. Det blir också din uppgift.

– Att leta efter anhöriga?

– Erik har en namnlista. Du får börja med att organisera arbetet. Kalla in ledig personal. Det är du som är chef.

Robertsson kom gående längs vägen.

– Detta är skrämmande fasansfullt, sa Tobias Ludwig. Frågan är om något liknande någonsin tidigare har inträffat i Sverige.

Robertsson skakade på huvudet. Vivi Sundberg betraktade de två männen. Känslan av att det var bråttom, att något ännu värre skulle ske om hon inte skyndade sig, blev allt starkare.

– Börja med namnen, sa hon till Tobias Ludwig. Jag behöver verkligen din hjälp.

Sedan tog hon Robertsson i armen och ledde honom bort längs vägen.

– Vad tänker du?

– Att jag är rädd. Är inte du det?

– Jag hinner inte känna efter.

Sten Robertsson betraktade henne med kisande ögon.

– Men du tror nånting? Det gör du alltid.

– Inte den här gången. Det kan ha varit tio personer utan att vi just nu kan säga ja eller nej. Vi arbetar förutsättningslöst. Dessutom måste du vara med på presskonferensen.

– Jag avskyr att tala med journalister.

– Det kan inte hjälpas.

Robertsson försvann. Hon skulle just gå och sätta sig i sin bil när hon såg att Erik Huddén viftade. Han var på väg mot henne och hade något i ena handen. Han har hittat mordvapnet, tänkte hon. Det vore det bästa av allt, det skulle vi verkligen behöva. Om vi nu inte snart lyckas gripa gärningsmannen.

Men Erik Huddén hade inget vapen i handen. Däremot en plastpåse som han räckte över till henne. I påsen låg ett tunt rött sidenband.

– Det var hunden som hittade det. Inne i skogen. Ungefär trettio meter från benet.

– Fanns det några spår?

– Dom undersöker det just nu. Men hunden markerade bandet. Han visade inga tecken på att vilja söka vidare inåt skogen.

Hon lyfte upp påsen tätt intill ansiktet. För att fixera innehållet höll hon för sitt ena öga.

– Det är tunt, sa hon. Verkar vara av silke. Hittade ni inget annat?

– Bara det. Det lyste i snön.

Hon lämnade tillbaka påsen.

– Då vet vi det, sa hon. På presskonferensen kan vi meddela världen att vi har nitton döda människor och ett spår i form av ett rött silkesband.

– Vi kanske kan hitta något annat.

– Gör det. Och grip gärna den människa som har gjort det här. Eller monster, ska man kanske säga.

När Erik Huddén hade gått satte hon sig i sin bil för att få vara ensam och tänka. Genom framrutan kunde hon se hur Julia fördes bort av några kvinnor från hemtjänsten. Hon är lyckligt ovetande, tänkte

Vivi Sundberg. Julia kommer aldrig att inse vad som hände i husen runt hennes eget den här natten i januari.

Hon slöt ögonen och lät listan med namn rulla genom sitt huvud. Fortfarande kunde hon inte para ihop de olika namnen med de ansikten hon nu hade sett vid fyra olika tillfällen. Var började det? tänkte hon. Ett hus var det första, ett måste ha varit sist. Gärningsmannen, vare sig han var ensam eller inte, måste ha vetat vad han gjorde. Han sökte inte upp husen på måfå, han försökte inte ta sig in hos aktieägarna eller hos den senila kvinnan. Han lämnade deras hus ifred.

Hon slog upp ögonen och stirrade ut genom vindrutan. Det är planlagt, tänkte hon. Det måste vara så. Men kan en vettvilling verkligen förbereda sig för ett sådant dåd? Hänger det ihop?

Hon trodde nog att en galen människa kunde agera mycket rationellt. Det hade hon tidigare en viss erfarenhet av. Hon påminde sig en rättshaverist som många år tidigare dragit sitt vapen i tingshuset i Söderhamn och skjutit ihjäl bland annat domaren. När polisen senare kom till hans bostad ute i skogen hade han apterat sprängladdningar i hela huset. Han var en galning med en passionerad plan.

Hon hällde upp det sista som fanns i termosen. Motivet, tänkte hon. Även en sinnessjuk måste ha ett motiv. Kanske inre röster manar honom att döda alla som kommer i hans väg. Men kunde rösterna rikta honom mot just Hesjövallen? I så fall varför? Hur stor roll spelade tillfälligheten i detta drama?

Tanken förde henne tillbaka till utgångspunkten. Alla i byn var inte döda. Tre personer hade mördaren låtit leva trots att han kunde ha dödat även dem, om han velat. Däremot hade han dödat en pojke som bara verkade ha varit på tillfälligt besök i denna fördömda by.

Pojken kan vara nyckeln, tänkte hon. Han hör inte hemma i byn. Ändå dör han. Två personer som bott här i tjugo år får behålla livet.

Hon insåg att hon hade en fråga som hon omedelbart behövde få svar på. Något som Erik Huddén hade sagt. Mindes hon rätt? Vad hette Julia i efternamn?

Julias hus stod olåst. Hon gick in och läste det papper som Erik Huddén hade hittat på köksbordet. Svaret hon fick på sin fråga gjorde att hennes hjärta började slå fortare. Hon satte sig ner och försökte sammanfatta sina tankar.

Det hon kom fram till var osannolikt men kunde ändå stämma. Hon slog Erik Huddéns telefonnummer. Han svarade genast.

– Jag sitter i Julias kök. Hon med badrocken, som stod ute på vägen. Kom hit.

– Jag kommer.

Erik Huddén satte sig mitt emot henne vid bordet. Genast reste han sig igen och tittade på stolsitsen. Han luktade och bytte sedan stol. Hon såg undrande på honom.

– Urin, sa han. Den gamla damen måste ha kissat på sig. Vad var det du skulle säga?

– Jag vill att du lyssnar på en tanke. Den verkar orimlig men ändå på något sätt logisk. Vi stänger av telefonerna så vi inte blir störda.

De lade sina telefoner på bordet. Som om vi lämnar ifrån oss våra vapen, tänkte Vivi Sundberg.

– Jag ska försöka göra en sammanfattning av nånting som egentligen inte alls kan sammanfattas. Ändå anar jag en sorts underlig logik i det som har skett här i natt. Jag vill att du lyssnar och sen talar om för mig om jag har tänkt alldeles fel. Eller var det brister.

Det slog i ytterdörren. En nyanländ kriminaltekniker kom ut i köket.

– Var finns dom som är döda?

– Inte i det här huset.

Kriminalteknikern försvann igen.

– Det handlar om namnen, började hon. Fortfarande vet vi inte vad pojken heter. Men om min tanke stämmer så är han släkt med den familj Andersson som bodde och dog i det hus där vi hittade honom. En nyckel till allt som hänt här i natt är namnen. Släkterna. Här i byn verkar man ha hetat Andersson, Andrén eller Magnusson. Men Julia som bor i det här huset heter Holmgren. Det står på papret från hemtjänsten. Julia Holmgren. Hon lever. Dessutom har vi Tom och Ninni Hansson. Dom lever också, och har ett annat namn. Av det här skulle man kunna dra en slutsats.

– Att den som gjort det här på något sätt, med något skäl, har varit ute efter folk som heter likadant, sa Huddén.

– Tänk ett steg vidare! Det här är en liten by. Rörligheten har inte varit stor. Mellan dom här familjerna har med största sannolikhet pågått ingiften. Jag talar inte om att det skulle handla om inavel. Bara det att det finns skäl att tro att det inte handlar om tre släkter utan kanske två. Eller till och med en. Det skulle kunna betyda att vi förstår varför Julia Holmgren och familjen Hansson fortfarande lever.

Vivi Sundberg tystnade och väntade på Erik Huddéns reaktion. Hon hade aldrig uppfattat honom som särskilt intelligent, men hon hade respekt för hans förmåga att med sin intuition leta sig fram till något som var rätt.

– Om det stämmer måste det betyda att han som gjort det kände dom här människorna mycket ingående. Vem gör det?

– Kanske en släkting? Men lika gärna en galning.

– En galen släkting? Varför gör han det här?

– Det vet vi inte. Jag försöker bara förstå varför inte alla i byn är döda.

– Hur förklarar du det avhuggna och bortsläpade benet?

– Jag kan inte förklara det. Men jag behöver nån liten byggsten att börja med. Min oklara tanke och ett rött sidenband är allt vi har.

– Jag hoppas att du inser vad som kommer att hända?

– Att vi kommer att bli överfallna av massmedia?

Erik Huddén nickade.

– Det får Tobias ta ansvar för.

– Han kommer att knuffa dig framför sig.

– Då knuffar jag dig.

– Aldrig i helvete!

De reste sig från bordet.

– Jag vill att du åker in till stan, sa hon. Tobias skulle börja med att avdela personal till att söka efter anhöriga. Jag vill att du tar ansvar för att det verkligen blir gjort. Och att du letar efter samband mellan de här tre släkterna. Men låt det stanna mellan oss tills vidare.

Erik Huddén försvann. Vivi Sundberg gick till diskhon och hällde upp ett glas vatten. Undrar hur mycket min tanke är värd? tänkte hon. Just nu i alla fall minst lika mycket som någonting annat.

Samma eftermiddag strax före klockan halv sex samlades några av poliserna på Tobias Ludwigs kontor. De bestämde vad som skulle sägas på presskonferensen. Någon namnlista över de döda skulle inte lämnas ut. Men antalet offer skulle uppges och man skulle erkänna att polisen än så länge saknade spår. Allmänhetens iakttagelser var ytterst värdefulla och behövdes mer än någonsin.

Tobias Ludwig beredde sig på att inleda. Sedan skulle Vivi Sundberg ta över.

Innan hon gick in i rummet som var fullt av journalister stängde hon in sig på en toalett. Hon betraktade sitt ansikte i spegeln. Jag önskar jag kunde vakna, tänkte hon. Och att allt detta var borta.

Sedan gick hon ut, slog med näven några gånger hårt i korridorväggen och steg in i ett rum som redan var packat med folk och alldeles för varmt. Hon gick upp på det lilla podiet och satte sig bredvid Tobias Ludwig.

Han såg på henne. Hon nickade åt honom att han kunde börja.

Domaren

5

En nattfjäril lösgjorde sig ur mörkret och fladdrade oroligt runt arbetslampan. Birgitta Roslin lade ifrån sig pennan och lutade sig bakåt i stolen medan hon betraktade fjärilens fåfänga försök att tränga igenom porslinskupan. Det fladdrande ljudet av vingarna påminde henne om något ljud från barndomen utan att hon säkert kunde säga vad.

Hennes minne var alltid särskilt mottagligt när hon var trött, som nu. På samma sätt som under sömnen kunde oåtkomliga minnen från långt tillbaka dyka upp från ingenstans.

Som nattfjärilen.

Hon blundade och masserade tinningarna med fingertopparna. Klockan var några minuter efter midnatt. Vid två tillfällen hade hon hört nattvakterna passera genom tingsrättens ekande lokaler när de gjorde sina kontroller. Hon tyckte om att arbeta på kvällarna, när huset var tomt. För många år sedan, när hon hade varit notarie i Värnamo, hade hon ofta gått in i den tomma tingssalen på kvällen, tänt några lampor och suttit där och lyssnat på tystnaden. Hon hade föreställt sig att tingssalen var som en tom teaterscen. Det fanns spår i väggarna, viskande röster, som levde kvar efter all den dramatik som utspelats under rättegångar i det förflutna. Där hade mördare dömts, våldsmän, tjuvar. Och män hade svurit sig fria i en oändlig rad av tröstlösa faderskapsmål. Andra hade blivit frikända och återfått den värdighet som varit ifrågasatt.

När Birgitta Roslin sökt sin tingsmeritering och erbjudits att bli notarie i Värnamo hade hennes avsikt varit att bli åklagare. Men det var under notarietiden som hon växlat in på det som blev hennes slutgiltiga spår. Till stor del berodde förändringen på den gamle häradshövdingen Anker som gjort ett outplånligt intryck på henne. Han hade med samma tålamod lyssnat på de unga män som med uppenbara lögner försökte svära sig fria från faderskap och kallhamrade våldsmän som inte ångrade någon av sina brutala gärningar. Det var som om den gamle domaren hade ingett henne en respekt för rättsväsendet som hon tidigare tagit för självklar. Nu hade hon upplevt den, inte bara i ord, utan som gärning. Rättvisa var handling. När hon lämnade staden hade hon bestämt sig för att beträda domarbanan.

Hon reste sig ur stolen och gick fram till fönstret. Nere på gatan stod en man och kissade mot en husvägg. Det hade snöat under dagen över Helsingborg, ett tunt lager av pudersnö som nu virvlade längs gatan. Medan hon frånvarande betraktade mannen arbetade hennes hjärna oavbrutet vidare med den dom hon höll på att skriva. Hon hade gett sig en respit till dagen efter. Då måste den vara klar.

Mannen nere på gatan försvann. Birgitta Roslin återvände till skrivbordet och grep sin penna. Vid olika tillfällen hade hon försökt författa sina domar på en dator. Men hon lyckades aldrig. Det var som om datortangenterna sprang ifrån hennes tankar. Hon återvände alltid till sin blyertspenna. Först när domen var färdig, alla korrigeringar gjorda, skrev hon ut den på den susande skärmen där fiskar simmade omkring medan tangenterna väntade.

Hon lutade sig över pappren med de kladdiga ändringarna och tilläggen. Det var ett enkelt mål, med övertygande bevisning och ändå en dom som vållade henne stora problem.

Hon ville döma till påföljd men kunde inte.

En man och en kvinna hade träffats på en av Helsingborgs danskrogar. Kvinnan var ung, knappt mer än 20 år, hade druckit för mycket. Mannen som var i 40-årsåldern hade lovat att ledsaga henne hem till lägenheten och fått lov att följa med in för att dricka ett glas vatten. Kvinnan hade somnat på soffan. Där hade han våldtagit henne, utan att hon vaknat, och sedan gett sig av. På morgonen hade kvinnan bara vagt erinrat sig vad som hänt på soffan under natten. Hon tog kontakt med sjukhuset, blev undersökt och fick våldtäkten fastställd. Mannen blev åtalad efter en polisutredning som varken var grundligare eller slarvigare än många andra liknande förundersökningar. Ett år efter att våldtäkten hade ägt rum hölls rättegången. Birgitta Roslin hade suttit i sin lagmansstol och betraktat den unga kvinnan. Hon hade i förundersökningsmaterialet kunnat läsa sig till att kvinnan livnärde sig på att vikariera som kassörska i olika matvaruaffärer. I ett person-utlåtande kunde hon se att kvinnan drack för mycket. Dessutom hade hon snattat och en gång fått lämna ett vikariat eftersom hon misskött det.

Den åtalade mannen var på många sätt hennes motsats. Han arbetade som fastighetsmäklare med affärslokaler som specialitet. Han omgavs av goda vitsord. Han var ogift och hade hög lön. Det fanns inga noteringar om honom i polisens register. Men Birgitta Roslin tyckte att hon kunde se igenom honom, där han satt i sin dyra och väl-pressade kostym. För henne rådde det inga tvivel om att han våldtagit kvinnan när hon somnat på soffan. Det hade med hjälp av DNA-test varit möjligt att fastslå att han verkligen haft samlag med henne. Men han nekade till våld och övergrepp. Hon hade varit med på det hela, sa både han och den advokat från Malmö som Birgitta Roslin från tidigare visste utan tveksamhet försvarade en klient med alla cyniska argument som han kunde tänka ut. Det hela var som en återvänds-gränd. Ord stod mot ord, en oförvitlig mäklare mot en berusad kassörska som faktiskt släppt in honom i sin lägenhet mitt i natten.

Det gjorde henne upprörd att hon inte kunde fälla honom. Hur mycket hon än försvarade den grundläggande uppfattningen att man hellre borde fria än fälla i oklara brottmål, kunde hon inte tänka annat än att en skyldig här skulle gå fri från ett av de värsta övergrepp en människa kunde begå mot någon annan. Det fanns inget lagrum hon kunde använda, inget sätt att tolka åklagarens åtal och bevisning på annat än att mannen måste frikännas.

Vad hade den kloke häradshövdingen Anker kunnat göra? Vilka råd hade han kunnat ge henne? Han hade säkert delat min uppfattning, tänkte Birgitta Roslin. En skyldig man går fri. Gamle Anker hade blivit lika upprörd som jag. Och han hade varit lika tyst som jag. Det är domarens plåga, att vi måste lyda lagen trots att vi mot bättre vetande släpper en brottsling ut på gatan igen, utan att han blivit bestraffad. Kvinnan som kanske inte var Guds allra bästa barn skulle komma att få leva med den kränkande oförrätten i hela sitt liv.

Hon reste sig från stolen och lade sig ner på soffan som stod i hennes rum. Den hade hon köpt för egna pengar och ställt dit istället för den obekväma fåtölj som Domstolsverket erbjöd. Hon hade lärt av häradshövdingen att ta en nyckelknippa i handen och blunda. När hon tappade nyckelknippan i golvet var det dags att vakna. En kort stund behövde hon vila. Sedan skulle hon skriva färdigt domen, gå hem och sova och dagen efter renskriva den. Hon hade gått igenom allt som fanns att gå igenom och något annat beslut än ett frikännande kunde inte komma ifråga.

Hon somnade och drömde om sin far som hon inte hade några egna minnen av. Han hade varit fartygsmaskinist. Under en svår storm i mitten av januari 1949 hade ångfartyget Runskär gått under med man och allt i Gävlebukten. Hans kropp hade aldrig återfunnits. Birgitta Roslin hade inte varit född när det hände. Den bild hon hade av sin far kom från de fotografier som fanns i hennes hem. Framförallt var det en bild där han står vid relingen på ett fartyg, med rufsigt hår och uppkavlade armar. Han ler mot någon på kajen, en styr-man som håller i kameran, hade hennes mor berättat. Men Birgitta Roslin hade alltid föreställt sig att det egentligen var henne han stod och såg på, trots att fotografiet var taget innan hon ens var född. I drömmarna brukade han återkomma. Nu log han mot henne precis som på bilden, men försvann som om en dimma hade kommit rul-lande och gjort honom osynlig.

Hon vaknade med ett ryck. Genast visste hon att hon hade sovit alldeles för länge. Tricket med nyckelknippan hade inte fungerat. Hon hade tappat den utan att märka det. Birgitta Roslin satte sig upp och såg på klockan. Den var redan över sex på morgonen. Hon hade sovit mer än fem timmar. Jag är slutkörd, tänkte hon. Som de flesta andra sover jag för lite. Det är för mycket i mitt liv som oroar mig. Men just nu är det framför allt den här orättvisa domen som gör mig missnöjd och nerstämd.

Birgitta Roslin ringde upp sin man som säkert hade börjat undra vart hon tagit vägen. Det var visserligen inte alldeles ovanligt att hon ibland låg över på sin kontorssoffa när de hade grälat. Men så hade inte varit fallet dagen innan.

Han svarade på första signalen.

– Var är du?

– Jag somnade på mitt rum.

– Varför måste du sitta och arbeta på nätterna?

– Det är en besvärlig dom jag håller på med.

– Jag tyckte du sa att du måste frikänna den där mannen?

– Det är just det som gör den så besvärlig.

– Kom hem och lägg dig. Jag går nu. Jag har bråttom.

– När kommer du tillbaka?

– Vid niotiden. Om det inte blir några förseningar. Det ska komma snö i Halland.

Hon lade på luren och tänkte plötsligt med stor ömhet på sin man. De hade träffats när båda var mycket unga och studerade juridik i Lund. Staffan Roslin hade gått ett år före henne. Första gången hade de stött ihop på en fest som gemensamma vänner bjudit in till. Efter det hade Birgitta aldrig kunnat föreställa sig ett liv med någon annan man. Hon hade överväldigats av hans ögon, och hans längd, hans stora händer och hans hjälplösa sätt att rodna.

Staffan hade utbildat sig till advokat. Men en dag hade han kommit hem och sagt att han inte orkade mer utan ville leva ett annat liv. Hon hade inte varit förvarnad och stått oförstående, eftersom han inte ens hade antytt att han med allt tyngre steg gick till sitt advokatkontor i Malmö, där de då bodde. Dagen efter hade han till hennes förvåning börjat omskola sig till tågkonduktör och en morgon stått i en blåröd uniform framför henne i vardagsrummet och meddelat att han samma dag klockan 12.19 skulle ta ansvar för tåg 212 från Malmö mot Alvesta och vidare till Växjö och Kalmar.

Det hade inte dröjt länge förrän hon kunde märka att han blivit en gladare människa. När han valde att bryta sig ut ur sin tillvaro som advokat hade de redan fyra barn, först en son, sedan en dotter och till sist ett tvillingpar, båda döttrar. Barnen hade kommit tätt, hon kunde tänka tillbaka på den tiden med förundran. Hur hade de orkat? Fyra barn inom loppet av sex år. De hade brutit upp från Malmö och flyttat till Helsingborg när hon fått tjänst som domare.

Nu var barnen vuxna. Tvillingarna hade flyttat ut året innan, båda till Lund, till en gemensam lägenhet. Men hon gladde sig över att de inte studerade samma ämne och att ingen av dem tänkte sig en framtid som jurist. Siv, som var nitton minuter äldre än sin syster Louise, hade efter mycken vilsenhet bestämt sig för att bli veterinär. Louise, som skilde sig från systern genom sitt hetsiga temperament, hade hoppat runt i livet, sålt kläder i en herrekipering för att sedan börja läsa statskunskap och religionshistoria vid universitetet. Många gånger hade Birgitta Roslin försökt locka ur sin dotter vad hon egentligen ville med sitt liv. Men hon var den mest förborgade av de fyra barnen, sa aldrig mycket om sina tankar. Birgitta Roslin anade att det var Louise som mest påminde om henne själv. Sonen David, som arbetade på ett stort medicinföretag, var i nästan allt lik sin far. Den tredje dottern, Anna, hade till föräldrarnas stora vånda gett sig ut på långa resor i Asien utan att de visste särskilt mycket om vad hon hade för sig.

Min familj, tänkte Birgitta Roslin. Den stora oron och den stora glädjen. Men utan den vore det mesta i mitt liv förfelat.

I korridoren utanför hennes tjänsterum fanns en stor spegel. Hon betraktade sitt ansikte och sin kropp. Vid tinningarna hade det kortklippta, mörka håret börjat få inslag av grått. Ovanan att knipa ihop läpparna gav henne ett avvisande ansiktsuttryck. Men det som plågade henne var att hon lagt på sig vikt de senaste åren. Tre, fyra kilo, inte mer. Men ändå tillräckligt för att det syntes på hennes kropp.

Hon tyckte inte om det hon såg. Hon visste att hon i grunden var en attraktiv kvinna. Nu höll hon på att förlora sin utstrålning. Och hon gjorde inte motstånd.

Hon lade ett besked på sin sekreterares bord om att hon skulle komma senare denna dag. Det hade blivit mildare, snön hade redan börjat smälta. Hon började gå mot sin bil som stod parkerad på en tvärgata.

Men plötsligt ändrade hon sig. Det var inte sova hon behövde i första hand. Viktigare var att vädra igenom huvudet och tänka på något annat. Birgitta Roslin vände och gick ner mot hamnen. Det var vindstilla. Molntäcket från dagen innan hade börjat spricka upp. Hon gick ner till den pir där färjorna till Helsingör avgick. Överfarten tog inte många minuter. Men hon tyckte om att sitta ombord, dricka en kopp kaffe eller ett glas vin och betrakta sina medresenärer som gick igenom sina spritkassar från inköpen i Danmark. Hon satte sig vid ett kladdigt hörnbord. I en plötsligt uppflammande irritation kallade hon till sig en flicka som gick runt och plockade disk.

– Nu måste jag klaga, sa hon. Det här bordet är avplockat, men inte torkat. Det är obeskrivligt kladdigt.

Flickan ryckte på axlarna och torkade rent. Birgitta Roslin tittade med avsmak på den smutsiga trasan. Men hon sa inget mer. Flickan påminde på något sätt om den unga kvinna som blivit våldtagen. Varför visste hon inte. Kanske var det hennes ointresse för att ens sköta sitt diskplockande ordentligt? Eller en annan sorts hjälplöshet Birgitta Roslin inte kunde beskriva?

Färjan började vibrera. Det ingav henne en känsla av välbehag, kanske till och med vällust. Hon mindes första gången hon rest utomlands. Då hade hon varit nitton år. Tillsammans med en väninna hade hon åkt på språkkurs i England. Den resan hade också börjat med en färja, den mellan Göteborg och London. Birgitta Roslin skulle aldrig glömma känslan när hon stod på däck och visste att hon var på väg mot något befriande okänt.

Samma frihet kunde komma över henne när hon nu for fram och tillbaka över det smala sundet mellan Sverige och Danmark. Tanken på den obehagliga domen försvann ur hennes medvetande.

Jag är inte ens längre mitt i livet, tänkte hon. Jag är förbi den punkten man inte är medveten om när man passerar. Särskilt många viktiga beslut återstår inte i mitt liv. Jag förblir domare tills jag går i pension. Rimligtvis hinner jag få uppleva barnbarn innan allt är över.

Men hon visste att den känsla och den olust som mest sysselsatte henne var att äktenskapet med Staffan höll på att torka ihop och dö. De var goda vänner, kunde ge varandra den nödvändiga tryggheten. Men kärleken, den sensuella vällusten av att vara i varandras närhet, hade helt försvunnit.

Om fyra dagar skulle det ha gått ett år sedan de senast hade rört vid varandra och älskat innan de somnat. Hon hade känt en ökad vanmakt ju närmre årsdagen kom. Nu var den snart här. Gång på gång hade hon försökt tala med Staffan om ensamheten hon kände. Men han var inte beredd att prata, drog sig undan, ville skjuta på det samtal han naturligtvis erkände var viktigt. Han bedyrade att han inte kände sig dragen till någon annan, det var bara en känsla som saknades, som säkert snart skulle infinna sig igen. Bara de hade tålamod.

Hon sörjde den förlorade gemenskapen med sin man, den ståtlige tågmästaren med sina stora händer och ansiktet som så lätt rodnade. Men hon tänkte inte ge sig, hon ville ännu inte att deras förhållande bara skulle vara en förtrolig vänskap och ingenting mer.

Birgitta Roslin hämtade påfyllning och bytte till ett annat bord som var mindre nerkladdat. Några yngre män som redan var kraftigt berusade trots tidpunkten på dagen förde en diskussion om det var Hamlet eller Macbeth, som hade varit fånge på Kronborgs slott som ruvade på sin klippa intill Helsingör. Hon lyssnade roat på samtalet och kände sig frestad att blanda sig i.

Vid ett hörnbord satt några unga pojkar, knappast mer än fjorton eller femton år. Sannolikt skolkade de från skolan. Varför skulle de inte göra det när ändå ingen tycktes bry sig om det? Hon längtade minst av allt tillbaka till den auktoritära skola hon själv hade upplevt. Samtidigt tänkte hon på en händelse från året innan. Något som hade fått henne att förtvivla över den svenska rättsstatens tillstånd och gjort att hon mer än någonsin hade längtat efter sin rådgivare Anker, som nu varit död i trettio år.

I ett bostadsområde strax utanför Helsingborg hade en nästan 80-årig kvinna drabbats av en akut hjärtåkomma och ramlat omkull på en gångväg. Några unga pojkar, den ene tretton, den andra fjorton, hade kommit förbi. Istället för att hjälpa den gamla kvinnan hade de utan att tveka först plockat till sig hennes plånbok i handväskan och sedan försökt våldta henne. Hade inte en man med hund kommit förbi hade våldtäkten sannolikt blivit fullbordat. Polisen kunde senare gripa de två pojkarna. Men eftersom de var minderåriga blev de släppta.

Birgitta Roslin hade fått kunskap om händelsen av en åklagare, som i sin tur hade hört en polis berätta. Hon hade blivit arg och försökt ta reda på varför ingen anmälan hade gjorts till de sociala myndigheterna. Snart hade hon insett att kanske hundra barn varje år begick brott som aldrig fick någon som helst påföljd. Ingen talade med föräldrarna, inga sociala myndigheter underrättades. Det gällde inte bara enkla snatterier utan handlade också om rån och misshandel, där bara turen gjort att det inte blivit en dödlig utgång.

Det fick henne att tvivla på hela det svenska rättssystemet. Vems tjänare var hon egentligen? Rättvisans eller likgiltighetens? Och vad skulle konsekvenserna bli om alltfler barn tilläts begå brott utan att någon reagerade? Hur hade det kunnat gå så långt att själva det demokratiska fundamentet hotades av ett vacklande rättssystem?

Hon drack upp kaffet och tänkte att hon skulle arbeta i ännu tio år. Skulle hon orka? Kunde man vara en bra och rättvis domare om man hade börjat tvivla på att rättsstaten verkligen fungerade?

Hon visste inte. För att skaka av sig tankarna hon ändå inte fick någon ordning på for hon ytterligare en gång över sundet. När hon steg av på den svenska sidan var klockan nio. Hon korsade den breda huvudgatan som ledde rakt igenom Helsingborg. När hon vek runt ett gathörn råkade hon kasta en blick på några löpsedlar från de stora kvällstidningarna, som en man just höll på att sätta upp. Krigsrubriker slog emot henne. Hon stannade och läste: "Massmord i Hälsingland." "Ohyggligt brott. Polisen utan spår." "Ingen vet hur många döda. Massmord."

Hon fortsatte mot bilen. Sällan eller aldrig köpte hon några kvälls-

tidningar. Hon fann alla de ovederhäftiga angrepp som vid olika till-
fällen riktades mot det svenska rättssystemet störande och ibland till
och med stötande. Även om hon själv höll med om mycket, tyckte
hon inte om kvällstidningarna. Oftast skadade de den viktiga kriti-
ken, även om uppsåtet möjligen hade varit gott.

Birgitta Roslin bodde i Kjellstorps villaområde vid stadens norra
infart. På vägen stannade hon vid en affär. Butiken ägdes av en in-
vandrad pakistanier som alltid mötte henne med ett stort leende. Han
visste att hon var domare och visade henne stor respekt. Hon undrade
om det överhuvudtaget fanns kvinnliga domare i Pakistan. Men hon
hade aldrig frågat.

När hon kom hem tog hon ett bad och lade sig sedan att sova.
Hon vaknade klockan ett och kände sig äntligen utsövd. Efter att ha
ätit några smörgåsar och druckit kaffe återvände hon till arbetet.
Några timmar senare hade hon på sin dator skrivit ut domen som
frikände den skyldige mannen och lämnat den på sin sekreterares
bord. Tydligen pågick någon sorts fortbildning i tingsrätten, som
hon antingen inte blivit informerad om eller troligare alldeles hade
glömt bort. När hon kom hem värmde hon en kycklinggryta från
dagen innan till middag. Det som blev kvar lämnade hon i kylskåpet
till Staffan.

Hon satte sig i soffan med en kaffekopp och slog på textteven. Då
påmindes hon om de rubriker hon sett tidigare på dagen. Polisen
hade inga egentliga spår och ville heller inte offentliggöra hur många
som blivit dödade och deras namn, eftersom man ännu inte hade
lyckats kontakta de närmast anhöriga.

En galning, tänkte hon, som antingen har förföljelsemani eller som
anser sig illa behandlad.

Åren som domare hade lärt henne att det fanns många olika for-
mer av galenskap som kunde driva människor till att begå avskyvärda

brott. Men hon hade också lärt sig att rättspsykiatriker inte alltid lyckades avslöja dem som sökte ett mildare straff genom att utge sig för att vara sjuka.

Hon stängde av teven och gick ner i källaren där hon hade inrättat ett litet förråd med röda viner. Där låg ett antal beställningskataloger från olika vinimportörer. Det var bara några år tidigare som hon insett att barnens utflyttning hade inneburit att hennes och Staffans ekonomi hade förändrats. Nu tyckte hon sig ha råd att unna sig någonting extra och bestämde sig för att köpa in ett par flaskor rödvin varje månad. Det roade henne att studera vinimportörernas erbjudanden och sedan prova sig fram. Att betala kanske 500 kronor för en flaska innebar i sig en nästan förbjuden njutning för henne. Vid två tillfällen hade hon lyckats locka med Staffan på resor till Italien, där de besökt olika vingårdar. Hon hade aldrig lyckats få honom mer än måttligt intresserad. Men i utbyte följde hon med honom på jazzkonserter i Köpenhamn, trots att den musiken knappast tillhörde den hon uppskattade mest.

Det var kallt i källaren. Hon kontrollerade att temperaturen var fjorton grader och satte sig sedan på en pall mellan hyllorna. Där, bland flaskorna, kunde hon känna en stor ro. Hade hon haft valet att stiga ner i en bassäng med uppvärmt vatten hade hon ändå föredragit sin källare där det just denna dag fanns 114 flaskor liggande i sina hyllor.

Men den ro hon kunde känna där i källaren, var den egentligen helt verklig? Om någon hade sagt till henne när hon var ung att hon en dag skulle samla på viner, skulle hon vägrat att tro det hon hörde. Hon skulle inte bara ha förnekat möjligheten, hon skulle ha blivit upprörd. Under hennes studieår i Lund hade hon känt samhörighet med de vänsterradikala kretsar, som mot slutet av 1960-talet ifrågasatte både universitetsutbildningen och det samhälle där hon en dag skulle verka. Att samla på vin skulle hon den gången ha betraktat som bortspilld tid och möda, ett rakt igenom borgerligt och därmed förkastligt tidsfördriv.

Hon satt där fortfarande i sina tankar när hon hörde Staffan på ovanvåningen. Hon sköt undan katalogen och gick uppför källartrappan. Han hade just tagit fram kycklinggrytan ur kylskåpet. På bordet låg några kvällstidningar som han tagit med sig från tåget.

– Har du sett?

– Det har visst hänt nåt i Hälsingland?

– Nitton personer är döda.

– På textteve stod att antalet inte var känt.

– Det här är den senare upplagan. Dom har dödat nästan alla människor i en by. Man tror inte det är sant. Hur gick det med domen du höll på att skriva?

– Den är klar. Jag frikänner honom. Det finns ingen annan möjlighet.

– Det kommer att bli liv i tidningarna.

– I så fall är det bara bra.

– Du kommer att bli kritiserad.

– Säkert. Men jag kan ju be journalisterna att själva slå upp i lagböckerna och sen fråga dom om dom vill att vi ska övergå till lynchjustis i det här landet.

– Massmordet kommer nog att dra intresset från ditt fall.

– Naturligtvis. Vad är en liten sjaskig våldtäkt mot ett brutalt massmord?

De lade sig tidigt den kvällen. Han skulle tjänstgöra på ett morgontåg och hon hittade inget på teve som intresserade henne. Hon hade också bestämt vilket vin hon skulle köpa. En låda Barolo Arione 2002 som kostade 252 kronor flaskan.

Hon vaknade med ett ryck vid midnatt. Staffan sov lugnt vid hennes sida. Det hände ibland att hon vaknade av plötsliga hungerkänslor. Hon satte på sig morgonrocken, gick ner i köket, kokade svagt te och bredde några smörgåsar.

Kvällstidningarna låg kvar på bordet. Hon bläddrade förstrött i en av dem. Det var svårt att få någon klar bild av vad som egentligen hade hänt i byn i Hälsingland. Men att ett stort antal människor blivit brutalt ihjälslagna rådde det inget tvivel om.

Hon skulle just lägga bort tidningen när hon hajade till. Bland de döda fanns flera som hette Andrén. Hon läste noga igenom texten och började sedan bläddra i den andra kvällstidningen. Samma sak där.

Birgitta Roslin stirrade på tidningssidan. Kunde det verkligen vara sant? Eller mindes hon fel? Hon gick in i sitt arbetsrum och tog fram en dokumentmapp, som var ombunden av ett rött band, ur en av skrivbordets hurtsar. Hon tände arbetslampan och öppnade mappen. Eftersom hon inte hittade sina glasögon lånade hon ett par av Staffan. De var något svagare, men hon kunde ändå använda dem.

I mappen hade Birgitta Roslin samlat alla papper som hade med hennes föräldrar att göra. Också hennes mor var borta sedan mer än femton år. Hon hade drabbats av cancer i bukspottkörteln och dött på mindre än tre månader.

Till sist hittade hon i ett brunt kuvert det fotografi hon letade efter. Hon tog fram sitt förstoringsglas och såg på bilden. Den föreställde några människor i ålderdomliga kläder framför ett hus.

Hon tog med sig fotografiet tillbaka till köket. I en av tidningarna fanns en översiktsbild av den by där den stora tragedin utspelats. Hon synade bilden noga genom förstoringsglaset. Vid det tredje huset stannade hon och började jämföra de två bilderna med varandra.

Till sist insåg hon att hon hade mints rätt. Det var inte vilken by som helst som drabbats av den plötsliga ondskan. Det var den by där

74

hennes mor hade bott under sin uppväxt. Allting stämde. Visserligen hade hennes mor hetat Lööf som barn. Men eftersom hennes föräldrar var både sjukliga och alkoholiserade hade hon placerats i ett fosterhem hos en familj som hette Andrén. Hon hade inte talat ofta om den tiden. Hon hade blivit väl omhändertagen men ändå plågats av en svår längtan efter sina riktiga föräldrar. Dessa hade dött innan hon fyllt femton år, så hon fick stanna i byn ända tills hon ansågs vara stor nog att kunna söka arbete och ta vara på sig själv. När hon träffade Birgittas pappa hade namnen Lööf och Andrén försvunnit ut ur historien. Men nu kom det ena tillbaka med full kraft.

Fotografiet som legat bland hennes mors papper hade tagits framför ett av husen i den by där massmordet hade skett. Framsidan av huset, snickarglädjen kring fönstren, var exakt samma på den gamla bilden som i tidningen.

Det rådde ingen tvekan. I det hus där hennes mor en gång vuxit upp hade människor blivit mördade några nätter tidigare. Kunde det vara hennes fosterföräldrar som blivit dödade? Tidningarna skrev att de allra flesta som dött hade varit gamla människor.

Hon försökte räkna ut om det kunde vara möjligt. Hon kom fram till att fosterföräldrarna, om det nu var de som blivit dödade, måste vara över 90 år gamla. Det kunde alltså stämma. Men det kunde lika gärna vara en yngre generation.

Hon rös till vid tanken. Sällan eller aldrig tänkte hon på sina föräldrar. Hon hade till och med svårt att återkalla sin mors utseende. Men nu kom det förflutna oväntat rusande emot henne.

Staffan kom in i köket. Som alltid rörde han sig mycket tyst.

– Du skrämmer mig, sa hon, när jag inte hör att du kommer.

– Varför är du uppe?

– Jag blev hungrig.

Han betraktade pappren som låg på bordet. Hon berättade för honom vad hon kommit fram till, och blev allt mer övertygad om att det förhöll sig som hon trodde.

– Ändå är det avlägset, sa han när hon tystnat. Det är en ytterst tunn tråd som förbinder dig och den där byn.

– Tunn men märklig. Det måste du hålla med om?

– Du behöver sova. Tänk på att du ska vara utvilad i morgon när du ska skicka nya brottslingar i fängelse.

Hon låg länge vaken innan hon lyckades somna. Den tunna tråden drogs ut tills den höll på att brista. Då rycktes hon upp ur halvsömnen och började återigen tänka på sin mor. I femton år hade hon varit död. Fortfarande hade hon svårt att se sig själv i henne, spegla sitt eget liv i minnet av hon som var hennes mor.

Tills sist somnade hon och vaknade av att Staffan stod vid sängen med fuktigt hår och höll på att sätta på sig sin uniform. Jag är din general, brukade han säga. Utan vapen i handen, bara en penna som jag kryssar biljetter med.

Hon låtsades sova och väntade tills ytterdörren slog igen. Då steg hon upp och satte sig vid datorn i sitt arbetsrum. Hon letade sig fram bland ett antal olika hemsidor för att söka så mycket information hon kunde. Fortfarande verkade händelserna i byn där uppe i Hälsingland omges av stor osäkerhet. Det rådde inte klarhet om annat än att vapnet troligtvis varit en stor kniv eller något annat huggvapen.

Jag vill veta mer om det här, tänkte hon. Åtminstone om min mors fosterföräldrar var bland dem som slaktades härom natten.

Klockan åtta släppte hon alla tankar på massmordet. Hon skulle denna dag sitta ting i ett mål om två irakiska medborgare som gjort sig skyldiga till människosmuggling.

Klockan var tio när hon hade samlat ihop sina papper, bläddrat i förundersökningen och tagit plats vid mitten av domarskranket. Hjälp mig nu, gamle Anker, att orka även denna dag, tänkte hon.

Sedan slog hon klubban lätt i bordet och bad åklagaren att inleda sin framställan av åtalet.

Bakom hennes rygg fanns höga fönster.

Just innan hon satte sig ner hann hon uppfatta att solen höll på att bryta igenom de tunga molnen som kommit in över Sverige under natten.

6

När rättegången var över två dagar senare, visste Birgitta Roslin redan hur domarna skulle se ut. Den äldre mannen, Abdul Ibn-Yamed, som varit ledaren för smugglarringen skulle hon ge tre år och två månader. Den yngre mannen som varit hans assistent, Yassir al-Habi, skulle komma undan med ett år. Båda skulle efter avtjänade straff utvisas ur riket.

Hon hade jämfört med tidigare domar i liknande mål och inte kunnat göra någon annan bedömning än att brotten varit grova. Stränga straff var befogade. Många av dem som smugglats in i landet hade utsatts för både hot och våld när de inte klarat att betala vad de varit skyldiga för de falska inresehandlingarna och de långa resorna. Hon hade tyckt direkt illa om den äldre av de två männen. Han hade vädjat till henne och åklagaren med sentimentala argument, och påstod att han aldrig behållit några av flyktingarnas pengar utan gett dem till välgörande ändamål i sitt hemland. Vid en paus i förhandlingarna hade åklagaren kommit in på hennes rum och druckit en kopp kaffe. Då hade han i förbifarten berättat att Abdul Ibn-Yamed körde omkring i en Mercedes som kostade närmare en miljon kronor.

Rättegången hade varit prövande. Dagarna blev långa, hon hann inte mycket annat än att äta och sova och studera sina minnesanteckningar innan hon skulle sitta i sin stol igen. Tvillingdöttrarna ringde och ville att hon skulle komma till Lund men hon hade inte tid. Efter flyktingsmugglarna väntade henne en komplicerad härva med rumänska kreditkortsbedragare.

Minst av allt hann hon under dessa dagar att följa det som hände i byn i Hälsingland. Hon bläddrade igenom tidningen på morgonen men orkade som oftast inte ens att se tevenyheterna på kvällen.

Den morgon när Birgitta Roslin skulle förbereda rättegången mot bedragarna från Rumänien, upptäckte hon i sin almanacka att hon hade tid hos sin läkare för en årlig rutinkontroll. Birgitta Roslin övervägde om hon skulle ändra besöket till några veckor senare. Frånsett att hon kände sig trött, tyckte att hon fått sämre kondition och ibland drabbades av ångest kunde hon inte tänka sig att det var något fel på henne. Hon var en frisk människa som levde regelbundet och nästan aldrig ens drabbades av förkylningar. Men hon ringde inte utan behöll sin läkartid.

Läkaren hade sin mottagning i närheten av Stadsteatern. Hon lät bilen stå och gick från tingsrätten. Det var kallt och klart väder, vindstilla. Den snö som fallit några dagar tidigare hade nu helt smält undan. Hon stannade vid ett skyltfönster och betraktade en dräkt. Priset fick henne att haja till. Hon skulle kunna köpa många flaskor gott rödvin om hon avstod från den mörkblå dräkten.

I väntrummet låg en tidning med en förstasida som var täckt av nyheter kring massmordet i Hälsingland. Hon hade inte hunnit mer än att ta upp tidningen när hon fick komma in till läkaren. Det var en äldre man som i mycket påminde henne om häradshövdingen Anker. Birgitta Roslin hade gått hos honom i tio år. Det var en av hennes domarkollegor som hade rekommenderat läkaren. Han frågade om hon mådde bra, om hon hade några krämpor och när hon svarat skickade han in henne till en sköterska som stack i en av hennes fingertoppar. Sköterskan bad henne sitta ner i väntrummet. En annan patient som anlänt hade tagit tidningen. Birgitta Roslin slöt ögonen och väntade. I tankarna letade hon reda på sin familj, vad var och en sannolikt gjorde, eller åtminstone var de befann sig, i just detta ögonblick. Staffan fanns på ett tåg på väg mot Hallsberg. Han skulle inte komma hem förrän sent. David arbetade på AstraZenecas laboratorium utanför Göteborg. Var Anna befann sig var mer osäkert, senast hon hört ifrån henne för någon månad sedan var hon i Nepal. Tvillingarna var i Lund och ville att hon skulle komma dit.

Hon somnade till där hon satt och vaknade av att sjuksköterskan rörde vid hennes axel.

– Du kan gå in till doktorn nu.

Så trött är jag väl ändå inte att jag måste somna i ett väntrum, tänkte Birgitta Roslin när hon återvände till läkarens rum och satte sig ner.

– Dina blodvärden är möjligen lite låga, började han. Dom bör ligga på 140 men dit har du en bit kvar. Det kan vi rätta till med järntillskott.

– Då är det alltså inget fel på mig?

– Jag har sett dig här hos mig i ganska många år nu. Den trötthet du talar om syns på hela din person, om du ursäktar att jag talar rakt på sak.

– Hur menar du?

– Ditt blodtryck är på tok för högt. Du ger ett allmänt intryck av att vara utarbetad. Sover du bra?

– Det antar jag. Men jag vaknar ofta.

– Yrsel?

– Nej.

– Oro?

– Ja.

– Ofta?

– Det händer. Till och med panikattacker, nån gång. Då måste jag ta tag i husväggen för att jag tror att jag ska ramla. Eller det kanske är världen som ska falla ihop.

– Jag tänker sjukskriva dig. Du måste vila. Jag vill ha ett bättre blodvärde och jag vill framför allt ha ner ditt blodtryck. Det måste utredas ytterligare.

– Du kan inte sjukskriva mig. Jag har så oerhört mycket att göra.

– Just därför.

Hon såg undrande på honom.

– Är det allvarligt?

– Inte mer än att vi nog ska få ordning på dig.

– Har jag anledning att bli orolig?

– Om du inte gör som jag säger, ja. I annat fall nej.

Några minuter senare stod Birgitta Roslin ute på gatan och tänkte förvånat att hon inte skulle arbeta under de kommande två veckorna. Läkaren hade ställt till en plötslig och oväntad oreda i hennes liv.

Birgitta Roslin gick till sin arbetsplats och talade med Hans Mattsson, som var lagman och hennes överordnade. Tillsammans lyckades de finna en lösning på hur de skulle ta sig an de två brottmål hon hade framför sig. Efteråt talade hon med sin sekreterare, skickade några brev som blivit liggande, besökte ett apotek för att ta ut sina nya mediciner och for hem. Sysslolösheten var öronbedövande.

Hon lagade lunch och slog sig sedan ner i soffan. Hon hämtade tidningen och började läsa. Fortfarande hade inte alla de döda i Hesjövallen fått sina namn offentliggjorda. En kriminalpolis som hette Sundberg uttalade sig. Han vädjade till allmänheten att höra av sig om iakttagelser. Några direkta spår hade man fortfarande inte. Hur svårt det än var att tro talade ingenting just nu för att det varit mer än en gärningsman.

På en annan plats uttalade sig en åklagare som hette Robertsson. Spaningen bedrevs brett och förutsättningslöst. Polisen i Hudiksvall hade fått den hjälp från centrala myndigheter som man hade begärt.

Robertsson verkade segerviss. "Vi kommer att gripa den som har gjort det här. Vi kommer inte att ge oss."

På nästa uppslag stod om oron som spridit sig i Hälsingeskogarna. Där fanns många byar med få invånare. Man talade om folk som beväpnade sig och om hundar, larm och barrikaderade dörrar. Birgitta Roslin lade undan tidningen. Huset var tomt, tyst. Den plötsliga och ofrivilliga ledigheten hade kommit från ingenstans. Hon gick ner i källaren och hämtade en av vinkatalogerna. Vid datorn beställde hon sedan den låda Barolo Arione hon bestämt sig för. Egentligen kostade den för mycket. Men något ville hon unna sig. Hon bestämde sig sedan för att städa, något som nästan alltid var eftersatt i huset. Men när Birgitta Roslin skulle ta fram dammsugaren ångrade hon sig. Hon satte sig vid köksbordet och försökte överblicka sin situation. Hon var sjukskriven utan att vara sjuk. På recepten hade hon fått tre olika sorters tabletter som skulle driva ner hennes blodtryck och höja hennes blodvärden. Samtidigt kunde hon inte låta bli att erkänna att läkaren hade sett henne tydligare än hon själv vågat göra. Hon var verkligen nära att bränna ut sig. Den dåliga sömnen, panikångesten som kunde slå till och kanske en dag skulle infinna sig när hon satt i rättssalen, vållade henne större problem än hon hittills vågat erkänna.

Birgitta Roslin betraktade tidningen som låg på bordet, tänkte återigen på sin mor och hennes uppväxt. En tanke slog henne. Hon drog till sig telefonen och ringde till polishuset och bad att få tala med kriminalkommissarie Hugo Malmberg. De hade känt varandra i många år. Vid ett tillfälle hade han försökt lära henne och Staffan att spela bridge utan att lyckas entusiasmera dem.

Birgitta Roslin hörde hans milda stämma i telefonen. Om man föreställer sig att poliser ska låta barska, tänkte hon, så är Hugo inte den som lever upp till förväntningarna. Han låter snarare som en vänlig pensionär, som sitter på en bänk och matar småfåglar.

Hon frågade hur han mådde och om han hade tid att ta emot henne.

– Vilket mål gäller det?

– Inget alls. I alla fall ingenting som berör oss. Har du tid?

– En polis som tar sitt yrke på allvar och säger att han har tid ljuger.
Men när har du tänkt komma?

– Jag promenerar hemifrån. Om en timme?

– Du är välkommen.

När Birgitta Roslin steg in i Hugo Malmbergs rum med det prydliga skrivbordet satt han och talade i telefon. Han vinkade åt henne att sätta sig. Hon hörde att samtalet handlade om ett misshandelsfall som inträffat dagen innan. Någonting som kanske en gång i framtiden hamnar hos mig, tänkte hon. När jag har fått i mig mitt järn, sänkt mitt blodtryck och tillåts arbeta igen.

Samtalet tog slut. Hugo Malmberg log vänligt mot henne.

– Vill du ha kaffe?

– Helst inte.

– Vad menar du med det?

– Polishuset lär ha lika dåligt kaffe som vi har uppe hos oss.

Han reste sig.

– Vi går in i mötesrummet, sa han. Här ringer telefonen hela tiden.
Det är en känsla jag delar med varenda anständig svensk polisman.
Att just jag är den ende som verkligen arbetar.

De satte sig vid ett ovalt bord där tomma kaffemuggar och vattenflaskor stod utspridda. Malmberg skakade ogillande på huvudet.

– Folk städar inte efter sig. Man sätter sig till ett möte och när det är över lämnar man allt skräp efter sig. Vad var det du ville? Har du ångrat dig om bridgen?

Birgitta Roslin berättade för honom om sin upptäckt, att det kanske fanns ett vagt samband mellan henne och massmordet.

– Jag är nyfiken, slutade hon. Av det som står i tidningarna eller visas på nyheterna förstår man inte mycket annat än att många är

83

döda och att polisen saknar spår.

– Jag erkänner gärna att jag är glad att jag inte tjänstgör i det området just nu. Dom måste ha en förfärlig tid. Jag har aldrig hört talas om nåt liknande. På sitt sätt är det lika sensationellt som Palmemordet.

– Vad vet du som inte står i tidningarna?

– Det finns inte en polis i det här landet som inte undrar vad som har hänt. Vi pratar i korridorerna. Alla har sina teorier. Det är en myt att poliser är rationella och i grunden fantasilösa. Vi börjar omedelbart spekulera i vad som har hänt.

– Vad tror du?

Han ryckte på axlarna och tänkte efter innan han svarade.

– Jag vet inte mer än du. Det är många döda, det är brutalt. Men ingenting är stulet, om jag förstått saken rätt. Det troliga är att det är en sjuk människa som varit framme. Vad som ligger bakom vansinnet kan man bara spekulera om. Jag antar att polisen där uppe söker bland tidigare kända våldsmän med psykiska störningar. Man har säkert redan kontakt med både Interpol och Europol för att se om man kan hitta spår den vägen. Men det kan ta tid innan det ger resultat. Annars vet jag inte.

– Du känner poliser i hela landet. Har du nån kontakt där uppe i Hälsingland? Nån jag eventuellt kunde ringa till.

– Jag har träffat deras chef, sa Malmberg. En man som heter Ludwig. Han imponerade inte särskilt mycket på mig, om jag ska vara ärlig. Du vet att jag misstror poliser som aldrig har rört sig ute i verkligheten. Men jag kan ringa honom och höra mig för.

– Jag lovar att inte störa dom i onödan. Jag vill bara veta om det var min mors fosterföräldrar som dog. Eller om det var deras barn. Eller om jag tar helt fel.

– Det är ett rimligt skäl för att ringa dom. Jag ska se vad jag kan göra. Och nu får du ursäkta mig. Jag har ett olustigt förhör med en otrevlig våldsman framför mig.

På kvällen berättade hon för Staffan om vad som hade hänt. Han sa helt hastigt att läkaren hade gjort rätt och föreslog att hon kanske skulle unna sig en resa söderut. Hans bristande intresse gjorde henne irriterad. Men hon sa ingenting.

Strax före lunch dagen efter, när Birgitta Roslin satt vid datorn och klickade sig fram mellan olika reseerbjudanden, ringde hennes telefon.

– Jag har ett namn, sa Hugo Malmberg. Det finns en kvinnlig polis som heter Sundberg.

– Det namnet har jag sett i tidningarna. Men jag visste inte att det var en kvinna.

– Hon heter Vivian och kallas Vivi. Ludwig skulle nämna ditt namn för henne så hon vet vem du är när du ringer. Jag har ett telefonnummer.

– Jag skriver.

– Jag frågade hur det gick där uppe. Dom har fortfarande inga spår. Att det på något sätt rör sig om en galning råder det knappast något tvivel om. Det var i alla fall vad han sa.

Hon kunde höra att han lät tveksam.

– Men du trodde honom inte?

– Jag tror ingenting. Men jag gick in på nätet i går kväll och läste vad jag hittade. Det finns något som är underligt med det som hänt.

– Vad?

– Det är för välplanerat.

– Även sjuka människor kan väl förbereda sina brott?

– Det är inte det jag menar. Det är mer en känsla av att det på något sätt är *för* galet för att det ska vara sant. Om jag var dom skulle jag fundera på om gärningsmannen försökt kamouflera det som hänt som en sjuk människas handlingar.

– Vad skulle det vara?

– Inte vet jag. Var det inte du som skulle ringa och presentera dig som anhörig?

– Tack för hjälpen. Jag reser förresten kanske söderut. Har du varit på Teneriffa?

– Aldrig. Lycka till.

Birgitta Roslin knappade genast in det nummer hon hade noterat. En telefonsvarare bad henne lämna ett meddelande. Hon började bli rastlös. Åter en gång grep Birgitta Roslin dammsugaren utan att förmå sig att börja städa. Istället gick hon tillbaka till datorn och hade efter ungefär en timme bestämt sig för en resa till Teneriffa från Köpenhamn två dagar senare. Hon letade fram sin gamla skolatlas och började drömma om varmt vatten och spanska viner.

Jag kanske behöver det, tänkte Birgitta Roslin. En vecka utan Staffan, utan rättegångar, utan vardagen. Jag är knappast särskilt erfaren i konsten att bearbeta mina känslor och föreställningar om mig själv och mitt liv. Men vid min ålder borde jag ändå kunna se mig själv så tydligt att jag kan upptäcka skavankerna och göra de kursändringar som behövs. En gång när jag var ung drömde jag om att som första kvinna ensamsegla jorden runt. Det blev aldrig av. Men jag minns i alla fall en del av navigationens terminologi och vet hur man tar sig fram genom trånga farleder. Jag kan behöva några dagar till ändlösa turer över Sundet eller en strand på Teneriffa och fråga mig om det redan är ålderdomen som är på väg eller om det ska bli möjligt för mig att ta mig upp ur svackan. Övergångsåldern klarade jag bra. Men vad som nu händer med mig vet jag inte riktigt. Det ska jag försöka ta reda på. Framför allt måste jag begripa om mitt blodtryck och min panikångest har med Staffan att göra. Att vi aldrig kan må bra om vi inte förmår lyfta oss ur det modlösa tillstånd, som vi nu befinner oss i.

Hon började genast planera sin resa. Eftersom något hakade upp sig och hon inte lyckades göra sin bokning på nätet, skickade hon sitt namn och telefonnummer och vilken resa det gällde. Genast kom svar om att hon skulle bli kontaktad inom en timme.

Den timmen hade nästan gått när telefonen ringde. Men det var inte resebyrån.

– Jag heter Vivi Sundberg. Jag söker Birgitta Roslin.

– Det är jag.

– Jag har blivit informerad om vem du är. Men jag vet inte riktigt vad du vill. Som du säkert förstår är vi oerhört pressade just nu. Förstod jag rätt, att du är domare?

– Det stämmer. Jag vill inte göra min historia för lång. Men min mor som är borta sedan länge var adopterad av en familj som hette Andrén. Jag har sett några fotografier som tyder på att hon bodde i ett av husen.

– Det är inte jag som har hand om att underrätta dom anhöriga. Jag föreslår att du talar med Erik Huddén.

– Men det fanns alltså några som hette Andrén?

– Om du vill veta så verkar det som om släkten Andrén faktiskt var den största i byn.

– Och alla är döda?

– Det vill jag inte svara på. Har du några förnamn på din mors fosterföräldrar?

Hon hade pärmen bredvid sig på bordet, knöt upp bandet och letade bland pappren.

– Jag kan inte vänta, sa Vivi Sundberg. Ring när du har hittat namnen.

– Jag har dom här. Brita och August Andrén. Dom måste vara över nittio år, kanske till och med nittiofem.

Det dröjde innan Vivi Sundberg svarade. Birgitta Roslin kunde höra hur det prasslade bland papper. Sundberg återkom i luren.

– Dom finns här. Dom är tyvärr döda och den äldsta var 96 år. Får jag be dig om att inte föra dom här uppgifterna vidare till nån tidning.

– Varför i herrans namn skulle jag göra det?

– Du är domare. Du vet säkert hur det kan gå till och varför jag säger som jag gör.

Birgitta Roslin visste det utmärkt. Med sina kollegor hade hon då och då talat om att de sällan eller aldrig blev attackerade av journalister, eftersom dessa knappast räknade med att domare skulle vara beredda att släppa ifrån sig information som borde hemlighållas.

– Jag är naturligtvis intresserad av att veta hur det går.

– Varken jag eller någon av mina kollegor har tid att ge enskild information. Vi är belägrade av massmedia här. Många av dom respekterar inte ens våra avspärrningar. Igår hittade vi till och med en man med kamera inne i ett av husen. Jag hänvisar till Huddén, om du ringer in till Hudiksvall.

Vivi Sundberg lät otålig och irriterad. Birgitta Roslin förstod henne. Hon påminde sig vad Hugo Malmberg hade sagt om sin tacksamhet över att inte befinna sig i centrum av brottsutredningen.

– Tack för att du ringde. Jag ska inte störa mer.

Samtalet avslutades. Birgitta Roslin tänkte över vad som hade blivit sagt. Nu visste hon ändå helt säkert att hennes mors fosterföräldrar tillhörde de döda. Hon och alla andra skulle få ge sig till tåls medan poliserna arbetade.

Hon övervägde om hon skulle ringa till polishuset i Hudiksvall och tala med den polis som hette Huddén. Men vad kunde han egentligen tillägga? Birgitta Roslin bestämde sig för att avstå. Istället började hon mera grundligt läsa igenom de papper som låg i hennes mors och fars pärm. Det var många år sedan hon hade öppnat den. En del av dokumenten hade hon nog aldrig egentligen läst igenom tidigare.

Hon sorterade upp det som låg i den tjocka pärmen i tre högar. Den första utgjorde historien om hennes far som vilade på botten av Gävlebukten. I Östersjöns bräckta vatten frättes inte skeletten sönder särskilt fort. Någonstans i bottendyn fanns hans ben och kranium. Den andra högen handlade om hans och hennes mors gemensamma liv, där hon själv ingick som både född och ofödd. Till sist var den största högen kvar, den som handlade om Gerda Lööf som blev en Andrén. Hon läste långsamt igenom alla dessa papper. När hon kom till de dokument som berörde den tid modern hade varit fosterbarn och adopterats av familjen Andrén gick Birgitta Roslin långsamt fram. Många av pappren var blekta och svåra att läsa fast hon använde förstoringsglas.

Hon drog till sig ett anteckningsblock och noterade namn och åldrar. Själv var hon född på våren 1949. Hennes mor hade då varit 18 år. Hon var född 1931. I pappren hittade hon nu Augusts och Britas födelsedatum. Hon var född 1909 i augusti och han 1910 i december. De hade alltså varit 22 och 21 år gamla när Gerda hade fötts och under trettio när hon kommit till dem i Hesjövallen.

Hon upptäckte ingenting som berättade om att det var i Hesjövallen de hade bott. Men fotografiet som hon ännu en gång jämförde med den bild hon hittat i tidningen övertygade henne. Det kunde inte vara något misstag.

Hon började studera människorna som stod uppsträckta och stela på det ålderdomliga fotografiet. Det fanns två yngre människor där, en man och en kvinna som stod lite vid sidan av ett äldre par som fanns i bildens centrum. Kunde det vara Brita och August? Det fanns inga årtal, ingenting skrivet på baksidan. Hon försökte bestämma när bilden kunde ha varit tagen. Vad berättade kläderna? Personerna på fotografiet hade klätt upp sig, men de bodde på landsbygden där en kostym kunde räcka i en mansålder.

Hon sköt undan fotografierna och fortsatte att gå igenom de olika dokumenten och breven. 1942 har Brita drabbats av någon magåkomma och blivit inlagd på sjukhus inne i Hudiksvall. Gerda skriver brev till henne och önskar henne god bättring. Gerda är då elva år och skriver med kantiga bokstäver. Orden är ibland felstavade, en blomma med ojämnt blad pryder bildens ena kant.

Birgitta Roslin blev rörd när hon hittade detta brev och förvånades över att hon aldrig hade sett det tidigare. Det hade legat inuti ett annat brev. Men varför hade hon aldrig öppnat det? Var det för smärtan när Gerda dog som hon inte under lång tid velat röra något som påminde om henne?

Hon lutade sig bakåt i stolen och blundade. Hennes mor hade hon att tacka för allt. Gerda, som inte ens hade realexamen, hade ständigt drivit på sin dotter att fortsätta studera. Nu är det vår tur, hade hon sagt. Nu ska arbetarklassens döttrar skaffa sig utbildning. Det hade Birgitta Roslin också gjort. Det var under 1960-talet, när inte längre bara borgerlighetens barn strömmade till universitetet. Att söka sig till radikala vänstergrupper hade varit självklart. Livet var inte bara en fråga om att förstå utan också att förändra.

Hon slog upp ögonen igen. Det blev inte som jag tänkte, sa hon till sig själv. Jag utbildade mig, blev jurist. Men jag övergav mina radikala åsikter, utan att jag egentligen vet varför. Inte ens nu, när jag snart är 60 år gammal, vågar jag röra vid den här stora frågan om vad som blev av mitt liv.

Hon fortsatte metodiskt att arbeta sig igenom dokumenten. Återigen fanns där ett brev. Kuvertet var svagt blåtonat och avstämplat i Amerika. Det tunna brevpappret var ifyllt med oändligt små bokstäver. Hon riktade in ljuset från skrivbordslampan och började försöka tyda orden med hjälp av förstoringsglaset. Brevet var skrivet på svenska men med många engelska ord. Någon som heter Gustaf berättar om sitt arbete som grisfarmare. Ett barn som heter Emily har just dött, det är "stor sorrow" i huset. Han undrar hur det står till hemma i Hälsingland, hur det är med släkten och skörden och djuren. Brevet var daterat den 19 juni 1896. På kuvertet stod adressen August Andrén, Hesjövallen, Sweden. Men min morfar var inte född då, tänkte hon. Förmodligen var brevet ställt till hans far eftersom det bevarades av Gerdas familj. Men varför har det hamnat hos henne?

Längst ner, under namnteckningen, stod en adress. *Mr Gustaf Andrén, Minneapolis Post Office, Minnesota, United States of America.*

Hon slog upp den gamla kartboken igen. Minnesota är bondeland. Dit hade alltså en av släkten Andrén från Hesjövallen utvandrat för över hundra år sedan.

Men hon hittade även ett brev som visade att en medlem av familjen Andrén hade hamnat i andra delar av USA. Han hette Jan August och arbetade tydligen vid den järnväg som förbinder det stora landets östra och västra kuster. I brevet undrade han om släktingar, levande och döda. Men texten var i långa stycken oläslig. Skriften hade suddats.

Jan Augusts adress var *Reno Post Office, Nevada, United States of America.*

Hon fortsatte att läsa men hittade ingenting mer i högen som berörde hennes mors förhållande till familjen Andrén.

Hon sköt undan pappersbuntarna, gick in på nätet och började utan några förhoppningar att söka på den postadress i Minneapolis som Gustaf Andrén hade angett. Som väntat hamnade hon i en återvändsgränd. Hon sökte då på postadressen i Nevada. Hon fick en hänvisning till en tidning som hette Reno Gazette Journal. Samtidigt ringde telefonen, det var resebyrån. En vänlig ung man som bröt på danska lotsade henne igenom alla resevillkor, beskrev hotellet och hon tvekade inte. Hon sa ja, gjorde en preliminär bokning och lovade bekräfta den senast morgonen dagen efter.

Än en gång försökte hon klicka sig fram till Reno Gazette Journal. I högerkanten kunde hon välja mellan ett otal ämnesområden och artiklar. Hon skulle just klicka bort sidan när hon påminde sig att hon hade sökt på Andrén, inte bara postadressen. Någon referens till namnet måste alltså ha gjort att hon hamnat på Reno Gazette Journal. Hon började läsa vad som stod, sida efter sida, klickade sig fram från ett ämnesområde till ett annat.

Hon hajade till när sidan kom upp. Först läste hon utan att helt kunna förstå, sedan ännu en gång, långsamt, och tänkte att det hon hade framför sig helt enkelt inte kunde vara sant. Hon reste sig upp från stolen och ställde sig några meter från datorn. Men texten och fotografierna försvann inte.

Hon skrev ut dem och tog med dem till köket. Långsamt läste hon igenom allt på nytt.

Den fjärde januari hade ett brutalt mord ägt rum i den lilla staden Ankersville, nordost om Reno. Innehavaren av en mekanisk verkstad och hela hans familj hade återfunnits döda på morgonen av en granne, som blivit orolig när verkstaden inte öppnat som vanligt. Polisen hade ännu inga spår. Men klart var att hela familjen Andrén, Jack, hans hustru Connie och deras två barn Steven och Laura hade blivit mördade med någon form av huggvapen. Ingenting tydde på att det varit ett inbrott eller ett rån. Det fanns inget motiv. Familjen Andrén var omtyckta och hade inga fiender. Polisen letade nu efter en psykiskt sjuk människa, eller kanske en desperat narkoman, som utfört denna fasansfulla gärning.

Hon satt alldeles stilla. Genom fönstret trängde ljudet från en sopbil ute på gatan.

Det är ingen galning, tänkte hon. Polisen i Hälsingland har lika fel som polisen i Nevada. Det är en, eller flera förslagna gärningsmän, som vet vad de gör.

För första gången kände hon en krypande rädsla. Som om hon var iakttagen utan att hon vetat om det.

Hon gick ut i tamburen och kände efter att ytterdörren var låst. Sedan satte hon sig åter vid datorn och sökte sig bakåt bland tidningsartiklarna i Reno Gazette Journal.

Sopbilen hade försvunnit. Eftermiddagen mörknade.

7

Långt efteråt, när minnet av alla händelser redan hade börjat blekna, undrade hon ibland vad som skulle ha hänt om hon trots allt hade rest till Teneriffa och sedan kommit hem och återgått till sitt arbete med järnbristen kurerad, blodtrycket sänkt och tröttheten borta. Men nu blev det som det blev. Tidigt på morgonen ringde Birgitta Roslin till resebyrån och avbokade sin resa. Eftersom hon varit klok nog att teckna en försäkring kostade det henne bara några hundralappar.

Staffan kom hem sent på kvällen eftersom tåget där han tjänstgjort hade blivit stående på linjen med en lokskada. I två timmar hade han tvingats hantera griniga passagerare, dessutom en äldre dam som blivit sjuk. När han kom hem var han trött och irriterad. Hon lät honom äta sin kvällsmat ifred. Men sedan berättade hon för honom om sin upptäckt att något hade hänt i det avlägsna Nevada som med stor sannolikhet hade med massmordet i Hälsingland att göra. Hon kunde märka att han var tveksam men visste inte om det berodde på att han var trött eller om han tvivlade på det hon sa. När han gick och lade sig satte hon sig återigen vid datorn och växlade fram och tillbaka mellan Hälsingland och Nevada. Vid midnatt gjorde hon några anteckningar på ett block, precis som hon brukade göra när hon satt sig ner för att formulera en dom. Hur orimligt det än verkade kunde hon inte förstå annat än att det verkligen fanns ett samband mellan de två händelserna. Hon tänkte också att hon själv på sätt och vis var en Andrén, även om hon nu hette Roslin.

Kunde det innebära en fara för henne själv? Hon satt länge lutad över sitt anteckningsblock utan att hitta några svar. Sedan gick hon ut i den klara januarinatten och såg upp mot stjärnorna. Av sin mor hade hon en gång fått veta att hennes far hade varit en passionerad stjärnskådare. Med långa mellanrum hade modern fått brev från honom där han beskrev hur han stod på däck om nätterna på avlägsna breddgrader och studerade stjärnorna och deras olika konstellationer. Han hade haft en nästan religiös övertygelse om att de döda förvandlades till stoft som blev till nya stjärnor, ibland så avlägsna att de inte var synliga för de levandes ögon. Birgitta Roslin undrade vad han hade tänkt när Runskär gick under i Gävlebukten? Båten som varit tungt lastad hade fått slagsida i den hårda stormen och sjunkit på mindre än en minut. Ett enda nödrop hade skickats ut innan radion tystnat. Hade han hunnit inse att han var på väg att dö? Eller hade döden i det kalla isvattnet överrumplat honom så att han inte hann tänka? Bara en plötslig fasa, sedan kyla och död.

Himlen var nära, stjärnljuset kraftigt denna natt. Jag ser ytan, tänkte hon. Där finns ett samband, tunna trådar som ringlar sig runt varandra. Men vad låg där under? Vilket motiv fanns till att döda nitton människor i en liten norrländsk by och dessutom låta en familj i Nevadaöknen drabbas av undergången? Knappast så mycket annat än de vanliga: hämnd, girighet, svartsjuka. Men vilken oförrätt kunde kräva en så stor hämnd? Vem kunde vinna något ekonomiskt på att mörda ett antal pensionärer i en norrländsk by som redan var på väg att dö? Och vem skulle vara svartsjuk på dem?

Hon gick in när hon började frysa. I vanliga fall lade hon sig tidigt eftersom hon var kvällstrött och avskydde att gå till arbetet, särskilt när det var rättegångar, utan att vara ordentligt utsövd. Nu behövde hon inte tänka på det. Hon lade sig på soffan och satte på musik, lågt för att inte väcka Staffan. Det var en kavalkad av svenska moderna ballader. Birgitta Roslin hade en hemlighet som hon inte delade med någon. Hon drömde om att någon gång skriva en schlager som var så bra att den skulle vinna uttagningen till den europeiska schlagerfestivalen. Hon skämdes ibland för sin önskan, men hon bejakade den samtidigt. För många år sedan hade hon köpt ett rimlexikon och ett antal skisserade sånger låg inlåsta i skrivbordet. Det kanske inte var lämpligt att en utövande domare skrev schlagers. Men veterligt fanns det heller ingen regel som förbjöd henne att göra det.

Mest av allt ville hon skriva om en lärka. En sång om en fågel, om kärlek, med en refräng som ingen någonsin skulle glömma. Om hennes far hade varit en passionerad stjärnskådare kunde hon betrakta sig själv som en passionerad refrängjägare. De var båda passionerade människor, men bara en av dem stirrade mot skyn.

Hon gick till sängs när klockan var tre, ruskade på Staffan som snarkade. När han vänt sig om och tystnat somnade hon själv.

På morgonen erinrade sig Birgitta Roslin en dröm under natten. Hon hade sett sin mor. Modern talade till henne utan att hon kunde uppfatta vad hon sa. Det var som om hon befann sig bakom en glasruta. Det tycktes pågå i oändlighet, modern alltmer upprörd över att dottern inte uppfattade vad hon sa, hon själv undrande över vad det var som skiljde dem från varandra.

Minnet är som glas, tänkte hon. Den som har gått bort är fortfarande synlig, alldeles nära. Men vi kan inte längre nå varandra. Döden är stum, den förbjuder samtal, tillåter endast tystnad.

Birgitta Roslin steg upp. En tanke började ta form i hennes huvud. Varifrån den kom visste hon inte. Men den fanns plötsligt där, den var mycket tydlig. Egentligen förstod hon inte att hon aldrig tänkt tanken tidigare. Men hennes mor hade själv lämnat sitt förflutna bakom sig. Hon hade aldrig begärt av Birgitta, sitt enda barn, att hon skulle ägna intresse åt moderns tidigare liv.

Birgitta Roslin hämtade en bilatlas över Sverige. Om somrarna, när barnen var små, hade de bilat till olika hus som de hade hyrt, oftast för en månad. Någon enstaka gång, som de två somrar de tillbringat på Gotland, hade de flugit. Men aldrig hade de åkt tåg och aldrig hade det den gången föresvävat Staffan att han en dag skulle byta sin tillvaro från advokatens till tågkonduktörens.

Hon slog upp en översiktskarta. Hälsingland låg längre norrut än hon hade föreställt sig. Hesjövallen kunde hon inte hitta. Det var en så obetydlig by att den inte ens var utsatt.

När hon lade ifrån sig kartan hade hon bestämt sig. Hon skulle ta bilen och resa upp till Hudiksvall. Inte i första hand för att hon ville besöka en brottsplats utan för att se den by där hennes mor hade vuxit upp.

När hon var yngre hade det funnits en tanke hos henne, att hon skulle göra en stor resa genom Sverige. "Hemresan" brukade hon kalla den, där hon skulle resa ändå längst upp till Treriksröset och sedan tillbaka till den skånska kusten, där hon var nära kontinenten och hade resten av landet bakom ryggen. På uppvägen skulle hon följa kusten och när hon vände tillbaka istället välja den väg som förde henne genom inlandet. Men resan hade aldrig blivit av. När hon någon gång nämnt det för Staffan hade han inte varit road. Under alla åren med barnen hade det varit omöjligt.

Nu hade hon äntligen möjligheten att åtminstone göra en liten del av denna resa.

När Staffan ätit frukost och gjorde sig beredd för dagens tåg mot Alvesta, det sista innan han hade några dagar ledigt, berättade hon om sin plan. Han brukade sällan opponera mot hennes idéer och gjorde det inte nu heller. Frågade bara hur länge hon skulle vara borta, och om hennes läkare hade något emot den ansträngning det trots allt innebar att köra en så lång sträcka med bil.

Det var först när han stod i tamburen med handen på ytterdörrens handtag, som hon blev upprörd. De hade skilts i köket men nu kom hon efter honom och kastade ilsket morgontidningen på honom.

– Vad gör du?

– Är du överhuvudtaget intresserad av varför jag tänker resa bort?

– Det har du ju förklarat för mig.

– Begriper du inte att jag kanske också behöver tid att tänka på hur vi har det.

– Vi kan inte börja prata om det nu. Jag kommer för sent till mitt tåg.

– Det passar ju aldrig! På kvällen är det fel, på morgonen är det fel. Har du aldrig något behov av att prata med mig om det liv vi lever?

– Du vet att jag inte är lika uppjagad som du.

– Uppjagad? Kallar du det att vara uppjagad att jag reagerar på att vi inte har legat med varandra på ett år?

– Vi kan inte prata om det nu. Jag hinner inte.

– Du borde nog snart ha tid.

– Vad menar du?

– Kanske mitt tålamod tar slut.

– Är det ett hot?

– Jag bara vet att det inte kan fortsätta så här. Gå nu till ditt förbannade tåg.

Hon vände tillbaka till köket och hörde dörren slå igen. Hon var lättad över att hon äntligen fått sagt det hon kände, men var samtidigt orolig för hur han skulle reagera.

På kvällen ringde han. Ingen av dem nämnde uppträdet på morgonen i tamburen. Men hon anade på hans röst att han var skakad. Kanske det nu äntligen skulle bli möjligt för dem att tala om det som inte längre kunde döljas?

Dagen efter, tidigt på morgonen, satte hon sig i bilen för att fara norrut från Helsingborg. Hon hade återigen talat med sina barn och efteråt tänkt att de var så upptagna med sina egna liv att de inte orkade engagera sig i vad deras mor hade för sig. Fortfarande hade hon ingenting sagt om det som band henne samman med det som inträffat i Hesjövallen. Staffan, som kommit hem på natten, bar ut väskan till bilen och lade den i baksätet.

– Var ska du bo?

– Det finns ett litet hotell i Lindesberg. Där stannar jag över natten. Jag lovar att ringa. Sen antar jag att jag bor i Hudiksvall.

Han strök henne hastigt över kinden och vinkade när hon for iväg. Hon tog god tid på sig, stannade ofta och kom fram till Lindesberg sent på eftermiddagen. Först under den sista timmen hade hon kommit till snöbelagda vägar. Hon tog in på ett hotell, åt på en liten, ödslig restaurang och gick tidigt till sängs. I en kvällstidning, som fortfarande fylldes av den stora och skrämmande tragedin, såg hon att det skulle bli kallare under morgondagen men fortsätta att vara uppehållsväder.

Birgitta Roslin sov tungt, mindes inga drömmar när hon vaknade, och for vidare mot kusten och Hälsingland. Hon satte inte på radion utan njöt av tystnaden, de till synes oändliga skogarna och undrade vad det skulle ha inneburit att växa upp där. Själv hade hon inte erfarenhet av något annat än böljande åkrar och öppna landskap. I mitt hjärta är jag nomad, tänkte hon. Och nomaden söker sig inte till skogen utan till den öppna slätten.

I tankarna började hon rimma på ordet nomad. Den andra stavelsen gav henne många alternativ. Kanske en sång om mig själv, tänkte hon. En domare som söker nomaden hon bär inom sig.

Vid tiotiden stannade hon och drack kaffe på en vägrestaurang strax söder om Njutånger. Hon var ensam gäst i lokalen. Det låg ett exemplar av Hudiksvalls Tidning på ett bord. Massmordet dominerade, men hon hittade inte något som hon inte redan visste. Polischefen Tobias Ludwig meddelade att de skulle släppa de resterande nam-

nen på de döda dagen efter. På det suddiga fotografiet såg han alldeles
för ung ut för det stora ansvar han bar.

En äldre kvinna gick runt och vattnade blomkrukorna som stod i
fönstren. Birgitta Roslin nickade åt henne.

– Det är tomt här, sa hon. Jag trodde trakten skulle översvämmas
av journalister och poliser efter det som har hänt.

– Dom håller sig i Hudik, svarade kvinnan på bred dialekt. Jag har
hört att det inte ska gå att få tag på ett enda hotellrum där.

– Vad säger folk här i trakten?

Kvinnan blev stående vid Birgitta Roslins bord och betraktade hen-
ne avvaktande.

– Är du också journalist?

– Absolut inte. Jag är bara på genomresa.

– Vad andra tänker vet jag inte. Men för egen del tänker jag att inte
ens landsbygden längre är förskonad från städernas brutalitet.

Det där lät inlärt, tänkte Birgitta Roslin. Det har hon läst eller så
har någon sagt det i teve och så har hon gjort orden till sina.

Hon betalade, gick ut i bilen och bredde ut kartan. Det var bara nå-
gon mil kvar till Hudiksvall. Om hon svängde av mot inlandet en bit
norrut skulle hon passera Hesjövallen. Hon tvekade ett ögonblick,
kände sig som en hyena, men slog bort tanken. Hon hade faktiskt en
anledning att åka dit.

Framme i Iggesund svängde hon vänster, och sedan ytterligare en
gång när hon kom till ett vägskäl i Ölsund. Hon mötte en polisbil,
strax efter ytterligare en. Plötsligt öppnade sig skogen vid en sjö. Kring
vägen låg ett antal hus, alla inneslutna av långa, rödvita avspärrnings-
band. Det gick poliser på vägen.

Intill skogsbrynet såg hon att ett tält var uppsatt, på den näralig-
gande gårdsplanen ännu ett. Hon hade tagit en kikare med sig. Vad dolde
sig i tälten? Det hade hon inte läst om i tidningarna. Hade en eller flera

av de döda återfunnits där? Eller hade polisen säkrat något spår?

Hon strök långsamt med kikaren över byn. Människor i overaller eller uniform rörde sig mellan husen, stod och rökte vid grindarna, ensamma eller i grupper. Det hände ibland att hon gjorde besök på olika brottsplatser, under några timmar följde polisens arbete. Hon visste att åklagare och andra rättstjänare inte var särskilt välkomna där. Polisen var alltid på sin vakt mot att utsättas för kritik. Men hon hade lärt sig att se skillnad på en metodisk och en slarvig polisutredning. Det hon såg här gav intryck av en lugn och därmed sannolikt också välorganiserad verksamhet.

Samtidigt visste hon att alla innerst inne hade bråttom. Tiden var en fiende. Man ville komma åt sanningen så fort som möjligt och innan något i värsta fall inträffade igen.

En uniformerad polisman knackade på bilrutan och avbröt hennes tankar.

– Vad gör du här?

– Jag visste inte att jag hade kommit innanför avspärrningarna.

– Det har du inte. Men vi försöker hålla reda på vilka som är här. Särskilt dom som sitter med kikare. Vi håller presskonferenser inne i stan, om du inte visste det.

– Jag är inte journalist.

Den unge och fjunige polismannen betraktade henne misstroget.

– Vad är du då? Brottsplatsturist?

– Jag är faktiskt anhörig.

Polismannen tog upp ett anteckningsblock.

– Till vem då?

– Brita och August Andrén. Jag är på väg till Hudiksvall, men jag minns inte vem jag skulle prata med.

– Det är säkert Erik Huddén. Han håller i kontakten med dom anhöriga. Jag får beklaga sorgen.

– Tack.

Polismannen gjorde honnör, hon kände sig som en idiot, vände och for därifrån. När hon kom till Hudiksvall insåg hon att det inte bara var anstormningen av journalister som skulle göra det omöjligt att få ett hotellrum. En vänlig portier på First Hotel Statt meddelade henne att det också pågick en konferens med deltagare från hela landet som "diskuterade skog". Hon ställde bilen och gick runt på måfå i den lilla staden. Hon försökte på två olika hotell och ett pensionat men överallt var det fullbelagt.

Hon letade en stund efter någonstans att äta lunch och steg till sist in genom dörren till en kinarestaurang. Det var många gäster i lokalen. Hon hittade ett litet bord intill ett fönster. Rummet såg ut som alla andra kinarestauranger hon hade besökt. Samma vaser, porslinslejon och lampor med olikfärgade röda och blå band. Hon frestades ibland att tro att alla, kanske miljontals kinarestauranger i världen, var innefattade i en och samma kedja, kanske till och med hade en och samma ägare.

En kinesisk kvinna kom fram med matsedeln. När hon beställde förstod Birgitta Roslin att den unga kvinnan nästan inte alls talade svenska.

Efter den hastiga lunchen började hon ringa och fick till sist ett positivt svar. Hotell Andbacken i Delsbo kunde erbjuda henne rum. Även där pågick en konferens, i detta fall med deltagare från reklambranschen. Hon tänkte att Sverige hade blivit ett land där människor tillbringade en allt större del av sin tid med att åka mellan olika hotell och konferensanläggningar för att prata med varandra. Själv deltog hon ytterst sällan i de fortbildningar som anordnades av Domstolsverket.

Andbacken visade sig vara en stor vit byggnad intill en snötäckt sjö. Medan hon väntade på sin tur vid receptionen läste hon att reklamfolket denna eftermiddag var sysselsatt med grupparbeten. På kvällen skulle de ha en gemensam festmåltid med utdelning av priser. Bara det inte blir en natt med berusade människor i korridorerna och ett ständigt slående i dörrarna, tänkte hon. Men egentligen vet jag ingenting om reklammänniskor. Varför tror jag att de blir högljudda när de festar?

Birgitta Roslin fick sitt rum, som vette mot den frusna sjön och skogsåsarna. Hon lade sig på sängen och slöt ögonen. Idag skulle jag ha suttit i rätten, tänkte hon, och lyssnat på en tröttsam föredragning av en monoton åklagare. Istället ligger jag på en säng på ett hotell omgivet av snö, långt från Helsingborg.

Hon reste sig ur sängen, tog sin jacka och körde raka vägen till Hudiksvall. I polishusets reception kom och gick mycket folk. Att många av dem som trängdes där var journalister förstod hon. Hon kände till och med igen en man som brukade framträda i teve, särskilt vid dramatiska händelser som bankrån eller gisslantagningar. Med en sorts självklar arrogans gick han före alla andra som köade och ingen tycktes våga protestera. Till sist stod hon ändå framför en ung, tröttkörd receptionist och framförde sitt ärende.

– Vivi Sundberg har inte tid.

Det avvisande svaret förvånade henne.

– Ska du i alla fall inte fråga mig vad jag har för ärende?

– Du vill väl ställa frågor som alla andra? Du får vänta tills nästa presskonferens.

– Jag är inte journalist. Jag är anhörig till en av familjerna i Hesjövallen.

Kvinnan bakom disken ändrade genast attityd.

– Då får jag beklaga. Du ska prata med Erik Huddén.

Hon slog ett nummer, sa att han hade besök. Tydligen var det inte nödvändigt att säga mer. "Besök" var ett kodord för "anhörig".

– Han kommer och hämtar dig. Vänta där borta vid glasdörrarna.

En ung man stod plötsligt vid hennes sida.

– Jag tyckte jag hörde att du var anhörig till nån av dom mördade. Kan jag ställa några frågor till dig?

Birgitta Roslin hade vanligtvis sina klor djupt indragna i tassarna. Men nu kom de ut.

– Varför skulle jag tillåta det? Jag vet inte vem du är.

– Jag skriver.

– För vem då?

– För alla som är intresserade.

Hon skakade på huvudet.

– Jag har ingenting att tala med dig om.

– Naturligtvis beklagar jag sorgen.

– Nej, sa hon. Det gör du inte alls. Du talar så lågt att ingen som står runt oss ska höra att du har fått tag på ett byte som dom andra inte har nosat sig fram till.

Glasdörrarna öppnades av en man som bar en namnbricka som berättade att han hette Erik Huddén. De skakade hand. En fotoblixt slog en reflex mot glasdörrarna när de gled igen.

I korridoren var det mycket folk. Här rådde ett helt annat tempo än ute i Hesjövallens by. De gick in i ett mötesrum. Bordet var fullt med olika pärmar och listor. Varje pärm hade ett namn på ryggen. Här samlas de döda in, tänkte Birgitta Roslin. Erik Huddén bad henne sitta ner och satte sig mitt emot. Hon berättade hela historien från början, om sin mor, de två olika namnbytena och hur hon upptäckt sitt släktskap. Hon märkte att Huddén blev besviken när han förstod att hennes närvaro knappast skulle kunna hjälpa polisen i deras arbete.

– Jag inser att du säkert behöver andra uppgifter, sa hon. Jag är domare och inte helt främmande för processerna när man söker efter gärningsmän till komplicerade brott.

– Jag tackar naturligtvis för att du har sökt upp oss.

Han lade ifrån sig pennan och såg kisande på henne.

– Men har du verkligen kommit hela vägen från Skåne för att berätta det här? Du kunde ju ha ringt.

– Jag har något att säga som gäller själva utredningen. Jag vill gärna tala med hon som heter Vivi Sundberg.

– Kan du inte lika gärna tala med mig? Hon är väldigt upptagen.

– Jag har redan börjat tala med henne och vill nog fortsätta med det.

Han gick ut i korridoren och stängde dörren efter sig. Birgitta Roslin drog till sig den pärm där det stod "Brita och August Andrén" på ryggen. Det första hon såg gjorde henne förfärad. Det var fotografier, tagna inne i huset. Först nu insåg hon omfattningen av blodbadet. Hon stirrade på bilderna av de sönderhuggna och uppsprättade kropparna. Kvinnan var nästan omöjlig att identifiera eftersom hon träffats av ett hugg som nästan kluvit ansiktet i två delar. Mannens ena arm hängde fast bara med några tunna senor.

Hon slog igen pärmen och sköt den ifrån sig. Men bilderna fanns kvar, dem skulle hon inte kunna göra sig fri ifrån. Trots att hon under sina år som domare många gånger tvingats konfronteras med fotografier av sadistiskt våld, hade hon aldrig tidigare sett något som kunde jämföras med vad Erik Huddén hade i sina pärmar.

Han kom tillbaka och nickade åt henne att följa med.

Vivi Sundberg satt bakom ett skrivbord belamrat med papper. Hennes tjänstevapen och mobiltelefon låg ovanpå en pärm som var fylld till bristningsgränsen. Hon pekade på en besöksstol.

– Du ville tala med mig, sa Vivi Sundberg. Om jag förstår saken rätt har du rest ändå från Helsingborg. Du måste tro att det du har att berätta är viktigt eftersom du farit så långt.

Telefonen ringde. Vivi Sundberg stängde av den och såg uppmanande på sin besökare.

Birgitta Roslin berättade utan att fastna i detaljer. Många gånger hade hon suttit i sin domarstol och tänkt på hur en åklagare eller en försvarsadvokat, en åtalad eller ett vittne, egentligen borde ha formulerat sig. Själv behärskade hon den konsten.

– Ni kanske redan vet det här med Nevada, slutade hon.

– Det har inte lagts fram vid någon av våra genomgångar. Och dom håller vi två gånger om dagen.

– Vad tror du om det jag berättar?

– Jag tror ingenting.

– Det kan betyda att det inte är en galning som har gjort det här.

– Jag ska värdera din information på samma sätt som allt annat. Det formligen hälls uppslag över oss. Kanske det i något av allt som sägs i telefoner eller brev eller e-post finns en liten detalj som senare kan visa sig bli en viktig beståndsdel i utredningen. Det vet vi inte.

Vivi Sundberg drog till sig ett kollegieblock och bad Birgitta Roslin berätta allt ännu en gång. När hon antecknat klart reste hon sig för att följa Birgitta Roslin ut.

Just innanför glasdörrarna stannade hon.

– Vill du se huset där din mor växte upp? Är det därför du har kommit?

– Går det?

– Kropparna är borta. Jag kan släppa in dig om du vill. Jag ska åka ut om en halvtimme. Du måste bara lova mig att inte ta något från huset. Det finns människor som med glädje skulle slita upp korkmattan där det en gång legat en ihjälhuggen människa.

– Sån är jag inte.

– Om du väntar i din bil så kan du följa efter mig.

Vivi Sundberg tryckte på en knapp så att dörrarna gick upp. Birgitta Roslin gick ut på gatan innan någon av journalisterna som fortfarande flockades i receptionen fick tag på henne.

När hon satt med handen på startnyckeln tänkte hon att hon hade misslyckats. Vivi Sundberg hade inte trott henne. Så småningom skulle kanske någon av utredarna ta sig an uppgifterna om Nevada. Men utan entusiasm.

Hon kunde knappast klandra Vivi Sundberg. Språnget mellan Hesjövallen och en stad i Nevada var alltför stort.

En svart bil utan polismärken körde upp vid hennes sida. Vivi Sundberg vinkade.

När de kom fram till byn lotsade Vivi Sundberg henne till huset och sa:

– Jag lämnar dig här, så att du kan vara för dig själv en stund.

Birgitta Roslin drog djupt efter andan och steg sedan in i huset där alla lampor var tända.

Det var som om hon steg ut ur en kuliss, rakt in på en upplyst scen. Och i det dramat var hon alldeles ensam.

8

Birgitta Roslin försökte tänka bort de döda som omgav henne. Istället framkallade hon den suddiga bilden av sin mor i detta hus. En ung kvinna med en längtan därifrån som hon aldrig kunde dela med någon, knappast ens erkänna inför sig själv utan att drabbas av dåligt samvete inför de beskedliga fosterföräldrarna med all sin goda religiösa vilja.

Hon stod i tamburen och lyssnade. Det finns en tystnad i tomma hus som inte påminner om något annat, tänkte hon. Någon har gått härifrån och tagit alla ljud med sig. Inte ens en klocka tickar någonstans.

Hon gick in i vardagsrummet. Ålderdomliga lukter slog emot henne, från möbler, bonader och bleka porslinsvaser som trängdes på hyllor och bland krukväxter. Hon kände med ett finger i en av krukorna, gick sedan ut i köket och letade reda på en vattenkanna och vattnade alla blommor hon hittade. Det var en tjänst till de döda. Sedan satte hon sig på en stol och såg sig runt. Hur mycket av det som fanns i rummet hade funnits när hennes mor hade levt här? Det mesta, tänkte hon. Allt här är gammalt, möbler åldras med dem som använder dem.

Golvet, där kropparna hade legat, var fortfarande täckt av plast. Hon gick trappan upp till övervåningen. I det största sovrummet var sängen obäddad. En toffel låg halvvägs under sängen. Den andra kunde hon inte upptäcka. Det fanns ytterligare två rum på övervåningen. I det som låg mot väster satt en tapet med barnsligt tecknade djur.

Hon tyckte sig vagt minnas att hennes mor någon gång hade talat om den tapeten. Där fanns en säng, en byrå, en stol och en hög med trasmattor staplade intill ena väggen. Hon öppnade garderoben som var klädd med tidningssidor. Hon kunde läsa årtalet 1969. Redan då hade hennes mor varit borta från huset i mer än tjugo år. Hon satte sig på stolen framför fönstret. Det var mörkt nu, skogåsarna bortanför sjön hade försvunnit. I skogsbrynet rörde sig en polis, upplyst av en kollegas ficklampa. Han stannade då och då och böjde sig mot marken som om han letade efter någonting.

Birgitta Roslin hade en märklig känsla av att komma sin mor mycket nära. Här hade modern suttit innan hon själv ens varit påtänkt. Här, i ett rum i en annan tid. Någon hade skurit i den vitmålade fönsterkarmen. Kanske modern, kanske varje streck var en längtan bort, en ny dag?

Hon reste sig och gick ner igen. Intill köket fanns ett rum med en säng, några kryckor lutade mot en vägg och en ålderdomlig rullstol. På golvet vid nattygsbordet stod en emaljerad potta. Rummet gav intryck av att inte ha varit använt under lång tid.

Hon återvände till vardagsrummet och rörde sig tyst som om hon var rädd för att störa. Lådorna i en sekretär var halvvägs utdragna. En var full av dukar och servetter, en annan av garner i mörka färger. I den tredje, understa lådan låg några buntar med brev och anteckningsböcker i bruna pärmar. Hon tog upp en av anteckningsböckerna och öppnade den. Det stod inget namn i den. Den var fullskriven med en mycket liten stil. Hon letade fram sina glasögon och försökte tyda den minimala skriften. Boken var gammal, orden hade en ålderdomlig stavning. Någon hade fört en dagbok. Anteckningarna handlade om lok, om vagnar, om järnvägsräls.

Sedan upptäckte hon ett ord som gjorde att hon hajade till, Nevada. Hon stod alldeles orörlig och höll andan. Någonting var plötsligt på väg att förändras, det tomma och stumma huset hade lämnat ett meddelande till henne. Hon försökte stava sig vidare, men det slog i ytterdörren. Hon lade tillbaka dagboken och sköt igen lådan. Vivi Sundberg kom in i rummet.

– Du har naturligtvis sett var kropparna låg, sa hon. Det behöver jag inte visa dig.

Birgitta Roslin nickade.

– Vi låser husen om nätterna. Det är nog bäst att du går nu.

– Har ni funnit några anhöriga till dom som bodde här?

– Det var just det jag ville berätta för dig. Det verkar inte som om Brita och August hade egna barn eller några andra anhöriga än dom som bodde i byn och som också är döda. I morgon för vi över deras namn på den lista av mordoffer som är offentlig.

– Vad händer med dom sedan?

– Det kanske är nånting som du ska fundera över eftersom du på sätt och vis är släkt.

– Jag är inte släkt. Men jag bryr mig i alla fall.

De lämnade huset. Vivi Sundberg låste dörren och hängde nyckeln på en spik.

– Vi räknar inte med att någon ska göra inbrott, sa hon. Den här byn är just nu lika välbevakad som det svenska kungaparet.

De skiljdes ute på vägen. Starka strålkastare lyste upp några av husen. Birgitta Roslin fick åter känslan av att befinna sig på en teaterscen.

– Reser du hem i morgon? frågade Vivi Sundberg.

– Förmodligen. Har du tänkt något på det jag berättade?

– Jag kommer att lägga fram dina upplysningar i morgon när vi har vårt morgonmöte och sen kommer det att bearbetas på samma sätt som all annan information.

– Du måste ändå hålla med mig om att det verkar troligt, till och med sannolikt, att det finns något samband?

– Det är för tidigt att svara på. Men jag tror det bästa du kan göra nu är att släppa taget om det här.

Birgitta Roslin såg Vivi Sundberg sätta sig i bilen och köra därifrån. Hon tror mig inte, sa hon högt till sig själv i mörkret. Hon tror mig inte, och det kan jag naturligtvis förstå.

Men det gjorde henne samtidigt upprörd. Hade hon själv varit polis skulle hon ha prioriterat en upplysning som tydde på ett samband med en liknande händelse, även om den inträffat på en annan kontinent.

Hon bestämde sig för att tala med den åklagare som var förundersökningsledare. Han borde begripa vikten av det hon hade berättat.

Hon for alldeles för fort mot Delsbo och var fortfarande upprörd när hon kom fram till hotellet. I matsalen pågick reklammakarnas stora festbankett, själv fick hon äta i den ödsliga baren. Hon beställde ett glas vin till maten. Det var en Shiraz från Australien, smakrik, men hon kunde inte bli klok på om den hade inslag av choklad eller lakrits eller båda delarna.

Efter måltiden gick hon upp till sitt rum. Upprördheten hade gått över. Hon tog en av sina järntabletter och tänkte på dagboken som hon hastigt bläddrat i. Hon borde ha berättat för Vivi Sundberg om sin upptäckt. Av någon anledning hade hon inte gjort det. Risken var att också dagboken skulle bli en obetydlig detalj i ett omfångsrikt utredningsmaterial.

Som domare hade hon lärt sig uppskatta de poliser som hade en särskild begåvning för att upptäcka de betydelsefulla länkarna i ett material som för andra kunde verka osorterat och kaotiskt.

Vilken typ av polis var Vivi Sundberg? En överviktig medelålders kvinna som inte verkade alltför snabbtänkt.

Birgitta Roslin ångrade genast sin tanke. Det var orättvist, hon visste ingenting om Vivi Sundberg.

Hon lade sig på sängen, slog på teven och hörde vibrationerna av basgångar från matsalen där festen pågick.

Telefonen ringde och väckte henne. Hon såg på klockan att hon sovit över en timme. Det var Staffan.

– Var är du i världen? Vart ringer jag?

– Till Delsbo.

– Det vet jag knappt var det ligger.

– Hudiksvall, västerut. Om jag inte minns alldeles fel brukade man förr tala om dom våldsamma drängslagsmålen med kniv i Delsbo.

Hon berättade om sitt möte med Hesjövallen. I bakgrunden kunde hon höra jazzmusik. Han tycker det är skönt att vara ensam, tänkte hon. Nu kan han lyssna på den jazzmusik som jag inte alls uppskattar.

– Vad händer nu? frågade han när hon tystnat.

– Det bestämmer jag i morgon. Jag är fortfarande ovan vid att ha all denna tid till mitt förfogande. Nu kan du återgå till din musik.

– Det är Charlie Mingus.

– Vem?

– Du menar inte att du har glömt vem Charlie Mingus är?

– Ibland tycker jag att alla dina jazzmusiker har samma namn.

– Nu sårar du mig.

– Det var inte min mening.

– Är det alldeles säkert?

– Vad menar du med det?

– Jag bara menar att du i grund och botten föraktar den musik som jag tycker så mycket om.

– Varför skulle jag göra det?

– Det kan du bara svara på själv.

Samtalet tog hastigt slut. Han slängde på luren. Det gjorde henne rasande. Hon ringde upp honom, men han svarade inte. Till slut lät hon telefonen ligga. Hon påminde sig tankarna den dag hon suttit på färjan över Sundet. Det är inte bara jag som är trött, tänkte hon. Han upplever mig säkert som lika kall och frånvarande som jag honom. Hur vi ska komma ur det här vet varken han eller jag. Men hur ska vi hitta en utväg så länge vi inte förmår att tala med varandra utan att det blir gräl och förbittrade överdrifter?

Om det här skulle jag kunna skriva, tänkte hon. Om att såra varandra.

Hon gjorde i tankarna en lista med rimord på sår: bår, får, går, hår, kår, lår, mår, når, rår, tår och vår. En domares sång om smärta, tänkte hon. Men hur gör jag för att det inte bara ska bli banalt?

Birgitta Roslin gjorde sig i ordning för natten. Det dröjde innan hon somnade. Tidigt på morgonen, när det fortfarande var mörkt, vaknade hon av att en dörr slog igen någonstans. Hon blev liggande i mörkret och mindes vad hon drömt. Hon hade varit i Britas och Augusts hus. De hade talat med henne, båda sittande i den mörkröda soffan, medan hon stod på golvet. Plötsligt hade hon märkt att hon var naken. Hon försökte skyla sig och gå därifrån utan att lyckas. Hennes ben var som förlamade. När hon såg ner på golvet var hennes fötter inneslutna i golvplankorna.

Där hade hon vaknat. Birgitta Roslin lyssnade ut i mörkret. Högljudda, berusade röster närmade sig och försvann. Hon såg på klockan. Kvart i fem. Ännu långt till gryningen. Hon lade sig till rätta för att fortsätta sova, då en tanke slog henne.

Nyckeln hängde på en spik. Birgitta Roslin satte sig upp i sängen. Det var naturligtvis både förbjudet och orimligt. Att hämta det som låg i byrån. Inte vänta på att någon polis kanske av en tillfällighet skulle börja intressera sig för det som fanns där.

Hon steg upp från sängen och ställde sig vid fönstret. Tomt, stilla. Jag kan göra det, tänkte hon. I bästa fall medverkar jag till att den här utredningen inte hamnar i samma träsk som den sämsta polisutredning jag känner till, mordet på statsministern. Men jag gör mig skyldig till egenmäktigt förfarande, kanske en nitisk åklagare skulle kunna övertyga en obegåvad domare om att jag också ställde till oreda i en brottsutredning.

Värre var det med vinet hon druckit. Att som domare åka fast för rattonykterhet var förödande. Hon räknade timmarna sedan hon ätit sin måltid. Alkoholen borde redan ha förbränts. Men säker var hon inte.

Jag får inte göra det, tänkte hon. Även om poliserna som vaktar där sover. Jag kan inte göra det.

Sedan klädde hon sig och lämnade rummet. Korridoren var öde. Från flera rum hördes ljuden från efterfester. Hon tyckte också att hon kunde uppfatta en pågående kärleksakt från ett av rummen.

Receptionen var tom. Hon skymtade ryggen av en kvinna med blont hår i det inre rummet bakom disken.

När hon kom ut slog kylan emot henne. Det var vindstilla, klar himmel, mycket kallare än kvällen innan.

I bilen tvekade Birgitta Roslin igen. Men lockelsen var helt enkelt för stor. Hon ville fortsätta att läsa i dagboken.

Hon mötte inga bilar. Vid ett tillfälle bromsade hon när hon trodde sig se en älg vid snövallen intill vägen. Men det var inget djur, bara en försåtlig rotvälta.

När hon kom fram till den sista backen innan nerfarten till byn stannade hon och släckte billyktorna. I handskfacket hade hon en ficklampa. Försiktigt började hon gå längs vägen. Då och då stannade hon och lyssnade. En svag vind brusade i de osynliga trädtopparna. När hon kom till backkrönet såg hon att två strålkastare fortfarande var påslagna och att en polisbil var parkerad vid det hus som låg närmast skogen. Hon skulle kunna närma sig Britas och Augusts hus utan att bli sedd. Hon skärmade av ficklampan, gick in genom grinden till grannhuset och närmade sig sedan farstubron från baksidan. Fortfarande ingen rörelse från polisbilen. Hon trevade med handen tills hon hittade nyckeln.

När Birgitta Roslin kom in i tamburen rös hon till. Hon tog fram en plastpåse ur jackfickan och drog försiktigt ut lådan i sekretären. Plötsligt slocknade ficklampan. Hon lyckades inte skaka liv i den, men började ändå stoppa ner breven och dagböckerna. En av brevbuntarna gled ur hennes grep och hon trevade länge med handen på det kalla golvet innan hon hittade den.

Sedan skyndade hon sig därifrån, tillbaka till bilen. Receptionisten såg förvånat på henne när hon kom in på hotellet.

Hon var frestad att genast börja läsa men bestämde sig ändå för att sova några timmar. Klockan nio lånade hon ett förstoringsglas i receptionen och satte sig vid bordet, som hon dragit fram till fönstret. Reklammänniskorna höll på att bryta upp och försvann i bilar och minibussar. Hon hängde ut skylten att hon inte ville bli störd och började sedan med dagboken. Det gick långsamt, vissa ord, ibland hela meningar, lyckades hon aldrig tyda.

Det första hon insåg var att en man dolde sig bakom signaturen JA. Av någon anledning använde han inte alltid "jag" när han talade om sig själv utan ett par initialer. Vem han var kunde hon till en början inte begripa, men så mindes hon det andra brevet hon hittat i sin mors papper. Jan August Andrén. Det måste vara samma person. Han var förman på ett stort järnvägsbygge som långsamt rörde sig österut genom Nevadaöknen och beskrev ingående och omständligt allt det ansvar han hade. JA berättade om slipers och räls och om hur han med glädje böjde nacken inför dem som stod ovanför honom i hierarkin och ständigt imponerade på honom med sin makt. Han beskrev sjukdomar som drabbade honom, bland annat en enveten feber som gjorde honom arbetsoduglig under lång tid.

Det märks på hans handstil som plötsligt blir darrig. JA skriver att han har "hög feber och blod i de återkommande och plågsamma kräkningarna". Birgitta Roslin kunde nästan fysiskt uppleva dödsångesten som strålar ut från sidorna. Eftersom JA inte daterar sina anteckningar regelbundet kan hon inte bedöma hur länge han är sjuk. På en av de följande sidorna skriver han plötsligt sitt testamente. "Till min vän Herbert mina goda stöflar och andra kläder samt till Mr Harrison mitt gevär och min revolver, samt ber honom meddela mina anhöriga i Svärje att jag gått hädan. Afger penningar till jernvägsprästen för att sköta en anständig begrafning med minst två psalmer. Icke hade jag väntat mig att lifvet skulle redan vara över. Gud hjälpe mig."

Men JA dör inte. Plötsligt, utan övergång, är han frisk igen.

JA tycks alltså ha någon förmansposition vid det bolag som heter Central Pacific, som bygger järnvägen från Stilla Havet mot en punkt där den ska möta den linje som samtidigt byggs från östkusten av ett konkurrerande järnvägsbolag. Han klagar ibland över att "arbetarna äro very lazy" om han inte övervakar dem strängt. Det är mest irländarna han är missnöjd med eftersom de super hårt och inte alltid möter upp på de tidiga morgnarna som de ska. Han gör en uträkning att han tvingas avskeda var fjärde irländare, vilket skapar stora problem. Att anställa indianer är omöjligt eftersom de vägrar arbeta så mycket som krävs. Negrer är enklare, men slavar som antingen rymt eller frigetts är ovilliga att ta emot order. JA skriver att "präktiga svenska drängar kunde här ha behöfts i mängd istället för lömska kinesiska kulis och fulla irländare".

Birgitta Roslin var tvungen att anstränga ögonen för att kunna tyda skriften. Då och då lade hon sig ner på sängen och blundade. Hon övergick till att studera en av de tre brevbuntarna. Återigen är det JA som skriver. Det är samma, knappt läsliga bokstäver. Han skriver till sina föräldrar och berättar hur han har det. Det existerar en märklig motsättning mellan det JA antecknar i sin dagbok och det han berättar i breven hem. Om hon antog att han beskriver verkligheten i dagböckerna, så ljuger han i breven. I dagboken har han noterat sin månadslön till elva dollar. I ett av de första breven hon läste berättade han att hans "bossar äro så nöjda att jag numer uppbär 25 dollars i månaden, vilket nog kan jemföras med hvad en häradsskrifvare har i lön hemma hos Eder". Han skryter, tänkte hon. JA vet att han är så långt borta att ingen kan kontrollera hans uppgifter.

Hon läste vidare i breven och upptäckte den ena lögnen mer häpnadsväckande än den andra. Plötsligt har han skaffat sig en fästmö, en kokerska som heter Laura och kommer från "en bättre familj i New York". Av datumet i brevet att döma är det just då som han ligger döende och ångestfull och skriver sitt testamente. Laura har kanske dykt upp i en av hans feberdrömmar.

Den man Birgitta Roslin försökte fånga var undanglidande, en människa som hela tiden snodde sig fri. Hon började bläddra alltmer otåligt bland breven och dagböckerna.

Birgitta Roslin hade suttit lutad över de svårlästa texterna i flera timmar när hon plötsligt stannade till. I en av dagböckerna låg ett instoppat dokument som hon trodde sig förstå vara ett lönebesked. För april månad 1864 har Jan August Andrén fått utbetalt 11 dollar för sitt arbete. Nu visste hon säkert att det var samme man, som skrivit brevet hon hittat bland sin mors efterlämnade papper.

Hon reste sig från stolen och gick fram till fönstret. En ensam man gick och skottade snö. Från Hesjövallen utvandrade en gång en man som heter Jan August Andrén, tänkte hon. Han hamnade i Nevada som järnvägsarbetare, blir förman och tycker inte om vare sig de irländare eller kineser han basar över. Den påhittade fästmön var kanske inte annat än en av de "lösaktiga kvinnor hvilka samlas kring jernvägsbyggen", som han tidigare skrivit om i dagböckerna. De sprider könssjukdomar bland rallarna. Hororna som följer i järnvägens spår skapar oreda och problem. Det är inte bara könssjuka arbetare som måste sparkas, det utbryter även regelbundet våldsamma slagsmål om kvinnorna.

I den dagbok hon nu hade läst nära häften av beskriver JA vid ett tillfälle att en irländare vid namn O'Connor blivit dömd till döden för mord på en skotsk rallare. De hade varit berusade och hamnat i svartsjukegräl om en kvinna. Nu skulle han hängas och den tillreste domaren hade godkänt att det inte skulle ske i staden utan på en kulle intill den plats dit järnvägen har nått. Jan August Andrén skriver att det "tycks mig bra att alla kunna se hvad fylla och knifvar kunna leda till".

Han är mycket detaljerad när han beskriver den irländske rallarens död. Det är en ung man, knappast "mer än fjunig om hakan", skriver Jan August Andrén, som ska hängas.

Det är tidigt på morgonen. Avrättningen sker just innan morgonskiftet ska gå på. Inte ens en hängning får leda till att en enda sliper, en enda rälsbalk, hamnar på plats för sent. Förmännen har fått besked om att alla ska närvara vid avrättningen. Det blåser en hård vind. Jan August Andrén knyter en snusnäsduk över mun och näsa när han går runt och kontrollerar att hans manskap kommit ut ur tälten och begett sig till kullen där hängningen ska ske. Galgen står på en plattform av nytjärade sliprar. Så fort den unge O'Connor är död ska galgen rivas och sliprarna bäras ner till den nyanlagda banvallen igen. Den dödsdömde anländer omgiven av beväpnade rättsbetjänter. Där finns också en präst. Jan August Andrén beskriver situationen som att "ett morrande hördes bland alla som samlats. Ett ögonblick kunde man tro att det var bödeln som oljudet riktades mot. Sedan måste man dock betänka att envar som der stod kände glädje öfver att inte vara den som nu snart skulle få nacken knäckt. Nog kunde jag i den stunden tänka att många af dem som hatade det dagliga slitet nu kände en änglalik glädje öfver att äfven denna dag kunna bära jernräls, skotta grus och lägga ut slipers."

Jan August Andrén är mycket utförlig om denna avrättning. Han är som en tidig kriminalreporter, tänkte Birgitta Roslin. Men han skriver för sig själv eller kanske för en okänd eftervärld. Annars skulle han nog inte använda uttryck som en "änglalik glädje".

Det utvecklas till ett stort och skrämmande drama. O'Connor släpar sig fram i sina kedjor som i dvala, men vaknar plötsligt till liv intill foten av galgen och börjar skrika och kämpa för sitt liv. Morrandet bland de församlade ökar, det hela beskrivs av Jan August Andrén som en "ohygglig upplefvelse att se denne unge man kämpa för det lif han vet att han snart har förlorat. Den sprattlande mannen föres skrikande upp till repet och han vrålar ända tills luckan öppnas och nacken knäcks." Då upphör också allt morrande, det blir, skriver Jan August Andrén, "tyst som om alla tillstädesvarande blifvit stumma och känt sina egna nackar knäckas".

Han uttrycker sig verkligen väl, tänkte Birgitta Roslin. En skrivande man, med känsla.

Galgen rivs, kroppen och sliprarna bärs åt olika håll. Det blir slagsmål mellan några kineser som vill ha repet som O'Connor hängts i. Andrén noterar att "kineserna äro inte som vi, de äro smutsiga, hålla sig för sig sjelfva och utslunga egendomliga besvärjelser och bedrifver magiska konster som inte sker bland oss. Nu koka de väl medicin på den dömdes rep".

Det är första gången han presenterar sig, tänkte Birgitta Roslin. Här kommer plötsligt en alldeles egen åsikt ur hans penna. "Kineser äro inte som vi, de äro smutsiga."

Telefonen ringde. Det var Vivi Sundberg.

– Väckte jag dig?

– Nej.

– Kan du komma ner? Jag är i receptionen.

– Vad gäller det?

– Kom ner ska jag berätta.

Vivi Sundberg stod vid den öppna spisen och väntade.

– Vi sätter oss, sa hon och pekade mot en liten soffgrupp som stod i ett hörn.

– Hur visste du att jag bodde här?

– Jag tog reda på det.

Birgitta Roslin började få onda aningar. Vivi Sundberg var reserverad, kylig. Hon gick också rakt på sak.

– Vi är inte alldeles utan ögon och öron, började hon. Även om vi är landsortspoliser. Du förstår säkert vad jag menar.

– Nej.

– Vi saknar innehållet i en byrå i det hus där jag var vänlig nog att släppa in dig. Jag bad dig att inte röra nånting. Men det gjorde du. Någon gång under natten måste du ha kommit tillbaka. I den låda du tömde fanns dagböcker och brev. Jag väntar här medan du hämtar dom. Var det fem eller sex dagböcker? Hur många brevbuntar? Ta med alltihop. Så ska jag vara vänlig nog att glömma det här. Du kan också vara tacksam över att jag gjorde mig besväret att åka hit.

Birgitta Roslin märkte att hon rodnade. Hon hade blivit ertappad *in flagranti*, med fingrarna i syltburken. Det fanns ingenting hon kunde göra. Domaren hade blivit fälld.

Hon reste sig och gick upp till rummet. Ett kort ögonblick frestades hon att behålla den dagbok hon just höll på att läsa i. Men hon hade ingen aning om vad Vivi Sundberg visste. Att hon verkade osäker på hur många dagböcker det var behövde inte betyda något. Det kunde lika gärna innebära att hon ville testa hennes ärlighet. Birgitta Roslin bar ner allt det hon hade tagit till receptionen. Vivi Sundberg hade med sig en papperspåse där hon lade ner brevbuntarna och böckerna.

– Varför gjorde du det? frågade hon.

– Jag var nyfiken. Jag kan bara beklaga det hela.

– Finns det nånting du inte har berättat för mig?

– Jag har inga dolda motiv.

Vivi Sundberg betraktade henne granskande. Birgitta Roslin märkte att hon rodnade igen. Vivi Sundberg reste sig upp. Trots att hon var kraftig och överviktig, rörde hon sig lätt.

– Låt oss poliser nu sköta det här, sa hon. Jag ska inte göra sak av att du tog dig in i huset i natt. Vi glömmer det. Du reser hem och jag fortsätter att arbeta.

– Jag ber om ursäkt.

– Det har du redan gjort.

Vivi Sundberg försvann ut genom dörrarna till en väntande polisbil. Birgitta Roslin såg den fara iväg i ett snömoln. Hon gick upp till sitt rum, hämtade sin jacka och tog en promenad längs den isbelagda sjön. Vinden kom och gick i kalla byar. Hon körde ner hakan mot bröstet. En domare var inte ute om nätterna och plockade till sig dagböcker och brev ur ett hus där två gamla människor nyligen blivit massakrerade, tänkte hon. Hon undrade om Vivi Sundberg skulle berätta för sina kollegor eller om hon valde att behålla det för sig själv.

Birgitta Roslin gick runt sjön och var svettig och varm när hon återvände till hotellet. Efter att ha duschat och bytt kläder tänkte hon igenom vad som hade hänt.

Hon gjorde ett försök att skriva ner sina tankar men knycklade ihop anteckningarna och slängde dem i papperskorgen. Nu hade hon besökt det hus där hennes mor hade vuxit upp. Hon hade sett hennes rum och hon visste att det var hennes mors fosterföräldrar som dödats. Det är dags att vända tillbaka, tänkte hon.

Hon gick ner i receptionen och bad att få behålla rummet ännu en natt. Sedan for hon in till Hudiksvall, letade reda på en bokhandel och köpte en bok om viner. Hon tvekade om hon skulle äta på den kinarestaurang hon besökt dagen innan, men valde istället en italiensk restaurang. Hon satt länge kvar, bläddrade i några tidningar men brydde sig inte om det som stod skrivet om Hesjövallen.

Hennes telefon ringde. Hon såg på numret att det var Siv, en av tvillingarna.

– Var är du?

– I Hälsingland. Det har jag redan berättat.

– Vad gör du där?

– Jag vet inte riktigt.

– Är du sjuk?

– På sätt och vis. Jag är sjukskriven. Men det är mest trötthet.

– Vad gör du i Hälsingland?

– Jag är ute och reser. Omväxling. Jag far hem i morgon.

Birgitta Roslin kunde höra hur dottern andades.

– Har ni bråkat igen, du och pappa?

– Varför skulle vi ha gjort det?

– Det blir ju bara värre och värre. Man känner det när man kommer hem.

– Vad?

– Att ni inte har det bra. Dessutom har han sagt det.

– Har pappa talat om hur vi har det?

– Han har en fördel framför dig. Han svarar när man frågar. Men det gör inte du. Det tycker jag du ska tänka på när du åker hem. Jag måste sluta nu. Jag har inte mer pengar på kortet.

Det klickade till. Samtalet var över. Hon tänkte på vad hennes dotter hade sagt. Det smärtade henne. Samtidigt insåg hon att det var sant. Hon anklagade Staffan för att dra sig undan. Men hon var likadan själv i förhållande till sina barn.

Hon for tillbaka till hotellet, läste i sin nyinköpta bok, åt en lätt middag och lade sig tidigt att sova.

Hon vaknade i mörkret av att telefonen ringde. När hon svarade fanns ingen där. Displayen visade inget nummer.

Hon kände ett plötsligt obehag. Vem var det som hade ringt?

Innan hon somnade om kände hon efter att dörren var låst. Sedan såg hon ut genom fönstret. Uppfarten till hotellet var öde. Hon lade sig i sängen igen och tänkte att hon på morgonen skulle göra det enda förnuftiga.

Hon skulle resa hem.

9

Klockan sju satt hon i frukostmatsalen. Genom fönstren som vette mot sjön såg hon att det hade börjat blåsa. En man kom dragande en kälke med två påbyltade barn. Hon påminde sig sitt eget slit med att dra barn i kälkbackar. Det hade varit något av det märkligaste i hennes liv, att leka med sina barn i snön samtidigt som hon grubblade över hur hon skulle döma i komplicerade brottmål. Barnens skrik och skratt som kontrast mot de skräckinjagande interiörerna vid begångna våldsbrott.

En gång hade hon räknat ut att hon hade skickat tre mördare och sju dråpare till fängelse under sitt liv som domare. Till det kom ett antal våldtäktsmän och män som hon dömt för grov misshandel, där bara tillfälligheter gjort att det inte slutat i mord.

Tanken oroade henne. Att mäta sitt liv och sitt slit i det antal mördare hon skickat i fängelse; var det verkligen summan av hennes ansträngningar?

Vid två tillfällen hade hon blivit hotad. Den ena gången hade Helsingborgspolisen ansett det vara befogat med övervakning. Det gällde en narkotikalangare med kopplingar till ett motorcykelgäng. Barnen hade varit små. Det hade varit en obehaglig tid som tärt på hennes och Staffans familjeliv. Det var en av de perioder då de hade skrikit nästan dagligen åt varandra.

Medan hon åt undvek hon de tidningar som frossade i händelserna i Hesjövallen. Istället valde hon en affärstidning och bläddrade förstrött bland börsnoteringar och diskussioner om kvinnlig styrelse-

124

representation i svenska aktiebolag. Det var få gäster i matsalen. Hon hämtade påfyllning av kaffet och började fundera på om hon skulle välja en annan väg när hon for hem. Kanske längre västerut, genom Värmlandsskogarna?

Någon tilltalade henne plötsligt. En ensam man vid ett bord längre in i lokalen.

– Är det mig du talar med?

– Jag bara undrar vad Vivi Sundberg ville.

Hon kände inte igen mannen, förstod knappast heller vad han frågade om. Innan hon hann svara reste han sig och kom fram till hennes bord. Han drog ut stolen och satte sig utan att be om lov.

Mannen var rödbrusig, i 60-årsåldern, överviktig och hade dålig andedräkt.

Hon blev arg och började genast försvara sitt revir.

– Jag vill äta min frukost ifred.

– Du har redan ätit. Jag vill bara ställa ett par frågor.

– Jag vet inte ens vem du är.

– Lars Emanuelsson. Reporter. Inte journalist. Jag är bättre än dom. Jag murvlar inte. Jag skriver genomarbetat och med stil.

– Det ger dig knappast lov att inkräkta på min rätt att äta frukost ifred.

Lars Emanuelsson reste sig och satte sig på en stol vid ett bord intill.

– Bättre så?

– Bättre. Vem skriver du för?

– Det har jag inte bestämt än. Först själva historien, sen beslut om vem som ska få den. Jag säljer inte till vem som helst.

Hon blev mer och mer irriterad över hans dryghet. Dessutom kände hon att han luktade, som han inte tvättat sig på länge. Han var som en karikatyr av en påträngande journalist.

– Jag uppfattade att du pratade med Vivi Sundberg igår. Det var inget särskilt hjärtligt samtal, två kvinnliga tuppar som bevakade varandra. Har jag fel?

– Du har fel. Jag har inget att säga till dig.

– Men du kan inte förneka att du talade med henne?

– Naturligtvis gör jag inte det.

– Jag undrar vad en domare från Helsingborg gör här. Nånting har du med den där utredningen att göra. Hemskheter händer i en liten norrländsk by och Birgitta Roslin kommer resande från Helsingborg.

Hennes vaksamhet ökade.

– Vad är det du vill? Hur vet du vem jag är?

– Det handlar om metoder. Hela livet är ett oavbrutet sökande efter den bästa vägen att nå resultat. Jag antar att det också gäller för en domare. Man har regler och förordningar, lagar och bestämmelser. Men metoderna man använder är ens egna. Hur många brottsutredningar jag har rapporterat om vet jag inte. I ett år, noga räknat 366 dagar, följde jag Palmeutredningen. Jag insåg tidigt att mördaren aldrig skulle bli fast eftersom utredningen hade havererat redan innan den egentligen hunnit bli sjösatt. Det var ju uppenbart att mördaren aldrig skulle kunna lagföras eftersom poliserna och åklagarna inte sökte en lösning på mordet utan gunsten i tevekanalernas soffor. Många menade den gången att det måste vara Christer Pettersson. Utom en del kloka utredare som insåg att han var fel, på alla sätt fel. Men det var ingen som lyssnade på dom. Jag håller mig hur som helst i utkanten, jag cirklar runt det hela. Då ser man saker andra inte upptäcker. Som att en domare får besök av en polis som rimligen inte har tid med annat än den utredning hon nu arbetar med dygnet runt. Vad var det du gav henne?

– Den frågan svarar jag inte på.

– Då tolkar jag det som att du är djupt indragen i det som händer.

126

Det kan jag skriva. "Skånsk domare inblandad i Hesjövallsdramat."

Hon tömde kaffekoppen och reste sig. Han följde efter henne ut i receptionen.

– Ger du mig nånting kan jag återgälda det.

– Jag har absolut ingenting att säga till dig. Inte för att jag har någon hemlighet utan eftersom jag faktiskt inte har något att tillföra som kan intressera en journalist.

Lars Emanuelsson såg plötsligt sorgsen ut.

– Reporter. Inte journalist. Jag kallar inte dig för brännvinsdomare.

En tanke slog henne.

– Var det du som ringde mig i natt?

– Nej?

– Då vet jag i alla fall det.

– Men telefonen ringde? Mitt i natten? När du sov? Bör jag intressera mig för det?

Hon svarade inte utan tryckte på hissknappen.

– En sak ska du få, sa Lars Emanuelsson. Polisen döljer en viktig detalj. Om man nu kan kalla en människa för en detalj.

Hissdörrarna gled upp. Hon steg in.

– Det var inte bara gamla människor som dog. Där fanns också en ung pojke i ett av husen.

Hissdörrarna stängdes. När hon kom upp till sin våning tryckte hon ned hissen igen. Han väntade på henne, hade inte rört sig. De satte sig ner. Lars Emanuelsson tände en cigarett.

– Det är rökförbud här inne.

– Säg något mer som jag absolut inte bryr mig om.

Det stod en blomkruka på bordet som han använde som askfat.

– Man ska alltid leta efter det polisen inte berättar. I det dom döljer kan man söka svaren på hur dom tänker, i vilken riktning dom tror sig kunna hitta en gärningsman. Bland alla dom döda finns en tolvårig pojke. Man vet vilka som är hans anhöriga och vad han gjorde i byn. Men man döljer det för allmänheten.

– Hur vet du det här?

– Det är min hemlighet. I en brottsutredning finns det alltid någonstans en spricka där det läcker information. Den ska man leta reda på och sen hålla sitt öra tätt intill.

– Vem är den här pojken?

– Tills vidare en obekant nämnare. Jag vet hans namn, men jag avslöjar det inte för dig. Han var på besök hos släktingar. Egentligen skulle han ha gått i skolan men befann sig på konvalescens efter en ögonoperation. Pojkstackaren hade skelat. Nu var ögat på rätt ställe, blinkersen infälld, kan man kanske säga. Och så blir han ihjälslagen. På samma sätt som dom gamla han bodde hos. Men ändå inte.

– Vad var skillnaden?

Lars Emanuelsson lutade sig bakåt i stolen. Hans mage svällde ut över byxlinningen. Birgitta Roslin fann honom helt igenom motbjudande. Han visste det och brydde sig inte.

– Nu är det din tur. Vivi Sundberg, böcker och brev.

– Jag är avlägset släkt med några av dom som blivit dödade. Jag gav Sundberg material som hon bett om.

Han betraktade henne med kisande ögon.

– Ska jag tro på det?

– Tro vad du vill.

– Vad för böcker? Vilka brev?

– Det gällde ett klarläggande av familjeförhållanden.

– Vilken familj?

– Brita och August Andrén.

Han nickade eftertänksamt, fimpade sedan cigaretten med oväntad energi.

– Hus nummer två eller sju. Polisen har gett varje hus en kod. Hus nummer två heter 2/3. Vilket givetvis betyder att man där har funnit tre döda kroppar.

Han fortsatte att betrakta henne medan han plockade fram en halvrökt cigarett ur ett skrynkligt paket.

– Det förklarar inte varför ni var så kyliga mot varandra?

– Hon hade bråttom. Vad var det för skillnad med pojken?

– Jag har inte lyckats lista ut det helt och hållet. Jag måste erkänna att poliserna i Hudiksvall och dom som kallats in från Rikskriminalen i Stockholm håller ovanligt tätt. Men vad jag tror mig veta är att pojken inte drabbats av obefogat övervåld.

– Vad menar du med det?

– Vad kan jag mena annat än att han blev dödad utan att han först tillfogades onödigt lidande, plåga och ångest. Det kan man naturligtvis dra många olika slutsatser av, den ena mer lockande och sannolikt mer felaktig än den andra. Men det låter jag dig göra själv. Om du är intresserad.

Han reste sig efter att återigen ha fimpat cigaretten i blomkrukan.

– Nu ska jag fortsätta att cirkla, sa han. Kanske vi stöter ihop igen? Vem vet?

Hon såg honom försvinna ut genom dörrarna. En receptionist kom förbi och stannade när hon vädrade rök.

– Det var inte jag, sa Birgitta Roslin. Jag rökte min sista cigarett när jag var trettiotvå år gammal, vilket väl var ungefär vid den tid du föddes.

Hon gick upp till sitt rum för att packa sin väska. Men hon blev stående framför fönstret och betraktade den envetne fadern med sin kälke och sina barn. Vad var det den obehagliga mannen egentligen hade sagt? Och var han egentligen så obehaglig som hon ville ha det till? Han gjorde väl bara sitt arbete. Hon hade inte varit särskilt tillmötesgående mot honom. Hade hon haft en annan hållning kanske han hade haft mer att berätta för henne.

Hon satte sig vid det lilla skrivbordet och började anteckna. Som vanligt tänkte hon klarast med en penna i handen. Att en ung pojke dödats hade hon inte läst någonstans. Han var den enda unga människan som dödats, om det nu inte fanns andra offer som allmänheten inte kände till. Det Lars Emanuelsson hade sagt om övervåldet kunde inte innebära annat än att de andra som befunnit sig i husen hade misshandlats, kanske torterats, innan de dödats. Vad var orsaken till att pojken besparats detta? Kunde det vara så enkelt som att han var ung och att gärningsmannen tog någon sorts hänsyn till det? Eller fanns det något annat skäl?

Det existerade inga givna svar. Det var heller inte hennes problem. Hon kände sig fortfarande skamsen över det som hänt dagen innan. Hennes beteende hade varit oförsvarligt. Vad som hade hänt om hon blivit avslöjad av någon journalist vågade hon inte ens tänka på. Då hade hon tvingats till ett minst sagt förnedrande återtåg till Skåne.

Hon packade väskan och gjorde sig beredd att lämna rummet. Men först slog hon på teven för att se på vädret och avgöra vilken väg hon skulle välja. Hon hamnade mitt i en presskonferens på polishuset i Hudiksvall. På en liten estrad satt tre personer, den enda kvinnan var Vivi Sundberg. Det högg till i henne. Tänk om hon satt där för att berätta att en domare från Helsingborg hade blivit ertappad som en simpel tjuv. Birgitta Roslin sjönk ner på sängkanten och skruvade upp ljudet. Det var mannen i mitten, Tobias Ludwig, som talade.

Hon förstod att det var direktsändning. När Tobias Ludwig slutat drog den tredje personen, åklagare Robertsson, mikrofonen till sig och sa att polisen var i stort behov av information om iakttagelser som gjorts av allmänheten. Det kunde handla om bilar, främmande människor som uppehållit sig i trakten, allt som gav intryck av att ha varit avvikande.

När åklagaren slutat var det Vivi Sundbergs tur. Hon lyfte upp en plastpåse och höll den framför sig. Kameran zoomade till närbild. Det låg ett rött sidenband i plastpåsen. Vivi Sundberg sa att polisen gärna skulle vilja veta om någon kände igen bandet.

Birgitta Roslin lutade sig närmare teverutan. Hade hon inte sett ett rött band som liknade det som låg i plastpåsen? Hon ställde sig på knä intill teverutan för att se tydligare. Sidenbandet påminde henne alldeles bestämt om någonting. Hon letade i minnet utan att hitta det hon sökte.

Presskonferensen övergick till att journalisterna började ställa sina frågor. Bilden försvann. Rummet i polishuset ersattes av en väderkarta. Snöbyar skulle driva in längs östkusten från Finska viken.

Birgitta Roslin bestämde sig för en väg genom inlandet. I receptionen betalade hon och tackade för sig. Vinden var bitande när hon gick mot bilen. Hon ställde in väskan i baksätet, studerade kartan och valde att köra genom skogarna mot Järvsö och sedan vidare söderut.

När hon kommit ut på vägen körde hon plötsligt in på en parkeringsficka. Hon kunde inte släppa tanken på det röda bandet hon sett i teverutan. Hon hade en minnesbild av något hon inte fick tag på. Det var bara en tunn hinna som skilde henne från att komma på vad det var. Men hon fick inte grepp på det. Har jag rest så här långt kan jag ändå ta reda på vad det är som jag inte kommer på, tänkte hon, och ringde till polishuset. Timmerbilar passerade då och då på vägen och drog upp tunga snömoln som under några ögonblick fördunklade sikten. Det tog lång tid innan hon fick svar. Den receptionist hos polisen som till sist tog emot hennes samtal lät pressad. Hon bad att få tala med Erik Huddén.

– Det gäller utredningen, förtydligade hon. Hesjövallen.

– Jag tror han är upptagen. Jag ska söka honom.

När han kom i luren hade hon nästan börjat misströsta. Även han lät pressad och otålig.

– Huddén.

– Jag vet inte om du minns mig, sa hon. Jag är den där domaren som kom på besök och envisades med att vilja träffa Vivi Sundberg.

– Jag minns.

Hon undrade om Vivi Sundberg hade sagt någonting om händelserna på natten. Hon fick dock en bestämd känsla av att Erik Huddén ingenting visste. Kanske hon ändå hade hållit det för sig själv, som hon lovat? Möjligen är jag hjälpt av att det inte var alldeles enligt reglerna att hon släppte in mig i det där huset.

– Det gäller det där röda bandet ni visade i teve, fortsatte hon.

– Tyvärr var det nog ett misstag av oss att visa det, sa Erik Huddén.

– Varför det?

– Vår växel är just nu i det närmaste sprängd av människor som påstår sig ha sett det. Inte minst runt inslagna julklappar.

– Mitt minne säger något helt annat. Jag tror att jag sett det.

– Var då?

– Det vet jag inte. Men det handlar inte om julklappar.

Han andades tungt i telefonen, verkade ha svårt att bestämma sig.

– Jag kan visa dig bandet, sa han till sist. Om du kommer nu.

– Inom en halvtimme?

– Du får två minuter, inte mer.

Han mötte henne i receptionen, nysande och hostande. Plastpåsen med det röda bandet låg på bordet i hans arbetsrum. Han tog ut det och lade det på ett vitt papper som underlägg.

– Det är exakt nitton centimeter långt, sa han. Drygt en centimeter brett. I ena kanten finns ett hål som tyder på att bandet har varit fäst vid nånting. Det är av bomull och polyester, men ger intryck av att vara av silke. Vi hittade det i snön. En av hundarna nosade upp det.

Hon ansträngde sig till det yttersta. Hon var säker på att hon kände igen det. Men hon kunde fortfarande inte placera det.

– Jag har sett det, sa hon. Det kan jag svära på. Kanske inte just det här. Men något liknande.

– Var?

– Jag minns inte.

– Om du har sett nåt liknande i Skåne kommer det knappast att hjälpa oss.

– Nej, svarade hon allvarligt. Det är här jag har sett det.

Hon fortsatte att se på bandet medan Erik Huddén stod lutad mot väggen och väntade.

– Kommer du på det?

– Nej. Tyvärr inte.

Han stoppade tillbaka bandet i plastpåsen och följde henne ut i receptionen.

– Om minnet återvänder kan du ringa, sa han. Men om det visar sig att det trots allt bara var ett presentband behöver du inte höra av dig.

På gatan stod Lars Emanuelsson och väntade på henne. Han hade en sliten pälsmössa djupt nerdragen i pannan. Hon blev upprörd när hon upptäckte honom.

– Varför följer du efter mig?

– Det gör jag inte. Jag cirklar, som jag berättade för dig. Nu råkade jag av en händelse se att du gick in på polishuset och då tänkte jag att jag nog skulle vänta. Just nu funderar jag över vad det mycket korta besöket innebar.

– Det är något du aldrig kommer att få veta. Lämna mig nu ifred innan jag blir förbannad.

Hon gick därifrån men hörde hans röst bakom sig.

– Glöm inte att jag kan skriva.

Hon vände sig häftigt om.

– Hotar du mig?

– Inte alls.

– Jag har förklarat varför jag är här. Det finns absolut inga skäl till att blanda in mig i det som pågår.

– Den stora publiken läser det som skrivs, vare sig det är sant eller inte.

Den här gången var det Lars Emanuelsson som vände sig om och gick. Hon såg med avsky efter honom och hoppades att hon inte skulle behöva träffa honom mer.

Birgitta Roslin återvände till bilen. Hon hade precis hunnit sätta sig bakom ratten när hon insåg var hon hade sett det röda bandet. Minnet avslöjade plötsligt sitt innehåll, det kom från ingenstans. Misstog hon sig? Nej, hon såg det helt klart framför sig.

Hon väntade i två timmar eftersom den plats hon ville besöka var stängd. Under tiden vandrade hon rastlöst runt i staden, otålig över att inte genast kunna få bekräftat det hon trodde sig ha upptäckt.

Klockan var elva när kinarestaurangen öppnade. Birgitta Roslin gick in och satte sig vid samma bord som förra gången. Hon betraktade lamporna som hängde över borden i lokalen. De var av ett genomskinligt material, tunn plast som skulle ge intryck av att egentligen vara papperslyktor. De var avlånga, som cylindrar. Längst ner hängde fyra röda band.

Efter sitt besök på polishuset visste hon att de var exakt nitton centimeter långa. De var fästa vid lampskärmen med en liten hake som träddes in genom översta delen av bandet.

Den unga kvinnan som talade dålig svenska kom med matsedeln. Hon log när hon kände igen Birgitta Roslin. Hon valde byffén, trots att hon inte var hungrig. De fat som stod framme och som hon kunde välja ifrån gav henne en möjlighet att se sig runt i lokalen. Hon hittade det hon sökte vid ett tvåmansbord längst inne i ett hörn. På lampan som hängde över bordet saknades ett av de röda banden.

Hon stod alldeles stilla och höll andan.

Här har någon suttit, tänkte hon. Längst in i det mörkaste hörnet. Sedan har han rest sig upp, lämnat lokalen och begett sig till Hesjövallen.

Hon såg sig runt i lokalen. Den unga kvinnan log. Från köket hördes röster som talade kinesiska.

Hon tänkte att varken hon eller polisen förstod något av det som hade hänt. Det var större, djupare, gåtfullare, än de kunnat föreställa sig.

De visste egentligen ingenting.

Del 2

NIGGERS AND CHINKS (1863)

Loushanpasset

Västanvinden viner vass,
vildgässen ropar i rymden, frostig morgonens måne.
Frostig morgonens måne,
hårt klapprar hästarnas hovar,
dov är trumpetens ton...

Mao Zedong, 1935

(utdrag ur dikt, översättning: Göran Malmqvist.)

Vägen till Kanton

10

Det var under den hetaste tiden på året, 1863. Det var också den andra dagen av Sans och hans två bröders långa vandring mot kusten och staden Kanton. Tidigt på förmiddagen kom de till ett vägskäl där tre avhuggna huvuden var fastsatta på bambupålar som drivits ner i jorden. Hur länge huvudena suttit där kunde de inte avgöra. Wu, som var den yngsta av bröderna, trodde minst en vecka eftersom ögonen och stora delar av kinderna redan hackats bort av korpar. Guo Si, som var den äldste, menade att huvudena huggits av bara några dagar tidigare. Han tyckte att det i de grinande munnarna fortfarande fanns något kvar av fasan inför det som väntade.

San sa ingenting. I alla fall gav han inte uttryck för vad han tänkte. De avhuggna huvudena var som ett tecken på vad som också kunde vänta honom och hans bröder. De hade flytt för sitt liv från en avlägsen by i Guangxiprovinsen. Det första de mötte var en påminnelse om att deras liv skulle vara i fara även i fortsättningen.

De lämnade platsen som San i sina tankar döpte till "De tre huvudenas vägskäl". Medan Guo Si och Wu grälade om det var banditer som blivit avrättade eller några bönder som misshagat en mäktig jordägare, grubblade San över allt som hänt och som drivit ut dem på vägarna. För varje steg de tog kom de allt längre bort från sitt tidigare liv. Innerst inne hoppades nog hans bröder att en dag kunna återvända till Wi Hei, den by där de vuxit upp. Vad han själv trodde var han inte säker på. Kanske kunde fattiga bönder och deras barn aldrig slita sig loss från den misär de levde i? Vad väntade dem i Kanton dit de var på väg? Det berättades att man kunde smyga sig ombord på fartyg och färdas över havet mot öster och komma till ett land där det fanns floder som glimmade av guldklimpar, stora som hönsägg. Även till den avlägsna byn Wi Hei hade rykten nått fram som berättade om det land som befolkades av de främmande vita djävlarna och som var så rikt att även enkla människor från Kina kunde arbeta sig upp från elände till ofattbar makt och rikedom.

San visste inte vad han skulle tro. Fattiga människor drömde alltid om ett liv där ingen jordägare plågade dem. Även han själv hade tänkt så från det han varit mycket liten, och stått med huvudet böjt vid vägen när någon storman passerade i sin övertäckta bärstol. Han hade alltid undrat hur det kom sig att människor kunde leva så olika liv.

En gång hade han frågat sin far Pei och bara fått en örfil som svar. Man ställde inte onödiga frågor. Gudarna som fanns i träden och bäckarna och bergen hade skapat den värld människorna levde i. För att detta gåtfulla universum skulle uppnå den gudomliga balansen måste det finnas fattiga och rika, bönder som drog sina plogar efter vattenbufflarna och stormän som knappt satte ner sina fötter på den jord som födde även dem.

Han hade aldrig mer frågat sina föräldrar vad de drömde om framför sina gudabilder. De levde sina liv inneslutna i ett oavbrutet trälande. Fanns det människor som arbetade hårdare och fick så lite ut av sin möda? Han hade aldrig hittat någon han kunde fråga, eftersom alla i byn var lika fattiga och lika rädda för den osynlige jordägare vars förvaltare med piskor tvingade bönderna att göra sina dagsverken. Han hade sett hur människorna gick från vagga till grav, släpande på sina långa dagsverken som ständigt växande bördor. Det var som om till och med barnen började få krökta ryggar redan innan de ens hunnit lära sig att gå. Människorna i byn sov på mattor som på kvällarna breddes ut ovanpå de kalla jordgolven. Under huvudena hade de hårda kuddar av bamburör. Dagarna följde den enahanda rytm som bestämdes av årstiderna. De plöjde bakom sina tröga vattenbufflar, planterade sitt ris. De hoppades att det år som kom, den skörd som väntade, skulle vara tillräcklig för att föda dem. Under missväxtår fanns det nästan inget att leva på. När riset var slut tvingades de att äta löv.

Eller lägga sig ner och dö. Det fanns inget annat.

San väcktes ur sina tankar. Det hade börjat skymma. Han såg sig runt efter en lämplig plats där de kunde sova. Det växte en träddunge vid sidan av vägen, intill några klippblock som tycktes ha ryckts loss från den bergskedja som tornade upp sig vid den västra horisonten. De bredde ut sina mattor av torkat gräs, delade på det ris de hade kvar och som måste räcka till Kanton. San såg i smyg på sina bröder. Skulle de orka ända fram? Vad skulle han göra om någon av dem blev sjuk? Själv kände han sig fortfarande stark. Men han skulle inte ensam orka bära en av sina bröder om det blev nödvändigt.

De talade inte mycket med varandra. San hade sagt att de inte skulle spilla den lilla kraft de hade på att diskutera och gräla.

– Varje ord ni ropar till varandra berövar er ett fotsteg. Just nu är det inte orden som är viktiga utan stegen ni behöver ta för att vi ska komma fram till Kanton.

Ingen av bröderna sa emot. San visste att de litade på honom. Nu när deras föräldrar inte längre fanns i livet och de befann sig på flykt måste de tro att San fattade de riktiga besluten.

De rullade ihop sig på sina mattor, rättade till sina hårpiskor på ryggen och slöt ögonen. San kunde höra hur först Guo Si och sedan Wu somnade. De är fortfarande som små barn, tänkte han. Trots att de båda är över tjugu år gamla. Nu har de ingen annan än mig. Jag är den gamle mannen som vet deras bästa. Men även jag är fortfarande mycket ung.

Han började tänka på hur olika hans bröder var. Wu var envis och hade alltid haft svårt att lyda när han blev tillsagd. Båda föräldrarna hade oroat sig för hans framtid och varnat honom för att det skulle gå honom illa i livet om han alltid sa emot när andra talade. Guo Si var däremot långsam och hade aldrig vållat sina föräldrar några besvär. Han hade varit den lydige sonen som alltid framhållits som ett föredöme inför Wu.

Jag har fått en bit av var och en, tänkte San. Men vem är jag själv? Mellanbrodern som måste vara beredd att ta ansvaret, nu när ingen annan finns?

Det luktade av fukt och lera runt honom. Han låg på rygg och såg upp mot stjärnorna.

Hans mor hade ofta tagit med honom ut på kvällarna och visat honom himlen. Då kunde hennes trötta ansikte spricka upp i ett leende. Stjärnorna gav tröst i hennes tunga liv. I vanliga fall levde hon med sitt ansikte vänt mot jorden, som tog emot hennes risplantor som om den väntade på att hon en gång själv skulle försvinna samma väg. När hon vände sig upp mot stjärnorna slapp hon för ett kort ögonblick se den bruna jorden under sig.

Han sökte med blicken över natthimlen. Några stjärnor hade modern gett namn. En starkt lysande stjärna i en konstellation som påminde om en drake hade hon kallat för San.

– Det är du, sa hon. Därifrån kommer du, dit ska du en gång återvända.

Tanken på att han härstammade från en stjärna hade skrämt honom. Men han sa ingenting eftersom det verkade ge hans mor en stor glädje.

San tänkte på de våldsamma händelser som tvingat honom och hans bröder ut på den plötsliga flykten. En av jordägarens nya förmän, en man som hette Fang och som hade en stor lucka mellan sina framtänder, hade kommit och klagat över att föräldrarna hade missskött sina dagsverken. San visste att hans far hade haft svåra smärtor i ryggen och inte hunnit med det tunga arbetet. Hans mor hade hjälpt honom men de hade ändå kommit efter. Nu stod Fang utanför deras lerhydda och hans tunga spelade mellan tänderna som på en hotfull orm. Fang var ung, nästan jämnårig med San. Men de kom från olika världar. Fang såg på föräldrarna som hukade framför honom med halmhattarna i händerna och böjda huvuden som om de vore insekter som han när som helst kunde krossa. Om de inte skötte dagsverkena skulle de vräkas från sin bostad och tvingas bli tiggare.

På natten hade San hört dem viska med varandra. Eftersom det hände mycket sällan att de inte genast somnade hade han legat och lyssnat. Men han hade inte kunnat uppfatta vad de sagt till varandra.

På morgonen var den flätade mattan där föräldrarna sov tom. Genast hade han blivit rädd. I den trånga hyddan brukade alla stiga upp samtidigt. Föräldrarna måste ha smugit sig ut för att inte väcka sina söner. Han reste sig försiktigt från golvet, satte på sig sina trasiga byxor och den enda blus han ägde.

När han kom ut hade solen ännu inte gått upp. Horisonten glödde i ett rosa ljus. Någonstans hördes en tupp gala. Människorna i byn höll just på att vakna. Alla utom hans föräldrar. De hängde i det träd som gav skugga under den varmaste tiden av året. Deras kroppar svajade långsamt i morgonvinden.

Vad som sedan hade hänt kunde han efteråt bara vagt påminna sig. Han hade inte velat att hans bröder skulle behöva se sina föräldrar hänga i repen med gapande munnar. Med skäran hans far använde på fälten hade han skurit ner dem. De hade fallit tungt över honom, som om de velat ta honom med sig i döden.

Åldermannen i byn, gamle Bao, som var skumögd och darrade så svårt att han nästan inte kunde hålla sig upprätt, hade blivit tillkallad av grannarna. Han hade tagit San åt sidan och sagt åt honom att det var bäst att bröderna gav sig av. Fang skulle säkert ta ut sin hämnd på dem, kasta dem i fängelsekistorna på sin gård. Eller så skulle han avrätta dem. Det fanns ingen domare i byn, ingen annan lag än jordägarens och i hans namn talade och handlade Fang.

De hade gett sig iväg innan föräldrarnas likbål ens hade brunnit färdigt. Nu låg han här under stjärnorna med sina bröder sovande vid sin sida. Vad som väntade dem visste han inte. Gamle Bao hade sagt att de skulle bege sig till kusten, till staden Kanton för att söka arbete. San hade försökt fråga honom vad för sorts arbete som fanns. Men det kunde gamle Bao inte svara på. Han bara pekade med sin darrande hand mot öster.

De gick tills fötterna var sönderskavda och såriga och munnarna uttorkade av törst. Bröderna hade gråtit över de döda föräldrarna och av rädsla för det okända som väntade. San hade försökt trösta dem, men samtidigt manat på dem att inte gå för långsamt. Fang var farlig. Han hade hästar att rida med, män med lansar och skarpslipade svärd som fortfarande kunde hinna ikapp dem.

San fortsatte att se upp mot stjärnorna. Han tänkte på jordägaren som levde i en helt annan värld där de fattiga aldrig fick sätta sin fot. Han visade sig inte i byn, utan var bara en hotfull skugga som inte kunde skiljas från mörkret.

Till sist somnade San. I drömmarna kom de tre avhuggna huvudena rusande emot honom. Han kunde känna den kalla svärdseggen mot sin egen hals. Bröderna var redan döda, deras huvuden hade rullat ut i sanden medan blodet pumpade ur de gapande halsstumparna. Gång på gång vaknade han upp för att befria sig från drömmen, lika ofta återkom den när han somnade på nytt.

De gav sig av tidigt på morgonen efter att ha druckit det sista ur det vattenkrus som Guo Si bar i en rem runt halsen. Under dagen måste de hitta vatten. De gick fort längs den steniga vägen. Då och då mötte de människor på väg ut mot fälten eller med tunga bördor på sina huvuden och axlar. San började undra om vägen var utan slut. Det kanske inte fanns något hav. Det kanske inte fanns en stad som hette Kanton. Men han sa ingenting till Guo Si eller Wu. Det skulle göra deras steg alltför tunga.

En liten, svart hund med en vit fläck under halsen slog följe med vandrarna. Varifrån hunden kom hade San inte hunnit uppfatta. Plötsligt var den bara där. Han försökte schasa bort den men den kom hela tiden tillbaka. Då kastade de stenar efter den. Men snart hade hunden sprungit ikapp dem igen.

– Hunden får heta Duong Fui, "Den stora staden på andra sidan havet", sa San.

Mitt på dagen, när hettan var som svårast, vilade de under ett träd i en liten by. Av byborna fick de vatten och kunde fylla sitt krus. Hunden låg och flämtade vid Sans fötter.

Han betraktade den noga. Det var något märkligt med hunden. Kunde det vara hans mor som skickat den som en budbärare från dödsriket? En budbärare som kunde springa mellan de döda och de levande? San visste inte, han hade alltid haft svårt att tro på alla de gudar som byborna och hans föräldrar dyrkade. Hur kunde man tillbe ett träd som inte kunde svara, ett träd som varken hade öron eller mun? Eller en herrelös hund? Fanns gudarna var det i så fall nu han och hans två bröder behövde deras hjälp.

De fortsatte sin vandring på eftermiddagen. Vägen fortsatte att ringla framför dem, utan ände.

När de gått ytterligare tre dagar började fler och fler människor dela deras väg. Kärror for förbi med höga laster av vass och säckar med korn, medan tomma kärror färdades i motsatt riktning. San tog mod till sig och ropade till en man som satt på en av de tomma vagnarna.

– Hur långt är det till havet?

– Två dagar. Inte mer. I morgon börjar ni känna lukten av Kanton, ni kan inte ta miste.

Han skrattade när han for vidare. San såg efter honom. Vad hade han menat med att staden luktade?

Samma eftermiddag passerade de plötsligt genom en tät fjärilssvärm. Insekterna var genomskinliga och gula och deras fladdrande vingar frasade som papper. San stannade förundrat mitt i molnet av fjärilar. Det var som om han stigit in i ett hus där väggarna var gjorda av vingar. Här skulle jag vilja stanna, tänkte han. Jag skulle önska att detta hus inte hade någon dörr. Här kunde jag stanna och lyssna på fjärilarnas vingar tills jag en dag föll död ner på marken.

Men bröderna fanns där ute. Han kunde inte lämna dem. Med händerna gjorde han en öppning bland fjärilarna och log mot bröderna. Han skulle inte överge dem.

De vilade ännu en natt under ett träd efter att ha ätit lite av riset. De var alla hungriga när de kurade ihop sig för att sova.

Dagen efter kom de fram till Kanton. Hunden fortsatte att följa dem. San blev mer och mer övertygad om att det var hans mor som kommenderat en hund från dödsriket att skydda dem. Sådant hade han aldrig trott på. Men nu när han stod intill stadens port började han fundera på om det ändå kunde vara på det sättet.

De gick in i den myllrande staden som mycket riktigt hade mött dem med sina obehagliga lukter. San blev rädd att han skulle förlora kontakten med sina bröder bland alla främmande människor som trängdes på gatorna. Därför knöt han ett långt skärp runt midjan och band samman bröderna. Nu kunde de inte komma bort annat än genom att slita av bandet. Långsamt banade de sig fram genom allt folk, förundrades över de stora husen, templen, alla varor som fanns till salu.

Plötsligt sträcktes bandet. Wu pekade med ena handen. San såg vad det var som hade fått honom att stanna.

En man satt i en bärstol. Draperierna som i vanliga fall dolde den som färdades var undandragna. Att mannen var döende behövde ingen tvivla på. Han var vit, som om någon hade färgat hans kinder med vitt puder. Eller också var han ond. Djävulen sände alltid demoner med vita ansikten till jorden. Dessutom saknade han hårpiska och hade ett avlångt, fult ansikte med en stor, krokig näsa.

Wu och Guo Si tryckte sig närmare San och frågade om det var en människa eller en djävul. San visste inte. Han hade aldrig sett något liknande, inte ens i sina mest hotfulla mardrömmar.

Plötsligt drogs draperierna för och bärstolen bars bort. En man som stod bredvid San spottade efter stolen.

– Vem var det? frågade San.

Mannen såg föraktfullt på honom och bad honom upprepa vad han sagt. San kunde höra att de talade mycket olika dialekter.

– Mannen i bärstolen? Vem är han?

– En vit man som äger många av skeppen som angör vår hamn.

– Är han sjuk?

Mannen skrattade.

– Dom ser såna ut. Vita som lik som borde ha varit uppbrända för länge sen.

Bröderna fortsatte genom den dammiga och illaluktade staden. San betraktade människorna. Många var välklädda. De hade inte trasiga kläder som han själv. Han började ana att världen inte var riktigt som han föreställt sig.

Efter många timmars irrande genom staden skymtade de vatten mellan gränderna. Wu slet sig loss och sprang ner till vattnet. Han kastade sig ner och började dricka, men avbröt sig och spottade när han märkte att det var salt. Ett uppsvällt kattlik flöt förbi. San såg på all smuts, inte bara kadavret utan också avfall från både människor och djur. Det gav honom kväljningar. Hemma i byn hade de använt sin avföring till att göda de små åkerlappar där de odlade sina grönsaker. Här tycktes människorna tömma sin skit rakt ut i vattnet utan att där fanns något som växte.

Han såg ut över vattnet utan att kunna se andra sidan. Det man kallar hav måste vara en mycket bred flod, tänkte han.

De satte sig på en gungande träbrygga som var omgiven av båtar som låg så många i bredd att det inte gick att räkna dem. Överallt hördes människor som skrek och larmade. Också det var något som skilde livet i staden från livet i byn. Här skrek människor oavbrutet, tycktes alltid ha något att säga eller klaga över. Ingenstans kunde San uppfatta den tystnad han varit så van vid.

De åt det allra sista av riset och delade vattnet i vattenkruset. Wu och Guo Si betraktade honom skyggt. Nu måste han visa att han var värd deras förtroende. Men hur skulle han kunna hitta något arbete för dem i detta larmande kaos av människor? Var skulle de få mat? Var skulle de sova? Han betraktade hunden som låg med ena tassen över nosen. Vad gör jag nu? tänkte han.

Han kände att han behövde vara ensam för att kunna värdera situationen. San reste sig och bad bröderna att vänta tillsammans med hunden. För att stilla deras oro över att han skulle lämna dem, försvinna in i den täta folkmassan för att aldrig mera återvända, sa han:

– Tänk er ett osynligt band som förbinder oss. Jag kommer snart tillbaka. Om någon tilltalar er så svara artigt, men gå inte härifrån. Då hittar jag er aldrig.

Han sökte sig in i gränderna men vände sig hela tiden om för att minnas vägen tillbaka. Plötsligt öppnade sig en av de trånga gatorna mot ett torg med ett tempel. Människor knäböjde eller bugade sig vaggande framför altaren där det låg offergåvor och brann rökelse.

Min mor hade rusat dit, tänkte han. Min far hade också gått fram, även om han rört sig med tveksamma steg. Jag kan inte minnas att han någon gång satte sin ena fot framför den andra utan att tveka. Nu var det han själv som inte visste vad han skulle göra.

Det låg några nerfallna stenar från tempelmuren på marken. Han satte sig ner eftersom han kände sig yr av hettan, alla människor och hungern som han in i det längsta försökt låta bli att låtsas om.

När han hade vilat återvände han till floden och gick längs de kajer som sträckte sig längs Pärlfloden. Hukande människor med tunga laster rörde sig över bräckliga landgångar. Längre upp kunde han se stora fartyg med nertagna master som drogs upp längs floden under broarna.

Han stannade och betraktade länge alla som bar, den ena bördan större än den andra. Andra människor stod vid landgångarna och höll räkning på det som bars ombord eller i land. De gav några slantar till bärarna innan dessa försvann in i någon av gränderna.

Plötsligt stod det klart för honom. För att överleva måste de bära. Det är det vi kan, tänkte han. Mina bröder och jag, vi är bärare. Här finns inga åkrar, inga risfält. Men vi kan bära, vi är starka.

Han återvände till Wu och Guo Si som satt hopkrupna på bryggan. Länge stod han och såg hur de hukade vid varandra.

Vi är som hundar, tänkte han. Som alla sparkar efter, som får leva av det andra kastar ifrån sig.

Hunden upptäckte honom och kom springande.

Han sparkade den inte.

11

De tillbringade natten på bryggan eftersom San inte kunde komma på någon bättre plats att sova. Hunden vakade över dem, morrade åt tysta, tassande fötter som kom för nära. Men när de vaknade på morgonen hade ändå någon lyckats stjäla vattenkruset. San såg sig ursinnigt runt. Den fattige stjäl av den fattige, tänkte han. Till och med ett tomt gammalt vattenkrus är begärligt för den som ingenting har.

– Hunden är snäll men den är inte någon särskilt bra vakthund, sa San.

– Vad gör vi nu? frågade Wu.

– Vi ska försöka hitta arbete, sa San.

– Jag är hungrig, sa Guo Si.

San skakade på huvudet. Guo Si visste lika väl som han själv att de inte hade någon mat.

– Vi kan inte stjäla, sa San. Då kan det gå med oss som dom vars huvuden nu sitter på pålar i en vägkorsning. Vi måste först arbeta och sedan kan vi skaffa oss nånting att äta.

Han tog med sig bröderna till den plats där männen sprang fram och tillbaka med sina bördor. Hunden följde dem fortfarande. San stod länge och betraktade dem som gav order vid fartygens landgångar. Till sist bestämde han sig för att närma sig en tjock, liten man, som inte slog efter bärarna även om de rörde sig långsamt.

– Vi är tre bröder, sa San. Vi kan bära.

Mannen kastade en ursinnig blick på honom samtidigt som han

152

fortsatte att kontrollera männen som dök upp ur fartygets lastrum med bördor på sina axlar.

– Vad gör alla dessa bönder i Kanton, ropade han. Varför kommer ni hit? Det finns tusen tiggande bönder som vill arbeta. Jag har redan fler än nog. Gå nu. Stör mig inte.

De fortsatte att vandra runt bland lastbryggorna men fick hela tiden samma svar. Ingen ville ha dem. Här i Kanton var de ingenting värda.

Den dagen åt de ingenting annat än rester av smutsiga grönsaker som låg söndertrampade på gatan vid en marknad. Vatten drack de ur en pump som var omgiven av uthungrade människor. Ännu en natt låg de hoprullade på bryggan. San kunde inte sova. Han tryckte nävarna hårt mot sin mage för att den gnagande hungerkänslan skulle försvinna. Han tänkte på fjärilssvärmen han hade gått in i. Det var som om alla fjärilarna hade tagit sig in i hans kropp och rispade med sina skarpslipade vingar mot hans tarmar.

Det gick ytterligare två dagar utan att de hittade någon som stod på kajen och nickade och sa att deras ryggar behövdes. När den andra dagen började gå mot sitt slut visste San att de inte skulle orka mycket länge till. De hade inte ätit någonting sedan de hittade de söndertrampade grönsakerna. Nu levde de bara på vatten. Wu hade fått feber och låg på marken i skuggan av en stapel med tunnor och skakade.

San fattade sitt beslut när solen hade börjat gå ner. De måste ha mat, annars skulle de gå under. Han tog med sig bröderna och hunden till en öppen plats, där fattiga människor satt runt eldar och åt vad de lyckats få tag på.

Nu förstod han varför hans mor hade skickat hunden till dem. Med en sten krossade han hundens huvud. Människor vid en av eldarna intill närmade sig. Huden spände över deras magra ansikten. San lånade en kniv av en av männen, slaktade hunden och lade sedan delarna i en

kittel. De var så hungriga att de inte orkade vänta tills köttet var genom-
kokt. San delade upp bitarna så att alla vid elden fick lika mycket.

Efter maten lade de sig ner på marken och slöt ögonen. Det var
bara San som satt och såg in i flammorna. Dagen efter skulle de inte
ens ha en hund att äta.

Han såg föräldrarna framför sig, hur de hängde i trädet den där
morgonen. Hur långt borta var grenen och repet nu från hans egen
hals? Han visste inte.

Plötsligt fick han en känsla av att någon betraktade honom. Han
kisade ut i mörkret. Det stod verkligen någon där, ögonvitorna gläns-
te i mörkret. Mannen steg fram till elden. Han var äldre än San, men
ändå inte särskilt gammal. Han log. San tänkte att han måste vara en
av de lyckliga människorna som inte alltid gick omkring och var
hungrig.

– Jag är Zi. Jag såg hur ni åt upp en hund.

San svarade inte. Han väntade avvaktande. Någonting hos den
främmande gjorde honom osäker.

– Jag är Zi Qian Zhao. Vem är du?

San såg sig oroligt runt.

– Har jag beträtt din mark?

Zi skrattade.

– Inte alls. Jag bara undrar vem du är. Att vara nyfiken är en mänsk-
lig dygd. För dom som inte är vetgiriga väntar sällan ett gott liv.

– Jag är Wang San.

– Varifrån kommer du?

San var ovan vid att en människa ställde frågor till honom. Han
började bli misstänksam. Kanske mannen som kallade sig Zi tillhörde
de utvalda som hade rätt att förhöra och bestraffa? Kanske hade han
och bröderna brutit mot någon av alla de osynliga lagar och regler
som omger en fattig människa?

San nickade tveksamt ut mot mörkret.

– Därifrån. Jag och mina bröder gick i många dygn. Vi passerade två stora floder.

– Det är utmärkt att ha bröder. Vad gör ni här?

– Vi söker arbete. Men vi hittar inget.

– Det är svårt. Mycket svårt. Många dras till staden som flugan till den utspillda honungen. Att hitta sin utkomst är inte lätt.

San hade en fråga i munnen men valde att svälja den. Zi tycktes genomskåda honom.

– Undrar du vad jag lever av eftersom jag inte har trasiga kläder?

– Jag vill inte verka nyfiken inför människor som står över mig.

– Mig gör det inget, sa Zi och satte sig ner. Min far hade sampaner, han körde sin lilla handelsflotta upp och ner för floden här. När han dog övertog jag och en av mina bröder verksamheten. Min tredje bror och min fjärde bror utvandrade till landet bortom havet, Amerika. Där har dom gjort sin lycka genom att tvätta vita mäns smutsiga kläder. Amerika är ett mycket egendomligt land. Var annars kan man bli rik på andras smuts?

– Jag har tänkt på det, sa San. Att resa till det där landet.

Zi betraktade honom granskande.

– Till det behövs pengar. Ingen seglar gratis över ett stort hav. Nu önskar jag god natt. Jag hoppas att ni lyckas finna arbete.

Zi reste sig och bugade lätt och försvann ut i mörkret. Snart var han borta. San lade sig ner och undrade om han hade inbillat sig det korta samtalet. Kanske var det sin egen skugga han talat med? Drömmen om att vara någon helt annan?

Bröderna fortsatte sitt tröstlösa sökande efter arbete och mat på långa vandringar genom den myllrande staden. San hade slutat att binda ihop sig med bröderna och tänkte att han var som ett djur med två ungar, som hela tiden tryckte sig till hans sida i den stora flocken.

De sökte arbete på kajerna och inne i de myllrande gränderna. San förmanade sina bröder att sträcka på sig när de stod inför någon myndig person som kunde tänkas ge dem arbete.

– Vi måste se starka ut, sa han. Ingen ger arbete åt någon som saknar krafter i armar och ben. Även om ni är trötta och hungriga måste ni ge intryck av stor styrka.

Den mat de fick i sig var det som andra hade slängt. När de slogs med hundarna om ett bortkastat ben tänkte San att de var på väg att förvandlas till djur. Hans mor hade berättat en saga om en man som förvandlades till ett djur, med svans och fyra ben och utan armar, eftersom han var lat och inte ville arbeta. Men det var inte för att de var lata som de inte arbetade.

De fortsatte att sova på bryggan i den fuktiga värmen. Ibland på nätterna drog häftiga skyfall in från havet över staden. De sökte skydd under bryggan, kravlade sig in bland de våta bjälkarna men blev ändå genomblöta. San märkte att Guo Si och Wu började misströsta. Deras livslust minskade för varje dag som gick, varje dag av hunger, av skyfall, av känslan att ingen såg dem och att ingen behövde dem.

En kväll märkte San att Wu låg hopkrupen och mumlade förvirrade böner till gudar som hans föräldrar hade tillbett. Det gjorde honom för en kort stund upprörd. Föräldrarnas gudar hade aldrig hjälpt dem. Men han sa ingenting. Om Wu fann tröst i sina böner hade han inte rätt att beröva honom den känslan.

San började mer och mer uppleva Kanton som en fasans stad. Varje morgon när de började sina oändliga vandringar för att söka arbete låg ständigt nya döda människor i rännstenarna. Ibland hade råttor eller hundar tuggat på de dödas ansikten. Varje morgon fruktade han att han skulle sluta sitt liv i någon av Kantons många gränder.

Efter ännu en dag i den fuktiga värmen höll också San på att förlora hoppet. Han var så hungrig att han drabbades av yrsel och inte kunde tänka klart. När han låg på bryggan tillsammans med sina sovande bröder tänkte han för första gången att det kanske var lika bra att somna bort och aldrig vakna igen.

Det fanns ingenting att vakna till.

Under natten drömde han på nytt om de tre huvudena. Plötsligt började de att tala till honom, men han kunde inte förstå vad de sa.

I den tidiga gryningen, när San slog upp ögonen, satt Zi på en pollare och rökte pipa. Han log när han såg att San hade vaknat.

– Du sover oroligt, sa han. Jag kunde se att du drömde om något du ville komma ifrån.

– Jag drömde om avhuggna huvuden, svarade San. Kanske ett av dom var mitt eget.

Zi betraktade honom tankfullt innan han svarade.

– Dom som kan välja väljer. Varken du eller dina bröder ser särskilt starka ut. Det är tydligt att ni hungrar. Ingen som behöver någon som bär eller släpar eller drar, väljer den som är hungrig. I alla fall inte så länge det finns nyanlända som fortfarande har krafter kvar och mat i sin säck.

Zi knackade ur sin pipa innan han fortsatte.

– Varje morgon flyter det döda i floden. Dom som inte orkar mer. Dom som inte ser nån mening med att leva längre. Dom stoppar sina blusar fulla med sten eller binder sänken runt benen. Kanton har blivit en stad full av oroliga andar efter dom människor som tagit sina liv.

– Varför berättar du det här för mig? Min plåga är redan tillräckligt stor.

Zi lyfte avvärjande på handen.

– Jag säger det inte för att oroa dig. Jag skulle ingenting ha sagt om jag inte hade något mer att tillföra. Min kusin har en fabrik där många arbetare just nu är sjuka. Kanske kan jag hjälpa dig och dina bröder.

San hade svårt att tro att det han hörde var sant. Men Zi upprepade vad han hade sagt. Han ville inte lova någonting, men eventuellt kunde han skaffa dem arbete.

– Varför vill du hjälpa just oss?

Zi ryckte på axlarna.

– Vad ligger bakom det man gör? Och det man inte gör? Kanske tycker jag bara att du förtjänar hjälp.

Zi reste sig.

– Jag kommer tillbaka när jag vet, sa Zi. Jag är inte en människa som strör halva löften runt mig. Ett löfte som inte infrias, kan krossa en människa.

Han lade några frukter framför San och avlägsnade sig på nytt. San såg honom gå längs bryggan och sedan försvinna i gyttret av människor.

Wu hade fortfarande feber när han vaknade. San kunde känna att hans panna var het.

Han satte sig intill Wu, med Guo Si på sin andra sida och berättade om Zi.

– Han gav mig dom här frukterna, sa han. Det är den första människa här i Kanton som har gett oss nånting. Kanske Zi är en Gud, någon som vår mor har sänt oss från den andra världen. Om han inte återkommer vet vi att han bara var en falsk människa. Till dess ska vi vänta här.

– Vi hinner svälta ihjäl innan han kommer tillbaka, sa Guo Si.

San blev upprörd.

– Jag orkar inte lyssna på din dumma klagan.

Guo Si sa ingenting mer. San hoppades att väntetiden inte skulle bli för lång.

Hettan den dagen var kvävande. San och Guo Si turades om att hämta vatten vid pumpen till Wu och San lyckades också hitta några rötter på marknaden, som de tuggade i sig råa.

När kvällen kom och mörkret sänkte sig hade Zi inte återvänt. Även San började misströsta. Zi kanske trots allt var någon som dödade med hjälp av falska löften.

Snart var bara San vaken. Han satt vid elden och lyssnade på alla ljud som nådde honom ur mörkret. Han märkte aldrig att Zi kom. Plötsligt stod han bakom hans rygg. San ryckte till.

– Väck dina bröder, sa Zi. Vi måste gå. Jag har arbete åt er.

– Wu är sjuk. Kan det inte vänta till i morgon?

– Då finns det andra som tar arbetet. Antingen går vi nu eller inte alls.

San skyndade sig att väcka Guo Si och Wu.

– Vi måste gå, sa han. I morgon kommer vi äntligen att ha ett arbete.

Zi ledde dem genom de mörka gränderna. San märkte att han trampade på människor som sov på gatorna. I ena handen höll han Guo Sis hand och han i sin tur höll ett tag runt Wu.

San kunde snart känna på lukten att de befann sig i närheten av vattnet. Allting kändes lättare nu.

Sedan hände allting mycket hastigt. Ur mörkret dök främmande människor upp som grep tag om deras armar och började dra säckar över deras huvuden. San fick ett slag och föll omkull, men fortsatte att slåss. När han återigen blev nertryckt mot marken bet han så hårt han kunde i en arm och lyckades göra sig fri. Men han fångades genast in igen.

San hörde Wus ångestladdade skrik någonstans i närheten. I skenet från en svängande lykta såg han brodern ligga på rygg. En man drog en kniv ur hans bröst och vräkte sedan ner kroppen i vattnet. Långsamt drev Wu bort med strömmarna.

Under ett svindlande ögonblick insåg han att Wu var död. San hade inte lyckats beskydda honom.

Sedan slog någon honom hårt i bakhuvudet. Han var medvetslös när han och Guo Si bars ombord på en roddbåt, som förde dem ut till ett skepp som väntade på redden.

Detta skedde på sommaren 1863. Ett år då tusentals fattiga kinesiska bönder rövades bort och fördes över havet till Amerika, som slukade dem i sitt omättliga gap. Det som väntade dem var samma släpande som de drömt om att en gång kunna slippa ifrån.

De färdades över ett stort hav. Men fattigdomen följde dem.

12

När San vaknade till liv befann han sig i mörker. Han kunde inte röra sig. Med ena handen trevade han över bamburören som bildade ett galler runt hans hopvikta kropp. Kanske hade Fang ändå hunnit ikapp och fängslat dem. Nu bars han i en trång korg tillbaka till byn de flytt ifrån.

Men det var någonting som inte stämde. Buren vaggade men inte som om den hängde på kraftiga stänger. Han lyssnade ut i mörkret och tyckte sig uppfatta bruset från vatten. Han insåg att han befann sig ombord på ett fartyg. Men var fanns Guo Si? Han kunde inte urskilja någonting i mörkret. Han försökte ropa ut i mörkret, men kunde inte få fram andra ljud än ett svagt morrande. Någonting var hårt lindat runt hans läppar. Paniken var nära. Han satt på huk i den trånga buren och kunde inte sträcka ut vare sig armarna eller benen. Då började han stöta med ryggen mot bambugallret för att försöka slå sig fri.

Plötsligt omgavs han av ljus. Någon hade ryckt undan den segelduk som täckte buren där han var instängd. När San vred på huvudet kunde han se en öppen lucka ovanför sig, blå himmel och enstaka moln. Mannen som lutade sig över buren hade ett långt ärr över ansiktet. Hans hår var flottigt och hopknutet i nacken. Han spottade, stack in en hand och slet loss tygstycket som var bundet över Sans mun.

– Nu kan du skrika, flinade han. Här på havet är det ingen som hör.

Sjömannen talade en dialekt som San bara med möda kunde förstå.

– Var är jag? frågade han. Var är Guo Si?

Sjömannen ryckte på axlarna.

– Snart är vi tillräckligt långt från land för att vi ska kunna släppa ut dig. Då får du hälsa på dina lyckliga färdkamrater. Vad ni hette tidigare spelar ingen roll. Ni får nya namn dit ni kommer.

– Vart är jag på väg?

– Till paradiset.

Sjömannen skrattade och klättrade upp genom luckan och försvann. San vred på huvudet för att kunna se sig runt. Överallt stod burar som den han själv befann sig i. Alla var övertäckta av grova segeldukar. En känsla av en förfärande ensamhet överföll honom. Wu och Guo Si var borta. Han var inget annat än ett djur instängt i en bur, på väg mot ett mål där ingen ens brydde sig om vad han hette.

Efteråt skulle San minnas dessa timmar som om han balanserade på den avgrund som utgjorde den smala skiljelinjen mellan liv och död. Han hade ingenting längre att leva för men det var inte ens möjligt för honom att ta livet av sig.

Hur länge detta tillstånd varade kunde han inte svara på. Till sist kom sjömän klängande på rep ner genom den öppna lastluckan. De rev undan segeldukarna och öppnade locken på burarna och skrek åt männen att resa sig. Sans leder hade stelnat men han lyckades ändå till sist att ställa sig upp.

Han fick syn på Guo Si som med våld lyftes ut ur sin bur av en av sjömännen. San haltade dit på stela ben och fick ta emot flera piskrapp innan han lyckades förklara att han bara skulle hjälpa sin bror.

De jagades upp på däck och kedjades ihop. Sjömän, som alla talade dialekter San inte kände igen, bevakade dem med knivar och svärd. Guo Si lyckades nästan inte hålla sig upprätt under tyngden av de grova kedjorna. San såg att han hade ett stort sår i pannan. En av sjömännen kom fram och petade på honom med spetsen av sitt svärd.

– Min bror har ont i huvudet, sa San. Men han kommer snart att bli bra igen.

– Det är bäst att du har rätt. Håll liv i honom. I annat fall slänger vi er båda över bord, även om du fortfarande lever.

San bugade djupt. Sedan hjälpte han Guo Si att sätta sig i skuggan intill en stor rulle med rep.

– Jag är här, sa San. Jag ska hjälpa dig.

Guo Si såg på honom med blodsprängda ögon.

– Var är Wu?

– Han sover. Allt blir bra.

Guo Si sjönk tillbaka in i sin dvala. San såg sig försiktigt runt. Fartyget hade många segel hissade på tre höga master. Ingenstans såg han land. Av solens läge på himlen förstod han att fartyget var på väg österut.

Männen som var fastlänkade i den långa kedjan var halvnakna och magra som han själv. Förgäves sökte han med blicken efter Wu. Han insåg att Wu verkligen var död och kvar i Kanton. För varje våg som fartyget klöv med sin stäv skulle han komma längre och längre bort.

San såg på den man som satt bredvid honom. Han hade ett svullet öga och ett djupt jack i huvudet efter en yxa eller ett svärd. San visste inte om det var tillåtet att prata eller om det skulle innebära att han blev slagen. Men flera av männen i den långa kedjan förde mumlande samtal med varandra.

– Jag är San, sa han med låg röst. Mina bröder och jag blev överfallna på natten. Sen minns jag inget förrän jag vaknade här.

– Jag är Liu.

– Vad hände dig, Liu?

– Jag hade spelat bort min mark, mina kläder och mina redskap. Jag är träsnidare. När jag inte kunde betala mina skulder kom dom och tog mig. Jag försökte slita mig loss. Då slog dom mig. När jag slog upp ögonen var jag ombord på båten.

– Vart är vi på väg?

Liu spottade och kände försiktigt med den kedjade handen på sitt ömma öga.

– När jag ser mig runt vet jag svaret. Vi är på väg till Amerika eller snarare på väg mot döden. Om jag kan göra mig fri hoppar jag över bord.

– Kan du simma tillbaka?

– Du är dum. Jag kommer att drunkna.

– Ingen kommer att hitta dina ben att begrava.

– Jag ska hugga av ett av mina fingrar och be någon ta tillbaka det till Kina och begrava det. Jag har fortfarande lite pengar. Det ska jag betala för att inte hela min kropp ska förgås i havet.

Samtalet avbröts av att en sjöman slog på en gonggong. De blev beordrade att sätta sig ner och fick varsin skål med ris. San väckte Guo Si och matade honom innan han åt upp innehållet i sin egen skål. Det var gammalt ris som smakade ruttet.

– Även om riset smakar illa, håller det oss vid liv, sa Liu. Om vi dör är vi inget värda. Vi är som grisar som man göder innan dom dör.

San såg med förfäran på honom.

– Kommer vi att bli slaktade? Hur kan du veta allt detta?

– Så länge har jag levt, så länge har jag hört historier berättas att jag vet vad som väntar oss. På kajen kommer någon att stå som har köpt oss. Antingen hamnar vi i gruvorna eller långt ute i en öken där vi får lägga järn på marken för maskiner med kokande vatten i sina bukar, som drar vagnar på stora hjul. Fråga inte mer nu. Du är ändå för dum för att förstå.

Liu vände sig på sidan och lade sig ner för att sova. San kände sig kränkt. Om San hade varit fri hade Liu aldrig vågat säga som han gjorde.

På kvällen avtog vinden. Seglen hängde slaka i riggen. De fick ytterligare en skål med unket ris, varsin skopa vatten och bröd som var så hårt att det nästan inte gick att tugga. Sedan turades alla om att hänga över däck för att tömma sina magar. San var tvungen att hålla i Guo Si för att han inte skulle falla över bord med de tunga kedjorna och dra andra med sig i fallet.

En av sjömännen som hade en mörk uniform och var lika vit som den man de sett i bärstolen i Kanton bestämde att Guo Si skulle få sova på däck tillsammans med San. De kedjades fast vid en av masterna, medan de andra skickades ner under däck innan lastluckan stängdes och surrades.

San satt lutad mot masten och såg hur sjömännen hukade vid små eldar i järnkittlar och rökte sina pipor. Fartyget rullade och knakade i den långsamma dyningen. Då och då kom en av sjömännen förbi och kontrollerade att San och Guo Si inte höll på att ta sig loss.

– Hur länge ska vi resa? frågade San.

Sjömannen satte sig på huk och sög på sin pipa som hade en sötaktig doft.

– Det vet man aldrig, svarade han. I bästa fall sju veckor, i sämsta fall tre månader. Om vindarna är emot oss. Om vi fått onda andar ombord.

San var osäker på vad en vecka innebar. Och en månad? Så hade han själv aldrig lärt sig räkna. I byn följde man dygnets timmar och årstidernas gång. Men han hade en känsla av att sjömannen försökt säga att resan skulle bli lång.

Fartyget låg stilla flera dagar med slokande segel. Sjömännen blev retliga och slog ofta utan anledning efter de kedjade männen. Guo Si höll långsamt på att tillfriskna och då och då orkade han till och med fråga om vad som hänt.

Varje morgon och varje kväll spanade San efter land. Men där fanns bara det oändliga havet och enstaka fåglar som kretsade runt fartyget för att sedan försvinna och aldrig återkomma.

Varje dag som gick ristade han in ett streck i den mast där han och Guo Si var fastkedjade. När han hade ristat in nitton streck slog vädret om och fartyget gick in i en svår storm. De satt fast vid masten under hela den tid ovädret varade och stora vågor slog över dem. Havets krafter var så våldsamma att San trodde att fartyget skulle brytas sönder. Under de dagar stormen varade fick de ingenting annat att äta än några hårda skeppsskorpor som en sjöman med rep surrat om livet lyckades ge dem. De kunde höra hur de som var fastkedjade under däck skrek och vrålade.

Stormen varade i tre dagar innan vinden avtog för att till sist mojna och dö bort. Under ett dygn låg de fullständigt stilla innan det började blåsa en vind som gjorde sjömännen upprymda. Seglen spändes och återigen fick de fastkedjade männen klättra upp genom den öppna lastluckan.

San förstod att det var större möjlighet för dem att överleva om de kunde hålla sig kvar på däck. Han sa till Guo Si att låtsas ha lite feber när någon av sjömännen eller den vite kaptenen kom för att se hur han mådde. Själv sa han att såret hans bror hade i pannan höll på att läka, men ännu inte var riktigt bra.

Några dagar efter stormen upptäckte sjömännen en fripassagerare. Med ilskna rop drog de fram honom från den vrå under däck där han gömt sig. Uppe på däck förändrades ilskan till förtjusning när det avslöjades att det var en ung kvinna som klätt ut sig till man. Om inte kaptenen hade gripit in och riktat sitt vapen mot sjömännen hade samtliga kastat sig över henne. Han befallde att kvinnan skulle bindas vid brödernas mast. Den av sjömännen som gav sig på henne skulle piskas varje dag under resten av resan.

Kvinnan var mycket ung, bara arton eller nitton år gammal. Först på kvällen när det var tyst på skeppet och endast rorsman, utkik och några få vakter rörde sig på däcket, frågade San henne viskande vad hon hette. Hennes blick var nerslagen och rösten knappt hörbar när hon svarade. Sun Na var hennes namn. Guo Si hade legat under en gammal filt när han var dålig. Utan ett ord gav San henne filten. Hon lade sig ner och täckte hela sin kropp och sitt huvud.

Dagen efter kom kaptenen med en tolk och frågade ut henne. Hon talade en dialekt som var mycket lik brödernas egen. Hon talade med så låg röst att det var svårt att uppfatta vad hon sa. Men så mycket kunde San förstå att hennes föräldrar hade dött och att en släkting hade hotat med att ge bort henne till en fruktad jordägare, som brukade misshandla sina unga fruar. Då hade Sun Na flytt till Kanton. Där hade hon smugit sig ombord på fartyget för att ta sig till Amerika, där hon hade en syster. Hon hade lyckats hålla sig undan upptäckt tills nu.

– Vi ska hålla liv i dig, sa kaptenen. Om du har nån syster eller inte bryr jag mig inte om. Men kinesiska kvinnor är det brist på i Amerika.

Han tog upp ett silvermynt han hade i fickan och kastade det mellan sina händer.

– Du blir min extra förtjänst av den här resan. Du förstår säkert inte vad det betyder. Det är nog lika bra.

Den kvällen fortsatte San att ställa frågor till henne. Då och då kom någon av sjömännen och kastade lystna blickar på hennes kropp, som hon hela tiden försökte dölja. Hon satt med huvudet under den smutsiga filten och sa inte många ord. Hon kom från en by som San aldrig hade hört namnet på. Men när hon beskrev landskapet och den speciella färgen på vattnet i floden som rann intill hennes by förstod han att den inte kunde ligga långt ifrån Wi Hei.

Deras samtal var korta, som om hon bara hade kraft att yttra några få ord åt gången. Det var också enbart om kvällarna som de viskade med varandra. Under dagarna levde hon under filten och dolde sig för allas blickar.

Fartyget seglade vidare mot öster. San ristade in sina streck på masten. Han kunde se att männen som tillbringade nätterna under däck blev allt sämre av den unkna luften och trängseln. Redan hade två burits upp, lindats in i trasiga segelsäckar och kastats över bord, utan att någon ens sagt ett ord eller åtminstone bugat mot havet som tog emot den döde. Det var döden som hade det egentliga befälet ombord. Ingen annan bestämde över vindarna, strömmarna, vågorna eller vilka som skulle bäras upp ur det stinkande lastrummet.

Själv hade han fått en uppgift, att vaka över den skygga Sun Na och på kvällarna hålla sin mun tätt intill hennes öra och viska några tröstande ord.

Några dagar senare bars återigen en död man upp ur lastrummet. Guo Si eller San kunde inte se vem det var som kastades över bord. Men en av sjömännen kom fram till masten när liket hade försvunnit över skeppssidan. I handen höll han en liten hopvikt tygbit.

– Han ville att du skulle ha det här.

– Vem?

– Inte vet jag vad han hette.

San tog emot tygbiten. När han vecklade upp den låg där en avhuggen tumme. Det var alltså Liu som dött. När han känt att hans tid var utmätt hade han skurit av sig tummen och betalat sjömannen för att ge den till San.

Han kände sig hedrad. San hade fått ett av de största förtroenden en människa kunde ge någon annan. Liu trodde att San en gång skulle återvända till Kina.

San betraktade tummen och började sedan skrapa bort huden och köttet genom att skava fingret mot den kedja som han hade runt sitt ben. Han undvek att låta Guo Si se vad han gjorde.

Det tog honom två dagar att skrapa fram benet. Sedan tvättade han det i regnvatten och stoppade in det i en av fållarna på sin blus. Han skulle inte svika även om sjömannen tagit de pengar som varit ämnade för honom.

Två dagar senare dog ytterligare en man ombord på fartyget. Men den här gången hämtades inte kroppen upp från det inre av fartyget. Mannen som dog var ingen annan än kaptenen. San hade tänkt mycket på att det land han var på väg till var befolkat av dessa underliga bleka män. Plötsligt hade han sett hur mannen ryckt till som om han träffats av ett slag från en osynlig näve. Han hade fallit omkull och inte rört sig igen. Sjömännen hade kommit springande från olika håll, de hade ropat och svurit, men till ingen nytta. Dagen efter hade också kaptenen försvunnit ner i havet. Men hans kropp hade varit inlindad i en flagga med ränder och stjärnor.

När dödsfallet inträffat hade de åter befunnit sig i en utdragen stiltje. Det var som om besättningens otålighet förändrades till oro och rädsla. Några av sjömännen menade att det var en ond ande som hade dödat kaptenen och som gjorde att vindarna hade försvunnit. Det fanns risk att både maten och vattnet skulle ta slut. Ibland bröt det ut gräl och slagsmål. Under den gamle kaptenens tid hade alla såna händelser omedelbart bestraffats. Den styrman som nu hade ersatt honom tycktes sakna hans myndiga beslutsamhet. San kände ett smygande obehag inför den oroliga stämningen ombord. Han fortsatte att rista in sina streck i masten. Hur lång tid hade gått? Hur stort var egentligen detta hav de mödosamt höll på att ta sig över?

En kväll under stiltjen slumrade San vid masten, när några sjömän dök upp ur mörkret och började lossa repet som Sun Na var fastbunden med. För att hon inte skulle skrika och göra motstånd höll en av sjömännen ett tygstycke över hennes mun. Till sin förfäran såg han hur de drog undan henne till relingen, slet av henne kläderna och våldtog henne. Fler och fler sjömän dök upp ur mörkret, var och en väntade på sin tur. San tvingades se på utan att kunna göra någonting.

Plötsligt märkte han att Guo Si hade vaknat och upptäckt vad som pågick. Han stönade när han förstod.

– Det är bäst du blundar, sa San. Jag vill inte att du blir sjuk igen. Det som händer här kan ge vem som helst en dödlig feber.

När sjömännen var färdiga med Sun Na rörde hon sig inte längre. Ändå slog en av sjömännen en strypsnara runt hennes hals och drog upp den nakna kroppen i en uthängande bjälke från en av masterna. Det ryckte till i hennes ben, hon försökte hissa sig upp i repet med händerna men krafterna räckte inte. Till sist hängde hon orörlig i repet. Då slängde de henne över bord. De lindade inte ens in henne i segelduk, de kastade bara den nakna kroppen ner i vattnet. San kunde inte hindra att ett förtvivlat morrande kom över hans läppar. En av sjömännen uppfattade ljudet.

– Saknar du din fästmö? frågade han.

San var rädd att han också skulle kastas över bord.

– Jag har ingen fästmö, svarade han.

– Det var hon som utsatte oss för stiltjen. Det var nog också hon som förhäxade kaptenen så att han dog. Nu är hon borta. Då kommer det att börja blåsa igen.

– Då var det alldeles rätt att kasta henne över bord.

Sjömannen lutade sig tätt intill hans ansikte.

– Du är rädd, sa han. Du är rädd och du ljuger. Men du behöver inte oroa dig för att vi ska kasta dig över bord. Vad du tänker vet jag inte. Men jag antar att du skulle vilja kastrera mig om du kunde. Inte bara mig utan alla ombord på fartyget. En man som sitter fastkedjad vid en mast tänker knappast samma tankar som jag.

Han flinade och gick därifrån. De vita tygresterna av det som en gång hade varit Sun Nas klänning kastade han till San.

– Lukten finns nog kvar, ropade han. Lukten av kvinna och lukten av död.

San vek ihop tyget och stoppade det innanför sin blus. Nu hade han benet från en död mans tumme och ett smutsigt tygstycke från en ung kvinnas sista upprörda stund i livet. Tyngre bördor hade han aldrig tidigare burit.

Guo Si talade inte om det som hade hänt. San började mer och mer förbereda sig på att de kanske aldrig skulle komma fram till den punkt där havet tog slut och något annat, okänt, började. Ibland drömde han att någon utan ansikte stod och skrapade ren hans kropp från hud och kött och sedan slängde slamsorna till stora fåglar. När han vaknade var han fortfarande fastkedjad vid masten. Efter drömmen framstod det som en underbar befrielse.

De seglade nu länge med god vind. En morgon, strax efter gryningen hörde han höga rop från utkiken som stod på en liten plattform i fören. Guo Si vaknade också av ropen.

– Varför ropar han? frågade Guo Si.

– Jag tror det omöjliga har hänt, svarade San och grep hans hand. Jag tror dom ser land.

Det var som en strimma av mörker som gungade på vågtopparna. Sedan såg de hur det växte, ett land som höjde sig ur vattnet.

Två dagar senare seglade de in i en vidsträckt bukt där ångfartyg med bolmande skorstenar och segelskepp som det som de färdades med trängdes på redden och längs långa kajer. Alla togs upp på däck. Vatten hissades upp i stora kar, de fick bitar av tvål och tvättade sig under uppsikt av sjömännen. Nu var det ingen som blev slagen längre. Om någon slarvade med att göra sig ren gnuggade sjömännen själva den motsträvige. Var och en blev rakad och fick mer mat än tidigare under resan. När alla förberedelser var klara ersattes fotkedjan med handbojor.

Fartyget låg fortfarande ute på redden. San och Guo Si stod uppställda med de andra och såg ut över den vidsträckta hamnen. Men staden på kullarna var inte stor. San tänkte tillbaka på Kanton. Den här staden var ingenting jämfört med den de lämnat. Kunde det verkligen vara sant att bottnen på floderna i detta land var täckt av guldsand?

På kvällen kom två mindre fartyg och lade till vid skeppets läsida. En lejdare hissades ner. San och Guo Si var bland de sista som leddes bort. Sjömännen som tog emot dem var alla vita. De var skäggiga och luktade svett, några var också berusade. De var otåliga och knuffade Guo Si som rörde sig långsamt. Båtarna hade skorstenar som sprutade ut svart rök. San såg hur fartyget med alla hans inristade streck i masten långsamt försvann i mörkret. Nu slets det sista bandet med det gamla landet av.

San såg upp mot stjärnhimlen. Den himmel han hade ovanför sitt huvud liknade inte den han upplevt tidigare. Stjärnorna bildade samma mönster men de hade flyttat sig.

Det var som om han nu förstod vad ensamhet innebar, att bli övergiven även av stjärnorna ovanför sitt huvud.

– Vart är vi på väg? viskade Guo Si.

– Jag vet inte.

När de steg i land var de tvungna att hålla i varandra för att inte falla omkull. Så länge hade de varit ombord på skeppet att de miste balansen när marken plötsligt var stilla.

De knuffades in i ett mörkt rum som luktade av kattpiss och rädsla. En kinesisk man klädd som en av de vita männen kom in i rummet. Vid hans sida stod två andra kineser och höll starka fotogenlampor.

– Ni ska stanna här i natt, sa den vite kinesen. I morgon fortsätter resan. Försök inte ta er ut härifrån. Om ni för oväsen kommer vi att binda ihop era käkar. Blir det fortfarande inte tyst kommer jag att skära ut tungan på er.

Han lyfte en kniv så att den syntes tydligt i lampornas sken.

– Gör ni som jag säger kommer allt att gå bra. Om ni inte gör det kommer det att gå illa. Jag har hundar som tycker om människotungor. Han stoppade tillbaka kniven i sitt bälte.

– I morgon får ni mat, fortsatte han. Allt kommer att bli bra. Snart kommer ni att börja arbeta. Dom som sköter sig kommer en dag att kunna återvända över havet med stora rikedomar.

Han lämnade rummet tillsammans med lyktbärarna. Ingen av dem som trängdes i mörkret vågade säga någonting. San viskade till Guo Si att det bästa de kunde göra var att försöka sova. Vad som än hände dagen efter skulle de behöva sina krafter.

San låg länge vaken vid sidan av sin bror som genast hade somnat. Runt honom i mörkret hördes oroliga andetag både från dem som sov och de som låg vakna. Han tryckte örat mot den kalla väggen och försökte uppfånga några ljud utifrån. Men väggen var tjock och stum, inga ljud trängde igenom.

– Du måste hämta oss, sa han till Wu, rakt ut i mörkret. Även om du är död, är du den ende av oss som är kvar i Kina.

Dagen efter fördes de iväg i övertäckta vagnar med förspända hästar. De lämnade staden utan att egentligen ha sett någonting av den. Först när de kommit ut i ett sandigt och torrt landskap där det bara växte låga buskar, vek ridande män med gevär i händerna undan tyget som täckte vagnarna.

Solen sken men det var kallt. San såg att vagnarna rörde sig i en lång, ringlande karavan. I fjärran upptäckte han en utdragen bergskedja.

– Vart är vi på väg? frågade Guo Si.

– Jag vet inte. Jag har sagt åt dig att inte fråga så mycket. Jag svarar när jag kan.

De fortsatte mot bergen i flera dagar. På nätterna sov de under vagnarna som stod uppställda i en cirkel.

För varje dag som gick sjönk temperaturen. San frågade sig ofta om han och hans bror skulle frysa ihjäl.

Isen fanns redan inom honom. Ett tungt, skräckslaget ishjärta.

13

Den 9 mars 1864 började Guo Si och San hugga bort det berg som låg i vägen för järnvägen, som höll på att sträckas över hela den nordamerikanska kontinenten.

Det var en av de svåraste vintrar i mannaminnet i Nevada, med dagar så kalla att det kändes som att andas iskristaller istället för luft. San och Guo Si hade fram till dess arbetat längre västerut, där det var lättare att bereda marken och lägga räls. De hade kommit dit i slutet av oktober, direkt från fartyget. Tillsammans med många av de andra som färdats i kedjor från Kanton hade de tagits emot av kineser som klippt av sig sina hårpiskor, satt på sig de vitas kläder och hade klockkedjor över bröstet. Bröderna hade mötts av en man med samma efternamn som de själva, Wang. Till Sans stora förskräckelse hade Guo Si, som i vanliga fall aldrig sa någonting, öppnat munnen och protesterat.

– Vi blev överfallna, bundna och förda ombord. Vi har inte begärt att få komma hit.

San tänkte att den långa resan nu var över. Mannen som stod framför dem skulle aldrig acceptera att bli tilltalad med så hårda ord. Nu skulle han dra det vapen han hade i ett bälte runt höfterna och skjuta ner dem.

Men San tog fel. Wang brast i skratt, som om Guo Si hade uttalat en lustighet.

– Ni är ingenting annat än hundar, sa Wang. Zi har skickat mig några talande hundar. Jag äger er tills ni har betalat mig för överfarten och maten och resan från San Francisco och hit. Betalningen ger ni mig med ert arbete. Om tre år kan ni göra vad ni vill. Men tills dess är ni mina. Här ute i öknen kan ni inte ge er av. Det finns vargar, björnar och indianer som skär halsen av er, krossar era skallar och sörplar i sig hjärnorna som om dom vore ägg. Om ni ändå försöker ge er av har jag några riktiga hundar som spårar upp er. Då kommer piskan att dansa och ni kommer att få arbeta ytterligare ett år för mig. Nu vet ni vad som väntar er.

San betraktade de män som stod bakom Wang. De hade hundar i koppel och gevär i händerna. San förundrades över att dessa vita män med sina stora skägg var beredda att lyda order från en kines. De hade kommit till ett land som på inget vis påminde om Kina.

De placerades i ett tältläger djupt nere i en ravin, där det rann en bäck. På ena sidan av vattenfåran fanns de kinesiska rallarna, på andra sidan en blandning av irländare, tyskar och andra européer. Det rådde stor spänning mellan de två tältlägren. Vattenfåran utgjorde en gränslinje som ingen av kineserna passerade i onödan. Irländarna, som ofta var berusade, skrek okvädingsord och kastade sten mot den kinesiska sidan. San och Guo Si förstod inte vad det var de ropade. Men stenarna som flög genom luften var hårda. Det fanns inget skäl att tro annat än att det var samma sak med orden.

De fick bo med tolv andra kineser. Ingen av dem som fanns där hade varit med på fartyget. San antog att Wang föredrog att blanda de nyanlända med sådana som länge varit vid järnvägsbygget för att de skulle tala om vilka regler och rutiner som gällde. Tältet var trångt. När alla lagt sig ner var de inklämda mot varandra. Det hjälpte till att hålla värmen men skapade samtidigt en förlamande känsla av att inte kunna röra sig, att vara bunden.

I tältet styrde en man som hette Xu. Han var mager, hade dåliga tänder men omgavs av stor respekt. Xu var den som anvisade San och

Guo Si deras sovplatser. Han frågade varifrån de kommit, på vilket fartyg de hade rest, men sa ingenting om sig själv. Bredvid San låg en man som hette Hao, som berättade att Xu hade varit vid järnvägsbygget sedan det startats flera år tidigare. Han hade kommit till Amerika redan i början av 1850-talet och först arbetat i guldgruvorna. Ryktet sa att han hade misslyckats med att vaska efter guld i floderna. Istället hade han köpt ett gammalt träruckel, där några lyckosamma guldletare hade bott. Ingen förstod varför Xu var dum nog att betala 25 dollar för ett hus som ändå ingen kunde bo i. Men Xu sopade försiktigt upp allt damm som låg på golvet. Efteråt tog han bort de gistna golvplankorna och sopade upp jorden under huset. Till sist hade han fått ihop så mycket av den guldsand som fallit ner på marken att han kunde återvända till San Francisco med en mindre förmögenhet. Han hade bestämt sig för att resa tillbaka till Kanton och till och med köpt sin biljett till ett ångfartyg. Men under väntetiden hade han besökt någon av alla de spelhallar där kineserna tillbringade så mycket tid. Han hade spelat och han hade förlorat. Till sist hade han spelat bort sin biljett. Det var då han kommit i kontakt med Central Pacific och blev en av de första kineserna som anställdes.

Allt detta visste Hao att berätta. Hur han fått reda på det utan att Xu själv hade sagt något lyckades San aldrig lista ut. Men Hao insisterade på att varje ord han sa var sant.

Xu talade engelska. Genom honom fick bröderna veta vad som ropades över bäcken som skiljde de två tältlägren åt. Xu talade föraktfullt om männen på den andra sidan.

– Dom kallar oss "chinks", sa han. Det är en mycket nedsättande beteckning på oss. När dom irländska männen blir berusade kallar dom oss ibland för "pigs" vilket betyder att vi är Don Fin-Yao.

– Varför tycker dom inte om oss? frågade San.

– Vi arbetar bättre, sa Xu. Vi arbetar hårdare, vi dricker inte, vi ger oss inte av. Dessutom har vi gula kinder och sneda ögon. Dom tycker inte om människor som inte ser ut som dom själva.

Varje morgon klättrade San och Guo Si, var och en med en lykta i handen, uppför den hala stig som ledde ur ravinen. Det hände att någon halkade på det isiga underlaget och störtade ner till ravinens botten. Två män, som fått benen förstörda, hjälpte till att laga den mat som bröderna åt när de kom tillbaka efter de långa arbetsdagarna. Kineserna och de som bodde på andra sidan vattenfåran arbetade långt ifrån varandra. Var och en hade sin väg uppför ravinen, var och en sitt arbetsställe. Förmännen vakade hela tiden över att de inte kom varandra för nära. Ibland utbröt slagsmål mitt i vattnet mellan kineser utrustade med påkar och irländare som dragit kniv. Då kom de skäggiga vakterna ridande och särade på dem. Ibland blev någon så svårt skadad att han dog. En kines som spräckt skallen på en irländare blev ihjälskjuten, en irländare som knivhuggit en kines släpades bort i kedjor. Xu förmanade alla som bodde i tältet att hålla sig undan slagsmålen och stenkastningen. Han påminde dem hela tiden om att de ännu bara var gäster i detta land.

– Vi måste vänta, sa Xu. En dag kommer dom att förstå att det aldrig blir någon järnväg om inte vi kineser bygger den färdigt. En dag kommer allt att förändras.

Senare på kvällen när de låg i tältet frågade Guo Si viskande vad Xu egentligen hade menat. Men San hade inget bra svar att ge honom.

De hade rest från kusten in mot det torra landskap, där solen blev allt kallare. När de väcktes av Xus höga rop måste de skynda sig för att de mäktiga förmännen inte skulle bli arga och tvinga dem att arbeta längre än de vanliga tolv timmarna. Kylan var bitande. Det föll snö nästan varje dag.

Då och då skymtade de den fruktade Wang, som hade sagt att han ägde dem. Plötsligt var han bara där, lika hastigt försvann han igen.

Bröderna förberedde banvallen där rälsen och sliprarna skulle få sitt fäste. Överallt brann eldar för att de skulle kunna se att arbeta men också för att värma den frusna marken. Hela tiden bevakades de av ridande förmän, vita män med gevär, i vargpälsar med schalar knutna runt hattarna för att hålla kylan borta. Xu hade lärt dem att alltid svara "Yes Boss" när de blev tilltalade, även om de inte förstod vad som sas.

Eldarna lyste flera kilometer bort. Där höll irländarna på att lägga ut sliprar och räls. Ibland kunde de höra tjutet från lokomotiv som släppte ut ånga. San och Guo Si betraktade dessa jättelika svarta dragdjur som drakar. Även om de eldsprutande monster som deras mor berättat om varit färggranna, måste det ändå ha varit dessa svarta, blänkande odjur som hon hade syftat på.

Deras slit var oändligt. När de långa dagarna var över hade de knappt krafter kvar att släpa sig tillbaka ner i ravinen, äta sin mat och sedan falla omkull inne i tältet. In i det längsta försökte San tvinga Guo Si att tvätta sig i det kalla vattnet. San kände vämjelse inför sin egen kropp om han var smutsig. Till sin förvåning var han nästan alltid ensam nere vid det kalla vattnet, halvnaken och huttrande. De enda som också tvättade sig var de nyanlända. Viljan att hålla sig ren avtog under det tunga arbetet. Till slut kom även den dag då han själv stupade i säng utan att ha tvättat sig. San låg i tältet och kände stanken från deras kroppar. Det var som om han själv långsamt höll på att förvandlas till en varelse utan värdighet, utan drömmar eller längtan. I halvdvala kunde han se sin mor och sin far, och tänkte att han bara hade bytt ett hemmahelvete mot ett bortahelvete. Nu tvingades de slita som slavar, värre än vad deras föräldrar någonsin varit med om. Var det detta de hade hoppats uppnå när de gav sig av till Kanton? Fanns det inga utvägar för den som var fattig?

Den kvällen, just innan han somnade, bestämde San sig för att deras enda möjlighet att överleva var att rymma. Dagligen såg han någon bland de undernärda arbetarna som föll ihop och bars bort.

Dagen efter talade han om sina planer med Hao, som låg bredvid och tankfullt lyssnade på honom.

– Amerika är ett stort land, sa Hao. Men inte så stort att en kines som du eller din bror kan försvinna. Om du verkligen menar allvar måste du rymma hela vägen tillbaka till Kina. Annars kommer ni förr eller senare att bli fasttagna. Vad som händer med er då behöver jag inte berätta.

San tänkte länge på vad Hao hade sagt. Ännu var inte tiden mogen för att fly eller ens berätta för Guo Si om den plan han gick och bar på.

Sent i februari månad drog en häftig snöstorm in över Nevadaöknen. Under tolv timmar föll över en meter snö. När ovädret drog bort sjönk temperaturen. På morgonen den 1 mars 1864 tvingades de att gräva sig ut. Irländarna på andra sidan den frusna bäcken hade drabbats mindre eftersom deras tält hade befunnit sig på ovädrets läsida. Nu stod de och skrattade åt kineserna som slet med sina spadar för att rensa bort snön från tälten och stigarna som ledde upp mot ravinens överkant.

Vi får ingenting gratis, tänkte San. Inte ens snön faller rättvist.

Han såg på Guo Si att denne var mycket trött, ibland orkade han knappt lyfta sin spade. Men San hade bestämt sig. Tills det åter en gång blev den vite mannens nyår, skulle de hålla varandra vid liv.

I mars månad kom de första svarta männen till järnvägsbyn i ravinen. De slog upp sina tält på samma sida som kineserna. Ingen av bröderna hade någonsin tidigare sett en svart man. De kom i trasiga kläder och de frös värre än vad San någonsin sett en människa frysa. Många av dem dog under sin första tid i ravinen och på banvallen. De var så svaga att de föll omkull i mörkret och blev återfunna först långt senare, när snön hade börjat smälta på våren. De svarta männen blev ännu sämre behandlade än kineserna och "niggers" uttalades med ett tonfall som till och med var värre än det som omgav "chinks". Även Xu, som annars alltid predikade återhållsamhet när det gällde hur man talade om de andra som arbetade på järnvägsbygget, visade öppet sitt förakt för de svarta.

– Dom vita kallar dom nerfallna änglar, sa Xu. Niggers är själlösa djur som ingen saknar när dom dör. Istället för hjärnor har dom köttklumpar som håller på att ruttna.

Guo Si började spotta efter de svarta när det någon gång hände att olika arbetslag mötte varandra. Själv blev San illa berörd över att se att det fanns de som blev ännu sämre behandlade än han själv. Han sa strängt åt sin bror att sluta.

Den ovanligt hårda kylan lade sig som ett täcke av järn över ravinen och banvallen. Xu meddelade en kväll, när de satt med sina matskålar tätt intill en eld som bara hjälpligt höll kylan borta, att de dagen efter skulle flytta till ett nytt läger och en ny arbetsplats intill det berg de nu skulle börja att gräva och spränga sig igenom. På morgonen påföljande dag skulle alla ta med sig sina filtar och matskålar och ätpinnar när de lämnade tältet.

De gav sig av tidigt dagen efter. San kunde inte minnas att han någon gång i sitt liv hade upplevt en strängare kyla. Han sa åt Guo Si att gå framför eftersom han ville kontrollera att brodern inte föll och blev liggande. De följde banvallen och kom till den punkt där rälsen tog slut, och sedan, några hundra meter längre bort, också själva banvallen. Men Xu manade på dem. Det flackande ljuset från lyktorna slog mot mörkret. San visste att de nu befann sig mycket nära det berg som de vita kallade Sierra Nevada. Det var där de skulle börja hugga upp hålvägar och tunnlar för att järnvägsbygget skulle kunna föras vidare.

Just intill den lägsta bergskammen stannade Xu. Där fanns tält uppställda och eldar som brann. Männen, som gått hela vägen från ravinen, stupade på marken tätt intill de värmande flammorna. San sjönk ner på knä och sträckte fram sina frusna händer, ombundna av tygtrasor. I samma ögonblick hörde han en röst bakom sig. När han vände sig om stod en vit man där med hår ner till axlarna och en schal virad runt ansiktet så att han liknade en maskerad bandit. I handen höll han ett gevär. Han var klädd i päls och hade en rävsvans hängande från hatten som var fodrad med skinn. Hans ögon påminde San om dem Zi en gång hade riktat emot honom.

Plötsligt lyfte den vite mannen geväret och avlossade ett skott rakt ut i mörkret. De som värmde sig vid elden kröp ihop.

– Res er, ropade Xu. Ta av det ni har på huvudet.

San såg undrande på honom. Skulle de ta av sig sina mössor som de stoppat fulla med torrt gräs och tygtrasor?

– Av, skrek Xu som verkade rädd för mannen med geväret. Inga mössor.

San tog av sig sin mössa och nickade åt Guo Si att göra detsamma. Mannen med geväret drog ner schalen. Han hade en kraftig mustasch under näsan. Trots att han stod flera meter bort kände San att mannen luktade sprit. Genast blev han på sin vakt. Vita män som luktade sprit var alltid mer oberäkneliga än de nyktra.

Mannen började tala med gäll röst. Det lät nästan som om en ilsken kvinna stod framför dem. Xu ansträngde sig för att kunna översätta vad mannen sa.

– Ni tog av mössorna för att lyssna bättre, sa Xu.

Han använde nästan samma gälla röst som mannen med geväret.

– Era öron är så ingrodda av skit att ni annars inte skulle höra, fortsatte Xu. Jag heter JA. Men ni kallar mig ingenting annat än "Boss". När jag tilltalar er tar ni av era mössor. Ni svarar på mina frågor, men frågar aldrig själva något. Är det förstått?

San mumlade med de andra. Det var uppenbart att mannen som stod framför dem inte tyckte om kineser.

182

Mannen som kallade sig JA fortsatte att skrika.

– Ni har framför er en vägg av sten. Ni ska klyva detta berg i två hälfter, brett nog för att järnvägen ska kunna gå fram. Ni är utvalda eftersom ni har visat att ni kan arbeta hårt. Här duger varken dessa förbannade niggrer eller dom söndersupna irländarna. Det här är ett berg som passar kineser. Därför är ni här. Och jag är här för att se till att ni gör det ni ska. Den som inte använder alla sina krafter, den som visar sig vara lat, kommer att förbanna att han nånsin blivit född. Har ni förstått? Jag vill att var och en av er svarar. Sen kan ni sätta på er mössorna igen. Hackorna hämtar ni hos Brown, som blir galen när det är fullmåne. Då äter han råa kineser. Annars är han beskedlig som ett lamm.

Alla svarade, var och en med ett mumlande.

Det hade börjat ljusna när de stod med hackorna i handen intill bergväggen som reste sig nästan lodrätt framför dem. Röken stod ur deras munnar. JA lämnade för ett ögonblick sitt gevär till Brown, ryckte till sig en hacka och högg ut två riktmärken i bergväggens nedre del. San kunde se att bredden på det hål de skulle hugga upp var nästan åtta meter.

Ingenstans kunde han se några nerfallna stenblock eller grushögar. Berget skulle bjuda hårt motstånd. Varje stenskärva som de slog loss, skulle vålla dem ansträngningar som inte kunde jämföras med något de hittills hade gått igenom.

På något sätt hade de utmanat gudarna som sänt dem prövningen de hade framför sig. De måste slå sig igenom bergväggen för att bli fria män, inte längre föraktade "chinks" i den amerikanska ödemarken.

San överfölls av en stor och hopplös förtvivlan. Det enda som just nu höll honom uppe var tanken på att Guo Si och han en dag skulle rymma.

Han försökte föreställa sig att berget egentligen var en vägg som avskiljde dem från Kina. Bara några meter in skulle kylan försvinna. Där blommade körsbärsträden.

Den morgonen började de bearbeta det hårda berget. Deras nya förman vakade över dem som en rovfågel. Även när han vände ryggen till tycktes han kunna se om någon för ett kort ögonblick lät hackan vila. Sina nävar hade han lindat med remmar, som slet upp skinnet i ansiktet på den stackare som förbrutit sig. Det gick inte många dagar innan de alla hatade mannen som alltid bar sitt gevär och aldrig sa ett vänligt ord. De började drömma om att döda honom. San grubblade över i vilket förhållande JA stod till Wang. Var det Wang som ägde JA eller var det tvärtom?

JA tycktes vara i maskopi med berget som bara med yttersta motvilja släppte ifrån sig en flisa, som en tår eller ett hårstrå av granit. Det tog dem nästan en månad att hugga upp en öppning med de bestämda måtten. Då hade redan en av dem avlidit. På natten hade han ljudlöst rest sig och krupit ut genom tältets öppning. Han hade klätt av sig naken och lagt sig ner i snön för att dö. När JA upptäckte den döde kinesen blev han rasande.

– Ni ska inte sörja självmördare, skrek han med sin gälla röst. Ni ska sörja att ni nu måste hugga bort den sten som han egentligen skulle ha tagit bort.

När de kom tillbaka från berget på kvällen var kroppen borta.

Några dagar senare började de angripa klippväggen med nitroglycerin. Den värsta kylan hade då gett med sig. I arbetslaget fanns två män, Jian och Bing, som tidigare använt det nyckfulla och farliga sprängämnet. Med hjälp av rep hissades de upp i korgar och matade försiktigt in nitroglycerinet i skrevorna. Sedan tände de på, korgarna hissades snabbt ner och alla sprang för att ta skydd. Vid flera tillfällen höll Jian och Bing på att inte hinna undan i tid. En morgon fastnade en av korgarna på vägen ner. Bing kastade sig ur korgen och skadade en fot när han landade på den hårda marken. Dagen efter satt han i en korg igen.

Ett rykte sa att Jian och Bing fick extra betalt. Inte så att någon gav dem pengar, minst av allt JA. Men den tid som de hade kvar att arbeta för att betala biljetterna kortades av. Det var dock ingen som ville byta plats med dem i korgarna.

En morgon i mitten av maj hände det som alla hade fruktat. Det kom ingen salva efter en av de sprängladdningar som Jian hade apterat. Normalt väntade man en timme om en eftersprängning skulle ske. Sedan kunde en ny stubin förbindas med sprängämnet och ett nytt försök göras. Men JA kom ridande och hade inga planer på att vänta. Han beordrade Bing och Jian att genast låta sig hissas upp och göra om tändningen. Jian försökte förklara att de måste vänta längre. JA lyssnade inte utan gled ner från hästsadeln och slog till både Jian och Bing i ansiktena. San kunde höra hur det krasade i käkar och näsben. Sedan lyfte JA själv in dem i korgarna och skrek åt Xu att börja hissa om de inte alla skulle bli bortjagade att dö i snön. De halvt medvetslösa sprängarna hissades upp i korgarna. När JA tyckte att det gick för långsamt avlossade han sitt gevär i luften.

Vad som gick fel visste ingen. Men nitroglycerinet exploderade och de två korgarna och männen som fanns i dem slets sönder till oigenkännlighet. Det fanns inga kroppsdelar kvar efter sprängningen. Men JA beordrade fram nya korgar och rep. San var en av dem som han pekade ut. Xu hade lärt honom att handskas med nitroglycerinet men han hade aldrig själv apterat en laddning.

Skakande av rädsla hissades San upp längs bergssidan. Han var övertygad om att han skulle dö. Men när korgen var nere på marken igen lyckades han springa undan och salvan gick som den skulle.

Den natten berättade San för Guo Si om sin plan. Vad de än hade att vänta ute i vildmarken, kunde det inte vara värre än det de upplevde just nu. De skulle ge sig av och inte stanna förrän de var tillbaka i Kina igen.

De gav sig av fyra veckor senare. De lämnade tältet ljudlöst om natten, följde banvallen, stal två hästar vid en förläggning för rälstransporter och fortsatte sedan västerut. Först när de hade kommit på ett sådant avstånd att Sierra Nevadas berg kändes tillräckligt avlägsna vilade de några timmar vid en eld och fortsatte snart igen. De kom till en flodfåra och red i vattnet för att dölja sina spår.

Ofta stannade de och vände sig om. Men landskapet var öde. Ingen kom efter dem.

Långsamt började San tro att de kanske ändå skulle lyckas återvända hem. Men hans hopp var bräckligt. Ännu vågade han inte lita på det.

14

San drömde att varje sliper som låg på banvallen under den svarta rälsen var ett revben från en människa, kanske hans eget. Han kände hur bröstkorgen sjönk ihop utan att han lyckades dra in luft i lungorna. Han försökte sparka sig fri från den tyngd som pressade sönder hans kropp utan att lyckas.

San slog upp ögonen. Det var Guo Si som i sömnen hade lagt sig över honom för att hålla värmen. San sköt honom försiktigt åt sidan och täckte hans kropp med filten. Han satte sig upp, gnuggade sina stela leder och lade sedan mer ved på elden som brann mellan några hopplockade stenar.

Han höll fram sina händer mot flammorna. Det var nu tredje natten sedan de rymt från berget och de fruktade förmännen Wang och JA. San hade inte glömt Wangs ord om vad som hände med dem som var djärva nog att rymma. De skulle dömas till berget för så lång tid att det knappast var möjligt att överleva.

Ännu hade de inte upptäckt några förföljare. San misstänkte att förmännen skulle anse att bröderna var för dumma för att använda hästar när de rymde. Det förekom att kringströvande rövarband stal hästar från lägret och i bästa fall letade man fortfarande i dess närhet.

Men de hade nu ett stort problem. En av hästarna hade störtat dagen innan. Det var den San själv hade ridit, en liten indianponny som tycktes lika uthållig som den fläckiga häst som Guo Si klamrade sig fast vid. Plötsligt hade hästen snubblat till och fallit omkull. Den hade varit död när den träffat marken. San visste ingenting om hästar och tänkte bara att hästens hjärta oväntat hade slutat slå, på samma sätt som kunde hända med människor.

De hade lämnat hästen efter att ha skurit ut ett stort stycke kött ur ryggen. För att vilseleda eventuella förföljare hade de ändrat riktning mer mot söder än tidigare. Under en sträcka av några hundra meter hade San gått bakom Guo Si och dragit några trädruskor efter sig för att utplåna spåren.

I skymningen hade de slagit läger, stekt köttet och ätit tills de inte orkade mer. Det kött som fanns kvar räknade San med skulle räcka i tre dagar.

San visste inte var de befann sig, inte hur långt de hade kvar till havet och staden med de många fartygen. Så länge de hade ridit hade de kunnat lägga stora avstånd mellan sig och berget. Med en häst som inte orkade bära dem båda skulle sträckorna de tillryggalade dramatiskt minskas.

San tryckte sig intill Guo Si för att hålla värmen. Ur natten hördes ensamma skall, kanske av rävar, kanske vildhundar.

Han vaknade av en smäll som höll på att krossa hans huvud. När han slog upp ögonen, med det vänstra örat värkande av smärta, såg han rakt in i det ansikte som han hela tiden efter flykten fruktat att återse. Det var fortfarande mörkt, även om en svag morgonrodnad skymtade vid de avlägsna Sierra Nevadabergen. JA stod med det rykande geväret i handen. Han hade avlossat det tätt intill Sans öra.

JA var inte ensam. Vid sin sida hade han Brown och några indianer som höll blodhundar i koppel. JA lämnade sitt gevär till Brown och tog fram en revolver. Han riktade den mot Sans huvud. Sedan flyttade han mynningen och avlossade ett skott intill Sans högra öra. När San reste sig kunde han se att JA skrek någonting, men han kunde inte höra vad förmannen sa. Ett våldsamt dån fyllde hans huvud. JA riktade sedan revolvern mot Guo Sis huvud. San kunde se skräcken i hans ansikte men kunde ingenting göra. Två skott avlossades intill öronen. San såg tårar i hans ögon av smärtan.

Flykten var över. Brown lade repsnaror runt brödernas halsar efter att ha bakbundit dem. Sedan började återtåget mot öster. San visste att det nu var han och Guo Si som skulle tvingas att utföra de farligaste arbetsuppgifterna, om inte Wang bestämde att de skulle hängas. Ingen skulle visa dem någon nåd. De som rymde och blev gripna tillhörde de allra lägsta bland dem som arbetade vid järnvägen. De hade förlorat de sista resterna av sitt människovärde. För dem fanns inget annat än att arbeta tills de dog.

När de slog läger den första kvällen hade varken San eller Guo Si fått tillbaka hörseln. Det dånade i deras huvuden. San sökte Guo Sis blick och försökte uppmuntra honom. Men Guo Sis ögon var döda. San insåg att han skulle behöva alla sina krafter för att hålla liv i honom. Han skulle aldrig förlåta sig själv om han lät sin broder dö. Fortfarande bar han på en känsla av skuld inför Wus död.

Dagen efter att de återkommit till berget ställde JA upp de infångade rymmarna framför de andra arbetarna. Fortfarande hade de snarorna runt halsarna och bakbundna händer. San sökte med blicken efter Wang men upptäckte honom inte. Eftersom ingen av dem hade återfått hörseln kunde de bara ana vad JA sa, uppflugen på sin häst. Inför alla de församlade steg han ner när han talat färdigt och gav dem varsitt knytnävsslag rakt i ansiktet. San lyckades inte stå på benen utan föll omkull. Ett kort ögonblick hade han en känsla av att han aldrig någonsin skulle kunna resa sig igen.

Till sist reste han sig dock. Ännu en gång.

Efter den misslyckade flykten hände det som San hade förutspått. De blev inte hängda. Men varje gång nitroglycerin användes för att spräcka det motsträviga berget var det han och Guo Si som hissades upp i

Dödens Korgar, som de kinesiska arbetarna kallade dem. Fortfarande efter en månad hade ingen av bröderna helt återfått sin hörsel. San började tro att han skulle tvingas leva resten av sitt liv med det dova bruset i huvudet. Den som ville honom något måste tala med hög röst.

Sommaren, som var lång, torr och het, hade kommit till bergen. Varje morgon stod de med sina hackor eller förberedde korgarna som skulle hissa upp det dödliga sprängämnet. Med oändlig möda trängde de in i berget, karvade upp den kropp av sten som aldrig gav ifrån sig en enda millimeter utan ansträngning. Varje morgon tänkte San att han inte visste hur han skulle kunna överleva ännu en dag.

San hatade JA. Ett hat som hela tiden ökade. Det värsta var inte den fysiska brutaliteten, inte ens att ständigt tvingas lyftas upp i de livsfarliga korgarna. Sans hat hade väckts när de tvingats stå inför de andra arbetarna med snaror runt halsarna och visats upp som djur.

– Jag ska döda den mannen, sa San till Guo Si. Jag lämnar inte berget utan att först ha dödat honom. Jag ska döda honom och alla som är som han.

– Det betyder att vi själva dör, sa Guo Si. Vi kommer att hängas. Att döda en vit förman är detsamma som att lägga ett rep runt sin egen hals.

San var envis.

– Jag kommer att döda den mannen när tiden är mogen. Inte tidigare. Men då.

Sommarhettan tycktes hela tiden öka. Nu arbetade de i gassande sol från tidig morgon till den avlägsna skymningen. Arbetstiden ökade när dagarna blev längre. Flera av arbetarna drabbades av solsting, andra dog av utmattning. Men det tycktes alltid finnas andra kineser som kunde ta de dödas platser.

De kom i oändliga rader av vagnar. Varje gång nylända stod utanför deras tält överfölls de av frågor. Varifrån kom de, vilka skepp hade fört dem över havet? Det fanns en aldrig sinande hunger efter nyheter från Kina. Vid ett tillfälle vaknade San av att han plötsligt hörde ett skrik och sedan en smattrande kaskad av ord. När han steg ut ur tältet såg han en man som klappade en av de nyanlända på armarna, på huvudet, på bröstet. Det var hans kusin som dykt upp i lägret och orsakade denna glädje.

Det är alltså möjligt, tänkte San. Familjer kan återförenas.

San tänkte med sorg på Wu, som aldrig skulle stiga ur en av vagnarna och sträcka sina armar mot dem.

Deras hörsel hade till slut börjat återkomma. San och Guo Si talade med varandra på kvällarna, som om de bara hade kort tid kvar, innan en av dem skulle vara död.

Under dessa sommarmånader drabbades JA av en febersjukdom och visade sig inte. En morgon kom Brown och sa att så länge förmannen var borta, skulle bröderna slippa att vara de enda som skickade upp i Dödens Korgar. Han gav ingen förklaring till varför han lät dem undgå det farliga arbetet. Kanske var det för att förmannen ofta behandlade Brown lika nedlåtande som någon av kineserna. Försiktigt började San att närma sig Brown. Han aktade sig för att ge intryck av att han sökte fördelar. Det skulle bara reta upp de andra arbetarna. San hade lärt sig att bland fattiga och illa behandlade människor fanns ingen frikostighet. Var och en var tvungen att tänka på sig själv. Vid berget fanns ingen rättvisa, bara en plåga som var och en försökte mildra så gott han kunde.

San förundrade sig över att de rödbruna människorna med sitt långa svarta hår, som de ofta prydde med fjädrar, i anletsdragen påminde om honom själv. Trots att det låg ett hav emellan kunde de ha varit bröder. De hade samma ansiktsform, samma sneda ögon. Men vad de tänkte visste han inte.

En kväll frågade han Brown, som kunde litet kinesiska.

– Indianerna hatar oss, sa Brown. Lika mycket som ni. Det är den enda likheten jag kan se.

– Ändå är det dom som vaktar oss.

– Vi föder dom. Vi ger dom gevär. Vi låter dom stå ett steg ovanför er. Och ännu ett steg ovanför negrerna. Dom tror sig ha makt. Egentligen är dom lika mycket slavar som alla andra.

– Alla?

Brown ruskade på huvudet. Den sista frågan fick San inget svar på. De satt i mörkret. Då och då glimmade glöden i deras pipor och lyste upp deras ansikten. Brown hade gett San en av sina egna gamla pipor och också skänkt honom tobak. San var hela tiden på sin vakt. Fortfarande visste han inte vad Brown ville ha i utbyte. Kanske ville han bara ha sällskap, bryta öknens stora ensamhet, nu när han inte ens hade förmannen att tala med.

Till sist vågade San fråga om JA.

Vem var mannen som inte gett upp förrän han hade spårat dem efter deras flykt och hade skjutit sönder deras hörsel? Vem var den man som fann en glädje i att plåga människor?

– Vad jag har hört har jag hört, sa Brown och bet i pipskaftet. Om det är sant eller inte kan jag inte svara på. Men han dök upp en dag hos dom rika män i San Francisco som hade satsat pengar på denna järnväg. Dom anställde honom som vakt. Han jagade rymlingar och var klok nog att använda både hundar och indianer. Därför blev han förman. Men ibland, som med er, återgår han själv till att jaga rymlingar. Det sägs att ingen nånsin har undkommit honom, annat än dom som dött där ute i öknen. Då har han huggit av deras händer och skurit av deras skalper, som indianerna gör, för att visa att han lyckades spåra upp dom. Många tror att han har en övernaturlig förmåga. Indianerna menar att han ser i mörkret. Därför kallar dom honom "Långa skägget som ser i natten".

San grubblade länge på det Brown hade sagt.

– Han talar inte som du. Hans språk låter annorlunda. Varifrån kommer han?

– Jag vet inte säkert. Nånstans i Europa. `rån ett land långt upp i norr, var det nån som sa. Det kan ha varit Sverige, men jag är osäker.

– Säger han ingenting själv?

– Aldrig. Det där med ett land långt upp i norr kan vara fel.

– Är han engelsman?

Brown skakade på huvudet.

– Den mannen kommer från helvetet. Dit lär han en dag också återvända.

San ville ställa ytterligare frågor. Men Brown började morra.

– Inte mer om honom. Snart är han tillbaka. Hans feber är på väg att minska och vattnet rinner inte längre rakt igenom hans mage. När han är här igen kan jag inte göra något för att ni ska slippa att dansa med döden i korgarna.

Några dagar senare kom JA tillbaka. Han var blekare och magrare än tidigare, men samtidigt också brutalare. Redan första dagen slog han två av de kineser som arbetade tillsammans med San och Guo Si medvetslösa, utan annat skäl än att han inte tyckte att de hälsade tillräckligt hövligt när han kom ridande. Han var inte nöjd med hur arbetet hade framskridit under hans sjukdom. Brown blev utskälld och JA skrek att han från och med nu skulle kräva större insatser av alla som arbetade vid berget. De som inte följde hans föreskrifter skulle jagas ut i öknen utan mat och vatten.

Dagen efter sin återkomst skickade JA upp bröderna i korgarna igen. Från Brown kunde de inte längre räkna med något stöd. Han hade genast krupit ihop som en strykrädd hund när förmannen kommit tillbaka.

De bände sig vidare in i berget, sprängde och hackade, släpade sten och började lägga ut den hårt packade sanden där rälsen skulle dras fram. Med oändlig möda besegrade de berget, meter för meter. På avstånd kunde de se röken från lokomotiven som levererade räls och sliprar och manskap. Snart skulle de vara framme vid berget. San sa till Guo Si att det var som om att ha flåsande rovdjur i nacken. Men aldrig talade bröderna med varandra om hur länge de skulle orka bestiga Dödens Korgar. Döden kom när man talade om honom. De höll honom på avstånd genom att omge sig med tystnad.

Det blev höst. Lokomotiven kom allt närmare, JA drack sig allt oftare berusad. Då slog han alla som råkade komma i hans väg. Det hände att han blev så full att han somnade på sin häst, hängande över manen. Men alla var lika rädda för honom ändå, trots att han sov.

Ibland om nätterna drömde San att berget höll på att växa igen. På morgonen när han och de andra vaknade skulle de upptäcka att de återigen stod vid den orörda bergvägg, där de en gång hade börjat. Men berget besegrades långsamt. De högg och sprängde sig mot öster, med den ursinniga förmannen vakande bakom sina ryggar.

En morgon såg bröderna en gammal kines alldeles lugnt klättra upp på en hög avsats i berget, kasta sig ut och slå ihjäl sig mot marken. San kunde aldrig glömma den värdighet med vilket mannen avslutade sitt liv.

Döden fanns alltid i deras närhet. En man krossade sitt eget huvud med en hacka, en annan man gick rakt ut i öknen och försvann. Förmannen skickade sina indianer och blodhundar efter honom men återfann honom aldrig. Det var bara rymlingar som de kunde spåra, inte de som gick ut i öknen för att dö.

En dag samlade Brown ihop alla som arbetade vid det avsnitt som kallades Helvetesporten och ställde upp dem i rader. När JA kom ridande var han nykter och hade bytt kläder. I vanliga fall luktade han svett och urin men denna dag var han rentvättad. Han satt på sin häst och han skrek inte när han talade.

– Idag får vi besök, började han. Några av de gentlemän som finansierar denna järnväg kommer hit för att se att arbetet pågår som det ska. Jag förutsätter att ni arbetar raskare än någonsin tidigare. Glada tillrop eller sånger är också utmärkt. Blir någon tilltalad svarar han hövligt att allting är bra. Arbetet är bra, maten, tälten, till och med jag är bra. Den som inte gör som jag nu säger kommer att drabbas av ett helvete när dom fina herrarna är borta, det kan jag lova er.

Några timmar senare kom de besökande, som färdades i en täckt vagn med en ridande eskort av beväpnade och uniformerade män. De var tre stycken, svartklädda, hade höga hattar och steg försiktigt ut på den steniga marken. En neger stod bakom var och en med ett paraply till skydd mot solen. Också de tjänande negrerna hade uniformer. San och Guo Si höll just på att aptera sprängladdningar i sina korgar när männen kom. De drog sig bakåt innan bröderna tände luntorna och skrek att korgarna skulle firas ner.

Efter att berget spräckts kom en av de svartklädda männen fram till San och ville tala med honom. En kinesisk tolk stod vid hans sida. San såg in i ett par blå ögon och ett vänligt ansikte. Frågorna kom en efter en, utan att mannen höjde rösten.

– Vad heter ni? Hur länge har ni varit här?

– San. Ett år.

– Ert arbete är farligt.

– Jag gör som jag blir tillsagd.

Mannen nickade. Sedan tog han upp några mynt ur fickan och gav dem till San.

– Dela med den andre mannen där uppe i korgarna.

– Det är min bror Guo Si.

För ett ögonblick verkade mannen bli bekymrad.

– Er bror?

– Ja.

– Samma farliga arbete?

– Ja.

Han nickade tankfullt och gav San ytterligare några mynt. Sedan vände han sig om och gick därifrån. San tänkte att under några korta ögonblick hade han varit alldeles verklig, när den svartklädde mannen ställt sina frågor. Nu var han återigen bara en namnlös kines med sin hacka.

När vagnen med de tre männen hade kört därifrån steg JA av hästen och begärde mynten som San hade fått.

– Gulddollar, sa han. Vad skulle du kunna använda dom till?

Han stoppade pengarna i sin ficka och satte sig upp på hästen igen.

– Berget, sa han och pekade mot korgarna. Hade du inte rymt kanske jag hade låtit dig behålla pengarna.

Det brände till i San av ett hat som han knappt kunde kontrollera. Kanske det ändå till sist skulle bli nödvändigt att spränga sig själv och den hatade förmannen i luften?

De arbetade vidare i berget. Hösten djupnade, nätterna blev kyligare. Då hände det som San hade fruktat. Guo Si blev sjuk. En morgon vaknade han med häftiga magplågor. Han sprang ut ur tältet och hann precis dra ner byxorna innan det sprutade ur honom.

Eftersom hans arbetskamrater fruktade att magsjukan skulle drabba dem alla, lämnades han ensam i sitt tält. San kom och gav honom vatten, en gammal neger som hette Hoss fuktade hans panna och torkade bort den vattniga sörja som rann ut ur hans kropp. Hoss hade vistats så länge bland de sjuka att ingenting tycktes kunna drabba honom längre. Han hade bara en arm efter att ett klippstycke en gång nästan krossat honom. Med den hand han hade kvar baddade han Guo Sis panna och väntade på att han skulle dö.

196

Plötsligt stod den fruktade förmannen i tältöppningen. Han såg med avsmak på mannen som låg där i sin avföring.

– Tänker du dö eller inte? frågade han.

Guo Si försökte sätta sig upp men orkade inte.

– Jag behöver tältet, fortsatte JA. Varför ska kineser alltid ta så lång tid på sig att dö?

Samma kväll berättade Hoss för San vad förmannen hade sagt. De stod utanför tältet där Guo Si låg och yrade. Guo Si ropade i ångest att han såg någon komma gående genom öknen. Hoss försökte lugna honom. Han hade suttit vid tillräckligt många dödsbäddar för att veta att det var en vanlig syn hos dem som snart skulle gå bort. En vandrande i öknen kom för att hämta den döende. Det kunde vara en far eller en gud eller en vän eller en hustru.

Hoss satt hos en kines han inte ens visste namnet på. Inte brydde han sig om det heller. Den som skulle dö behövde inget namn.

Guo Si var på väg bort. San väntade i förtvivlan.

Dagarna blev kortare. Hösten gled undan. Snart skulle det åter vara vinter.

Men som genom ett under tillfrisknade Guo Si. Det gick mycket långsamt, varken Hoss eller San vågade tro på det, men en morgon reste Guo Si sig upp. Döden hade dragit sig undan från hans kropp utan att ta honom med sig.

I det ögonblicket bestämde San sig för att de en dag skulle återvända till Kina. Det var trots allt där de hörde hemma, inte här i öknen.

De skulle vänta ut sin tid vid berget, till den dag då de hade fullgjort sina slavkontrakt och var fria att bege sig vart de ville. De skulle uthärda alla plågor som JA och de andra förmännen utsatte dem för. Inte ens Wang som påstod att han ägde dem skulle lyckas omintetgöra detta beslut.

Mot sjukdomar och arbetsolyckor var det ingenting San kunde

göra. Ändå vakade han över Guo Si under de år som gick. Om döden hade låtit honom gå fri, skulle han knappast göra det ytterligare en gång.

De arbetade vidare vid berget, högg och sprängde ut raviner och tunnlar. De såg arbetskamrater slitas i stycken av det nyckfulla nitroglycerinet, andra begå självmord eller duka under för de sjukdomar som följde i rallarnas spår. JA:s skugga fanns alltid som en hotande jättehand över deras tillvaro. Vid ett tillfälle sköt han ihjäl en arbetare som hade gjort honom missnöjd, andra gånger tvingade han de svaga och sjuka till de farligaste arbetena, bara för att de skulle duka under.

San drog sig alltid undan när JA fanns i närheten. Hatet han kände mot honom gav honom kraft att uthärda. Aldrig skulle San förlåta JA det förakt han visat när Guo Si kämpade mot döden.

Det var värre än om han hade piskat honom, värre än allt annat han kunde föreställa sig.

Efter ungefär två år slutade Wang att komma på sina besök. En dag uppfångade San ett rykte om att han skulle ha blivit skjuten under ett kortspel av en man som beskyllt honom för att fuska. Riktigt vad som hade hänt kunde San aldrig reda ut. Men Wangs besök upphörde. Efter ytterligare ett halvår vågade han tro att det verkligen var sant.

Wang var död.

Till sist kom också den dag när tiden var ute och de kunde lämna järnvägsbygget som fria män. San hade då ägnat all den tid han inte arbetade eller sov åt att ta reda på hur de skulle kunna återvända till Kanton. Det naturliga var att de gick tillbaka mot väster, till den stad och de kajer där de en gång stigit i land. Men några månader innan frigivningen fick San veta att en vit man som hette Samuel Acheson skulle leda ett vagntåg mot öster. Han behövde någon som kunde laga hans mat och tvätta hans kläder och lovade också att betala för arbetet. Han hade gjort sig en förmögenhet på att vaska guld vid Yukon

River. Nu skulle han korsa kontinenten för att besöka sin syster, sin enda släkting, som bodde i New York.

Acheson sa ja till att ta med San och Guo Si. Ingen av dem skulle ångra att de hade följt med honom. Samuel Acheson behandlade människor väl, oavsett deras hudfärg.

Att korsa kontinenten, de oändliga slätterna, bergen, tog längre tid än San hade kunnat förutspå. Vid två tillfällen blev Acheson sjuk och de blev liggande stilla i flera månader. Acheson tycktes inte lida av kroppsliga plågor, det var hans sinne som förmörkades så svårt att han gömde sig i sitt tält och först visade sig igen när hans tunga missmod gått över. Två gånger om dagen ställde San in mat i hans tält och såg honom ligga där på sin brits, med ansiktet vänt bort från världen.

Men båda gångerna frisknade han till, svårmodet lämnade honom, och de kunde fortsätta den långa resan. Trots att de haft möjlighet att resa med järnväg föredrog Acheson de tröga oxarna och de obekväma vagnarna.

På den stora prärien låg San ofta på kvällarna och såg upp mot den oändliga stjärnhimlen. Han sökte efter sin far och sin mor och Wu utan att kunna finna dem.

De kom fram till New York, såg Acheson återförenas med sin syster, fick sin betalning och började leta efter ett fartyg som kunde ta dem till England. San visste att det var den enda vägen de kunde komma tillbaka, eftersom inga fartyg avgick mot Kanton eller Shanghai direkt från New York. Till sist fick de däcksplatser på ett fartyg till Liverpool.

Det var i mars månad 1867. Den morgon de lämnade New York låg hamnen inbäddad i en tät dimma. Ödsliga mistlurar tjöt i tjockan. San och Guo Si stod vid relingen.

– Vi är på väg hem, sa Guo Si.

– Ja, svarade San. Nu är vi på väg hem.

I ett knyte där han förvarade sina få tillhörigheter fanns också Lius tumme, inlindad i en bomullstrasa. Ett enda uppdrag hade han med från Amerika. Det tänkte han utföra.

Ofta drömde San om JA. Även om han och Guo Si hade lämnat berget fanns JA fortfarande kvar i deras liv.

San visste att vad som än hände, skulle JA aldrig lämna dem. Aldrig någonsin.

Fjädern och stenen

15

Den 5 juli 1867 lämnade de två bröderna Liverpool på ett fartyg som hette Nellie.

San upptäckte snart att han och Guo Si var de enda kineserna ombord. De hade fått sina sovplatser anvisade längst framme i fören på det gamla fartyget som luktade av röta. På Nellie fanns samma avgränsade besittningar som i Kanton. Där fanns inga murar men alla passagerare kände ändå sina revir. Man seglade mot samma mål, men beträdde inte varandras mark.

Redan när fartyget låg i hamn hade San lagt märke till två stillsamma passagerare med ljust hår som regelbundet föll på knä intill relingen och bad. De tycktes helt opåverkade av allt som pågick runt dem, sjömän som slet och drog, styrmän som manade på och röt fram sina order. De två männen förblev försjunkna i sina böner tills de stillsamt reste sig upp igen.

De två männen vände sig plötsligt mot San och bugade. San ryckte till som om de hade hotat honom. Aldrig någonsin hade en vit man bugat i hans riktning. Vita bugade inte för kineser. De sparkade efter dem. Han drog sig hastigt tillbaka till den plats där Guo Si och han hade sina sovplatser och funderade över vilka dessa män kunde vara.

Han hittade inget svar. De två männens beteende var för honom obegripligt.

Sent en eftermiddag lossades förtöjningarna, fartyget drogs ut ur hamnen och seglen hissades. Det blåste en frisk, nordlig bris. Med god fart sköt skeppet ut med kurs mot öster.

San höll i relingen och lät den svala vinden blåsa mot sitt ansikte. De två bröderna var nu äntligen på väg hem på sin färd runt jorden. Nu gällde det bara att de inte blev sjuka under resan. Vad som skulle hända när de kom tillbaka till Kina visste San inte. Bara att han inte ville sjunka tillbaka i det yttersta armodet igen.

När San stod i fören med vinden mot ansiktet tänkte han på Sun Na. Trots att han visste att hon var död, lyckades han nästan föreställa sig att hon stod vid hans sida. Men när han sträckte ut handen fanns ingen där, bara vinden som drog fram mellan hans fingrar.

Några dagar efter det att de lämnat hamnen och befann sig på öppet hav kom de två ljushåriga männen fram till San. I sällskap hade de en äldre man ur besättningen som talade kinesiska. San fruktade att han och Guo Si hade begått något fel. Men besättningsmannen, mister Mott, förklarade att de två männen i hans sällskap var svenska missionärer på väg till Kina. Han presenterade dem som mister Elgstrand och mister Lodin.

Mister Motts kinesiska uttal var svårt att förstå. Men så mycket kunde San och Guo Si begripa att de två unga männen var präster som vigt sina liv åt att verka i den kristna Kinamissionen. Nu var de på väg till Fuzhou för att bygga upp en församling, där de skulle börja omvända kineserna till den rätta tron. De skulle bekämpa hedendomen och visa vägen till det gudsrike som var det sanna slutmålet för människan.

Kunde San och Guo Si tänka sig att hjälpa herrarna med att förkovra sig i det vanskliga kinesiska språket? De hade vissa smärre kunskaper men var beredda att arbeta hårt under båtresan för att vara gott förberedda när de steg i land på den kinesiska kusten.

San tänkte efter. Han såg inget skäl till att avstå från den betalning som de ljushåriga männen var beredda att ge. Det skulle underlätta deras återkomst till Kina.

Han bugade sig.

– Det ska bli Guo Si och mig en stor glädje att hjälpa herrarna att tränga in i det kinesiska språket.

De började sitt arbete redan dagen efter. Elgstrand och Lodin ville bjuda över San och Guo Si till sin del av skeppet. Men San sa nej. Han föredrog att stanna längst framme i fören.

Det var San som blev missionärernas lärare. Guo Si satt mest vid sidan av och lyssnade.

De två svenska missionärerna behandlade bröderna som om de var deras jämlikar. Det tog lång tid innan Sans misstänksamhet över deras vänlighet avtog för att till sist helt försvinna. Han förundrades över att de inte gjorde resan för att finna arbete eller för att de tvingats bort. Det var en äkta känsla och vilja som drev dessa unga män att rädda själar från den eviga förtappelsen. Elgstrand och Lodin var beredda att offra sina liv för sin tro. Elgstrand kom från ett enkelt lantbrukarhem medan Lodins far hade varit präst i ödemarken. De visade på en karta varifrån de kom. De berättade öppet, dolde inte sitt enkla ursprung.

När San såg kartan över världen insåg han att den resa han och Guo Si hade gjort var den längsta färd en människa kunde göra utan att korsa sina egna spår.

Elgstrand och Lodin var flitiga. De studerade hårt och lärde sig fort. När fartyget passerade Biscayabukten hade de etablerat en rutin som innebar att de hade lektioner på morgonen och sent på eftermiddagen. San började ställa frågor om deras tro och deras Gud. Han ville begripa det som han inte förstått hos sin mor. Hon hade inte vetat något om den kristna guden. Men hon hade tillbett andra osynliga och högre makter. Hur kunde en människa vara beredd att offra sitt liv för att andra människor skulle tro på den Gud man själv tillbad?

Det var oftast Elgstrand som talade. Det viktigaste i hans budskap var att alla människor var syndare men att de kunde frälsas och efter döden komma till paradiset.

San tänkte på det hat han kände mot Zi, mot Wang som lyckligtvis var död och mot JA, som han hatade mer än någon annan. Elgstrand påstod att den kristna guden menade att det värsta brott man kunde göra var att döda en medmänniska.

San blev illa berörd. Hans förnuft sa honom att Elgstrand och Lodin inte kunde ha rätt. De talade hela tiden om vad som väntade efter döden, aldrig om hur ett mänskligt liv kunde förändras medan det pågick.

Elgstrand återkom ofta till tanken om alla människors lika värde. Inför Gud var alla fattiga syndare. Men San kunde inte förstå att han själv och Zi och JA en gång på domens dag skulle mötas på lika villkor.

Hans tveksamhet var stor. Samtidigt förundrades han över den vänlighet och det till synes ändlösa tålamod som de två unga männen från Sverige visade honom och Guo Si. Han kunde också se att brodern, som ofta drog sig undan för enskilda samtal med Lodin, tycktes ta till sig det han hörde med en stor glädje. Därför gick San aldrig in i några diskussioner med Guo Si om vad han tänkte om den vita Guden.

Elgstrand och Lodin delade sin föda med San och Guo Si. Vad som var sant eller inte om deras Gud kunde San inte veta. Men att de två männen verkligen levde som de lärde behövde han inte tvivla på.

Efter trettiotvå dagar till sjöss ankrade Nellie för att bunkra i hamnen under Tafelsberg i Kapstaden och fortsatte sedan söderut. Den dag de skulle runda Godahoppsudden drabbades de av en svår sydlig storm. Med revade segel låg Nellie i fyra dygn och bröt mot vågorna. San var skräckslagen inför tanken att de skulle gå under och kunde se att också besättningsmännen var rädda. De enda ombord som var alldeles lugna var Elgstrand och Lodin. Åtminstone dolde de sin rädsla väl.

Om San var rädd så drabbades hans bror av panik. Lodin stannade hos honom medan vattenmassorna vräkte över fartyget och hotade att bryta sönder skrovet. Han satt med Guo Si under hela den tid som ovädret rasade. När stormen var över föll Guo Si på knä och sa att han ville bekänna sin tro på den Gud de vita männen var på väg att uppenbara för hans kinesiska bröder.

San fylldes med allt större förundran över missionärerna som lugnt hade genomlevt stormen. Men han kunde inte som Guo Si falla på knä och tillbe en Gud som ännu var alltför gåtfull och undanglidande.

De rundade Godahoppsudden och seglade med förliga vindar över Indiska oceanen. Vädret blev varmare, lättare att uthärda. San fortsatte att vara lärare och Guo Si drog sig dagligen undan med Lodin för att föra sina mumlande, förtroliga samtal.

Men om morgondagen visste San ingenting. En dag blev Guo Si plötsligt sjuk. Han väckte San en natt och viskade att han hade börjat kräkas blod. Guo Si var likblek och skakade av frossa. San bad en av de sjömän som hade vakten ombord att hämta missionärerna. Mannen, som kom från Amerika och hade en svart mor men en vit far, betraktade Guo Si där han låg.

– Ska jag väcka en av herrarna för att en kinesisk dräng ligger och blöder?

– Om du inte gör det kommer dom att straffa dig i morgon.

Sjömannen rynkade pannan. Hur kunde en fattig kinesisk kuli understå sig att tilltala en besättningsman på det sättet? Men han visste att missionärerna tillbringade mycket tid med San och Guo Si.

Han hämtade Elgstrand och Lodin. De bar med sig Guo Si till sin hytt och lade honom på en av britsarna. Lodin tycktes vara den som var mest läkekunnig. Han behandlade Guo Si med flera olika mediciner. San satt på huk intill väggen i den trånga hytten. Det flackande ljuset från lampan slog skuggor över väggarna. Fartyget rullade sakta i dyningen.

Slutet kom mycket fort. Guo Si dog i gryningen. Innan han fördes bort av sina sista andetag, lovade både Elgstrand och Lodin att han skulle komma till Gud om han bekände sina synder och sin tro. De höll hans händer och de bad tillsammans. San satt ensam i hörnet av rummet. Han kunde ingenting göra. Nu skulle hans andra bror lämna honom. Men han kunde inte undgå att märka att missionärerna gav Guo Si ett lugn och en tillförsikt han aldrig tidigare hade haft i sitt liv.

San hade svårt att uppfatta de sista ord som Guo Si sa till honom. Men han anade att Guo Si ville säga att han inte var rädd för att dö.

– Jag går nu, sa Guo Si. Jag går på vattnet som den man som heter Jesus. Jag går mot en annan och bättre värld. Där väntar Wu. Och dit kommer också du en dag.

När Guo Si dött satt San med huvudet mot knäna och händerna för öronen. Han skakade på huvudet när Elgstrand försökte tala med honom. Den ensamma maktlöshet han upplevde kunde ingen hjälpa honom ur.

Han återvände till sin plats längst framme vid fören av fartyget. Två besättningsmän sydde in den döde Guo Si i ett gammalt segel, tillsammans med några rostiga järnnaglar som tyngder.

Elgstrand sa till San att kaptenen skulle hålla sjöbegravning två timmar senare.

– Jag vill vara ensam med min bror, sa San. Jag vill inte att han ligger ute på däck innan han ska sänkas i havet.

Elgstrand och Lodin bar in den insydda kroppen i sin kajuta och lät San vara ensam. San tog en kniv som låg på det lilla bordet och öppnade försiktigt det igensydda seglet. Han skar av Guo Sis vänstra fot. Han undvek noga att det droppade blod på golvet, knöt ett tygstycke runt benstumpen och lade sedan foten i ett annat tyg under sin blus. Sedan lagade han öppningen i segelduken. Ingen skulle kunna se att den varit öppnad.

Jag hade två bröder, tänkte han. Jag var den som skulle ta hand om dem. Det enda jag nu har kvar är en fot.

Kaptenen och besättningen samlades vid relingen. Segelduken med Guo Sis kropp placerades på en bräda över några bockar. Kaptenen tog av sin mössa. Han läste ur en bibel och tog sedan upp en psalm. Elgstrand och Lodin sjöng med klara röster. Precis när kaptenen skulle ge tecken till sjömännen att vippa brädan över relingen lyfte Elgstrand handen.

– Denne enkla kinesiska man som hette Wang Guo Si fann sin frälsning innan han dog. Även om hans kropp nu snart är på väg till havets botten är hans själ fri och finns redan ovan våra huvuden. Låt oss tillbe den Gud som ser de döda och ger deras själar sin frihet. Amen.

När kaptenen gav sitt tecken blundade San. Avlägset hörde han plasket när kroppen träffade vattnet.

San återvände till den plats där bröderna hade tillbringat sin tid under resan. Fortfarande kunde han inte förstå att Guo Si var död. Just när han trott att hans livskraft hade ökat, inte minst genom mötet med de två missionärerna, gick han plötsligt bort i en okänd sjukdom.

Sorg, tänkte San. Sorg och förfäran över vad livet gav honom var det som till sist dödade honom. Inte hostan, inte febern eller frossan.

Elgstrand och Lodin ville trösta honom. Men San sa att han nu behövde vara för sig själv.

Natten efter begravningen började San det blodiga arbetet med att karva bort hud och senor och muskler på Guo Sis fot. Han hade inga andra verktyg än en rostig järnbult han hittat på däck. Han gjorde det bara i mörkret när ingen såg honom. Köttresterna kastade han över bord. När benen var renskrapade gnuggade han dem torra med en tygtrasa och gömde dem i sin klädsäck.

Under den följande veckan tillbringade han sin tid i ensamhet. Det fanns ögonblick när han tänkte att det bästa han kunde göra var att i skydd av mörkret smyga sig över relingen och ljudlöst sänka sig i havet. Men han måste föra hem benen från sin döda bror.

När han återigen började hålla sina lektioner med missionärerna kunde han aldrig släppa tanken på vad de hade betytt för Guo Si. Han hade inte skrikit sig in i döden, han hade varit lugn. Elgstrand och Lodin hade gett honom det svåraste av allt, modet att dö.

Under resten av resan, först till Java där fartyget återigen bunkrade, och sedan den sista sträckan till Kanton, ställde San många frågor om den Gud som kunde trösta de döende och som lovade alla ett paradis, oavsett om man var fattig eller rik.

Men den avgörande frågan var ändå varför Gud hade låtit Guo Si dö ifrån honom när de äntligen var på väg hem efter alla de umbäranden de gått igenom. Varken Elgstrand eller Lodin kunde ge honom något övertygande svar. Den kristna Gudens vägar var outrannsakliga, sa Elgstrand. Vad betydde det? Att livet egentligen inte var något annat än en väntan på det som kom sedan? Att tron egentligen var en gåta?

San närmade sig Kanton som en alltmer grubblande människa. Han skulle aldrig glömma något av det han gått igenom. Nu ville han försöka lära sig skriva för att kunna teckna ner det som hade hänt i hans liv tillsammans med de döda bröderna, från den morgon han hade upptäckt sina föräldrar hängande i trädet.

Några dagar innan de väntade sig att se den kinesiska kusten satte sig Elgstrand och Lodin bredvid honom på däcket.

– Vi undrar vad du ska göra när du kommit till Kanton? sa Lodin.

San skakade på huvudet. Han hade inget svar.

– Vi vill inte gärna mista dig, sa Elgstrand. Vi har kommit varandra nära under den här resan. Utan dig hade våra kunskaper i det kinesiska språket varit ännu mindre än dom nu är. Vi erbjuder dig att följa oss. Du ska få lön och du ska vara med oss när vi bygger upp den stora kristna gemenskapen vi drömmer om.

San satt länge tyst innan han svarade. När han bestämt sig ställde han sig upp och bugade djupt två gånger framför missionärerna.

Han skulle följa dem. Kanske han en dag skulle nå fram till den insikt som förgyllt Guo Sis sista dagar.

Den 12 september 1867 steg San återigen i land i Kanton. I sin tygsäck bar han sin döda broders ben och en tumme från en man som hette Liu. Det var vad han hade kvar efter den långa resan.

På kajen såg han sig om. Letade han efter Zi eller Wu. Han kunde inte ge sig något svar.

Två dagar senare följde han de två svenska missionärerna på en flodbåt mot staden Fuzhou. San betraktade landskapet som sakta drog förbi. Han letade efter en plats där han skulle kunna begrava resterna av Guo Si.

Det ville han göra ensam. Det var en sak mellan honom, hans föräldrar och förfädernas andar. Förmodligen skulle Elgstrand och Lodin inte uppskatta att han fortfarande följde de gamla traditionerna.

Flodbåten gled långsamt norrut. I strandkanterna sjöng grodor.

San var hemma.

16

En kväll på hösten 1868 satte sig San vid ett litet bord där ett ensamt stearinljus brann. Han började mödosamt forma de skrivtecken som skulle bli berättelsen om hans och de två döda brödernas liv. Det hade gått fem år sedan han och Guo Si hade rövats bort av Zi och det var nu ett år sedan San kom tillbaka till Kanton med Guo Sis fot i en säck. Under året som gått hade han följt Elgstrand och Lodin till Fuzhou, varit deras ständigt närvarande tjänare och genom en lärare som Lodin skaffat honom lärt sig att skriva.

Det blåste en hård vind utanför huset där San hade sitt rum den kvällen han började skriva ner sin berättelse. Han lyssnade på ljudet med ritstiftet i handen och tänkte att det var som om han återigen hade flyttats tillbaka till något av de fartyg han hade färdats med.

Det var också först nu som han tyckte sig börja förstå omfattningen av allt det som hade hänt. Han bestämde sig för att minnas i detalj och inte hoppa över något av det som skett. Om han saknade tecken eller ord kunde han vända sig till sin lärare Pei, som lovat att hjälpa honom. Men han hade förmanat San att inte dröja för länge. Pei började känna att jorden drog i honom och att han inte skulle leva särskilt länge till.

En fråga hade följt San under det år som gått, sedan de kommit fram till Fuzhou och slagit sig ner i ett hus som Elgstrand och Lodin hade köpt. För vem skulle han berätta sin historia? Till sin by skulle han aldrig återkomma och några andra människor fanns inte som visste vem han var.

Han hade ingen att skriva för. Ändå ville han göra det. Om det var sant att det existerade en skapare som styrde över de levande och de döda skulle han nog också se till att det San skrev hamnade i händerna på någon som ville läsa.

San började skriva, långsamt och med möda, medan vinden slet i väggarna. Han vaggade sakta fram och tillbaka på pallen där han satt. Snart hade rummet förvandlats till ett fartyg där golvet rörde sig under hans fötter.

På bordet hade han placerat ut olika buntar med papper. På samma sätt som kräftdjuret på flodens botten tänkte han röra sig baklänges mot den punkt där han sett sina föräldrar i repen, svajande för vinden. Men han ville börja med färden till den plats där han befann sig just nu. Det var den resan som låg närmast i tiden och var tydligast i hans minne.

Elgstrand och Lodin hade varit både upprymda och skrämda när de stigit iland i Kanton. Det kaotiska myllret av människor, främmande lukter och oförmågan att förstå den speciella hakkadialekt som talades i staden gjorde dem osäkra. Deras ankomst var väntad, där fanns en svensk missionär vid namn Tomas Hamberg som arbetade för ett tyskt traktatsällskap, som ägnade sig åt att sprida kinesiska översättningar av bibeln. Hamberg tog väl emot dem, lät dem bo i det hus i den tyska besittningen där han hade sitt kontor och sin bostad. San följde som den tyste tjänare han bestämt sig för att vara. Han styrde över dem som anlitades att bära bagaget, tvättade missionärernas kläder, passade upp på dem vilken tid på dygnet det än var. Samtidigt som han tyst höll sig i bakgrunden lyssnade han på allt som sades. Hamberg talade bättre kinesiska än Elgstrand och Lodin. För att öva dem praktiserade han ofta det främmande språket med dem. Bakom en gläntande dörr hörde San hur Hamberg frågade ut Lodin om hur de fått kontakt med honom. Vad som förvånade honom och gjorde

honom förbittrad var att Hamberg varnade Lodin för att alltför ore-
serverat lita på en kinesisk tjänare.

Det var första gången San hade hört någon av missionärerna säga
något ofördelaktigt om en kines. Han bestämde sig dock för att var-
ken Elgstrand eller Lodin skulle komma att omfatta Hambergs stånd-
punkt. De var annorlunda.

Efter några veckors intensiva förberedelser lämnade de Kanton
och fortsatte längs kusten och slutligen uppför floden Min Jiang till
den Vita Pagodens stad, Fuzhou. Genom Hambergs försorg hade de
fått ett introduktionsbrev till den högste mandarinen i staden, som
tidigare hade visat sig välvillig mot kristna missionärer. San hade till
sin förvåning sett hur Elgstrand och Lodin utan att tveka kastat sig
ner och bugat med pannorna mot golvet inför mandarinen. Denne
hade tillåtit dem att verka i staden och efter en del sökande hade de
hittat en fastighet som lämpade sig för deras ändamål. Det var en
kringbyggd gård med ett stort antal hus.

Den dag de flyttade in föll Elgstrand och Lodin på knä och välsig-
nade den gård, som skulle bli deras framtid. San gick också ner på
knä. Men han uttalade ingen välsignelse. Han tänkte på att han ännu
inte hade hittat ett lämpligt ställe att begrava Guo Sis fot.

Det tog några månader innan han fann en plats intill floden där
kvällssolen brann över träden och långsamt förvandlade marken till
skugga. San besökte platsen några gånger och kände en stor ro, när
han satt där med ryggen lutad mot en sten. Floden rann sitt stilla lopp
nedanför slänten. Även nu, när det redan var höst, växte blommor
längs de låga strandkanterna.

Här skulle han kunna sitta och tala med sina bröder. Här skulle de
komma honom nära. Här skulle de vara tillsammans. Gränsen mellan
de döda och de levande skulle utplånas.

En tidig morgon, när ingen iakttog honom, vandrade han ner till floden och grävde ett djupt hål i marken och begravde foten och Lius tumme. Han täckte marken noga, utplånade alla spår och lade till sist en sten, som han tagit med från den långa vandringen genom Amerikas öknar, på platsen där benen var nergrävda.

San tänkte att han borde be någon av de böner som han lärt sig av missionärerna. Men eftersom Wu, som på något sätt också var där, inte hade lärt känna den Gud bönerna skulle riktas till, sa han ingenting annat än deras namn. Han satte vingar på deras andar och lät dem flyga sin väg.

Elgstrand och Lodin utvecklade en häpnadsväckande energi. San fick mer och mer respekt för deras envisa förmåga att rasera alla hinder och övertala människor att hjälpa dem med uppbyggnaden av missionsstationen. Naturligtvis hade de också pengar. Det var en förutsättning för arbetet. Elgstrand hade avtalat med ett engelskt rederi som regelbundet angjorde Fuzhou att ha med penningförsändelser från Sverige. San förvånades över att missionärerna aldrig tycktes bekymra sig för tjuvar, som inte skulle tveka att döda dem för att komma åt deras ägodelar. Elgstrand förvarade pengar och växlar under huvudkudden när han sov. När han eller Lodin inte fanns i närheten var det San som hade ansvaret.

Vid ett tillfälle räknade San i hemlighet igenom pengarna som förvarades i en liten läderväska. Han förbluffades över hur mycket det var. Ett kort ögonblick kände han frestelsen att ta pengarna och ge sig iväg. Med allt detta skulle han kunna bege sig till Beijing och skapa sig ett liv som en rik man som levde på räntor.

Frestelsen försvann när han tänkte på Guo Si och den omvårdnad missionärerna hade gett honom under hans sista dagar.

Själv levde San ett liv som han knappast tidigare kunnat drömma om. Han hade ett rum med en säng, rena kläder, ständig tillgång till mat. Från att ha stått på det allra nedersta trappsteget hade han nu själv ansvar för de olika tjänare som fanns i huset. Han var sträng och bestämd men bestraffade aldrig handgripligt någon som gjorde fel.

Redan några veckor efter ankomsten öppnade Elgstrand och Lodin dörrarna till sitt hus och bjöd in dem som var nyfikna att höra vad de främmande vita männen hade att förkunna. Gårdsplanen blev så full att det uppstod trängsel. San, som höll sig i bakgrunden, kunde höra hur Elgstrand på sin torftiga kinesiska berättade om den märkliga Gud som sänt sin son att korsfästas. Lodin gick runt och delade ut färgbilder som de församlade skickade mellan varandra.

När Elgstrand tystnade lämnade alla skyndsamt gården. Men nästa dag upprepades det hela och människor kom tillbaka eller lockades med av dem som varit där tidigare. Hela staden började tala om de märkliga vita män som slagit sig ner mitt ibland dem. Det svåraste att förstå för kineserna var att Elgstrand och Lodin inte sysselsatte sig med affärer. De hade varken varor som de ville sälja eller något de ville köpa. De stod där och talade på sin dåliga kinesiska om en Gud som behandlade alla människor som vore de lika.

Det existerade under denna första tid ingen gräns för missionärernas ansträngningar. Ovanför ingången till gården satt redan några kinesiska tecken uppspikade som betydde Den Sanne Gudens Tempel. De två männen tycktes aldrig sova utan var ständigt verksamma. San kunde höra hur de ibland på kinesiska använde uttrycket "förnedrande avguderi" som måste bekämpas. Han undrade hur de vågade tro att de skulle kunna få vanliga kineser att överge tankar och tro som dessa levt med i generationer. Hur skulle en Gud som tillät att hans son spikades upp på ett kors kunna ge en fattig kines andlig tröst eller styrka att leva?

San hade mycket att göra redan från ankomsten till staden. När Elgstrand och Lodin väl hade hittat det hus som passade deras syften och betalat ägaren det han begärde, blev det Sans uppgift att skaffa tjänstefolk. Eftersom det var många som självmant kom för att fråga efter arbete, behövde San inte göra annat än att värdera den som sökte anställning, fråga efter kvalifikationer och använda sitt förnuft till att bedöma vem som var mest lämpad.

En morgon några veckor efter ankomsten stod en ung kvinna vid porten när San som sin första morgonsyssla drog bort regeln och öppnade den tunga trädörren. Kvinnan som stod framför honom med böjt huvud, sa att hon hette Luo Qi. Hon kom från en liten by upp längs floden Min i närheten av Shuikou. Hennes föräldrar var fattiga och hon hade lämnat byn när hennes far hade bestämt att hon skulle säljas som konkubin till en sjuttioårig man i Nanchang. Hon hade vädjat till sin far att slippa eftersom det gått många rykten om att flera av mannens tidigare konkubiner hade blivit ihjälslagna när han tröttnat på dem. Men när hennes far vägrade hade hon flytt. En tysk missionär som hade färdats längs floden ända upp mot Gou Sihan, hade berättat för henne att det fanns en missionsstation i Fuzhou där kristen barmhärtighet erbjöds den som sökte den.

San såg länge på henne när hon tystnat. Han ställde några frågor om vad hon kunde och släppte sedan in henne genom porten. Hon skulle på prov få hjälpa de kvinnor och den kock som ansvarade för missionsstationens mathållning. Om det hela utföll väl skulle han kanske kunna erbjuda henne arbete.

Glädjen han såg i hennes ansikte gjorde honom rörd. Den makten hade han aldrig kunnat drömma om, att kunna bereda en annan människa glädje genom att erbjuda ett arbete och en väg ut ur ett bottenlöst elände.

Qi skötte sig väl och San lät henne stanna. Hon bodde med de andra tjänstekvinnorna och blev snart omtyckt eftersom hon var lugn och aldrig försökte dra sig undan något arbete. San brukade stå och se på henne när hon arbetade i köket eller skyndade i något ärende över gårdsplanen. Då och då möttes deras blickar. Men han talade aldrig till henne på något annat sätt än till de övriga tjänarna.

Strax före jul bad Elgstrand honom en dag att anställa roddare och hyra en båt. De skulle resa ner längs floden för att besöka ett engelskt fartyg som just hade anlänt från London. Elgstrand hade fått besked från den brittiske konsuln i Fuzhou att det fanns en försändelse till missionsstationen.

– Det är bäst att du följer med, sa Elgstrand och log. Jag behöver min bäste man när jag ska hämta en väska full med pengar.

San hittade ett roddarlag i hamnen som åtog sig uppgiften. Dagen efter steg Elgstrand och San ner i båten. Just innan hade San med viskande röst sagt till honom att det kanske var bäst att inte säga någonting om vad som skulle hämtas ombord på det engelska fartyget.

Elgstrand log.

– Jag är säkert godtrogen, sa han. Men fullt så illa som du tror är det inte.

Det tog roddarna tre timmar att nå fram till fartyget och lägga till. Elgstrand klättrade uppför lejdaren tillsammans med San. En skallig kapten vid namn John Dunn tog emot dem. Han betraktade roddarna med yttersta misstro. Sedan såg han med samma ogillande på San och gjorde en kommentar som San inte förstod. Elgstrand skakade på huvudet och förklarade för San att kapten Dunn inte hade mycket till övers för kineser.

– Han anser att ni alla är tjuvar och bedragare, sa Elgstrand och skrattade. En dag kommer han att förstå hur fel han har.

Kapten Dunn och Elgstrand försvann in i kaptenens kajuta. Efter en kort stund kom Elgstrand tillbaka med en läderväska i handen som han demonstrativt räckte över till San.

– Kapten Dunn tycker att jag är galen som anförtror mig åt dig. Det är sorgligt att behöva erkänna att kapten Dunn är en ytterst tarvlig person som sannolikt vet mycket om fartyg, vind och hav men ingenting om människor.

De klättrade tillbaka ner till roddarna och återvände. Det var mörkt när de kom fram. San betalade roddarlagets ledare. När de gick genom de mörka gränderna började San känna sig illa till mods. Han kunde inte undgå att tänka på den kväll i Kanton när Zi hade lurat honom och hans bröder i fällan. Men ingenting hände. Elgstrand försvann med väskan till sitt kontor, San reglade porten och väckte nattvakten som somnat intill ytterväggen.

– Du har betalt för att vaka, sa San. Inte för att sova.

Han sa det vänligt trots att han visste att vakten var lat och snart skulle somna igen. Men mannen hade många barn att försörja och en hustru som skållats av kokande vatten och sedan många år var sängliggande och ofta skrek av smärta.

Jag är en förman som står på marken, tänkte San. Jag sitter inte uppflugen på en häst som JA. Dessutom sover jag som en vakthund, med ena ögat öppet.

Han lämnade porten och gick mot sitt rum. På vägen upptäckte han att det lyste i det rum där tjänstekvinnorna sov. Han rynkade pannan. Det var förbjudet att ha levande ljus på nätterna eftersom risken för brand var alltför stor. Han gick fram till fönstret och kikade försiktigt in genom en glipa i den tunna gardinen. Det var tre kvinnor i rummet. En av dem, den äldsta av husets tjänarinnor, sov medan Qi och en annan flicka som hette Na satt i den säng de delade och pratade med varandra. En lykta stod på deras bord. Eftersom kvällen var varm hade Qi knäppt upp sitt linne över bröstet. San såg som förhäxad på hennes kropp. Han kunde inte höra deras röster och han gissade att de viskade för att inte väcka den äldre sovande kvinnan.

Plötsligt vände Qi ansiktet mot fönstret. San ryggade tillbaka. Hade hon sett honom? Han drog sig undan i mörkret och väntade. Men Qi rättade inte till gardinen. San återvände till fönstret och stod kvar där tills Na blåste ut ljuset och lade rummet i mörker.

San rörde sig inte. En av hundarna som sprang lösa på gården under natten för att vakta mot tjuvar kom fram och nosade på hans händer.

– Jag är ingen rövare, viskade San. Jag är en vanlig man som åtrår en kvinna, som kanske en dag kommer att bli min.

Från det ögonblicket började San att närma sig Qi. Han gjorde det försiktigt för att inte skrämma henne. Han ville inte heller att hans intresse för henne skulle bli alltför uppenbart inför de andra tjänarna. Den lättantändliga avunden spred sig snabbt bland tjänarna.

Det tog lång tid innan Qi förstod de försiktiga tecken som San gav henne. De började träffas i mörkret utanför hennes rum efter att Na lovat att inte säga något. För det hade hon fått ett par skor. Till sist, efter nästan ett halvt år, började Qi tillbringa en del av nätterna i Sans rum. När de låg tillsammans kunde San känna en glädje som drev undan alla de plågsamma skuggor och minnen som annars omgav honom.

För San och Qi rådde inga tvivel om att de ville leva sina liv tillsammans.

San beslöt sig för att tala med Elgstrand och Lodin och begära lov att få gifta sig. San sökte upp de två missionärerna en morgon efter deras frukost innan de kastade sig över alla de sysslor som fyllde deras dagar. Han förklarade sitt ärende. Lodin satt tyst medan Elgstrand förde ordet.

– Varför vill du gifta dig med henne?

– Hon är snäll och omtänksam. Hon arbetar hårt.

– Det är en mycket enkel kvinna som inte alls behärskar det du har lärt dig. Hon visar inget intresse för vårt kristna budskap.

– Hon är ännu mycket ung.

– Det finns dom som påstår att hon stjäl.

– Bland tjänarna skvallras. Ingen går fri. Alla beskyller alla för vad som helst. Jag vet vad som är sant och vad som inte är det. Qi stjäl inte.

Elgstrand vände sig till Lodin. Vad de sa på det främmande språket kunde San inte avgöra.

– Vi tycker att du ska vänta, sa Elgstrand. Om ni ska gifta er vill vi att det blir ett kristet bröllop. Det första vi anordnar här. Men ingen av er är ännu mogen. Vi vill att ni väntar.

San bugade sig och lämnade rummet. Besvikelsen var stor hos honom. Men Elgstrand hade inte sagt definitivt nej. En dag skulle han och Qi bli ett par.

Några månader senare berättade Qi för San att hon skulle ha barn. San kände en jublande glädje inom sig och bestämde genast att om det blev en son skulle han få namnet Guo Si. Samtidigt insåg han att den nya situationen kunde innebära ett stort problem. I de förkunnelser som Elgstrand och Lodin gav till de människor som dagligen samlades på missionsstationens gård återkom vissa saker oftare än andra. Bland annat hade San förstått att den kristna religionen ställde stora krav på att människor skulle vara gifta med varandra innan de fick barn. Att ligga med varandra innan äktenskapet betraktades som en stor synd. San grubblade länge på vad han skulle göra utan att finna på råd. Ännu en tid kunde den växande magen döljas. Men San skulle vara tvungen att säga något innan sanningen avslöjades.

En dag fick San besked om att Lodin behövde ett roddarlag för ett besök några mil uppför floden på en missionsstation som var anlagd av tyska missionärer. Som alltid vid roddfärderna skulle San följa med. Resan och vistelsen vid missionsstationen beräknades ta fyra dagar. San tog på kvällen innan avresan farväl av Qi och lovade att han skulle använda tiden till att tänka ut en lösning på deras stora problem.

När han återkom med Lodin fyra dagar senare blev han genast vid ankomsten kallad till Elgstrand som ville tala med honom. Missionären satt vid skrivbordet på sitt kontor. I vanliga fall bad han alltid San att sätta sig ner. Nu gjorde han inte det. San anade att något hade hänt.

Elgstrands röst var mildare än vanligt när han tilltalade San.

– Hur har resan varit?

– Allt har gått som förväntat.

Elgstrand nickade eftertänksamt och såg granskande på San.

– Jag är besviken, sa han. In i det längsta ville jag tro att ryktet som nådde mig inte var sant. Till slut blev jag tvungen att agera. Förstår du vad jag talar om?

San visste. Ändå sa han nej.

– Det ökar min besvikelse, sa Elgstrand. När en människa ljuger har djävulen tagit sig in i den människans sinne. Jag talar naturligtvis om att den kvinna du begärde att få gifta dig med har blivit gravid. Jag ger dig nu ytterligare en möjlighet att säga som det är.

San böjde huvudet utan att svara. Han kände att hjärtat rusade i hans kropp.

– För första gången sen vi möttes på fartyget som tog oss hit har jag känt mig nedstämd över dig, fortsatte Elgstrand. Du har varit en av dom som gett mig och broder Lodin en känsla av att också kineser kan lyftas till en högre andlig nivå. Det har varit några svåra dagar. Jag har bett för dig och jag har bestämt att du ska få stanna. Men du måste med ännu mer flit och ansträngningar närma dig det ögonblick då du kan säga att du bekänner dig till vår gemensamma Gud.

San stod kvar med huvudet böjt och väntade på en fortsättning som inte kom.

– Det var allt, sa Elgstrand. Återvänd till dina sysslor.

I dörren hörde han Elgstrands röst bakom sin rygg.

– Du förstår naturligtvis att Qi inte kunde stanna här. Hon har lämnat oss.

San var lamslagen när han kom ut på gården. Han hade samma känsla som när hans bröder hade dött. Nu var han slagen till marken igen. Han letade reda på Na och drog ut henne ur köket med ett kraftigt tag i hennes hår. Det var första gången San använde våld mot någon av tjänarna. Na skrek och kastade sig ned på marken. San förstod snart att det inte var hon som skvallrat utan att den äldre tjänarinnan hade hört när Qi hade anförtrott sig till Na. San lyckades behärska sig från att rusa efter också henne. Det skulle betyda att han blev tvungen att lämna missionsstationen. Han tog med Na till sitt rum och satte henne på en pall.

– Var är Qi?

– Hon gick härifrån för två dagar sen.

– Vart gick hon?

– Jag vet inte. Hon var mycket ledsen. Hon sprang.

– Hon måste ha sagt nånting om vart hon var på väg?

– Jag tror inte hon visste. Jag tänkte att hon kanske skulle gå ner till floden och vänta på dig där.

San reste sig häftigt och sprang ut ur rummet, genom ytterporten och ner mot hamnen. Men han kunde inte hitta henne. Han sökte efter henne större delen av dagen, frågade sig fram, men ingen hade sett henne. Han talade med människor som tillhörde roddarlagen och de lovade att ge honom besked om Qi visade sig.

När han kom tillbaka till missionsstationen och på nytt mötte Elgstrand var det som om denne redan hade glömt det som hänt. Han höll just på att förbereda den gudstjänst som skulle hållas dagen efter.

– Tycker du inte gården borde sopas? frågade Elgstrand vänligt.

– Jag ska se till att det blir gjort tidigt i morgon, innan besökarna kommer.

Elgstrand nickade och San bugade sig. Elgstrand ansåg uppenbarligen att Qi syndat så svårt att ingen räddning fanns för henne.

San kunde inte förstå att det alltså fanns människor som aldrig kunde komma i närheten av den stora nåden, även om deras synd bara hade varit att de älskat en annan människa.

Han betraktade Elgstrand och Lodin som stod och talade med varandra utanför missionsstationens kontor.

Det var som om han först nu såg dem på riktigt allvar.

Två dagar senare kom ett besked till San från en av hans vänner i hamnen. Han skyndade dit. Han var tvungen att tränga sig igenom en stor folksamling. Qi låg på en planka. Trots att en grov järnkedja var fäst runt hennes midja hade hon kommit tillbaka ur djupet. Kedjan hade fastnat i ett roder som lyft kroppen upp till ytan. Hennes hud var blåvit, ögonen slutna. Bara för San var det möjligt att ana att hennes mage innehöll ett barn.

Ännu en gång hade San blivit ensam.

San räckte en summa pengar till den man som hade sänt bud efter honom. De skulle räcka till att bränna kroppen. Två dagar senare grävde han ner hennes aska på den plats där Guo Si redan vilade.

Detta är vad jag har uppnått i mitt liv, tänkte han. Jag bygger och fyller min egen kyrkogård. Redan vilar här resterna av fyra människor, varav en aldrig ens hann födas.

Han lade sig ner på knä och stötte pannan upprepade gånger mot marken. Sorgen vällde upp genom honom. Han kunde inte motstå den. Han ylade som ett djur av vrede över det som hade hänt. Aldrig hade han känt samma hjälplöshet som nu. Han som en gång trodde att han var kapabel att ta hand om sina bröder var nu ingenting annat än en skugga av en människa som höll på att brytas i stycken.

När han sent på kvällen återvände till missionsstationen fick han besked av vakten om att Elgstrand hade sökt honom. San knackade på dörren till kontoret där Elgstrand satt och skrev vid sin lampa.

– Jag har saknat dig, sa Elgstrand. Du har varit borta hela dagen.

Jag bad till Gud att ingenting hade hänt dig.

– Ingenting har hänt, svarade San och bugade sig. Jag hade bara lite värk i en tand som jag nu har kurerat med olika örter.

– Det är bra. Vi klarar oss inte utan dig. Gå nu och sov.

San avslöjade aldrig för Elgstrand eller Lodin att Qi hade tagit sitt liv. En ny flicka anställdes. San slöt den stora smärtan inom sig och fortsatte under många månader att vara missionärernas oersättliga tjänare. Han sa aldrig något om de tankar han hade, eller att han nu lyssnade på predikningarna med en annan uppmärksamhet än tidigare.

Det var också nu som San tyckte att han behärskade tillräckligt många skrivtecken för att börja forma sin och brödernas historia. Fortfarande visste han inte vem han berättade för. Kanske bara för vinden. Men om så var fallet skulle han tvinga vinden att lyssna.

Han skrev sent på kvällarna, sov allt färre timmar, utan att för den skull missköta sina sysslor. Han var ständigt vänlig, beredd att hjälpa till, fatta beslut, hantera tjänstefolket och underlätta Elgstrands och Lodins omvändelsearbete.

Ett år hade gått sedan ankomsten till Fuzhou. San kunde konstatera att det skulle ta mycket lång tid att skapa det Gudsrike missionärerna drömde om. Efter tolv månader hade nitton personer omvänt sig och mottagit den stora kristna nåden.

Hela tiden skrev han, sökte sig tillbaka till ursprunget för flykten från hembyn.

Det ingick i Sans uppgifter att städa Elgstrands kontor. Ingen annan fick gå in där för att hålla rummet rent från smuts och damm. En dag när San försiktigt dammade skrivbordet och de papper som låg där föll hans blick på ett brev som Elgstrand hade skrivit med kinesiska tecken till en av sina missionärsvänner i Kanton, som han övade språket med.

Elgstrand gav sin vän ett förtroende. Han skrev att "kineserna är ju som du vet otroligt arbetsamma och kunna uthärda armod på samma sätt som åsnor och mulor utstår att sparkas och piskas. Men man bör heller inte förglömma att kineserna är simpla och förslagna lögnare och bedragare, de är högmodiga och giriga och äger en djurisk sinnlighet som ibland äcklar mig. De är för det mesta usla människor. Man kan bara hoppas att Guds kärlek en dag kan tränga igenom deras förfärliga hårdhet och grymhet."

San läste brevet ännu en gång. Sedan dammade han färdigt och lämnade rummet.

Han fortsatte sitt arbete som om ingenting hade hänt, skrev om kvällarna och lyssnade på missionärernas predikningar på dagarna.

En kväll på hösten 1868 lämnade han i all obemärkthet missionsstationen. I en enkel tygväska hade han sina tillhörigheter. Det regnade och blåste när han gav sig av. Vakten sov intill porten och hörde aldrig att San klättrade över. När han grenslade porten ryckte han ner tecknen som visade att detta var porten till Den Sanne Gudens Tempel. Han kastade dem i leran utanför porten.

Gatan var öde. Regnet vräkte ner.

San uppslukades av mörkret och var borta.

17

Elgstrand slog upp ögonen. Genom träjalusin framför fönstret silade morgonljuset in i hans rum. Utifrån kunde han höra hur gårdsplanen sopades. Det var ett ljud han lärt sig tycka om, ett orubbligt moment i en världsordning som många gånger kunde skaka till. Men sopkvasten hörde till det oföränderliga.

Som vanligt när han vaknade låg han kvar en stund i sängen och lät tankarna vandra bakåt i tiden. Ett myller av bilder från hans enkla uppväxt i den lilla småländska staden fyllde hans medvetande. Aldrig hade han kunnat ana att han skulle drabbas av insikten om att han hade ett kall, att ge sig ut som missionär för att hjälpa människor att uppleva den enda sanna tron.

Det var länge sedan men ändå, just efter det att han vaknat, också mycket nära. Särskilt idag när han skulle göra sin återkommande resa ner längs floden till det engelska lastfartyg som förhoppningsvis hade pengar och post med till missionsstationen. Det var nu fjärde gången han gjorde resan. I över ett och ett halvt år hade han och Lodin varit i Fuzhou. Trots deras ihärdiga arbete slet missionen fortfarande med många problem. Hans största besvikelse var det ringa antal människor som verkligen hade omvänts. Många hade stått fram och bekänt sig vara kristna. Men i motsats till Lodin som hade ett mindre kritiskt öga såg Elgstrand igenom många av de nyfrälsta, att deras tro var ihålig och kanske endast uttryck för hoppet om att motta någon gåva, kläder eller mat från missionärerna.

Det hade funnits ögonblick under den tid som gått när Elgstrand hade misströstat. Då hade han i sina dagböcker skrivit om kinesernas falskhet och deras avskyvärda avgudadyrkan som ingenting tycktes kunna råda bot på. De kineser som kom till predikningarna kunde han uppleva som djur, långt lägre stående än de utfattiga bönder han mött i Sverige. Bibelorden om att inte kasta pärlor för svin hade fått en ny och oväntad innebörd. Men de tunga stunderna gick över. Han bad och han talade med Lodin. I sina brev hem till missionsföreningen som stöttade deras arbete och samlade in de pengar som behövdes, nekade han inte till de svårigheter som fanns. Men gång på gång påpekade han att tålamod var nödvändigt. Den kristna kyrkan hade ursprungligen behövt hundratals år för att spridas. Det tålamodet måste man också kräva av dem som sändes ut till människorna i det jättelika och efterblivna land som hette Kina.

Han steg upp ur sängen, tvättade sig i handfatet och började långsamt klä sig. Förmiddagen skulle han använda till att skriva ett antal brev som han måste lämna vid besöket på det engelska fartyget. Inte minst kände han behov av att skriva till sin mor som nu blivit mycket gammal med sviktande minne. Ytterligare en gång ville han påminna henne om att hon hade en son som utförde det mest angelägna kristna arbete man kunde tänka sig.

Det knackade försiktigt på dörren. När han öppnade stod en tjänsteflicka där med en frukostbricka. Hon ställde den på hans bord och försvann ljudlöst ut genom dörren. Medan Elgstrand satte på sig sin kavaj ställde han sig i dörröppningen och såg på den nystädade gårdsplanen. Det var fuktigt, varmt och moln som antydde att det kunde bli regn. Resan ner längs floden skulle kräva regnkläder och paraplyer. Han vinkade till Lodin som stod utanför sin dörr och putsade glasögonen.

Utan honom hade det varit svårt, tänkte Elgstrand. Han är naiv, inte särskilt begåvad men snäll och arbetsam. Något lite är han bärare av den lyckliga enfald som bibeln talar om.

Elgstrand bad hastigt sin bordsbön och satte sig vid frukostbrickan. Samtidigt undrade han om det var ordnat med ett roddarlag som skulle föra dem till fartyget och tillbaka.

I det ögonblicket saknade han San. Under sin tid på missionsstationen hade San alltid skött dessa uppgifter och allting hade varit välordnat. Sedan den höstkväll San plötsligt försvann hade Elgstrand aldrig lyckats hitta någon som helt kunde fylla hans plats.

Han hällde upp sitt te och undrade åter vad som egentligen hade fått San att ge sig av. Den enda rimliga förklaringen var att tjänstekvinnan Qi som San blivit förtjust i hade rymt tillsammans med honom. Det smärtade Elgstrand att han hade haft alltför höga tankar om San. Att han ständigt blev besviken på eller lurad av de vanliga kineserna kunde han uthärda. Falskheten låg i deras natur. Men att också San, som han hade trott så mycket gott om, skulle handla på samma sätt hade varit en större besvikelse än något annat han upplevt under sin tid i Fuzhou. Han hade försökt fråga ut alla som kände San. Men ingen visste vad som hade hänt den där stormiga natten när några av skrivtecknen för Den Sanne Gudens Tempel hade blåst ner. Tecknen satt nu åter på plats. Men San var borta.

Elgstrand ägnade de följande timmarna åt att skriva sina brev och färdigställa en rapport till missionens medlemmar hemma i Sverige. Han våndades alltid när han var tvungen att berätta hur missionsarbetet fortskred. Vid ettiden klistrade han igen det sista kuvertet och kastade ytterligare en blick på vädret. Fortfarande rådde risk för regn.

När Elgstrand steg ner i båten tyckte han sig känna igen några av roddarna från tidigare resor. Men han var inte säker. Lodin och han tog plats mitt i båten. En man som hette Xin bugade och sa att de nu kunde ge sig av. Missionärerna ägnade resan längs floden till att samtala om olika problem på stationen. De talade också om att de skulle behöva bli fler. Elgstrands dröm var att bygga upp ett nät av kristna stationer längs hela Minfloden. Visade de att de kunde växa skulle det verka tilldragande på alla dem som undrade och tvekade, men som var nyfikna på den märkliga Gud som offrat sin son på korset. Men var skulle pengarna komma ifrån? Varken Lodin eller Elgstrand hade något svar att ge.

När de kom fram till det engelska fartyget upptäckte Elgstrand till sin förvåning att han kände igen det. Missionärerna klättrade upp för lejdaren. Där stod kapten Dunn som Elgstrand hade mött tidigare. Han presenterade Lodin för Dunn och de begav sig till kaptenens kajuta. Kapten Dunn ställde fram brännvin och glas och gav sig inte förrän han tvingat i var och en av missionärerna två supar.

– Ni är kvar här, sa han. Det förvånar mig. Hur står ni ut?

– Vi har vår kallelse, svarade Elgstrand.

– Hur går det?

– Med vad?

– Med omvändelsen. Lyckas ni få kineserna att tro på Gud eller fortsätter dom att bränna rökelse framför sina avgudar?

– Det tar lång tid att omvända en människa.

– Och hur lång tid tar det att omvända ett helt folk?

– Vi räknar inte så. Vi kan stanna våra liv ut. Efter oss kommer andra som tar vid.

Kapten Dunn betraktade dem med forskande ögon. Elgstrand påminde sig att Dunn vid det tidigare besöket hade haft många negativa ord att säga om det kinesiska folket.

– Tid är en sak, sa Dunn. Den rinner mellan våra fingrar hur vi än försöker hålla fast vid den. Men hur är det med avstånden? Innan vi lyckades uppfinna instrument som gjorde att vi kunde mäta våra resor i distansminuter hade vi bara ett mått, det vi kallade en känning. Det var så långt en skarpögd sjöman kunde se, ett landfäste eller ett annat fartyg. Hur mäter ni avstånd, herr missionär? Hur mäter ni avståndet mellan Gud och dom människor ni vill omvända?

– Tålamod och tid är också avstånd.

– Jag beundrar er, sa Dunn. Motvilligt men ändå. Att tro har hittills aldrig hjälpt en sjökapten att hitta rätt bland grynnor och rev. För oss gäller kunskapen, ingenting annat. Låt oss säga det så att vi har olika vind i våra segel.

– En vacker bild, sa Lodin, som hittills förhållit sig tyst och avvaktande.

Kapten Dunn böjde sig ner och låste upp en träkista som stod vid hans hängkoj. Ur den tog han fram en mängd brev, några tjockare försändelser och till sist ett paket med pengar och växlar som missionärerna kunde omsätta hos de engelska köpmännen i Fuzhou.

Kapten Dunn gav Elgstrand ett papper där summan stod.

– Jag ber er räkna och godkänna beloppet.

– Är det nödvändigt? Jag tror inte en sjökapten skulle stjäla pengar som samlats in av fattiga människor för att hjälpa hedningarna till ett bättre liv.

– Vad ni tror eller inte får vara er sak. För mig är det enda viktiga att ni med era egna ögon ser att ni har fått det riktiga beloppet.

Elgstrand bläddrade igenom sedlarna och växelblanketterna. När allt var klart signerade han ett kvitto som kapten Dunn låste in i kistan.

– Det är mycket pengar ni offrar på era kineser, sa han. Dom måste vara viktiga för er.

– Det är dom också.

Det hade redan börjat mörkna när Elgstrand och Lodin äntligen kunde lämna fartyget. Kapten Dunn stod vid relingen och såg på när de steg i båten som skulle ro dem hem.

– Farväl, ropade kapten Dunn. Vem vet om vi kanske möts här vid floden ännu en gång.

Båten stötte ifrån. Roddarna höjde och sänkte årorna med jämna tag. Elgstrand såg på Lodin och brast i skratt.

– Kapten Dunn är en märklig man. Jag tror innerst inne han har ett gott hjärta. Trots att han ger intryck av att vara oförskämd och hädisk.

– Han är knappast ensam om att hysa sina åsikter, svarade Lodin.

De for vidare under tystnad. Normalt brukade roddbåten ligga nära intill strandlinjen. Men roddarna föredrog denna gång att hålla båten mitt ute i flodfåran. Lodin sov. Elgstrand slumrade till. Han vaknade när plötsligt flera båtar kom ur mörkret och rände stävarna in i bordläggningen. Det gick så fort att Elgstrand knappast hann uppfatta vad som hände. En olycka, tänkte han. Varför kunde roddarna inte hålla sig intill land som de brukade?

Sedan insåg han att det inte var någon olycka. Män med masker för ansiktet hoppade över till deras båt. Lodin, som just vaknat och försökte resa sig upp, träffades av ett kraftigt slag mot huvudet som fick honom att falla ihop. Roddarna försökte inte försvara Elgstrand eller ta båten därifrån. Elgstrand förstod att överfallet var noga planlagt.

– I Jesu namn, ropade han. Vi är missionärer, vi vill er inget ont.

En man med mask över ansiktet stod plötsligt framför honom. Han hade någonting som liknade en yxa eller en hammare i handen. Deras blickar möttes.

– Skona våra liv, vädjade Elgstrand.

Mannen drog av sin ansiktsmask. Trots mörkret kunde Elgstrand genast se att det var San som stod framför honom. Hans ansikte var alldeles uttryckslöst när han lyfte yxan och högg den rakt i huvudet på Elgstrand. San stötte hans kropp över bord och såg den driva bort i vattnet. En av hans män stod beredd att skära strupen av Lodin när San lyfte avvärjande på handen.

– Låt honom leva. Jag vill att någon ska kunna berätta.

San tog med sig väskan med pengar och klättrade över till en av de andra båtarna. Detsamma gjorde även roddarna som kommit med Elgstrand och Lodin. Snart var bara den medvetslösa Lodin kvar i båten.

Floden flöt stilla. Av banditerna fanns inte längre några spår. Dagen efter hittades båten med den fortfarande medvetslöse Lodin. Den brittiske konsuln i Fuzhou tog sig an honom och lät honom bo i sitt residens medan han återfick krafterna. När Lodin hade kommit över den värsta chocken frågade konsuln om han hade känt igen någon av dem som varit med vid överfallet. Lodin svarade nej. Allt hade gått så fort, männen hade varit maskerade, han hade ingen aning om vad som hade hänt med Elgstrand.

Konsuln undrade länge över varför Lodin hade sparats till livet. Kinesiska flodpirater brukade sällan låta någon överleva när de slog till. Men den här gången hade man gjort ett gåtfullt undantag.

Konsuln hade omedelbart tagit kontakt med myndigheterna i staden och protesterat mot händelserna. Mandarinen beslöt sig för att ingripa. Han lyckades spåra rövarna till en by nordväst om floden. Eftersom banditerna själva var borta lät mandarinen istället straffa de anhöriga. De blev summariskt halshuggna utan rättegång och hela byn brändes ner.

Händelserna fick dramatiska konsekvenser för det fortsatta evangeliseringsarbetet. Lodin drabbades av en svår depression och vågade inte lämna det brittiska konsulatet. Det tog lång tid innan han blev så frisk att han kunde återvända till Sverige. De ansvariga för missionsarbetet i Sverige fattade det svåra beslutet att tills vidare upphöra med att sända ut missionärer. Alla visste att det som hade hänt broder Elgstrand var en del av det martyrium som var en tänkbar möjlighet och risk för de missionärer som arbetade i utsatta områden. Hade Lodin blivit arbetsduglig igen hade saken varit annorlunda. Men en man som bara grät och knappast vågade gå ut var ingen byggsten man kunde basera ett fortsatt arbete på.

Missionsstationen lades ner. De nitton omvända kineserna ombads att söka sig till den tyska eller amerikanska missionen som också arbetade längs Minfloden.

I arkiven gömdes de rapporter Elgstrand skrivit om missionsarbetet som ingen längre brydde sig om.

Några år efter att Lodin rest hem till Sverige kom en kines i vackra kläder tillsammans med sina tjänare till Kanton. Det var San som återvände till staden efter att ha levt ett undanskymt liv i Wuhan.

På vägen hade San stannat till i Fuzhou. Medan hans tjänare väntat på ett värdshus hade San begett sig till platsen vid floden där hans bror och Qi var begravna. Han hade tänt rökelse och länge suttit på den vackra kullen. Han hade talat lågmält med de döda och berättat om det liv han nu levde. Han hade inte fått några svar men var ändå säker på att de hört honom.

I Kanton hyrde San ett litet hus i utkanten av staden, långt från både de utländska besittningarna och de kvarter där de vanliga, fattiga kineserna bodde. Han levde ett enkelt och tillbakadraget liv. De som frågade hans tjänare om vem han var fick svaret att San levde på räntor och ägnade sin tid åt att studera. San hälsade alltid hövligt men avstod från att beblanda sig alltför mycket med andra människor.

I hans hus brann lamporna alltid sent på nätterna. San fortsatte att skriva om det som hade hänt honom efter den dag hans föräldrar tagit livet av sig. Han utelämnade ingenting. Han behövde inte ägna sina dagar åt att arbeta eftersom det han hade kommit över i Elgstrands väska räckte mer än väl för det liv han nu levde.

Tanken på att det var missionens pengar gav honom en stor tillfredsställelse. Det var en hämnd för att han så länge blivit bedragen av de kristna, som velat inbilla honom att det fanns en rättfärdig Gud som behandlade alla människor lika.

Det gick många år innan San hittade en ny kvinna. En dag, när han gjorde ett av sina regelbundna besök inne i staden, såg han en ung kvinna som i sällskap med sin far kom gående längs en gata. Han började följa efter dem och när han hade sett vilket hus de bodde i, hade han instruerat sin mest betrodde tjänare att skaffa upplysningar om vem fadern var. Det var en lägre tjänsteman hos en av stadens mandariner och San förstod att fadern skulle betrakta honom som en lämplig friare. Han närmade sig honom försiktigt, lät sig introduceras och bjöd honom till ett av Kantons mest förnäma tehus. En tid senare blev han hembjuden till tjänstemannens hus och fick för första gången träffa den unga kvinnan som hette Tie. Han fann henne behaglig och när hon blivit mindre blyg visade hon också att hon hade ett gott huvud.

Ytterligare ett år senare, i maj 1881, gifte sig San och Tie. I mars 1882 föddes en son som han gav namnet Guo Si. Han tröttnade aldrig på att stå och se på barnet och kände för första gången på många år en glädje över att leva.

Hans vrede hade dock inte minskat. Han ägnade alltmer tid åt ett av de hemliga sällskap, som arbetade för att jaga ut de vita människorna ur landet. Fattigdomen och lidandet i hemlandet skulle aldrig kunna lindras, så länge de främmande vita människorna lade beslag på det mesta av handelsinkomsterna och tvingade på kineserna det förhatliga berusningsmedel som hette opium.

Tiden gick. San blev äldre medan familjen växte. Ofta drog han sig undan på kvällarna och läste i den omfångsrika dagbok som han fortsatte att skriva i. Nu väntade han bara på att hans barn skulle bli stora nog att kunna förstå och kanske en dag själva läsa den bok han arbetat så länge med.

Utanför sitt hem såg han fattigdomens spöke fortsätta att gå genom Kantons gator. Tiden är ännu inte mogen, tänkte han. Men en dag kommer allt detta att svepas bort av en flodvåg som måste komma.

San fortsatte att leva sitt enkla liv. Han ägnade sin mesta tid åt de barn han hade fått.

Men han slutade aldrig att söka efter Zi när han vandrade genom staden, alltid beväpnad med en skarpslipad kniv, som han dolde under sina kläder.

18

Ya Ru tyckte om att vara ensam på sitt kontor på kvällarna. Den höga byggnaden i centrala Beijing, där han hade hela den översta våningen med stora panoramafönster ut mot staden, var då nästan tom. Bara vakterna på nedre botten och städarna fanns kvar. I ett förrum väntade hans sekreterare, fru Shen, som stannade så länge han begärde det, ibland ända till gryningen om det var nödvändigt.

Just denna dag i december 2005 fyllde Ya Ru 38 år. Han höll med den västerländska tänkare som en gång skrivit att en man vid den åldern befann sig mitt i livet. Han hade många vänner som oroade sig för att ålderdomen kändes som en svag men kall vind i nacken när man närmade sig fyrtioårsåldern. För Ya Ru existerade inte den oron. Han hade redan som ung student vid ett av universiteten i Shanghai bestämt sig för att inte slösa bort tid och kraft på att oroa sig för det han ändå inte kunde göra någonting åt. Tidens gång var den omätbara och nyckfulla storhet man till sist ändå förlorade emot. En människa kunde bjuda motstånd enbart genom att försöka bredda tiden, utnyttja den, aldrig försöka häva dess framfart.

Ya Ru snuddade med näsan mot den kalla rutan. Han höll alltid låg temperatur i sin stora svit av kontorsrum, där alla möbler var smakfullt färgsatta i svart och blodrött. Temperaturen skulle vara konstant 17 grader, vare sig det var under den kalla årstiden eller när hettan och sandstormarna drog in över Beijing. Det passade honom. Han hade alltid bekänt sig till den kalla eftertanken. Att göra affärer eller fatta politiska beslut var en sorts krigstillstånd, där enbart rationell och kylig beräkning var av betydelse. Det var inte för inte som han kallades Tie Qian Lian – "Den kylige".

Det fanns nog också de som menade att han var farlig. Det stämde att han några gånger, tidigare i sitt liv, hade tappat fattningen och tillfogat människor fysisk skada. Men det skedde inte längre. Att han kunde framstå som skrämmande berörde honom inte. Viktigare var att han inte längre förlorade kontrollen över den vrede som ibland uppfyllde honom.

Det hände då och då att Ya Ru mycket tidigt om morgnarna lämnade sin lägenhet genom en hemlig bakdörr. Han blandade sig då med människor i en närbelägen park, de flesta äldre än han själv, och utförde den koncentrerade gymnastik som heter tai chi. Då kände han sig som en liten obetydlig del av den stora anonyma kinesiska massan. Ingen visste vem han var eller vad han hette. Det var som att rena sig, kunde han tänka. När han efteråt återvände till sitt hus och återtog sin identitet kände han sig alltid starkare.

Klockan närmade sig midnatt. Han väntade denna kväll två besök. Det roade honom att kalla dem som ville honom någonting, och de som han överhuvudtaget såg något skäl att möta, till sitt kontor mitt i natten eller tidigt i gryningen. Att hantera tiden rätt gav honom ett övertag. I ett kallt rum en tidig gryningstimme kunde han lättare få som han ville.

Han såg ut över staden där ljusen glittrade. 1967, under den allra stormigaste tiden av Kulturrevolutionen, hade han blivit född på ett sjukhus någonstans där nere bland ljusen. Hans far hade inte varit närvarande, eftersom han som professor vid ett universitet hade drabbats av rödgardisternas rasande utrensningar och jagats ut på landet för att passa böndernas grisar. Ya Ru hade aldrig träffat honom. Han hade försvunnit och aldrig mer hörts av igen. Senare i livet hade Ya Ru skickat några av sina närmaste medarbetare till den plats i landet dit fadern troddes ha blivit sänd. Men utan resultat, ingen mindes längre hans far. Inte heller i de kaotiska arkiven från den tiden fanns några spår. Ya Rus far hade dränkts av den stora politiska flodvåg som Mao hade släppt lös.

Det hade varit en svår tid för hans mor, ensam med sin son och den äldre dottern Hong. Hans första minne i livet var att modern grät. Hågkomsten var grumlig, men han hade aldrig glömt den. Senare, i början av 1980-talet när deras situation hade förbättrats och hans mor hade återfått sitt tidigare arbete som lärare i teoretisk fysik vid ett av universiteten i Beijing, hade han förstått mer av det kaos som hade rått när han föddes. Mao hade försökt skapa ett nytt universum. På samma sätt som universum uppstod skulle ett nytt Kina träda fram ur det omvälvande uppror Mao dragit igång.

Ya Ru insåg tidigt att man bara kunde garantera sig framgång om man lärde sig att tolka var makten för tillfället fanns. Den som inte uppfattade olika tendenser i det politiska och ekonomiska livet skulle aldrig kunna klättra upp till den nivå där han nu befann sig.

Men det är där jag nu är, tänkte Ya Ru. När marknaden började släppas fri här i Kina var jag beredd. Jag var en av de där katterna som Deng talade om, som varken behövde vara svarta eller gråa, bara de jagade möss. Nu är jag en av de rikaste männen i min generation. Jag har försäkrat mig genom goda kontakter djupt in i den nya tidens förbjudna stad där kommunistpartiets innersta kärna härskar. Jag betalar deras utlandsresor och flyger in klädskapare till deras fruar. Jag ordnar goda universitetsplatser i USA till deras barn och bygger hus åt deras föräldrar. I gengäld får jag min frihet.

Han avbröt sina tankar och såg på klockan. Strax midnatt. Hans första besök skulle snart komma. Han gick fram till skrivbordet och tryckte på knappen till en högtalare. Fru Shen svarade genast.

– Jag väntar besök, sa han, om ungefär tio minuter. Låt henne vänta en halvtimme. Sedan ringer jag ut och ber henne komma in.

Ya Ru satte sig vid sitt skrivbord. Det var alltid tomt när han lämnade det på kvällen. Varje ny dag skulle mötas med ett rensopat bord, där nya utmaningar kunde breda ut sig.

Just nu låg där en sliten gammal bok med pärmar som var lappade och lagade. Ya Ru hade ibland tänkt att han skulle låta en skicklig hantverkare sätta nya pärmar på den sönderfallande boken. Men han hade bestämt sig för att ha den kvar som den var. Trots att pärmarna var trasiga och sidorna porösa och tunna hade innehållet inte förstörts under alla de år som gått sedan den skrivits.

Han sköt försiktigt undan boken och tryckte på en knapp under bordsskivan. En dataskärm kom upp ur bordet med ett lågt surrande. Han knappade in några tecken och såg sitt stamträd dyka upp på den lysande skärmen. Det hade tagit honom lång tid och kostat honom mycket pengar att sätta samman denna bild av det grenverk och den stam som utgjorde hans familj, åtminstone de delar han kunde vara säker på. I Kinas blodiga och våldsamma historia hade inte bara stora kulturskatter gått till spillo. Mer skrämmande var ändå att så många arkiv hade förstörts. Det fanns luckor i det träd Ya Ru satt och såg på som han aldrig skulle kunna fylla igen.

Ändå fanns här de viktigaste namnen. Och framförallt namnet på den man som hade skrivit dagboken som låg på hans bord.

Ya Ru hade sökt efter det hus där hans förfader hade suttit vid sitt stearinljus. Men ingenting av det fanns längre kvar. Där Wang San hade levt bredde nu ut sig ett nät av motorvägar.

I dagboken hade San skrivit att hans ord var ämnade för vinden och hans barn. Vad han menade med att vinden skulle läsa hade Ya Ru aldrig förstått. Förmodligen hade San varit en romantiker i djupet av sitt hjärta, trots det brutala liv han tvingats leva och det behov av hämnd som aldrig övergav honom. Men barnen fanns där, framförallt en son som hette Guo Si. Guo Si var född 1882. Han hade tillhört kommunistpartiets första ledare och hade dödats av japanerna under deras krig mot Kina.

Ofta tänkte Ya Ru att den dagbok San hade skrivit var ämnad just för honom. Trots att det låg mer än ett sekel mellan tillkomsten av den och den kväll när han nu läste den, var det som om San talade direkt till honom. Det hat som förfadern den gången hade känt, levde fortfarande inom honom. Först San, sedan Guo Si och så, i slutänden, han själv.

Det fanns ett fotografi av Guo Si från början av 1930-talet. Han står tillsammans med ett antal män i ett berglandskap. Ya Ru hade skannat in det på sin dator. När han betraktade bilden tyckte han att han kom Guo Si mycket nära. Han stod alldeles bakom den leende mannen med vårtan på kinden. Så nära var han den absoluta makten, tänkte Ya Ru. Så nära makten har också jag, hans släkting, kommit i mitt liv.

Det surrade svagt i högtalaren på hans bord. Fru Shen gav honom en diskret signal om att hans första besökare hade anlänt. Men han tänkte låta henne vänta. För länge sedan hade han läst om en politisk ledare som till fulländning hade graderat sina politiska vänner eller fiender genom hur länge det dröjde innan de fick träffa honom. De kunde sedan jämföra sina väntetider med varandra för att se hur nära eller hur långt bort från ledarens gunst de befann sig.

Ya Ru stängde av datorn och lät den med samma svaga surrande försvinna ner i bordsplattan. Ur en karaff på bordet hällde han upp vatten i ett glas. Det kom från Italien och tillverkades speciellt för honom av ett företag, där han genom ett av sina många bulvanföretag var delägare.

Vatten och olja, tänkte han. Jag omger mig med vätskor. Idag olja, i morgon kanske vattenrättigheter till olika floder och sjöar.

Han gick fram till fönstret igen. Det var den tid på natten då många ljus släckts. Snart skulle bara belysningen av gator och vid offentliga byggnader lysa upp staden.

Han såg bort mot det område där Den förbjudna staden låg. Han tyckte om att vara där och besöka sina vänner vars pengar han förvaltade och förökade. Idag stod kejsarens tron tom. Men makten rymdes fortfarande innanför den urgamla kejsarstadens murar. Någon gång hade Deng sagt att de gamla kejsardynastierna skulle ha avundats det kinesiska kommunistpartiet dess makt. Det fanns inget land i världen som hade en liknande maktbas. Var femte människa som just nu levde var beroende av vad dessa kejsarlika ledare bestämde.

Ya Ru visste att han var lyckligt lottad. Han glömde det aldrig. I det ögonblick han tog det för en självklarhet skulle han snabbt kunna förlora sitt inflytande och sitt välstånd. Han ingick som en grå eminens i denna stora maktelit. Han var medlem av kommunistpartiet, han hade djupa försänkningar i de allra innersta kretsar där de viktigaste besluten fattades. Han var också deras rådgivare och han sökte sig hela tiden fram med känselspröten för att veta var fallgroparna fanns och var de säkra farlederna gick.

Han fyllde 38 år denna dag och han visste att han befann sig mitt i den största och mest omvälvande tid som Kina genomgått efter Kulturrevolutionen. Från att ha varit ett inåtvänt rike skulle nu uppmärksamheten riktas utåt. Även om det pågick en dramatisk strid inom Politbyrån om vilken väg man skulle välja, var Ya Ru ganska säker på vad resultatet skulle bli. Den väg Kina hade slagit in på var omöjlig att ändra. För varje dag fick alltfler av hans landsmän det lite bättre ställt. Även om gapet hela tiden vidgades mellan stadsbor och bönder sipprade en del av detta välstånd ända ut till de allra fattigaste. Det skulle vara vansinne att försöka vända denna utveckling åt ett håll som påminde om det förflutna. Därför måste jakten på utländska marknader och råvaror hela tiden öka.

Han betraktade skuggan av sitt ansikte i det stora panoramafönstret. Just så hade kanske Wang San sett ut.

Det har gått mer än 135 år, tänkte Ya Ru. San kunde aldrig ha föreställt sig det liv jag idag lever. Men jag kan se det liv han levde och jag kan förstå all den vrede som formade honom. Han skrev sin dagbok för att hans efterlevande aldrig skulle glömma de oförrätter som han, hans föräldrar och hans bröder utsattes för. Den stora orätt som vilade över hela Kina.

Ya Ru såg på klockan igen och avbröt sina tankar. Trots att det ännu inte gått en halvtimme gick han fram till skrivbordet och tryckte på knappen som gav besked om att hans första besökare kunde komma in.

En osynlig dörr i väggen gled upp. Hans syster Hong Qui kom in. Hon var mycket vacker. Han hade verkligen en syster som strålade av stor skönhet.

De möttes mitt på golvet och kysste varandras kinder.

– Lille bror, sa hon. Nu är du lite äldre än igår. En dag hinner du ikapp mig.

– Nej, svarade Ya Ru. Det gör jag inte. Men ingen vet vem som till sist begraver den andra.

– Varför talar du om det nu? När du fyller år?

– Den som är klok vet att döden alltid finns i hans närhet.

Han förde henne till en soffgrupp som stod i den andra änden av det stora rummet. Eftersom hon inte smakade alkohol serverade han te ur en förgylld kanna. Själv fortsatte han att dricka vatten.

Hong Qui såg på honom med ett leende. Sedan blev hon plötsligt allvarlig.

– Jag har en present till dig. Men först vill jag veta om det rykte jag hör är sant?

Ya Ru slog ut med armarna.

– Jag är omgiven av rykten. Som alla andra framstående män och även framstående kvinnor. Som du, kära syster.

– Jag vill bara veta om det är sant att du har använt dig av bestickning för att erövra dina största byggnadskontrakt.

Hong Qui ställde ner tekoppen hårt i bordet.

– Förstår du vad det innebär? Mutor?

Ya Ru blev plötsligt trött på Hong Qui. Ofta kunde deras samtal roa honom, eftersom hon var både intelligent och bitande i sitt sätt att formulera sig. Det roade honom också att slipa sina egna argument genom att diskutera med henne. Hon stod för en gammaldags uppfattning som hyllade ideal som inte längre betydde någonting. Solidaritet var en handelsvara som allting annat. Den klassiska kommunismen hade inte lyckats överleva påfrestningarna i den verklighet de gamla teoretikerna aldrig egentligen hade begripit sig på. Att Karl Marx hade haft rätt om mycket när det gällde ekonomins fundamentala betydelse för politiken eller att Mao hade visat att även fattiga bönder kunde resa sig ur sitt elände, betydde inte att de stora utmaningar som nu låg framför Kina kunde klaras genom att man fortsatte att okritiskt använda de klassiska metoderna.

Hong Qui red baklänges på sin häst mot framtiden. Ya Ru visste att hon skulle misslyckas.

– Vi blir aldrig fiender, sa han. Vår familj var pionjärer när vårt folk började sin vandring ur förfallet. Vi ser bara olika på vilka metoder vi ska använda. Men naturligtvis mutar jag ingen, lika litet som jag låter mig bestickas.

– Du tänker bara på dig själv. Ingen annan. Jag har svårt att tro att du talar sanning.

För en gångs skull tappade Ya Ru fattningen.

– Vad tänkte du för 16 år sen när du applåderade att dom gamla gubbarna i partiets ledning lät stridsvagnarna krossa människorna på den Himmelska fridens torg? Vad tänkte du då? Begrep du inte att jag kunde ha varit en av dom som stod där? Jag var 22 år den gången.

– Det var nödvändigt att vi grep in. Hela landets stabilitet var hotad.

– Av några tusen studenter? Nu talar du inte sanning, Hong Qui. Ni var rädda för några helt andra.

– Vilka då?

Ya Ru lutade sig fram mot sin syster och viskade.

– Bönderna. Ni var rädda för att det skulle visa sig att dom höll med studenterna. Istället för att börja tänka i andra banor för det här landets framtid grep ni till vapen. Istället för att lösa ett problem så försökte ni dölja det.

Hong Qui svarade inte. Hon såg på sin bror utan att släppa honom med blicken. Ya Ru tänkte att de båda kom från en familj som för några generationer sedan aldrig hade vågat se en mandarin i ögonen.

– Man ler inte mot en varg, sa Hong Qui. Vargen tror att det betyder att du vill slåss.

Hon reste sig och lade samtidigt ett paket, omknutet av ett rött band på bordet.

– Jag är rädd för vart du är på väg, lilla bror. Jag kommer att göra allt vad jag kan för att såna som du inte ska förvandla det här landet till något vi kommer att få ångra och skämmas över. De stora klass-striderna återkommer. Vilken sida står du på? Din egen, inte folkets.

– Jag undrar vem som just nu är vargen, sa Ya Ru.

Han försökte kyssa sin syster på kinden. Men hon drog undan ansiktet, vände och gick. Hon stannade framför väggen. Ya Ru gick fram till skrivbordet och tryckte på knappen som öppnade dörren.

När den glidit igen lutade han sig över högtalaren.

– Jag väntar ännu en besökare.

– Ska jag anteckna hans namn? frågade fru Shen.

– Han har inget namn, sa Ya Ru.

Han återvände till bordet och öppnade paketet som Hong Qui

hade lämnat. Det innehöll en liten ask av jade. Inuti den låg en vit fjäder och en sten.

Det var inte ovanligt att han och Hong Qui utväxlade gåvor som innehöll gåtor eller budskap som var dolda för andra. Han förstod genast vad hon hade menat. Det syftade på en dikt av Mao. Fjädern symboliserade det liv som kastades bort, stenen ett liv och en död som betydde någonting.

Min syster ger mig en varning, tänkte Ya Ru. Eller kanske en uppmaning. Vilken väg ska jag välja i mitt liv?

Han log åt hennes gåva och bestämde sig för att till hennes nästa födelsedag låta tillverka en vacker varg av elfenben.

Han kunde känna respekt för hennes envishet. Hon var verkligen hans syster när det gällde karaktär och vilja. Hon skulle fortsätta att bekämpa honom och de i landets ledning som gick den väg hon fördömde. Men hon hade fel, hon och alla som förnekade det som på nytt skulle förvandla Kina till världens mäktigaste land.

Ya Ru satte sig vid skrivbordet och tände bordslampan. Han drog försiktigt på sig ett par tunna, vita vantar av bomull. Sedan började han återigen bläddra i den bok som Wang San hade skrivit och som vandrat mellan släktleden i familjen. Hong Qui hade också läst den men inte blivit gripen av den på samma sätt som han.

Ya Ru slog upp den sista sidan av dagboken. Wang San har blivit 83 år. Han är mycket sjuk och ska snart dö. Hans sista ord i dagboken handlar om hans oro över att behöva dö utan att ha lyckats göra allt det som han lovat sina bröder.

"Jag dör för tidigt", skriver han. "Även om jag så levde tills jag blev tusen år, dör jag för tidigt, eftersom jag aldrig lyckades upprätta vår familjs heder. Jag gjorde vad jag kunde men det var inte tillräckligt."

Ya Ru slog igen dagboken och lade den i en låda som han låste. Han tog av sig vantarna. Ur en annan av skrivbordets lådor tog han fram ett tjockt kuvert. Sedan tryckte han på högtalaren. Fru Shen svarade genast.

– Har min gäst kommit?

– Han är här.

– Be honom komma in.

Dörren i väggen gled upp. Mannen som kom in i rummet var lång och mager. Han rörde sig med mjuka och smidiga rörelser över den tjocka mattan. Han bugade framför Ya Ru.

– Det är dags för dig att resa, sa Ya Ru. Allt du behöver finns i det här kuvertet. Jag vill att du är tillbaka i februari då vi firar vårt nyår. I början av det västerländska nyåret är den lämpligaste tiden för dig att utföra ditt uppdrag.

Ya Ru räckte över kuvertet till mannen som bugande tog emot det.

– Liu Xin, sa Ya Ru. Det uppdrag jag ger dig är viktigare än allt jag bett dig om tidigare. Det handlar om mitt eget liv, om min familj.

– Jag ska göra det du ber mig om.

– Det vet jag att du gör. Men om du misslyckas ber jag dig om att aldrig komma tillbaka. Då måste jag döda dig.

– Jag misslyckas inte.

Ya Ru nickade. Samtalet var slut. Mannen som hette Liu Xin försvann ut genom dörren som tyst gled igen. För sista gången den kvällen talade Ya Ru med fru Shen.

– En man lämnade just mitt rum, sa Ya Ru.

– Han var mycket tystlåten och vänlig.

– Men han har inte varit här och besökt mig ikväll.

– Naturligtvis inte.

– Bara min syster Hong har varit här.

– Jag har inte släppt in någon annan. Inte heller antecknat ytterligare något namn än Hong Qui i dagboken.

– Ni kan gå hem nu. Jag stannar ännu ett par timmar.

Samtalet var över. Ya Ru visste att fru Shen skulle stanna tills han hade gått. Hon hade ingen familj, inget annat liv än det arbete hon utförde för honom. Hon var hans vakande demon utanför dörren. Ya Ru återvände till fönstret och såg ut över den sovande staden. Klockan var nu långt över midnatt. Han kände sig upprymd. Det hade varit en bra födelsedag. Även om samtalet med syster Hong Qui inte hade blivit som han tänkt sig. Hon begrep inte längre vad som hände i världen. Hon vägrade att se den nya tiden. Han kunde känna vemod vid tanken på att de skulle glida allt längre ifrån varandra. Men det var en nödvändighet. För landets skull. En gång kanske hon trots allt skulle förstå.

Det viktigaste denna kväll var ändå att alla förberedelser, allt det svåra sökandet och kartläggningen var över. Det hade tagit Ya Ru tio år att klarlägga det förflutna och göra en plan. Många gånger hade han varit nära att ge upp. Alltför mycket hade varit dolt av den långa tid som gått. Men när han hade läst i Wang Sans dagbok hade han på nytt kunnat hämta den nödvändiga styrkan. Det ursinne San hade känt hade överförts till honom och var lika levande nu som den gången allt hade hänt. Han hade makten att göra det som San aldrig hade förmått.

Det fanns några tomma sidor i slutet av dagboken. Där skulle Ya Ru skriva det sista kapitlet när allting var över. Han hade valt sin födelsedag för att sända Liu Xin ut i världen för att göra det som måste göras. Det ingav honom en känsla av lätthet.

Ya Ru stod länge orörlig framför fönstret. Sedan släckte han och gick ut den bakväg som ledde till hans privata hiss.

När han stigit in i sin bil som väntade i det underjordiska garaget bad han chauffören att stanna vid Tiananmen. Genom de färgade rutorna kunde han se torget som låg öde, förutom de ständigt närvarande militärerna i sina gröna uniformer.

Här hade Mao en gång proklamerat den nya folkrepublikens födelse. Själv hade han då inte ens funnits till.

Han tänkte att de stora händelser som nu väntade inte skulle offentliggöras på detta torg i Mittens rike.

Den världen skulle växa fram under den djupaste tystnad. Tills ingen längre kunde förhindra det som skedde.

Del 3

DET RÖDA BANDET (2006)

Varhelst kamp pågår förekommer offer,
och döden är en vanlig händelse.
Men det som ligger oss om hjärtat är folkets intressen
och det stora flertalets lidanden,
och när vi dör för folket,
är det en värdig död.
Icke desto mindre bör vi göra vårt bästa
för att undvika onödiga offer.

Mao Zedong, 1944

Rebellerna

19

Birgitta Roslin hittade det hon sökte längst inne i ett av kinarestaurangens hörn. På lampan som hängde över bordet saknades ett av de röda banden.

Hon stod alldeles stilla och höll andan.

Här har någon suttit, tänkte hon. Längst inne i det mörkaste hörnet. Sedan har han rest sig upp, lämnat lokalen och begett sig till Hesjövallen.

Det måste ha varit en man. Alldeles säkert en man.

Hon såg sig runt i lokalen. Den unga servitrisen log. Från köket hördes högljudda kinesiska röster.

Hon tänkte att varken hon själv eller polisen hade förstått någonting av vad som hade hänt. Det var större, djupare, gåtfullare, än de kunnat föreställa sig.

De visste egentligen ingenting.

Hon satte sig vid bordet och petade frånvarande i maten hon hade hämtat vid byffén. Fortfarande var hon den enda gästen i lokalen. Hon vinkade till sig servitrisen och pekade på lampan.

– Det fattas ett band, sa hon.

Servitrisen tycktes först inte förstå vad hon menade. Hon pekade igen. Servitrisen nickade förvånat. Det saknade bandet visste hon inte om. Sedan böjde hon sig ner och tittade under bordet, om bandet kunde ha hamnat där.

– Borta, sa hon sedan. Inte sett.

– Hur länge har det varit borta? frågade Birgitta Roslin.

Servitrisen såg undrande på henne. Birgitta Roslin upprepade frågan eftersom hon trodde att servitrisen inte hade förstått. Hon skakade otåligt på huvudet.

– Vet inte. Om det inte är bra att sitta vid det här bordet går det bra att byta.

Innan Birgitta Roslin hann svara hade servitrisen lämnat henne för att ta sig an ett större lunchsällskap som just kom in genom dörren. Hon gissade att det var anställda från någon kommunal förvaltning. När hon lyssnade på deras samtal förstod hon att det var deltagare på en konferens som diskuterade den höga arbetslösheten i Hälsingland. Birgitta Roslin fortsatte att peta i sin mat medan restaurangen fylldes. Den unga servitrisen hade ensam alldeles för mycket att göra med gästerna. Till slut anslöt sig en man från köket och hjälpte henne med att plocka disk och torka rent på borden.

Efter två timmar ebbade lunchruschen ut. Birgitta Roslin hade fortsatt att peta i sin mat, beställt en kopp grönt te och använt tiden till att tänka igenom allt som hade hänt sedan hon kommit till Hälsingland. Det förblev naturligtvis oförklarligt för henne hur det röda bandet från restaurangen hade hamnat i Hesjövallens snö.

Servitrisen kom till sist och frågade om hon ville ha något mer. Birgitta Roslin skakade på huvudet.

– Jag vill gärna ställa några frågor till dig.

Det fanns fortfarande några gäster kvar i lokalen. Servitrisen talade med mannen som hjälpt henne och återvände till Birgitta Roslins bord.

– Om du vill köpa lampan kan jag ordna, sa hon och log.

Birgitta Roslin log tillbaka.

– Ingen lampa, sa hon. Hade ni öppet här vid nyår?

– Vi har alltid öppet, sa servitrisen. Kinesisk affärsidé. Alltid öppet när andra har stängt.

256

Birgitta Roslin tänkte att den fråga hon ville ställa egentligen var omöjlig att besvara. Men hon ställde den ändå.

– Kan du minnas dina gäster? frågade hon.

– Du har varit här tidigare, sa servitrisen. Jag minns gäster.

– Kan du minnas om det satt nån just vid det här bordet vid nyår?

Servitrisen skakade på huvudet.

– Det här är ett bra bord. Här sitter alltid gäster. Du sitter här nu. I morgon sitter nån annan.

Birgitta Roslin insåg det hopplösa i sina vaga och oprecisa frågor. Hon måste vara mer detaljerad. Efter en kort tvekan insåg hon hur hon kunde formulera sin fråga.

– Vid nyår, upprepade hon. En gäst du aldrig hade sett tidigare?

– Aldrig?

– Aldrig. Varken förr eller senare.

Hon såg att servitrisen ansträngde sig.

De sista lunchgästerna lämnade lokalen. Telefonen vid kassan ringde. Servitrisen svarade och tog emot en beställning på mat som skulle avhämtas. Sedan återvände hon till bordet. Någon som arbetade i köket hade under tiden satt på en skiva med kinesisk musik.

– Vacker musik, sa servitrisen och log. Kinesisk musik. Tycker du om?

– Vacker, sa Birgitta Roslin. Mycket vacker.

Servitrisen tvekade. Till slut nickade hon, först tveksamt, sedan alltmer bestämt.

– Kinesisk man, sa hon.

– Som satt här?

– På samma stol som du. Han åt middag.

– När var det?

Hon tänkte efter.

– I januari. Men inte nyår. Senare.

– Hur sent?

– Kanske nio, tio dagar?

Birgitta Roslin bet sig i läppen. Det kan stämma, tänkte hon. Den våldsamma natten i Hesjövallen var mellan den 12 och 13 januari.

– Kan det ha varit några dagar senare?

Servitrisen gick och hämtade en dagbok där bordsbeställningarna var uppskrivna.

– Den 12 januari, sa hon. Då satt han här. Han hade inte beställt bord. Men jag minns vilka andra gäster som var här.

– Hur såg han ut?

– Kines. Smal.

– Vad sa han?

Servitrisens svar kom hastigt och förvånade henne.

– Ingenting. Han pekade bara på vad han ville ha.

– Men han var kines?

– Jag försökte tala med honom på kinesiska. Men han sa bara "tyst". Och pekade. Jag tänkte han ville vara ifred. Han åt. Soppa, vårrullar, nasi goreng och efterrätt. Han var mycket hungrig.

– Drack han nånting?

– Vatten och te.

– Och han sa ingenting på hela tiden?

– Han ville vara ifred.

– Vad hände sen?

– Han betalade. Svenska pengar. Sen gick han.

– Och han kom aldrig tillbaka?

– Nej.

– Var det han som tog det röda bandet?

Servitrisen skrattade.

– Varför skulle han ha gjort det?

– Betyder det där röda bandet nånting särskilt?

258

– Det är ett rött band. Vad skulle det betyda?

– Hände nånting mer?

– Vad skulle det vara?

– Efter det att han gick?

– Du ställer många underliga frågor. Är du från skatteverket? Han arbetar inte här. Vi betalar skatt. Alla som jobbar här har papper.

– Jag bara undrar. Såg du honom aldrig igen?

Servitrisen pekade mot restaurangfönstret.

– Han gick till höger. Det snöade. Sen var han borta. Han kom aldrig tillbaka. Varför vill du veta?

– Jag kanske känner honom, svarade Birgitta Roslin.

Hon betalade och gick ut på gatan. Mannen som suttit vid hörnbordet hade gått till höger. Hon gjorde detsamma. I gatukorsningen såg hon sig omkring. På ena sidan fanns några butiker och en parkeringsplats. Den tvärgata som ledde åt andra hållet mynnade ut i en återvändsgränd. Där fanns ett litet hotell med en sprucken glasskylt. Hon såg sig runt i gatukorsningen ännu en gång. Sedan återvände hon med blicken till hotellskylten. En tanke tog form i hennes huvud.

Hon återvände till kinarestaurangen. Servitrisen satt och rökte och ryckte till när dörren gick upp. Hon släckte genast cigaretten.

– Jag har en fråga till, sa Birgitta Roslin. Hade den där mannen som satt vid bordet några ytterkläder?

Servitrisen tänkte efter.

– Faktiskt inte, svarade hon. Hur visste du det?

– Det visste jag inte. Fortsätt och rök din cigarett. Tack för hjälpen.

Porten till hotellet var trasig. Någon hade försökt bryta upp dörren. Efteråt hade låset bara provisoriskt blivit lagat. Hon gick en halvtrappa upp till en reception som enbart bestod av en disk som täckte en dörröppning. Ingen var där. Hon ropade. Ingen kom. Hon upptäckte en klocka hon kunde ringa i. Hon ryckte till av att det plötsligt

stod någon bakom hennes rygg. En man, nästan till ytterlighet av-
magrad, som om han var mycket sjuk. Han hade starka glasögon och
luktade alkohol.

– Önskas det rum?

Birgitta Roslin kunde höra svaga dialektala rester i hans röst. Som
om han ursprungligen var göteborgare.

– Jag vill bara ha svar på ett par frågor. Om en vän till mig som jag
tror har bott här.

Mannen hasade iväg på kippande tofflor och dök så småningom
upp bakom disken. Med skakande händer tog han fram en hotellig-
gare. Hon hade aldrig kunnat föreställa sig att det fortfarande existe-
rade hotell som det hon just nu befann sig i. Det kändes som om hon
hade förflyttats bakåt i tiden till någon film från 1940-talet.

– Vad heter gästen?

– Jag vet bara att han är kines.

Mannen lade långsamt ifrån sig liggaren. Medan han såg på henne
skakade huvudet. Birgitta Roslin gissade att mannen led av Parkin-
son.

– Man brukar veta namnet på sina vänner. Även om dom är kine-
ser.

– Han är en vän till en vän. En kines.

– Jag har förstått det. När skulle han ha bott här?

Hur många kinesiska gäster har du haft här? tänkte hon. Om det
har bott en kines här måste du veta om det?

– I början av januari.

– Då låg jag på sjukhus. En brorson tog tillfälligt hand om hotellet.

– Du kanske kan ringa honom?

– Tyvärr inte. Han befinner sig just på ett kryssningsfartyg i Arktis.

Mannen började närsynt studera sidorna i liggaren.

– Här har faktiskt bott en man från Kina, sa han plötsligt. En herr

260

Wang Min Hao från Beijing. Han bodde här en natt. Mellan den tolfte och den trettonde januari. Är det denne herre du söker?

– Ja, sa Birgitta Roslin och kunde inte dölja sin upphetsning. Det är han.

Mannen vände på liggaren. Birgitta Roslin tog upp ett papper ur sin handväska och skrev ner de uppgifter som fanns noterade. Namn, passnummer och någonting som förmodligen skulle vara en adress i Beijing.

– Tack, sa Birgitta Roslin. Du har varit till stor hjälp. Lämnade han kvar nånting här på hotellet?

– Jag heter Sture Hermansson, sa mannen. Min fru och jag har drivit det här hotellet sen 1946. Nu är hon död. Snart är jag det med. Det är sista året jag driver det. Huset ska rivas.

– Det är tråkigt när det blir så.

Sture Hermansson muttrade ogillande.

– Vad är det för tråkigt med det? Huset är ett ruckel. Jag är också ett ruckel. Det är inget konstigt med att gamla människor dör. Men faktiskt tror jag att den där kinesiske mannen lämnade nånting kvar.

Sture Hermansson försvann in i rummet bakom disken. Birgitta Roslin väntade.

Hon hade just börjat undra om han avlidit när han äntligen kom tillbaka. I handen hade han en tidskrift.

– Den här låg i en papperskorg när jag kom tillbaka från sjukhuset. Jag har en ryska som städar. Eftersom jag bara har åtta rum klarar hon det själv. Men hon är slarvig. När jag kom tillbaka från sjukhuset gick jag igenom hotellet. Den här låg kvar i kinesens rum.

Sture Hermansson räckte henne tidskriften. Det var kinesiska tecken och bilder med kinesiska exteriörer och människor. Hon anade att det var en presentationsskrift för ett företag, inte någon egentlig tidning. På baksidan fanns slarvigt utförda kinesiska tecken, skrivna med bläck.

– Du får gärna ta den, sa Sture Hermansson. Jag läser inte kinesiska.

Hon stoppade ner den i sin väska och gjorde sig beredd att gå.

– Tack för din hjälp.

Sture Hermansson log.

– Det var så lite. Är du nöjd?

– Mer än nöjd.

Hon gick mot utgången när hon hörde Sture Hermanssons röst bakom ryggen.

– Jag kanske har nånting mer åt dig. Men du verkar ha så bråttom att du kanske inte har tid?

Birgitta Roslin återvände till disken. Sture Hermansson log. Sedan pekade han på en punkt bakom sitt huvud. Birgitta Roslin förstod först inte vad han ville att hon skulle se. Där satt en klocka och en almanacka från en bilverkstad som lovade snabb och effektiv service på alla Fordbilar.

– Jag förstår inte vad du menar.

– Då ser du sämre än vad jag gör, sa Sture Hermansson.

Han tog fram en pekpinne som låg under disken.

– Klockan drar sig, förklarade han. Jag använder den för att peta till visarna. Att ställa sig på en stege med den här skakiga kroppen är inte lämpligt.

Han pekade upp mot väggen, alldeles intill klockan. Det enda hon kunde se var en ventil. Hon förstod fortfarande inte vad han försökte visa henne. Sedan insåg hon att det inte var en ventil utan en öppning i väggen som dolde ett kameraöga.

– Vi kan ju ta reda på hur den här mannen såg ut, sa Sture Hermansson belåtet.

– Är det en övervakningskamera?

– Alldeles riktigt. Som jag har konstruerat själv. Det skulle bli orimligt dyrt att låta något företag installera sin utrustning på ett så här litet hotell. Vem skulle för övrigt komma på den meningslösa tanken att bestjäla mig? Det vore lika dumt som att råna någon av dom sorgliga figurer som sitter och super på parkbänkarna här i staden.

– Du fotograferar alltså alla som bor här?

– Videofilmar. Jag vet faktiskt inte ens om det är lagligt. Men jag har en knapp här under disken som jag trycker på. Då filmas den som står utanför disken.

Han såg roat på henne.

– Just nu har jag filmat dig, sa han. Du står precis rätt för att det ska bli en bra bild.

Birgitta Roslin följde med honom in bakom disken. Där fanns det rum där han uppenbarligen både sov och hade sitt kontor. Genom en öppen dörr såg hon ett gammaldags kök, där en kvinna stod och diskade.

– Det är Natascha, sa Sture Hermansson. Egentligen heter hon något annat. Men jag tycker att ryska kvinnor ska heta Natascha.

Han såg plötsligt bekymrat på henne.

– Jag hoppas du inte är polis, sa han.

– Inte alls.

– Jag tror inte hon har alla sina papper i ordning. Men det gäller väl en stor del av den invandrade befolkningen, om jag har förstått saken rätt.

– Så är det nog inte, sa Birgitta Roslin. Men jag är inte polis.

Han började plocka bland videokassetterna som var märkta med olika datum.

– Vi får bara hoppas att min brorson inte glömde att trycka på knappen, sa han. Jag har inte kontrollerat filmerna från början av januari. Vi hade nästan inga gäster då.

Efter mycket fumlande som gav Birgitta Roslin en otålig lust att slita kassetterna ur hans händer hittade han den rätta och satte på teveapparaten. Kvinnan som kallades Natascha försvann som en ljudlös skugga genom rummet.

Sture Hermansson tryckte på avspelningsknappen. Birgitta Roslin lutade sig framåt. Bilden var förvånansvärt klar. En man med en stor pälsmössa stod utanför disken.

– Lundgren från Järvsö, sa Sture Hermansson. Han kommer en gång i månaden för att få vara ifred och sitta och supa på rummet. När han blir full sjunger han psalmer. Sen åker han hem igen. En snäll karl. Skrothandlare. Han har varit min gäst i snart trettio år. Han har rabatt.

Det flimrade till i teverutan. Nästa gång bilden klarnade stod där två kvinnor i medelåldern.

– Nataschas väninnor, sa Sture Hermansson dystert. Dom kommer då och då. Vad dom håller på med här i stan vill jag helst inte tänka på. Men dom får inte ta emot besök här på hotellet. Jag misstänker dock att det sker när jag sover.

– Har dom också rabatt?

– Alla har rabatt. Jag har inga fasta priser. Hotellet har gått med förlust sen slutet av 1960-talet. Egentligen lever jag av en liten aktieportfölj. Jag litar på skog och tunga industrier. Jag har bara ett råd till mina betrodda vänner.

– Vad då?

– Svenska verkstadsaktier. Dom är oöverträffade.

Bilden återvände igen. Birgitta Roslin hajade till. Mannen syntes alldeles klart. En kinesisk man, i mörk överrock. Ett kort ögonblick kastade han en blick upp mot kameran. Det var som om han mötte hennes blick. Ung, tänkte hon. Inte mycket mer än trettio år gammal om bilden inte ljuger. Han får sin nyckel och går ut ur bilden.

Teveskärmen blev mörk.

– Jag ser inte så bra, sa Sture Hermansson. Är det rätt person?

– Var det den 12 januari?

– Jag tror det. Men jag kan kontrollera i liggaren om han är inskriven efter våra ryska väninnor.

Han reste sig och försvann ut i den lilla receptionen. Birgitta Roslin hann under hans frånvaro spela igenom bilderna på den kinesiska mannen flera gånger. Hon frös bilden i det ögonblick han betraktade kameran. Han upptäckte den, tänkte hon. Sedan ser han ner och vänder bort ansiktet. Han byter till och med kroppsställning för att hans ansikte inte ska synas. Det gick mycket fort. Hon spelade tillbaka bandet, såg på det igen. Nu tyckte hon sig också se att han hela tiden var vaksam, att han letade efter kameran. Hon frös bilden på nytt. En man med kortklippt hår, intensiva ögon, sammanpressade läppar. Snabba rörelser, vaksam. Kanske äldre än hon först trott.

Sture Hermansson kom tillbaka.

– Det ser ut som om vi har rätt, sa han. Två ryska damer har skrivit in sig under sina, som vanligt, falska namn. Sen kommer den här mannen, herr Wang Min Hao från Bejing.

– Finns det nån möjlighet att kopiera den här filmen?

Sture Hermanssons ryckte på axlarna.

– Du kan ta den. Vad ska jag med den till? Jag gjorde den här installationen av kameran och videon bara för min egen skull. Jag spolar över kassetterna en gång i halvåret. Du får den.

Han stoppade kassetten i sitt fodral och gav den till henne. De återvände ut till trappuppgången. Natascha höll på torka lampkuporna som lyste upp ingången till hotellet.

Sture Hermansson nöp Birgitta Roslin vänligt i armen.

– Nu kanske du kan tala om för mig varför du är så intresserad av den här kinesen? Är han skyldig dig pengar?

– Varför skulle han vara det?

– Alla är skyldiga alla nånting. Frågar man efter människor är det oftast pengar med i bilden.

– Jag tror att den här mannen kan svara på några frågor, sa Birgitta Roslin. Mer kan jag tyvärr inte säga.

– Och du är inte polis?

– Nej.

– Men du är inte heller här från trakten.

– Det stämmer. Jag heter Birgitta Roslin och kommer från Helsingborg. Du får gärna kontaka mig om han dyker upp igen.

Birgitta Roslin skrev ner sin adress och telefonnummer och gav det till Sture Hermansson.

När hon kom ut på gatan märkte hon att hon hade blivit svettig. Den kinesiske mannens ögon fortsatte att följa henne. Hon stoppade ner kassetten i sin väska och såg sig villrådigt omkring. Vad skulle hon göra nu? Hon borde egentligen vara på väg hem till Helsingborg. Det var redan sent på eftermiddagen. Hon gick till kyrkan som låg i närheten. Inne i det kyliga kyrkorummet satte hon sig på en bänk längst fram. En man stod på knä vid en av de tjocka murarna och höll på att reparera en gipsfog. Hon försökte tänka alldeles klart. Ett rött band hade återfunnits i Hesjövallen. Det hade legat i snön. Av en tillfällighet hade hon lyckats spåra det till en kinarestaurang. En kinesisk man hade ätit där kvällen den tolfte januari. Under natten eller tidigt på morgonen hade sedan ett stort antal människor dött i Hesjövallen.

Hon tänkte på bilden hon sett på Sture Hermanssons videoband. Var det verkligen rimligt att en ensam man hade utfört detta dåd? Hade det funnits flera inblandade som hon fortfarande inte visste vilka de var? Eller hade det röda bandet hamnat ute i snön av något helt annat skäl?

Hon hittade inget svar. Istället tog hon fram den broschyr som legat slängd i papperskorgen. Också det gjorde att hon tvivlade på att det fanns något sammanhang mellan Wang Min Hao och det som hänt i Hesjövallen. Skulle verkligen en förslagen gärningsman lämna så tydliga spår efter sig?

Ljuset i kyrkan var dåligt. Hon satte på sig glasögonen och bläddrade igenom broschyren. På ett av uppslagen fanns en skyskrapa i Beijing och kinesiska skrifttecken. På andra sidor stod sifferkolumner och några fotografier av leende kinesiska män.

Det som mest intresserade henne var de kinesiska tecken som skrivits med bläck på baksidan av broschyren. Där kom Wang Min Hao henne nära. Det sannolika var att han hade skrivit dem. För att minnas någonting? Eller av ett annat skäl?

Vem kunde hjälpa henne att tyda tecknen? I samma ögonblick hon ställde frågan visste hon svaret. Hennes avlägsna och röda ungdom kom plötsligt på besök i medvetandet. Hon lämnade kyrkan och gick in på kyrkogården med sin mobiltelefon i handen. Karin Wiman, en av hennes vänner från tiden i Lund, var sinolog och arbetade på universitet i Köpenhamn. Hon fick inget svar men talade in ett meddelande där hon bad Karin att ringa henne. Sedan återvände hon till bilen och letade sig fram till ett stort hotell i centrum av staden där hon fick ett rum. Det var stort och låg högst upp i huset. Hon slog på teven och såg på textnyheterna att det skulle bli snö till natten.

Hon lade sig på sängen och väntade. Från ett grannrum hörde hon en man som skrattade.

Hon vaknade av att telefonen ringde. Det var Karin Wiman som något förundrad ringde henne. När Birgitta Roslin förklarade sitt ärende bad Karin Wiman henne leta reda på en fax och skicka bilden med tecknen.

I receptionen hjälpte de henne och hon återvände till rummet för att vänta. Ute hade det blivit mörkt. Snart skulle hon ringa hem och säga att hon ändrat sig, att vädret var för dåligt, att hon skulle stanna ännu en natt.

Karin Wiman ringde när klockan blivit halv åtta.

– Tecknen är slarvigt skrivna. Men jag tror jag kan tyda dom.

Birgitta Roslin höll andan.

– Det är namnet på ett sjukhus. Jag har letat reda på det. Det ligger i Beijing. Namnet är Longfu. Det ligger mitt i centrum av staden, längs en gata som heter Mei Shuguan Houije. I närheten finns också Kinas stora konstmuseum. Om du vill kan jag skicka en karta till dig.

– Gärna.

– Nu får du förklara för mig varför du ville veta det här. Jag är oerhört nyfiken. Har du väckt ditt gamla intresse för Kina till liv igen?

– Kanske är det just vad som händer. Jag ska berätta mer senare. Kan du skicka kartan till den fax som jag använde?

– Du har den om några minuter. Men du är lite för hemlighetsfull för min smak.

– Ha bara lite tålamod med mig. Jag ska berätta.

– Vi borde ses.

– Jag vet. Det är alldeles för sällan.

Birgitta Roslin gick ner i receptionen och väntade. Pappret med en kopia av Beijings centrum kom efter några minuter. Karin Wiman hade ritat en pil.

Birgitta Roslin märkte att hon var hungrig. Eftersom det inte fanns någon restaurang på hotellet hämtade hon sin jacka och gick ut. Kartan skulle hon studera när hon kom tillbaka.

Det var mörkt i staden, få bilar, enstaka fotgängare. Mannen i receptionen hade föreslagit henne en italiensk restaurang i närheten. Hon gick dit och åt i den glest besatta matsalen.

När hon kom ut på gatan igen hade det börjat snöa. Hon började gå tillbaka till hotellet.

Plötsligt stannade hon och vände sig om. Från ingenstans kom en känsla av att hon var iakttagen. Men när hon vände sig om kunde hon inte se någon.

Hon skyndade sig tillbaka och låste hotellrumsdörren med kedjan. Sedan ställde hon sig bakom gardinen och såg ner på gatan.

Det var som tidigare. Inga människor. Bara snön som föll, tätnade.

20

Birgitta Roslin sov oroligt under natten. Flera gånger vaknade hon och gick fram till fönstret. Det fortsatte att snöa. Blåsten gjorde att det bildades höga drivor längs husväggarna. Gatorna var tomma. Vid sjutiden vaknade hon på allvar av att plogbilar slamrade förbi.

Innan hon lagt sig hade hon ringt hem och talat om på vilket hotell hon tagit in. Staffan hade lyssnat men inte sagt mycket. Han undrar nog, hade hon tänkt. Det enda han är säker på är att jag inte är honom otrogen. Men hur kan han vara så säker på det? Borde han inte åtminstone någon gång misstänka att jag kanske hittat någon annan som vill ta hand om mitt sexualliv? Eller är han säker på att jag aldrig tröttnar på att vänta?

Under året som gått hade hon ibland frågat sig om hon var beredd att närma sig en annan man. Fortfarande visste hon inte. Kanske mest av allt för att ingen man som hade attraherat henne hade kommit i hennes väg.

Att han inte gav uttryck för någon förvåning över att hon dröjde med att komma hem gjorde henne både arg och besviken. En gång lärde vi oss att inte gräva för djupt i varandras själsliv. Alla har behov av enskilda rum som ingen annan får beträda. Men det får inte slå över till likgiltighet för vad den andra har för sig. Är det dit vi är på väg? tänkte hon. Är vi kanske redan där?

Hon visste inte. Men hon kände att det nödvändiga samtalet med Staffan obönhörligt kom allt närmare.

Hennes rum var utrustat med en vattenkokare. Hon gjorde i ordning en kopp te och satte sig i en stol med kartan som Karin Wiman skickat. Rummet låg i halvmörker, bara upplyst av lampan vid stolen och ljuset från teven där ljudet var nerskruvat. Kartan var svår att läsa eftersom kopian var dålig. Hon letade reda på Den förbjudna staden och Tiananmen-platsen. Kartan väckte många minnen till liv.

Birgitta Roslin lade ifrån sig kartan och tänkte på sina döttrar och deras ålder. Samtalet med Karin Wiman hade påmint henne om den person hon en gång hade varit. Nära och samtidigt långt borta, tänkte hon. Vissa minnen är tydliga, andra blir svagare, allt mer oklara varje gång jag tänker på dem. Hos en del av de människor som betydde mycket minns jag inte ens ansiktena längre. Andra som var mindre viktiga framstår idag som tydliga. Det sker hela tiden glidningar, minnen kommer och går, växer och förminskas, förlorar eller återvinner sin betydelse.

Men jag kommer aldrig förbi att den tiden var avgörande i mitt liv. Mitt i allt det som var mitt naiva kaos, trodde jag ändå på att vägen mot en bättre värld gick genom solidaritet och befrielse. Känslan av att vara mitt i världen, mitt i en tid då allt var möjligt att förändra, har jag aldrig glömt.

Men jag har aldrig levt upp till min dåvarande insikt. I mina värsta stunder har jag känt mig som en svikare. Inte minst mot min mamma, som uppmuntrade mig att vara upprorisk. Samtidigt var väl min politiska vilja egentligen, om jag vågar vara ärlig, aldrig annat än en sorts fernissa över tillvaron. Blanklack över Birgitta Roslin! Det enda som verkligen bottnat i mig är att jag försökt vara en anständig domare. Det kan ingen ta ifrån mig.

Hon drack sitt te och planerade morgondagen. Hon skulle återigen knacka på polishusets dörr och meddela sina upptäckter. Den här gången skulle de bli tvungna att lyssna och inte strunta i det hon hade att berätta. De hade knappast gjort något genombrott i utredningen

271

ännu. När hon tagit in på hotellet hade hon uppfattat att några tyskar suttit i receptionen och diskuterat det som hänt i Hesjövallen. Det var en nyhet också utanför landet. En skamfläck på det oskuldsfulla Sverige, tänkte hon. Massmord hör inte hemma här. Sådant sker enbart i USA eller någon enstaka gång i Ryssland. Det kan vara sadistiska galningar eller terrorister. Men aldrig hände det här, i en liten fredlig och enslig belägen svensk skogsby.

Hon försökte känna efter om hennes blodtryck hade sjunkit. Hon trodde det. Det skulle förvåna henne om inte läkaren skulle tillåta henne att börja arbeta igen.

Birgitta Roslin tänkte på de mål som väntade på henne, och undrade samtidigt hur det gick i de rättegångar som lagts ut på hennes kollegor.

Plötsligt kändes det som om hon hade bråttom. Hon ville hem, återvända till sitt vanliga liv igen, även om det i många avseenden var tomt och till och med tråkigt. Hon kunde knappast begära att någon annan skulle kunna ändra på situationen om hon själv inte gjorde någonting.

Där på hotellrummet, i halvmörkret, bestämde hon sig för att ordna en ordentlig fest för Staffan när han fyllde år. De brukade inte anstränga sig inför varandras bemärkelsedagar. Men kanske tiden nu var inne att ändra på det?

När Birgitta Roslin gick till polishuset dagen efter snöade det fortfarande. Temperaturen hade fallit. Utanför hotellet läste hon på termometern att det var minus sju grader. Trottoarerna var ännu inte skottade. Hon gick försiktigt för att inte halka.

I polishusets reception var det lugnt. En ensam polis stod och läste på en anslagstavla. Kvinnan vid telefonväxeln satt orörlig och stirrade tomt ut i luften.

Birgitta Roslin fick en känsla av att Hesjövallen med alla sina döda var en ond saga som någon hittat på. Massmordet hade inte skett, det var en påhittad fantom som höll på att upplösas och försvinna.

Telefonen ringde. Birgitta Roslin gick fram till luckan och väntade tills samtalet hade kopplats vidare.

– Jag söker Vivi Sundberg.

– Hon sitter i möte.

– Erik Huddén?

– Han sitter också i möte.

– Sitter alla i möte?

– Alla. Utom jag. Om det är mycket viktigt kan jag skicka in ett meddelande. Men du kan få vänta länge ändå.

Birgitta Roslin tänkte efter. Naturligtvis var det viktigt, kanske avgörande, det hon hade att komma med.

– Hur länge håller mötet på?

– Det vet man aldrig. Med allt som har hänt kan mötena ibland fortsätta hela dagen.

Kvinnan i receptionen släppte in polismannen som läst på anslagstavlan.

– Jag tror nånting nytt har inträffat, sa hon med låg röst. Utredarna kom redan vid femtiden i morse. Åklagaren också.

– Vad är det som har hänt?

– Vet inte. Men jag misstänker att din väntan kan bli lång. Fast kom ihåg att jag inte har sagt nånting.

– Naturligtvis inte.

Birgitta Roslin satte sig och bläddrade i en tidning. Då och då passerade poliser ut och in genom glasdörren. Journalister och ett teveteam dök upp. Hon väntade bara på att Lars Emanuelsson också skulle visa sig.

Klockan blev kvart över nio. Hon slöt ögonen och lutade sig mot väggen. Hon ryckte till av en röst som hon kände igen. Vivi Sundberg stod framför henne. Hon verkade mycket trött, var alldeles svart runt ögonen.

– Du ville tala med mig?

– Om det inte stör.

– Det stör. Men jag förutsätter att det är viktigt. Du vet vid det här laget vilka krav vi ställer för att vi ska lyssna.

Birgitta Roslin följde henne in genom glasdörren till ett kontor som för tillfället var övergivet.

– Det är inte mitt rum, sa Vivi Sundberg. Men vi kan tala här.

Birgitta Roslin satte sig i en obekväm besöksstol. Vivi Sundberg stod lutad mot en hylla med rödryggade pärmar.

Birgitta Roslin tog sats, samtidigt som hon tänkte att situationen var orimlig. Vivi Sundberg hade redan bestämt sig för att vad hon än hade att berätta så skulle det inte ha någon betydelse för utredningen.

– Jag tror jag har kommit på nånting, sa hon. Ett spår, ska man kanske kalla det.

Vivi Sundberg betraktade henne med uttryckslöst ansikte. Birgitta Roslin kände sig utmanad. Trots allt var hon domare och inte helt främmande för vad som kunde vara ett rimligt uppslag för en polis i en brottsutredning att intressera sig för.

– Det är möjligt att det jag har att säga är så viktigt att du kanske borde kalla in nån mer.

– Varför det?

– Jag är övertygad om det.

Hennes bestämda tonfall gav resultat. Vivi Sundberg försvann ut i korridoren. Efter några minuter kom hon tillbaka med en hostande man som presenterade sig som kammaråklagare Robertsson.

– Jag leder förundersökningen. Vivi säger att du har viktiga saker att berätta. Du är domare i Helsingborg, om jag förstått rätt?

– Det stämmer.

– Är åklagare Halmberg kvar?

– Han har gått i pension.

– Men han bor kvar i stan?

– Jag tror han har flyttat till Frankrike. Antibes.

– Lyckans ost. Han var nästan barnsligt förtjust i goda cigarrer. Nämndemännen brukade svimma i de lokaler där han höll till när rättegångarna hade paus. Dom blev rökförgiftade. När det infördes rökförbud började han förlora sina mål. Han menade att det berodde på tristessen och saknaden efter cigarrerna.

– Jag har hört talas om det där.

Åklagaren satte sig vid skrivbordet. Vivi Sundberg hade återvänt till sin plats vid hyllan. Birgitta Roslin berättade detaljerat om sina upptäcker. Om hur hon känt igen det röda bandet, hittat ursprunget och sedan funnit en kines som varit på ett besök i staden. Hon lade videokassetten på bordet tillsammans med den kinesiska broschyren och berättade vad de hafsigt skrivna tecknen betydde.

Ingen sa någonting när hon tystnat. Robertsson betraktade henne med granskande ögon, Vivi Sundberg såg på sina händer. Sedan ryckte Robertsson till sig kassetten och reste sig.

– Låt oss titta på den här. Nu, genast. Det låter som vanvett. Men ett vanvettigt mördande kanske kräver en vanvettig förklaring.

De gick till ett mötesrum där en mörkhyad städerska höll på att plocka ihop kaffemuggar och papperspåsar. Birgitta Roslin reagerade mot det burdusa sätt på vilket Vivi Sundberg sa åt henne att lämna rummet. Robertsson lyckades med visst besvär och en del svordomar få liv i videospelaren och teveapparaten.

Någon slog i dörren. Robertsson höjde rösten och sa att de ville vara ifred. De ryska kvinnorna skymtade förbi och var snart borta igen. Bilden flimrade till. Wang Min Hao kom in i bilden, såg mot kameran och försvann. Robertsson spolade tillbaka och frös bilden i det ögonblick när Wang såg mot kameran. Vivi Sundberg hade nu också blivit intresserad. Hon drog för persiennerna för de närmaste fönstren. Bilderna framträdde tydligare.

– Wang Min Hao, sa Birgitta Roslin. Om det nu är hans verkliga namn. Från ingenstans dyker han upp här i Hudiksvall den 12 januari. Han övernattar på ett litet hotell efter att ha tagit med sig ett band från en papperslykta som hänger i en restaurang. Det bandet återfinns senare på brottsplatsen i Hesjövallen. Varifrån han kommer och vart han tar vägen vet jag inte.

Robertsson hade stått framåtlutad vid teven. Nu satte han sig ner. Vivi Sundberg öppnade en Ramlösa.

– Underligt, sa Robertsson. Jag antar att du förvissat dig om att det röda bandet verkligen kommer från restaurangen.

– Jag har jämfört dom.

– Vad är det som pågår, sa Vivi Sundberg häftigt. Håller du på med en parallell privat utredning?

– Jag ville inte störa, sa Birgitta Roslin. Jag vet att ni har mycket att göra. En nästan orimlig uppgift. Värre än den där galningen som sköt ihjäl en massa folk på en Mälarångare i början av 1900-talet.

– John Filip Nordlund, sa Robertsson beskäftigt. En dåtida värsting. Han såg ut som en av våra nutida unga huliganer med rakad skalle. Den 17 maj 1900 dödade han fem personer på en båt mellan Arboga och Stockholm. Han blev halshuggen. Vilket knappast våra bråkstakar blir. Eller den person som begått ohyggligheterna i Hesjövallen.

Vivi Sundberg verkade inte imponerad av Robertssons historiska kunskaper. Hon försvann ut i korridoren.

– Jag har bett om att få hit lampan från den där krogen, sa hon när hon kom tillbaka.

– Dom öppnar inte förrän elva, sa Birgitta Roslin.

276

– Staden är liten, sa Vivi Sundberg. Vi hämtar ägaren så får han öppna.

– Se bara till att inte mediamobben får reda på det här, varnade Robertsson. Vad blir löpsedlarna då? "Kines bakom Hesjövallsmassakern? Snedögd galning eftersöks."

– Det är knappast troligt efter vår presskonferens i eftermiddag, sa Vivi Sundberg.

Alltså hade flickan i växeln rätt, tänkte Birgitta Roslin hastigt. Någonting har hänt som ska presenteras idag. Det är därför de är så måttligt intresserade.

Robertsson började hosta. Anfallet var våldsamt och gjorde honom röd i ansiktet.

– Cigaretter, sa han. Jag har rökt så många cigaretter att de utlagda i en rad motsvarar en sträcka från Stockholms centrum till söder om Södertälje. Ungefär från Botkyrka hade dom filter. Men det gjorde nog inte saken bättre.

– Låt oss resonera, sa Vivi Sundberg och satte sig ner. Du har ju vållat en del oro och irritation här i huset.

Nu kommer dagböckerna, tänkte Birgitta Roslin. Den här dagen kommer att sluta med att Robertsson gräver fram någon åtalspunkt mot mig. Det blir knappast övergrepp i rättssak. Men det finns andra paragrafer han kan komma dragande med.

Vivi Sundberg sa dock ingenting om dagböckerna och Birgitta Roslin anade plötsligt ett samförstånd med henne, trots den avvisande attityden. Det som hänt var uppenbarligen ingenting som den hostande kollegan behövde veta om.

– Vi ska naturligtvis se på det här, sa Robertsson. Vi arbetar förutsättningslöst. Men vi har inga andra spår som kan tyda på att en kines på något sätt skulle vara inblandad i det här.

– Mordvapnet, frågade Birgitta Roslin. Finns det?

277

Varken Vivi Sundberg eller Robertsson svarade. De har hittat det, tänkte Birgitta Roslin. Det är vad som ska avslöjas i eftermiddag. Naturligtvis är det så.

– Det kan vi inte kommentera just nu, sa Robertsson. Låt oss vänta in den där lampan och jämföra banden. Överensstämmer dom så går den här informationen på allvar in i utredningen. Kassetten behåller vi naturligtvis.

Han drog till sig ett skrivblock och började anteckna.

– Vem har träffat den här kinesiske mannen?

– Servitrisen på restaurangen.

– Jag brukar äta där. Den unga eller den gamla? Eller den grinige fadern i köket? Han med vårtan i pannan?

– Den unga.

– Hon växlar mellan att låtsas vara sedesamt blyg och mycket flirtig. Jag tror hon är uttråkad. Någon mer?

– Någon mer som vad?

Robertsson suckade.

– Kära kollega. Du har förvånat oss alla med den här kinesen som du har skakat ut fram ur din kappa. Vem har träffat honom? Frågan kan inte vara enklare.

– En brorson till ägaren av hotellet. Vad han heter vet jag inte. Men Sture Hermansson sa att han befinner sig i Arktis.

– Den här utredningen börjar med andra ord anta oerhörda geografiska proportioner. Först kommer du dragande med en kines. Nu befinner sig ett vittne i Arktis. Det har stått om det här i Time och Newsweek, The Guardian i London ringde mig, på samma sätt har Los Angeles Times visat intresse. Har någon annan träffat denne kines? Förhoppningsvis någon som inte just nu befinner sig i den oändliga australiska öknen.

– Det finns en städerska på hotellet. En ryska.

Robertsson lät nästan triumferande när han svarade.

– Vad var det jag sa? Nu fick vi med Ryssland också. Hennes namn?

– Hon kallas Natascha. Enligt Sture Hermansson heter hon nånting annat.

– Hon kanske vistas här illegalt, sa Vivi Sundberg. Det händer att vi hittar både ryssar och polacker här i stan.

– Just nu är det knappast av intresse, invände Robertsson. Finns det nån annan som sett denne kines?

– Jag vet ingen, sa Birgitta Roslin. Men han måste ju ha kommit hit och gett sig av nånstans. Med buss? Eller taxi? Någon måste ha lagt märke till honom?

– Det ska vi ta reda på, sa Robertsson och lade ifrån sig pennan. Om nu det här visar sig vara viktigt.

Vilket du inte tror, tänkte Birgitta Roslin. Vad det än är för spår ni har, så bedömer du att det är viktigare.

Vivi Sundberg och Robertsson lämnade rummet. Birgitta Roslin kände att hon var trött. Sannolikheten för att hennes upptäckter skulle ha något med saken att göra var naturligtvis försvinnande liten. Det var hennes egen erfarenhet att egendomliga fakta som pekade mot ett visst håll ofta visade sig vara villospår.

Medan hon väntade, alltmer otåligt, gick hon fram och tillbaka i mötesrummet. Åklagare som Robertsson hade alltid befolkat hennes liv. Kvinnliga poliser satt ofta som vittnen i hennes rättssalar och hade kanske inte så rött hår som Vivi Sundberg. Men de talade lika långsamt och var lika överviktiga. Den cyniska jargongen fanns överallt. Också bland domare kunde samtalen om gärningsmän bli häpnadsväckande grova och nedlåtande.

Vivi Sundberg kom tillbaka, strax efter Robertsson i sällskap med Tobias Ludwig. Han höll plastpåsen med det röda bandet i handen, medan Vivi Sundberg bar på en av papperslyktorna från restaurangen.

Banden las ut och jämfördes. Det rådde inget tvivel om att de hörde ihop.

De satte sig återigen runt bordet. Robertsson sammanfattade hastigt det Birgitta Roslin hade berättat. Han kunde konsten att göra en effektiv föredragning, insåg hon.

Efteråt var det ingen som hade några frågor om den information de fått. Den ende som yttrade sig var Tobias Ludwig.

– Förändrar det här nånting i förhållande till den presskonferens vi ska ha senare idag?

– Nej, sa Robertsson. Det här ska bearbetas. Men i sinom tid.

Därefter bröt Robertsson mötet. Han skakade hand och försvann.

När Birgitta Roslin reste sig fick hon en blick från Vivi Sundberg som hon tolkade som att hon skulle stanna kvar.

När de var ensamma stängde Vivi Sundberg dörren och gick rakt på sak.

– Det förvånar mig att du fortfarande insisterar på att blanda dig i den här utredningen. Naturligtvis är det en märklig upptäckt du har gjort, var det röda bandet kom ifrån. Vi ska undersöka saken. Men jag tror att du redan har förstått att vi just nu gör andra prioriteringar.

– Har ni ett annat spår?

– På en presskonferens senare idag kommer vi att berätta.

– Till mig kanske du kan säga nånting redan nu?

Vivi Sundberg skakade på huvudet.

– Ingenting alls?

– Ingenting.

– Har ni en misstänkt?

– Som sagt, vi berättar på presskonferensen. Jag ville att du skulle stanna kvar av ett helt annat skäl.

Vivi Sundberg reste sig och lämnade rummet. När hon kom tillbaka hade hon de dagböcker i handen som Birgitta Roslin tvingats lämna ifrån sig några dagar tidigare.

– Vi har gått igenom dom, sa Vivi Sundberg. Jag gör bedömningen att dom saknar betydelse för utredningen. Därför tänkte jag visa min goda vilja och låta dig få låna dom. Mot kvitto. Villkoret är att du lämnar tillbaka dom när vi begär det.

Birgitta Roslin undrade hastigt om hon höll på att gå i en fälla. Vad Vivi Sundberg nu gjorde var knappast tillåtet, även om det inte var direkt brottsligt. Birgitta Roslin hade ingenting med förundersökningen att göra. Vad kunde hända om hon tog emot dagböckerna?

Vivi Sundberg uppfattade hennes tvekan.

– Jag har talat med Robertsson, sa hon. Han var bara mån om att vi fick ett kvitto.

– Av det jag hann läsa fanns det vissa uppgifter om kineser som arbetade vid järnvägsbyggen i USA.

– På 1860-talet? Det är snart 150 år sen.

Vivi Sundberg lade dagböckerna tillsammans med en plastpåse på bordet. I fickan hade hon ett kvitto som Birgitta Roslin undertecknade.

Vivi Sundberg följde henne ut till receptionen. De skiljdes vid glasdörrarna. Birgitta Roslin frågade när presskonferensen skulle hållas.

– Klockan två. Om fyra timmar. Har du presskort kan du komma in. Det är så många som vill vara med och vi har inga lokaler som är tillräckligt stora för det här uppbådet. Det är ett för stort brott för en alldeles för liten stad.

– Jag hoppas ni har fått ett genombrott.

Vivi Sundberg tänkte efter innan hon svarade.

– Ja, sa hon. Jag tror vi håller på att lösa den här förfärliga slakten.

Hon nickade långsamt, som för att bekräfta sina egna ord.

– Vi vet nu också att alla i byn faktiskt var släkt, sa hon. Alla dom döda. Det fanns släktband.

– Alla utom pojken?

– Även han var släkt. Men han var på besök.

Birgitta Roslin lämnade polishuset. Hon grubblade intensivt på vad som skulle presenteras några timmar senare.

En man gick ikapp henne på den snöiga trottoaren som fortfarande inte hade blivit skottad.

Lars Emanuelsson log. Birgitta Roslin kände en plötslig impuls att slå till honom. Samtidigt kunde hon inte låta bli att imponeras av hans envishet.

– Vi möts igen, sa han. Ständigt gör du besök på polishuset. Domaren från Helsingborg rör sig oförtrutet i utkanten av utredningen. Du måste förstå att jag blir nyfiken.

– Ställ frågorna till polisen. Inte till mig.

Lars Emanuelsson blev allvarlig.

– Det kan du vara säker på att jag redan gör. Fortfarande har jag dock inte fått några svar. Vid en viss tidpunkt blir det irriterande. Då måste jag börja spekulera. Vad gör en domare från Helsingborg i Hudiksvall? På vilket sätt är hon inblandad i gräsligheterna som hänt?

– Jag har ingenting att säga.

– Förklara bara för mig varför du är så otrevlig och avvisande?

– Därför att du inte lämnar mig ifred.

Lars Emanuelsson nickade mot plastpåsen.

– Jag såg när du gick in tomhänt idag. Och nu kommer du ut med en tung plastpåse. Vad finns där? Papper? Pärmar? Nånting annat?

– Det är knappast nånting som angår dig.

– Svara aldrig en journalist på det sättet. Allt angår mig. Vad som finns i påsen, vad som inte finns, varför du inte vill svara.

Birgitta Roslin började gå därifrån. Hon snubblade till och föll omkull i snön. En av de gamla dagböckerna ramlade ur påsen. Lars Emanuelsson var genast framme men hon stötte undan hans hand samtidigt som hon stoppade tillbaka boken i plastpåsen. Hennes ilska fick henne att rodna när hon skyndade därifrån.

– Gamla böcker, ropade Lars Emanuelsson efter henne. Förr eller senare får jag veta vad dom betyder.

Först när hon var framme vid bilen borstade hon av sig snön. Hon startade motorn och satte på värmen. När hon kommit ut på huvudvägen började hon lugna ner sig. Hon slog Lars Emanuelsson och Vivi Sundberg ur tankarna, körde inlandsvägarna, passerade Borlänge där hon stannade och åt och svängde in på en parkeringsplats utanför Ludvika när klockan närmade sig två.

Nyhetssändningen i radion var kort. Presskonferensen hade just börjat. Enligt vad som erfarits hade polisen nu en person misstänkt för massmordet i Hesjövallen. Mer information utlovades i nästa nyhetssändning.

Birgitta Roslin körde vidare och stannade på nytt en timme senare. Hon svängde försiktigt in på en timmerväg, rädd att snön skulle vara så lös att bilen fastnade. Hon slog på bilradion. Det första hon hörde var åklagare Robertssons röst. Nu fanns en misstänkt som var intagen till förhör. Robertsson räknade med att han skulle häktas under eftermiddagen eller kvällen. Något mer ville han inte säga.

Ett våldsamt sorl av journalisternas röster fyllde radion när han tystnat. Men Robertsson sa inget mer än det han redan sagt.

När nyhetssändningen var över stängde hon av radion. Några tunga snösjok föll från en gran intill bilen. Hon lossade säkerhetsbältet och steg ut. Temperaturen hade fortsatt att falla. Hon rös till. Vad hade Robertsson sagt? En misstänkt man. Därutöver ingenting. Men han hade låtit segerviss, på samma sätt som Vivi Sundberg tidigare gett intryck av att vara tämligen säker på ett genombrott.

Det finns ingen kines, tänkte hon plötsligt. Han som dök upp ur skuggorna och plockade med sig ett rött band har ingenting med det här att göra. Förr eller senare kommer det att få en naturlig förklaring.

Eller också inte. Hon visste att erfarna kriminalpoliser alltid talade om de lösa trådar som aldrig fick sina svar i komplicerade brottsutredningar. Det var sällan allt som hänt gick att ge en rationell förklaring.

Hon bestämde sig för att glömma sin kines. Han var bara en skugga som under några dagar oroat henne.

Hon startade bilen och körde vidare. Nästa nyhetssändning glömde hon bort.

På kvällen stannade hon i Örebro där hon sov under natten. Påsen med dagböckerna lämnade hon i bilen.

Innan hon somnade fanns en stund en nästan ohjälplig längtan efter en annan människas kropp. Staffans kropp. Men han var inte där. Hon kunde knappt ens minnas hans händer.

Dagen efter, vid tretiden på eftermiddagen, kom hon till Helsingborg. Plastpåsen med dagböckerna ställde hon i sitt arbetsrum.

Då visste hon att en man i 40-årsåldern, ännu ej namngiven, hade blivit häktad av åklagare Robertsson. Men nyheterna var knappa, tidningarna och media rasade över den magra informationen.

Ingen visste vem han var. Alla väntade.

21

På kvällen såg Birgitta Roslin nyhetsutsändningen tillsammans med sin man. Åklagare Robertsson berättade om genombrottet i utredningen. I bakgrunden skymtade Vivi Sundberg. Presskonferensen var kaotisk. Tobias Ludwig lyckades inte hålla ordning på journalisterna som nästan välte det podium där Robertsson höll till. Han var den ende som bevarade sitt lugn. Ensam framför den kamera där han till sist gav en enskild intervju beskrev han vad som hänt. En man i 45-årsåldern hade gripits i sitt hem utanför Hudiksvall. Det hela hade skett odramatiskt. För säkerhets skull hade dock en insatsstyrka kallats in. Mannen hade blivit häktad för att på sannolika skäl ha deltagit i massmordet i Hesjövallen. Robertsson ville av utredningstekniska skäl inte avslöja mannens identitet.

– Varför vill han inte det? frågade Staffan.

– Andra inblandade kan varnas, bevis kan förstöras, svarade Birgitta, samtidigt som hon hyssjade ner honom. Det finns många skäl som en åklagare kan använda sig av.

Robertsson lämnade inte ut några detaljer. Men genombrottet i utredningen hade kommit genom flera tips från allmänheten. Nu höll man på att säkra olika spår. Ett första förhör hade redan hållits.

Journalisten pressade Robertsson med sina frågor.

– Har han erkänt?

– Nej.

– Har han gjort några som helst medgivanden?

– Det kan jag inte uttala mig om.

285

– Varför inte?

– Vi är inne i ett avgörande läge i utredningen.

– Blev han förvånad när han greps?

– Ingen kommentar.

– Har han familj?

– Ingen kommentar.

– Men han bor utanför Hudiksvall?

– Ja.

– Vad gör han?

– Ingen kommentar.

– På vilket sätt har han en koppling till alla dom människor som blev dödade?

– Du måste förstå att jag inte kan kommentera det.

– Men du måste också förstå att våra tittare är intresserade av det som har hänt. Det här är det näst värsta våldsbrott som skett i Sverige.

Robertsson höjde förvånat på ögonbrynen.

– Vilket är värre?

– Stockholms blodbad.

Robertsson brast ut i ett överraskat skratt. Birgitta Roslin stönade över den beskäftiga journalisten.

– Det kan knappast jämföras, sa Robertsson. Men jag tänker inte argumentera med dig.

– Vad händer nu?

– Vi ska hålla ytterligare ett förhör med den häktade.

– Har han försvarsadvokat?

– Han har begärt Tomas Bodström. Men så blir det nog inte.

– Är du säker på att ni har gripit rätt man?

– Det är för tidigt att svara på. Men jag är tills vidare nöjd med att han har blivit häktad.

Intervjun tog slut. Birgitta skruvade ner ljudet. Staffan såg på henne.

– Vad säger fru domaren om det här?

– Naturligtvis har dom nånting på fötterna. Annars hade dom aldrig fått häktningen godkänd. Men han är inlåst på sannolika skäl. Antingen är Robertsson försiktig eller så har han inte mer att komma med.

– En ensam man som gör allt detta?

– Det behöver inte betyda att han är ensam bara för att han just nu är den ende som häktats.

– Kan det vara något annat än ett vansinnesdåd?

Birgitta satt tyst en stund innan hon svarade.

– Kan ett vansinnesdåd egentligen vara välplanerat? Dina svar är lika goda som mina.

– Vi får alltså vänta och se.

De drack te och lade sig tidigt den kvällen. Han sträckte ut sin hand och lade den mot hennes kind.

– Vad tänker du på? frågade han.

– Att det finns en oerhörd massa skog i Sverige.

– Jag trodde att du kanske tyckte det var skönt att slippa ifrån allt.

– Vad? Dig?

– Mig. Och rättegångarna. Ett litet uppror i medelåldern.

Hon lade sig närmare honom.

– Ibland kan jag tänka: Var det här allt? Det är orättvist, jag vet. Du, barnen, mitt arbete, vad kan jag begära? Men det där andra. Det vi tänkte när vi var unga. Att inte bara förstå utan också att förändra. Om man ser sig omkring ser man en värld som bara har blivit värre.

– Inte alldeles. Vi röker mindre, vi har datorer och mobiltelefoner.

– Det är som om hela jorden håller på att vittra sönder. Och våra domstolar är nästan nere i brygga när det gäller att försvara nån sorts moralisk anständighet i landet.

– Är det här vad du har tänkt där uppe i Norrland?

– Kanske. Lite dyster är jag. Men det kanske är nödvändigt att vara dyster ibland.

De låg tysta. Hon väntade på att han nu skulle vända sig emot henne. Men ingenting hände.

Vi är inte där än, tänkte hon besviket. Samtidigt kunde hon inte förstå varför hon själv inte förmådde göra det som han inte gjorde.

– Vi borde resa bort, sa han sedan. Vissa samtal är dessutom bättre att man för under dagtid än just när man ska somna.

– Kanske skulle vi göra en pilgrimsfärd, sa hon. Gå vägen till Santiago de Compostela, göra som traditionen säger. Stoppa stenar i våra ryggsäckar, varje sten ett problem som vi brottas med. När vi sen hittat lösningar så lägger vi stenarna vid vägkanten.

– Menar du allvar?

– Naturligtvis. Men jag vet inte om mina knän håller.

– Bär man för tungt hotar hälsporre.

– Vad är det?

– Nånting i hälen. Jag har en god vän som fått det. Ture, veterinären. Han har haft det plågsamt.

– Vi borde bli pilgrimer, mumlade hon. Men inte nu. Först ska jag sova. Du med.

Dagen efter kontaktade Birgitta Roslin sin doktor och kontrollerade att återbesöket om fem dagar stod fast. Sedan städade hon huset och kastade bara en blick på plastpåsen med dagböckerna. Hon talade med sina barn om att ordna en överraskningsfest för Staffan när han fyllde år. Alla var överens om att det var ett bra initiativ, och hon ringde runt till deras vänner och bjöd in dem. Då och då lyssnade hon till nyhetssändningar från Hudiksvall. Informationen som trängde ut från det belägrade polishuset var knapphändig.

Det var först sent på eftermiddagen som hon satte sig vid sitt arbetsbord och motvilligt tog fram dagböckerna. Nu när det satt en man häktad för morden kände hon att hennes egna provisoriska teorier hade förlorat i betydelse. Hon bläddrade fram till den sida där hon hade avslutat läsningen.

Telefonen ringde. Det var Karin Wiman.

– Jag ville bara höra att du kom hem ordentligt.

– Skogarna i Sverige är oändliga. Konstigt att det inte växer barr på människorna som lever där inne i mörkret. Jag blir rädd för granar. Dom gör mig nerstämd.

– Och lövträd?

– Det känns bättre. Men öppna fält, hav och horisonter är det jag mest av allt vill ha just nu.

– Kom hit. Kör över bron. Ditt telefonsamtal fick mig att börja minnas. Man blir äldre. Plötsligt framstår ens gamla vänner som klenoder att bevara. Jag ärvde några vackra glasvaser av min mor. Dyrbarheter från Orrefors. Men vad betyder dom jämfört med vänner?

Birgitta Roslin lockades av idén. Också hon hade tänkt på telefonsamtalet med Karin Wiman.

– När har du tid? Själv är jag just nu sjukskriven, dåliga blodvärden, högt blodtryck.

– Inte idag. Men kanske i morgon.

– Undervisar du inte?

– Jag forskar mer och mer. Jag älskar mina studenter, men dom tröttar ut mig. Dom intresserar sig bara för Kina eftersom dom tror att dom kan bli rika där. Kina är vårt nuvarande Klondyke. Få söker längre fördjupade kunskaper om det jättelika Mittens rike med sitt nästan osannolikt dramatiska förflutna.

Birgitta tänkte på den dagbok som låg framför henne. Också där fanns ett Klondyke mellan raderna.

– Du kan bo hos mig, fortsatte Karin Wiman. Mina söner är nästan aldrig hemma.

– Men din man?

– Han är ju död.

Birgitta Roslin ville bita sig hårt i tungan. Det hade hon glömt. Karin Wiman var änka sedan nästan tio år tillbaka. Hennes man, den vackre ynglingen från Aarhus som blev läkare, hade dött i en galopperande leukemi, knappt mer än 40 år gammal.

– Jag skäms. Förlåt mig.

– Det gör ingenting. Kommer du?

– I morgon. Och jag vill tala om Kina. Både det gamla och det nya.

Hon skrev upp adressen, bestämde en tid och kände att hon gladde sig över att träffa Karin igen. En gång hade det funnits en stor förtrolighet mellan dem. Sedan hade deras vägar lett dem åt olika håll, med allt mindre kontakt, allt färre telefonsamtal. Birgitta Roslin hade varit med när Karin Wiman doktorerat och hon hade även lyssnat på hennes installationsföreläsning vid universitetet i Köpenhamn. Men aldrig hade Karin suttit i en rättssal när hon presiderat.

Glömskan skrämde henne. Var kom hennes tankspriddhet ifrån? Alla åren som domare, koncentrerad på pläderingar och vittnesmål hade övat upp hennes uppmärksamhet. Och nu mindes hon inte ens att Karins man var död sedan tio år?

Hon ruskade av sig obehaget och började läsa i den uppslagna dagboken. Långsamt lämnade hon vintervädret i Helsingborg bakom sig och trädde ut i Nevadas öken, där män i mörka slokhattar eller näsdukar knutna runt huvudena med våldsamma ansträngningar tvingade järnvägen österut, meter för meter.

JA fortsatte i sina anteckningar att tala illa om nästan alla dem han arbetar med, har ansvar för. Irländarna är lata och super, de få svarta män som järnvägsbolaget har anställt är starka men ovilliga att anstränga sig. JA längtar efter slavar från de karibiska öarna eller den amerikanska södern som han hört berättas om. Bara piskrapp kan få dessa starka män att verkligen utnyttja sina krafter. Han önskar att han kunde få piska dem som oxar eller åsnor. Vilka folkslag han tycker sämst om lyckades Birgitta Roslin inte fastställa. Kanske indianerna, den amerikanska urbefolkningen som han öser förakt över. Deras ovilja till arbete, lömska bakslughet har nästan ingen like bland allt det drägg han tvingas sparka och slå för att järnvägen ska ringla vidare. Med jämna mellanrum talar han också om kineserna som han helst av allt skulle vilja tvinga ut i Stilla havet, så att de kunde välja mellan att drunkna eller att simma tillbaka till Kina. Men han förmår inte förneka att kineserna är duktiga arbetare. De dricker inte sprit, tvättar sig och följer regler. Deras enda svaghet är en förkärlek för spel och egendomliga religiösa ceremonier. JA försöker hela tiden motivera varför han inte tycker om dessa människor som hela tiden underlättar hans arbete. På några svårtydda rader tyckte Birgitta Roslin sig kunna utläsa att de släpande och slitande kineserna var ämnade till detta, ingenting annat. De hade nått en nivå som aldrig skulle kunna höjas ytterligare genom utveckling.

De människor JA håller högst är de som kommer från Skandinavien. På järnvägsbygget finns en liten nordisk koloni, med några få danskar, något fler norrmän och sedan en större grupp svenskar och finnar. *Jag litar på dessa karlar. De lurar mig inte så länge jag håller ögonen på dem. Dessutom äro de inte rädda för att ta i. Men vänder jag ryggen till förvandlas de till samma pack som de andra.*

Birgitta Roslin sköt undan dagboken och reste sig upp. Vem än denne järnvägsförman varit så fann hon honom alltmer motbjudande. En man ur enkla förhållanden som hade tagit sig över till Amerika. Och där plötsligt fått stor makt över människor. En brutal person som hade blivit en liten tyrann. Hon satte på sig ytterkläder och tog en lång promenad genom staden för att tillfälligt befria sig från obehaget.

Klockan var sex när hon satte på radion i köket. Nyhetssändningen började med att Robertssons stämma tonade in. Hon stod orörlig på golvet och lyssnade. Bakom Robertssons röst hördes ljudet från fotoblixtar och skrapande stolar.

Som vid tidigare tillfällen var han klar och tydlig. Den man som häktats dagen innan hade nu erkänt att han ensam hade begått alla morden i Hesjövallen. Klockan elva på förmiddagen hade han genom sin försvarsadvokat begärt att få tala med den kvinnliga polis som hållit det första förhöret med honom. Han hade också begärt att åklagaren skulle närvara. Sedan hade han utan vidare erkänt de faktiska förhållanden som gjort att han blivit häktad. Som motiv angav han att det varit en hämndakt. Fortfarande återstod många förhör innan man helt skulle kunna klargöra för vad han hade hämnats.

Robertsson slutade med det som alla väntade på.

– Den man som är häktad heter Lars-Erik Valfridsson. Han är ensamstående, anställd på ett företag som utför sprängnings- och schaktningsarbeten, och är tidigare vid flera tillfällen straffad för misshandel.

Fotoblixtarna rasslade. Robertsson började svara på frågor som han hade svårt att urskilja i den stora mängd som journalisterna kastade över honom. Den kvinnliga radioreportern tonade ner hans röst och började tala i hans ställe. Hon gjorde en tillbakablick över det som hade hänt. Birgitta Roslin lät radion stå på medan hon såg på textteves nyheter. Där fanns ingenting förutom det Robertsson hade sagt. Hon stängde av både radion och teven och satte sig ner i soffan. Något i Robertssons röst hade övertygat henne om att han var säker på att de hade hittat gärningsmannen. Hon tyckte att hon i sitt liv hade hört tillräckligt många åklagare uttala sig för att kunna våga ha en åsikt om bärkraften i hans uppfattning. Robertsson trodde han hade rätt. Och anständiga åklagare byggde aldrig sina åtal på uppenbarelser eller gissningar utan på fakta.

Det var egentligen för tidigt att dra en slutsats. Ändå gjorde hon det. Mannen som nu hade blivit gripen och häktad var sannerligen ingen kines. Hennes upptäckter började långsamt förlora sin mening. Hon gick in i arbetsrummet och lade tillbaka dagböckerna i plastpåsen. Det fanns inga skäl längre för henne att studera den obehaglige mannens rasistiska och människofientliga anteckningar i över hundra år gamla dagböcker.

På kvällen åt hon en sen middag tillsammans med Staffan. De berörde bara med få ord det som hänt. Inte heller i de kvällstidningar han hade med sig hem från tåget fanns några andra informationer än de hon redan hade fått. På ett foto från en presskonferens skymtade hon Lars Emanuelsson med handen lyft för att ställa en fråga. Hon rös till vid tanken på deras möten. Hon berättade att hon skulle resa till Karin Wiman dagen efter och förmodligen stanna över natten. Staffan kände både henne och den man som hon en gång varit gift med.

– Res, sa han. Det gör dig gott. När har du ditt återbesök hos doktorn?

– Om några dagar. Då kommer han säkert att säga att jag är frisk igen.

Telefonen ringde dagen efter när Staffan hade gått till tågen och hon höll på att packa sin väska. Det var Lars Emanuelsson. Hon blev genast på sin vakt.

– Vad vill du? Hur har du fått tag på mitt telefonnummer? Det är hemligt.

Lars Emanuelsson fnittrade till.

– Den journalist som inte vet hur man hittar ett telefonnummer, hur hemligt det än är, bör nog ägna sig åt ett annat yrke.

– Vad vill du?

– Ha en kommentar. Stora omvälvande händelser sker i Hudiksvall. En åklagare som inte verkar alltför självsäker, men ändå ser oss i ögonen. Vad har du att säga om det?

– Ingenting.

Lars Emanuelssons vänlighet, spelad eller inte, försvann. Tonen blev skarpare, otåligare.

– Låt oss inte hamna i det där gamla tjatet igen. Svara på mina frågor. Annars börjar jag skriva om dig.

– Jag har absolut inga informationer om det som åklagaren har presenterat. Jag är lika överraskad som resten av svenska folket.

– Överraskad?

– Välj vilket ord du vill. Överraskad, lättad, likgiltig, vad du vill.

– Nu kommer några enkla frågor.

– Jag lägger på nu.

– Gör du det skriver jag att en domare i Helsingborg som nyligen brådstörtat lämnat Hudiksvall vägrar svara på frågor. Har du varit med om att ditt hus varit belägrat av journalister någon gång? Det är mycket lätt att åstadkomma en sådan sak. Förr kunde man i det här landet med väl utförd ryktesspridning på kort tid samla lynchmobbar. En flock ivriga journalister påminner i högsta grad om en sådan mobb.

– Vad är det du vill?

– Ha svar. Varför var du i Hudiksvall?

– Jag är släkt med några av dom döda. Vilka säger jag inte.

Hon kunde höra att han andades tungt i luren medan han värderade eller skrev ner hennes svar.

– Det stämmer nog. Varför gav du dig av?

– För att jag skulle resa hem.

– Vad hade du i plastpåsen du bar med dig ut från polishuset?

Hon tänkte efter innan hon svarade.

– Ett antal dagböcker som tillhört min släkting.

– Är det sant?

– Det är sant. Kommer du hit till Helsingborg ska jag hålla ut en av böckerna genom dörren. Vänligen återkom.

– Jag tror dig. Du måste förstå att jag bara gör mitt arbete.

– Är vi färdiga nu?

– Vi är klara.

Birgitta Roslin slog telefonen hårt i klykan. Samtalet hade gjort henne svettig. Men de svar som hon gett var både sanna och heltäckande. Lars Emanuelsson skulle inte ha något att skriva om. Men hans envishet fortsatte att imponera på henne och hon insåg att han nog var en mycket duglig reporter.

Trots att det hade varit enklare för henne att ta färjan över till Helsingör for hon ner till Malmö och passerade den långa bron som hon tidigare bara hade rest över med en buss. Karin Wiman bodde i Gentofte, norr om Köpenhamn. Birgitta Roslin körde fel två gånger innan hon kom in på den rätta ringleden och sedan kustvägen norrut. Det blåste och var kallt men himlen var klar. Klockan var elva när hon letat sig fram till det vackra hus där Karin bodde. Här hade hon bott när hon varit gift, i huset hade också hennes man dött. Huset var vitt, två våningar, omgivet av en stor, uppvuxen trädgård. Från den översta våningen mindes Birgitta Roslin att man kunde se vattnet bortom hustaken.

Karin Wiman kom ut genom porten och mötte henne. Birgitta Roslin kunde se att hon hade magrat. Hon var blekare än hon mindes henne. Hennes första tanke var att Karin var sjuk. De omfamnade varandra, gick in, ställde väskan i det rum där Birgitta skulle sova och gick runt i huset. Inte mycket hade förändrats sedan Birgitta var där senaste gången. Karin har velat ha det kvar som när hennes man levde, tänkte hon. Hur skulle jag själv ha gjort? Hon visste inte. Men hon och Karin Wiman var mycket olika. Deras stryktåliga vänskap hade byggt just på den stora skillnaden. De hade utvecklat stötfångare som väl tog emot de törnar de gav varandra.

Karin hade förberett lunch. Det satte sig i ett inglasat uterum som var fyllt av växter och dofter. Nästan genast, efter de inledande trevande orden, började de tala om sin ungdomstid i Lund. Karin, vars föräldrar hade ett stuteri i Skåne, hade kommit dit 1966, Birgitta året efter. De hade träffats på Akademiska föreningen under en poesiafton och snabbt blivit vänner, trots att de egentligen var mycket olika. Karin, med sin bakgrund, hade ett stort självförtroende. Birgitta däremot var osäker och trevande.

De drogs in i FNL-rörelsen, satt tysta som möss och lyssnade när främst de unga männen som ansåg sig besitta stora kunskaper talade länge och omständligt om nödvändigheten av att göra uppror. Men samtidigt uppslukades de av den fantastiska känslan av att en annan verklighet kunde skapas, av att de själva var med och formade framtiden. Och det var inte bara FNL-rörelsen som blev en skola i organisatoriskt politiskt arbete. Där fanns otaliga andra grupper som uttryckte sin solidaritet med den fattiga koloniala världens befrielserörelser. Och samma sak gällde även här hemma. Det sjöd av upprorslust mot allt gammalt och förlegat. Det var, kort sagt, en underbar tid att leva i.

Båda hade sedan i en period tillhört den radikala grupp inom vänstern som kallats Rebellerna. De hade under några hektiska månader levt en sektliknande tillvaro, där brutal självkritik och en dogmatisk tilltro till Mao Zedongs tolkningar av revolutionens teorier var grundpelaren. De hade avskärmat sig från alla övriga vänsteralternativ, som de betraktat med förakt. De hade slagit sönder sina grammofonskivor med klassisk musik, rensat i bokhyllorna och bedrivit ett liv som imiterade de röda garden som Mao mobiliserat i Kina.

Karin frågade om hon mindes den famösa badresan till Tylösand. Birgitta kom ihåg. De hade haft möte i den rebellcell de tillhörde. Kamrat Moses Holm, som senare blev läkare men miste sin legitimation på grund av eget missbruk och vårdslösa förskrivningar av narkotika, hade framställt ett förslag om att de skulle "infiltrera den borgerliga ormgrop som under sommaren solar och badar på Tylösand". Det blev efter långa diskussioner beslutat, en strategi gjordes upp. Påföljande söndag, en dag i början av juli, reste nitton kamrater i en hyrd buss till Halmstad och Tylösand. Med ett porträtt av Mao i täten, omgivna av röda flaggor, marscherade de ner till stranden, förbi alla häpna människor. De skanderade slagord, viftade med den lilla röda citatboken och simmade sedan ut i vattnet med Maos bild. Efteråt samlades de på stranden, sjöng "Östern är röd", fördömde i ett kort tal det fascistiska Sverige och manade de solande arbetarna att beväpna sig och förbereda sig för den revolution som snart skulle komma. Sedan for de hem och använde de kommande dagarna till att utvärdera "anfallet" på badstranden i Tylösand.

– Vad minns du? frågade Karin.

– Moses. Som hävdade att vårt intåg på Tylösand skulle skrivas in i den framtida revolutionära historien.

– Jag minns att det var så kallt i vattnet.

– Men jag minns inte alls vad jag tänkte?

– Vi tänkte inte. Det var själva meningen. Vi skulle lyda andras tankar. Vi begrep inte att det var som robotar vi skulle befria mänskligheten.

Karin skakade på huvudet och brast i skratt.

– Vi var som mycket små barn. Med ett stort allvar. Vi hävdade att marxismen var vetenskap, lika sann som något av Newton eller Kopernikus eller Einstein. Men ändå var vi troende. Maos lilla röda var en katekes. Vi begrep inte att det inte var en bibel vi viftade med, utan en citatsamling från en stor revolutionär.

– Jag minns att jag tvekade, sa Birgitta. Innerst inne. På samma sätt som när jag en gång gjorde ett besök i Östtyskland. Jag tänkte att det här är orimligt, det här kan inte i längden fungera. Men jag sa ingenting. Jag var alltid rädd att mitt tvivel skulle märkas. Därför ropade jag alltid slagorden högre än alla andra.

– Vi såg inte det vi såg. Vi levde i ett makalöst självbedrägeri, trots att viljan var god. Hur kunde vi tro att solande svenska arbetare skulle vara beredda att beväpna sig och störta det nuvarande systemet för att bygga något nytt och okänt?

Karin Wiman tände en cigarett. Birgitta Roslin tänkte att hon alltid hade rökt, ständigt plockat nervöst med händerna efter cigarettpaket och tändstickor.

– Moses är död, sa Karin. En bilolycka. Han var påverkad av droger. Minns du Lars Wester? Han som hävdade att sanna revolutionärer aldrig smakade sprit. Men som en av oss senare hittade dödfull i Lundagård. Lillan Alfredsson? Som tappade alla illusioner och reste till Indien för att bli tiggarmunk? Vad blev det av henne?

– Jag vet inte. Kanske hon är död, hon med?

– Men vi lever.

– Ja, vi lever.

De fortsatte att tala ända till kvällen. Då gick de ut och promenerade i det lilla samhället. Birgitta insåg att Karin och hon hade samma behov av att söka sig bakåt i livet för att förstå mer av sin egen samtid.

– Det var ändå inte bara naivitet och galenskap, sa Birgitta. Tanken på en värld där solidariteten betydde något är lika levande för mig idag. Jag försöker tänka att vi ändå bjöd motstånd, ifrågasatte konventioner och traditioner som annars kunde ha tippat den här världen ännu mer åt höger.

– Jag har slutat rösta, sa Karin. Jag tycker inte om att det har blivit så. Men jag hittar ingen partipolitisk sanning som jag kan skriva under på. Däremot försöker jag stödja rörelser jag tror på. Trots allt finns dom fortfarande, lika starka och obändiga. Hur många människor idag tror du intresserar sig för feodalismen i ett litet land som Nepal?

Jag gör det. Jag skriver på listor och skänker pengar.

– Jag vet knappt var det ligger, sa Birgitta. Jag erkänner att jag har blivit lat. Men jag längtar ibland efter den där goda viljan som trots allt fanns. Vi var inte bara förvildade studenter som tyckte att vi befann oss mitt i världens mittpunkt, där ingenting var omöjligt. Solidariteten var verklig.

Karin skrattade till.

– Minns du Hanna Stoijkovics? Den galna servitrisen på Grand i Lund som menade att vi var för flata. Hon som predikade taktiken med det hon kallade "småmord". Vi skulle skjuta bankdirektörer, företagare och reaktionära lärare. Vi skulle bedriva rovdjursjakt, sa hon. Ingen lyssnade. Det var ändå för grovt. Vi föredrog att skjuta på oss själva och hälla salt i såren. Hon slog en ishink över stadsfullmäktiges ordförande en gång. Och fick sparken. Hon är också död.

– Det visste jag inte?

– Hon lär ha sagt till sin man att tågen inte passade tiden. Han förstod inte vad hon menade. Sen hittade dom henne på järnvägsspåren utanför Arlöv. Hon hade lindat in sig i en filt för att det inte skulle bli alltför slaskigt för ambulansmännen.

– Varför gjorde hon det?

– Ingen vet. Det enda hon lämnat efter sig var en lapp på köksbordet. "Jag har tagit tåget."

– Men du blev professor. Och jag blev domare.

– Karl-Anders? Minns du honom. Han som hatade tanken på att bli skallig. Han sa nästan aldrig nånting. Men var alltid den som kom först till alla möten. Han blev präst.

– Det är inte möjligt?

– Frikyrkopräst. I Svenska Missionsförbundet. Det är han fortfarande. Han reser runt på somrarna och predikar i tält.

– Steget kanske inte var så långt?

Karin Wiman blev allvarlig.

– Jag menar ändå att det var ett långt steg. Vi ska inte glömma alla dom som har fortsatt att kämpa för en annan värld. Mitt i allt det där kaoset, där dom politiska teorierna virvlade runt varandra, fanns ändå en tilltro till att förnuftet till slut skulle segra. Var det inte så för dig? Jag minns i alla fall att vi ofta talade om det. Upplysningen som måste triumfera till slut.

– Det är sant. Men det som en gång verkade enkelt har blivit allt mer komplicerat.

– Borde det inte sporra oss ännu mer?

– Säkert. Det kanske ännu inte är för sent. Men jag avundas alla dom som aldrig gett upp sina ideal. Eller kanske hellre sin medvetenhet. Om hur världen ser ut. Och varför. Dom som fortfarande bjuder motstånd. Dom finns ju.

De lagade middag tillsammans. Karin berättade att hon en vecka senare skulle åka till Kina för att delta i ett stort seminarium om den tidiga Qin-dynastin, vars förste kejsare lade grunden för Kina som ett enat rike.

– Hur var det att komma till din ungdoms drömmars land?

– Jag var 29 år när jag reste dit första gången. Då var Mao redan borta och allt höll på att förändras. Det var en stor och hårdhänt besvikelse. Beijing var en kall och fuktig stad. Alla tusentals cyklar gnisslade som gräshoppor. Sen insåg jag att det trots allt hade genomförts en oerhörd omvälvning i landet. Människor hade kläder på kroppen. Skor på fötterna. I staden såg jag aldrig nån som svalt, aldrig nån som tiggde. Jag skämdes, minns jag. Jag som kom flygande från den här rikedomen hade ingen rätt att betrakta utvecklingen med förakt eller arrogans. Jag började älska tanken på det kinesiska kraftprovet igen. Det var då jag verkligen bestämde mig för att satsa på det här, bli sinolog. Innan hade jag tänkt nåt annat.

– Vad?

– Du tror mig inte.

– Försök!

– Jag tänkte utbilda mig till yrkesmilitär.

– Varför det?

– Du blev domare. Varför tänker man vissa tankar?

Efter middagen återvände de till det inglasade rummet. Lampor lyste över den vita snön. Karin hade gett henne en tröja eftersom det började bli kallt. De hade druckit vin till maten. Birgitta kände sig lummig.

– Följ med till Kina, sa Karin. Det kostar inte all världen idag att flyga dit. Jag får säkert ett stort hotellrum. Vi kan dela på det. Det har vi gjort tidigare. När vi hade våra sommarläger låg du och jag och tre andra i ett litet tält. Vi låg nästan ovanpå varandra.

– Jag kan inte, sa Birgitta. Jag är nog frisk nu.

– Följ med. Arbetet kan vänta.

– Lusten finns. Men du reser väl dit igen?

– Det gör jag säkert. Men i vår ålder ska man inte vänta i onödan.

– Vi kommer att leva länge. Vi blir gamla.

Karin Wiman svarade inte. Birgitta Roslin insåg att hon återigen hade försagt sig. Karins man hade dött vid 41 års ålder. Sedan dess hade hon varit änka.

Karin förstod vad hon tänkte. Hon sträckte ut handen och rörde vid Birgittas knä.

– Det gör ingenting.

Det fortsatte att prata till sent. Klockan var närmare midnatt när de gick till sina rum. Birgitta lade sig ner på sängen med telefonen i handen. Staffan skulle komma hem vid midnatt och hade lovat att ringa.

Hon hade nästan somnat när telefonen i hennes hand började vibrera.

– Väckte jag dig?

– Nästan.

– Har det varit bra?

– Vi har pratat oavbrutet i över tolv timmar.

– Kommer du hem i morgon?

– Jag ska sova ut. Sen far jag hem.

– Jag antar att du har hört vad som har hänt? Han har berättat hur han gick till väga.

– Vem?

– Mannen i Hudiksvall.

Hon satte sig upp i sängen med ett ryck.

– Jag vet ingenting. Berätta!

– Lars-Erik Valfridsson. Han som blev häktad. Just nu håller polisen på att leta efter vapnet. Han har tydligen berättat var han har grävt ner det. Ett hemmagjort samurajsvärd, enligt nyheterna.

– Är det verkligen sant?

– Varför skulle jag säga nåt som inte stämmer?

– Naturligtvis inte. Men i alla fall. Har han förklarat varför?

– Ingen har sagt nåt annat än att det var hämnd.

När samtalet var över blev hon sittande. Under dagen med Karin Wiman hade hon inte alls tänkt på Hesjövallen. Nu återkom händelserna i hennes medvetande.

Kanske skulle det röda bandet få en förklaring som ingen hade väntat sig.

Varför kunde inte Lars-Erik Valfridsson också ha besökt den kinesiska restaurangen?

Hon lade sig ner i sängen igen och släckte lampan. Dagen efter skulle hon resa hem. Hon skulle skicka tillbaka dagböckerna till Vivi Sundberg och börja arbeta igen.

Minst av allt skulle hon följa med Karin till Kina. Även om det kanske var vad hon helst av allt ville.

22

Dagen efter när Birgitta Roslin steg upp hade Karin Wiman redan åkt in till Köpenhamn, eftersom hon hade en föreläsning. Hon hade skrivit en hälsning som hon lagt på köksbordet.

Birgitta. Jag tänker ibland att jag har en stig inne i mitt huvud. För varje dag som går blir den några meter längre och tränger djupare in i ett okänt landskap, där den en gång kommer att ta slut. Men stigen ringlar också bakåt. Ibland vänder jag mig om, som igår, under alla de timmar vi talade med varandra, och då ser jag det som jag glömt eller som jag värjt mig mot att minnas. Ibland känns det som om vi försöker glömma istället för att minnas. Jag vill att vi ska fortsätta dom här samtalen. Till sist är vännerna det enda man har kvar. Kanske hellre, den sista skansen man har att försvara. Karin.

Birgitta Roslin stoppade ner brevet i sin handväska, drack en kopp kaffe och gjorde sig beredd att gå. Just när hon skulle slå igen ytterdörren upptäckte hon några flygbiljetter som låg på ett bord i tamburen. Hon såg att Karin skulle flyga med Finnair via Helsingfors till Beijing.

För ett ögonblick fanns lockelsen där igen, att ta emot hennes erbjudande. Men hon kunde inte, även om hon skulle vilja. Hennes lagman skulle knappast ha förståelse för en semesteransökan efter en sjukdomsperiod, när tingsrätten var överlastad med obehandlade mål.

På hemresan tog hon färjan över Helsingör. Det blåste under överfarten. På vägen stannade hon vid en tobaksaffär där löpsedlarna skrek ut Lars-Erik Valfridssons erkännande. Hon köpte en packe tidningar och for hem. I hallen mötte hon sin stillsamma och tystlåtna polska städerska. Birgitta hade glömt att det var just den dagen hon kom för att städa. De växlade några ord på engelska när Birgitta betalade henne för arbetet. Först när hon blivit ensam i huset satte hon sig och läste tidningarna. Som tidigare blev hon förbluffad över hur många sidor kvällstidningarna kunde framställa på ett material som var mer än magert. Det Staffan hade sagt i det korta telefonsamtalet kvällen innan täckte mer än väl allt som tidningssidorna malde och upprepade.

Det enda som tillkom var ett foto av den man som antogs ha begått brottet. På en bild som sannolikt var ett uppförstorat passfoto eller en körkortsbild, kunde man se en man med ett vekt ansikte, smal mun, hög panna och tunt hår. Hon hade svårt att i honom se en man som utfört det barbariska brottet i Hesjövallen. En frikyrkopastor, tänkte hon. Knappast en man med helvetet i huvud och händer. Men hon visste att hon tänkte mot bättre vetande. I rättssalarna hade hon sett brottslingar komma och gå och ingen hade egentligen haft ett utseende som passat till brottet.

Det var först när hon hade slängt tidningarna och satt på textteven som hon blev intresserad på allvar. Där toppades innehållet av att polisen hade funnit det troliga mordvapnet. På okänd plats, men enligt Lars-Erik Valfridssons anvisningar, hade vapnet grävts upp. Det var ett hemmasmide, en dålig kopia av ett japanskt samurajsvärd. Men eggen var skarpslipad. Just nu höll vapnet på att undersökas efter fingeravtryck och framförallt spår av blod.

En halvtimme senare lyssnade hon på radionyheterna. Återigen var Robertsson där och talade med sin lugna stämma. Birgitta Roslin kunde höra att han var lättad över fyndet.

Frågorna smattrade när han avslutat sin redogörelse. Men Robertsson avböjde ytterligare kommentarer. När det fanns något vidare av intresse att meddela pressen skulle han göra det.

Birgitta Roslin stängde av radion och tog fram ett lexikon ur bokhyllan. Där fanns en bild på ett samurajsvärd. Hon läste sig till att eggen kunde slipas till sån skärpa att den blev som ett rakblad.

Hon rös vid tanken. Så hade alltså denne man en natt gått från hus till hus i Hesjövallen och dödat nitton människor. Kanske det röda band som blivit återfunnet i snön hade hängt runt hans svärd?

Hon fastnade vid tanken och kunde inte släppa den. I sin handväska hade hon ett lagt ner ett reklamkort från kinarestaurangen. Hon ringde upp numret och kände igen rösten på den servitris hon talat med. Birgitta Roslin förklarade vem hon var. Det tog några sekunder innan servitrisen förstod.

– Har du sett tidningarna? Bilden på mannen som mördat så många människor?

– Ja. Hemsk man.

– Kan du minnas om han nånsin har ätit hos er?

– Aldrig.

– Är du säker?

– Aldrig när jag har varit här. Men andra dagar serverar min syster eller kusin. Dom bor i Söderhamn. Vi byter med varandra. Familjeföretag.

– Gör mig den tjänsten, sa Birgitta Roslin, att be dom se på bilden i tidningen. Om dom känner igen honom, så ring mig.

Servitrisen skrev upp telefonnumret.

– Vad heter du? frågade Birgitta Roslin.

– Li.

– Jag heter Birgitta. Tack för att du hjälper mig.

– Du är inte i stan?

– Jag är hemma i Helsingborg.

– Helsingborg? Där har vi restaurang. Också familjen. Shanghai heter den. Lika bra mat som här.

– Jag ska gå dit. Bara du hjälper mig.

Hon satt kvar vid telefonen och väntade. När det ringde var det hennes son som ville prata. Hon bad honom höra av sig senare. Det dröjde en halvtimme innan Li ringde tillbaka.

– Kanske, sa Li.

– Kanske?

– Min kusin tror att han varit nån gång i restaurangen.

– När?

– Förra året.

– Men han är inte säker?

– Nej.

– Kan du tala om vad han heter?

Birgitta Roslin skrev upp namnet och telefonnumret till restaurangen i Söderhamn och avslutade samtalet. Efter en kort tvekan ringde hon upp polishuset i Hudiksvall och bad att få tala med Vivi Sundberg. Hon räknade med att bli tvungen att lämna ett meddelande. Men till hennes förvåning kom Vivi Sundberg till telefonen.

– Dagböckerna, sa hon. Är dom fortfarande intressanta?

– Dom är svårlästa. Men jag har tid. Samtidigt får jag gratulera till ert genombrott. Om jag har förstått saken rätt har ni både ett erkännande och ett tänkbart mordvapen.

– Det är knappast för att tala om det som du ringer?

– Naturligtvis inte. Jag vill återvända till min kinarestaurang en gång till.

Hon berättade om den kinesiske kusinen i Söderhamn och att Lars-Erik Valfridsson kanske hade besökt restaurangen i Hudiksvall.

– Det kan förklara det röda bandet, slutade Birgitta Roslin. En trådända som slipper hänga lös.

Vivi Sundberg verkade måttligt intresserad.

– Just nu bryr vi oss inte om det där bandet. Det tror jag du förstår.

– Jag vill ändå berätta. Du kan få namnet på servitören som kanske såg den där mannen och hans telefonnummer.

Vivi Sundberg antecknade.

– Tack för att du hörde av dig.

När samtalet var över ringde Birgitta Roslin upp sin chef Hans Mattsson. Hon fick vänta innan han tog samtalet. Hon sa att hon räknade med att bli friskförklarad när hon besökte sin doktor några dagar senare.

– Vi drunknar, sa lagmannen. Eller jag kanske hellre ska säga att vi kvävs. Svenska domstolar stryps av alla nerskärningar. Det trodde jag aldrig att jag skulle behöva uppleva.

– Vad?

– Att vi satte ett pris på rättsstaten. Jag trodde inte att demokratin kunde värderas i pengar. Utan en fungerande rättsstat finns ingen demokrati längre. Vi knäar. Det knakar och vrider och bänder i trossbottnarna i det här samhället. Jag är verkligen oroad.

– Det är knappast möjligt för mig att åtgärda allt du talar om. Men jag lovar att ta hand om mina rättegångar igen.

– Du är mer än välkommen.

Den kvällen åt hon middag ensam eftersom Staffan övernattade i Hallsberg mellan två tjänstgöringar. Hon fortsatte att bläddra i dagböckerna. Det enda hon på allvar stannade upp vid och läste var de anteckningar som avslutade den sista dagboken. Det var i juni 1892. JA var nu en gammal man. Han hade bosatt sig i ett litet hus i San Diego och led av smärtor i ben och rygg. Hos en gammal indian köpte han efter mycket prutande salvor och örter, som han tyckte var det enda som hjälpte honom. Han skrev om sin stora ensamhet, om sin hustrus död och barnen som flyttat långt bort, en son ända till vildmarken i Kanada. Om järnvägen skrev han ingenting. Men han förnekade sig inte när han beskrev människor. Negrer och kineser var honom fortfarande förhatliga. Han oroade sig för att svarta eller gula skulle flytta in i ett av grannhusen som stod tomt.

Dagboken avslutades mitt i en mening. Det är den 19 juni 1892. Han noterar att det har regnat under natten. Ryggen smärtar mer än vanligt. Under natten har han haft en dröm.

Där tog anteckningarna slut. Varken Birgitta Roslin eller någon annan i eftervärlden fick veta vad det var för dröm han hade haft.

Hon tänkte på vad Karin Wiman sagt dagen innan. Om stigen som ringlade genom hennes huvud mot en punkt där den plötsligt skulle upphöra. Så hade det också varit den dag i juni 1892, då JA:s alla föraktfulla kommentarer om människor med annan hudfärg fick ett brått slut.

Hon bläddrade sig bakåt i dagboken. Det fanns inga tecken på att han anade sin död, ingenting i hans text som förebådade det som skulle komma. Ett liv, tänkte hon. Min död kunde se likadan ut, min dagbok, om jag skrivit någon, också oavslutad. Vem hinner egentligen avsluta sin historia, sätta punkt innan han eller hon lägger sig ner och dör?

Hon lade ner dagböckerna i plastpåsen och bestämde sig för att skicka tillbaka dem dagen efter. Vad som nu hände i Hudiksvall skulle hon följa på samma sätt som alla andra.

I bokhyllan plockade hon ner förteckningen över svenska lagmän. I Hudiksvalls tingsrätt hette han Tage Porsén. Det blir hans livs rättegång, tänkte hon. Hoppas att han är en domare som uppskattar offentligheten. Birgitta visste att det fanns många bland hennes kollegor som både avskydde och fruktade att behöva konfronteras med journalister och tevekameror.

Åtminstone var det så i hennes generation och bland dem som var äldre. Hur yngre domare uppfattade offentligheten visste hon inte.

Termometern utanför köksfönstret visade att temperaturen hade fallit. Hon satte sig vid teven för att se kvällsnyheterna. Sedan skulle hon lägga sig. Även om dagen hos Karin Wiman varit innehållsrik hade den också varit tröttande.

Nyheterna hade redan hållit på några minuter. Hon förstod genast att något hade inträffat som hade med Hesjövallen att göra. En reporter intervjuade en kriminolog som var mångordig men allvarlig. Hon försökte förstå vad som hade hänt.

Efter kriminologen kom bilder från Libanon. Hon svor till och slog över till textteven och fick genast veta vad som hade hänt.

Lars-Erik Valfridsson hade tagit livet av sig. Trots att han blev kontrollerad var femtonde minut hade det varit tillräckligt för att han skulle hinna riva en tröja i strimlor, tillverka en snara och hänga sig. Trots att han blivit upptäckt nästan genast hade alla återupplivningsförsök varit förgäves.

Birgitta Roslin stängde av teven. Tankarna löpte hastigt genom hennes huvud. Orkade han inte leva med den skuld han bar på? Eller var han mentalsjuk?

Det är något som är fel, tänkte hon. Det kan inte vara han som har begått alla morden. Varför han tar livet av sig, varför han erkänner och varför han visar polisen till ett nergrävt samurajsvärd kan jag inte svara på. Men innerst inne har jag hela tiden haft en känsla av att det här inte stämmer.

Hon satte sig i sin läsfåtölj med lampan släckt. Rummet låg i halvmörker. Någon som skrattade gick förbi ute på gatan. Det här var hennes speciella tänkestol. Här satt hon när hon kände att hon behövde begrunda en dom som hon skulle skriva eller något annat som hade med en rättegång att göra. Här satt hon också när hon kände behov av att tänka igenom sin egen och familjens vardag.

I tankarna återvände hon till utgångspunkten. De första iakttagelserna hon hade gjort när hon upptäckt att det fanns ett vagt släktskap mellan henne och alla de människor som dödats den där januarinatten. Det var för stort, tänkte hon. Kanske inte för en målmedveten ensam man att utföra. Men för en man som bor i Hälsingland och bara har några domar för misshandel på sig. Han erkänner nåt som han inte har gjort. Sedan ger han polisen ett hemsmitt vapen och hänger sig i sin cell. Det finns naturligtvis en möjlighet att jag har fel. Men någonting stämmer inte. Det gick alldeles för fort att gripa honom. Och vad kunde det vara för hämnd som han påstod var motivet?

Klockan var över midnatt när hon reste sig ur stolen. Hon övervägde om hon skulle ringa till Staffan. Men han kanske redan sov. Hon gick till sängs och släckte lampan. I tankarna vandrade hon omkring i byn igen. Hela tiden återkom hon till det röda band som blivit upphittat i snön, bilden av kinesen från hotellets hemmagjorda övervakningskamera. Polisen vet något jag inte vet, varför Lars-Erik Valfridsson greps och något om vad som kan ha varit ett tänkbart motiv. Men de gör ett misstag som är alltför vanligt. De låser sig vid ett enda utredningsspår.

Hon lyckades inte somna. När hon inte orkade vrida sig längre steg hon upp, satte på sig morgonrocken och gick ner till bottenvåningen igen. Vid sitt skrivbord skrev hon ihop en sammanfattning av alla de händelser hon förknippade med Hesjövallen. Det tog henne nästan tre timmar att göra ett detaljerat återtåg genom allt det som hon kände till och själv hade upptäckt och upplevt. Under skrivandet drabbades hon av en växande känsla av att det var något hon hade förbisett, ett sammanhang som fanns där, utan att hon lyckades upptäcka det. Det var som om hennes penna var en röjsåg i terrängen och hon var tvungen att akta det rådjurskid som kanske gömde sig där. När hon till sist rätade på ryggen och sträckte armarna över huvudet hade klockan blivit fyra på morgonen. Hon tog med sig anteckningarna till tänkestolen, riktade in lampan och började läsa från början. Hela tiden försökte hon se mellan sina ord, eller kanske snarare bakom dem, om det fanns stenar hon inte hade vänt på, förbiseenden som hon inte upptäckt. Men inget oväntat fanns där som fångade henne, inget sammanhang som hon borde ha genomskådat tidigare. Hon var inte polis, van att leta efter hålrum i vittnesmål eller förhör med misstänkta. Men hon hade erfarenhet av att söka efter motsättningar, logiska fällor, och hon hade många gånger brutit in under rättegångar och ställt frågor till åtalade som hon ansåg att åklagaren hade missat.

Men här fanns ingenting som gjorde att hon plötsligt saktade av och stannade till. Kanske framstod det bara som ännu klarare för henne att detta inte kunde vara en vettvillings gärning. Det var för välorganiserat, för kallblodigt, för att någon annan än en alldeles lugn och kylig gärningsman kunde utföra det som hänt. Möjligen, antecknade hon i marginalen, kunde man ställa frågan om inte gärningsmannen måste ha varit på platsen tidigare. Det var mörkt på natten, han kunde haft en stark ficklampa. Men en del av dörrarna hade varit låsta. Han måste ha haft tillgång till exakta kunskaper om vem som bodde var och förmodligen också nycklar. Han måste ha haft ett mycket starkt motiv, som gjorde att han aldrig tvekade.

När klockan närmade sig fem kom det grus i hennes ögon. Det rådde ingen tvekan, tänkte hon. Han som gjorde det här visste vad som väntade och han stannade aldrig upp. Han klarade till och med att hantera en oväntad situation, som när en ung pojke dyker upp i hans väg. Han är ingen tillfälligt kringströvande våldsman, han har det kallblodiga siktet inställt mot ett bestämt mål.

Brist på tvekan, tänkte hon. Och en vilja att tillfoga smärta. Han ville att de som dog skulle hinna uppfatta vad som hände med dem. Utom en. En ung pojke.

En tanke slog henne plötsligt, något hon inte tidigare reflekterat över. Hade den man som utfört gärningarna visat sitt ansikte för dem han höjt sitt svärd eller sin sabel över? Kände de igen honom? Ville han att de skulle se honom?

Det är en fråga för Vivi Sundberg att besvara, tänkte hon. Var ljuset tänt i de rum där de mördade låg? Hade de sett döden i ansiktet innan bilan föll?

Hon lade undan sina anteckningar, såg på termometern utanför fönstret att temperaturen nu hade sjunkit till minus åtta grader. Hon drack ett glas vatten och gick till sängs. Just när hon höll på att somna drogs hon upp till ytan igen. Det var något hon hade förbisett. Två av de döda hade varit fastbundna vid varandra. Var kände hon igen det ifrån? Hon satte sig upp i sängen i mörkret, plötsligt klarvaken. Någonstans hade hon stött på en liknande beskrivning.

Sedan mindes hon. Dagböckerna. I ett avsnitt som hon bara hade skummat hade det stått något snarlikt. Hon gick ner till bottenvåningen, lade upp samtliga dagböcker på bordet och började leta. Hon hittade nästan genast det avsnitt hon sökte efter.

Det är år 1865. Järnvägen ringlar österut, varje sliper, varje meter räls en plåga. Sjukdomar drabbar de som arbetar. De dör som insekter. Men tillflödet av ny arbetskraft västerifrån räddar arbetet som måste hålla ett högt tempo om inte hela det gigantiska järnvägsprojektet ska drabbas av finansiell kollaps. Vid ett tillfälle, noga bestämt den nionde november, hör JA berättas om ett kinesiskt slavfartyg, på väg från Kanton. Det är ett gammalt segelfartyg som enbart används för att skicka kidnappade kineser till Kalifornien. Ombord utbryter uppror när maten och vattnet börjar ta slut under en långvarig stiltje. För att kväva upproret tar kaptenen till metoder som i fråga om grymhet knappast har sin like. Till och med JA, som inte tvekar att använda både nävar och piska för att driva på sina arbetare, finner det han hör upprörande. Kaptenen tar några av de kinesiska upprorsmännen som dödats och binder samman dem med några som fortfarande lever. Sedan får de ligga där hopbundna på däck, den ene sakta svältande ihjäl, den andra ruttnande. JA noterar i sin dagbok att "tilltaget är måttlöst".

Kunde det jämföras? Kanske hade den ene tvingats ligga med en annans döda kropp fjättrad till sin egen? I en hel timme, kanske mindre, eller mer? Innan det slutgiltiga hugget träffat honom eller henne?

Det förbisåg jag, tänkte hon. Frågan är nu bara om polisen i Hudiksvall också har gjort det. I alla fall tvivlar jag på att de läste dagböckerna så noga innan jag fick dem till låns.

Men också en annan reflektion var möjlig att göra, även om den kändes som i grunden orimlig. Visste gärningsmannen om de händelser som var beskrivna i JA:s dagbok? Fanns här ett märkligt sammanhang över tid och rum?

Frågan kunde också ställas om varför Vivi Sundberg hade givit henne dagböckerna. Hoppades Vivi Sundberg att Birgitta skulle läsa dem och ge henne informationer om hon upptäckte något som kunde vara viktigt? Det var ingen omöjlig tanke eftersom polisen hade så mycket att göra.

Vivi Sundberg kanske är listigare än jag trodde, tänkte hon. Hon kanske vill använda sig av den envisa domaren som blandat sig i utredningen.

Kanske Vivi Sundberg till och med uppskattade min envishet? En kvinna som sannolikt inte alltid haft det så lätt med irriterande manliga kollegor?

Äntligen kunde hon gå till sängs igen. Det hon upptäckt borde i alla fall Vivi Sundberg vara intresserad av. Särskilt nu när den misstänkte gärningsmannen begått självmord.

Hon sov till tio, steg upp och såg på Staffans schema att han skulle vara tillbaka i Helsingborg vid tretiden. Just när hon satt sig ner för att försöka få telefonkontakt med Vivi Sundberg ringde det på ytterdörren. När hon öppnade stod där en kortvuxen kinesisk man. Han hade med sig en kasse med plastinpackad mat.

– Jag har inte beställt nånting, sa Birgitta Roslin förvånat.

– Från Li i Hudiksvall, sa mannen och log. Det kostar ingenting. Hon vill att ni ringer. Vi har familjeföretag.

– Restaurang Shanghai?

Mannen log.

– Restaurang Shanghai. Mycket bra mat.

Mannen överlämnade påsen med en bugning och försvann ut genom grinden. Birgitta packade upp maten, kände dofterna och ställde in alltsammans i kylskåpet. Sedan ringde hon till Li. Den här gången var det en ilsken man som svarade. Birgitta Roslin antog att det var den omtalat lynnige fadern som höll till i köket. Han ropade efter Li som kom i luren.

– Tack för maten, sa Birgitta Roslin. Det var överraskande.

– Har du smakat?

– Inte än. Jag väntar tills min man kommer hem.

– Han tycker också om kinesisk mat?

– Mycket. Du ville att jag skulle ringa.

– Jag har tänkt på lampan, sa hon. Det där röda bandet som är borta. Nu vet jag något jag inte visste förut. Jag pratade med min mamma.

– Henne tror jag inte att jag träffade?

– Hon är hemma. Kommer bara hit och städar ibland. Men hon skriver upp när hon är här. Den elfte januari städade hon. På morgonen innan vi öppnade.

Birgitta Roslin höll andan.

– Hon berättade att hon just den dagen dammade av alla pappers-

314

lyktorna i restaurangen. Och hon var säker på att det inte saknades några band. Det skulle hon ha lagt märke till.

– Kan hon ha tagit miste?

– Inte mamma.

Birgitta Roslin insåg vad det betydde. Samma dag som den kinesiske mannen suttit vid sitt hörnbord hade inga röda band från lamporna saknats. Det band som upphittats vid Hesjövallen hade försvunnit just den kvällen. Om det rådde ingen tvekan.

– Är det viktigt? frågade Li.

– Det kan vara så, sa Birgitta Roslin. Tack för att du talade om det för mig.

Hon lade på luren. Genast ringde det igen. Den här gången var det Lars Emanuelsson.

– Lägg inte på, sa han.

– Vad vill du?

– Höra din åsikt om det som hänt.

– Jag har ingenting att säga.

– Blev du förvånad?

– Över vad?

– Att han dök upp som misstänkt? Lars-Erik Valfridsson?

– Jag vet inget annat om honom än det som har stått i tidningarna.

– Men där står inte allt.

Han lockade henne. Genast blev hon nyfiken.

– Han har misshandlat sina två tidigare fruar, sa Lars Emanuelsson. Den första lyckades rymma. Sedan hittade Valfridsson en dam från Filippinerna som han lurade hit under en massa falska förespeglingar. Henne slog han halvt fördärvad innan några grannar larmade och han fick en dom på sig. Men han har gjort än värre saker.

– Vad?

– Dråp. Så tidigt som 1977. Han var inte gammal då. Det blev ett

315

slagsmål om en moped. Han slog en sten i huvudet på en ung man, som dog ögonblickligen. När man gjorde en rättspsykiatrisk undersökning på Lars-Erik menade läkaren att han nog kunde gripa till våld igen. Han tillhörde sannolikt den lilla grupp människor som måste anses som farliga för omgivningen. Nog trodde poliserna och åklagaren att dom hade hittat rätt man.

– Men det menar du att dom inte hade?

– Jag har talat lite med dom som kände honom. Han bar på en stor dröm om att bli känd. Han lär ha slagit i människor att han varit både spion och hemlig son till kungen. Ett erkännande kunde göra honom berömd. Det enda jag inte förstår är varför han slutar sin föreställning i förtid. Där ramlar historien sönder för mig.

– Du menar alltså att det inte var han?

– Det får framtiden utvisa. Men du hör hur jag tänker. Det borde vara svar nog. Nu undrar jag bara vilka slutsatser du har dragit. Stämmer dom med mina?

– Jag har inte engagerat mig mer i det här än någon annan. Nu måste du snart inse att jag för länge sedan tröttnat på dina samtal.

Lars Emanuelsson tycktes inte höra vad hon sa.

– Berätta om dagböckerna. Nånting måste dom ha med den här historien att göra?

– Ring inte mer nu.

Hon lade på luren. Genast ringde det igen. Hon svarade inte. Efter fem minuters tystnad slog hon numret till polishuset i Hudiksvall. Det tog lång tid innan hon kom fram till växeln, där hon kände igen rösten på flickan som svarade. Hon lät både skärrad och trött. Vivi Sundberg var inte anträffbar. Birgitta Roslin lämnade sitt nummer och namn.

– Jag kan inte lova nånting, sa flickan i växeln. Det är kaos här idag.

– Det kan jag förstå. Be Vivi Sundberg att ringa när hon kan.

– Är det viktigt?

– Vivi Sundberg vet vem jag är. Det får räcka som svar på din fråga.

Vivi Sundberg ringde dagen efter. Nyheterna dominerades av skandalen på häktet i Hudiksvall. Justitieministern hade i en tydlig markering lovat att noga undersöka vad som hänt och utkräva ansvar. Tobias Ludwig bet ifrån så gott han kunde i sina möten med journalister och tevekameror. Men alla var överens om att just det som inte fick hända hade hänt.

Vivi Sundberg var trött när hon till sist hörde av sig. Birgitta Roslin bestämde sig för att inte ställa några frågor om den nya situationen, efter självmordet. Istället berättade hon om det röda bandet och lade fram de funderingar hon antecknat i marginalen till sin skriftliga sammanfattning.

Vivi Sundberg lyssnade utan att kommentera det hon fick höra. Birgitta Roslin uppfattade röster i bakgrunden och avundades henne inte den spänning som måste prägla polishuset.

Birgitta Roslin slutade med frågan om lamporna varit tända i de rum där de döda blivit återfunna.

– Faktiskt har du rätt, svarade Vivi Sundberg. Vi har funderat över just det. Ljusen var tända. I alla rum utom ett.

– Där den döde pojken låg?

– Det stämmer.

– Har ni nån förklaring?

– Det måste du förstå att jag inte kan tala med dig om i telefon.

– Naturligtvis inte. Jag ber om ursäkt.

– Det behövs inte. Men jag vill be dig om något. Skriv ner de tankar du har gjort dig om händelserna i Hesjövallen. Det röda bandet tar jag hand om själv. Men det andra. Skriv ner det och skicka det till mig.

– Det var inte Lars-Erik Valfridsson som gjorde det här, sa Birgitta Roslin.

Orden kom från ingenstans. Hon var lika oförberedd som Vivi Sundberg måste ha varit.

– Skicka dina nerskrivna tankar, sa Vivi Sundberg igen. Tack för att du ringde.

– Dagböckerna?

– Det är bäst att vi får tillbaka dom nu.

När samtalet var över kände Birgitta sig lättad. Det hade trots allt varit någon mening med hennes ansträngningar. Nu kunde hon lämna det hela ifrån sig. I bästa fall skulle polisen en dag kunna spåra den som utfört morden, om han varit ensam eller inte. Hon skulle inte bli förvånad om det då visade sig att en man från Kina var inblandad.

Dagen efter gick Birgitta Roslin till sin läkare. Det var en blåsig vinterdag med byar som drog in från Sundet. Hon kände sig otålig, ville börja arbeta igen.

I väntrummet behövde hon bara sitta några minuter innan det var hennes tur. Läkaren frågade hur hon mådde och hon svarade att hon förutsatte att hon nu var frisk igen. Hon lämnade ett blodprov till en sköterska och satte sig återigen att vänta.

När hon kom in till läkaren mätte han hennes blodtryck och gick sedan rakt på sak.

– Du känner dig bra. Men ditt blodtryck är fortfarande för högt. Vi får alltså fortsätta att utvärdera vad som kan vara orsaken. Till en början sjukskriver jag dig ytterligare fjorton dagar. Jag kommer också att remittera dig till en specialist.

Det var först när hon kom ut på gatan och återigen träffades av den kalla vinden som hon på allvar insåg vad som hänt. Hon kände en stor oro över att hon kunde vara allvarligt sjuk, även om hennes läkare försäkrat att så knappast var fallet.

Hon blev stående på torget med ryggen mot vinden. För första gången på många år kände hon sig hjälplös. Hon rörde sig inte förrän telefonen började ringa i hennes kappficka. Det var Karin Wiman som ville tacka för senast.

– Vad gör du? frågade hon.

– Jag står på ett torg, sa Birgitta Roslin. Och jag har just nu ingen aning om vad jag ska göra med mitt liv.

Sedan berättade hon om sitt besök hos läkaren. Det var ett fruset telefonsamtal. Hon lovade att ringa tillbaka innan Karin reste till Kina.

När hon gick in genom grinden började det snöa. Vinden hade tilltagit. Men den var fortfarande byig.

23

Samma dag gick hon till tingsrätten och talade med Hans Mattsson. Hon såg att han blev både nedslagen och bekymrad när hon meddelade att hon fortfarande var sjukskriven.

Han betraktade henne tankfullt över glasögonen.

– Jag tycker inte att det låter bra. Jag börjar bli orolig för dig.

– Det behöver du inte enligt min läkare. Det är blodvärden som inte är som dom ska plus ett blodtryck som ska pressas ner. Nu blir jag remitterad till specialist. Men jag känner mig inte sjuk, bara en aning trött.

– Det är vi alla, sa Hans Mattsson. Jag har varit trött i snart trettio år. Den största njutning jag idag upplever är när jag har sovmorgon.

– Fjorton dagar blir jag borta. Sen får vi bara hoppas att det här har rättat till sig.

– Du ska naturligtvis vara ledig all den tid du behöver. Jag får tala med Domstolsverket och se om dom kan assistera oss. Som du vet är det inte bara du som är borta. Klas Hansson har tjänstledigt för att göra en utredning vid EU i Bryssel. Han kommer knappast tillbaka. Jag har hela tiden misstänkt att det är andra saker som lockar honom än att presidera i en rättssal.

– Jag är ledsen att jag ställer till det.

– Du ställer inte till. Ditt blodtryck gör det. Vila dig nu. Odla dina rosor och kom tillbaka när du är frisk.

Hon såg förvånat på honom.

– Jag odlar inga rosor? Mina fingrar är definitivt inte gröna.

– Min farmor brukade säga så. När man inte skulle arbeta för mycket borde man koncentrera sig på att odla sina imaginära rosor. Jag tycker det är vackert. Min farmor var född 1879. Samma år som Strindberg gav ut Röda rummet. Egendomliga tanke. Det enda arbete hon utförde i sitt liv förutom att föda barn var att stoppa strumpor.

– Då gör jag det, sa Birgitta Roslin. Jag går hem och odlar mina rosor.

Dagen efter skickade hon dagböckerna och sina utskrivna anteckningar till Hudiksvall. När hon lämnat in paketet och tagit emot kvittot var det som om hon stängde till om händelserna i Hesjövallen. I en liten utkant av det stora och hemska skeendet hade hennes mor funnits med, hon och hennes styvföräldrar. Men nu var det inte mer. Hon kände det som en lättnad och kastade sig över förberedelserna till Staffans födelsedag.

Så var nästan hela familjen beredd, tillsammans med några vänner, när Staffan Roslin steg in genom dörren efter att ha haft ansvaret för ett eftermiddagståg från Alvesta till Malmö och sedan hemresa utan tjänst till Helsingborg. Han stod förstummad i dörren i sin uniform, med en gammal raggig pälsmössa på huvudet, när de sjöng för honom. För Birgitta var det en lättnad att se sin familj och vännerna samlade runt bordet. Händelserna i Hälsingland, också hennes höga blodtryck, förlorade i betydelse, när hon kände det lugn som bara familjen kunde ge henne. Naturligtvis hade hon önskat att Anna kunnat komma hem från Asien. Men det hade hon inte velat när de äntligen fått kontakt med henne på en brusande mobiltelefon i Thailand. Det blev en sen kväll och natt när till sist bara familjen var samlad efter det att gästerna gått. Hon hade pratsamma barn som älskade att möta varandra. Hon och hennes man satt i soffan och lyssnade roat till samtalen. Då och då reste hon sig och serverade påfyllning i glasen. Tvillingarna Siv och Louise skulle bo över medan David hade bokat in sig på hotell, trots Birgittas protester. Först vid fyratiden på morgonen upphörde samtalet. Till sist var det bara de två föräldrarna kvar som städade upp, satte på diskmaskinen och ställde ut tomglas i garaget.

– Det var en stor överraskning, sa Staffan när de slagit sig ner vid köksbordet. Jag kommer aldrig att glömma det här. Det oväntade kan ofta vara smärtsamt. Men idag kom det som en gåva. Just idag var jag plötsligt utled på att vandra genom tågvagnar. Jag reser hela tiden, men kommer ingenstans. Det är konduktörers och lokförares förbannelser. Vi reser oavbrutet omkring i våra glasbubblor.

– Vi borde göra det oftare. Det är ändå i dom här ögonblicken som livet får andra betydelser. Inte bara plikt och nytta.

– Och nu?

– Vad menar du?

– Du ska vara borta från arbetet ytterligare fjorton dagar. Vad tänker du göra?

– Min chef, Hans Mattsson, talar passionerat om sin längtan efter sovmornar. Kanske ska jag praktisera det den närmaste tiden?

– Res en vecka till värmen. Ta med nån väninna.

Hon skakade tveksamt på huvudet.

– Kanske. Men vem?

– Karin Wiman?

– Hon ska till Kina för att arbeta.

– Har du ingen annan du kan fråga? Kanske kan du resa med någon av tvillingarna?

Det var en tanke som genast lockade henne.

– Jag ska höra med dom. Men först vill jag känna efter om jag har lust att resa. Glöm inte heller att jag ska besöka en specialist.

Han sträckte ut handen och lade den på hennes arm.

– Du säger som det är till mig? Jag behöver inte oroa mig?

– Nej. Om nu inte min läkare far med osanning. Men det tror jag
inte.

De satt uppe ännu en stund innan de gick till sängs. När hon vak-
nade dagen efter hade han redan gått. Inte heller tvillingarna var kvar.
Hon hade sovit ända till klockan var halv tolv. Hans Mattssons efter-
längtade sovmorgon, tänkte hon. Det är en sån här morgon han vill
ha.

Hon talade i telefon med Siv och Louise men ingen av dem hade
tid att resa, trots att båda hade lust. Birgitta Roslin fick också under
eftermiddagen besked om att ett återbud hade gjort det möjligt för
henne att lämna sina prover redan dagen efter hos den specialist hon
blivit remitterad till.

Vid fyratiden ringde det på dörren. Hon undrade om hon ännu en
gång skulle få en fri leverans av kinamat. Men när hon öppnade stod
kriminalkommissarie Hugo Malmberg utanför dörren. Han hade snö
i håret och gammaldags galoscher på fötterna.

– Jag träffade av en tillfällighet Hans Mattsson. Han nämnde att du
var dålig. I förtroende, eftersom han vet att vi känner varandra väl.

Hon släppte in honom. Trots att han var korpulent hade han inga
problem med att böja sig och ta av galoscherna.

De drack kaffe i köket. Hon berättade om sitt blodtryck och blod-
värden, att det inte var alldeles ovanligt i hennes ålder att drabbas.

– Mitt höga blodtryck tickar som en bomb inom mig, sa Hugo
Malmberg dystert. Jag medicinerar och min doktor säger att jag har
hyfsade värden. Men ändå oroar jag mig. I min släkt har aldrig någon
dött av tumörer. Alla, kvinnor som män, har gått i golvet med slagan-
fall och hjärtattacker. Varje dag får jag anstränga mig för att inte be-
segras av min oro.

– Jag har varit i Hudiksvall, sa Birgitta Roslin. Det var du som gav
mig Vivi Sundbergs namn. Men jag tror inte du visste att jag reste dit.

– Det kommer som en överraskning, det måste jag erkänna.

– Minns du hur det var? Jag upptäckte att jag var släkt med en av familjerna som mördades i Hesjövallen. Sedan har det uppenbarats att alla dom som blivit dödade i sin tur var släkt med varandra genom ingiften. Har du tid?

– Min telefonsvarare meddelar att jag är ute på tjänsteärende resten av dagen. Eftersom jag inte har jour så kan jag sitta här till i morgon.

– Tills korna går hem? Är det inte så man säger?

– Eller tills Apokalypsens ryttare drar förbi och förintar oss alla. Underhåll mig nu med alla dom hemskheter jag inte behöver befatta mig med.

– Är du cynisk?

Han rynkade pannan och morrade till.

– Känner du mig så lite? Efter alla dessa år? Du sårar mig.

– Det var inte meningen.

– Då kan du sätta igång. Jag lyssnar.

Birgitta Roslin berättade vad som hade hänt eftersom det på allvar tycktes intressera honom. Han lyssnade uppmärksamt, sköt då och då in en fråga, men verkade övertygad om att hon var noggrann med detaljerna. När hon tystnat satt han en stund och betraktade sina händer. Om Hugo Malmberg visste hon att han betraktades som en polisman med utomordentlig kompetens. Han parade tålamod med snabbhet, metodik med intuition. Hon hade hört berättas att han var en av de mest efterfrågade lärarna på landets polisutbildningar. Trots att han tjänstgjorde i Helsingborg deltog han dessutom ofta genom Riksmordkommissionen i svåra utredningar på andra håll i landet.

Det slog henne plötsligt som anmärkningsvärt att han inte blivit inkopplad vid utredningen av morden i Hesjövallen.

Hon frågade honom rakt ut och han log.

– Dom har faktiskt hört av sig. Men ingen har antytt för mig att du har rört dig i området och gjort egendomliga upptäckter.

– Jag tror inte att dom tyckte om mig.

– Poliser vaktar gärna svartsjukt sina matskålar. Dom ville gärna ha mig dit. Men när dom grep Valfridsson avtog intresset.

– Nu är han död.

– Utredningen fortsätter.

– Ändå vet du nu att det inte var han.

– Vet jag?

– Du har hört vad jag berättat.

– Märkliga händelser, bestickande fakta. Saker som givetvis bör undersökas noga. Men huvudspåret Valfridsson blir ju inte sämre av att mannen råkar ta livet av sig.

– Det var inte han. Vad som hände den där natten mellan den tolfte och trettonde januari är större än vad en man med några misshandelsdomar och ett gammalt dråp kan ställa till med.

– Du kan ha rätt. Men det kan också vara fel. Gång på gång visar det sig att det fortfarande är så att dom största fiskarna simmar omkring i dom lugnaste vattnen. Cykeltjuven blir bankrånare, slagskämpen förvandlas till yrkestorped som tar livet av vem som helst för en summa pengar. Någon gång skulle det väl också hända här i Sverige att en man som begått dråp och slagit folk under berusning alldeles går sönder och utför ett så förfärligt dåd.

– Det finns ju inget motiv?

– Åklagaren talar om hämnd.

– För vad? Hämnd på en hel by? Det är inte rimligt.

– Om brottet i sig inte är rimligt behöver inte heller motivet vara det.

– Jag tror i alla fall att Valfridsson var ett villospår.

– *Är* ett villospår. Vad sa jag? Utredningen pågår även om han är död. Låt mig ställa en fråga till dig. Är din tanke om en kines så särskilt mycket mera trovärdig? Hur i herrans namn ska man koppla ihop en liten by i Norrland med ett kinesiskt motiv?

– Jag vet inte.

– Vi får vänta och se. Och du ska se till att bli frisk.

Det snöade kraftigare när han skulle gå.

– Varför reser du inte bort? Till värmen?

– Det säger alla. Jag måste bara klara av mina läkare först.

Hon såg honom försvinna i snöyran. Det rörde henne att han hade tagit sig tid att göra ett besök.

Dagen efter hade snövädret dragit bort. Hon besökte specialistens klinik, lämnade sina prover och fick veta att det skulle ta en dryg vecka innan de var färdiganalyserade.

– Har jag några restriktioner? frågade hon sin nye läkare.

– Undvik onödiga ansträngningar.

– Kan jag resa?

– Det går bra.

– Jag har en fråga till. Ska jag vara rädd?

– Nej. Eftersom du inte har några andra symptom så finns det inga skäl till oro.

– Jag kommer alltså inte att dö?

– Det kommer du att göra. Tids nog. Jag med. Men inte om vi får ner ditt blodtryck till rimliga nivåer.

När hon kom ut på gatan insåg hon att hon varit orolig, till och med rädd. Nu kände hon sig lättad. Hon bestämde sig för att ta en lång promenad. Men hon hade inte kommit många meter innan hon tvärstannade.

Tanken kom över henne från ingenstans. Eller kanske var det så att hon redan omedvetet hade fattat ett beslut. Hon gick in på ett café och ringde upp Karin Wiman. Det var upptaget. Hon väntade otåligt, beställde kaffe, bläddrade i en tidning. Fortfarande upptaget. Först vid femte försöket fick hon svar.

– Jag följer med till Beijing.

Det dröjde några sekunder innan Karin Wiman begrep.

– Vad har hänt?

– Jag är fortfarande sjukskriven. Men doktorn säger att jag kan resa.

– Är det sant?

– Alla jag talar med säger att jag ska resa bort. Min man, mina barn, min chef, alla. Nu inser jag att det är vad jag ska göra. Om du fortfarande är beredd att dela rum med mig?

– Jag åker om tre dagar. Då blir det bråttom att skaffa dig ett visum.

– Det kanske inte går?

– I vanliga fall tar det längre tid. Men jag kan dra i en del trådar. Biljetten får du skaffa själv.

– Jag minns att du skulle flyga med Finnair.

– Du ska få flight-numren. Jag kan skicka dom på sms. Jag har dom inte här. Sen behöver jag genast en fotostatkopia på ditt pass.

– Jag skyndar mig hem.

Några timmar senare hade hon skickat alla papper som behövdes till Karin Wiman men misslyckats med att få plats på samma flyg. Efter ett flertal telefonsamtal bestämde de att Birgitta skulle resa dagen efter Karin. Konferensen hade då ännu inte börjat. Karin ingick i den organisationskommitté som förberedde de olika seminarier som skulle hållas. Men hon lovade att smita ifrån och ta emot Birgitta på flygplatsen.

Birgitta Roslin kände samma resfeber som när hon första gången, som sextonåring, reste på en språkresa till Eastbourne i England.

– Herregud, ropade hon i telefonen. Jag vet inte ens vad det är för klimat. Sommar eller vinter?

– Vinter. Som här. Breddgraderna är nästan desamma. Men det är en torr kyla. Ibland driver stormar in från dom norra öknarna ända till Beijing. Förbered dig som till en arktisk expedition. Det är kallt överallt, inte minst inomhus. Det är bättre nu än när jag var där första gången. Då bodde jag på dom finaste hotellen men sov med kläderna på. Varje morgon vaknade jag av alla tusentals gnisslande cyklar. Ta med varma underkläder. Och kaffe. Det kan dom inte laga än. Fast det är inte sant, det jag säger. Men för säkerhets skull, kaffe på hotell är inte alltid så starkt som man önskar.

– Ska man vara finklädd?

– Du slipper banketterna. Men en vacker klänning kan vara bra.

– Hur uppför man sig? Vad har man inte på sig, vad säger man inte? Jag trodde en gång jag visste allt om Kina. Men det var rebellernas version. Det man gjorde i Kina var att marschera, odla ris och lyfta Maos lilla röda mot himlen. På sommaren simmade man. Kraftiga tag, mot framtiden, i kölvattnet av den store rorsmannen.

– Det där behöver du inte tänka på. Varma underkläder räcker långt. Dollar i kontanter, kreditkorten kan användas men inte överallt. Bra skor att gå i. Det är lätt att bli förkyld. Räkna inte med att dom mediciner du använder ska finnas tillgängliga.

Birgitta Roslin antecknade. Efter samtalet plockade hon fram sin bästa väska från garaget. På kvällen pratade hon med Staffan om beslutet. Blev han förvånad visade han det knappast. Karin Wimans sällskap var för honom bästa tänkbara.

– Jag tänkte tanken, sa han. När du berättade att Karin skulle till Kina. Jag blir alltså inte totalt överrumplad. Vad säger doktorn?

– Han säger: Res!

– Då säger jag detsamma. Men ring barnen så dom inte blir oroliga.

Hon ringde dem samma kväll, i tur och ordning, de tre hon fick tag på. Den enda som yttrade tveksamheter var David. Så långt, så plötsligt? Hon lugnade honom med sitt goda resesällskap och att doktorerna som övervakade henne inte gjort några invändningar.

Hon letade fram en karta och lyckades tillsammans med Staffan hitta det hotell, Dong Fan, där de skulle bo.

– Jag avundas dig, sa han plötsligt. Även om du var kinesen i vår ungdom, och jag bara den lätt skräckslagne liberalen som trodde på lugnare samhällsförändringar, har jag drömt om att komma dit. Inte till landet, men just Beijing. Eller Peking som den alltid kommer att heta i mitt medvetande. Jag inbillar mig att världen ser annorlunda ut från den horisonten, jämfört med mina tåg mot Alvesta och Nässjö.

– Tänk dig att du skickar ut mig på spaning. Sen reser vi dit när det är sommar och inga sandstormar.

Dagarna innan avresan levde hon i en allt spändare förväntan. När Karin Wiman flög från Kastrup var hon där för att hämta sin egen biljett. De skildes i avgångshallen.

– Kanske lika bra att vi reser olika dagar, sa Karin. Eftersom jag är en viktig person på den där kongressen belönas jag med att åka bekvämt. Det hade ju inte varit trevligt om vi skulle resa i olika klasser.

– Nu är jag så uppjagad att jag hade rest med godsvagn om det varit nödvändigt. Lovar du att du möter mig?

– Jag är där.

På kvällen, när Karin redan borde vara framme i Beijing, letade Birgitta Roslin igenom en kartong i garaget. Längst ner i botten hittade hon vad hon sökte, sitt gamla tummade exemplar av Maos citatbok. På insidan av den lilla boken med röda plastpärmar hade hon skrivit ett datum, *19 april 1966*.

Jag var en liten flicka då, tänkte hon. Oskuld på nästan alla områden. En enda gång hade jag varit tillsammans med en ung man, Tore, från Borstahusen, som drömde om att bli existentialist och sörjde att han hade så dålig skäggväxt. Med honom förlorade jag min oskuld i en utkyld kolonistuga som luktade mögel. Jag minns bara att han var nästan outhärdligt fumlig. Efteråt växte det utrunna kletet mellan oss till något som gjorde att vi skildes så fort som möjligt och aldrig mer såg varandra i ögonen. Vad han sa om mig till sina kamrater undrar jag fortfarande. Vad jag sa till mina minns jag inte. Men lika viktigt var den politiska oskulden. Och så kom den röda stormen som tog mig med. Fast jag levde aldrig upp till den kunskap om världen jag fick. Efter tiden med rebellerna gömde jag mig. Jag lyckades aldrig reda ut varför jag lät mig luras in i det som närmast var en religiös sekt. Karin försvann in i vänsterpartiet. Själv drog jag vidare till Amnesty och nu till ingenstans alls.

Hon satte sig på några bildäck och bläddrade i den lilla röda. Mellan några sidor dök ett fotografi upp. Det var hon och Karin Wiman. Hon mindes tillfället. De hade klämt in sig i en fotoautomat på stationen i Lund, som vanligt var det Karins initiativ, stoppat i pengarna i myntöppningen och sedan väntat ut bildserien. Hon skrattade högt när hon såg bilden men skrämdes samtidigt av avståndet. Den delen av stigen låg så långt borta att hon knappast orkade föreställa sig all den väg hon gått sedan dess.

Den kalla vinden, tänkte hon. Ålderdomen som kommer tassande alldeles bakom mig. Hon stoppade citatboken i fickan och lämnade garaget. Staffan hade just kommit hem. Hon satte sig mitt emot honom i köket medan han åt den mat hon gjort i ordning.

– Är rödgardisten redo, frågade han.

– Jag har just plockat fram min lilla röda.

– Kryddor, sa han. Om du vill ge mig en present så ta med dig kryddor. Jag föreställer mig alltid att det finns lukter och smaker i Kina som ingen annanstans.

– Vad vill du ha mer?

– Dig, frisk och glad.

– Jag tror jag kan lova det.

Han erbjöd sig att köra henne till Köpenhamn dagen efter. Men hon nöjde sig med att han gav henne skjuts till tåget. Hon hade resfeber under natten och var ideligen uppe och drack vatten. På textteven hade hon följt utvecklingen av händelserna i Hudiksvall. Fler och fler fakta om Lars-Erik Valfridsson kom fram, men ingenting som klargjorde varför polisen egentligen misstänkte honom för massmordet. Upprördheten över att han kunnat ta livet av sig hade redan nått riksdagen i form av en ilsken interpellation till justitieministern. Den ende som fortfarande höll sig kall var Robertsson som hon fick allt större respekt för. Han insisterade på att utredningen fortsatte som tidigare, även om den misstänkte gärningsmannen var död. Men han hade också börjat påpeka att polisen arbetade med andra uppslag som han inte kunde säga någonting om.

Där är min kines, tänkte hon. Mitt röda band.

Hon var flera gånger frestad att ringa Vivi Sundberg och tala med henne. Men hon avstod. Det som var viktigt nu var den hägrande resan.

Det var en vacker och klar vinterdag när Staffan Roslin körde sin hustru till tåget och vinkade när det lämnade perrongen. På Kastrup checkade hon in utan besvärligheter, fick gångplatser som hon önskade, både till Helsingfors och till Beijing. När planet lyfte från Kastrup, en rörelse som befriade henne från någon sorts lås, log hon mot den gamle finländare som satt vid hennes sida. Hon slöt ögonen, avstod från mat och dryck fram till Helsingfors, och tänkte återigen tillbaka till den tid då Kina hade varit både hennes jordiska och drömda paradis. Hon kunde förvånas över många av de förbluffande naiva föreställningar hon haft, inte minst den att den svenska allmänheten skulle vara beredd att i ett givet ögonblick revoltera mot den rådande ordningen. Hade hon på allvar trott detta? Eller hade hon bara delta-git i en lek?

Birgitta Roslin mindes ett läger sommaren 1969 i Norge, dit hon och Karin blivit inbjudna av några norska kamrater. Det hela var ut-omordentligt hemligt. Ingen fick veta var lägret skulle anordnas. Alla som deltog, och man visste mycket lite om vilka andra som skulle vara med, utrustades med täcknamn. För att ytterligare förvirra den stän-digt vaksamma klassfienden bytte man också kön när man tilldelades ett täcknamn. Hon kunde fortfarande minnas att hon hade varit Al-fred under sommarlägret. Hon hade fått besked om att ta en buss mot Kongsberg. Vid en bestämd hållplats skulle hon stiga av. Där skulle hon bli hämtad. Hon hade stått vid den ödsliga hållplatsen i hällande regn och försökt tänka att hon nu måste upphäva motsättningen mel-lan regnet och hennes humör med ett revolutionärt tålamod. Till sist hade en skåpbil stannat. Bakom ratten hade suttit en ung man som mumlande presenterat sig som Lisa och bett henne stiga in. Lägret hade hållits på en igenväxt åker, tälten hade stått i rader, hon hade lyckats byta sig till en sovplats i samma tält som Karin Wiman, som kallades Sture, och varje morgon hade de haft gymnastik framför fladdrande röda fanor. Under lägerveckan hade hon levt i en konstant spänning för att göra fel, säga fel, bete sig kontrarevolutionärt. Det av-görande ögonblicket, när hon varit så rädd att hon nästan svimmat, var när hon en av dagarna blivit ombedd att resa sig upp och presen-tera sig, naturligtvis under namnet Alfred, och berätta vad hon syss-lade med i det civila liv som dolde det faktum att hon egentligen var på stålhård väg att bli en yrkesrevolutionär. Men hon hade klarat sig, hon hade inte fallit igenom, och segern hade varit total när en av läger-ledarna, Kajsa, en storvuxen trettioårig man med tatueringar efteråt hade gett henne en uppskattande klapp på axeln.

Nu när hon satt och blundade i flygplanet på väg mot Helsingfors tänkte hon att allt som skett den gången hade varit en utdragen rädsla. Under korta ögonblick hade hon känt att hon deltog i något som kanske skulle vrida jordaxeln åt ett annat håll. Men mest av allt hade hon varit rädd.

Det var något hon skulle fråga Karin om. Hade hon också varit rädd? Ett lämpligare ställe att få svar på frågan än i det drömda paradiset Kina kunde hon inte tänka sig. Kanske skulle hon nu också förstå mer av det som en gång präglat hela hennes tillvaro?

Hon vaknade till när planet påbörjade sin inflygning mot Helsingfors. Hjulen slog emot betongen och hon hade två timmar tills planet mot Beijing skulle avgå. Hon satte sig i en soffa under ett gammalt flygplan som hängde i avgångshallens tak. Det var kallt i Helsingfors. Genom de stora fönstren som vette mot landningsbanorna kunde hon se den rykande andedräkten hos markpersonalen. Hon tänkte på det senaste samtalet hon haft med Vivi Sundberg några dagar tidigare. Birgitta hade frågat om det förelåg några stillbilder från övervakningskameran. Det gjorde det och Vivi Sundberg hade inte ens frågat varför, när hon bett att få en kopia av den kinesiske mannen. Dagen efter hade det uppförstorade fotot legat i hennes brevlåda. Nu fanns det i hennes handväska. Hon tog fram bilden ur kuvertet.

Bland en miljard människor finns du, tänkte Birgitta Roslin. Men jag kommer aldrig att hitta dig. Jag kommer aldrig att få veta vem du var. Om ditt namn var äkta. Och framför allt, vad du gjorde.

Långsamt började hon gå mot utgången till Beijingplanet. Redan fanns där passagerare som väntade. Hälften av dem var kineser. Här börjar en bit av Asien, tänkte hon. Gränserna förskjuts på flygplatser, kommer nära och blir samtidigt avlägsna.

Hon hade plats 22 c på planet. Bredvid henne satt en mörkhyad man, som arbetade på ett brittiskt företag i den kinesiska huvudstaden. De växlade några vänliga ord. Men varken han eller Birgitta

Roslin ville fördjupa samtalet. Hon kurade ihop sig under sin filt och kände att febern nu hade ersatts av en känsla att hon begett sig ut på resan utan att vara ordentligt förberedd. Vad skulle hon egentligen göra i Beijing? Vandra omkring på gatorna, se på människor och besöka museer? Karin Wiman skulle med största säkerhet inte ha mycket tid för henne. Hon tänkte att något av den osäkra rebellen fortfarande fanns kvar inom henne.

Jag gör den här resan för att se mig själv, tänkte hon. Jag är inte på meningslös jakt efter en kines som ryckt loss ett rött band från en papperslampa och sedan förmodligen mördade nitton människor. Jag har börjat knyta ihop alla lösa trådändar som en människas liv består av.

Efter ungefär halva tiden av den sju timmar långa färden började hon se på sin resa med förväntan. Hon drack några glas vin, åt den mat som serverades och väntade alltmer otåligt.

Men ankomsten blev inte som hon föreställt sig. Just när de passerat in över kinesiskt territorium meddelade kaptenen att en sandstorm för närvarande gjorde det omöjligt att landa i Beijing. De skulle gå ner i staden Taiyuan och avvakta bättre väder. När planet landat fick de åka buss till en utkyld vänthall där inbyltade kineser väntade under tystnad. Tidsskillnaden gjorde henne trött, osäker på vilket första intryck hon egentligen fick av Kina. Landskapet var snötäckt, kullar omgav flygplatsen, på en angränsande väg såg hon bussar och oxvagnar.

Två timmar senare hade sandstormen i Beijing bedarrat. Planet lyfte och landade igen. När hon väl kommit igenom alla kontroller stod Karin och väntade på henne.

– Rebellens ankomst, sa hon. Välkommen till Beijing!

– Tack. Men jag förstår fortfarande inte att jag verkligen är här.

– Du är i Mittens rike. Mitt i världen. Mitt i livet. Nu åker vi till hotellet.

334

På kvällen denna första dag stod hon på hotellets nittonde våning, i det rum hon delade med Karin. Hon såg ut över den blänkande jättestaden och kände en rysning av förväntan.

I ett annat höghus stod samtidigt en man och betraktade samma stad och samma ljus som Birgitta Roslin.

I handen höll han ett rött band. När det hördes en dämpad knackning på dörren bakom honom vände han sig långsamt om och tog emot det besök som han otåligt väntade på.

Den kinesiska leken

24

Den första morgonen i Beijing gick Birgitta Roslin ut tidigt. Hon hade ätit frukost i den jättelika matsalen tillsammans med Karin Wiman som sedan skyndat iväg till sin konferens efter att ha uttalat att hon såg fram emot alla kloka ord som skulle yttras om de gamla kejsare som normala människor knappt brydde sig om. För Karin Wiman var historien på många sätt mer levande än den verklighet hon befann sig i.

– När jag var ung och rebell, dom där hemska månaderna på våren och sommaren 1968, levde jag i en illusion, nästan som om jag var instängd i en religiös sekt. Sen flydde jag till historien som inte kunde göra mig illa. Snart kanske jag är beredd att leva ute i samma verklighet som du.

Birgitta Roslin förmådde inte omedelbart utskilja vad som var sanning och vad som var ironi i hennes ord. När hon hade lämnat frukostmatsalen och byltat på sig sina ytterkläder för att våga sig ut i den bistra torra kylan, hade hon Karin Wimans ord med sig. Kanske de också gällde henne själv?

Hon hade fått en karta av en ung dam i receptionen som var mycket vacker och talade en nästan flytande engelska. Ett citat dök upp i hennes huvud. ”*Bonderörelsens nuvarande uppsving är en väldig tilldragelse*.” Det var ett citat från Mao som ständigt återkom under de våldsamma debatter som fördes den där våren 1968. Den ultravänsterrörelse som både hon själv och Karin drogs in i hävdade att Maos tankar eller citat som fanns samlade i hans lilla röda var de enda argu-

339

ment som behövdes, vare sig man behandlade frågan om vad man skulle äta till middag eller hur man skulle få den svenska arbetarklassen att förstå att den var mutad av kapitalisterna och deras sammansvurna socialdemokraterna och istället inse sin historiska uppgift att beväpna sig. Hon mindes till och med namnet på predikanten, Gottfred Appel, "Äpplet", som hon vanvördigt kallade honom men bara yppade för sådana djupt förtrogna som Karin Wiman.

Bonderörelsens nuvarande uppsving är en väldig tilldragelse. Orden ekade i hennes hjärna när hon kom ut från hotellet där grönklädda och stumma och mycket unga män vakade över ingången. Gatan framför henne var bred med många filer. Överallt bilar, nästan inga cyklar. Längs gatan låg stora bankkomplex och även en bokhandel med fem våningsplan. Utanför affären stod människor med stora plastsäckar fulla med vattenflaskor. Birgitta Roslin hade inte gått många steg innan hon kände luftföroreningarna i halsen och näsan och smaken av metall i munnen. Där det inte redan fanns byggnader svängde höga lyftkranar sina armar. Hon insåg att hon rörde sig genom en stad i stor och hektisk förvandling.

En ensam man som drog en överlastad kärra med något som liknade tomma hönsburar tycktes befinna sig i alldeles fel tid. Annars kunde hon hade befunnit sig var som helst i världen. Jordaxeln vrider sig nu med hjälp av mekaniska hästkrafter, tänkte hon. När jag var ung såg jag för mitt inre bilder av ett oändligt myller av kineser i samma typ av vadderade kläder som med hackor och spadar, omgivna av röda fanor och skanderande talkörer, höll på att förvandla höga berg till bördig åkermark. Myllret är fortfarande kvar. Men åtminstone inne i Beijing, på den gata där jag nu står, är människor klädda på andra vis och bär definitivt inte hackor och spadar i händerna. De cyklar inte ens, de har bil, och om de är kvinnor går de på trottoarerna i eleganta högklackade skor.

Vad hade hon väntat sig? Det var nästan 40 år sedan hon hade genomlevt våren och sommaren 1968, rädslan, för att inte säga fasan, för att inte vara tillräckligt renlärig, och den plötsliga upplösningen som kommit i augusti, den efterföljande lättnaden och sedan den stora tomheten. Det var som om hon vandrat från en stickig snårskog till en kall och nattsvart öken.

I slutet av 1980-talet hade hon och Staffan gjort en Afrikaresa där de bland annat hade besökt Victoriafallen på gränsen mellan Zambia och Zimbabwe. De hade haft vänner som arbetat inom biståndet i det zambiska kopparbältet och tillbringat en del av tiden på en safariliknande resa. Vid besöket kring Zambezifloden hade Staffan plötsligt föreslagit att de skulle göra en forsfärd nedanför Victoriafallet. Hon hade sagt ja men bleknat när de dagen efter samlats på stranden för att få informationer, träffa gummiflottarnas ledare och skriva under papper på att de gjorde färden på egen risk. Efter den första forsen som ansågs vara en av de lättaste och minst krävande insåg Birgitta Roslin att hon aldrig hade varit så rädd i hela sitt liv. Hon tänkte att de förr eller senare skulle gå runt i någon av de forsar som väntade och att hon skulle hamna under den uppochnervända flotten och säkert drunkna. Staffan hade suttit och hållit fast i gummibåtens repreling och haft ett outgrundligt leende på läpparna. Efteråt, när allt var över och hon nästan svimmade av lättnad, hade han påstått att han inte varit särskilt rädd. Det var en av de få gånger under deras äktenskap som hon insett att han inte talade sanning för henne. Men hon hade inte argumenterat, lycklig över att ha kommit undan utan att gummibåten hade vält i någon av de sju forsarna.

Nu när hon stod utanför hotellet tänkte hon att just så, som under den där hemska forsfärden, hade hon känt den där våren 1968 när hon tillsammans med Karin dragits in i rebellrörelsen som på fullt allvar ansåg att de svenska "massorna" snart skulle börja resa sig och att

341

den väpnade kampen mot kapitalisterna och de socialdemokratiska klassförrädarna skulle inledas.

Hon stod utanför hotellet och såg staden breda ut sig. Poliser i blå uniformer arbetade i par med att hålla den täta trafiken igång. En av de mest absurda händelserna under den rebelliska våren dök upp i hennes minne. De hade varit fyra stycken som utarbetat ett förslag till en resolution i en fråga hon inte längre mindes vad den handlat om. Kanske var det i samband med ambitionen att krossa den FNL-rörelse som under de åren varit en växande folkrörelse i Sverige, mot USA:s krig i det avlägsna Vietnam. När resolutionen var klar inleddes den med orden: "På ett massmöte i Lund hade följande blivit beslutat."

Massmöte? På fyra personer? När verkligheten bakom "bonderörelsens nuvarande uppsving" handlade om hundratals miljoner människor som var i rörelse? Hur kunde tre studenter och en apotekarlärling i Lund anse sig utgöra ett massmöte?

Karin Wiman hade varit med den gången. Medan Birgitta inte hade yttrat sig under arbetet med resolutionen utan skrämt hukat i ett hörn och önskat att hon var osynlig, hade Karin då och då meddelat att hon var överens med vad de andra sa eftersom de gjort en "korrekt analys". Under den där tiden när de svenska massorna snart skulle gå ut på torgen och skandera den store kinesiske ledarens ord, hade alla kineser i Birgittas föreställningsvärd varit klädda i bylsiga gråblå uniformer, burit samma typ av kepsar, haft samma kortklippta hår och rynkade allvarliga pannor.

Då och då, när hon fått ett exemplar av bildtidskriften Kina hade hon förundrats över de ständigt lika rosiga människor som med blossande kinder och tindrande ögon lyfte armarna mot den gud som nerstigit från himlen, Den Store Rorsmannen, Den Evige Läraren och allt vad han kallades, den gåtfulle Mao. Men så värst gåtfull hade han inte varit. Det hade senare tider kunnat visa. Han hade varit en politiker som med stor känsla uppfattade vad som hände i det gigantiska kinesiska riket. Fram till och med självständigheten 1949 hade han varit en av de unika ledare som historien då och då låter framträda. Efteråt hade hans maktutövning inneburit mycket lidande, kaos och förvirring. Men att det var han som likt en modern kejsare hade återupprättat det Kina som idag höll på att bli en världsmakt, kunde ingen ta ifrån honom.

Nu när hon stod utanför det skinande hotellet med sina marmorportaler och elegant klädda receptionister som talade oklanderlig engelska, var det som om hon förflyttats till en värld hon inte hade vetat någonting om. Var detta verkligen det samhälle där bonderörelsens uppsving varit en stor händelse?

Det har gått fyrtio år, tänkte hon. Mer än en generation. Då lockades jag som flugan till sockerbiten av en frälsningsliknande sekt. Vi uppmanades inte att begå kollektivt självmord eftersom domedagen var nära utan att uppge vår identitet till förmån för en kollektiv berusning, där en liten röd bok hade ersatt all annan upplysning. I den fanns all visdom, svaren på alla frågor, uttryck för alla sociala och politiska visioner, som världen behövde för att gå från det nuvarande stadiet till att en gång för alla placera paradiset på jorden och inte i en avlägsen himmel. Men vad vi inte alls förstod var att texten faktiskt bestod av levande ord. Citaten var inte ristade i sten. De beskrev verkligheten. Vi läste citaten utan att egentligen läsa dem. Läste utan att tyda. Som om den lilla röda var en död katekes, en revolutionär liturgi.

Hon kastade en blick på kartan och började gå längs gatan. Hur många gånger hon i sin föreställningsvärld befunnit sig i denna stad visste hon inte. Den gången i ungdomen hade hon marscherat, uppslukad av miljontals andra, ett anonymt ansikte omslutet av det kollektiv som inga fascistoida kapitalistiska krafter skulle kunna stå emot. Nu gick hon där som en medelålders svensk domare som var sjukskriven på grund av för högt blodtryck. Hade hon äntligen kommit så långt att hon bara hade några kilometer kvar till sitt ungdomligt drömda Mecka, den stora platsen där Mao hade vinkat till massorna och även till några studenter som satt på golvet i en lägenhet i Lund och deltog i ett allvarligt massmöte? Även om hon denna morgon kände sig förvirrad över bilden som inte alls stämde med hennes förväntningar, var hon ändå pilgrimen som nått det mål hon en gång drömt om. Kylan var torr och bitande, hon hukade i vindbyarna som då och då kom körande och drev sand i hennes ansikte. Hon hade kartan i handen men visste att hon bara behövde gå den stora gatan rakt fram för att nå sitt mål.

Det fanns också en annan minnesbild i hennes huvud den morgonen. Hennes far hade en gång under sin levnad som sjöman, innan han försvunnit i brottsjöarna i Gävlebukten, varit i Kina. Hon mindes den lilla snidade Buddhagestalten som han haft med och gett till hennes mor. Nu stod den på ett bord hos David, som en gång bett att få den. Under studietiden hade han sneglat åt buddismen som en utväg ur en kris av ungdomlig känsla av meningslöshet. Något mer hade hon aldrig hört David säga om religiös längtan, men träfiguren hade han kvar. Vem som egentligen hade berättat för henne att den kom från Kina och hade hämtats hem av hennes far visste hon inte. Kanske var det hennes faster som hade berättat för henne när hon fortfarande var mycket liten.

När hon gick på gatan kom fadern henne plötsligt nära, trots att han knappast besökt Beijing utan snarare någon av de stora hamnstäderna när han hade befunnit sig ombord på ett fartyg som inte bara gick i Östersjöfart.

Vi är som ett litet osynligt lämmeltåg, tänkte hon. Jag och min far, denna iskalla morgon i ett grått och främmande Beijing.

Det tog Birgitta Roslin över en timme att komma fram till den

Himmelska fridens torg. Det var det största torg som hon någonsin hade stått inför. Hon kom upp dit via en gångväg under Jiangumennei Daije. Det kryllade av människor runt henne när hon började gå över torget. Överallt fanns det fotograferande och flaggviftande människor, vatten- och vykortsförsäljare.

Hon stannade och såg sig runt. Ovanför henne var himlen disig. Det var någonting som fattades. Det dröjde en stund innan hon kom på vad det var.

Småfåglar. Eller duvor. Det fanns inga överhuvudtaget. Men överallt myllrade människor, som inte skulle märka om hon stod där eller plötsligt var borta.

Hon mindes bilderna från 1989, när de unga studenterna hade manifesterat sina krav på ökade möjligheter att tänka och tala fritt och den slutliga upplösningen då stridsvagnarna rullat in på torget och många av demonstranterna hade blivit massakrerade. Här stod den gången en man med en vit plastpåse i handen, tänkte hon. Hela världen såg honom på teveskärmarna och höll andan. Han hade ställt sig framför en stridsvagn och vägrat flytta sig. Som en liten obetydlig tennsoldat sammanfattade han allt det motstånd en människa är kapabel att uppbåda. När den försökte passera honom på sidan flyttade han sig. Vad som till sist hade hänt visste hon inte. Den bilden hade hon aldrig sett. Men alla de som krossats av larvfötterna eller skjutits ihjäl av soldaterna var verkliga människor.

I hennes förhållande till Kina var dessa händelser den andra utgångspunkten. Från att ha varit en rebell som i Mao Zedongs namn hävdade den absurda åsikten att revolutionen redan hade börjat bland studenterna i Sverige våren 1968, till bilden av den unge mannen framför stridsvagnen låg en stor del av hennes liv inbäddat. Det omfattade en tidsrymd av drygt tjugo år, då hon gått från att ha varit mycket ung och idealistisk till att bli fyrabarnsmor och domare. Tan-

345

ken på Kina hade alltid funnits hos henne. Först som en dröm, sedan som något hon insåg att hon inte alls begrep eftersom det var så stort och motsägelsefullt. Hos sina barn hittade hon en helt annan upplevelse av Kina. Där fanns de stora framtidsmöjligheterna, på samma sätt som drömmen om Amerika hade präglat hennes egen och hennes föräldrars generation. David hade nyligen till hennes förvåning berättat att när han fick barn skulle han försöka skaffa en kinesisk barnflicka så att de lärde sig kinesiska redan från början.

Hon gick runt på Tiananmen, såg människorna som fotograferade varandra, poliserna som hela tiden fanns närvarande. I bakgrunden den byggnad där Mao en gång 1949 hade utropat republiken. När hon började frysa gick hon den långa vägen tillbaka mot hotellet. Karin hade lovat att avstå en av de formella luncherna och äta tillsammans med henne istället.

Det fanns en restaurang på den översta våningen i skyskrapan där de bodde. De fick ett fönsterbord och såg ut över den väldiga staden. Birgitta berättade om sin promenad till det stora torget och en del av det hon hade tänkt.

– Hur kunde vi tro det vi trodde?

– Vad?

– Att Sverige faktiskt stod på randen till ett inbördeskrig som skulle leda vidare till en revolution.

– Man tror när man vet för lite. Det gjorde vi. Och vi fylldes dessutom med lögner från dom som lurade oss. Minns du spanjoren?

Birgitta kom väl ihåg honom. En av de ledande i rebellrörelsen hade varit en karismatisk spanjor som själv varit i Kina 1967 och sett rödgardisterna marschera. Mot hans ögonvittnesberättelse och förvridna inställning till den revolutionära situationen i Sverige hade ingen egentligen vågat argumentera.

– Vad hände med honom?

Karin Wiman skakade på huvudet.

– Jag vet inte. När rörelsen utplånades försvann han. Ett rykte sa att han blev försäljare av toalettstolar på Teneriffa. Kanske är han död. Kanske blev han religiös, som han väl i själva verket var redan då. Han trodde på Mao som man tror på Gud. Kanske han trots allt blev förnuftig i sitt politiska arbete. Han blommade några korta månader och ställde till stor oreda hos många människor som bars av en god vilja.

– Jag var alltid så rädd. För att inte duga, inte kunna tillräckligt, komma med ogenomtänkta åsikter, tvingas till självkritik.

– Det var alla. Kanske inte spanjoren eftersom han ju var den felfrie. Han var Guds utsände son på jorden med Maos lilla röda i handen.

– Du förstod ändå mer än vad jag gjorde. Du blev ju förnuftig sen och gick in i vänsterpartiet, ett parti med fötterna på jorden.

– Riktigt så enkelt var det inte. Där mötte jag en annan katekes. Fortfarande härskade där synen på Sovjetunionen som ett slags samhälleligt ideal. Det dröjde inte länge förrän jag kände mig främmande.

– Ändå var det bättre än att dra sig undan. Som jag gjorde.

– Vi gled ifrån varandra. Varför vet jag inte.

– Vi hade väl inget att tala om. Luften hade gått ur oss. Jag kände mig som ett tomt skal under några år.

Karin lyfte handen.

– Låt oss inte börja förakta oss själva. Vårt förflutna är trots allt det enda förflutna vi har. Allt vi gjorde var inte dåligt.

De åt ett antal kinesiska smårätter och avslutade måltiden med te. Birgitta tog fram broschyren med de handskrivna tecken som Karin tidigare hade uttytt som namnet på sjukhuset Longfu.

– Jag tänker använda min eftermiddag till att besöka det där sjukhuset, sa hon.

– Varför det?

– Det är alltid bra att man har ett mål när man strövar runt i en främmande stad. Egentligen kan det vara vad som helst. Är man helt planlös tröttnar fötterna. Jag har ingen som jag ska besöka, inget jag egentligen vill se. Men kanske hittar jag en skylt där dessa tecken finns. Då kan jag komma tillbaka hit och tala om för dig att du hade rätt.

De skiljdes utanför hissarna. Karin hade bråttom tillbaka till sin konferens. Birgitta stannade till vid deras rum på nittonde våningen och lade sig på sängen för att vila.

Hon hade känt det redan under morgonens promenad, en oro som hon inte helt kunde omfatta. Omgiven av alla dessa människor som trängdes på gatorna, eller ensam i detta anonyma hotell i jättestaden Beijing, var det som om hennes identitet började vittra sönder. Vem skulle sakna henne här om hon kom bort? Vem skulle överhuvudtaget märka henne? Hur kunde en människa leva om hon kände sig utbytbar?

Hon hade haft upplevelsen tidigare, som mycket ung. Att plötsligt upphöra, förlora greppet om sin identitet.

Hon reste sig otåligt från sängen och ställde sig vid fönstret. Långt där nere staden, människorna, alla med sina drömmar, okända för henne.

I ett svep grep hon sina ytterkläder som låg kringströdda i rummet och slog igen dörren bakom sig. Hon jagade bara upp sig till en oro som blev än mer svårhanterlig. Hon behövde röra på sig, uppleva staden. På kvällen hade Karin lovat att ta med henne på en föreställning av en Pekingopera.

Hon hade sett på kartan att det var lång väg till Longfu. Men hon hade tid, ingen krävde hennes närvaro. Hon följde de raka, till synes oändliga gatorna och kom till sist fram till sjukhuset efter att ha passerat ett stort konstmuseum.

Longfu bestod av två byggnader. Hon räknade till sju våningar, allt i vitt och grått. Fönstren på nedre botten var gallerförsedda. Persiennerna för fönstren var nerdragna, där hängde gamla blomlådor fyllda av vissna löv. Träden utanför sjukhuset var kala, avföring efter hundar låg på de torra och brunsvedda gräsmattorna. Hennes första intryck var att Longfu mer liknade ett fängelse än ett sjukhus. Hon gick in i parken. En ambulans passerade, strax ytterligare en. Just intill huvudentrén hittade hon de kinesiska tecknen på en pelare. Hon jämförde med det som stod skrivet på broschyren och insåg att hon kommit rätt. En läkare i vit rock stod och rökte utanför porten medan han högljutt talade i en mobiltelefon. Hon var så nära honom att hon kunde se hans nikotingula fingrar. Ännu en bit av historien, tänkte hon. Vad skiljer mig från den värld jag levde i då? Vi rökte oavbrutet, överallt, tänkte knappt på att det fanns de som mådde illa av all rök. Men vi hade inga mobiltelefoner. Vi visste inte alltid var de andra, vännerna, föräldrarna befann sig. Mao rökte, alltså gjorde vi samma sak. Vi förde en oavbruten kamp för att hitta telefonautomater som fungerade, där myntinkasten inte var igenstoppade eller telefonsladdarna avslitna. Jag kan fortfarande minnas historierna från de avundsvärda människor som rest till Kina som medlemmar av olika delegationer. Kina var ett land utan brottslighet. Om någon glömde sin tandborste på ett hotell i Beijing och sedan for till Kanton så skickades tandborsten efter och levererades till rummet. Och alla telefoner fungerade.

Det var som om hon den gången levde med näsan tryckt mot en glasruta. I ett levande museum där framtiden formades bakom glaset men samtidigt framför hennes ögon.

Hon gick ut på gatan igen och vandrade runt det stora huskomplexet. Överallt på trottoarerna satt gamla män och flyttade brickor på spelbräden. En gång hade hon behärskat ett av de vanliga kinesiska spelen. Kom Karin ihåg hur man gjorde? Hon bestämde sig för att försöka få tag på ett bräde med brickor som hon kunde ta med sig hem.

När Birgitta Roslin kom tillbaka till utgångspunkten igen återvände hon mot hotellet. Hon hade inte gått många meter innan hon stannade. Det var något hon lagt märke till utan att registrera vad det var. Hon vände sig långsamt om. Där var sjukhuset, den dystra parken, gatan, andra hus. Känslan var starkare nu, hon inbillade sig inte. Det var någonting hon hade förbisett. Hon började gå tillbaka igen. Läkaren med cigaretten och mobiltelefonen var borta. Nu stod där några sjuksköterskor som ivrigt drog ner rök i lungorna.

Det var när hon kom till hörnet av den stora parken hon insåg vad hon lagt märke till utan att tänka på det. På andra sidan gatan fanns ett höghus som verkade vara nybyggt och mycket exklusivt. Hon tog fram broschyren med de kinesiska tecknen ur fickan. Byggnaden som var avbildad inne i broschyren var samma hus som hon nu hade framför sig. Det rådde ingen tvekan. Byggnaden hade en terrass högst upp, som knappast liknade någon annan. Den stack ut som en förstäv till ett fartyg högt där ovanför marken. Hon betraktade byggnaden som hade glasfasader med mörktonade rutor. Utanför den höga entrén stod beväpnade vakter. Förmodligen var det ett kontorshus, inga bostäder. Hon ställde sig i skydd av ett träd för att undkomma den bitande vinden. Några män kom ut ur de höga portarna som tycktes vara av koppar och försvann snabbt in i väntande svarta bilar. En frestande tanke for genom henne. Hon kände efter i fickan att hon hade bilden av Wang Min Hao med sig. Om han på något sätt hade med byggnaden att göra kanske någon av vakterna hade sett honom. Men vad skulle hon säga om de nickade och sa att han fanns där? Fortfarande hade hon sin känsla av att han på något sätt var inblandad i morden i Hesjövallen. Vad poliserna än trodde om Lars-Erik Valfridsson.

Hon kunde inte bestämma sig. Innan hon visade bilden måste hon ha ett motiv för att hon sökte efter honom. Det kunde naturligtvis inte ha någonting med händelserna i Hesjövallen att göra. Om någon frågade henne måste hon kunna ge ett trovärdigt svar.

En ung man stannade bredvid henne. Han sa någonting som hon först inte uppfattade. Sedan insåg hon att han försökte tilltala henne på engelska.

– Har du gått fel? Kan jag hjälpa dig?

– Jag bara ser på det där vackra huset, sa hon. Vet du vem som äger det?

Han skakade förvånat på huvudet.

– Jag studerar till veterinär, sa han. Om stora hus vet jag ingenting. Kan jag hjälpa dig? Jag försöker lära mig att prata bättre engelska.

– Du pratar bra.

– Jag pratar mycket dåligt. Men om jag övar kan det bli bättre.

Ett avlägset citat från Maos lilla röda rusade genom hennes huvud utan att hon fick tag på det. Övning, färdighet, uppoffringar för folket. Vare sig man skötte om grisar eller övade sig i ett främmande språk.

– Du pratar lite för fort, sa hon. Det är svårt att uppfatta alla ord. Tala långsammare.

– Är det bättre så här?

– Det där var kanske lite för långsamt.

Han försökte igen. Hon kunde höra att han hade lärt sig mekaniskt utan att egentligen förstå innebörden av orden.

– Så här?

– Nu förstår jag bättre vad du säger.

– Kan jag hjälpa dig att hitta rätt?

– Jag har inte gått vilse. Jag står och ser på det här vackra huset.

– Det är mycket vackert.

Hon pekade upp mot den hängande terrassen.

– Undrar vem som kan bo där?

– Någon som är mycket rik.

Plötsligt bestämde hon sig.

– Jag vill be dig om en tjänst, sa hon.

Hon tog fram fotografiet på Wang Min Hao.

– Kan du gå över till vakterna och fråga om dom känner igen den här mannen. Om dom undrar varför du frågar kan du bara säga att någon bad dig ge honom ett meddelande.

– Vilket meddelande?

– Säg bara att du ska hämta det. Kom tillbaka hit. Jag väntar på framsidan av sjukhuset.

Han ställde frågan som hon väntade på.

– Varför frågar du inte själv?

– Jag är för blyg. Jag tycker inte att en ensam västerländsk kvinna ska gå och fråga efter en kinesisk man.

– Känner du honom?

– Ja.

Birgitta Roslin försökte se så mångtydig ut som möjligt, samtidigt som hon började ångra sitt tilltag. Men han tog fotografiet och gjorde sig beredd att gå.

– En sak till, sa hon. Fråga vem som bor där uppe, högst upp i huset. Det ser ut som en bostad med en stor terrass.

– Jag heter Huo, sa han. Jag ska fråga.

– Jag heter Birgitta. Låtsas bara att du är nyfiken.

– Var kommer du ifrån? USA?

– Sverige. Rui Dian, tror jag att det heter på kinesiska.

– Det vet jag inte var det ligger.

– Då är det nästan omöjligt att förklara.

När han såg sig om och började korsa gatan vände hon och skyndade tillbaka till framsidan av sjukhuset.

Sjuksköterskorna var borta nu. En gammal man med kryckor kom långsamt ut från den öppna porten. Hon fick plötsligt en känsla av att hon utsatte sig för fara. Hon lugnade sig med att gatorna var fulla med folk. En man som hade dödat en mängd människor i en by i Sverige

kunde komma undan. Men knappast någon som dödade en väster-
ländsk turist på besök. Mitt på dagen. Det hade Kina inte råd med.

Mannen med kryckorna föll plötsligt omkull. En av de unga poli-
serna som vaktade porten rörde sig inte. Hon tvekade men hjälpte se-
dan mannen upp. Ur hans mun kom en lång rad av ord som hon inte
förstod, inte heller om han var tacksam eller arg. Han luktade starkt
av kryddor eller alkohol.

Mannen fortsatte ut genom trädgården mot gatan. Även han har
ett hem någonstans, tänkte hon. En familj, vänner. I sin tid var han
med Mao om att förändra detta jättelika land på ett sådant sätt att alla
fick ett par skor på fötterna. Kan en människas insats verkligen vara
större? Än att se till att människor inte behöver frysa om fötterna?
Eller gå nakna och hungriga?

Huo kom tillbaka. Han rörde sig lugnt och såg sig inte om. Birgitta
Roslin gick honom till mötes.

Han skakade på huvudet.

– Ingen har sett denne man.

– Ingen visste vem han var?

– Ingen.

– Vem visade du bilden för?

– Vakterna. Det kom en annan man också. Inifrån huset. Han hade
solglasögon. Är det rätt uttal? "Solglasögon"?

– Mycket bra. Vem bodde på övervåningen?

– Det svarade dom inte på.

– Men någon bodde där?

– Jag tror det. Dom tyckte inte om frågan.

– Varför inte?

– Dom sa åt mig att gå.

– Vad gjorde du då?

Han såg undrande på henne.

– Jag gick.

Hon tog upp en tiodollarssedel ur handväskan. Först ville han inte ta emot den. Han gav henne tillbaka bilden på Wang Min Hao och frågade sedan vilket hotell hon bodde på, försäkrade sig om att hon hittade hem och bockade sig artigt när han sa adjö.

På vägen tillbaka till hotellet fick hon återigen den svindlande känslan av att när som helst kunna uppslukas av människomyllret utan att någon skulle hitta henne igen. Hon drabbades plötsligt så starkt av yrsel att hon var tvungen att luta sig mot en husvägg. Det låg ett tehus alldeles i närheten. Hon gick in, beställde te och några kakor och försökte andas i långa, djupa tag. Där var den igen, panikångesten som hon upplevt de senaste åren. Yrseln, känslan av att plötsligt falla. Den långa resan till Beijing hade inte befriat henne från den oro hon gick och bar på.

Hon tänkte återigen på Wang. Hit kunde jag spåra honom, men inte längre. Hon slog sin osynliga domarklubba i tebordet och förklarade stumt för sig själv att det hela var över. En ung man med ett dåligt engelskt uttal hade hjälpt henne så långt det var möjligt att komma.

Hon betalade, förvånades över att det var så dyrt, och gav sig sedan på nytt ut i den kalla vinden.

Den kvällen gick de på den teater som låg inuti det stora Qianmen Hotel. Även om där fanns tillgång till hörlurar hade Karin Wiman ordnat med tolkar. Under den fyra timmar långa föreställningen satt Birgitta Roslin lutad åt sidan och hörde i sitt öra den unga kvinnliga tolkens stundtals obegripliga sammanfattning av händelserna på scenen. Både Karin och hon själv blev besvikna eftersom de snart förstod att föreställningen bestod av ett utdrag ur olika klassiska Peking-operor, förvisso av högsta klass men helt avpassad för turister. När föreställningen var över och de äntligen kunde lämna den utkylda lokalen hade de båda två fått nackspärr.

Utanför teatern väntade de på den bil som kongressen hade ställt till Karins förfogande. Birgitta tyckte plötsligt att hon såg den unge Huo som tidigare tilltalat henne på engelska i vimlet på gatan.

Det gick så hastigt att hon inte lyckades fånga hans ansikte innan han var borta igen.

När de kom fram till hotellet kastade hon en blick bakom sig. Men ingen var där, ingen hon kände igen.

Hon rös till. Rädslan kom från ingenstans. Det *var* Huo hon hade sett utanför teatern, hon var säker.

Karin frågade om hon skulle orka med en drink innan de lade sig. Birgitta tackade ja.

En timme senare hade Karin somnat. Birgitta stod framför fönstret och såg ut över det glittrande neonljuset.

Oron hade inte lämnat henne. Hur hade Huo kunnat veta att hon var där? Varför hade han följt efter henne?

När hon till sist kröp ner i sängen bredvid sin sovande väninna ångrade hon att hon hade visat fram bilden på Wang Min Hao.

Hon frös. Länge låg hon vaken. Vinternatten i Beijing omslöt henne med sin kyla.

25

Det snöade lätt över Beijing dagen efter. Karin Wiman hade stigit upp redan klockan sex för att gå igenom det föredrag hon skulle hålla. Birgitta Roslin vaknade och såg henne i stolen vid fönstret, fortfarande mörkt ute, med en golvlampa tänd. En vag känsla av avundsjuka kom över henne. Karin hade valt ett liv där resor och möten med främmande kulturer ingick. Birgittas liv utspelades i rättssalar där en ständig tvekamp mellan sanning och lögn, godtycke och rättvisa utspelades med ytterst ovisst och ofta tröstlöst resultat.

Karin upptäckte att hon låg med öppna ögon och såg på henne.

– Det snöar, sa hon. Lätt och tunt. I Beijing faller aldrig tung snö. Den är lätt men också vass, som sandkornen från öknarna.

– Du är flitig. Så här tidigt.

– Jag är nervös. Det är så många som lyssnar, som bara letar efter fel i det jag säger.

Birgitta satte sig upp i sängen och vred försiktigt på huvudet.

– Jag har fortfarande nackspärr.

– Pekingoperor kräver fysisk uthållighet.

– Jag ser gärna en till. Men utan tolk.

Strax efter sju lämnade Karin rummet. De avtalade att mötas igen på kvällen. Birgitta sov ytterligare en timme och när frukosten var avslutad hade klockan blivit nio. Oron från dagen innan var borta. Det ansikte hon tyckt sig känna igen efter operaföreställningen måste ha varit en inbillning. Hennes fantasi kunde ibland ta så stora språng att det överraskade henne, trots att hon borde vara van.

Hon satt i den stora receptionen där ljudlösa tjänsteandar med dammvippor i händerna putsade marmorpelare. Hon kände sig irriterande oföretagsam och bestämde sig för att leta reda på ett varuhus där hon kunde köpa ett kinesiskt brädspel. Hon hade också lovat Staffan att komma hem med kryddor. En ung manlig concierge ritade på hennes karta hur hon skulle gå för att hitta ett varuhus med både brädspel och kryddor. Efter att ha växlat pengar i hotellets bank gick hon ut. Kylan hade mildrats. Lätta snökorn virvlade i luften. Hon drog upp halsduken för munnen och näsan och gav sig av.

Efter några meter stannade hon till och såg sig omkring. Människor rörde sig åt olika håll längs trottoaren. Hon såg på dem som stod stilla, rökande, talande i telefoner, eller bara orörliga, väntande. Men ingenstans såg hon något ansikte hon kände igen.

Det tog henne nästan en timme att komma fram till varuhuset. Det låg på en gågata som hette Wangfuijing Daije. Det upptog ett helt kvarter och verkade, när hon steg in genom portarna, som en väldig labyrint. Hon omslöts genast av stor trängsel. Hon märkte att människorna runt henne kastade granskande blickar och kommenterade hennes kläder och utseende. Hon såg förgäves efter ett anslag på engelska. När hon letade sig fram mot en av rulltrapporna blev hon anropad på dålig engelska av olika säljare.

På tredje våningen hittade hon en avdelning med bok- och pappersvaror samt leksaker. Hon tilltalade en ung expedit, som i motsats till den personal som fanns på hotellet inte förstod vad hon sa. Expediten sa något i en snabbtelefon och strax stod en äldre man bredvid henne och log.

– Brädspel, sa Birgitta. Var hittar jag det?

– Mahjong?

Han visade henne vägen till en annan våning där hon plötsligt befann sig omgiven av hyllor med olika brädspel. Hon valde ut två, tackade för hjälpen och begav sig till en av kassorna. När spelen var inpackade och nerlagda i en stor färggrann plastpåse letade hon sig vidare på egen hand till matavdelningen, där hon luktade sig fram till ett antal okända kryddor i små vackra papperspåsar. Efteråt satte hon sig på en servering som fanns intill utgången. Hon drack te och åt en kinesisk bakelse som var så söt att hon nästan inte lyckades tugga den i sig. Två små barn kom fram och stirrade på henne innan de bryskt kallades tillbaka av sin mamma vid ett angränsande bord.

Just innan Birgitta Roslin reste sig för att gå fick hon återigen en känsla av att vara iakttagen. Hon såg sig runt, försökte fixera olika ansikten, men där fanns ingen som hon kände igen. Hon irriterades över att hon drabbades av dessa inbillningar och lämnade varuhuset. Eftersom plastpåsen var tung tog hon en taxi till hotellet och funderade på vad hon skulle göra under resten av dagen. Karin kunde hon träffa först sent på kvällen, efter en obligatorisk festmiddag som Karin gärna ville men inte kunde undvika.

När hon lämnat sina inköpta spel och kryddor på hotellet bestämde hon sig för att besöka det konstmuseum som hon hade passerat dagen innan. Dit kunde hon vägen. Hon påminde sig att hon hade sett flera restauranger där hon kunde äta när hon blev hungrig. Det hade slutat snöa nu, molnen hade spruckit upp. Hon kände sig plötsligt yngre, mer energisk än på morgonen. Jag är just nu den fritt rullande stenen vi drömde om att vara när vi var unga, tänkte hon. En rullande sten med stel nacke.

Museets huvudbyggnad såg ut som ett kinesiskt torn med små avsatser och utskjutande takdetaljer. Besökarna gick in genom två mäktiga portar. Eftersom museet var mycket stort bestämde hon sig för att enbart besöka det nedre planet. Där pågick en utställning om hur Folkets befrielsearmé hade använt konsten som propagandavapen. De flesta målningarna var utförda i den idealiserade form hon kunde minnas från 1960-talets bildtidningar från Kina. Men där fanns också nonfigurativa målningar som skildrade krig och kaos i starka färger.

Överallt var hon omgiven av vakter och guider, för det mesta unga kvinnor i mörkblå uniformer. Hon försökte tilltala några av dem, men de kunde inte engelska.

Hon tillbringade ett par timmar på konstmuseet. Klockan var närmare tre när hon kom ut på gatan igen, kastade en blick mot sjukhuset och där bakom den höga byggnaden med den hängande terrassen. Strax intill museet gick hon in på en enkel restaurang. Hon fick plats vid ett hörnbord efter att ha pekat på några tallrikar med mat som stod på andra gästers bord. Hon pekade också på en ölflaska och märkte hur törstig hon var när hon började dricka. Hon åt alldeles för mycket och drack två koppar starkt te för att driva undan den mätta dåsigheten. På konstmuseet hade hon köpt ett antal kort av kinesiska målningar som hon bläddrade igenom.

Plötsligt var det som om hon kände sig färdig med Beijing, trots att hon bara varit här i två dagar. Hon kände sig rastlös, saknade sitt arbete och tänkte att tiden bara gled henne ur händerna. Att vandra runt i Beijing kunde hon inte fortsätta med. Hon saknade ett mål nu när spelen och kryddorna var inköpta. En plan, tänkte hon. Först hotellet, vila och sedan en ordentlig plan. Jag ska vara här i fem dagar till. Först de sista två dagarna har Karin tid med mig.

När hon kom ut på gatan hade solen försvunnit bakom molnen igen. Genast kändes det kallare. Hon drog jackan tätare runt kroppen och andades genom halsduken.

En man kom fram till henne med ett papper och en liten sax i handen. På knagglig engelska bad han att få klippa hennes silhuett. I en pärm med plastfickor visade han henne andra silhuetter som han hade gjort. Hennes första impuls var att säga nej, men hon ångrade sig. Hon tog av sig mössan, vek undan halsduken och ställde sig i profil.

Silhuetten var förbluffande välgjord. När han bad om fem dollar gav hon honom tio.

Mannen var gammal och hade ett ärr över ena kinden. Hade hon kunnat hade hon velat höra hans historia. Hon stoppade silhuetten i sin väska, de bugade sig för varandra och gick sedan åt varsitt håll.

Överfallet kom utan att hon hann ana vad som skedde. Hon kände en arm som grep om hennes hals och böjde henne bakåt, samtidigt som någon ryckte till sig hennes handväska. När hon skrek till och försökte hålla fast den, hårdnade trycket mot hennes hals. Hon fick ett slag i magen som gjorde att hon tappade andan. Hon föll ihop på gatan utan att ha uppfattat vilka som överfallit henne. Det hela hade gått mycket fort, knappast tagit mer än tio-femton sekunder. Hon hjälptes upp från trottoaren av en man som stannat sin cykel och en kvinna som ställde ifrån sig sina matpåsar. Men Birgitta Roslin förmådde inte hålla sig uppe. Hon sjönk ner på knä igen och svimmade.

När hon vaknade till liv låg hon på en bår i en ambulans med påslagna sirener. En läkare tryckte ett stetoskop mot hennes bröst. Fortfarande var hon inte alldeles säker på vad som hade hänt. Att hennes handväska var borta mindes hon. Men varför åkte hon ambulans? Hon försökte fråga läkaren med stetoskopet. Men han svarade bara på kinesiska, något som hon genom hans gester tydde som att hon skulle vara tyst och inte röra sig. Det ömmade i halsen efter den hårda armen som tryckt mot strupen. Kanske hade hon blivit allvarligt skadad? Tanken gjorde henne rädd. Hon kunde ha blivit dödad där på gatan. De som begick överfallet hade inte tvekat trots att det var mitt på dagen, dessutom på en gata med mycket trafik och många människor.

Hon började gråta. Läkarens reaktion var att genast ta hennes puls. Samtidigt tvärstannade ambulansen och bakdörrarna slogs upp. Hon flyttades över till en annan bår och fördes genom en korridor med starka lampor. Hon hade börjat gråta hejdlöst nu, utan att kunna stoppa det. Hon märkte knappt att hon fick en lugnande spruta. Hon vaggade bort som på en dyning, omgiven av kinesiska ansikten som tycktes simma i samma vatten som hon; guppande huvuden på väg att ta emot Den Store Rorsmannen när han kom in mot stranden efter en lång och kraftfull simtur.

När hon vaknade igen låg hon i ett rum med dämpat ljus och fördragna gardiner. På en stol intill dörren satt en man i uniform. När han såg att hon öppnat ögonen reste han sig och lämnade rummet. Strax efteråt kom två andra män in genom dörren, också de i uniformer. De hade en läkare i sällskap som tilltalade henne på engelska med amerikansk accent.

– Hur känns det?

– Jag vet inte. Jag är trött. Det ömmar i halsen.

– Vi har undersökt er mycket noga. Ni kom undan den olyckliga händelsen utan skador.

– Varför ligger jag här? Jag vill tillbaka till mitt hotell.

Läkaren lutade sig närmare hennes ansikte.

– Polisen måste tala med er först. Vi tycker inte om när främmande besökare råkar illa ut i vårt land. Det får oss att skämmas. Dom som begick det råa överfallet mot er måste gripas.

– Men jag såg ju ingenting?

– Det är inte mig ni ska tala med.

Läkaren reste sig och nickade mot de två uniformerade männen som drog fram sina stolar till hennes säng. Den ene av dem, den som tolkade, var ung medan den man som ställde frågorna var i sextioårsåldern. Han hade tonade glasögon som gjorde att hon inte kunde fånga hans blick. Frågorna började komma utan att någon av männen presenterade sig. Hon fick en oklar känsla av att den äldre mannen inte alls tyckte om henne.

– Vi behöver veta vad ni såg.

– Ingenting. Det gick så fort.

– Vittnen har enstämmigt berättat att dom två männen inte var maskerade.

– Jag visste inte ens att dom var två.

– Vad uppfattade ni av händelsen?

– Jag fick en arm runt halsen. Dom kom bakifrån. Dom slet till sig väskan och slog mig i magen.

– Vi behöver veta allt om dom här två männen som ni kan berätta.

– Men jag såg ju ingenting?

– Inga ansikten?

– Nej.

– Hörde ni deras röster?

– Jag uppfattade inte att dom sa nånting.

– Vad hände just innan ni blev överfallen?

– En man klippte min silhuett. Jag hade betalat och just börjat gå.

– När silhuetten blev klippt, såg ni ingenting då?

– Vad skulle det ha varit?

– Någon som väntade?

– Hur många gånger ska jag behöva upprepa att jag inte såg nånting?

När tolken hade översatt hennes svar lutade sig polismannen framåt och höjde rösten.

– Vi ställer dessa frågor eftersom vi vill gripa dom män som slog ner er och stal er väska. Därför bör ni svara utan att förlora tålamodet.

Orden slog emot henne som om hon fått en serie snabba örfilar.

– Jag bara säger som det är.

– Vad fanns i er väska?

– Lite pengar, kinesiska, en del amerikanska dollar. En kam, näsduk, några tabletter, en penna, ingenting viktigt.

– Ert pass har vi hittat i innerfickan på er jacka. Ni är svenska? Varför är ni här?

– Jag följde med en väninna på semester.

Den äldre mannen tänkte efter. Hans ansikte var orörligt.

– Vi hittade ingen silhuett, sa han efter en stund.

– Den låg i väskan.

– Det sa ni inte när jag frågade. Fanns där något mer som ni har glömt?

Hon tänkte efter och skakade på huvudet. Förhöret tog brått slut. Den äldre polismannen sa något och lämnade rummet.

– När ni mår bättre kommer ni att föras tillbaka till ert hotell. Vi kommer senare att uppsöka er för att ställa ytterligare frågor och upprätta ett protokoll.

Tolken nämnde namnet på hotellet utan att hon hade sagt någonting.

– Hur vet ni vilket hotell jag bor på? Nyckeln låg ju i väskan.

– Sådant vet vi ändå.

Han bugade sig och lämnade rummet. Innan dörren stängdes kom läkaren med den amerikanska accenten in i rummet igen.

– Vi behöver er ännu en stund, sa han. Några blodprover, en utvärdering av röntgenbilder. Sen kan ni återvända till ert hotell.

Klockan, tänkte hon. Den tog de inte. Hon såg på urtavlan. Kvart i fem.

– När kan jag åka till hotellet?

– Snart.

– Min väninna blir orolig om jag inte är där.

– Vi kommer att ge er transport till hotellet. Vi är måna om att våra utländska gäster inte ska tvivla på vår gästfrihet och omtanke, trots att det ibland inträffar olyckliga händelser.

Hon blev lämnad ensam i rummet. Någonstans på avstånd hörde hon en människa som skrek, ett ensamt rop som vandrade genom korridoren.

363

Tankarna malde kring det som hänt. Det enda som egentligen berättade för henne att hon blivit överfallen var den ömmande strupen och den försvunna väskan. Resten var overkligt, den plötsliga chocken över att blir fasttagen bakifrån, slaget i magen och människorna som hade hjälpt henne.

Men de måste ha sett, tänkte hon. Har polisen frågat dem? Fanns de kvar på platsen när ambulansen kom? Eller var poliserna där först?

Aldrig tidigare i sitt liv hade hon blivit överfallen. Hotad hade hon blivit. Men ingen hade någonsin fysiskt attackerat henne. Hon insåg att det slag hon fått var den första misshandel hon varit utsatt för. Hon hade dömt personer som slog och sköt och stack med knivar. Men aldrig själv känt benen vika sig.

Jag var tvungen att resa till andra sidan världen för att det skulle ske, tänkte hon. Här, där inte ens en tandborste kunde försvinna.

Var hon fortfarande rädd? Ja, svarade hon sig själv. Det hade hon lärt sig under de många åren som domare. En rånad och överfallen människa glömde inte. Rädslan kunde sitta i under lång tid, ibland resten av en människas liv. Men sådan ville hon inte bli. En mörkrädd varelse som aldrig vågade gå på en gata utan att ständigt hålla uppsikt bakåt.

Hon bestämde sig genast för att berätta för Staffan när hon kom hem. En mildare variant av sanningen, men så att han förstod varför hon oväntat kanske hajade till på en gata.

Hon upplevde den kedja av reaktioner som hon visste var vanliga efter ett överfall. Rädslan, men också ilskan, känslan av att ha blivit förödmjukad, sorgen. Och hämnden. Just nu när hon låg i sängen skulle hon inte protestera om de två män som överfallit henne tvingats ner på knä och fick varsitt gevärsskott i nacken.

En sjuksköterska kom in i rummet och hjälpte henne att klä sig. Hon var öm i magen och hade fått ett skrubbsår på ena knäet. När sjuksköterskan höll fram en spegel efter att ha gett henne en kam kunde hon se att hon var mycket blek. Så här ser jag ut när jag är rädd, tänkte hon. Det ska jag inte glömma.

Läkaren kom in i rummet när hon satt på sängen, beredd att åka tillbaka till hotellet.

– Ömheten i halsen kommer att gå över, förmodligen redan i morgon, sa han.

– Tack för det ni har gjort. Hur kommer jag hem?

– Polisen kör er.

I korridoren stod tre poliser beredda att hämta henne. En av dem höll ett skräckinjagande automatvapen i händerna. Hon följde dem ner i hissen och steg in i en polisbil. Hon kände inte igen sig, uppfattade inte ens namnet på sjukhuset där hon blivit omhändertagen. Långt om länge tyckte hon sig skymta ena sidan av Den förbjudna staden, men hon var inte säker.

Sirenerna slogs av. Hon var tacksam över att inte behöva återvända till sitt hotell med blåljus. Utanför hotellentrén steg hon ur. Bilen for iväg innan hon ens hann vända sig om. Fortfarande undrade hon över hur de kunde veta vilket hotell som var hennes.

I receptionen förklarade hon att hon tappat sin plastnyckel och fick genast en ny. Det gick så fort att hon insåg att den redan låg färdig och väntade på henne. Kvinnan bakom disken log. Hon vet, tänkte Birgitta Roslin. Polisen har varit här, informerat om överfallet, förberett dem.

När hon gick mot hissarna tänkte hon att hon borde vara tacksam. Istället kände hon olust. Den minskade inte när hon kom in på hotellrummet. Hon såg att någon varit där, inte bara städerskan. Karin kunde naturligtvis som hastigast ha gjort ett besök, för att hämta någonting eller byta kläder. Den möjligheten kunde hon inte bortse ifrån. Men vad hindrade egentligen polisen från att ha gjort ett diskret besök? Eller någon annan? I Kina måste finnas en säkerhetspolis som ständigt var närvarande utan att alltid synas.

Det var plastpåsen med brädspelen som avslöjade den okände besökaren. Hon upptäckte genast att den låg på en annan plats än där hon lagt den. Hon såg sig runt i rummet, långsamt, för att ingenting skulle undgå hennes blick. Men det var bara påsen som någon hade rört utan att dölja det.

Hon fortsatte ut i badrummet. Hennes necessär stod som hon lämnat den på morgonen. Ingenting fattades heller av innehållet.

Hon gick tillbaka till rummet igen och satte sig på en stol intill fönstret. Hennes resväska låg med locket uppslaget. Hon reste sig från stolen och började undersöka innehållet, lyfte på plagg efter plagg. Om någon hade rört innehållet i väskan så hade det skett på ett sätt som inte lämnat några spår.

Det var först när hon kom till botten av väskan som hon blev stående. Där skulle ligga en ficklampa och en ask tändstickor. Det hade hon alltid med på sina resor efter att en gång, året innan hon gifte sig med Staffan, ha besökt Madeira och råkat ut för ett strömavbrott som varat i över ett dygn. Hon hade varit ute på en kvällspromenad vid de branta klipporna i Funchals utkanter när allt blivit svart runt henne. Det hade tagit henne många timmar att treva sig tillbaka till hotellet. Efter det fanns alltid en ficklampa och tändstickor i hennes väska. Tändsticksasken kom från en restaurang i Helsingborg och hade en grön etikett.

Hon gick igenom kläderna igen utan att hitta asken. Hade hon lagt den i sin handväska? Det hände ibland. Hon kunde inte minnas att hon flyttat den från sin stora väska. Men vem tog en tändsticksask från ett rum man undersökte i hemlighet?

Hon satte sig i stolen vid fönstret igen. Den sista timmen på sjukhuset, tänkte hon. Jag hade redan då en känsla av att den egentligen inte var nödvändig. Vilka prover var det de väntade svar på? Kanske var det i verkligheten så att jag skulle vara kvar tills polisen hade gått igenom mitt rum? Men varför? Det var ju ändå jag som blev överfallen?

Det knackade på dörren. Hon ryckte till. I dörrögat såg hon att det stod poliser utanför dörren. Hon öppnade oroligt. Det var nya poliser som väntade i korridoren, ingen av dem från sjukhuset. En var kvinna, kortvuxen, i hennes egen ålder. Det var hon som tilltalade henne.

– Vi vill bara försäkra oss om att allt är bra.

– Tack.

Poliskvinnan gjorde tecken att hon ville komma in i rummet. Birgitta Roslin steg åt sidan. En polisman stannade utanför dörren, en annan innanför. Kvinnan förde henne till stolarna vid fönstret. Hon lade en portfölj på bordet. Något i hennes beteende gjorde Birgitta Roslin förvånad, utan att hon kunde förklara vad det var.

– Jag vill gärna att ni studerar några bilder. Vi har vittnesuppgifter, vi kanske vet vilka som begick överfallet.

– Men jag såg ingenting? En arm? Hur ska jag kunna identifiera den?

Polisen lyssnade inte. Hon tog fram ett antal fotografier och lade dem framför Birgitta Roslin. Alla var unga män.

– Ni kanske såg något utan att ni genast påminde er det.

Birgitta Roslin insåg att det var meningslöst att protestera. Hon bläddrade igenom fotografierna och tänkte att detta var unga män som en dag kanske skulle begå brott som gjorde att de blev avrättade. Naturligtvis kände hon inte igen någon av dem. Hon skakade på huvudet.

– Jag har aldrig sett dom.

– Är ni säker?

– Jag är säker.

– Ingen av dom?

– Ingen.

Polisen lade tillbaka fotografierna i sin portfölj. Birgitta Roslin märkte att hon hade sönderbitna naglar.

– Vi kommer att gripa dom som begick överfallet, sa poliskvinnan innan hon lämnade rummet. Hur länge ska ni vara kvar här i Beijing?

– Fyra dagar.

Hon nickade, bugade och lämnade rummet.

Det visste du, tänkte Birgitta Roslin upprört när hon lagt på dörrens säkerhetskedja. Att jag skulle stanna fyra dagar till. Varför frågar du om det du vet? Så lätt låter jag mig inte bedras.

Hon ställde sig vid fönstret och såg ner på gatan. Poliserna kom ut, steg in i en bil som genast körde därifrån. Hon lade sig på sängen. Vad det var som hade fångat hennes uppmärksamhet när poliskvinnan kom in i rummet kunde hon fortfarande inte förklara.

Hon slöt ögonen och tänkte att hon skulle ringa hem.

När hon vaknade var det mörkt utanför fönstret. Ömheten i strupen höll på att gå över. Men överfallet kändes nästan mer hotfullt nu. En egendomlig känsla av att det ännu inte hade inträffat drabbade henne. Hon tog fram sin mobiltelefon och ringde till Helsingborg. Staffan var inte hemma och svarade heller inte på sin mobiltelefon. Hon lämnade meddelanden, övervägde sedan att ringa till sina barn, men avstod.

Hon tänkte på sin väska. Gick i huvudet igenom innehållet ännu en gång. Sextio dollar hade hon förlorat. Men de mesta kontanterna hon hade låg inlåsta i rummets lilla kassaskåp. En tanke slog henne. Hon reste sig ur sängen och öppnade garderobsdörren. Kassaskåpet var stängt. Hon slog koden och gick igenom innehållet. Ingenting var borta. Hon stängde luckan och låste. Fortfarande försökte hon begripa varför hon tyckt att det varit något underligt med polisernas agerande. Hon ställde sig vid dörren och försökte förstå vad det var i minnesbilden hon inte lyckades gripa tag i. Hennes ansträngning var förgäves. Hon lade sig på sängen igen. Bläddrade i huvudet på nytt igenom fotografierna som polisen plockat fram ur portföljen.

Plötsligt satte hon sig upp. *Hon hade öppnat dörren. Den kvinnliga polisen hade gett henne ett tecken att stiga åt sidan. Sedan hade hon gått raka vägen fram till stolarna vid fönstret. Inte en enda gång hade hon kastat en blick vare sig in genom den öppna badrumsdörren eller till den del av rummet där den stora dubbelsängen fanns.*

Birgitta Roslin kunde bara tänka sig en enda förklaring. Poliskvinnan hade varit inne i rummet tidigare. Hon behövde inte se sig omkring. Hon visste redan hur där såg ut.

Birgitta Roslin stirrade på bordet där portföljen med bilderna hade legat. Tanken som slog henne var först förvirrande, sedan allt tydligare. Hon hade inte känt igen några av de ansikten hon ombetts att studera. Tänk om det var just det som poliserna ville kontrollera? Att hon inte kunde identifiera någon på fotografierna? Det var inte fråga om hon i bästa fall skulle känna igen en av överfallsmännen. Det var tvärtom. Polisen ville försäkra sig om att hon verkligen ingenting hade sett.

Men varför? Hon ställde sig vid fönstret. En tanke som hon tänkt när hon fortfarande varit kvar i Hudiksvall återvände i hennes minne.

Det som hänt är för stort, för gåtfullt.

Rädslan kom över henne utan att hon lyckades värja sig. Det dröjde mer än en timme innan hon orkade åka upp till hotellrestaurangen.

Innan hon gick in genom restaurangens glasdörrar såg hon sig om. Men ingen var där.

26

Birgitta Roslin vaknade av att hon grät. Karin Wiman hade satt sig upp i sängen och försiktigt rört vid hennes axel för att väcka henne. Birgitta hade sovit när Karin kommit hem mycket sent kvällen innan. För att inte ligga vaken hade hon tagit en av de sömntabletter som hon sällan använde men alltid hade med sig.

– Du drömmer, sa Karin. Nånting sorgligt eftersom du gråter.

Men Birgitta mindes inga drömmar. Hennes inre landskap som hon hastigt lämnat var alldeles tomt.

– Vad är klockan?

– Snart fem. Jag är trött, jag behöver sova mer. Varför gråter du?

– Jag vet inte. Jag måste ha drömt även om jag inte minns vad.

Karin lade sig ner igen. Snart hade hon somnat om. Birgitta steg upp och öppnade en glipa i gardinen. Den tidiga morgontrafiken hade redan börjat komma igång. På några flaggor som slet i sina linor kunde hon se att det skulle bli ännu en blåsig dag i Beijing.

Rädslan från överfallet återkom. Men hon bestämde sig för att bjuda motstånd, på samma sätt som hon reagerat när hon mottagit olika hot som domare. Ännu en gång gick hon i sitt huvud igenom händelserna med sitt mest kritiskt granskande öga. Till slut satt hon kvar med en nästan generande upplevelse av att hennes inbillningsförmåga överträffat sig själv. Hon anade konspirationer i varje enskild situation, en kedja av händelser som hon skapade, där det ena i verkligheten inte hade med det andra att göra. Hon hade blivit överfallen, väskryckt. Varför polisen, som säkert gjorde vad de kunde för att gripa förövarna, skulle vara inblandade i det hela övergick nu på morgonen hennes förstånd. Kanske var det egentligen över sig själv och sina fantasier som hon hade gråtit?

Hon tände golvlampan och sköt den bakåt så att ljuset inte föll över Karins del av sängen. Sedan började hon bläddra i den guidebok över Beijing hon hade haft med sig. Hon kryssade i marginalerna vad hon ville se under de dagar hon hade kvar. Först av allt ville hon besöka Den förbjudna staden som hon läst om och lockats av så länge hon varit intresserad av Kina. En annan dag ville hon gå in i ett av de buddistiska tempel som fanns i staden. Många gånger hade hon och Staffan talat om att endast buddismen lockade om de till äventyrs en dag skulle känna behov av högre andliga världen. Staffan hade påpekat att den var den enda religion som aldrig gått till krig eller använt våld för att sprida sin lära. Alla andra trosläror hade härskat och expanderat med vapenmakt. För Birgitta var det viktiga att buddismen bara erkände den gud som var och en hade vilande inom sig själv. Att förstå dess vishetslära var att långsamt väcka denna sovande inre gud till liv.

Hon sov ytterligare några timmar och vaknade av att Karin gäspande stod naken på golvet och sträckte på sig. En gammal rebell med en kropp som fortfarande är tämligen väl bibehållen, tänkte hon.

– En vacker syn, sa Birgitta.

Karin ryckte till som om hon blivit ertappad.

– Jag trodde att du sov.

– Tills för en minut sen. Nu vaknade jag utan att gråta.

– Drömde du?

– Säkert. Men jag minns ingenting. Drömmarna smet och gömde sig. Jag var säkert tonåring och olyckligt kär.

– Jag drömmer aldrig om min ungdom. Däremot föreställer jag mig ibland att jag är mycket gammal.

– Vi är på väg.

– Inte just nu. Själv är jag inriktad på föreläsningar som förhoppningsvis blir intressanta.

Hon försvann ut i badrummet och när hon kom tillbaka igen var hon färdigklädd.

Fortfarande hade Birgitta inte sagt någonting om överfallet. Hon tvekade om hon överhuvudtaget skulle nämna det. Bland alla de känslor som omgav händelsen fanns också en genans, som om hon hade kunnat undvika det som skett. Normalt sett brukade hon vara vaksam.

– Jag går och blir lika sen ikväll, sa Karin. Men i morgon är det över. Då är det vår tur.

– Jag har långa listor, sa Birgitta. Idag väntar Den förbjudna staden.

– Mao bodde där, sa Karin. Han skapade också en dynasti. Den kommunistiska dynastin. En del menar att han medvetet försökte efterlikna någon av dom gamla kejsarna. Främst kanske den Qin vi talar om hela dagarna. Men det tror jag är elakt förtal. Politiskt förtal.

– Hans ande svävar nog över det hela, sa Birgitta. Gå nu, var flitig, tänk kloka tankar.

Karin försvann, full av energi. Istället för att börja avundas henne steg Birgitta raskt upp ur sängen, gjorde ett antal slarviga armhävningar och beredde sig på en dag i Beijing utan konspirationer och oroliga blickar över ryggen. Hon ägnade förmiddagen åt att ge sig in i den gåtfulla labyrint som Den förbjudna staden utgjorde. Ovanför mittenporten i den yttersta rosafärgade muren, där tidigare bara kejsaren fick gå in, hängde ett stort porträtt av Mao. Birgitta Roslin lade märke till att alla kineser som passerade in genom de röda portarna vidrörde deras guldbeslag. Hon antog att det var någon form av vidskepelse. Kanske kunde Karin Wiman svara på det.

Hon gick över de slitna stenar som utgjorde palatsets innergård och påminde sig att hon, när hon var en röd rebell, hade läst att Den förbjudna staden bestod av 9999 och ett halvt rum. Eftersom Himlens Gud hade 10000 rum kunde naturligtvis inte Himlens Son ha fler. Hon tvivlade på att det var sant.

Besökarna var många trots att vinden var kall. Mest av allt var det kineser som andäktigt rörde sig i de rum dit deras förfäder under generationer inte haft tillträde. Denna jättelika revolt, tänkte Birgitta Roslin. Vad som händer när ett folk befriar sig är att man får rätt att drömma sina egna drömmar, tillträde till de förbjudna rum där förtrycket skapats.

Var femte människa i världen är kines. När min familj är samlad, och om vi vore världen, skulle en av oss vara kines. Det hade vi ändå rätt i när vi var unga, tänkte hon. Våra inhemska profeter, inte minst Moses som var den mest teoretiskt skolade, påminde oss ständigt om att någon framtid inte kunde diskuteras utan att Kina hela tiden fanns med i samtalet.

Just när hon skulle lämna Den förbjudna staden upptäckte hon till sin förvåning att där fanns ett café från en amerikansk affärskedja. Skylten skrek emot henne från en röd tegelvägg. Hon försökte se hur de kineser som passerade reagerade. En och annan stannade och pekade, andra gick till och med in, medan de flesta inte tycktes bry sig om det som Birgitta Roslin betraktade som ett avskyvärt helgerån. Kina hade blivit en annan sorts gåta sedan första gången hon försökt förstå något av Mittens rike. Men det är inte rätt, sa hon till sig själv. Även ett amerikanskt café i Den förbjudna staden måste gå att förstå utifrån en saklig analys av hur världen ser ut.

På väg tillbaka till hotellet bröt hon det löfte hon gett sig själv på morgonen och såg sig om. Men ingen var där, ingen som hon kände igen eller som verkade överraskad av att hon vänt sig om. Hon åt lunch på en liten restaurang där notan återigen förvånade henne med att vara mycket hög. Sedan bestämde hon sig för att försöka hitta en engelsk dagstidning på sitt hotell och dricka en kopp kaffe i den stora baren i receptionen. Hon hittade ett exemplar av *The Guardian* i tidningskiosken, och satte sig i ett hörn intill en öppen spis där en brasa var tänd. Några amerikanska turister reste sig och förkunnade högljutt för omvärlden att de nu skulle bestiga den kinesiska muren. Hon tyckte genast illa om dem.

När skulle hon själv besöka muren? Karin Wiman kanske hade tid den sista dagen innan de reste hem. Kunde man besöka Kina utan att se den mur som enligt en modern legend var ett av de få mänskliga byggnadsverken som skulle vara synliga från rymden?

Muren är något jag måste uppleva, tänkte hon. Karin har säkert varit där tidigare. Men hon får uppoffra sig. Dessutom har hon en kamera. Vi kan inte gärna resa härifrån utan att ha en bild från muren att visa våra barn.

En kvinna stannade plötsligt framför hennes bord. Hon var i hennes egen ålder, med stramt bakåtkammat hår. Hon log och gav intryck av stor värdighet. Hon tilltalade Birgitta Roslin på välformulerad engelska.

– Fru Roslin?

– Det är jag.

– Kan jag sätta mig? Jag har ett viktigt ärende.

– Varsågod.

Kvinnan var klädd i en mörkblå dräkt som måste ha varit mycket dyrbar.

Hon satte sig ner.

– Mitt namn är Hong Qui, sa hon. Jag skulle inte besvära om det inte var så att jag verkligen har ett angeläget ärende.

Hon gjorde ett diskret tecken till en man som väntade i bakgrunden. När han kom fram till bordet lade han ifrån sig hennes handväska som om det var en dyrbar gåva och gick därifrån.

Birgitta Roslin såg undrande på Hong.

– Polisen återfann din väska, sa Hong. Eftersom det är förödmjukande för oss att någon av våra gäster drabbas av olyckshändelser blev jag ombedd att överlämna den.

– Är du polis?

Hong fortsatte att le.

– Inte alls. Men jag blir ibland ombedd att göra våra myndigheter vissa tjänster. Är det något som saknas?

Birgitta Roslin öppnade väskan. Allt utom pengarna fanns kvar. Till sin förvåning upptäckte hon också att den tändsticksask hon letat efter faktiskt låg i handväskan.

– Pengarna är borta.

– Vi har gott hopp om att gripa brottslingarna. Dom kommer att få hårda straff.

– Men dom blir inte dödsdömda?

En nästan omärklig reaktion skymtade i Hongs ansikte. Men Birgitta Roslin uppfattade den.

– Våra lagar är stränga. Har dom begått grova brott tidigare kanske dom blir villkorligt dömda till döden. Bättrar dom sig omvandlas deras straff till fängelse.

– Vad händer om dom inte ändrar sig?

Svaret var undvikande.

– Våra lagar är klara och entydiga. Men ingenting är säkert. Vi gör enskilda bedömningar. Straff som utdöms på rutin kan aldrig vara rättvisa.

– Jag är själv domare. Enligt min bestämda uppfattning är det en ytterst primitiv rättssyn att tillämpa dödsstraff som sällan eller aldrig har någon preventiv effekt.

Birgitta Roslin tyckte plötsligt illa om sitt beskäftiga tonfall. Hong Qui lyssnade allvarligt. Leendet var borta. En servitris som kom fram

375

till bordet avvisade hon med en knyck på huvudet. Birgitta Roslin fick en bestämd känsla av att ett mönster höll på att upprepa sig. Hong Qui reagerade inte på att hon var domare. Hon visste redan.

I det här landet vet de allt om mig, tänkte Birgitta Roslin. Det gjorde henne upprörd. Om det nu inte var så att hon trots allt inbillade sig.

– Jag är naturligtvis tacksam över att få tillbaka min väska. Men du måste förstå att jag blir förvånad över hur det gått till. Du kommer med den, du är inte polis, jag vet inte vad eller vem du är? Är dom som stal väskan gripna eller missförstod jag det du sa? Har den hittats slängd nånstans?

– Ingen är gripen. Men misstankar är riktade åt ett särskilt håll. Väskan blev återfunnen i närheten av där den blev stulen.

Hong Qui gjorde en ansats att resa sig. Birgitta Roslin hejdade henne.

– Förklara för mig vem du är. Plötsligt kommer en vilt främmande kvinna och ger mig väskan tillbaka.

– Jag arbetar med säkerhetsfrågor. Eftersom jag talar både engelska och franska blir jag ibland ombedd att utföra vissa handlingar.

– Säkerhet? Du är alltså polis? Trots allt?

Hong Qui skakade på huvudet.

– Säkerheten i ett samhälle handlar inte alltid om den yttre bevakning som polisen ansvarar för. Den går djupare, ner till själva samhällets rötter. Jag är säker på att det gäller även i ditt land.

– Vem var det som bad dig söka upp mig och ge mig väskan?

– En ansvarig chef på Beijings centrala hittegodsbyrå.

– Hittegods? Vem hade lämnat in väskan?

– Det vet jag inte.

– Hur kunde han veta att väskan var min? Där fanns ingen legitimation eller några papper med mitt namn på.

– Jag antar att dom fått informationer från dom olika utredande polismyndigheterna.

– Finns det fler än en enhet som sysslar med gatuöverfall?

– Det är mycket vanligt att poliser med olika specialiteter samarbetar.

– För att hitta en handväska?

– För att lösa ett allvarligt överfall på en gäst i vårt land.

Hon går bara runt, tänkte Birgitta Roslin. Jag kommer aldrig att få ordentliga svar av henne.

– Jag är domare, upprepade Birgitta Roslin. Ännu några dagar stannar jag här i Beijing. Eftersom du redan tycks veta allt om mig behöver jag knappast berätta att jag har rest hit tillsammans med en väninna, som ägnar sina dagar åt att tala om den förste kejsaren på en internationell konferens.

– Kunskaper om Qindynastin är viktiga för att förstå mitt land. Däremot tar du fel om du tror att jag har särskilt djupgående kunskaper om vem du är och skälet till ditt besök i Beijing.

– Eftersom du förmår skaffa fram min förlorade handväska tänker jag fråga dig om råd. Hur bär jag mig åt för att få tillträde till en kinesisk rättssal? Det behöver inte vara något märkvärdigt rättsfall. Jag vill bara följa procedurerna och kanske ställa några frågor.

Det ögonblickliga svaret överraskade Birgitta Roslin.

– Det kan jag ordna i morgon. Jag kan själv följa med.

– Jag vill inte vara till besvär. Du verkar vara en människa som har mycket att göra.

– Inte mer än att jag själv avgör vad jag tycker är viktigt.

Hong Qui reste sig från stolen.

– Jag kontaktar dig senare i eftermiddag för att tala om när vi kan ses imorgon.

Birgitta Roslin var på väg att säga vilket rumsnummer hon hade. Sedan tänkte hon att Hong Qui säkert redan visste.

Hon såg Hong Qui gå genom baren mot utgången. Mannen som

kommit med väskan slöt upp tillsammans med ytterligare en man innan de försvann ur hennes synfält.

Hon såg på väskan och brast i skratt. Det finns en ingång, tänkte hon, och dessutom en utgång. En väska försvinner och återfinns. Men vad som egentligen händer däremellan vet jag ingenting om. Risken är att jag inte förmår urskilja vad som är mina egna hjärnspöken och vad som sker i verkligheten.

Hong Qui ringde en timme senare, just när Birgitta Roslin kommit in i rummet. Ingenting förvånade henne längre. Det var som om för henne okända människor följde varje rörelse hon gjorde och i varje givet ögonblick kunde tala om var hon befann sig. Som nu. Hon kommer in i rummet och telefonen ringer.

– Klockan nio i morgon, sa Hong Qui.

– Var?

– Jag hämtar dig. Vi ska besöka en domstol i ett utkantsdistrikt av Beijing. Jag valde den eftersom en kvinnlig domare tjänstgör där i morgon.

– Jag är mycket tacksam.

– Vi vill göra allt vi kan för att gottgöra den obehagliga olyckan.

– Det har du redan gjort. Jag känner mig omgiven av beskyddande andar.

Efter telefonsamtalet tömde Birgitta Roslin ut sin handväska på sängen. Fortfarande hade hon svårt att förstå att tändstickorna legat där i stället för i den stora resväskan. Hon öppnade asken. Den var halvfull. Hon rynkade pannan. Någon har rökt, tänkte hon. Den här asken var full när jag lade ner den i väskan. Hon tömde den på sängen, tog isär asken. Riktigt vad hon förväntade sig att upptäcka visste hon inte. En tändsticksask är vad den är. Hon lade irriterat tillbaka stickorna igen och återbördade asken till handväskan. Nu gick hon för långt igen. Inbillningarna hopade sig.

378

Resten av dagen ägnade hon åt ett buddistiskt tempel och en utdragen middag på en restaurang i närheten av hotellet. Hon sov när Karin Wiman tassade in i rummet och vände bara ryggen till när ljuset tändes. Dagen efter steg de upp samtidigt. Eftersom Karin hade försovit sig blev inte mycket annat sagt än att konferensen avslutades klockan två. Sedan var hon ledig. Birgitta Roslin berättade om det besök hon skulle göra i en rättssal men sa fortfarande ingenting om överfallet.

Hong Qui väntade nere i receptionen. Hon var denna dag klädd i en vit päls. Birgitta Roslin kände sig nästan genant illa klädd vid hennes sida. Men Hong Qui noterade att hon hade klätt sig varmt.

– Våra rättssalar kan vara kyliga, sa hon.

– Som era teatrar?

Hong Qui log när hon svarade. Att vi såg en Pekingopera för några kvällar sedan kan hon väl ändå inte känna till, tänkte Birgitta Roslin. Eller kanske hon kan det?

– Kina är fortfarande ett mycket fattigt land. Vi närmar oss framtiden med stor ödmjukhet och hårt arbete.

Inte alla är fattiga, tänkte Birgitta Roslin bistert. Till och med för mitt otränade öga är det uppenbart att din päls är äkta och mycket dyrbar.

En bil med chaufför väntade utanför hotellet. Birgitta Roslin kände en vag olust. Vad visste hon egentligen om den främmande kvinna som hon nu följde med i en bil där en okänd man satt bakom ratten?

Hon intalade sig att det inte var någon fara. Varför kunde hon inte uppskatta den omtanke som omgav henne? Hong Qui satt tyst i sitt hörn med halvslutna ögon. De for mycket fort längs en lång gata. Efter några minuter hade Birgitta Roslin inte längre någon aning om var i staden hon befann sig.

De stannade utanför en låg cementbyggnad där två poliser bevakade ingången. Ovanför porten fanns en rad med röda kinesiska tecken.

– Distriktsdomstolens namn, sa Hong Qui som hade följt hennes blick.

När de gick uppför yttertrappan skyldrade de två poliserna med sina gevär. Honq Qui tycktes inte reagera. Birgitta Roslin undrade vem det var hon egentligen hade som sällskap. Knappast var det en vanlig budbärerska som skyndade till utländska besökare med väskor som blivit stulna.

De fortsatte genom en ödslig korridor och kom in i själva rättssalen som var ett kalt rum med bruna träpaneler. På ett högt podium vid ena kortsidan satt två uniformerade män. Platsen mellan dem var tom. Några åhörare fanns inte i salen. Hong Qui gick till den främre åhörarbänken. Där låg två kuddar. Allt är förberett, tänkte Birgitta Roslin. Föreställningen kan börja. Eller är det bara så enkelt som att jag möts av omtanke även i denna rättssal?

De hade knappt mer än satt sig ner när den åtalade fördes in mellan två vakter. En medelålders man med snaggat hår, klädd i en mörkblå fångdräkt. Han böjde huvudet mot golvet. Bredvid honom fanns en försvarsadvokat. Vid ett annat bord ställde sig den man som Birgitta Roslin antog var åklagaren. Han var civilt klädd, en äldre skallig man med fårat ansikte. Från en dörr bakom podiet kom den kvinnliga domaren in i salen. Hon var i sextioårsåldern, liten och korpulent. När hon satt sig i sin stol såg hon nästan ut som ett barn bakom bordet.

– Shu Fu har varit ledare för en grupp kriminella som specialiserat sig på bilstölder, sa Hong Qui med låg röst. Dom andra är redan dömda. Nu är det ligaledarens tur. Eftersom han är en återfallsförbrytare kommer han med stor sannolikhet att få ett strängt straff. Tidigare har han behandlats med mildhet. Eftersom han missbrukat det förtroendet genom att fortsätta sin brottslighet måste domstolen nu döma honom hårdare.

– Men inte till döden?

– Naturligtvis inte.

Birgitta Roslin uppfattade att Hong Qui inte hade tyckt om hennes sista fråga. Svaret kom otåligt, nästan avvisande. Där sprack leendet, tänkte hon. Frågan är bara om det jag bevittnar är en riktig rättegång eller om det hela är ett iscensatt skådespel där domen redan är avkunnad. Rösterna var gälla och ekade i rummet. Den ende som aldrig sa något var den åtalade som envist stirrade ned i golvet. Hong Qui översatte då och då vad som blev sagt. Försvarsadvokaten gjorde inga större ansträngningar för att stödja sin klient, vilket inte heller var ovanligt vid svenska domstolar, tänkte Birgitta Roslin. Det hela blev ett samtal mellan åklagaren och domaren. Vilken funktion de två bisittarna på podiet hade kunde Birgitta Roslin inte avgöra.

Rättegången var över på mindre än en halv timme.

– Han kommer att få ungefär tio års straffarbete, sa Hong Qui.

– Jag hörde inte domaren säga nånting, som kunde tolkas som en dom?

Hong Qui kommenterade inte vad Birgitta Roslin hade sagt. När domaren reste sig, reste sig alla. Den dömde mannen fördes bort. Birgitta Roslin lyckades aldrig fånga hans blick.

– Nu ska vi träffa domaren, sa Hong Qui. Hon bjuder på te i sitt ämbetsrum. Hennes namn är Min Ta. När hon inte arbetar ägnar hon sin tid åt två barnbarn.

– Vad är hennes rykte?

Hong Qui förstod inte frågan.

– Alla domare omges av rykten, mer eller mindre sanna. Men sällan är dessa rykten alldeles felaktiga. Jag anses vara en mild men mycket bestämd domare.

– Min Ta följer lagen. Hon är stolt över att vara domare. Därmed är hon också en sann företrädare för vårt land.

De gick in genom den låga dörren bakom podiet och togs emot av

Min Ta i hennes spartanska och utkylda rum. En rättstjänare serverade te. De satte sig ner. Min Ta började genast tala med samma gälla röst hon hade använt i rättssalen. Hong Qui översatte när hon hade tystnat.

– Det är en stor ära för henne att få träffa en kollega från Sverige. Hon har hört mycket gott om det svenska rättssystemet. Tyvärr har hon en ny rättegång som snart börjar. Annars skulle hon gärna ha velat föra ett längre samtal om det svenska rättssystemet.

– Tacka henne för att hon tog emot, sa Birgitta Roslin. Fråga henne vad hon tror att domen kommer att bli. Har du rätt i det du sa om tio år?

– Jag går aldrig in i en rättssal utan att vara väl förberedd, svarade Min Ta när hon fått frågan översatt. Det är min skyldighet att använda min och dom andra rättstjänarnas tid väl. Här rådde inga tvivel. Mannen hade erkänt, han är en återfallsförbrytare, det fanns inga förmildrande omständigheter. Jag tror att jag kommer att ge honom mellan sju och tio års fängelse, men jag ska nu noga överväga domen.

Det var den enda fråga som Birgitta Roslin fick möjlighet att framföra. Sedan var det Min Ta som sände ut en hel serie med frågor till henne att besvara. Hon undrade hastigt vad Hong Qui egentligen sa i sina översättningar. Kanske hon och Min Ta förde ett samtal om något helt annat?

Efter tjugo minuter reste sig Min Ta och förklarade att hon måste återvända till sin rättssal. En man kom in i rummet med en kamera. Min Ta ställde sig bredvid Birgitta Roslin och en bild togs. Hong Qui stod vid sidan av, utanför kameralinsens räckvidd. Min Ta och Birgitta Roslin skakade hand och gick sedan ut tillsammans i korridoren. När Min Ta öppnade dörren till podiet uppfattade Birgitta Roslin att rättssalen nu var full med åhörare.

De återvände till bilen som i hög fart for därifrån. När de stannade var de inte vid hotellet utan vid ett pagodliknande tehus som låg på en ö i en konstgjord sjö.

– Det är kallt, sa Hong Qui. Te värmer.

Hong Qui förde henne till ett rum som var avskärmat från resten av tehuset. Där stod två tekoppar och en servitris som väntade med tekannan i handen. Allt som skedde var minutiöst förberett. Från att ha varit en vanlig turist hade hon förvandlats till en synnerligen viktig besökare i landet. Utan att hon fortfarande visste varför.

Hong Qui började plötsligt tala om det svenska rättssystemet. Hon gav intryck av att vara mycket påläst. Hon ställde frågor om morden på Olof Palme och Anna Lindh.

– I öppna samhällen kan man aldrig helt garantera en människas säkerhet, sa Birgitta Roslin. I alla samhällen betalar man pris. Frihet och säkerhet kämpar alltid om sina positioner.

– Om man verkligen vill döda någon så kan det aldrig förhindras, sa Hong Qui. Inte ens en amerikansk president kan beskyddas.

Birgitta Roslin anade en underton i det Hong Qui hade sagt, men lyckades inte tyda den.

– Vi läser inte ofta om Sverige, fortsatte Hong Qui. Men under den senaste tiden har det stått spridda notiser i våra tidningar om ett förfärligt massmord.

– Som jag faktiskt känner till, sa Birgitta Roslin. Även om jag inte varit inblandad som domare. En misstänkt blev gripen. Men han tog livet av sig. Vilket är en skandal i sig, hur nu det kunde gå till.

Eftersom Hong Qui verkade artigt intresserad berättade Birgitta Roslin så utförligt hon kunde om händelserna. Hong Qui lyssnade uppmärksamt, ställde inga frågor, men bad henne några gånger att upprepa det sista hon sagt.

– En galen man, sa Birgitta Roslin till slut. Som lyckades ta livet av sig. Eller en annan galen man som polisen ännu inte lyckats gripa. Eller något helt annat, med ett motiv och en kallblodig och brutal plan.

– Vad skulle det vara?

– Hämnd. Hat. Eftersom ingenting tycks ha varit stulet så måste det vara en kombination av hat och hämnd.

– Vad tror du?

– Vem man ska söka? Jag vet inte. Men jag har svårt att tro på teorin om den ensamme galne mannen.

Sedan berättade Birgitta Roslin om vad hon kallade det kinesiska spåret. Hon började från början med upptäckten av sitt eget släktskap till några av de döda och den märkliga fortsättningen med den kinesiske besökaren i Hudiksvall. När hon märkte att Hong verkligen lyssnade, kunde hon inte sluta att berätta. Till sist tog hon fram fotografiet och visade Hong.

Hong Qui nickade långsamt. Ett kort ögonblick förlorade hon sig i egna tankar. Birgitta Roslin fick plötsligt för sig att Hong Qui kände igen ansiktet. Men det var naturligtvis orimligt. Ett ansikte bland en miljard andra?

Hong Qui log, lämnade tillbaka fotografiet och frågade vad Birgitta Roslin hade för planer för resten av tiden hon skulle vara kvar i Beijing.

– I morgon hoppas jag att min väninna vill ta mig med till den kinesiska muren. Sen reser vi hem dagen efter.

– Jag är tyvärr upptagen och kan inte hjälpa dig.

– Du har redan gjort mer än jag kunnat begära.

– Jag ska i alla fall komma och ta farväl innan du reser.

De skildes utanför hotellet. Birgitta Roslin såg bilen med Hong Qui försvinna genom hotellets grindar.

Klockan tre kom Karin och kastade med en befriad suck en stor del av det uttjänta kongressmaterialet i papperskorgen. När Birgitta föreslog en utflykt till kinesiska muren dagen efter biföll Karin genast förslaget. Men nu ville hon gå i affärer. Birgitta följde med, från det ena varuhuset till det andra, till halvofficiella marknader på smågator och mörka butiker där man kunde göra fynd av allt från gamla lampor till träskulpturer som föreställde ondskefulla demoner. Överlastade med paket och påsar vinkade de till sig en taxi när det börjat skymma. Eftersom Karin var trött åt de på hotellet. Birgitta ordnade genom conciergen en utflykt till muren dagen efter.

Karin sov medan Birgitta hade krupit upp i en stol och såg på kinesisk teve med ljudet nerskruvat. Då och då återkom stötar av rädsla från händelsen dagen innan. Men hon hade nu definitivt bestämt sig för att inte berätta det för någon, inte ens Karin.

Dagen efter for de ut till den kinesiska muren. Det var vindstilla, den torra kylan kändes plötsligt mindre påträngande. De gick runt på muren, förundrades, och tog bilder på varandra eller satte kameran i händerna på någon vänlig kines som gärna gjorde dem tjänsten.

– Vi kom hit, sa Karin. Med kamera i handen, inte Maos lilla röda.

– I detta land måste ha skett ett mirakel, sa Birgitta. Inte åstadkommet av gudar utan av människor och med oerhörd möda.

– I alla fall i städerna. Men fattigdomen på landet lär vara förfärande. Vad gör man när hundratals miljoner fattiga bönder har fått nog?

– *Bonderörelsens nuvarande uppsving är en väldig tilldragelse.* Kanske detta mantra trots allt har en våldsam verklighet inbyggd?

– Ingen sa den gången att det kunde vara så kallt i Kina. Nu fryser jag snart till döds.

De återvände till bilen som väntade. Just när Birgitta gick trappan ner från muren kastade hon, kanske för att se muren en sista gång, en blick över axeln.

Då såg hon en av Hong Quis män som stod och läste i en guidebok. Det fanns ingen tvekan. Det var han, mannen som kommit fram till bordet med hennes handväska.

Karin vinkade otåligt från bilen. Hon frös, ville åka.

När Birgitta vände sig om ytterligare en gång var mannen borta.

27

Den sista kvällen i Beijing stannade Birgitta Roslin och Karin Wiman på hotellet. De hade suttit i baren och druckit vodkadrinkar för att värma sig efter utflykten till muren och diskuterat olika alternativ för hur de skulle avsluta sin resa. Men vodkan hade gjort dem så lummiga och trötta att de bestämt sig för att äta på hotellet. Efteråt hade de länge suttit och talat om hur deras liv blivit. Det var som det ringades in av ungdomens upproriska drömmar om ett rött Kina och det land som de nu mötte, ett land som genomgått stora förändringar, men kanske inte på det sätt de en gång föreställt sig. De satt i restaurangen tills de var ensamma kvar. Från lampan över bordet hängde några blå sidenband. Birgitta lutade sig fram över bordet och väste att de skulle ta med sig två av banden som minnen. Med en liten nagelsax klippte Karin av banden när ingen av servitörerna var vänd åt deras håll.

Efter att ha packat sina väskor somnade Karin. Kongressen hade varit utmattande. Birgitta satt i soffan i det nersläckta rummet. En känsla av åldrande hade kommit över henne. Så här långt, ännu en bit, sedan skulle stigen plötsligt sluta vid något okänt och ett stort mörker skulle ta emot henne. Kanske kände hon redan nu hur stigen svagt hade börjat slutta neråt, nästan omärkligt, men ändå till sist något hon inte skulle kunna undkomma. Tänk tio saker du fortfarande vill göra, viskade hon till sig själv. Tio saker som ännu återstår. Hon satte sig vid det lilla skrivbordet och började skriva på ett anteckningsblock.

Vad hade hon fortfarande kvar som hon verkligen ville uppleva? Att få se ett eller flera barnbarn var naturligtvis något av det hon hoppades på. Staffan och hon hade ofta talat om att besöka olika öar. Ännu hade det bara blivit Island och Kreta. En av drömresorna gick till Galapagos, en annan till Pitcairn Island där blodet från myteristerna på Bounty fortfarande rann i invånarnas ådror. Lära sig ännu ett språk? Eller åtminstone försöka förbättra den franska hon en gång hade behärskat ganska väl.

Det viktigaste skulle ändå vara att hon och Staffan lyckades återuppväcka sitt förhållande och började se varandra igen. Det kunde komma över henne en stor sorg vid tanken på att de inte skulle närma sig ålderdomen med något av den gamla passionen levande.

Inga resor var viktigare än det.

Hon knycklade ihop pappret och kastade det i papperskorgen. Varför skulle hon skriva upp det som redan fanns klart och tydligt uppspikat på hennes inre kyrkportar. Några envist kvarvarande teser om Birgitta Roslins framtid.

Hon klädde av sig och kröp ner i sängen. Karin andades lugnt vid hennes sida. Plötsligt kände hon att det var dags att resa hem, bli friskförklarad och börja arbeta igen. Utan vardagens rutiner skulle hon inte kunna förverkliga någon av de drömmar som väntade på henne.

Hon tvekade helt kort innan hon drog till sig mobiltelefonen och skickade ett sms till sin man. "På väg hem. Varje resa börjar med ett enkelt steg. Så också hemvägen."

Klockan var sju när Birgitta vaknade. Trots att hon inte sovit mer än fem timmar kände hon sig klarvaken. En svag huvudvärk påminde om de många vodkadrinkarna kvällen innan. Karin sov, insnodd i lakanen, med ena handen hängande mot golvet. Försiktigt stoppade hon in den under lakanet.

Nere i frukostmatsalen var det redan många gäster trots att det fortfarande var tidigt. Hon såg sig omkring för att se om hon vid något av borden kunde upptäcka ett ansikte som hon kände igen. Att mannen på muren varit en av dem som fanns i Hongs sällskap tvivlade hon inte på. Kanske var det så enkelt som att den kinesiska staten hade satt henne under bevakning för att någon ny olyckshändelse inte skulle inträffa?

Hon åt frukost, bläddrade igenom en engelsk tidning och skulle just återvända till rummet när Hong plötsligt stod vid hennes bord. Hon var inte ensam, bredvid henne fanns två män som hon inte hade sett tidigare. Hong nickade åt männen som drog sig undan och satte sig ner. Hon sa några ord till en servitör och fick strax efteråt ett glas vatten.

– Jag hoppas allt är väl, sa Hong. Hur var utflykten till muren?

Det vet du redan, tänkte Birgitta. Jag är dessutom säker på att du hade några av dina extraögon på plats i hotellets restaurang Lotusblomman igår när Karin och jag åt middag.

– Muren var imponerande. Men det var kallt.

Birgitta Roslin såg Hong utmanande rakt in i ögonen, för att försöka uppfatta om Hong förstod att hon upptäckt hennes utsände spanare. Men Hongs ansikte gick inte att läsa av. Hon avslöjade inte sina kort.

– I ett rum här intill restaurangen finns en man som väntar på dig, sa Hong. Han heter Chan Bing.

– Vad vill han?

– Berätta att polisen har gripit en man som var med om överfallet när du förlorade din väska.

Birgitta Roslin märkte att hennes hjärta började slå fortare. Det låg något illavarslande i det Hong sa.

– Varför kommer han inte hit om han vill tala med mig?

– Han är klädd i uniform. Han vill inte störa medan du äter frukost.

Birgitta Roslin slog uppgivet ut med händerna.

– Jag har inga större problem med att umgås med människor i uniform.

Hon reste sig och lade servetten ifrån sig. I samma ögonblick kom Karin in i frukostmatsalen och såg undrande på dem. Birgitta tvingades förklara vad som hänt och presenterade Hong.

– Jag vet inte riktigt vad det handlar om, sa hon till Karin. Tydligen har polisen gripit en av dom som överföll mig. Ät din frukost i lugn och ro. Jag kommer tillbaka när jag har lyssnat på vad polismannen har att säga.

– Varför har du inte sagt nånting?

– Jag ville inte oroa dig.

– Jag blir orolig nu istället. Jag blir arg, tror jag.

– Det behöver du inte.

– Klockan tio måste vi åka till flygplatsen.

– Det är två timmar tills dess.

Birgitta Roslin följde efter Hong. De två männen fanns hela tiden i bakgrunden. De följde korridoren som ledde mot hissarna och stannade utanför en dörr som stod på glänt. Birgitta Roslin såg att det var ett litet konferensrum hon steg in i. Vid kortändan av det ovala bordet satt en äldre man och rökte en cigarett. Han hade mörkblå uniform med många revärer. På bordet låg hans uniformsmössa. Han reste sig upp och bugade för henne samtidigt som han visade mot en stol vid sin sida. Hong ställde sig vid fönstret i bakgrunden.

Chan Bing hade blodsprängda ögon och tunt, bakåtkammat hår. Birgitta Roslin fick en obestämbar känsla av att det var en mycket farlig man som satt intill henne. Han sög girigt i sig röken från cigaretten. I askfatet låg redan tre fimpar.

Hong sa några ord, Chan Bing nickade. Birgitta Roslin försökte erinra sig om hon hittills hade träffat något som haft fler röda stjärnor på sina axlar.

Chan Bings röst var hes när han talade.

– Vi har gripit en av dom två män som överföll er. Vi kommer att be er att peka ut honom för oss.

Chan Bings engelska var haltande. Men han gjorde sig ändå förstådd.

– Jag såg ju ingenting?

– Man ser alltid mer än vad man tror.

– Dom var aldrig framför mig. Jag har inte ögon i nacken.

Chan Bing betraktade henne uttryckslöst.

– Man har faktiskt det. I spända, farliga situationer kan man se även med sin nacke.

– Det kanske man kan i Kina. Inte i Sverige. Jag har aldrig i mitt liv varit med om att fälla en människa på grund av att någon har pekat ut gärningsmannen med hjälp av ögon i nacken.

– Det finns andra vittnen. Det är inte bara ni som ska peka ut en gärningsman. Det är också vittnen som ska identifiera er.

Birgitta Roslin såg vädjande mot Hong som betraktade en punkt någonstans ovanför hennes huvud.

– Jag måste resa hem, sa Birgitta Roslin. Om två timmar ska jag och min väninna lämna hotellet för att åka ut till flygplatsen. Jag har fått tillbaka min väska. Den hjälp polisen i det här landet har gett mig har varit utmärkt. Jag skulle kunna tänka mig att skriva en artikel i en svensk juristtidning för att beskriva mina upplevelser och den tacksamhet jag känner. Men jag kommer inte att kunna peka ut en eventuell gärningsman.

– Vår begäran om bistånd är knappast orimlig. Enligt lagarna i det här landet är ni skyldig att ställa er till polisens förfogande när det gäller att klara ut ett svårt brott.

– Men jag ska ju åka hem? Hur lång tid tar det?

– Knappast mer än ett dygn.

– Det går inte.

Hong hade närmat sig utan att Birgitta Roslin hade märkt det.

– Vi kommer naturligtvis att hjälpa dig med att boka om dina biljetter, sa hon.

Birgitta Roslin slog ena handflatan i bordet.

– Jag ska resa hem idag. Jag vägrar förlänga min resa med ett dygn.

– Chan Bing är en högt uppsatt polisman. Det han säger är det som gäller. Han kan hålla dig kvar här i landet.

– Då kräver jag att få tala med min ambassad.

– Naturligtvis.

Hong lade en mobiltelefon framför henne och en lapp med ett telefonnummer.

– Ambassaden öppnar om en timme.

– Varför ska jag tvingas vara med om det här?

– Vi vill inte straffa en oskyldig men heller inte låta en gärningsman gå fri.

Birgitta Roslin stirrade på henne och insåg att hon skulle bli tvungen att stanna i Beijing minst ett dygn till. De hade bestämt sig för att hålla henne kvar. Det bästa jag kan göra är att acceptera situationen, tänkte hon. Ingen ska dock kunna tvinga mig att peka ut en gärningsman som jag aldrig har sett.

– Jag måste tala med min väninna, sa hon. Vad händer med mitt bagage?

– Rummet kommer att finnas kvar i ditt namn, svarade Hong.

– Jag antar att det redan är ordnat. När blev det bestämt att jag skulle bli tvungen att stanna? Igår? I förrgår? I natt?

Birgitta Roslin fick inget svar. Chan Bing tände en ny cigarett och sa några ord till Hong.

– Vad sa han? frågade Birgitta Roslin.

– Att vi bör skynda oss. Chan Bing är en man som har mycket att göra.

391

– Vem är han?

Hong förklarade medan de gick genom korridoren.

– Chan Bing är en mycket erfaren brottsutredare. Han har ansvar för händelser som drabbar människor som dig, gäster i vårt land.

– Jag tyckte inte om honom.

– Varför inte?

Birgitta Roslin stannade.

– Om jag ska stanna så kräver jag att du är med mig. I annat fall lämnar jag inte hotellet innan ambassaden har öppnat och jag har talat med dom.

– Jag kommer att vara med.

De fortsatte till frukostmatsalen. Karin Wiman höll just på att lämna bordet när de kom. Birgitta Roslin förklarade vad som hade hänt. Karin betraktade henne alltmer undrande.

– Varför har du inte berättat om det här? Då hade vi ju förstått att det här kunde hända, att du kanske måste stanna?

– Det är som jag sa. Jag ville inte oroa dig. Jag ville inte oroa mig själv heller. Jag trodde att det var över. Väskan har jag fått tillbaka. Men jag måste alltså stanna här tills i morgon.

– Är det verkligen nödvändigt?

– Den polisman jag just talat med verkade inte vara en person som ändrar det han bestämt sig för.

– Vill du jag också ska bli kvar?

– Res. Jag far efter i morgon. Jag ringer hem och ger besked om vad som har hänt.

Karin fortsatte att tveka. Birgitta förde henne mot utgången.

– Åk. Jag stannar och reder ut det här. Tydligen fungerar lagarna i det här landet så att jag inte kan ge mig av förrän jag har hjälpt dom.

– Du säger ju att du inte såg vem som överföll dig?

– Det är också vad jag kommer att hålla fast vid. Gå nu! När jag är hemma träffas vi och ser på fotografierna från muren.

Birgitta såg Karin försvinna mot hissen. Eftersom hon hade tagit med sina ytterkläder ner till frukostmatsalen var hon klar att ge sig av.

Hon åkte i samma bil som Hong och Chan Bing. Motorcyklar med påslagna sirener banade väg i den täta trafiken. De passerade Tiananmen och fortsatte längs en av de breda centrala gatorna tills de svängde av nerför en garageinfart som bevakades av poliser. De for med en hiss till fjortonde våningen och gick sedan längs en korridor där uniformerade män betraktade henne med granskande blickar. Nu var det Chan Bing som gick vid hennes sida, inte Hong. I det här huset är hon inte viktigast, tänkte Birgitta Roslin. Här är det herr Chan som bestämmer.

De kom till ett förrum till ett stort kontor där poliser flög upp och ställde sig i givakt. Dörren stängdes bakom dem i det som hon antog var Chan Bings rum. Ett porträtt av landets president satt på väggen bakom hans skrivbord. Hon såg att Chan Bing hade en modern dator och flera mobiltelefoner. Han pekade på en stol vid skrivbordet. Birgitta Roslin satte sig ner. Hong hade stannat kvar i förrummet.

– Lao San, sa Chan Bing. Det är namnet på den man ni snart ska få träffa och peka ut bland nio andra.

– Hur många gånger ska jag behöva upprepa att jag inte såg dom som överföll mig?

– Då kan ni heller inte veta om dom var en eller två, eller kanske till och med fler än så.

– Det kändes som mer än en. Det var för många armar runt mig.

Plötsligt blev hon rädd. Alldeles för sent insåg hon möjligheten av att både Hong och Chan Bing kände till att hon letat efter Wang Min Hao. Det var därför hon satt vid en högt uppsatt polismans bord. På något sätt hade hon blivit en fara. Frågan var bara: För vem?

Båda vet, tänkte hon. Hong är inte med eftersom hon redan vet vad Chan Bing ska tala med mig om.

Fotografiet låg kvar i kappans innerficka. Hon tvekade om hon skulle ta fram det och förklara för Chan Bing vad som hade fört henne till platsen för överfallet. Men något gjorde att hon lät fotografiet vara. Just nu var det Chan Bing som förde i den avvaktande dansen och hon som följde.

Chan Bing drog till sig några papper som låg på bordet. Inte för att läsa, det kunde hon se, utan för att bestämma sig för vad han skulle säga.

– Hur mycket pengar? frågade han.

– 60 amerikanska dollar. Lite mindre i kinesisk valuta.

– Smycken? Juveler? Kreditkort?

– Allt fanns kvar.

Det surrade i en av telefonerna på bordet. Chan Bing svarade, lyssnade och lade ifrån sig telefonen.

– Det är klart, sa han och reste sig. Nu ska ni få se den man som överföll er.

– Jag tyckte ni sa att det var mer än en?

– Den av dom män som överföll er som vi fortfarande kan förhöra.

Alltså är den andre mannen död, tänkte Birgitta Roslin och kände att hon började må illa. I det ögonblicket ångrade hon att hon stannat kvar i Beijing. Hon borde ha insisterat på att få resa hem tillsammans med Karin Wiman. Hon hade gått i någon form av fälla när hon bestämt sig för att stanna.

De gick genom en korridor, nerför en trappa och sedan in genom dörr. Ljuset var dämpat. En polisman stod intill ett draperi.

– Jag lämnar er ensam, sa Chan Bing. Som ni förstår kan männen inte se er. Tala i bordsmikrofonen om ni vill att någon ska ta ett steg framåt eller vända sig i profil.

– Vem talar jag med då?

– Ni talar med mig. Ta god tid på er.

– Det är meningslöst. Jag vet inte hur många gånger jag måste säga att jag inte såg ansiktena på dom som överföll mig.

Chan Bing svarade inte. Draperiet drogs undan, Birgitta Roslin var ensam i rummet. På andra sidan spegelfönstret stod ett antal män i trettioårsåldern, enkelt klädda, några mycket magra. Deras ansikten var främmande, hon kände inte igen något av dem, även om hon ett kort ögonblick tyckte att den man som stod längst till vänster påminde om den man som fångats upp av Sture Hermanssons övervakningskamera i Hudiksvall. Men det var inte han, den här mannens ansikte var rundare, läpparna fylligare.

Chan Bings röst hördes i en osynlig högtalare.

– Ta tid på er.

– Jag har aldrig sett någon av dessa män tidigare.

– Låt intrycken mogna.

– Även om jag stannar här till i morgon kommer ingenting av mina intryck att förändras.

Chan Bing svarade inte. Hon tryckte irriterat på knappen till mikrofonen.

– Jag har aldrig sett någon av dessa män.

– Är ni säker?

– Ja.

– Se nu noga.

Den man som stod som nummer fyra från höger bakom spegelglaset tog plötsligt ett steg framåt. Han var klädd i en vadderad jacka och hade lappade byxor. Hans magra ansikte var orakat.

Chan Bings röst lät plötsligt spänd.

– Har ni sett denne man tidigare?

– Aldrig.

– Han är en av dom som överföll er. Lao San, 29 år gammal, tidigare straffad för olika brott. Hans far är tidigare avrättad för mord.

– Jag har aldrig sett honom tidigare.

– Han har erkänt brottet.

– Då behöver ni knappast mig mer?

En polisman som varit dold i skuggorna bakom henne steg fram och drog för draperiet. Han gav tecken åt henne att följa med. De återvände till kontoret där Chan Bing redan väntade. Hong syntes inte till.

– Vi vill tacka för er hjälp, sa Chan Bing. Nu återstår bara några formaliteter. Ett protokoll håller på att skrivas ut.

– Protokoll över vad?

– Konfrontationen med gärningsmannen.

– Vad kommer att hända med honom?

– Jag är inte domare. Vad hade hänt med honom i ert eget land?

– Det beror på omständigheterna.

– Naturligtvis fungerar vårt rättssystem på samma sätt. Vi bedömer brottslingen, hans vilja att erkänna och dom speciella omständigheterna.

– Finns det någon som helst risk att han kan dömas till döden?

– Knappast, svarade Chan Bing torrt. Det är en västerländsk fördom att vi i vårt land dömer enkla tjuvar till döden. Hade han använt vapen eller skadat er allvarligt hade saken varit annorlunda.

– Men hans medbrottsling är död?

– Han gjorde motstånd vid gripandet. Dom två polismän som blev attackerade handlade i nödvärn.

– Hur vet ni att han var den skyldige?

– Han gjorde motstånd.

– Det kan han ha haft annat skäl till.

– Den man ni nyss såg, Lao San, har erkänt att det var hans medbrottsling.

– Men det finns inga bevis?

– Det finns ett erkännande.

Birgitta Roslin insåg att hon aldrig skulle kunna utmana Chan Bings tålamod. Hon bestämde sig för att bara göra som hon blev ombedd och sedan resa från Kina så fort hon kunde.

En kvinna i polisuniform kom in med en pärm. Hon undvek noga att se på Birgitta Roslin.

Chan Bing läste upp det som stod skrivet i protokollet. Birgitta Roslin tyckte sig märka att han hade bråttom. Tålamodet är slut, tänkte hon. Eller så är det någonting annat som är slut. Utan att jag vet vad det är.

I ett omständligt dokument förkunnade Chan Bing att fru Birgitta Roslin, svensk medborgare, inte kunnat identifiera Lao San som var gärningsman till den grova överfallsförbrytelse som drabbat henne.

Chan Bing tystnade och sköt fram pappren mot henne. Protokollet var skrivet på engelska.

– Skriv under, sa Chan Bing. Sen kan ni åka hem.

Birgitta Roslin läste noga igenom de två sidorna innan hon skrev sin namnteckning. Chan Bing tände en cigarett. Han tycktes redan ha glömt hennes närvaro.

Hong kom plötsligt in i rummet.

– Vi kan åka nu, sa hon. Det är över.

Birgitta Roslin satt tyst under vägen tillbaka mot hotellet. En enda fråga hade hon haft och ställt till Hong innan de stigit in i bilen.

– Jag antar att det inte finns något lämpligt flyg för mig idag?

– Tyvärr måste du vänta tills i morgon.

I receptionen låg ett besked till henne att hon var ombokad med Finnair till dagen efter. Hon gjorde sig beredd att ta adjö när Hong erbjöd sig att återkomma senare för att äta middag tillsammans. Birgitta Roslin sa genast ja. Ensamheten i Beijing var det hon minst av allt önskade just då.

Hon steg in i hissen och tänkte att Karin nu var på väg hem, luftburen och osynlig där uppe i de högre luftlagren.

Det första hon gjorde när hon kom in i sitt rum var att ringa hem. Att räkna ut tidsskillnaden vållade henne problem. När Staffan svarade kunde hon höra att hon väckt honom.

– Var är du?

– I Beijing.

– Varför det?

– Jag blev försenad.

– Vad är klockan?

– Här är hon ett på eftermiddagen.

– Är du inte på väg till Köpenhamn nu?

– Jag ville inte väcka dig. Jag kommer samma tid som tänkt i morgon, men ett dygn senare.

– Är allt bra?

– Allt är som det ska.

Samtalet bröts. Hon försökte ringa upp igen utan att lyckas. Då skickade hon ett sms och upprepade att hon skulle åka hem dagen efter.

När hon lagt ifrån sig telefonen insåg hon att någon hade varit inne i rummet medan hon suttit hos polisen. Det var inte en ögonblicklig insikt, utan en känsla som långsamt växte fram. Hon stod mitt på golvet och såg sig runt. Först kunde hon inte avgöra vad det var som fångat hennes uppmärksamhet. Sedan insåg hon att det var den öppna resväskan. Kläderna låg inte som hon packat dem kvällen innan. Hon hade provat att stänga locket, att ingenting klämde. Återigen försökte hon stänga väskan. Den gick inte igen.

Hon satte sig på sängkanten. En städerska packar inte om min väska, tänkte hon. Någon annan har varit inne i rummet och gått igenom alla mina tillhörigheter. För andra gången.

Plötsligt begrep hon. Att hon skulle peka ut en gärningsman var inget annat än ett sätt att få bort henne från hotellrummet. Allt hade plötsligt gått fort efter att Chan Bing läst protokollet för henne. Då måste han ha fått besked om att de som sökt igenom hennes rum var klara.

Det handlar inte om min väska, tänkte hon. Polisen letar igenom mitt rum av andra skäl. På samma sätt som Hong oväntat står framför mig vid bordet och inleder ett samtal.

Det handlar inte om väskan, upprepade hon för sig själv. Det finns bara en förklaring. Någon vill veta varför jag visade ett fotografi på en okänd man vid en byggnad intill ett sjukhus. Kanske den mannen inte alls är okänd?

Rädslan från tidigare återkom med full kraft. Hon började leta efter kameror och mikrofoner i rummet, vände på tavlor, undersökte lampskärmar, men hittade ingenting.

På avtalad tid mötte hon Hong i receptionen. Hong föreslog att de skulle besöka en berömd restaurang. Men Birgitta Roslin ville inte lämna hotellet.

– Jag är trött, sa hon. Herr Chan Bing är en ansträngande man. Nu vill jag äta, sen sova. I morgon reser jag hem.

Den sista meningen var avsedd som en fråga. Hong nickade.

– I morgon reser du hem.

De satte sig vid ett av de höga fönstren. En pianist spelade diskret på en liten estrad mitt i det stora rummet, där det fanns både akvarier och fontäner.

– Jag känner igen den där musiken, sa Birgitta Roslin. En engelsk melodi från andra världskriget. *We'll meet again, don't know where, don't know when.* Kanske handlar den om oss?

– Jag har alltid velat besöka dom nordiska länderna. Vem vet?

Birgitta Roslin drack rött vin. Eftersom hon inte ätit blev hon påverkad.

– Nu är allt över, sa hon. Jag kan resa hem. Jag har fått igen min handväska och jag har sett den kinesiska muren. Jag har övertygat mig om att den kinesiska bonderörelsen har gjort enorma framsteg. Det som har skett i det här landet är ett mänskligt storverk. När jag var ung längtade jag efter att marschera med Maos lilla röda i handen, omsluten av tusenvis andra ungdomar. Vi är jämnåriga. Vad drömde du om?

– Jag var en av dom som gick där.

– Övertygad?

– Det var alla. Har du någon gång sett en cirkus eller en teater full av barn? Dom skriker av glädje. Inte nödvändigtvis över det dom ser utan inför det faktum att dom befinner sig med tusen andra barn i ett tält eller på en teater. Inga lärare, inga föräldrar. Dom behärskar världen. Är man tillräckligt många kan man bli övertygad om vad som helst.

– Det är inte svar på min fråga.

– Det kommer nu. Jag var som dom där barnen i tältet. Men jag var också övertygad om att utan Mao Zedong skulle Kina aldrig kunna resa sig ur sin fattigdom. Att vara kommunist var att kämpa mot misären, att tvingas gå barfota. Vi kämpade för ett par byxor åt alla.

– Vad hände sen?

– Det Mao ständigt hade varnat för. Att den stora oron under himlen alltid skulle finnas där. Men att oron skapades med olika förutsättningar. Bara en dåre tror att man kan stiga ner i en flod två gånger. Idag kan jag se tydligt hur mycket av framtiden han egentligen förutsåg.

– Är du fortfarande kommunist?

– Ja. Ingenting har hittills övertygat mig om annat än att det är i gemenskap vi ska fortsätta att bekämpa fattigdomen som fortfarande är stor i vårt land.

Birgitta Roslin slog ut med ena armen och råkade stöta till vinglaset som skvätte.

– Det här hotellet. Vaknade jag ur sömnen skulle jag kunna vara i vilket land som helst i världen.

– Vägen är fortfarande lång.

Maten kom på bordet. Pianisten hade tystnat. Birgitta Roslin slogs med sina tankar. Till sist lade hon ifrån sig besticken och såg på Hong som genast slutade äta.

– Säg som det är. Nu åker jag hem. Du behöver inte längre spela din roll inför mig. Vem är du? Varför har jag hela tiden hållits under bevakning? Vem är Chan Bing? Vad var det för män jag skulle peka ut? Jag tror inte längre på allt tal om att det handlar om min handväska och att en utlänning drabbats av en olycklig tilldragelse.

Hon hade räknat med att Hong på något sätt skulle reagera, släppa något av det beslutsamma försvar som hon hela tiden dolde sig bakom. Men inte heller denna ström av frågor rubbade Hongs lugn.

– Vad skulle det vara annat än överfallet?

– Någon har sökt igenom mitt rum.

– Är något borta?

– Nej. Men jag vet att någon har varit där.

– Om du vill kan vi tillkalla hotellets säkerhetschef.

– Jag vill att du ska svara på mina frågor. Vad är det som händer?

– Inget annat än att jag vill att våra gäster ska vara trygga i vårt land.

– Ska jag verkligen tro på det du säger?

– Ja, sa Hong. Jag vill att du ska tro på det jag säger.

Något i hennes röst gjorde att Birgitta Roslin tappade lusten att ställa flera frågor. Hon visste att hon ändå inte skulle få några svar. Om det var Hong eller Chan Bing som var den som hela tiden hade hållit henne under uppsikt skulle hon aldrig få veta. Där var ingången och utgången igen och hon själv sprang omkring med en ögonbindel i korridoren där emellan.

Hong följde henne ända fram till dörren. Birgitta Roslin grep hennes handled.

– Inga fler ingripanden? Inga fler gärningsmän? Inga protokoll? Inga människor som dyker upp, med ansikten jag känner igen?

– Jag hämtar dig klockan tio.

Birgitta Roslin sov oroligt under natten. Tidigt i gryningen var hon uppe, åt en hastig frukost i matsalen utan att känna igen någon av servitörerna eller gästerna. Innan hon lämnat rummet hade hon hängt ut skylten som sa att hon inte ville bli störd, och hällt lite badsalt alldeles innanför dörren på mattan. När hon kom tillbaka kunde hon se att ingen hade varit inne i rummet.

Som avtalat blev hon hämtad av Hong. När de kom fram till flygplatsen lotsade Hong henne igenom en särskild kontroll så att hon slapp att stå i kö.

De skildes vid passkontrollen. Hong räckte henne ett litet paket.

– En present från Kina.

– Från dig eller landet?

– Från oss båda.

Birgitta Roslin tänkte att hon kanske trots allt varit orättvis mot Hong. Kanske hon inte velat annat än att hjälpa henne att glömma överfallet?

– Flyg försiktigt, sa Hong. Kanske vi ses nån annan gång.

Birgitta Roslin passerade genom passkontrollen. När hon vände sig om hade Hong försvunnit.

Först när hon satt i flygplanet och det hade lyft öppnade hon paketet. Det var en porslinsminiatyr som föreställde en ung flicka med Maos lilla röda lyft över huvudet.

Birgitta Roslin lade den i handväskan och slöt ögonen. Lättnaden

402

över att äntligen vara på väg gjorde henne mycket trött.

När hon kom fram till Köpenhamn var Staffan där och mötte henne. Den kvällen satt hon vid hans sida i soffan och berättade om sina upplevelser. Men hon nämnde ingenting om överfallet hon varit med om.

Karin Wiman ringde. Birgitta lovade att resa över till Köpenhamn så snart som möjligt.

Dagen efter ankomsten gick hon till sin läkare. Hennes blodtryck hade nu gått ner. Om det visade sig stabilt skulle hon kunna återgå i tjänst redan några dagar senare.

Det snöade lätt när hon kom ut på gatan igen. Lusten att arbeta var stor.

Dagen efter satt hon på sitt kontor redan klockan sju på morgonen och började sortera de papper som samlats på hennes skrivbord. Även om hon ännu inte officiellt börjat arbeta igen.

Snöfallet hade då blivit ymnigare. Hon såg genom fönstret hur lagret med snö växte på hennes fönsterbleck.

Den lilla figuren som hade röda kinder och ett stort segervisst leende, med den lilla röda boken lyft över huvudet, ställde hon intill sin telefon. Fotografiet från övervakningskameran som hon burit i sin innerficka lade hon längst ner i en låda.

När hon sköt igen lådan kändes det som om det hela äntligen var över.

Del 4

KOLONISATÖRERNA (2006)

Förlita er, i kampen för de förtryckta folkens
fullständiga befrielse, först och främst på deras
egen kamp och därefter, och endast därefter,
på internationellt bistånd.

Det folk som har segrat i sin egen revolution
bör hjälpa dem som ännu kämpar för befrielse.
Detta är vår internationalistiska plikt.

Mao Zedong
Samtal med afrikanska vänner den 8 augusti 1963

Bark avskalad av elefanter

28

Fem mil väster om Beijing, inte långt från ruinerna av den Gule kejsarens palats, låg ett antal muromgärdade grå byggnader som vid olika tillfällen användes av ledningen för det kinesiska kommunistpartiet. Byggnaderna som utifrån gav intryck av oansenlighet bestod av några stora mötesrum, kök, en restaurang och omgavs av en park, där de som samlats kunde sträcka på benen eller hålla förtroliga enskilda överläggningar. Endast de som tillhörde kommunistpartiets innersta kretsar kände till att byggnaderna, som aldrig kallades annat än Gule kejsaren, användes när de allra viktigaste överläggningarna skulle hållas om Kinas framtid.

Så var det också en vinterdag år 2006. Tidigt på morgonen anlände ett antal svarta bilar som i hög fart körde in genom portarna i muren vilka genast stängdes igen. Inne i det största mötesrummet brann en stor brasa. De som samlades var nitton män och tre kvinnor. De flesta var över sextio år, de yngsta kring trettiofem. Alla kände varandra från tidigare. Tillsammans utgjorde de den elit som i praktiken styrde Kina, både politiskt och ekonomiskt. De enda som fattades var Kinas president och krigsmaktens överbefälhavare. Men det var till just dessa två personer som deltagarna skulle rapportera och lägga fram de förslag som man enats om när konferensen var över.

På mötesordningen denna dag fanns en enda punkt. Den hade formulerats i största hemlighet och alla som nu hade samlats hade avgivit ett tysthetslöfte. Den som bröt detta löfte behövde inte tveka om att han eller hon skulle försvinna spårlöst från offentligheten.

I ett av de enskilda rummen gick en man i fyrtioårsåldern oroligt om-kring. I handen höll han det tal han arbetat på i många månader och som han skulle hålla denna morgon. Han visste att det var ett av de viktigaste dokument som någonsin lagts fram för kommunistpartiets innersta kärna sedan Kina blivit självständigt 1949.

Yan Ba hade fått uppdraget av Kinas president två år tidigare. Det hade kommit bud till Beijings universitet, där han arbetade som fram-tidsforskare, att presidenten ville tala med honom. Utan att någon an-nan hade varit närvarande hade han fått sitt uppdrag. Från den dagen hade han varit befriad från sina åtaganden som professor. Han hade fått en stab på trettio personer till sitt förfogande. Hela projektet hade omgärdats av den största sekretess och övervakats av presidentens personliga säkerhetstjänst. På en enda dator, den som Yan Ba förfoga-de över, hade texten till talet formulerats. Någon annan än han själv hade inte tillgång till den text som han nu hade i handen.

Inga ljud trängde in genom väggarna. Enligt ryktet hade rummet en gång varit ett sovrum som använts av Mao Zedongs hustru Jiang Qing, som efter Maos död hade gripits tillsammans med tre andra, kallade "de fyras gäng", ställts inför rätta och senare begått självmord i fängelset. Hon hade krävt absolut tystnad där hon skulle sova. Murare och målare hade alltid rest i förväg för att ljudisolera hennes sovrum medan utkommenderade soldater hade slagit ihjäl alla skällande hun-dar i närheten av hennes tillfälliga bostad.

Yan Ba såg på sitt armbandsur. Klockan var tio minuter i nio. Pre-cis kvart över nio skulle han hålla sitt anförande. Klockan sju hade han tagit ett piller som han fått av sin läkare. Det skulle göra honom lugn men inte dåsig. Nu kände han också att hans nervositet höll på att gå över. Om det som stod skrivet på hans papper en dag blev verk-lighet skulle det få våldsamma konsekvenser i världen, inte bara i Kina. Men ingen skulle någonsin få veta att det var han som samman-

410

fattat och utformat de förslag som genomförts. Han skulle bara återvända till sin professur och sina studenter. Hans lön skulle öka och han hade redan flyttat in i en större lägenhet i ett bättre bostadsområde i centrala Beijing. Tysthetslöftet han avgett skulle följa honom hela hans liv. Ansvaret, kritiken och kanske också berömmet för det som skedde skulle dock hamna hos de ansvariga politiker som han, liksom alla andra medborgare i Kina, hade över sig.

Han satte sig intill fönstret och drack ett glas vatten. Stora förändringar avgörs inte på slagfält, tänkte han. De sker i slutna rum där människor med mycket makt bestämmer vilken riktning utvecklingen ska ta. Tillsammans med USA:s och Rysslands ledare är Kinas president världens mäktigaste man. Nu står han inför stora avgöranden. De som är samlade här är hans öron. De ska lyssna åt honom och avge sina bedömningar. Långsamt kommer resultatet att sippra ut från Gule kejsaren till världen.

Yan Ba mindes en resa han hade gjort några år tidigare tillsammans med en vän som var geolog. De hade begett sig till de avlägsna bergstrakter där Yangzi hade sina källor. De hade följt den vindlande och allt smalare fåran till en punkt, där den bara utgjordes av tunna rännilar av vatten. Då hade hans vän satt ner sin fot och sagt:

– Nu stoppar jag den mäktiga Yangzi i sitt lopp.

Minnet av den händelsen hade följt honom under de arbetsamma månader när han förberett sitt tal om Kinas framtid. Han var nu den som hade makt att ändra den stora flodens framtida bana. Det jättelika Kina skulle börja vandringen åt ett annat håll än det som varit den utstakade vägen under de senaste årtiondena.

Yan Ba tog upp en förteckning över deltagarna som började samlas i mötesrummet. Han kände till alla namnen från tidigare och upphör-

411

de inte att häpna över att just han skulle få ta deras tid i anspråk. Det var en grupp av de allra mäktigaste i Kina. Politiker, några militärer, ekonomer, filosofer och inte minst de så kallade "grå mandarinerna", som utformade de politiska strategier som ständigt prövades mot verkligheten. Där fanns också några av landets främsta utlandsbedömare samt representanter för landets viktigaste säkerhetsorganisationer. Många av dem som skulle närvara träffades regelbundet, andra hade sällan eller aldrig direkt kontakt med varandra. Men de ingick alla i den sinnrika väv som utgjorde maktens centrum i det kinesiska riket med mer än en miljard invånare.

En dörr öppnades ljudlöst i ena kortväggen. En vitklädd servitris kom in med den tekopp han hade beställt. Flickan var mycket ung och mycket vacker. Utan ett ord ställde hon ner brickan och lämnade rummet.

När tiden till sist var inne betraktade han sitt ansikte i spegeln och log. Nu var han beredd att sätta ner foten och stämma floden i sitt lopp.

Det var alldeles tyst när Yan Ba ställde sig i talarstolen. Han rättade till mikrofonen, lade pappren i ordning och såg ut över publiken som skymtade i det till hälften nersläckta rummet.

Han började tala om framtiden. Skälet till att han stod där, varför presidenten och politbyrån hade kallat in honom för att klargöra vilka stora förändringar som var nödvändiga. Han berättade vad presidenten hade sagt till honom när han fått sitt uppdrag.

– Vi har nått en punkt där ett nytt dramatiskt vägval är nödvändigt. Om vi inte gör det och om vi inte väljer rätt, är risken stor att kaos kommer att bryta ut i olika landsändar. Inte ens den lojala miltären kan stå emot hundra miljoner rasande bönder som gör uppror.

Det var också så Yan Ba hade uppfattat sitt uppdrag. Kina stod inför ett hot som måste mötas med insiktsfulla och djärva motåtgärder. Om inte skulle landet störtas ut i samma kaos som så många gånger tidigare i sin historia.

Bakom männen och de fåtaliga kvinnorna som satt i halvmörkret dolde sig alla de hundratals miljoner bönder som otåligt väntade på att ett annat liv också skulle bli deras, inte bara den växande medelklassens i städerna. Tålamodet höll på att rinna ut och förvandlas till omåttligt ursinne och ögonblickliga krav på handling. Tiden var mogen, äpplet skulle snart falla till marken och börja ruttna om ingen plockade det.

Yan Ba började sitt tal med att visa upp ett symboliskt vägskäl med sina händer. Det är här vi befinner oss, sa han. Vår stora revolution har fört oss hit, till en punkt våra föräldrar aldrig ens kunde drömma om. Under ett kort ögonblick kan vi stanna till i detta vägskäl och vända oss om. Långt borta anar vi den misär och det lidande som vi kommer ifrån. Det ligger inte längre bort i tiden än att generationen innan oss minns hur det var att leva som råttor. Där de rika godsägarna och de gamla ämbetsmännen betraktade folket som själlösa skadedjur, som inte dög till annat än att släpa ihjäl sig som kulier eller fattiga, jordlösa trälar. Vi både kan och bör häpna över det vi har åstadkommit, under ledning av vårt stora parti och de olika ledare som fört oss längs olika men alltid rätta vägar. Vi vet att sanningen alltid förändras, att nya beslut måste tas för att de gamla riktlinjerna om socialismen och solidariteten ska överleva. Livet väntar inte, nya krav ställs hela tiden på oss som måste söka den nya kunskapen och finna de nya lösningarna på de nya problemen. Vi vet att vi aldrig kan uppnå ett paradis som i en evig form är vårt. Om vi tror det blir paradiset en fälla. Det finns ingen verklighet utan strider, ingen framtid utan kamp. Vi har lärt oss att klassmotsättningar ständigt uppstår på nytt, på samma sätt som förhållanden i världen förändras, länder går från styrka till svaghet och sedan till styrka igen. Mao Zedong sa alltid att det rådde stor oro under himlen och vi vet att han hade rätt och att vi befinner oss på ett fartyg som kräver att vi navigerar genom farleder, där vi aldrig helt på förhand kan veta var det är som djupast. Ty även havsbottnen rör sig, även i det osynliga finns hoten mot vår tillvaro och vår framtid.

Yan Ba vände blad. Han uppfattade den totala koncentrationen i salen. Ingen rörde sig, alla väntade på fortsättningen. Han hade beräknat talet till fem timmar. Det var också vad deltagarna hade fått besked om. När han informerat presidenten om att han var beredd, talet var klart, hade han fått veta att några avbrott inte skulle tillåtas. Hela tiden skulle deltagarna sitta på sina platser.

– Dom måste se helheten, hade presidenten sagt. Helheten får inte brytas. I varje paus finns risk att tvekan uppstår, sprickor i den helgjutna förståelsen av nödvändigheten i det vi måste göra.

Han fortsatte den närmaste timmen med att göra en historisk återblick över det Kina som genomgått en serie dramatiska förändringar, inte bara under det senaste seklet utan under alla de århundraden som gått sedan kejsaren Qin lagt grunden till att ena landet. Det var som om detta Mittens rike hade varit sammanfogat med en lång serie hemligt utplacerade sprängladdningar. Bara de yppersta, de med den allra skarpaste visionära blicken, hade kunnat förutse de ögonblick när sprängningarna skulle ske. Vissa av dessa män, bland annat Sun Yat-sen och inte minst Mao hade haft det som av det okunniga folket betraktades som en nästan magisk förmåga att kunna utläsa framtiden och själva framkalla de explosioner som någon annan, kalla det gärna historiens nemesis divina, hade lagt ut längs den osynliga väg som var den kinesiska människans.

Den längsta tiden uppehöll Yan Ba sig naturligtvis vid Mao och hans tid, det var ofrånkomligt. Med honom hade den första kommunistiska dynastin upprättats. Inte så att själva namnet dynasti hade använts, det skulle ha varit en motbjudande liknelse med tidigare terrorvälden, men alla visste att det ändå var så de kinesiska fattigbönder som genomfört revolutionen betraktade Mao. Han var en kejsare, som visserligen lät vanliga människor träda in i Den förbjudna staden och som inte heller tvingade dem att se åt sidan, med risk för att annars bli halshuggna, när Den Store Ledaren, Den Store Rorsmannen passerade förbi, vinkande på en avlägsen estrad eller simmande i någon av de mäktiga floderna. Nu var tiden inne, förklarade Yan Ba, att återigen vända sig till Mao och med ödmjukhet inse att han hade haft rätt om den utveckling som skedde, trots att han varit död i exakt trettio år. Fortfarande var hans röst levande, han hade haft siarens och spåmannens men framför allt vetenskapsmannens förmåga att se in i framtiden, att skicka ett alldeles eget ljus in i de mörka rum där kommande årtionden, kommande sprängladdningar höll på att förberedas av historiens krafter.

Men i vad hade Mao haft rätt? I mycket hade han också haft fel. Den första kommunistiska dynastins ledare hade inte alltid betraktat och behandlat sin samtid på det sätt han borde. Han hade stått främst när landet befriats och den första långa marschen, den över bergen, hade ersatts av en annan lång marsch, minst lika lång och svår, vägen ut ur feodalismen, in i ett industrisamhälle och det kollektiviserade bondesamhälle, där även den fattigaste av de fattigaste hade rätt till ett par byxor, en skjorta, ett par skor och inte minst rätten till respekt och människovärde. Drömmen om friheten, som var själva befrielsekampens andliga innehåll, sa Yan Ba, handlade om rätten att även den fattigaste bonden skulle få lov att drömma sina egna drömmar om en bättre framtid, utan risk att bli halshuggen av någon avskyvärd storgodsägare. Det var nu istället de som skulle halshuggas, deras blod som skulle vattna jorden, inte som tidigare de fattiga böndernas.

Men Mao hade haft fel när han menat att Kina skulle kunna åstadkomma ett jättelikt ekonomiskt språng på bara ett fåtal år. Han hävdade att ett järnverk inte skulle stå längre ifrån ett annat än att man kunde se hur skorstensrökarna signalerade till varandra. Det stora språnget, som skulle kasta Kina in i både samtid och framtid, var ett jättelikt misstag. Istället för de stora industrierna stod människor och smälte ner gamla kastruller och gafflar i små primitiva smältugnar på sina bakgårdar. Det stora språnget lyckades inte, ribban revs eftersom den lagts upp på alltför hög höjd. Ingen kunde längre förneka, även om de kinesiska historikerna måste visa måttlighet när de behandlade den svåra tiden, att miljontals människor hade svultit ihjäl. Det var en period när Maos dynasti under några år börjat likna tidigare kejserliga dynastier. Mao hade låst in sig i sina rum i Den förbjudna staden, han hade aldrig accepterat att det stora språnget varit misslyckat, ingen fick tala om det. Men vad Mao egentligen tänkte kunde man inte veta. I Den Store Rorsmannens skrifter fanns alltid ett område som lyste med sin frånvaro, sina innersta tankar dolde han, ingen vet om Mao någonsin vaknade klockan fyra på morgonen, i den ödsligaste timmen, och undrade över vad han hade ställt till med. Låg han vaken och såg skuggorna av alla de svältande döende människor som offrats på den omöjliga drömmens altare, den om det stora språnget?

Vad som skedde var att Mao istället gick till motangrepp. Motangrepp mot vad? frågade Yan Ba retoriskt, och dröjde några sekunder med att svara. Motangreppet mot sitt eget nederlag, sin egen felaktiga politik, och faran för att det någonstans i skuggorna viskades och förbereddes en palatskupp. Den stora kulturrevolutionen, Maos uppmaning att "bombardera högkvarteret", en ny sorts sprängladdningar, kan man säga, var Maos reaktion på det han såg runt sig. Mao mobiliserade ungdomen, på samma sätt som man alltid gör i ett krigstillstånd. Det var ingen skillnad på Maos sätt att använda ungdomen och det sätt som Frankrike, England och Tyskland mobiliserade sina ungdomar, när de tågade iväg mot slagfälten i första världskriget där de skulle dö med sina drömmar kvävda i den våta leran. Kulturrevolutionen behövde man inte orda mycket om, det var Maos andra misstag, en nästan helt personlig vendetta mot de krafter i samhället som utmanade honom.

Vid den tiden hade Mao börjat bli gammal. Frågan om efterträdaren var ständigt högt uppe på hans dagordning. När sedan Lin Biao, den utsedde, visade sig förrädisk och störtade med flygplanet under sin flykt mot Moskva, började Mao tappa kontrollen. Men in i det sista riktade han uppmaningar till dem som skulle överleva honom. Nya klasstrider skulle uppstå, nya grupper som sökte privilegier på andras bekostnad. Med Maos ord, ständigt upprepade som ett mantra, att "det ena skulle som vanligt ersättas av det motsatta". Bara den dumme, den aningslöse, den som vägrade se det alla kunde se, skulle inbilla sig att Kinas framtida väg en gång för alla var utstakad.

Nu, sa Yan Ba, har Mao, vår store ledare, varit död i trettio år. Det visar sig att han hade rätt. Men de strider han förutsatte skulle komma kunde han inte identifiera. Han försökte det inte heller eftersom han visste att det inte var möjligt. Historien kan aldrig ge den exakta kunskapen om framtiden, snarare visar den oss bara att vår förmåga att förbereda oss för förändringar är begränsad.

Yan Ba märkte att åhörarna fortsatte att rikta sin koncentrerade uppmärksamhet mot hans ord. Nu, när han var färdig med den historiska inledningen, visste han att de skulle bli än mer lyhörda. Många hade säkert en föraning om vad som skulle komma. Det var intelligenta människor med djupa insikter om alla de stora utmaningar och hot som dolde sig innanför Kinas gränser. Men det var först nu det skulle avgöras vad som skulle bli politiken inför de dramatiska förändringar som väntade. Yan Ba visste att han höll ett av de viktigaste linjetalen i det nya Kinas historia. En dag skulle hans ord upprepas av presidenten.

Det fanns en liten klocka diskret placerad intill lampan på talarstolen. Yan Ba inledde den andra timmen av sitt tal med att beskriva Kinas nuvarande situation och de förändringar som var nödvändiga. Han beskrev det växande gapet mellan människorna i landet som nu hotade utvecklingen. Det hade varit nödvändigt att förstärka kustområdena och de stora industricentra som var själva navet i den ekonomiska utvecklingen. Efter Maos död hade Deng gjort den riktiga bedömningen att det bara fanns en väg att gå, ut ur isoleringen, med portarna mot omvärlden öppna. Han citerade Dengs berömda tal om "våra dörrar som nu slås upp kan aldrig mera stängas". Kinas framtid kunde bara formas i ett samarbete med omvärlden. Dengs kunskap om hur kapitalismen och marknadskrafterna sinnrikt samverkade med varandra hade gett honom övertygelsen om att Kina befann sig nära det ögonblick när tiden var mogen, äpplet kunde plockas, och landet på allvar skulle återta sin roll som Mittens rike, en stormakt i vardande, om ytterligare trettio eller fyrtio år, världens ledande nation, både politiskt och ekonomiskt. Under de senaste tjugu åren hade Kina genomgått en ekonomisk utveckling som saknade motstycke. Vid något tillfälle hade Deng gett uttryck för att språnget mellan att alla har ett par byxor till att alla kan välja om de vill ha ytterligare ett par, är ett språng som på många sätt är större än det första. De som förstod Dengs sätt att uttrycka sig, visste att han menade något mycket enkelt; alla kunde inte få det andra paret byxor samtidigt. Det hade man inte heller kunnat under Maos tid, de mest avlägset boende och fattigaste bönderna i sina eländiga byar hade kommit sist, när människorna i städerna redan hade kastat sina gamla kläder. Deng visste att utvecklingen inte kunde ske överallt samtidigt. Det stred mot alla ekonomiska lagar, några skulle bli rika, eller åtminstone mindre fattiga före andra. Utvecklingen skulle balansera på en lina, där det gällde att rikedomen inte blev för stor, fattigdomen inte heller, för att inte kommunistpartiet och dess inre kärna som var de som utförde balansakten inte skulle störta ner i avgrunden. Nu fanns inte Deng längre. Men det han hade fruktat och varnat för, ögonblicket när balansen var på väg att försvinna, var nu inne.

Yan Ba hade kommit till den punkt där två ord skulle komma att dominera hans tal. Det ena ordet var "hot", det andra "nödvändighet". Han började tala om de olika hot som existerade. Det ena kom från det vidgade gapet mellan människorna i landet. Medan de som bodde i kuststäderna hela tiden kunde se hur deras välstånd ökade, upplevde de fattiga bönderna att deras liv knappast alls blev bättre. Vad värre var så kunde de också se att de nästan inte alls längre kunde livnära sig av sina jordbruk. Det enda som återstod var att emigrera till städerna i hopp om att där kunna finna arbete. Än så länge var denna rörelse från landsbygd till städerna och deras industrier, inte minst de som arbetade med att tillverka produkter för den västerländska marknaden, vare sig det var leksaker eller kläder, något som myndigheterna uppmuntrade. Men vad skulle ske när dessa industristäder, dessa kokande byggarbetsplatser, inte längre kunde ta emot alla dem som inte längre behövdes inom jordbruket? Det som hittills varit en möjlighet skulle förvandlas till ett hot. Bakom dem som sökte sig till städerna fanns många andra, hundratals miljoner som bara väntade på att få inta sin plats i kön för enkel resa till staden. Vilka krafter skulle kunna hålla dem tillbaka när alternativet bara var fattigdom och ett liv långt borta från den välmåga de hörde talas om och som de också krävde sin del av? Hur skulle man kunna hindra hundra miljoner människor, som bara hade sin fattigdom att förlora, att göra uppror. Mao hade sagt att det alltid var rätt att göra uppror. Varför skulle det nu vara fel om de som var lika fattiga som för tjugu år sedan reste sig i protest?

Yan Ba visste att många av dem som lyssnade till hans tal under lång tid hade sysselsatt sig med detta problem, detta hot om ett tillstånd som på kort tid kunde kasta Kina tillbaka till ett läge landet tidigare befunnit sig i. Han visste också att det förelåg en plan, i några få utskrivna exemplar, där en yttersta lösning hade fått sin form. Ingen talade om den men alla som var någorlunda insatta i det kinesiska kommunistpartiets sätt att tänka, visste vad den innebar. Som en liten men ändå klart avläsbar prolog hade händelserna vid Tiananmen 1989 visat på denna plans existens. Kommunistpartiet skulle aldrig tillåta att kaos utbröt. I värsta fall, om inga andra lösningar fanns, skulle militären beordras att angripa de som var beredda att göra uppror. Även om tio eller femtio miljoner människor stod framför militärens vapen skulle de beordras att använda dem. Inget pris kunde vara för högt för att kommunistpartiet skulle behålla sin makt över medborgarna och landets framtid.

Frågan är till sist mycket enkel, sa Yan Ba. Finns det någon annan lösning? Han gav själv svaret. Den fanns, även om den skulle kräva många nya tankar hos de som utformade den kinesiska politiken. Den skulle kräva det allra yppersta strategiska tänkande för att kunna förverkligas. Men, ärade åhörare, fortsatte Yan Ba, dessa förberedelser har redan påbörjats även om de hela tiden verkar handla om någonting helt annat.

Hittills hade han bara talat om Kina, historien och samtiden. Nu, när den tredje timmen närmade sig, lämnade han landet och begav sig långt utanför landets gränser. Nu talade han om framtiden.

Låt oss färdas, sa Yan Ba, till en helt annan kontinent, till Afrika. I kampen för att täcka våra behov av råvaror och inte minst olja har vi under senare år byggt upp allt starkare och mer djupgående förhållanden till många afrikanska stater. Vi har varit generösa med lån och gåvor, vi lägger oss heller inte i dessa länders politiska system. Vi är neutrala, vi gör affärer med alla. Därför spelar det för oss ingen roll om det land vi handlar med är Zimbabwe eller Malawi, Sudan eller Angola. Vi hävdar, på samma sätt som vi avvisar all utländsk inblandning i våra inhemska förhållanden och vårt rättssystem, att dessa länder är självstyrande och att vi inte kan ställa krav på deras sätt att bygga sina samhällen. Det möter vi naturligtvis kritik för, men den berör oss inte eftersom vi vet att där under döljer sig avund och rädsla för att Kina inte är den lerkoloss USA och Ryssland alltför länge har föreställt sig. Människor i västvärlden vägrar att förstå att afrikanska folk hellre samarbetar med oss. Kina har aldrig förtryckt dem, förvandlat deras länder till kolonier. Tvärtom stödde vi dem när de började befria sig under 1950-talet. Därför möts våra framgångar i Afrika av den ihåliga avundsjukan från länder i väst. Våra vänner i de afrikanska länderna vänder sig till oss när Internationella valutafonden eller Världsbanken avvisar deras önskemål om lån. Vi tvekar inte att hjälpa. Vi gör det med rent samvete eftersom vi också är ett fattigt land. Vi är fortfarande en del av den så kallade tredje världen. Under vårt alltmer givande arbete med dessa länder har vi insett att i förlängningen kanske det också är där som en del av lösningen finns på det hot jag tidigare talat om denna morgon. För många av er, och kanske också för mig, blir det en historisk paradox när jag förklarar hur jag tänker.

Låt mig använda en liknelse för hur det var i dessa länder för femtio år sedan. Den gången bestod Afrika nästan undantagslöst av kolonier som led under den västerländska imperialismens förtryck. Vi solidariserade oss med dessa människor, vi stödde befrielserörelser, med råd och med vapen. Inte för inte var Mao och hans generation exempel på hur en välorganiserad gerilla kunde besegra en överlägsen fiende, hur tusen myror som bet i elefantens fot kunde få den på fall. Vårt stöd har bidragit till att land efter land befriat sig. Vi har upplevt hur imperialismens svans slokat allt mer. När vår kamrat Nelson Mandela vandrade ut ur fängelset på den ö där han vistats så många år, var det den västerländska imperialismens, i kolonialismens förklädnad, slutliga nederlag. Befrielsen av Afrika vred jordaxeln åt det håll där vi tror att friheten och rättvisan till sist kommer att segra. Nu kan vi se att stora landområden, ofta mycket bördiga, ligger öde i Afrika. I motsats till hos oss är den svarta kontinenten glest befolkad. Och vi har nu insett att vi här kan finna åtminstone en del av lösningen på det som hotar vår egen stabilitet.

Yan Ba drack ur det vattenglas som stod intill mikrofonen. Sedan fortsatte han. Nu kom han till den punkt där han visste att det senare skulle uppstå en hård diskussion bland de människor som lyssnade men också inom kommunistpartiet och politbyrån.

Vi måste veta vad vi gör, sa Yan Ba, men vi måste också veta vad vi inte gör. Det vi nu föreslår både er och afrikanerna är inte en andra våg av kolonisation. Vi kommer inte som erövrare utan fortfarande som vänner. Vi avser inte att upprepa den kränkning som kolonialismen innebar. Vi vet vad förtrycket betydde eftersom många av våra förfäder levde under slavliknande förhållanden i USA under 1800-talet. Vi var själva utsatta för den europeiska kolonialismens barbari. Att det på ytan, som reflexer av solen, kanske finns likheter, innebär inte att vi för andra gången utsätter den afrikanska kontinenten för ett kolonialt övergrepp. Vi vill bara lösa ett problem samtidigt som vi bistår dessa människor. På de öde slätterna, i de bördiga dalgångarna kring de stora afrikanska floderna, vill vi bruka jorden genom att flytta dit miljoner av våra fattiga bönder, som utan att tveka kommer att börja odla den mark som ligger i träda. Vi jagar inte undan människor, vi fyller bara ett tomrum, och alla kommer att ha nytta av det som sker. Det finns länder i Afrika, särskilt i söder och sydost, där jättelika områden skulle kunna befolkas av de fattiga i vårt land. Vi skulle odla upp Afrika samtidigt som vi eliminerade det hot som vilar över oss. Vi vet att vi kommer att möta motstånd, inte bara i omvärlden som tror att Kina har gått från att stödja befrielsekampen mot kolonialismen till att bli kolonisatörer själva. Vi kommer också att möta motstånd inom kommunistpartiet. Det är för att klargöra den motsättningen som jag håller detta tal. Det kommer att brytas många viljor inom de ledande kretsarna i vårt land. Ni som har samlats här idag är bärare av det förnuft och den insikt som säger att en stor del av hotet mot vår stabilitet kan elimineras på det sätt jag beskriver. Nya tankar möter alltid motstånd. De som visste det mer än några andra var Mao och Deng. De var bröder i den bemärkelse att de aldrig var rädda för det nya, alltid sökte efter utvägar som i solidaritetens namn kunde ge de fattiga på jorden ett bättre liv.

Yan Ba fortsatte i ytterligare en timme och fyrtio minuter att redogöra för det som skulle bli Kinas politik under den närmaste framtiden. När han till sist tystnade var han så trött att benen skakade. Men applåderna som mötte honom var kraftiga. Han såg på sin klocka när tystnaden återvände och ljusen i salen tändes, att applåderna hade varat i nitton minuter. Nu hade han utfört sin uppgift.

Han lämnade podiet samma väg han kommit och skyndade till den bil som väntade på honom vid en av ytterdörrarna. Under bilresan tillbaka till universitetet försökte han föreställa sig den diskussion som nu följde på hans tal. Eller kanske deltagarna genast skulle gå åt olika håll? Var och en återvända till sitt för att där begrunda de stora händelser som skulle prägla den kinesiska politiken under kommande år?

Yan Ba visste inte och han kände en viss saknad över att han nu lämnade scenen. Han hade gjort sitt. Ingen skulle i framtiden någonsin nämna hans namn, när historikerna betraktade de omvälvande händelserna som tog sin början i Kina år 2006. I legenden skulle man kanske tala om ett möte som hållits i Gule kejsaren, men ingen skulle veta exakt vad som hade hänt. Deltagarna på mötet hade fått stränga besked om att alla anteckningar var förbjudna.

När Yan Ba kom in på sitt kontor stängde han dörren och stoppade ner sitt tal i den papperstuggare han fått installerad när han börjat sitt hemliga arbete. När pappren hade strimlats, samlade han ihop dem och bar ner dem till pannrummen i universitetets källare. En vaktmästare öppnade en av eldsluckorna. Han kastade in pappersresterna och såg dem förvandlas till aska.

Sedan var det inte mer. Resten av dagen satt han försjunken i arbetet med en artikel om vad forskningen kring DNA skulle innebära i framtiden. Han lämnade kontoret strax efter sex och for hem. Han rös när han gick till den nya japanska bil, som var en del av ersättningen för det föredrag han hållit.

Vintern var fortfarande lång. Han längtade efter våren.

Samma kväll stod Ya Ru vid fönstren i sitt stora kontor, längst upp i det höga hus han ägde. Han tänkte på det tal om framtiden han hört på morgonen. Men det var inte innehållet han i första hand grubblade över. Han visste sedan tidigare vilka strategier som höll på att formuleras i partiets innersta kärna som svar på de stora utmaningar som väntade. Däremot hade han blivit förvånad över att hans syster Hong hade varit inbjuden som en av deltagarna. Även om hon hade en högt uppsatt position som rådgivare till de allra innersta kretsarna i kommunistpartiet hade han inte väntat sig att träffa henne där.

Han tyckte inte om det. Att Hong tillhörde de gammelkommunister, som skulle protestera mot det de med säkerhet skulle påstå vara en skamlig nykolonialisering av Afrika, var han övertygad om. Eftersom han själv var en av de ivrigaste förespråkarna för den politik som nu höll på att förberedas ville han inte i onödan hamna i motsatsställning till sin syster. Det kunde skapa oro och störa den maktposition han hade. Om det var något partiledningen och de som styrde landet tyckte illa om, var det när konflikter uppstod mellan släktmedlemmar på inflytelserika poster. Minnet av den stora motsättningen mellan Mao och hans hustru Jiang Qing hade ingen glömt.

På hans bord låg Sans dagbok uppslagen. Ännu hade han inte fyllt i de tomma vita sidorna. Men han visste att Liu Xin hade återvänt och snart skulle stå framför honom och avlägga sin rapport.

En termometer på väggen visade att temperaturen var fallande.

Ya Ru log och drev undan tankarna på sin syster och på kölden. Istället tänkte han på att han mycket snart skulle lämna kylan som deltagare i en delegation av politiker och affärsmän, som skulle besöka fyra länder i södra och östra Afrika.

Han hade aldrig tidigare varit i Afrika. Men nu, när den svarta kontinenten skulle bli alltmer betydelsefull för Kinas utveckling, kanske till och med på lång sikt en kinesisk satellitkontinent, var det viktigt att han fanns med när de grundläggande affärsförbindelserna upprättades.

Det skulle bli intensiva veckor med många resor och möten. Men innan planet vände tillbaka till Beijing hade han bestämt sig för att lämna delegationen under några dagar. Då skulle han ge sig ut i bushen med hopp om att få se en leopard.

Staden låg nedanför hans fötter. Om leoparder visste han att de ofta sökte sig till höjder för att kunna ha överblick över landskapet runt omkring.

Det här är min kulle, tänkte han. Mitt klippfäste. Härifrån undgår ingenting mina sinnen.

29

På morgonen den 7 mars 2006 fick entreprenören Shen Wixan sin dödsdom fastställd av Folkets överdomstol i Beijing. Han hade redan året innan erhållit en villkorlig dödsdom. Trots att han under det år som gått framställt sig som en människa som bittert ångrade att han tagit emot miljontals yuan i mutor, kunde domstolen inte omvandla hans dödsdom till ett livslångt fängelsestraff. Den folkliga opinionen mot korrumperade företagsledare med försänkningar i kommunistpartiet hade dramatiskt ökat i styrka. Partiet hade insett att det nu var av avgörande betydelse att skrämma dem som byggde upp alltför uppseendeväckande förmögenheter genom att låta sig bestickas.

Shen Wixan var 59 år när han fick sin avrättning fastställd. Han hade arbetat sig upp från enkla förhållanden till att bli chef för en stor slakterikoncern som specialiserat sig på att hantera griskött. För att ge olika uppfödare fördelar hade han blivit erbjuden mutor och ganska snart också accepterat dem. Till en början, under det tidiga 1990-talet hade han varit försiktig, bara tagit emot mindre summor och undvikit att leva på en alltför iögonfallande nivå. Mot slutet av 1990-talet, när nästan alla hans kollegor tog emot mutor, blev han alltmer oförsiktig och krävde större och större summor samtidigt som han öppet visade vilken livsföring han hade råd med.

Att det till sist blev han som utvaldes till syndabock, den som skulle bli det varnande exemplet, hade han naturligtvis aldrig kunnat föreställa sig. Ända till det ögonblick när han stod i rättssalen hade han varit säker på att hans dödsdom skulle omvandlas till ett tidsbestämt straff och sedan kortas av. När domaren med gäll röst läste upp domslutet som innebar att han skulle avrättas inom 48 timmar hade han varit oförstående. Ingen i rättssalen hade vågat möta hans blick. När poliserna förde bort honom hade han börjat protestera. Men då var det redan för sent. Ingen hörde honom. Han flyttades genast till en av de celler där de som var dödsdömda låstes in under ständig bevakning, innan de fördes ut på ett fält, ensamma eller tillsammans med andra, för att skjutas, på knä med bakbundna händer, ett skott i nacken.

I vanliga fall, när det gällde förbrytare som dömts till döden för mord, våldtäkt, rån eller liknande brott fördes de oftast direkt från domstolen till avrättningsplatsen. Ända fram till mitten av 1990-talet hade det kinesiska samhället manifesterat den folkligt positiva synen på dödsdomar genom att de som skulle skjutas fördes bort på öppna lastbilsflak. Avrättningarna skedde inför en stor publik som fick avgöra om fången skulle skjutas eller om det skulle visas barmhärtighet. Men de som samlades vid dessa tillfällen vägrade nåd. De ville att männen och kvinnorna som stod med böjda huvuden framför dem skulle straffas med döden. På senare år hade verkställandet skett alltmer diskret. Inga filmare eller fotografer som inte helt kontrollerades av staten, tilläts att vara med och dokumentera när fångarna avrättades. Det var först efteråt som tidningarna meddelade att brottslingarna fått sitt straff. För att inte i onödan locka fram vad den politiska ledningen uppfattade som hycklande vrede från utlandet, meddelades inte längre offentligt när vanliga våldsbrottslingar sköts ihjäl. Inga utom de kinesiska myndigheterna visste längre det exakta antalet verkställda avrättningar. Offentlighet tillät man bara när det gällde brottslingar som Shen Wixan, eftersom det sände ut varningssignaler till andra högt uppsatta tjänstemän och företagare, och samtidigt lugnade ner den växande folkliga opinionen mot ett samhälle som möjliggjorde denna korruption.

Ryktet om Shen Wixans upphävda villkorliga dödsdom spred sig mycket snabbt inom de politiska kretsarna i Beijing. En av dem som fick veta om det var Hong Qui, som hörde om domstolens beslut bara några timmar efter det att klubban fallit. Hon befann sig på väg från ett möte med kvinnliga partikamrater när mobiltelefonen ringde och hon bad chauffören att köra in till trottoaren medan hon tänkte igenom beskedet. Hong kände inte Shen Wixan, hade bara träffat honom några år tidigare vid en mottagning på franska ambassaden. Hon hade inte tyckt om honom, intuitivt hade hon anat att han var girig och korrumperad. Men när bilen hade stannat vid trottoaren tänkte hon på det faktum att Shen Wixan var en nära vän till hennes bror Ya Ru. Naturligtvis skulle Ya Ru nu distansera sig från Shen och förneka att de varit annat än ytligt bekanta. Men Hong visste att verkligheten var en annan.

Hon fattade hastigt sitt beslut och sa till om att bli körd till det fängelse där Shen tillbringade sina sista timmar i livet. Hong kände fängelsechefen. Om han hade fått besked från sina överordnade att inte släppa in någon besökare skulle hon knappast få träffa Shen. Men möjligheten fanns att han skulle tillåta det.

Vad tänker en dödsdömd man, frågade hon sig medan bilen letade sig fram genom den kaotiska trafiken. Hong var övertygad om att Shen var i ett tillstånd av chock. Rykten hade sagt henne att han var kallblodig och hänsynslös men samtidigt mycket försiktig. Här hade han dock beräknat konsekvenserna av sina handlingar fel.

Hong hade sett många människor dö. Hon hade närvarat vid halshuggningar, hängningar, arkebuseringar. Att bli avrättad för att ha bedragit staten var den allra mest föraktliga död hon kunde föreställa sig. Vem ville bli den som skickades ut på historiens avskrädeshög med ett nackskott? Hon rös vid tanken. Samtidigt tillhörde hon inte dem som fördömde dödsstraffet. Hon såg det som ett nödvändigt redskap för staten att skydda sig med och att det var rätt att grova brottslingar berövades rätten att leva i ett samhälle de utsatt för övergrepp. De män som begick våldtäkter eller rånmord hade hon ingen medkänsla med. Även om de var fattiga, även om deras advokater kunde rada upp förmildrande omständigheter, handlade livet till sist om att ta ett personligt ansvar. Den som inte gjorde det fick vara beredd att konfronteras med konsekvenserna, som i ett yttersta läge handlade om döden.

Bilen bromsade in utanför fängelseporten. Innan Hong öppnade bildörren granskade hon trottoaren genom det mörka fönstret. Hon såg några personer som hon antog var journalister eller fotografer. Sedan steg hon ur bilen och skyndade fram till dörren i muren intill den höga porten. En fängelsevakt öppnade och släppte in henne.

Det dröjde nästan trettio minuter innan hon, beledsagad av en vakt, fördes djupare in i den labyrintliknande fängelsebyggnaden, till fängelsechefen Ha Nin som hade sitt kontor på den översta våningen. Hon hade inte träffat honom på många år och förvånades när hon såg hur han hade åldrats.

– Ha Nin, sa hon och sträckte ut sina båda händer. Så många år som har gått.

Han tog emot hennes händer och kramade dem hårt.

– Hong Qui. Jag ser grått i ditt hår, på samma sätt som du ser grått i mitt. Minns du senast vi möttes?

– När Deng höll sitt tal om den nödvändiga rationaliseringen av våra industrier.

– Tiden går fort.

– Ju äldre man blir, desto snabbare. Jag tror att döden når oss med svindlande hastighet, så fort att vi kanske inte hinner uppfatta den.

– Som en osäkrad granat? Döden exploderar i våra ansikten?

Hong drog till sig sina händer.

– Som en kulas flykt ur en gevärspipa. Jag har kommit för att tala med dig om Shen Wixan.

Ha Nin verkade inte förvånad. Hon insåg att ett av skälen till att han låtit henne vänta var att han försökt lista ut vad hon ville. Det fanns bara ett svar, det måste handla om den dödsdömde. Kanske hade han också talat med någon på inrikesdepartementet för att få veta hur han skulle behandla Hong.

De satte sig vid ett slitet mötesbord. Ha Nin tände en cigarett. Hong sa som det var. Hon ville besöka Shen, ta farväl, höra efter om det var någonting hon kunde göra för honom.

– Det är mycket egendomligt, sa Ha Nin. Shen känner din bror. Han har vädjat till Ya Ru att försöka rädda hans liv. Men Ya vägrar att tala med Shen och menar att dödsstraffet är korrekt. Då kommer du, Ya Rus syster.

– En man som förtjänar att dö, förtjänar inte nödvändigtvis att man ska avstå från att göra honom en sista tjänst eller lyssna på hans sista ord.

– Jag har fått tillstånd att låta dig besöka honom. Om han vill.

– Vill han det?

– Jag vet inte. Fängelsets läkare befinner sig just nu i hans cell och talar med honom.

Hong nickade och vände sig sedan bort från Ha Nin som tecken på att hon inte ville föra samtalet vidare.

Det dröjde ytterligare trettio minuter innan Ha Nin blev utkallad till sitt förrum. När han kom tillbaka fick Hong beskedet att Shen var beredd att ta emot henne.

De återvände in i labyrinten och stannade vid en korridor, där de fångar som skulle avrättas tillsammans med Shen satt inlåsta i en rad med tolv celler.

– Hur många? frågade Hong med låg röst.

– Nio. Två kvinnor och sju män. Shen är den främste, den rovgirigaste banditen. Kvinnorna har sysslat med prostitution, männen med rånmord och narkotikasmuggling. Dom är alla oförbätterliga individer som vårt samhälle inte behöver.

Hong kände sig illa till mods när hon gick genom korridoren. Hon skymtade stönande människor som med vaggande kroppar satt på sina sängar eller låg apatiskt utsträckta. Finns det något mer skrämmande, tänkte hon, än människor som vet att de snart ska dö? Tiden är utmätt, det finns inga flyktvägar, bara lodet som sänker sig, döden som gör sig beredd.

Shen var inlåst i den cell som låg längst bort, där korridoren tog slut. Han som vanligtvis hade ett tjockt, svart hår var nu snaggad ner till huvudsvålen. Han bar en blå fångklädsel, där byxorna var för stora och jackan för liten. Ha Nin drog sig tillbaka och lät en av fångvaktarna öppna celldörren. När Hong steg in kände hon att hela det lilla rummet var inpyrt av ångest och skräck. Shen grep hennes ena hand och sjönk ner på knä.

– Jag vill inte dö, väste han.

Hong hjälpte honom att sätta sig på sängen där det låg en madrass och en filt. Hon drog fram en pall och satte sig mitt emot honom.

– Du måste vara stark, sa hon. Det är vad man kommer att minnas. Att du dör med värdighet. Det är du skyldig din familj. Men ingen kan rädda dig. Varken jag eller någon annan.

Shen betraktade henne med uppspärrade ögon.

– Jag gjorde inget som inte alla andra också gjorde.

– Inte alla. Men många. Du ska stå för det du gjort och inte ytterligare förödmjuka dig genom att ljuga.

– Varför är det då jag som måste dö?

– Det kunde ha blivit någon annan. Nu blev det du. Till sist kommer alla som är oförbätterliga att drabbas av samma öde.

Shen såg på sina darrande fingrar och skakade på huvudet.

– Ingen vill tala med mig. Det är som om jag inte bara ska dö, jag är också alldeles ensam i världen. Inte ens min familj vill komma hit och tala med mig. Det är som om jag redan är död.

– Ya Ru har heller inte kommit.

– Jag förstår det inte.

– Egentligen är det för hans skull jag är här.

– Jag vill inte hjälpa honom.

– Du missförstår mig. Ya Ru behöver ingen hjälp. Han håller sig undan genom att förneka att han någonsin haft med dig att göra. I ditt öde ingår också att alla baktalar dig. Ya Ru utgör inget undantag.

– Är det sant?

– Det är som jag säger. Vad jag kan göra för dig är en enda sak. Jag kan hjälpa dig att hämnas genom att du berättar för mig om ditt samarbete med Ya Ru.

– Men han är ju din bror?

– Dom familjebanden är sen länge avskurna. Ya Ru är farlig för det här landet. Det kinesiska samhället byggdes upp med kravet på individuell hederlighet. Socialismen kan inte fungera och växa om det inte finns en medborgerlig anständighet. Såna som du och Ya Ru, korrumperar inte bara sig själva utan hela samhället.

Shen förstod till sist vad det var Hong ville med sitt besök. Det tycktes ge honom förnyade krafter och bedövade för ögonblicket den skräck som fyllde honom. Hong visste att Shen när som helst på nytt skulle kunna falla igenom och bli så paralyserad av dödsångest att han inte längre förmådde svara på hennes frågor. Därför jagade hon på honom, drev honom framför sig, som om han på nytt var utsatt för ett polisförhör.

– Du är inlåst i en fängelsecell och väntar på att dö, Ya Ru sitter på sitt kontor i den höga byggnaden som han kallar Drakens Berg. Är det rimligt?

– Han kunde lika gärna ha suttit här i mitt ställe.

– Rykten går om honom. Men Ya Ru är skicklig. Ingen tycks hitta några fotspår efter det att han har gått förbi.

Shen lutade sig emot henne och sänkte rösten.

– Följ pengarna.

– Vart leder dom?

– Till dom som lånade honom stora belopp för att han skulle kunna bygga sin drakborg. Var skulle han ha fått alla de miljoner som behövdes?

– Från sina företagsinvesteringar.

– I usla fabriker som tillverkar plastankor som västerländska barn ska leka med i sina badkar? I bakgårdarnas baracker där man syr skor och tröjor? Inte ens i tegelugnarna tjänar han så mycket.

Hong rynkade pannan.

– Har Ya Ru intressen bland fabriker som framställer tegel? Vi har just fått veta att människor hållits som slavar där och blivit brända som straff om dom inte arbetat tillräckligt hårt.

– Ya Ru blev varnad om vad som var på väg att hända. Han avvecklade sina intressen innan de stora polisrazziorna genomfördes. Det är hans styrka. Han blir alltid varnad. Han har spioner överallt.

Shen tryckte plötsligt händerna hårt mot sin mage, som om han drabbats av en häftig smärta. Hong såg ångesten i hans ansikte och var ett ögonblick nära att drabbas av en känsla av medlidande. Han var inte mer än 59 år gammal, han hade gjort en lysande karriär och var nu på väg att förlora allting. Inte bara sina pengar, sitt goda liv, den oas han hade byggt åt sig och sin familj mitt i den stora fattigdomen. När Shen gripits och anklagats hade tidningarna fyllts med upprörande och samtidigt vällustiga detaljer om hur hans två döttrar regelbundet brukade flyga till Tokyo eller Los Angeles för att handla kläder.

Hong kunde fortfarande minnas en rubrik som säkert var författad av säkerhetstjänsten och inrikesdepartementet. "De handlar kläder för de fattiga grisböndernas besparingar." Gång på gång hade rubriken återkommit. Det hade publicerats läsarbrev, också de naturligtvis skrivna av tidningen och kontrollerade av de tjänstemän som på en högre nivå hade ansvar för de politiska effekterna av rättegången mot Shen. Insändarna hade föreslagit att Shens kropp skulle styckas och kastas till grisarna. Det enda sättet att straffa Shen var att låta honom bli grisföda.

– Jag kan inte rädda dig, upprepade Hong. Men jag kan ge dig möjlighet att dra även andra med dig i fallet. Jag fick lov att tala med dig i trettio minuter. Den tiden har snart gått. Du sa att jag skulle följa pengarna?

– Han kallas ibland "Guldhanden".

– Vad menas med det?

– Kan det betyda mer än en sak? Han är den gyllene mellanhanden. Som gör svarta pengar vita, som flyttar pengar ut ur Kina, placerar dom på konton utan att skattemyndigheterna har en aning om vad som sker. Han tar femton procent på alla transaktioner han genomför. Inte minst tvättar han dom pengar rena som snurrar runt i Beijing; alla hus och arenor som byggs, allt som nu förbereds för den olympiad som ska hållas om två år.

– Går nånting av det här att bevisa?

– Det behövs två händer, sa Shen sakta. En som tar emot. Men det behövs också en annan hand som är beredd att ge. Hur ofta dömer man dom till döden? Den andra handen, som är beredd att erbjuda dom fördömda pengarna för att vinna en fördel? Nästan aldrig. Varför är den ene en större brottsling än den andre? Därför ska du söka i spåren efter pengarna. Börja med Chang och Lu, byggmästarna. Dom är rädda, dom kommer att tala för att skydda sig själva. Dom kan berätta dom mest häpnadsväckande saker.

Shen tystnade. Hong tänkte på hur det långt från tidningarnas nyhetsförmedling pågick en kamp mellan dem som ville bevara det gamla området i centrala Beijing, som nu hotades med rivning inför de olympiska spelen och dem som ville riva för att bygga nytt. Hon tillhörde dem som med våldsam kraft försvarade det gamla bostadsområdet och hade vid flera tillfällen med ursinne avvisat att det var av sentimentala skäl. Man fick gärna bygga om och renovera, men inte låta kortsiktiga intressen som ett olympiskt spel avgöra hur staden skulle se ut.

Olympiska spelen återuppstod 1896, tänkte Hong. Det är en mycket kort tid, lite drygt hundra år. Vi vet inte ens om detta är en verklig ny tradition eller bara något som lever helt kort, ett par hundra år eller så. Vi måste minnas Zhou Enlais kloka ord när han blev tillfrågad om vilka erfarenheter vi idag kan dra av franska revolutionen. Zhou svarade att det ännu var alldeles för tidigt att avge något slutgiltigt omdöme.

Hong insåg att hon med sina frågor under några korta minuter hade lyckats få Sheng att nästan helt och hållet glömma den avrättning som kom allt närmare. Han började tala igen.

– Ya Ru är en mycket hämndlysten människa. Det sägs om honom att han aldrig glömmer en oförrätt, hur liten den än har varit. Han har också berättat för mig att han betraktar sin familj som en alldeles egen dynasti, vars minne alltid måste försvaras. Du bör se upp så att han inte betraktar dig som en avfälling, som förråder familjens heder.

Shen såg koncentrerat på Hong.

– Han dödar den som besvärar honom. Det vet jag. Men framförallt den som hånar honom. Han har män som han kallar på när det behövs. Dom dyker upp ur mörkret och försvinner lika hastigt igen. Nyligen hörde jag att han hade sänt en av sina män till USA. Ryktet sa att det låg döda människor kvar när mannen återvände hit till Beijing. Han ska också ha varit i Europa.

– USA? Europa?

– Det sa ryktet.

– Och ryktet talar sant?

– Rykten talar alltid sant. När lögnerna och överdrifterna har skummats bort finns alltid en kärna av sanning. Det är den man ska leta efter.

– Hur vet du det här?

– Makt som inte bygger på kunskap och ett ständigt tillflöde av information, blir till sist inte möjlig att försvara.

– Det hjälpte inte dig.

Shen svarade inte. Hong tänkte på det han hade sagt. Det hade överraskat henne.

Hon tänkte också på det den svenska domaren hade berättat. Hong hade känt igen mannen på bilden som Birgitta Roslin visat. Även om den var suddig var det ingen tvekan om att det var Liu Xin, hennes brors livvakt. Fanns det ett samband mellan det Birgitta Roslin hade berättat och det Shen nu sa? Kunde det vara möjligt? I så fall hade Ya Ru gjort något som förvånade henne. Bar han verkligen på en sjuklig hämndlystnad som ingenting kunde hejda? Inte ens ett avstånd på över hundra år?

Vakten ute i korridoren återkom. Tiden var ute. Shen blev plötsligt vit i ansiktet och högg tag i hennes ena arm.

– Lämna mig inte, sa han. Jag vill inte vara ensam när jag ska dö.

Hong drog sig fri från hans händer. Shen började skrika. Det var som om Hong hade ett skräckslaget barn framför sig. Vakten kastade omkull honom på golvet. Hong lämnade cellen och gick så fort hon kunde därifrån. Shens förtvivlade skrik följde henne. De ekade i hennes öron ända tills hon var tillbaka på Ha Nins kontor.

Då fattade hon sitt beslut. Hon skulle inte lämna Shen ensam i hans sista ögonblick.

Strax före sju på morgonen dagen efter var Hong på plats på det avspärrade fält som användes vid avrättningarna. Enligt vad Hong hade hört var det där som militären övat innan de gått till angrepp på Tiananmen femton år tidigare. Men nu skulle de nio brottslingarna avrättas. Tillsammans med gråtande och frysande anhöriga tog Hong plats bakom en avspärrning. Unga soldater med gevär i händerna bevakade dem. Hong betraktade den unge man som stod närmast henne. Han var knappast äldre än nitton år.

Hon undrade förgäves vad han tänkte. Han var i hennes egen sons ålder.

En övertäckt lastbil rullade in på fältet. De nio dömda togs ner från flaket av otåliga soldater. Det hade alltid förundrat Hong att allt skulle gå så fort. Döden på det kalla och våta fältet omgavs inte av någon värdighet. Hon såg Shen ramla omkull när han knuffades ner från flaket, han var tyst, men hon kunde se att tårarna rann. Däremot skrek en av kvinnorna. En av soldaterna hutade åt henne. Men hon fortsatte att skrika tills en officer kom fram och slog till henne i ansiktet med en pistolkolv. Då tystnade hon och släpades fram till sin position i raden. Alla tvingades ner på knä. Soldater med gevär skyndade fram och tog ställning bakom de dömda. Gevärsmynningarna var ungefär trettio centimeter bakom nackarna. Allt gick mycket fort. En officer röt till, skotten avlossades och de döda föll framåt med ansiktena begravda i den våta leran. När officeren gick runt och gav var och en av de dömda nådaskottet vände sig Hong bort. Nu behövde hon inte se mer. Båda dessa kulor kommer att faktureras de efterlevande, tänkte hon. De dödande skotten ska betalas.

Under de närmaste dagarna tänkte hon igenom vad Shen hade berättat. Hans ord om Ya Rus hämndlystnad ekade i hennes huvud. Hon visste att han tidigare inte tvekat att ta till våld. Brutalt, nästan sadistiskt. Ibland hade hon tänkt att hennes bror i grunden var psykopat.

Tack vare den döde Shen skulle hon kanske få klarhet i vem han egentligen var, hennes bror.

Tiden var plötsligt mogen. Nu skulle hon tala med någon av de åklagare som enbart ägnade sig åt korruptionsanklagelser. Hong tvivlade inte. Shen hade talat sanning.

Tre dagar senare, sent på kvällen, anlände Hong till en militärflygplats utanför Beijing. Starkt upplysta stod två av Air Chinas största passagerarplan och väntade på den delegation, bestående av nästan 400 personer, som skulle besöka Zimbabwe.

Det var i början av december som Hong fått veta att hon skulle delta i resan. Hennes uppgift var att föra samtal om ett fördjupat samarbete mellan den zimbabwiska säkerhetstjänsten och den kinesiska. Ett samarbete som främst handlade om att kineserna skulle överföra kunskaper och teknik till sina afrikanska kollegor. Hong hade tagit emot beskedet med glädje, eftersom hon aldrig tidigare hade besökt den afrikanska kontinenten.

Hong tillhörde de prioriterade passagerarna och fick plats i en av flygplanets främre avdelningar, där stolarna var större och bekvämare. När planet hade lyft åt hon den måltid som serverades och somnade sedan strax efter att ljuset släckts ner.

Hon vaknade av att någon satte sig i det tomma sätet intill henne. När hon slog upp ögonen såg hon rakt in i Ya Rus leende ansikte.

– Förvånad, kära syster? Men du kunde inte hitta mitt namn på den deltagarlista du måste ha fått av det enkla skälet att alla inte står omnämnda där. Jag visste naturligtvis att du skulle vara med.

– Jag borde ha förstått att du inte skulle låta den här möjligheten gå dig ur händerna.

– Afrika är en del av världen. Nu när västmakterna alltmer överger kontinenten ska naturligtvis Kina kliva fram ur kulisserna. Jag anar stora framgångar för vårt fosterland.

– Och jag ser ett Kina som alltmer avlägsnar sig från sina ideal.

Ya Ru lyfte avvärjande sina händer.

– Inte nu, inte mitt i natten. Långt nedanför oss sover världen. Kanske flyger vi just nu över Vietnam, kanske vi redan har kommit längre. Inte ska vi bråka. Låt oss sova. Dom frågor du vill ställa till mig kan vänta. Eller jag kanske ska kalla det anklagelser?

Ya Ru reste sig och försvann längs korridoren till den trappa som ledde till den övervåning som fanns precis bakom flygplanets nos.

Vi färdas inte bara i samma flygplan, tänkte hon. Vi bär också med oss vårt slagfält där striden på intet sätt är avgjord.

Hon slöt ögonen igen. Det skulle inte vara möjligt att undgå, tänkte hon. Ögonblicket närmar sig där den stora sprickan mellan honom och mig inte längre kan eller bör döljas. På samma sätt som den stora spricka som går rakt igenom det kommunistiska partiet inte heller kan eller får döljas. Den stora striden och den lilla striden sammanfaller.

Så småningom lyckades hon somna. Hon skulle aldrig kunna mäta krafter med sin bror om hon inte var ordentligt utsövd.

Ovanför henne satt Ya Ru klarvaken med en drink i handen. Han hade på allvar insett att han hatade sin syster Hong. Hon måste bort. Hon hörde inte längre till den familj som han dyrkade. Hon la sig i alltför mycket som inte angick henne. Bara en dag innan resan hade han genom sina kontakter fått veta att Hong gjort ett besök hos en av de åklagare som ledde utredningen av mutbrott. Att det var honom hon talat om var han övertygad om.

Dessutom hade hans vän, den högt uppsatte polismannen Chan Bing, berättat för honom att Hong hade intresserat sig för en svensk kvinnlig domare som varit på besök i Beijing. Ya Ru skulle tala med Chan Bing igen när han återvände från Afrika.

Hong hade proklamerat krig mot honom. Han tänkte att hon skulle förlora denna kamp innan det ens på allvar hade börjat. Ya Ru förvånades över att han inte ens tvekade. Men ingenting fick längre stå i hans väg. Inte ens hans kära syster under honom, innesluten i samma flygplanskropp som han själv.

Ya Ru lade sig till rätta på en stol som kunde förvandlas till en säng. Snart sov även han.

Under honom låg Indiska oceanen och där bortom Afrikas kust, ännu omsluten av mörker.

30

Hong satt på verandan utanför den bungalow där hon skulle bo under besöket i Zimbabwe. Den kalla vintern i Beijing var avlägsen, ersatt av den varma afrikanska natten. Hon lyssnade på ljuden som trängde fram ur mörkret, framför allt det intensiva ljudet från spelande cikador. Trots att det var varmt bar hon en blus med långa ärmar, eftersom hon blivit varnad för den stora förekomsten av malariamyggor. Helst av allt hade hon velat klä av sig naken och flytta ut sin säng på verandan och sova direkt under natthimlen. Hon hade aldrig tidigare upplevt en så stark värme som den som slog emot henne när hon steg ur flygplanet i gryningen. Det var en befrielse. Kylan belägger oss med handfängsel, hade hon tänkt. Värmen är den nyckel som befriar oss.

Hennes bungalow låg inbäddad bland träd och buskar i en konstgjord by för de prominenta gäster som den zimbabwiska staten tog emot. Den hade byggts redan under Ian Smiths tid, när den vita minoriteten i landet hade proklamerat en ensidig självständighet från England för att garantera ett rasistiskt vitt styre i den forna kolonin. Då hade det bara funnits ett stort gästhus med tillhörande restaurang och simbassäng. Ian Smith hade brukat dra sig undan vissa veckoslut med sina ministrar för att diskutera de stora problem som den alltmer isolerade staten hade att förhålla sig till. Efter 1980, när den vita regimen hade fallit, landet befriats och Robert Mugabe kommit till makten, hade området byggts ut med ett antal bungalower, promenadstigar och en lång utsiktsveranda vid Logofloden, där man kunde se elefantflockar komma vandrande i solnedgången för att dricka.

En vakt skymtade på den stig som ringlade fram mellan träden. Hong tänkte att hon aldrig tidigare i sitt liv hade upplevt ett så kompakt mörker som det afrikanska. Vem som helst kunde dölja sig där ute, ett rovdjur, lika gärna på två ben som på fyra.

Hon hajade till vid tanken på att hennes bror kunde finnas där. Iakttagande, väntande. När hon nu satt i mörkret kände hon för första gången en genomträngande fruktan för honom. Det var som om hon först nu insåg att han var kapabel att göra vad som helst för att stilla sitt begär efter makt, efter ökad rikedom, efter hämnd.

Hon rös vid tanken. När en insekt studsade mot hennes ansikte ryckte hon till. Ett glas som stod på bambubordet föll ner på stengolvet och krossades. Cikadorna tystnade för ett ögonblick innan de började spela igen.

Hong flyttade på stolen för att inte riskera att trampa i glassplittret. På bordet låg programmet för den tid hon skulle tillbringa i Zimbabwe. Denna första dag hade gått åt till att bese och lyssna till en oändlig uppmarsch av soldater och militärorkestrar. Efteråt hade den stora delegationen färdats i en lång karavan av bilar, anförda av motorcykelpoliser, till en lunch där ministrar hade hållit långa tal och utbringat skålar. Enligt programmet skulle president Mugabe ha varit värd vid lunchen men han hade aldrig infunnit sig. När väl den långa lunchen var över hade de äntligen fått ta sina bungalower i besittning. Campen låg några mil utanför Harare, mot sydväst. Genom bilfönstret kunde Hong se det karga landskapet och de grå byarna och tänkte att fattigdomen alltid ser lika ut, var man än stöter på den. De rika kan alltid uttrycka sitt välstånd genom att variera sina liv. Olika hus, kläder, bilar. Eller tankar, drömmar. Men för den fattige finns inget annat än den grå ofrivilligheten, fattigdomens enda uttryck.

Sent på eftermiddagen hade ett möte avhållits där man skulle förbereda de kommande dagarnas arbete. Men hon hade föredragit att gå igenom allt material för sig själv på sitt rum. Sedan hade hon tagit en lång promenad ner till floden och sett elefanternas långsamma rörelser genom bushen och flodhästarnas huvuden ovanför vattenytan. Hon hade varit nästan ensam där nere, bara en kemist från Beijings universitet och en av de radikala marknadsekonomerna som fått sin skolning under Dengs tid höll henne sällskap. Hong visste att ekonomen, vars namn hon hade glömt, hade nära kontakt med Ya Ru. En stund undrade hon om det kunde vara brodern som skickat ut en spanare för att hålla reda på vad Hong företog sig. Men hon slog bort tanken som inbillning. Hennes bror var förslagnare än så.

Den diskussion hon ville föra med Ya Ru, var den överhuvudtaget möjlig? Hade inte den spricka som nu klöv det kinesiska kommunistpartiet i två delar redan passerat den punkt där ett överbryggande kunde komma till stånd? Det handlade inte om enkla och överkomliga skillnader, vilken politisk strategi som var lämplig i ett visst ögonblick. Det handlade om en grundläggande strid, gamla ideal mot nya som bara på ytan kunde betraktas som kommunistiska, baserade på den tradition som skapat folkrepubliken för 57 år sedan.

Det kunde på många sätt betraktas som en slutstrid, tänkte Hong. Inte för all framtid, det vore naiv inbillning. Ständigt skulle nya motsättningar uppstå, nya klasstrider, nya revolter. Historien hade inget slut. Men det var ingen tvekan om att Kina stod inför ett stort avgörande. En gång hade man bidragit till att den koloniala världen nått en slutpunkt. De fattiga länderna i Afrika hade befriat sig. Men vilken roll skulle Kina spela i framtiden? Som vän eller en ny kolonisatör?

Om män som hennes bror fick bestämma skulle de sista fasta bastionerna i det kinesiska samhället raseras. Då skulle en våg av kapitalistisk ansvarslöshet svepa bort alla kvarvarande rester av solidariskt uppbyggda institutioner och ideal och knappast kunna återerövras på lång tid, kanske först om flera generationer. För Hong var det en orubblig sanning att människan i grunden var en förnuftig varelse, att solidaritet var klokhet och inte i första hand känsla, och att världen, trots alla bakslag, rörde sig mot en punkt där förnuftet skulle få råda. Men hon var också övertygad om att inget var givet i sig, inget i det mänskliga samhällets uppbyggnad skedde med självklar automatik. Det fanns inga naturlagar som gällde för människors beteenden.

Mao igen. Det var som om hans ansikte skymtade där ute i mörkret. Han visste vad som skulle hända, tänkte hon. Frågan om framtiden är aldrig en gång för alla given. Han upprepade det, gång på gång, utan att vi lyssnade. Ständigt skulle nya grupper söka tillskansa sig privilegier, ständigt skulle nya uppror bryta ut.

Hon satt på verandan och lät tankarna komma och gå. Slumrade till. Ett ljud väckte henne. Hon lyssnade. Ljudet återkom. Någon knackade på dörren. Hon såg på sin klocka. Midnatt. Vem sökte henne så sent? Hon tvekade om hon skulle öppna. Knackningen återkom. Någon vet att jag är vaken, tänkte hon, någon har sett mig här ute på verandan. Hon gick in och såg i kikhålet på dörren. Det var en afrikan som stod där. Han var klädd i hotellets uniform. Nyfikenheten tog överhanden, hon öppnade. Den unge mannen räckte över ett brev. Redan av hennes namn på kuvertet kunde hon se att det var Ya Rus handstil. Hon gav pojken några zimbabwiska dollar, osäker på om det var för mycket eller för lite, och återvände till verandan. Där läste hon det korta brevet.

Hong.

Vi bör hålla fred, i familjens namn, i nationens namn. Jag ber om ursäkt för den grovhet jag ibland visar. Låt oss se varandra i ögonen igen. Sista dagarna innan hemfärden bjuder jag dig ut i bushen, till den vilda naturen och djuren. Där kan vi tala.

Ya Ru

Hon granskade texten noga, som om hon anade ett hemligt budskap bland orden. Hon hittade inget, inte heller svar på varför han hade skickat detta meddelande till henne mitt i natten.

Hon såg ut i mörkret och tänkte på rovdjuren som ser sitt byte utan att bytet anar vad som håller på att ske.

– Jag ser dig, viskade hon. Varifrån du än kommer ska jag upptäcka dig i tid. Aldrig mer ska du kunna sätta dig bredvid mig utan att jag har sett dig komma.

Hong vaknade tidigt dagen efter. Hon hade sovit oroligt, drömt om skuggor som närmade sig, hotfulla, ansiktslösa. Nu stod hon ute på verandan och betraktade den korta gryningen, solen som lyfte sig över det oändliga bushlandskapet. En färggrann kungsfiskare med sin långa näbb landade på verandaräcket och lyfte genast igen. Daggen från den fuktiga natten glittrade i gräset. Någonstans ifrån hördes främmande röster, någon som ropade, skrattade. Starka dofter omgav henne. Hon tänkte på brevet som nått henne under natten och manade sig själv till stor försiktighet. På något sätt var hon ensammare med Ya Ru här i detta främmande land.

Klockan åtta hade en utvald del av delegationen på sammanlagt trettiofem personer, under ledning av en handelsminister och två borgmästare från Shanghai och Beijing, samlats i ett konferensrum intill hotellfoajén. Från olika väggar syntes Mugabes ansikte, med ett småleende som Hong inte kunde avgöra om det var hånfullt eller vänligt. Med hög röst bad handelsministerns statssekreterare om uppmärksamhet.

– Vi ska nu möta president Mugabe. Presidenten kommer att ta emot oss i sitt palats. Vi går in på enkel rad, vanliga avstånd mellan ministrar och borgmästare och andra delegater. Vi hälsar, lyssnar på nationalsångerna, och sätter oss vid ett bord på angivna platser. President Mugabe och vår minister utbyter sedan hälsningar via tolkar varefter president Mugabe håller ett kortare tal. Vad som menas med det vet vi inte eftersom vi inte fått någon kopia i förväg. Det kan vara alltifrån tjugo minuter till tre timmar. Toalettbesök innan är att rekommendera. Efteråt är det en frågestund. Dom av er som fått förberedda frågor räcker upp handen, presenterar er när ni får ordet och blir stående under den tid det tar för president Mugabe att svara. Inga följdfrågor är tillåtna, inga andra i delegationen ska yttra sig. Efter mötet med presidenten reser större delen av delegationen på besök till en koppargruva som heter Wandlana, medan ministern och utvalda delegater fortsätter sina samtal med president Mugabe och ett okänt antal av hans ministrar.

Hong såg på Ya Ru som med halvslutna ögon lutade sig mot en pelare i bakgrunden av konferensrummet. Det var först när de gick ut som de fick ögonkontakt. Ya Ru log mot henne innan han försvann in i en av de bilar som var ämnad för ministrar, borgmästare och särskilt utvalda delegater.

Hong satte sig i en buss som väntade. Ya Ru har en plan, tänkte hon. Vad den innebär vet jag inte.

Den rädsla hon bar på ökade hela tiden. Jag måste tala med någon, tänkte hon, någon som kan dela min fruktan med mig. Hon såg sig runt i bussen. Många av de äldre delegaterna kände hon sedan lång tid tillbaka. De flesta av dem delade också hennes syn på den politiska utvecklingen i Kina. Men de är trötta, tänkte hon. De har blivit så gamla att de inte längre reagerar när faror hotar.

Hon fortsatte att söka med blicken men förgäves. Där fanns ingen som hon kände att hon kunde anförtro sig till. Efter mötet med president Mugabe skulle hon noga gå igenom hela deltagarlistan. Någonstans måste den hon sökte finnas.

Bussen körde med hög fart mot Harare. Genom fönstret kunde Hong se den röda jorden som yrde kring människorna som gick längs vägen.

Bussen stannade plötsligt. En man som satt på andra sidan mitt-gången förklarade för henne.

– Vi kan inte komma fram samtidigt, sa han. Bilarna med dom vik-tigaste personerna ska ha ett visst försprång. Sen kommer vi, den po-litiska och ekonomiska baletten, som ska utgöra den vackra bakgrun-den.

Hong log. Hon hade glömt namnet på mannen som talade. Men hon visste att han under kulturrevolutionen varit en hårt drabbad fy-sikprofessor. När han kommit tillbaka från sina många umbäranden på landsbygden hade han genast blivit utsedd att leda det som skulle bli Kinas rymdforskningsinstitut. Hong anade att han delade hennes åsikter om vilken väg Kina skulle gå. Han var en av de gamla som fortfarande höll sig levande, inte en av de unga som aldrig förstått vad det innebar att leva ett liv där något annat var större än man själv.

De hade stannat just intill en liten marknadsplats som bredde ut sig längs vägen. Hong visste att ekonomin i Zimbabwe var mycket nära en kollaps. Det var ett av skälen till att denna stora delegation be-fann sig i landet. Trots att det aldrig skulle offentliggöras, var det pre-sident Mugabe som vädjat till den kinesiska regeringen om en insats för att hjälpa Zimbabwe ur landets svåra ekonomiska depression. Västvärldens sanktioner innebar att alla grundläggande strukturer höll på att bryta samman. Bara några dagar innan avresan från Bei-jing hade Hong läst i en tidning att inflationen i Zimbabwe nu närma-de sig femtusen procent. Människorna vid vägkanten rörde sig lång-samt. Hong tänkte att de var hungriga eller trötta.

Plötsligt uppfattade Hong en kvinna som sjönk ner på sina knän. Hon hade ett barn bundet på ryggen och en bärring av hopvikt tyg på sitt huvud. Två män vid hennes sida lyfte med förenade krafter en tung cementsäck från marken och placerade den på hennes huvud. Sedan hjälpte de henne upp. Hong såg henne vackla bort på knäande ben längs vägen. Utan betänkande reste hon sig, gick fram genom mittgången och vände sig till tolken.

– Jag vill att du följer med mig ut.

Tolken, som var en ung kvinna, öppnade munnen för att protestera. Hong lät henne inte säga någonting. Chauffören hade öppnat framdörren för att låta luften strömma igenom bussen som redan hade börjat bli kvav, eftersom luftkonditioneringen inte fungerade. Hong drog med sig tolken till den andra sidan vägen, där de två männen nu hade satt sig i skuggan och delade på en cigarett. Kvinnan med den tunga lasten på sitt huvud hade redan försvunnit i soldiset.

– Ta reda på hur mycket säcken dom lade på kvinnans huvud vägde.

– Femtio kilo, svarade tolken efter att ha frågat.

– Det är en fruktansvärd börda. Hon kommer att få sin rygg förstörd innan hon fyllt trettio.

Männen bara skrattade.

– Vi är stolta över våra kvinnor. Dom är mycket starka.

Hong såg bara oförståelse i deras ögon. Samma gäller för kvinnorna här som för de fattiga kinesiska, tänkte hon. Kvinnor bär alltid tunga bördor på sina huvuden. Men än värre bördor har de att bära inuti sina huvuden.

Hon återvände med tolken till bussen, som strax efteråt gav sig iväg. Nu hade motorcykelpoliserna återkommit. Hong lät vinden från det öppna fönstret strömma emot sitt ansikte.

Kvinnan med cementsäcken skulle hon inte glömma.

Mötet med president Robert Mugabe tog fyra timmar. När hon såg honom komma in i rummet liknade han mest av allt en vänlig skollärare. När han tog henne i handen såg han förbi henne, en man i en annan värld som hastigt snuddade vid henne. Efter mötet skulle han inte minnas henne. Hong tänkte att denne lille man, som utstrålade styrka trots att han var både gammal och bräcklig, beskrevs som en blodtörstig tyrann som plågade sitt eget folk genom att förstöra deras bostäder och jaga bort dem från sin mark när det passade honom. Men av andra betraktades han som en hjälte, som aldrig gav upp kampen mot de kvarlevande koloniala krafter han envist hävdade låg bakom alla Zimbabwes problem.

Vad ansåg hon själv? Hon visste för lite för att våga hysa en bestämd åsikt. Men Robert Mugabe var en man som på många sätt förtjänade hennes beundran och respekt. Även om inte allt han gjorde var bra, fanns det hos honom i grunden en övertygelse om att kolonialismens rötter växte djupt och inte bara måste huggas av en gång utan många gånger. Inte minst respekterade hon honom när hon läste om de våldsamma angrepp som oavbrutet riktades mot honom från västerländska media. Hong hade levt länge nog för att veta att högljudda protester från de besuttna och deras tidningar, ofta var till för att dölja rop av smärta från dem som fortfarande led av plågor orsakade av kolonialismen.

Zimbabwe och Robert Mugabe var satta under belägring. Västerlandets upprördhet hade varit häftig, när Mugabe ett antal år tidigare hade släppt lös krafter för att annektera de stora farmer, som fortfarande dominerade landet och gjorde hundratusentals fattiga zimbabwier jordlösa. Hatet mot Mugabe ökade för varje vit farmare som i öppen konfrontation med de svarta jordlösa skadades av stenkastning eller skottlossning.

Men Hong visste att Mugabe redan år 1980, när Zimbabwe hade befriat sig från Ian Smiths fascistiska styre, erbjudit de vita farmarna öppna samtal för att på fredlig väg lösa den avgörande jordfrågan. Hans erbjudande hade mötts av tystnad, denna första gång och sedan under mer än femton år. Mugabe hade gång på gång upprepat sina erbjudanden om samtal utan att mötas av annat än en föraktfull tystnad. Till slut hade det inte gått längre, ett stort antal farmer hade överförts till de jordlösa. Det hade omedelbart fördömts och mötts av omvärldens protester.

I det ögonblicket förvandlades bilden av Mugabe från en frihetskämpe till den klassiska av en tyrannisk afrikansk ledare. Han avbildades som antisemiter brukade avbilda judar, man tog heder och ära av denne man som lett befrielsen av sitt land. Ingen talade om att han lät de forna ledarna under Ian Smiths regim, inte minst Smith själv, leva kvar i landet. Han skickade dem inte till rättssalarna och sedan till galgen, som britterna hade gjort med upproriska svarta män i kolonierna. Men en uppstudsig vit man var inte samma som en uppstudsig svart.

Hon lyssnade till Mugabes tal. Han talade långsamt, stämman var mild, höjdes aldrig ens när han talade om sanktionerna som ledde till att barnadödligheten ökade, svälten spred sig och att alltfler av hans landsmän tvingades söka sig till Sydafrika som illegala invandrare bland miljontals andra. Mugabe talade om den opposition som fanns i landet. Det hade varit incidenter, påpekade Mugabe. Men det som rapporteras i utländska massmedia är aldrig de överfall som riktas mot dem som är mig och partiet trogna. Alltid är det vi som kastar stenarna eller använder våra batonger, aldrig de andra som kastar brandbomber, lemlästar och slår.

Mugabe talade länge, men han talade väl. Hong tänkte att denne man nu var åttio år gammal. Som så många andra afrikanska ledare hade han tillbringat lång tid i fängelse under den utdragna tid då kolonialmakterna fortfarande trodde att de skulle kunna avvärja angreppen mot deras överhöghet. Att Zimbabwe var ett korrumperat land visste hon. Fortfarande var vägen lång. Men att döma Mugabe som ensam skyldig var för enkelt. Sanningen var mer sammansatt än så.

Hong kunde se Ya Ru där han satt vid andra änden av bordet, närmare både handelsministern och den talarstol där Mugabe befann sig. Han rörde en penna över sitt anteckningsblock. Det hade han gjort redan som barn, ritat streckgubbar medan han tänkte eller lyssnade, oftast små hoppande djävlar, omgivna av brinnande bål. Men han är ändå den som sannolikt lyssnar intensivast, tänkte Hong. Han suger i sig orden och bearbetar dem för att se vad som kan ge honom ett försprång i de framtida affärer, som är den egentliga anledningen till den här resan. Vad har Zimbabwe för råvaror som vi behöver? Hur kommer vi åt dem till billigaste pris?

När mötet var över och president Mugabe hade lämnat den stora salen, stötte Ya Ru och Hong ihop vid dörrarna. Brodern hade stått där och väntat på henne. De tog varsitt fat med snittar från ett långt bord. Medan Ya Ru drack vin nöjde sig Hong med ett glas vatten.

– Varför sänder du brev till mig mitt på natten?

– Jag drabbades av en överväldigande känsla av att det var mycket viktigt. Då kunde jag inte vänta.

– Mannen som knackade på min dörr visste att jag var vaken, sa Hong. Hur kunde han veta det?

Ya Ru höjde förvånat på ögonbrynen.

– Man knackar på olika sätt om personen bakom dörren sover eller är vaken.

Ya Ru nickade.

– Min syster är mycket listig.

– Glöm inte heller att jag kan se i mörker. Jag satt länge på min veranda i natt. Ansikten skymtade i månljuset.

– Det var väl ingen måne i natt?

– Stjärnorna sänder ut ett ljus som jag förmår att förstärka. Stjärnljus kan bli till månljus.

Ya Ru betraktade henne tankfullt.

– Mäter du dina krafter med mig? Är det så?

– Gör inte du?

– Vi måste tala med varandra. I stillhet. I lugn. Här pågår stora om-
välvningar. Vi har närmat oss Afrika med en stor men vänligt sinnad
armada. Nu håller vi på med landstigningen.

– Jag såg idag två män som lyfte upp en femtiokilossäck med ce-
ment på en kvinnas huvud. Min fråga till dig är mycket enkel. Vad är
det vi vill med den armada vi har seglat hit? Vill vi hjälpa kvinnan att
lätta hennes börda? Eller vill vi bli en del av dom som lastar säckar på
hennes huvud?

– En viktig fråga som jag gärna diskuterar. Men inte nu. Presiden-
ten väntar.

– Inte på mig.

– Tillbringa din kväll på verandan. Har jag inte knackat på din dörr
vid midnatt kan du lägga dig och sova. Då kommer jag inte.

Ya Ru ställde ner glaset och lämnade henne med ett leende. Hong
märkte att hon hade blivit svettig av det korta samtalet. En röst ropade
ut att Hongs buss skulle avgå om trettio minuter. Hong fyllde sitt fat
med de små smörgåsarna ytterligare en gång. När hon ätit sig mätt le-
tade hon sig ut till baksidan av palatset där bussen väntade. Det var
mycket varmt, solens strålar reflekterades mot palatsets vita stenmur.
Hon satte på sig solglasögon och en vit hatt hon hade med sig i sin
väska. Hon skulle just stiga in i bussen när någon tilltalade henne.
Hon vände sig om.

– Ma Li? Du här?

– Jag kommer som ersättare för gamle Tsu. Han drabbades av en
blodpropp och kunde inte följa med. Jag kallades in i hans ställe. Där-
för står jag inte på deltagarlistan.

– Jag upptäckte dig inte när vi for hit i morse.

– Någon påpekade strängt att jag felaktigt enligt protokollet satt
mig i en bil. Nu är jag på rätt plats.

Hong sträckte ut sina händer och grep runt Ma Lis handleder. Det var just henne hon hade väntat på, någon hon kunde tala med. Ma Li hade varit hennes vän sedan studietiden, efter kulturrevolutionen. Hong mindes hur hon en tidig morgon, i ett av universitetets dagrum, hade hittat Ma Li sovande i en stol. När hon vaknat hade de börjat prata med varandra.

Det var som om det redan från början var bestämt att de skulle bli vänner. Hong kunde fortfarande minnas ett av de första samtal de haft. Ma Li hade sagt att tiden nu var mogen för att sluta "bombardera högkvarteret". Det hade varit en av Maos uppmaningar till kulturrevolutionärerna, inte ens det högsta ledarskiktet inom kommunistpartiet skulle undkomma den nödvändiga kritiken. Ma Li hade sagt att det nu istället var dags för henne att "bombardera det tomrum som finns i min hjärna, all den bristande kunskap jag måste bekämpa".

Ma Li utbildade sig till ekonomisk analytiker och anställdes på handelsministeriet för att ingå i den grupp finansiella experter som dygnet runt höll kontroll över valutarörelser i världen. Hong själv hade hamnat som rådgivare till ministern för den inre säkerheten, för att samordna den högsta militära ledningens syn på landets inre och yttre skydd, särskilt säkerheten för de politiska ledarna. Hong hade varit med på Ma Lis bröllop, men sedan Ma Li fött två barn hade deras umgänge varit ryckigt och oregelbundet.

Nu möttes de igen, vid en buss på baksidan av Robert Mugabes palats. De talade oavbrutet med varandra under färden tillbaka till campen. Hong märkte att Ma Li var minst lika glad som hon själv över återseendet. När de kom fram till hotellet bestämde de att ta en promenad till den stora utsiktsverandan vid floden. Ingen av dem hade några egentliga uppgifter förrän dagen efter, då Ma Li skulle besöka en experimentfarm och Hong skulle ha samtal med en grupp zimbabwiska militärer vid Victoria Falls.

Hettan var tryckande när de gick ner till floden. På avstånd kunde de se blixtar och höra dova åskknallar. Vid floden rörde sig inga djur. Det var som om terrängen plötsligt var helt övergiven. När Ma Li högg tag i Hongs arm ryckte hon till.

– Ser du? frågade Ma Li och pekade.

Hong tittade utan att kunna upptäcka någon rörelse i det täta buskaget intill strandbanken.

– Bakom det träd som fått barken avskalad av elefanter, intill klippan som sticker upp som ett spjut ur jorden.

Nu såg Hong. Lejonets svans rörde sig sakta, piskande mot den röda jorden. Ögonen och manen skymtade då och då mellan löven.

– Du har god syn, sa Hong.

– Jag har lärt mig att iaktta. Annars blir terrängen farlig. Även i en stad eller ett mötesrum finns ett landskap som kan innehålla många fällor som plötsligt slår igen, om man inte ser upp.

Tysta, nästan andäktigt såg de hur lejonet kom ner till floden och började lapa av vattnet. Långt ute i flodens mittfåra skymtade några flodhästars huvuden. En kungsfiskare med samma färgdräkt som den som suttit på Hongs veranda slog sig ner på räcket med en trollslända i munnen.

– Stillheten, sa Ma Li. Jag längtar efter den alltmer, ju äldre jag blir. Kanske är det dom första tecknen på ålderdomen? Ingen vill dö omgiven av oljud från maskiner och radioapparater. Våra framsteg håller på att kosta oss den stora tystnaden. Kan en människa egentligen leva utan den stillhet som vi upplever?

– Du har rätt, sa Hong. Men dom osynliga hoten mot våra liv? Vad gör vi med dom?

– Du tänker på smutsen? Gifterna? Farsoter som hela tiden muterar och byter ansikte?

– Enligt Världshälsoorganisationen är Beijing idag världens smutsigaste stad. Nyligen mätte man upp 142 mikrogram smutsiga partiklar per kubikmeter luft. I New York är den siffran 27, i Paris 22. Vi vet att djävulen alltid uppenbarar sig i detaljerna.

– Tänk på alla människor som för första gången inser att det finns en möjlighet för dom att köpa en moped. Hur ska man få dom att avstå?

– Genom att förstärka partiets ledning över utvecklingen. Vad som produceras av varor och vad som produceras av tankar.

Ma Li strök hastigt med sin ena hand över Hongs kind.

– Jag är tacksam varje gång jag märker att jag inte är ensam. Jag skäms inte när jag hävdar att *Baoxian yundong* är det som kan rädda vårt land från splittring och förfall.

– "En kampanj för att bevara kommunistpartiets rätt att leda", sa Hong. Jag håller med dig. Men samtidigt vet både du och jag att faran hotar inifrån. En gång var det Maos hustru som var den nya överklassens mullvad, trots att hon viftade värre än alla andra med sin röda fana. Idag finns andra som gömmer sig inne i partiet, men inget hellre vill än att motarbeta det och ersätta stabiliteten i landet med en kapitalistisk frihet, som ingen kommer att kunna kontrollera.

– Stabiliteten är redan borta, sa Ma Li. Eftersom jag är analytiker som känner till vilka penningströmmar som rör sig i vårt land, vet jag också mycket som varken du eller andra känner till. Men jag får naturligtvis ingenting säga.

– Vi är ensamma. Lejonet lyssnar inte.

Ma Li såg på henne med granskande ögon. Hong visste precis vad hon tänkte: kan jag lita på henne eller inte?

– Säg inget om du tvekar, sa Hong. Väljer man fel när det gäller vem man ska lita på, står man både värnlös och hjälplös. Den insikten gav oss redan Konfucius.

– Jag litar på dig, sa Ma Li. Ändå är det ofrånkomligt att dom vanliga skyddsinstinkterna alltid manar till försiktighet.

Hong pekade mot flodstranden.

– Lejonet är borta nu. Vi märkte inte när han försvann.

Ma Li nickade.

– I år anslår regeringen en ökning av militärutgifterna på nästan 15 procent, fortsatte Hong. Med tanke på att Kina inte har några egentliga fiender på nära håll undrar naturligtvis Pentagon och Kreml över denna upprustning. Deras analytiker inser utan större tankemöda att staten och militären bereder sig på att kunna möta ett inre hot. Dessutom använder vi nästan tio miljarder yuan på vår internetövervakning. Det är siffror som är omöjliga att dölja. Men det finns annan statistik som mycket få känner till. Hur många upplopp och massprotester tror du inträffade i vårt land under förra året?

Ma Li tänkte efter innan hon svarade.

– Kanske femtusen?

Hong skakade på huvudet.

– Nästan nittiotusen. Räkna ut hur många det blir per dag. Det är en siffra som hänger som en slagskugga över allt som politbyrån företar sig. Det Deng gjorde för femton år sen, att liberalisera ekonomin, kunde den gången dämpa det mesta av oron i landet. Idag räcker det inte. Särskilt inte när städerna inte längre kan bereda plats och arbete till dom hundra miljoner fattigbönder, som otåligt väntar på sin tur att få del av det goda liv som alla drömmer om.

– Vad kommer att hända?

– Jag vet inte. Ingen vet. Den människa är klok som är orolig och tankfull. Det pågår en maktkamp inom partiet som aldrig nånsin ens under Maos tid har varit så allvarlig. Ingen kan svara på vad utfallet blir. Militären fruktar ett kaos som inte går att kontrollera. Du och jag vet att det enda vi kan göra, det enda vi måste göra, är att återupprätta grunderna från tidigare.

457

– *Baoxian yundong.*

– Den enda vägen. Vår enda väg. Det går inte att ta en genväg till framtiden.

En elefanthjord sökte sig långsamt mot floden för att dricka. När ett sällskap av västerländska turister kom ner till verandan återvände de två till hotellets foajé. Hong hade tänkt föreslå att de skulle äta tillsammans, men Ma Li förekom henne genom att förklara att hon var upptagen under kvällen.

– Vi ska vara här i fjorton dagar, sa Ma Li. Vi kommer att ha tid att prata om allt som har hänt.

– Om allt som händer och ska hända, sa Hong. Allt det som vi ännu saknar svar på.

Hon såg Ma Li försvinna på andra sidan den stora simbassängen. I morgon ska jag tala med henne, tänkte hon. Just när jag behövde en människa som bäst, kom en av mina allra äldsta vänner gående rakt emot mig.

Hong åt middag för sig själv den kvällen. Ett större sällskap från den kinesiska delegationen hade samlats vid två långbord. Men Hong föredrog sin ensamhet.

Nattfjärilar dansade kring lampan över hennes bord.

När hon ätit satt hon en stund i baren vid simbassängen och drack en kopp te. Några av de kinesiska delegaterna blev berusade och försökte lägga an på de vackra, unga servitriser som rörde sig mellan borden. Hong blev upprörd och gick därifrån. I ett annat Kina hade det aldrig tillåtits, tänkte hon rasande. Då hade säkerhetsvakter redan ingripit. De som uppträtt berusat och påfluget skulle aldrig mer få representera Kina. Kanske hade de också dömts till fängelsestraff. Inte som nu, ingen som ingriper.

Hon satte sig på sin veranda och tänkte på den arrogans som följde i spåren av den lössläppta tron på att ett friare kapitalistiskt marknadssystem skulle gynna utvecklingen. Det hade varit Dengs syfte att snabbare få de kinesiska hjulen att rulla. Idag var situationen annorlunda. Vi lever med risken för överhettning, inte bara inom industrin utan även i våra egna hjärnor. Vi ser inte det pris vi betalar, i förgiftade floder, luft som kväver oss, och miljontals människor på desperat flykt från landsbygden.

En gång kom vi till det land som då hette Rhodesia för att stödja en befrielsekamp. Nu, snart trettio år efter befrielsen, återkommer vi som illa förklädda kolonisatörer. Min bror är en av dem som säljer ut alla våra gamla ideal. Hos honom finns ingenting av den värdiga tro på folkets kraft och folkets välgång som en gång befriade vårt eget land.

Hong slöt ögonen och lyssnade på nattens ljud. Långsamt försvann tankarna på Ma Li och deras samtal ur hennes trötta huvud.

Hon hade nästan slumrat till när hon hörde ett ljud som bröt igenom cikadornas sång. Det var en gren som knäcktes.

Hon slog upp ögonen och satte sig upp i stolen. Cikadorna hade tystnat. Plötsligt visste hon att det fanns någon i närheten.

Hong sprang in i sin bungalow och låste glasdörren. Inne i bungalowen lyste en lampa som hon släckte.

Hjärtat slog hårt i hennes bröst. Hon var rädd.

Det hade varit någon där ute i mörkret. Som oavsiktligt hade knäckt en gren under sin fot.

Hon sjönk ner på sängen i mörkret och fruktade att någon skulle komma.

Men ingen steg fram ur mörkret. Efter nästan en timmes väntan drog hon för gardinerna och satte sig vid skrivbordet och skrev det brev som under dagen hade formulerats i hennes huvud.

31

Det tog Hong flera timmar att skriva den redogörelse över den senaste tidens händelser, där hennes bror och de egendomliga uppgifter som den svenska domaren Birgitta Roslin hade meddelat henne, bildade utgångspunkten. Hon gjorde det för att skydda sig själv, samtidigt som hon en gång för alla slog fast att hennes bror var korrumperad och en av dem som var på väg att ta kontrollen över Kina. Dessutom kunde han och hans livvakt Liu vara inblandade i flera brutala mord, långt utanför Kinas gränser. Hon höll luftkonditioneringen avstängd för att lättare kunna uppfatta ljud utifrån. I det kvava rummet snurrade nattens insekter runt lampan och tunga svettdroppar föll mot skrivbordet. Hon tänkte att hon hade alla skäl att känna oro. Hon hade levt så länge att hon kunde skilja på verkliga och inbillade faror.

Ya Ru var hennes bror, men framförallt en man som inte tvekade att använda alla medel för att uppnå sina mål. Hon motsatte sig inte en utveckling som följde nya färdplaner. På samma sätt som omvärlden förändrades måste också Kinas ledare söka nya strategier för att lösa nutidens och framtidens problem. Det Hong och många med henne ifrågasatte, var att man inte kombinerade de socialistiska grunderna med utvecklingen mot en ekonomi där den fria marknaden fick stort utrymme. Var alternativet en omöjlighet? Hon kunde inte se det så. Ett mäktigt land som Kina behövde inte sälja sin själ på jakt efter olja och råvaror och nya marknader där dess industriproduktion kunde finna avsättning. Var det inte den stora uppgiften att visa världen att den brutala imperialismen och kolonialismen inte var en nödvändig konsekvens när man utvecklade sitt land?

Hong hade sett en girighet hos yngre människor som genom kontakter, släktskap och inte minst hänsynslöshet lyckats bygga upp stora förmögenheter. De kände sig osårbara, och det gjorde dem också än mer brutala och cyniska. Mot dem och mot Ya Ru ville hon bjuda motstånd. Framtiden var inte given, allt var fortfarande möjligt.

När hon skrivit färdigt, läst igenom och gjort några rättelser och förtydliganden, klistrade hon igen kuvertet, skrev Ma Lis namn på det och lade sig sedan ovanpå sängen för att sova. Utifrån mörkret hördes inga ljud. Trots att hon var mycket trött dröjde det innan hon lyckades somna.

Klockan sju steg hon upp och såg från verandan solen lyfta sig över horisonten. Ma Li satt redan i frukostrummet när hon kom dit. Hong slog sig ner vid hennes bord, beställde te av servitrisen och såg sig runt i rummet. Vid de flesta av borden satt medlemmar ur den kinesiska delegationen. Ma Li berättade att hon tänkte gå ner till floden för att se på djuren.

– Kom till mitt rum om en timme, sa Hong med låg röst. Jag har nummer 22.

Ma Li nickade och ställde inga frågor. På samma sätt som jag har hon levt ett liv där man har lärt sig att hemligheter ständigt förekommer, tänkte Hong.

Hon åt sin frukost och återvände sedan till sitt rum för att vänta på Ma Li. Avresan till experimentfarmen skulle ske först klockan halv tio.

Efter exakt en timme knackade Ma Li på hennes dörr. Hong gav henne brevet hon skrivit under natten.

– Om något händer mig, sa hon, då är detta brev viktigt. Dör jag av ålderdom i min säng kan du bränna det.

Ma Li betraktade henne granskande.

461

– Ska jag bli orolig för dig?

– Nej. Ändå är brevet nödvändigt. För andras skull. Och för vårt land.

Hong kunde se Ma Lis undran. Men hon ställde inga fler frågor, stoppade bara kuvertet i sin handväska.

– Vad har du framför dig idag? frågade Ma Li.

– Ett samtal med medlemmar av Mugabes säkerhetstjänst. Vi ger dom stöd.

– Vapen?

– Till en del. Men framförallt tränar vi deras styrkor, lär dom närstrid, men också kunskap om övervakning.

– Vilket vi ju är experter på.

– Hörde jag en dold kritik i det du sa?

– Naturligtvis inte, svarade Ma Li förvånat.

– Du vet att jag alltid har hävdat betydelsen av att vårt land försvarar sig lika mycket mot den inre fienden som mot den yttre. Många länder i västvärlden vill till exempel inget hellre än att se Zimbabwe förvandlas till blodigt kaos. England har aldrig helt kunnat acceptera att landet tvingade sig till självständighet 1980. Mugabe är omgiven av fiender. Det vore en dumhet om han inte krävde att säkerhetstjänsten arbetar på höjden av sin förmåga.

– Och dum är han alltså inte?

– Robert Mugabe är klok som inser att man måste stå emot alla ansträngningar från den forna kolonialmakten att slå undan benen på det regerande partiet. Om Zimbabwe faller innebär det att många andra länder kan råka ut för samma sak.

Hong följde Ma Li till dörren och såg henne försvinna längs den stenbelagda stigen som ringlade fram genom den frodiga grönskan.

Alldeles intill hennes bungalow växte ett jakarandaträd. Hong såg på de ljusblå blommorna. Hon försökte hitta något att jämföra färgen med utan att lyckas. Hon plockade en blomma som fallit ner på marken. Den lade hon i press mellan sidorna i den dagbok hon alltid hade med sig men sällan brydde sig om att skriva i.

Hon skulle just sätta sig på verandan och studera en rapport om den politiska oppositionen i Zimbabwe när det knackade på dörren. Utanför stod en av de kinesiska reseledarna, en medelålders man som hette Shu Fu. Hong hade tidigare lagt märke till att han verkade skärrad över att något skulle bli fel i arrangemangen. Han var minst av allt lämpad att ansvara för ett stort researrangemang, särskilt med tanke på att hans engelska var långt ifrån tillfredsställande.

– Fru Hong, sa Shu Fu. Planerna har blivit ändrade. Handelsministern ska göra en resa till grannlandet Moçambique och vill att ni följer med.

– Varför det?

Hongs förvåning var äkta. Hon hade aldrig haft någon närmare kontakt med handelsminister Ke, knappast mer än hälsat på honom inför avresan till Harare.

– Handelsminister Ke har bara låtit hälsa att ni ska följa med. Det blir en mindre delegation.

– När ska vi åka? Vart ska vi åka?

Shu Fu torkade svetten ur pannan och slog ut med armarna. Han pekade på sin klocka.

– Det är omöjligt för mig att förklara mer i detalj. Bilarna till flygplatsen avgår om fyrtiofem minuter. Några förseningar kan inte tolereras. Alla som ska med ombeds att packa lätt bagage och räkna med en eventuell övernattning. Men återresan kan ske redan ikväll.

– Vart ska vi resa? Vad är syftet?

– Det kommer handelsminister Ke att klargöra.

– Säg mig i alla fall vart vi ska resa?

– Till staden Beira vid Indiska oceanen. Enligt de uppgifter jag har tar flygresan knappt en timme. Beira ligger i grannlandet Moçambique.

Hong hann inte ställa någon ytterligare fråga. Shu Fu skyndade bort längs stigen.

Hong stod orörlig i dörröppningen. Det finns bara en förklaring, tänkte hon. Det är Ya Ru som vill det. Naturligtvis är han en av dem som följer Ke. Nu vill han ha mig med.

Hon mindes något hon hade hört under flygresan till Afrika. President Kaunda i Zambia hade krävt att det nationella flygbolaget Zambia Airways skulle investera i ett exemplar av världens då största trafikflygplan, en Boeing 747. Det fanns ingen marknad som kunde motivera att ett så stort plan sattes i reguljär trafik mellan Lusaka och London. Snart hade det visat sig att president Kaundas egentliga syfte var att använda planet vid sina regelbundet återkommande besök i andra länder. Det var inte för att han ville resa i lyx utan för att bereda plats för den opposition, eller de i sin regering och bland de högsta militära ledarna han inte litade på. Han lastade helt enkelt planet fullt med dem som var beredda att konspirera mot honom eller till och med försöka göra en statskupp när han befann sig utanför landets gränser.

Var det samma med Ya Ru? Ville han ha sin syster i närheten för att kunna kontrollera henne?

Hong tänkte på grenen som knäckts ute i mörkret. Det var knappast Ya Ru själv som stått där, gömd bland skuggorna. Snarare någon som han utsett till sin spanare.

Eftersom Hong inte ville opponera sig mot Ke packade hon hastigt den minsta av sina två väskor och gjorde sig klar för avresan. Några minuter innan den utsatta tiden kom hon till receptionen. Varken Ke eller Ya Ru syntes till. Däremot tyckte hon att hon skymtade Ya Rus livvakt Liu, även om hon inte var säker. Shu Fu lotsade henne till en av

464

de väntande limousinerna. Tillsammans med henne reste två män som hon visste arbetade på jordbruksdepartementet i Beijing.

Flygplatsen låg bara en kort bit utanför Harare. De tre bilarna som utgjorde kolonnen körde mycket fort med motorcykeleskort. Hong hann uppfatta att det stod poliser i varje gathörn och spärrade trafiken. De for raka vägen in genom flygplatsens grindar och kunde genast gå ombord på det jetplan från Zimbabwes flygvapen som väntade. Hong steg in genom den bakre ingången och såg att planet var avdelat i mitten av kabinen. Hon antog att detta var Mugabes privata plan som han nu lånat ut. Det dröjde bara några minuter efter att Hong stigit ombord innan planet lyfte. Bredvid henne i sätet satt en av Kes kvinnliga sekreterare.

– Vart är vi på väg? frågade Hong när planet kommit upp på marschhöjd och piloten meddelat att flygtiden var beräknad till femtio minuter.

– Till Zambesiflodens dalgång, sa kvinnan vid hennes sida.

Hennes tonfall gjorde att Hong insåg det meningslösa i att ställa ytterligare frågor. Tids nog skulle hon få veta vad denna plötsliga resa innebar.

Om den nu var så plötslig? Tanken slog henne att inte ens det var något hon kunde säga med säkerhet. Kanske allt ingick i en plan, som hon inte kände till?

När planet började gå ner för landning gjorde det en utdragen sväng över havet. Hong såg det blågröna vattnet som glittrade, små fiskebåtar med enkla triangulära segel som guppade på vågorna. Staden Beira glänste vit i solljuset. Utanför den cementerade stadskärnan utbredde sig kåkstäder, kanke slumområden.

När hon steg ur planet slog hettan emot henne. Hon såg Ke gå mot den första bilen som inte var en svart limousin utan en vit landcruiser med moçambikanska flaggor på motorhuven. I samma bil kunde hon också se Ya Ru stiga in. Han vände sig aldrig om och såg efter henne. Men han vet att jag är här, tänkte Hong.

De körde mot nordväst. I samma bil som Hong fanns de två männen från jordbruksdepartementet. De satt lutade över små topografiska kartor och följde noga landskapets skiftningar utanför bilfönstren. Hong kände fortfarande samma obehag som när Shu Fu stått utanför hennes bungalow och talat om att planerna hade ändrats. Det var som om hon hade tvingats in i något som hennes erfarenhet och intuition varnade för med alla inre alarmklockor. Ya Ru ville ha mig med, tänkte hon. Men vilket argument presenterade han för Ke så att jag nu sitter här och skumpar fram i en japansk bil som river upp täta moln av röd jord. I Kina är jorden gul, här är den röd, men den blåser lika lätt, tränger in överallt i porer och ögon.

Den enda rimliga anledningen till att hon var med på resan var att hon tillhörde en av de många inom kommunistpartiet som ställde sig tvekande till den politik som bedrevs, inte minst av Ke. Men var hon med som gisslan eller för att hon skulle ändra åsikt om den politik hon fann förhatlig, när hon fick se den omsatt i verkligheten? Höga tjänstemän inom jordbruksdepartementet och en handelsminister på skumpig bilfärd i det inre av Moçambique kunde knappast betyda annat än att målet för resan var av största betydelse.

Landskapet som drog förbi utanför bilfönstret var enformigt, låga träd och buskar, då och då avbrutet av små glittrande vattendrag och enstaka områden med hyddor och små uppodlade åkrar. Hong undrade över att ett bördigt område var så glest befolkat. I hennes föreställningsvärld var den afrikanska kontinenten på samma sätt som Kina eller Indien, en den fattiga världens kontinent, där oändliga människomassor trampade på varandra i sina försök att överleva. Men det är myten jag har tagit till mig, tänkte hon. De stora afrikanska städerna skiljer sig sannolikt inte från det vi ser i Shanghai eller

466

Beijing. En i slutänden katastrofal utveckling som föröder både människa och natur. Men den afrikanska landsbygden, som den ser ut när jag nu reser igenom den, visste jag ingenting om.

De fortsatte mot nordväst. Vägen var på vissa ställen så dålig att bilarna tvingades ta sig fram i krypfart. Regnen hade urholkat den hårt packade röda jorden, löst upp vägbanan och förvandlat den till djupa diken.

Till sist stannade de vid en plats som hette Sachombe. Det var en vidsträckt by med hyddor, några affärer och halvt nerrasade vita cementbyggnader från den koloniala tid när portugisiska administratörer och deras inhemska *assimilados* hade styrt över landets olika provinser. Hong påminde sig att hon någon gång hade läst om hur Portugals diktator Salazar beskrivit de jättelika landområden, Angola, Moçambique och Guinea Bissau, som han styrde med järnhand. I hans språkvärld kallades dessa avlägsna länder Portugals "territorier bortom haven". Det var dit han hade skickat alla sina fattiga bönder, ofta analfabeter, för att dels göra sig av med ett inhemskt problem och samtidigt bygga ut den koloniala maktstruktur som ända fram till 1950-talet hade koncentrerats till kustområdena. Är vi nu på väg att göra samma sak, tänkte Hong. Vi upprepar övergreppet, men har klätt oss i andra kostymer.

När de steg ur bilarna och torkade damm och svett ur ansiktena upptäckte Hong att hela området var avspärrat av militärfordon och beväpnade soldater. Bortom avspärrningarna kunde hon se nyfikna människor som betraktade de märkliga snedögda gästerna. De fattiga iakttagarna, tänkte hon. Som alltid finns där, de som vi säger oss värna om.

Mitt på sandplanen framför en av de vita byggnaderna var två stora tält uppslagna. Redan innan bilkaravanen stannade hade ett stort antal svarta limousiner kommit till platsen. Där stod också två helikoptrar från det moçambikanska flygvapnet. Jag vet inte vad som väntar, tänkte Hong, men vad det än är så är det viktigt. Vad är det som gör att handelsminister Ke hastar till ett besök i ett land som inte ens står upptaget på programmet? En mindre del av delegationen skulle göra endagarsbesök i Malawi och Tanzania. Men ingenting var sagt om Moçambique.

En blåsorkester kom marscherande. Samtidigt steg några män ut ur ett av tälten. Hong kände genast igen den kortvuxne man som gick främst. Han hade grått hår, glasögon och var kraftigt byggd. Den man som nu hälsade på handelsminister Ke var ingen annan än Moçambiques nyvalda president Gebuza. Ke presenterade delegationen för presidenten och hans följeslagare. När Hong tog honom i handen såg hon rakt in i ett par vänliga men samtidigt granskande ögon. Gebuza var nog en man som aldrig glömde ett ansikte, tänkte hon. Efter presentationen spelade orkestern de två nationalsångerna. Hong ställde sig i stram givakt.

Medan hon lyssnade på den moçambikanska nationalsången såg hon efter Ya Ru men kunde inte upptäcka honom. Hon hade inte sett honom sedan de kommit fram till Sachombe. Hon fortsatte att granska den grupp kineser som var närvarande och konstaterade att också några andra personer hade försvunnit efter landningen i Beira. Hon skakade på huvudet. Det tjänade ingenting till för henne att försöka grubbla på vad Ya Ru höll på med. Viktigare var att hon nu snart själv förstod vad som höll på att hända här, i den dalgång genom vilken Zambezifloden rann.

De fördes in i det ena tältet av unga svarta män och kvinnor. En grupp äldre kvinnor i färggranna kläder dansade vid deras sida till intensiva rytmer från olika trummor. Hong placerades i den bakersta raden. På golvet i tältet låg mattor och var och en av deltagarna hade en mjuk länstol till sitt förfogande. När alla satt sig gick president Gebuza upp i en talarstol. Hong satte på sig hörlurarna. Portugisiskan översattes till perfekt kinesiska. Hong gissade att tolken kom från det förnämsta tolkinstitutet i Beijing, som bara utbildade dem som skulle följa presidenten, regeringen och de allra viktigaste affärsförhandlarna under deras överläggningar. Hong hade någon gång hört att det inte fanns ett enda språk, hur litet det än var, som inte hade kvalificerade tolkar i Kina. Det gjorde henne stolt. Det fanns inga gränser för det hennes folk kunde åstadkomma, det folk som till för bara någon generation sedan hade hållits nere i okunskap och elände.

Hong vände sig om och såg mot ingången till tältet som sakta rörde sig i vinden. Hon skymtade Shu Fu där utanför, några soldater, men ingen Ya Ru.

Presidenten talade mycket kort. Han hälsade den kinesiska delegationen välkommen och sa bara några inledande ord. Hong lyssnade intensivt för att förstå vad som hände runt henne.

Hon ryckte till när hon kände en hand på sin axel. Ya Ru hade omärkligt kommit in i tältet och sjunkit ner på knä bakom henne. Han sköt undan hennes ena hörlur och viskade in i hennes öra.

– Lyssna nu, kära syster, så kommer du att förstå något av dom stora händelser som kommer att förändra vårt land och vår värld. Så här kommer framtiden att se ut.

– Var har du varit?

Hon insåg rodnande det idiotiska i frågan. Det var som när han var barn och hade slarvat med att komma hem i tid. Hon hade ofta påtagit sig en mammaroll när deras föräldrar var borta på några av sina ständigt återkommande politiska möten.

– Jag går mina egna vägar. Men nu vill jag att du lyssnar och lär dig nånting. Hur gamla ideal byts ut mot nya, utan att förlora sitt innehåll.

Ya Ru sköt tillbaka hörluren över hennes öra och försvann hastigt ut genom tältöppningen. Där utanför skymtade hon livvakten Liu och återigen undrade hon om det verkligen var han som dödat alla de människor som Birgitta Roslin talat om. Hon bestämde sig för att omedelbart vid återkomsten till Beijing prata med någon av sina vänner inom polisen. Liu gjorde ingenting utan att Ya Ru gett honom en order.

Tids nog skulle hon konfrontera Ya Ru. Men först måste hon veta mer om vad som verkligen hade hänt.

Presidenten lämnade över ordet till ordföranden för den kommitté som lett förberedelserna från moçambikansk sida. Han var påfallande ung, med kalt huvud och glasögon utan infattning. Hong tyckte sig uppfatta att han hette Mapito eller möjligen Mapiro. Han talade med en uppspelt stämma, som om det han hade att säga verkligen roade honom.

Och Hong förstod. Långsamt klarnade sammanhanget, mötets karaktär, den hemlighetsfulla inramningen. Djupt inne i den moçambikanska bushen höll ett gigantiskt projekt på att ta form, som innefattade två av de fattigaste länderna i världen, men det ena en stormakt, det andra ett litet land i Afrika. Hong lyssnade till orden, den mjuka kinesiska stämman översatte följsamt och hon förstod varför Ya Ru hade velat att hon skulle vara med. Hong var en kraftfull motståndare mot allt som kunde leda till att Kina förvandlades till en imperialistisk makt, och därmed som Mao brukade säga, en papperstiger som ett enat folkligt motstånd förr eller senare skulle krossa. Kanske hade Ya Ru en svag förhoppning om att Hong skulle låta sig övertygas om att det som nu skedde skulle ge fördelar till båda dessa fattiga länder? Men viktigare ändå var att visa att den grupp som Hong tillhörde inte skrämde dem som hade makten. Varken Ke eller Ya Ru var rädda för Hong och hennes meningsfränder.

När Mapito gjorde en kort paus för att dricka vatten tänkte Hong att detta var just det hon fruktade mest av allt, att Kina hade återuppstått som ett klassamhälle. Värre än det Mao hade varnat för, ett land som skulle delas mellan maktfullkomliga eliter och en underklass som låstes fast i sin fattigdom. Som dessutom tillät sig att behandla omvärlden som imperialister alltid hade gjort.

Mapito fortsatte att tala.

– Vi kommer senare idag att färdas i helikoptrar längs Zambesi-floden, ända upp mot Bandar och sedan medströms, mot Luabo, där det stora deltat som förenar floden med havet börjar. Vi kommer att färdas över bördiga områden som i ringa omfattning är befolkade. Enligt de beräkningar vi gjort, kommer vi under en femårsperiod att kunna ta emot fyra miljoner kinesiska bönder som kan odla upp de områden som ligger öde. Ingen människa kommer att tvingas flytta, ingen mista sin utkomst. Tvärtom kommer våra landsmän att gynnas av den stora förändringen. Alla ska få tillgång till vägar, skolor, sjukhus, elektrisk ström, allt det som tidigare bara varit tillgängligt för ett fåtal på landsbygden och ett privilegium för dom som bor i städerna.

Hong hade redan hört rykten om att de myndigheter som sysslade med tvångsförflyttningen av bönder på grund av de stora dammbyggena, lovade de drabbade att de en dag skulle kunna leva herrgårdsliv i Afrika. Hon såg den stora omflyttningen framför sig. De vackra orden målade upp en paradisisk bild av hur de kinesiska fattigbönderna, analfabeter, okunniga, utan vidare skulle kunna rota sig i denna främmande miljö. Inga problem skulle uppstå tack vare vänskapen och samarbetet, inga konflikter skapas med dem som redan bodde längs floden. Men ingen skulle övertyga henne om annat än att det hon nu lyssnade till var inledningen på förvandlingen av Kina till en rovgirig nation, som utan att tveka skulle ta för sig av all den olja och alla de andra råvaror som man behövde för att fortsätta sin rasande ekonomiska utveckling. Sovjetunionen hade bistått med vapen under det långa befrielsekriget som lett till att de portugisiska kolonisatörerna jagats ut ur landet 1974. Det hade ofta varit gamla, uttjänta vapen. Som betalning hade man tagit sig rätten att bedriva rovfiske i Moçambiques rika fiskevatten. Skulle Kina nu följa i den tradition vars första och enda budord alltid var att tjäna sina egna syften?

För att inte dra blickarna till sig applåderade hon med de andra när talet var över. Handelsminister Ke gick upp i talarstolen. Det fanns inga faror, försäkrade han, allt och alla var omutligt förenade i ömsesidigt, likvärdigt utbyte.

Ke talade kort. Efteråt lotsades gästerna in i det andra tältet där olika smårätter var framdukade. Hong fick ett väl kylt glas vin i sin hand. Med blicken sökte hon på nytt efter Ya Ru utan att kunna finna honom.

En timme senare lyfte helikoptrarna och flög mot nordväst. Hong såg den mäktiga floden under sig. De få platser där det bodde människor, där marken var röjd och odlad, stod i skarp kontrast till de jättelika områden som tycktes alldeles orörda. Hong undrade om hon trots allt tog fel. Kanske gjorde Kina en insats för Moçambique som inte byggde på att det motvärde man hoppades få ut var mångdubbelt större?

Motorljudet gjorde det omöjligt för henne att samla tankarna. Frågan blev obesvarad.

Innan hon stigit in i helikoptern hade hon fått en liten karta i handen. Hon kände igen den. De två männen från jordbruksdepartementet hade studerat just denna karta under bilresan från Beira.

De kom till den nordligaste punkten och vände sedan mot öster. När de kom till Luabo gjorde helikoptrarna en sväng ut över havet och gick sedan ner i närheten av en plats som Hong lokaliserade på kartan som Chinde. Vid landningsplatsen väntade nya bilar och nya vägar med samma röda jord som tidigare.

De körde rakt in i bushen och bromsade in vid en liten biflod till Zambesi. Bilarna stannade på en plats som var rensad från buskar och sly. Ett antal tält stod uppställda i en halvcirkel intill floden. När Hong steg ut ur helikoptern stod Ya Ru där och tog emot henne.

– Välkommen till Kaya Kwanga. Det betyder "Mitt hem" på något av lokalspråken. Här ska vi bo i natt.

Han pekade på det tält som låg närmast floden. En ung svart kvinna tog emot hennes väska.

– Vad gör vi här? frågade Hong.

– Vi njuter av den afrikanska tystnaden efter en lång dags arbete.

– Är det här jag ska få se leoparden?

– Nej. Här är mest ormar och ödlor. Och dom jägarmyror som alla fruktar. Men inga leoparder.

– Vad händer nu?

– Ingenting. Dagens arbete är över. Du kommer att upptäcka att allt inte är så primitivt som du tror. Det finns till och med en dusch i ditt tält. En bekväm säng. Senare ikväll ska vi äta en gemensam middag. Den som efteråt vill sitta vid elden kan göra det, den som vill kan sova.

– Låt oss tala med varandra, sa Hong. Det är nödvändigt.

Ya Ru log.

– Efter middagen. Vi kan sitta utanför mitt tält.

Han behövde inte peka ut det. Hong hade redan förstått att det låg närmast hennes eget.

Hong satt utanför tältöppningen och såg den korta skymningen sänka sig över bushen. En brasa brann redan på den öppna platsen mellan tälten. Hon kunde se Ya Ru där. Han hade klätt sig i en vit smoking. Det påminde henne om en bild hon sett för längesedan, i en kinesisk tidskrift som i stora reportage hade beskrivit Afrikas och Asiens koloniala historia. Två vita män i smoking hade suttit och ätit en måltid på vit duk, dyrbart porslin, med kylt vin långt ute i den afrikanska bushen. De afrikanska servitörerna hade stått orörliga på pass bakom deras stolar.

Jag undrar vem min bror är, tänkte hon. En gång trodde jag att vi hörde samman, inte bara som familj, men också i våra strävanden för vårt land. Nu vet jag inte längre.

Sist av alla gick Hong till det dukade bordet vid elden.

Hon tänkte på brevet hon skrivit natten innan. Och på Ma Li som hon plötsligt heller inte längre visste om hon kunde lita på.

Ingenting, tänkte hon, är längre säkert. Ingenting.

32

Efter middagen som omgavs av nattens skuggor uppträdde en dans-grupp. Hong, som inte ens smakade på vinet som bjöds eftersom hon ville hålla huvudet klart, betraktade dansarna med beundran och de kvarvarande resterna av en gammal längtan. En gång när hon varit mycket ung hade hon drömt om en framtid som artist vid en kinesisk cirkus eller vid den klassiska Pekingoperan. Drömmen hade varit tude-lad. När hon såg sig själv i cirkusmanegen, var hon den främsta av dem som kunde hålla ett oändligt antal porslinstallrikar i rörelse på bambu-käppar. Hon gick långsamt runt mellan sina dansande tallrikar och gav i allra sista ögonblicket en vacklande tallrik liv igen med en kvick hand-rörelse. I Pekingoperan var hon istället den allvarliga hjältinnan som bekämpade en tusenfaldigt starkare fiende med stavar som föreställde spjut eller svärd i ett akrobatiskt krig. Efteråt, när hon blivit äldre och drömmarna dämpats, hade hon förstått att det hon önskat hade varit att ha fullständig kontroll över alla skeenden som omgav henne. Nu, när hon såg dansarna som tycktes förenas till en enda mångarmad kropp, kunde hon återkalla något av den känsla hon hade haft den gången. I den afrikanska kvällen med sitt ogenomträngliga mörker, sin fuktiga värme och dofterna från havet som låg så nära att bruset svagt kunde uppfattas när lägret gått till vila, återvände hennes barndom.

Hon såg på Ya Ru där han satt i en tältstol, balanserande ett glas vin på ena knäet, med halvslutna ögon, och tänkte att hon visste mycket lite om vad han hade drömt som barn. Han hade alltid befunnit sig i ett eget inre rum. Hon hade kunnat komma honom nära, men inte så nära att de någonsin talat om drömmar.

En kinesisk tolk presenterade danserna. Det hade hon inte behövt göra, tänkte Hong. Att det var folkdanser med rötter i det dagliga livet eller symboliska möten med djävlar och demoner eller goda andar hade hon kunnat räkna ut själv. Mänskliga riter kom från samma källa, oberoende av hudfärg och land. Klimat betydde något, den som var van vid kyla dansade påklädd. Men i transen och sökandet efter förbindelsen mellan övervärlden och undervärlden, det som varit och det som skulle komma, betedde sig kinesen och afrikanen på samma sätt.

Hong fortsatte att se sig omkring. President Gebuza och hans följe hade försvunnit. I lägret där de skulle övernatta fanns bara den kinesiska delegationen, samt servitörerna, kockarna och ett stort antal säkerhetsvakter som dolde sig i skuggorna. Många av dem som nu satt och såg på den intensiva dansen tycktes försjunkna i andra tankar. Ett stort språng förbereds i den afrikanska natten, tänkte hon. Och jag vägrar tro att detta är den väg vi ska gå. Det finns ingen möjlighet att detta kan ske, fyra miljoner, kanske fler, av våra fattigaste som flyttas till afrikansk vildmark, utan att vi kommer att kräva betydande insatser från det land som tar emot dem.

En kvinna började plötsligt sjunga. Den kinesiska tolken sa att det var en vaggsång. Hong lyssnade och hörde att tonerna också skulle kunna söva ett kinesiskt barn. Hon mindes historien om vaggan hon en gång hört berättas. I fattiga länder band kvinnor sina barn på ryggen eftersom de alltid måste ha sina händer fria att arbeta med, särskilt på åkrarna, i Afrika med hackor, i Kina vadande med vatten till knäna för att plantera risplantor. Någon hade gjort en jämförelse med de fotvaggor som var vanliga i andra länder, även i vissa delar av Kina. Takten som foten vaggade med var samma som den gående kvinnans höftrörelser. Och barnet sov.

Hon slöt ögonen och lyssnade. Kvinnan tystnade med en ton som länge dröjde sig kvar och sedan tycktes falla som en fjäder mot marken. Föreställningen var över och gästerna applåderade. Enskilda lågmälda samtal bröt ut mellan olika personer som drog stolarna tätare samman. Andra reste sig, försvann mot sina tält eller stod bara kvar i utkanten av ljuset från elden som om de väntade på någonting, oklart vad.

Ya Ru kom och satte sig bredvid Hong i en stol som lämnats tom.

– En märklig kväll, sa han. Av absolut frihet och stillhet. Så långt från den stora staden tror jag mig aldrig tidigare ha varit.

– Ditt kontor, sa Hong. Högt där ovan vanliga människor, bilar och oväsen.

– Det kan inte jämföras. Där befinner jag mig som i ett flygplan. Jag tänker ibland att mitt höga hus svävar fritt. Här är jag på marken. Jorden håller fast mig. I det här landet skulle jag vilja ha ett hus, en bungalow vid en strand där jag kunde gå direkt från ett kvällsbad till min säng.

– Det kan du väl bara begära? En tomt, ett staket och någon som bygger det huset på det sätt du vill ha det.

– Kanske. Men inte nu.

Hong märkte att de hade blivit ensamma. Stolarna runt dem var tomma. Hon undrade om Ya Ru hade gett besked om att han ville tala med sin syster i avskildhet.

– Såg du hon som i sin dans föreställde en upphetsad trollkvinna?

Hong tänkte efter. Kvinnan hade varit kraftig men ändå rytmisk i sina rörelser.

– Hon dansade med våldsam kraft.

– Någon berättade för mig att hon är svårt sjuk. Hon ska snart dö.

– Av vad?

– En blodsjukdom. Inte aids, kanske dom sa cancer. Dom sa också att hon dansar sig till mod att kämpa emot. Dansen är hennes livskamp. Hon uppehåller döden.

– Ändå dör hon.

– Som stenen, inte som fjädern.

Mao igen, tänkte Hong. Kanske finns han oftare i Ya Rus tankar om framtiden än jag tror. Han är medveten om att han är en av dem som blivit del av en ny elit, långt borta från det folk han anser sig representera och värna om.

– Vad kommer allt detta att kosta? frågade hon.

– Detta läger? Resan? Vad menar du?

– Att flytta fyra miljoner människor från Kina till en afrikansk dalgång med en bred flod. Kanske sen tio eller tjugo eller hundra miljoner av våra fattigaste bönder till andra länder på den här kontinenten.

– På kort sikt, mycket pengar. På lång sikt, ingenting alls.

– Jag antar, sa Hong, att allting redan är förberett. Urvalsprocesserna, transporterna med en armada av fartyg, enkla hus som nybyggarna får uppföra själva, mat, redskap, affärer, skolor, sjukhus. Är avtalen redan uppgjorda och underskrivna mellan de två länderna? Vad får Moçambique? Vad får vi annat än rätten att lämpa över ett antal av våra fattigbönder på ett annat fattigt land? Vad händer om det visar sig att denna stora överflyttning slår fel? På vilket sätt har ni satt fast Moçambiques tummar i skruvstädet? Vad är det jag inte vet? Vad ligger under allt detta, frånsett viljan att bli befriad från ett problem som växer sig utom kontroll i Kina? Var ska du göra av alla dom andra miljoner som hotar med att göra uppror mot den nuvarande ordningen?

– Jag ville att du skulle se med egna ögon. Använda ditt förnuft för att förstå behovet av att Zambezidalen befolkas. Våra bröder kommer att producera ett överskott här som kan exporteras.

– Du får allt att låta som om vi egentligen gör en välgärning genom att släpa hit våra fattiga bönder. Jag tror att vi bara går i samma spår som imperialisterna alltid tidigare har gått. Koloniernas tummar i skruvstäd, överföringen av profiten till oss. Ny marknad för våra va-

478

ror, ett sätt att göra kapitalismen mer uthållig. Detta, Ya Ru, är sanningen bakom alla dom vackra orden. Jag vet att vi låtit bygga ett nytt finansdepartement åt Moçambique. Vi kallar det en gåva men jag ser det som en muta. Jag har också hört att dom kinesiska förmännen slog dom inhemska arbetarna, när dom inte arbetade tillräckligt hårt. Naturligtvis tystades det ner. Men jag skäms när jag hör sånt. Och jag skräms. Långsamt ringar vi in land efter land i Afrika för att gynna vår egen utveckling. Jag tror dig inte, Ya Ru.

– Du börjar bli gammal, syster Hong. Som alla gamla blir du rädd för det nya som bryter fram. Du anar konspirationer mot gamla ideal vart du än vänder dig. Du tror att det är du som står för den rätta vägen, när du egentligen har börjat bli det du mest av allt är rädd för. En konservativ människa, en reaktionär.

Hong lutade sig hastigt framåt och slog till honom i ansiktet. Ya Ru ryckte till och såg förvånat på henne.

– Nu gick du för långt. Jag tillåter inte att du kränker mig. Vi kan samtala, vara oeniga. Men du angriper mig inte.

Ya Ru reste sig utan ett ord och försvann ut i mörkret. Ingen annan tycktes ha lagt märke till händelsen. Hong hade redan ångrat sig. Hon borde ha haft tålamod nog och tillräckligt med ord för att envist fortsätta att försöka övertyga Ya Ru om att han hade fel.

Ya Ru kom inte tillbaka. Hong gick till sitt tält. Fotogenlyktor lyste upp både utanför och innanför tältduken. Hennes myggnät var uthängt, sängen redo för natten.

Hong satte sig utanför tältet. Kvällen var kvav. Tältet som tillhörde Ya Ru var tomt. Att han skulle hämnas örfilen visste hon. Men för just det var hon inte rädd. Att han blev arg när hans syster slog till honom var något hon kunde förstå och förhålla sig till. När han visade sig skulle hon genast be om ursäkt.

Tältet låg så långt från elden att ljuden från naturen kom henne närmare än mumlet från rösterna och samtalen som pågick. Den svaga vinden bar med sig lukten av sälta, våt sand, och annat som hon inte kunde bestämma vad det var.

I tankarna vandrade hon bakåt i tiden. Hon mindes Maos ord om att den ena tendensen i politiken dolde en annan. Att under det man kunde se fanns redan något annat i vardande. Det skulle vara lika rätt att göra uppror i morgon som om tio tusen år. Det var i det gamla Kinas förnedring som den framtida styrkan hade formats under blod och tusenårig svett och möda. Feodalherrarnas brutala maktutövning hade lett till ett förfall och en ofattbar nöd. Men samtidigt hade under eländet skapats den kraft som gett näring till de många bondekrigen och den bonderörelse som aldrig helt hade låtit sig krossas. Kraftmätningen pågick i hundratals år, mandarinernas och kejsardynastiernas stat byggde in sig i vad de trodde var oåtkomlighet. Men oron stillnade aldrig, upproren fortsatte och till sist var tiden mogen för de starka bondehärarna att en gång för alla slå feodalherrarna till marken och genomföra den folkliga befrielsen.

Mao hade vetat vad som väntade. Redan samma dag som han på Tiananmen hade proklamerat folkrepubliken Kinas födelse 1949 hade han samlat sina närmaste medarbetare och sagt att trots att staten ännu inte var ett dygn gammal, hade krafter som motarbetade det nya landet börjat formas.

"Den som tror att ett mandarinat inte kan skapas under kommunismens tid har inget förstått", skulle han ha sagt. Och det hade senare visat sig att han hade haft rätt. Så länge människan inte var ny utan grundad på det som funnits tidigare skulle olika grupper ständigt söka privilegier.

Mao hade varnat dem för utvecklingen i Sovjetunionen. Eftersom Kina då var helt beroende av stödet från den store grannen i väster hade han uttryckt sig taktiskt och försiktigt, svept in sina ord.

– Människor behöver inte ens vara onda till sinnet. Dom söker sig ändå till det dom tror kan ge privilegier. Mandarinerna är inte döda. En dag kommer dom att stå framför oss med röda fanor i händerna om vi inte är uppmärksamma.

Hong hade känt en svaghet just efter att hon slagit till Ya Ru. Nu märkte hon att det gått över. Det viktigaste för henne var att fortsätta att tänka på hur hon skulle kunna bidra till att en ordentlig diskussion fördes inom partiet om vilka konsekvenser den nya linjen skulle komma att få. Hela hennes innersta väsen protesterade mot det hon hade upplevt under dagen och de föreställningar om framtiden som Ya Ru hade gett henne. Vem som helst med minsta insikt om det ökande missnöjet som spred sig utanför de största och rikaste städerna förstod att något måste göras. Men inte detta, att flytta miljontals bönder till Afrika.

Nittiotusen oroligheter hade hon och Ma Li talat om. Nittiotusen! Hon försökte räkna ut i huvudet hur många incidenter och upprorsungar som det blev per dag. Två-trehundra, och det ökade. Det växande missnöjet hade inte bara med de stora inkomstskillnaderna att göra. Det handlade inte heller om läkare och skolor utan lika mycket om brutala gangstergäng som härjade på landsbygden, rövade bort kvinnor till prostitution eller samlade ihop slavarbetare till tegelugnar och industrier som arbetade med farliga kemiska processer. Där fanns missnöjet mot dem som, ofta i maskopi med lokala ämbetsmän, jagade människor från mark som snart skulle bli värdefull när bostäder byggdes för de ständigt växande städerna. Hong visste också genom de resor hon gjorde i landet att miljökonsekvenserna av den fria marknadens framfart innebar att floder slammade igen, förgiftades, var så svårt nersmutsade att det skulle kosta ofattbara summor att rädda dem, om det ens längre var möjligt.

Hon hade i vredesmod talat i olika sammanhang om de brottsliga ämbetsmän som hade till ansvar att förhindra dessa övergrepp, mot människorna såväl som naturen, men som sålde ut sina skyldigheter för mutor.

Ya Ru är en del av allt detta, tänkte hon. Det får jag aldrig glömma.

Hong sov lätt och vaknade ofta under natten. Mörkrets ljud var främmande, trängde in i hennes drömmar och drog upp henne till ytan. När solen lyfte sig över horisonten var hon redan uppstigen och klädd.

Plötsligt stod Ya Ru framför henne. Han log.

– Vi är båda morgontidiga, sa han. Ingen av oss har tålamod att sova mer än det allra nödvändigaste.

– Jag beklagar att jag slog dig.

Ya Ru ryckte på axlarna och pekade mot en grönmålad jeep, som stod på vägen intill tälten.

– Den är för dig, sa han. En chaufför kör dig till en plats som inte ligger mer än någon mil härifrån. Där får du se det märkliga skåde-spel som sker vid varje vattenhål i gryningen. För ett kort ögonblick ◄ sluter rovdjuren och bytesdjuren fred, just när dom dricker.

Det stod en svart man vid bilen.

– Han heter Arturo, sa Ya Ru. Du har fått en betrodd chaufför som också talar engelska.

– Jag tackar dig för omtanken, sa Hong. Men vi borde prata.

Ya Ru slog otåligt undan hennes sista ord.

– Det gör vi sen. Den afrikanska gryningen är kort. Det finns kaffe och frukostmat i en korg.

Hong förstod att Ya Ru sökte en väg till försoning. Det som hänt dagen innan skulle inte få komma emellan dem. Hon gick bort till bilen, hälsade på chauffören som var en mager man i medelåldern, och satte sig i baksätet. Vägen som ringlade ut genom bushen var näs-tan obefintlig, bara några spår i den torra marken. Hong aktade sig för taggiga grenar från de låga träden som slog in i den öppna bilen.

När de kom fram till vattenhålet stannade Arturo på en höjd alldeles intill branten mot vattnet och räckte henne en kikare. Några hyenor och bufflar stod där och drack. Arturo pekade ut en elefantflock för henne. De grå, långsamma djuren närmade sig vattenhålet, som om de kom gående rakt ut ur solen.

Hong hade en känsla av att så måste det ha sett ut i tidens begynnelse. Hit hade djuren kommit och gått i en oändlig rad av generationer.

Arturo serverade henne en kopp kaffe utan att säga någonting. Elefanterna kom allt närmare nu, dammet virvlade runt deras väldiga kroppar.

Sedan sprängdes stillheten.

Den förste som dog var Arturo. Skottet träffade honom i tinningen och slet bort halva hans huvud. Hong hann aldrig uppfatta vad som hände innan också hon träffades av ett skott som slog in i käken, vandrade nedåt och slet av hennes ryggrad. De torra knallarna fick djuren för ett ögonblick att lyfta sina huvuden och lyssna. Sedan återgick de till att dricka igen.

Ya Ru och Liu kom fram till jeepen, välte den med förenade krafter och lät den rulla nerför slänten. Liu dränkte in den med en kanna bensin. Han gick åt sidan och kastade en brinnande tändsticksask mot bilen, som flammade upp med ett dån. Djuren vid vattnet sprang undan.

Ya Ru hade väntat vid deras egen jeep. Livvakten satte sig, beredd att starta motorn. Ya Ru smög upp bakom honom och slog honom hårt i nacken med en batong av stål. Han upprepade slagen tills Liu inte rörde sig längre, och knuffade sedan in livvaktens kropp i elden som fortfarande brann med full kraft.

Ya Ru körde undan bilen bland den täta buskvegetationen och väntade. Efter en halv timme återvände han till campen och slog larm om bilolyckan som inträffat vid vattenhålet. Jeepen hade kört över klippkanten och rullat ner mot vattenhålet där den fattat eld. Hans syster hade dött tillsammans med chauffören. När Liu försökt komma dem till undsättning hade han själv blivit ihjälbränd.

Alla som såg Ya Ru den dagen talade om hur upprörd han var. Men samtidigt var de förundrade över hans förmåga att behärska sig. Han hade givit besked om att olyckan inte fick störa deras viktiga arbete. Handelsminister Ke kondolerade till Ya Ru och förhandlingarna fortsatte som planerat.

Kropparna fördes bort i svarta plastsäckar och kremerades i Harare. Ingenting skrevs i tidningarna, vare sig i Moçambique eller Zimbabwe om händelsen. Arturos familj som bodde i staden Xai-Xai, längre söderut i Moçambique, fick en livränta efter hans död. Den gav alla hans sex barn möjligheter att studera och hans hustru Emilda ett nytt hus och en bil.

När Ya Ru reste hem med delegationen till Beijing hade han med sig två urnor med aska. En av de första kvällarna i Beijing gick han ut på sin stora terrass högt ovanför marken och lät askan virvla bort i mörkret.

Redan kunde han känna saknad efter sin syster och de samtal de brukade ha. Samtidigt visste han att det han hade gjort hade varit alldeles nödvändigt.

Ma Li sörjde i stilla förfäran det som hade hänt. Men innerst inne trodde hon aldrig på berättelsen om bilolyckan.

33

På bordet stod en vit orkidé. Ya Ru strök med fingret över det mjuka blombladet.

Det var en tidig morgon, månaden efter återkomsten från Afrika. Framför honom på bordet låg ritningar till det hus som han bestämt sig för att bygga vid stranden utanför staden Quelimane i Moçambique. Som en bonus vid de stora affärer som ingåtts mellan de två länderna hade Ya Ru förmånligt kunnat köpa ett stort stycke orört strandområde. På sikt tänkte han där resa en exklusiv turistanläggning för de välbeställda kineser som i ett ständigt ökande antal skulle börja ge sig ut i världen.

Ya Ru hade stått på en hög stranddyn och sett ut över Indiska oceanen. Det var dagen efter Hongs och Lius död. Med sig hade han haft guvernören för Zambeziprovinsen och en sydafrikansk arkitekt som särskilt inkallats till besöket. Plötsligt hade guvernören pekat ut mot de yttersta reven. En val låg där ute och blåste. Guvernören berättade att det inte var ovanligt att valar syntes utanför detta kustområde.

– Isberg, sa Ya Ru. Har det nånsin hänt att is som ryckts loss från istäcket vid Antarktis har drivit så här långt?

– Det finns en legend, sa guvernören. Någon gång under våra förfäders tid, precis innan dom första vita männen, dom portugisiska sjöfararna, landsteg på våra stränder, ska ett isberg ha varit synligt utanför kusten. Männen som paddlade ut med sina kanoter skrämdes av kylan från isen. Senare, när dom vita männen steg i land från sina stora segelfartyg, sa man att isberget varit ett förebud om vad som skulle hända. Dom vita männens hud var samma som isbergets, deras tankar och handlingar lika kalla. Om det är sant eller inte kan ingen veta.

– Jag vill bygga här, sa Ya Ru. Gula isberg kommer aldrig att driva förbi den här stranden.

Under en intensiv dag avstyckades ett stort jordområde och överfördes senare till ett av Ya Rus många bolag. Priset för marken och stranden var närmast symboliskt. För en liknande summa köpte Ya Ru också guvernörens samtycke och de viktigaste tjänstemännen som skulle se till att han fick lagfarten och alla nödvändiga byggnadstillstånd utan onödig väntetid. De instruktioner han gav den sydafrikanska arkitekten hade redan nu lett fram till ritningar och en akvarellteckning över hur hans palatsliknande hus skulle se ut, med två simbassänger där havsvatten pumpades upp, omgärdade av palmer och ett konstgjort vattenfall. Huset skulle ha elva rum och ett sovrum där taket kunde öppnas mot stjärnhimlen. Guvernören hade lovat att särskilda elledningar och telekommunikationer skulle dras fram till Ya Rus isolerade landområde.

När han nu satt och betraktade det som skulle bli hans afrikanska hem, tänkte han att ett av rummen skulle ställas i ordning till Hong. Ya Ru ville hedra hennes minne. Han skulle inreda ett rum där en säng alltid skulle vara bäddad för en gäst som aldrig kom. Vad som än hänt förblev hon en del av familjen.

Det surrade diskret i telefonen. Ya Ru rynkade pannan. Vem ville tala med honom så tidigt på morgonen? Han lyfte luren.

– Två män från säkerhetstjänsten är här.

– Vad vill dom?

– Dom är högt uppsatta, ingår i ledningen för den Speciella sektionen. Dom säger det är angeläget.

– Släpp in dom om tio minuter.

Ya Ru lade på luren. Han höll andan. Speciella sektionen ansvarade för ärenden som enbart berörde högt uppsatta män i staten eller, som Ya Ru, män som levde mitt emellan den politiska och ekonomiska makten, de moderna brobyggarna, som Deng hade utpekat som avgörande för landets utveckling.

Vad ville de? Ya Ru gick fram till fönstret och såg ut över staden i morgondiset. Kunde det ha med Hongs död att göra? Han tänkte på alla de kända och okända fiender han hade. Var det någon av dem som försökte utnyttja Hongs död för att förstöra hans goda namn och rykte? Eller var det någonting han trots allt hade förbisett? Att Hong kontaktat en åklagare visste han, men denne tillhörde en helt annan myndighet.

Hong kunde naturligtvis också ha pratat med andra som han inte kände till.

Han kom inte fram till någon förklaring. Det enda han kunde göra var att lyssna till vad männen ville. Han visste att säkerhetstjänstens män ofta gjorde sina besök under sena kvällar eller tidiga mornar. Det var en kvarleva från den tid då kunskapen om säkerhetsarbetet hade hämtats från Sovjetunionen och Stalin. Mao hade vid flera tillfällen föreslagit att man även borde lära sig av FBI, men han hade aldrig lyckats få något genomslag för sin tanke.

När tio minuter hade gått lade han ner ritningarna i en låda och satte sig bakom skrivbordet. De två män som fru Shen släppte in var i sextioårsåldern. Det ökade Ya Rus oro. Normalt var det yngre män som skickades ut. Att de två männen var äldre innebar att de hade stor erfarenhet och att ärendet var allvarligt.

Ya Ru reste sig, bugade och bad dem sätta sig. Han frågade inte efter deras namn, eftersom han visste att fru Shen noga kontrollerat deras legitimationer.

De satte sig i soffgruppen intill ett av de höga fönstren. Männen avböjde när Ya Ru frågade om han fick bjuda på te.

Det var den äldste av de två männen som förde ordet. Ya Ru kunde höra att han talade med den omisskännliga dialekten hos människor som var uppvuxna i Shanghai.

– Det har kommit informationer, sa mannen. Vi kan inte avslöja vem som gett oss dom. Eftersom dom är så detaljerade kan vi inte heller låta dom bli liggande. Våra instruktioner har blivit strängare när det gäller att angripa olika brott mot statens lagar och förordningar.

– Jag har själv varit med om att skärpa hållningen till korruptionen, sa Ya Ru. Jag förstår inte varför ni är här?

– Vi har fått information om att era byggbolag söker fördelar med otillåtna medel.

– Otillåtna fördelar?

– Otillåtna byten av tjänster.

– Med andra ord, korruption och mutbrott? Bestickning?

– Informationerna vi fått är mycket detaljerade. Vi är bekymrade. Våra instruktioner har skärpts.

– Ni har alltså kommit hit denna tidiga morgon för att meddela att det föreligger misstankar om oegentligheter inom mina bolag?

– Vi har snarare kommit hit för att berätta.

– För att varna?

– Om man så vill.

Ya Ru förstod. Han var en man med mäktiga vänner, även inom antikorruptionsbyrån. Därför hade man tillåtit att han skulle ges ett försprång. För att sopa igen spår, avlägsna bevis eller söka förklaringar, om nu Ya Ru själv inte var medveten om vad som pågick.

Han tänkte på nackskottet som nyligen dödat Shen Wixan. Det var som om de två grå männen som satt mitt emot honom i soffan sände ut en kyla, samma som enligt legenden hade strömmat ut från det afrikanska isberget.

Ya Ru undrade återigen om han varit oförsiktig. Kanske hade han vid något tillfälle varit för säker, låtit arrogansen ta överhanden. I så fall hade det varit ett misstag. Det straffade sig alltid.

– Jag behöver veta mer, sa han. Det är för allmänt, för vagt.

– Våra instruktioner tillåter det inte.

– Anklagelserna, även om dom är anonyma, måste komma nånstans ifrån?

– Inte heller det kan vi svara på.

Ya Ru övervägde hastigt om det skulle vara möjligt att betala de två männen för att få ytterligare informationer om de anklagelser som riktades mot honom. Men han vågade inte ta risken. Någon, eller båda, kunde bära mikrofoner som spelade in samtalet. Risken fanns naturligtvis också att de var hederliga, inte hade ett pris som så många andra tjänstemän i staten.

– Dessa oklara anklagelser är helt och hållet grundlösa, sa Ya Ru. Jag är tacksam att jag nu lär känna dom rykten som tydligen omger mig och mina företag. Men anonymiteten är ofta en källa till falskhet, avund och försåtliga lögner. Jag håller rent i mina företag, jag har statens och partiets förtroende, och tvekar inte att påstå att jag har tillräcklig kontroll för att veta om mina verkställande direktörer följer mina direktiv eller inte. Om det sker mindre oegentligheter bland några av alla mina anställda som sannolikt uppgår till mer än trettiotusen kan jag givetvis inte svara på.

Ya Ru reste sig som tecken på att han ansåg samtalet vara över. De två männen bugade sig och lämnade rummet. När de hade gått ringde han till fru Shen.

– Sätt någon av mina säkerhetsansvariga på att ta reda på vilka dom är, sa han. Vilka som är deras chefer. Kalla sen in mina nio verkställande direktörer till ett möte om tre dagar. Ingenting ursäktar att någon uteblir. Den som inte kommer lämnar omedelbart sin anställning. Detta måste klargöras!

Ya Ru hade blivit ursinnig. Det han gjorde var inte värre än de handlingar andra begick. En man som Shen Wixan hade låtit allt gå till överdrifter och dessutom varit snål mot ämbetsmännen i staten som beredde marken åt honom. Han hade varit en lämplig syndabock som ingen skulle sakna när han nu var borta.

Under några intensiva timmar gjorde Ya Ru upp en plan för hur han skulle agera, samtidigt som han grubblade över vem av hans direktörer som i hemlighet kunde ha öppnat giftskåpet och spridit ut information om hans otillbörliga affärer och hemliga avtal.

Tre dagar senare samlades hans direktörer på ett hotell i Beijing. Ya Ru hade valt det med omsorg. Det var där han en gång om året brukade ha ett möte då han sparkade någon av sina direktörer för att visa att ingen satt säker. Det var också en grupp mycket bleka män som samlades strax efter tio på förmiddagen. Ingen av dem hade fått information om vad det plötsligt inkallade mötet gällde. Ya Ru lät dem vänta i över en timme innan han gick in. Hans strategi var mycket enkel. Han skickade ut direktörerna efter att ha lagt beslag på deras mobiltelefoner, så att de inte skulle kunna kontakta varandra eller omvärlden. Var och en fick sitta i ett enskilt rum med någon av fru Shens inkallade vakter vid sin sida. Sedan mötte Ya Ru dem en och en och han berättade utan omsvep vad han hade fått höra några dagar tidigare. Vad hade de för kommentarer? Förklaringar? Fanns det något som Ya Ru borde veta? Han iakttog noga deras ansikten och försökte se om någon verkade förberedd på det han hade att säga. Om det fanns en sådan person kunde Ya Ru vara säker på var läckan fanns.

Men alla direktörer visade samma förvåning, samma upprördhet. När dagen var slut kunde han inte annat än att konstatera att han inte funnit någon skyldig. Han lät dem gå utan att ha avskedat någon. Men alla fick stränga besked om att leta efter mullvadar i sina egna direktioner.

Det var först några dagar senare, när fru Shen redovisade vad hans efterforskare hade kommit fram till om männen från säkerhetstjänsten, som han insåg att han hade tänkt alldeles fel. Han hade återigen haft ritningarna till huset i Afrika framför sig, när hon kom in. Han hade bett henne sätta sig ner, vänt bort skrivbordslampan så hans ansikte hamnade i skugga. Han tyckte om att lyssna till hennes röst. Vad hon än berättade för honom, en ekonomisk föredragning eller uttolkningen av nya direktiv från någon statlig myndighet, hade han en känsla av hon berättade en saga för honom. I hennes röst fanns någonting av den barndom han för länge sedan hade glömt, eller blivit berövad av sitt ovilliga minne, han kunde inte avgöra vilket.

Han hade lärt henne att alltid börja med det viktigaste när hon föredrog ett ärende. Det gjorde hon också denna kväll.

– På något sätt tycks det ha med er döda syster Hong att göra. Hon har haft täta kontakter med en del av ledarna för den statliga säkerhetsbyrån. Hennes namn återkommer när vi försöker koppla ihop dom som nyligen besökte oss den där morgonen och andra som finns i bakgrunden. Vi tycker oss kunna förstå att informationen endast har cirkulerat under en kort tid innan hon så tragiskt omkom. Ändå har någon på allra högsta nivå gett klartecken.

Ya Ru märkte att fru Shen plötsligt avbröt sig.

– Vad är det du inte säger?

– Jag är osäker.

– Allt är osäkert. Har någon på den högsta nivån gett besked om att utredningen mot mig ska fortsätta?

– Om det är sant eller inte kan jag inte svara på. Men ryktet säger att man inte är nöjd med utfallet av domen mot Shen Wixan.

Ya Ru blev alldeles kall. Han förstod innan fru Shen hunnit säga någonting mer.

– Ännu en syndabock? Ännu en rik man som ska fällas för att visa

491

att det nu är en kampanj och inte bara en markering av att tålamodet
är slut?

Fru Shen nickade. Ya Ru drog sig djupare in i skuggan.

– Har du något mer?

– Nej.

– Då kan du gå.

Fru Shen lämnade rummet. Ya Ru rörde sig inte. Han tvingade sig
att tänka trots att han mest av allt ville fly från sitt kontor.

När han fattat det svåra beslutet att döda Hong och att det skulle
ske under resan till Afrika, hade han varit säker på att hon fortfarande
var hans lojala syster. Visst hade de olika åsikter, de stred ofta inbör-
des. Just i detta rum, på hans födelsedag, hade hon anklagat honom
för att ta mutor.

Det var då han förstått att Hong förr eller senare skulle bli en alltför
stor fara för honom. Nu insåg han att han borde ha slagit till tidigare.
Hong hade redan övergivit honom.

Ya Ru skakade långsamt på huvudet. Han insåg plötsligt något han
aldrig tidigare hade tänkt. Hong hade varit beredd att göra samma sak
mot honom som han hade gjort mot henne. Visserligen hade hon inte
själv tänkt höja ett vapen. Hong ville gå vägen genom landets lagar.
Men hade Ya Ru dömts till döden skulle hon ha varit en av dem som
menat att det var rätt.

Ya Ru tänkte på sin vän Lai Changxing som några år tidigare hade
tvingats ut i en brådskande landsflykt när polisen en morgon gjort
samordnade razzior på alla hans företag. Det var enbart på grund av
att han ägde ett eget flygplan som han alltid höll startberett som han
lyckades få sig själv och sin familj ur landet. Han hade begett sig till
Canada som inte hade något utlämningsavtal med Kina. Han var son
till en fattigbonde och hade gjort en häpnadsväckande karriär när
Deng hade släppt marknaden fri. Han hade börjat med att gräva

brunnar, men sedan blivit smugglare och investerat allt han tjänade i företag som på några få år hade genererat en gigantisk förmögenhet. Ya Ru hade en gång besökt honom i Röda herrgården som han låtit uppföra i sin hembygd Xiamen. Där hade han också tagit ett stort socialt ansvar genom att uppföra åldersdomshem och skolor. Ya Ru hade redan då reagerat på Lai Changxings arroganta vräkighet och han hade också varnat honom för att det en dag kunde få honom på fall. De hade suttit en kväll och diskuterat avunden mot de nya kapitalisterna, "Den andra dynastin", som Lai Changxing ironiskt kallade dem, men bara när han talade i enrum med människor han litade på.

Ya Ru hade alltså inte blivit förvånad när det gigantiska korthuset föll och Lai måste fly. Efter det hade flera av dem som varit inblandade i hans affärer blivit avrättade. Andra, räknade i hundratals hade fängslats. Samtidigt levde minnet av den generösa mannen i den fattiga hemtrakten. Han som ibland hade gett hela förmögenheter i dricks till taxichaufförer eller skänkt gåvor, helt utan anledning, till utarmade människor han inte ens kände namnet på. Ya Ru visste också att Lai nu skrev på sina memoarer, vilket givetvis hade fått många ledande ämbetsmän och politiker i Kina att bli vettskrämda. Lai satt inne med många sanningar och i Canada där han befann sig kunde ingen komma åt att censurera honom.

Men Ya Ru hade inga tankar på att fly sitt land. För honom stod inget flygplan startberett på någon av Beijings flygplatser.

Det var också en annan tanke som började gnaga i hans huvud. Ma Li, Hongs väninna, hade varit med på resan i Afrika. Ya Ru visste att de hade samtalat med varandra. Dessutom hade Hong alltid varit en brevskrivare.

Kanske Ma Li hade burit med sig ett budskap från Hong? Något som hon sedan hade fört vidare till personer som i sin tur informerat säkerhetstjänsten? Han visste inte. Men han tänkte genast ta reda på det.

Tre dagar senare, när en av vinterns många svåra sandstormar drog fram över Beijing, sökte Ya Ru upp Ma Lis kontor i närheten av Solgudens park, Ritan Gongyuan. Ma Li arbetade inom en ekonomisk analysavdelning och hade inte en tillräckligt överordnad ställning för att kunna vålla honom några problem. Med hjälp av sin personal hade fru Shen ringat in hennes umgänge och där fanns inga länkar till det innersta av statens och partiets ledning. Ma Li hade två barn. Hennes nuvarande man var en betydelselös byråkrat. Eftersom hennes första man hade dött under kriget mot vietnameserna under 1970-talet hade ingen haft några invändningar när hon gift om sig och skaffat ännu ett barn. Båda dessa levde nu egna liv, den äldsta, en dotter, var undervisningsråd vid en lärarakademi, medan sonen arbetade som kirurg på ett sjukhus i Shanghai. Inte heller de hade kontakter och försänkningar som oroade Ya Ru. Däremot hade han nogsamt noterat att Ma Li hade två barnbarn som hon ägnade mycket av sin tid.

Fru Shen hade gjort upp när Ma Li kunde ta emot Ya Ru. Något ärende hade fru Shen inte uppgett, bara att mötet var brådskande och att det sannolikt hade med den afrikanska resan att göra. Det borde oroa henne, tänkte Ya Ru när han satt i baksätet på sin bil och betraktade staden han färdades igenom. Eftersom han var tidig hade han bett sin chaufför att köra en omväg förbi några av de byggarbetsplatser där han hade intressen. Framförallt gällde det nybyggnationer inför de olympiska spelen. Ya Ru hade därtill ett stort kontrakt på demoleringen av ett av de bostadsområden som måste försvinna för att ersättas av genomfartsleder till de nya idrottsanläggningarna. Ya Ru räknade in miljardvinster på sina entreprenader, även när han dragit av betalningen till ämbetsmän och politiker som uppgick till miljonbelopp varje månad.

Ya Ru betraktade staden som höll på att förvandlas framför hans ögon. Många protesterade och menade att Beijing förlorade allt för mycket av sin ursprunglighet. Ya Ru hade manat på de journalister som arbetade för honom att skriva om de slumområden som nu försvann och de investeringar som på sikt, när de olympiska spelen var över och hade gett Kina ett nytt ansikte i världen, skulle komma de vanliga människorna till godo. Ya Ru som helst ville vara den osynlige kreatören i bakgrunden hade vid några tillfällen fallit för den fåfänga frestelsen att själv uppträda i olika teveprogram där förvandlingen av Beijing diskuterades. Han hade då alltid passat på att göra några utspel som handlade om välgörenhet och bevarande av särskilda parker eller byggnader i staden. Enligt de massmediala analytiker han betalade för olika tjänster var han en person som omgavs av ett gott rykte, trots att han tillhörde den rikaste eliten i landet.

Det ryktet tänkte han försvara. Till vilket pris som helst.

Bilen bromsade in framför den oansenliga byggnad där Ma Li hade sin arbetsplats. Hon stod på trappan och tog emot honom.

– Ma Li, sa Ya Ru. När jag nu återser dig är det som om vår resa till Afrika, som slutade så sorgligt, redan ligger oändligt långt tillbaka i tiden.

– Varje dag tänker jag på den kära Hong, sa Ma Li. Men Afrika låter jag försvinna i fjärran. Dit kommer jag ändå aldrig att återvända.

– Som du vet sluter vi dagligen nya avtal med många av den afrikanska kontinentens länder. Mellan oss byggs broar som kommer att bära oss under lång tid framåt.

De hade under samtalet gått genom en ödslig korridor till Ma Lis arbetsrum, vars fönster vette mot en liten trädgård som var innesluten av en hög mur. Mitt i trädgården fanns en springbrunn som nu på vintern var torrlagd.

Ma Li serverade te efter att ha stängt av sin telefon. På avstånd kunde Ya Ru höra någon som skrattade.

– Sökandet efter en sanning är som att betrakta en snigel som jagar en snigel, sa Ya Ru tankfullt. Den tar sig långsamt fram. Men den är envis.

Ya Ru såg henne stint i ögonen. Men Ma Li väjde inte undan.

– Det går rykten, fortsatte Ya Ru. Rykten som berör mig illa. Rykten om mina företag, om min karaktär. Jag undrar var dom kommer ifrån. Jag måste ställa frågan om vem som vill skada mig. Inte dom vanliga avundsmännen, men någon annan, med motiv jag inte förstår.

– Varför skulle jag vilja förstöra ditt rykte?

– Det är inte det jag menar. Frågan är en helt annan. Vem kan veta, vem kan ha informationer, vem kan sprida dom?

– Våra liv är helt åtskilda. Jag är ämbetsman, du gör stora affärer som man läser om i tidningarna. I jämförelse med mig som är en obetydlig människa lever du ett liv jag knappast kan föreställa mig.

– Men du kände Hong, sa Ya Ru sakta. Min syster, som också stod mig nära. Efter att inte ha träffats under lång tid möter ni varandra av en tillfällighet i Afrika. Ni samtalar, hon gör ett brådskande besök hos dig en tidig morgon. När jag kommer tillbaka hit till Kina börjar rykten spridas.

Ma Li bleknade.

– Beskyller du mig för att baktala dig i offentligheten?

– Du måste förstå, vilket du säkert också gör, att i min situation tillåter jag mig inte ett sånt uttalande om jag inte har gjort mina efterforskningar. Jag har uteslutit den ena möjligheten efter den andra. Till slut sitter jag igen med en enda förklaring. En enda människa.

– Jag?

– Egentligen inte.

– Du menar Hong? Din egen syster?

– Det är ingen hemlighet att vi har varit oeniga i grundläggande frågor om Kinas framtid. Politikens utveckling, ekonomin, synen på historien.

– Men var ni fiender?

496

– Fiendskap kan utvecklas under lång tid, nästan osynligt, som landhöjningen ur havet. Plötsligt har en fiendskap uppstått som man inte vetat om.

– Jag har svårt att tro att Hong skulle använda anonyma anklagelser som vapen. Sån var hon inte.

– Jag vet. Det är därför jag ställer frågan. Vad talade ni egentligen om?

Ma Li svarade inte. Ya Ru fortsatte utan att ge henne någon betänketid.

– Det kanske fanns ett brev, sa han sakta, som hon gav dig den där morgonen. Har jag inte rätt? Ett brev? Eller ett dokument? Jag måste veta vad hon sa till dig och vad hon gav dig.

– Det var som om hon anade att hon skulle dö, sa Ma Li. Jag har grubblat utan att förstå kraften i den oro hon måste ha känt. Hon bad mig bara se till att hennes kropp blev bränd när hon var död. Hon ville ha askan spridd över Longtanhu Gonguyan, den lilla sjön som finns i parken. Dessutom bad hon mig att ta hand om hennes tillhörigheter, böckerna, ge bort kläderna, tömma hennes hus.

– Inget annat?

– Nej.

– Var detta något hon sa eller hade skrivit?

– Ett brev. Jag lärde mig innehållet utantill. Sen brände jag det.

– Det var alltså ett kort brev?

– Ja.

– Men varför brände du det? Ett testamente kan man nästan kalla det.

– Hon sa att ingen skulle ifrågasätta mina ord.

Ya Ru fortsatte att betrakta hennes ansikte medan han tänkte på det hon sagt.

– Det var inte så att hon också lämnade ett annat brev till dig?

– Vad skulle det ha varit?

– Det är det jag frågar om. Kanske ett brev som du inte brände? Men som du överlämnade till någon annan?

– Jag fick ett brev. Som var riktat till mig. Som jag brände. Ingenting mer.

– Det vore olyckligt om du inte talade sanning just nu.

– Varför skulle jag ljuga?

Ya Ru slog ut med armarna.

– Varför ljuger människor? Varför har vi den förmågan? För att det i vissa ögonblick kan ge oss fördelar. Lögn och sanning är vapen, Ma Li, som dugliga användare kan ha bruk för, på samma sätt som andra med stor skicklighet lyfter sina svärd.

Han fortsatte att se på henne utan att hon slog undan blicken.

– Ingenting mer? Inget annat du vill säga mig?

– Nej. Ingenting.

– Du inser naturligtvis att jag förr eller senare får reda på allt jag behöver veta.

– Ja.

Ya Ru nickade tankfullt.

– Du är en god människa, Ma Li. Det är jag också. Men jag kan bli störd och förbittrad om jag blir utsatt för ohederlighet.

– Jag har inte utelämnat någonting.

– Det är bra. Du har två barnbarn, Ma Li. Dom älskar du mer än allt annat.

Han såg hur hon ryckte till.

– Hotar du mig?

– Inte alls. Jag bara ger dig en möjlighet att säga som det är.

– Jag har sagt allt. Hong berättade om den rädsla hon bär på inför utvecklingen i Kina. Men inga hot, inga rykten.

– Då tror jag dig.

– Du gör mig rädd, Ya Ru. Förtjänar jag verkligen det?

– Jag har inte gjort dig rädd. Hong gjorde det, med sitt hemlighetsfulla brev. Tala med hennes ande om det. Be henne om fred från den oro du känner.

Ya Ru reste sig. Ma Li följde honom ut på gatan. Han tog henne i hand och försvann sedan i sin bil. Ma Li återvände till sitt kontor och kräktes i ett handfat.

Sedan satte hon sig vid sitt bord och memorerade ord för ord det brev hon hade fått av Hong och som låg dolt i en av hennes skrivbordslådor.

Hon dog i vrede, tänkte Ma Li. Vad som än hände med henne. Ännu har ingen gett mig ett bra svar på hur den där bilolyckan egentligen gick till.

Innan hon lämnade kontoret den kvällen rev hon sönder brevet och spolade ner pappersbitarna på toaletten. Hon var fortfarande rädd, och visste att hon nu skulle tvingas leva med Ya Rus hot. Från och med nu skulle han alltid finnas i hennes närhet.

Ya Ru tillbringade den kvällen på en av sina nattklubbar i Beijings nöjesdistrikt Sanlitun. I ett av de bakre rummen lade han sig att vila och lät Li Wu, en av värdinnorna på nattklubben, massera hans nacke. Li var i hans egen ålder. En gång hade hon varit hans älskarinna. Fortfarande tillhörde hon den lilla grupp människor som Ya Ru hade förtroende för. Han valde noga vad han sa och inte sa till henne. Men han visste att hon var lojal.

Hon klädde alltid av sig naken när hon masserade honom. På avstånd trängde ljudet från nattklubbsmusiken genom väggarna. Ljuset i rummet var dämpat, tapeterna röda.

Ya Ru gick i tankarna igenom samtalet med Ma Li. Allt utgick från Hong, tänkte han. Jag gjorde ett stort fel som så länge litade på hennes lojalitet med familjen.

Li fortsatte att massera hans rygg. Plötsligt grep han om hennes hand och satte sig upp.

– Gjorde jag dig illa?

– Jag behöver vara ensam, Li. Jag kallar på dig igen.

Hon lämnade rummet samtidigt som Ya Ru lindade ett lakan runt kroppen. Han undrade om han hade tänkt fel. Kanske inte frågan var vad som hade stått i det brev som Hong hade lämnat till Ma Li. Anta att Hong talade med någon, tänkte han. Någon som hon förutsatte att jag aldrig skulle bry mig om.

Plötsligt mindes han Chan Bings ord om den svenska domaren som Hong hade intresserat sig för. Vad hade hindrat Hong att ha talat med henne? Gett henne förtroenden hon inte borde?

Ya Ru lade sig ner på sängen. Nacken kändes mindre öm nu, efter Lis känsliga fingrar.

Morgonen därpå ringde han upp Chan Bing. Han gick rakt på sak:

– Du nämnde något om en svensk domare som min syster hade kontakt med. Vad gällde saken?

– Hon hette Birgitta Roslin. Det var ett vanligt överfall. Vi kallade in henne för att peka ut gärningsmännen, men hon kände inte igen någon. Däremot hade hon tydligen talat med Hong om ett antal mord i Sverige, som hon trodde hade utförts av en kines.

Ya Ru blev alldeles kall. Det var värre än han hade trott. Det fanns ett hot som kunde skada honom allvarligare än några korruptionsmisstankar. Han skyndade sig att avsluta samtalet med några artighetsfraser.

I tankarna förberedde han sig redan för ett uppdrag han måste utföra själv, nu när Liu inte längre fanns.

Ännu återstod en sak att slutföra. Än var Hong inte slutgiltigt besegrad.

Chinatown, London

34

Det regnade den förmiddag i början av maj när Birgitta Roslin följde sin familj till Köpenhamn där de skulle bege sig ut på en semesterresa till Madeira. Efter mycket vånda och många samtal med Staffan hade hon bestämt sig för att inte följa med. Den långa sjukfrånvaro hon hade haft tidigare under året hade gjort det omöjligt för henne att gå till sin lagman och be om tjänstledighet. Tingsrätten var fortfarande svårt nertyngd av brottmål som stod på kö. Birgitta Roslin kunde helt enkelt inte åka.

De anlände till Köpenhamn i hällande regn. Staffan, som reste gratis med sj, hade insisterat på att han mycket väl kunde ta tåget till Kastrup där barnen väntade, men hon hade lika envist vela köra honom. I avgångshallen vinkade hon av dem och satte sig sedan på ett café och betraktade strömmen av människor som släpade på väskor och drömmar om resor till avlägsna länder.

Några dagar innan hade hon ringt till Karin Wiman och sagt att hon var på väg till Köpenhamn. Trots att det gått flera månader sedan de kommit tillbaka från Beijing hade de ännu inte haft möjlighet att träffas. Birgitta Roslin hade efter friskskrivningen kastats huvudstupa in i arbetet. Hans Mattsson hade tagit emot henne med öppna armar, ställt en vas med blommor på hennes bord och i nästa ögonblick lastat av ett stort antal utredda åtal, som nu skulle upp i domstolen så fort det bara gick. Under just den tiden, slutet av mars, hade också pågått en diskussion i de lokala tidningarna för södra Sverige om de skandalösa väntetiderna som rådde vid de svenska domstolarna.

Hans Mattsson, som knappast kunde betraktas som särskilt krigisk till sin natur, hade enligt Birgitta Roslins kollegor inte gått ut tillräckligt hårt och förklarat den hopplösa situation Domstolsverket och framförallt regeringen med sina sparkrav hade ställt till med. Medan hennes kollegor stönade och rasade över arbetsmängden hade Birgitta Roslin känt en stor och rastlös glädje över att vara tillbaka igen. Hon hade ofta på kvällarna suttit kvar på sitt kontor så länge att Hans Mattsson på sitt stillsamma sätt hade varnat henne för att hon åter skulle överanstränga sig och bli sjuk.

– Jag var inte sjuk, sa Birgitta Roslin. Jag hade bara ett alltför högt blodtryck och lite dåliga värden.

– Så svarar en skicklig demagog, sa Hans Mattsson. Inte en svensk domare som vet att ordvrängeri leder till elände.

Därför hade hon bara talat med Karin Wiman i telefon. Vid två tillfällen hade de försökt träffas men båda gångerna hade förhinder uppstått. Men nu, denna regniga dag i Köpenhamn, hade Birgitta ledigt. Hon behövde vara tillbaka i sin rättssal först dagen efter och skulle stanna över natten hos Karin. I väskan hade hon med sig sina bilder och hon såg med barnslig nyfikenhet fram emot att se de foton som Karin hade tagit.

Resan till Beijing var redan avlägsen. Hon undrade om det var åldern som gjorde att minnesbilder så snabbt tonade bort. Hon såg sig runt i caféet, som om hon letade efter någon som kunde ge henne svar. I ett hörn satt två arabiska kvinnor med knappt blottade ansikten, en av dem grät.

De kan inte ge mig svar, tänkte hon. Vem kan om inte jag själv kan?

Birgitta och Karin hade bestämt att mötas för lunch på en restaurang som låg vid en av tvärgatorna till Ströget. Birgitta hade tänkt gå i affärer och leta efter en dräkt som hon kunde ha i rättssalen. Men regnet gjorde att hon tappade lusten. Hon satt kvar på Kastrup tills tiden var inne och tog sedan en taxi in till staden eftersom hon var osäker om hon skulle hitta. Karin vinkade glatt när hon steg in i den överfulla restaurangen.

– Dom kom iväg väl?

– Man tänker på det för sent. Det fasansfulla att man sätter hela sin familj i samma plan.

Karin skakade på huvudet.

– Det händer ingenting, sa hon. Om man verkligen vill vara säker på att överleva när man flyttar sig från en plats till en annan ska man krypa in i ett flygplan.

De åt lunch, såg på fotografier och repeterade minnesbilder från resan. Medan Karin pratade kom Birgitta på sig med att för första gången på länge i tankarna återvända till det överfall hon blivit utsatt för. Hong som plötsligt stått framför hennes frukostbord. Väskan som hade blivit återfunnen. Hela det egendomliga och skrämmande skeende som hon dragits in.

– Lyssnar du? frågade Karin.

– Naturligtvis lyssnar jag. Varför undrar du?

– Det verkar inte så.

– Jag tänker på min familj som svävar där uppe.

De beställde kaffe efter maten. Karin föreslog att de skulle ta varsin konjak i protest mot det kalla vårvädret.

– Naturligtvis ska vi dricka konjak.

De tog en taxi hem till Karin. När de kom fram hade regnet upphört och molntäcket börjat spricka upp.

– Jag behöver röra på mig, sa Birgitta. Jag tillbringar ett oändligt antal timmar sittande på mitt kontor eller i rätten.

De gick längs stranden som var övergiven, frånsett några äldre människor som rastade sina hundar.

– Vad tänker du när du ska skicka en människa i fängelse? Har jag frågat det förut? Om du nånsin har dömt någon som mördat? frågade Karin.

– Många gånger. Bland annat en kvinna som mördat tre personer. Sina föräldrar plus en yngre bror. Jag minns att jag satt och betraktade henne under rättegången. Hon var liten och tunn, mycket vacker. Hade jag varit man hade jag nog tyckt att hon var sexig. Jag försökte upptäcka ånger hos henne. Det var uppenbart att hon hade planerat morden. Hon hade inte slagit ihjäl dom i raseri. Dessutom var det bokstavligt som jag säger, hon hade verkligen *slagit* ihjäl dom. Det är sånt som män gör. Kvinnor använder oftast knivar. Vi är det stickande könet medan männen är det slående. Men hon hade tagit en slägga från sin fars garage och slagit in huvudena på alla tre. Och ingen ånger.

– Varför?

– Det kom aldrig fram.

– Hon var alltså galen?

– Inte enligt dom som granskade hennes mentala tillstånd. Till slut fanns det inget annat för mig än att döma så strängt lagen påbjuder. Hon överklagade inte ens. Som domare brukar man betrakta det som en seger. I det här fallet vet jag inte.

De stannade och betraktade en segelbåt som länsade norrut genom Sundet.

– Är det inte dags nu att du berättar? sa Karin.

– Om vad?

– Vad som egentligen hände där i Beijing? Jag vet ju att det inte var sant det du sa. Åtminstone inte den fulla och hela sanningen som man avlägger ed på i din rättssal.

– Jag blev överfallen. Jag fick min väska stulen.

– Det vet jag. Men omständigheterna, Birgitta, dom tror jag inte på. Det var hela tiden nånting som fattades. Även om vi inte har träffats mycket under senare år så känner jag dig. När vi var rebeller en gång i tiden, naiva stackare som blandade samman känslan med förnuftet, lärde vi oss tala sanning och ljuga på en och samma gång. Jag skulle aldrig försöka tala osanning inför dig. Eller narras, som min far brukade säga. Jag vet att du skulle genomskåda det.

Birgitta kände det som en lättnad.

– Jag förstår det inte själv, sa hon, varför jag gömde halva historien. Kanske för att du hade så mycket att göra med din första dynasti. Kanske för att jag inte riktigt själv förstod vad som hade hänt.

De fortsatte att gå längs stranden och tog av sig sina jackor när solen på allvar började värma. Birgitta berättade om fotografiet från övervakningskameran på det lilla hotellet i Hudiksvall och hennes försök att hitta den man som fanns på filmen. Hon gjorde det grundligt, som om hon själv befann sig i vittnesbåset och hade ett vakande domaröga över sig.

– Det sa du ingenting om, sa Karin när Birgitta kommit till punkt. De hade vänt och börjat gå tillbaka.

– När du for var jag rädd, sa Birgitta. Jag tänkte att jag skulle multna bort i någon underjordisk fängelsecell. Polisen skulle efteråt säga att jag bara hade försvunnit.

– Jag tar det som ett uttryck för bristande förtroende. Egentligen borde jag bli arg.

Birgitta stannade och ställde sig framför Karin.

– Så väl känner vi inte varandra, sa hon. Vi kanske tror det. Eller önskar att det var så. När vi var unga hade vi ett helt annat förhållande än nu. Vi är vänner. Men riktigt nära är vi inte. Det har vi kanske aldrig varit.

Karin nickade. De fortsatte att gå längs stranden, ovanför tången där sanden var torrast.

– Man vill att allt ska upprepas, att det ska bli precis som det var, sa Karin. Men att bli äldre innebär att man måste värja sig för sentimentalitet. Vänskap som ska överleva måste hela tiden omprövas och förnyas. Gammal kärlek kanske inte rostar. Men gammal vänskap gör det.

– Bara det att vi talar nu är ett steg åt rätt håll. Det är som att gnida bort rosten med en stålborste.

– Vad hände sen? Hur slutade det hela?

– Jag for hem. Polisen eller någon hemlig säkerhetstjänst sökte igenom mitt rum. Vad dom hoppades att hitta vet jag inte.

– Men du måste ha undrat? En väskryckning?

– Det handlar naturligtvis om fotografiet från hotellet i Hudiksvall. Någon ville inte att jag skulle leta efter den där mannen. Samtidigt tror jag att Hong faktiskt talade sanning. Kina önskar inte att utländska besökare ska återvända hem och berätta om så kallade "olyckliga händelser". Inte nu, när landet förbereder sig för sitt stora glansnummer, dom olympiska spelen.

– Ett helt land med över en miljard människor som väntar i kulissen på sin entré. En märklig tanke.

– Många hundra miljoner människor, våra älskade fattigbönder, vet säkert inte vad dessa olympiska spel innebär. Eller så inser dom att ingenting kommer att bli bättre för dom bara för att världens ungdom samlas till lekar i Beijing.

– Jag minns henne vagt, den kvinna som hette Hong. Hon var mycket vacker. Det fanns något avvaktande hos henne, som om hon hela tiden var beredd att något skulle hända.

– Kanske. Jag minns henne annorlunda. Hon hjälpte mig.

– Var hon flera herrars tjänare?

– Jag har funderat på det. Jag kan inte svara. Jag vet inte. Men troligtvis har du rätt.

Det gick ut på en brygga, där många båtplatser fortfarande var tomma. I en gammal träbåt satt en gammal kvinna och öste. Hon nickade glatt och sa något på en dialekt som Karin bara förstod bråkdelen av.

Efteråt drack de kaffe i Karins vardagsrum. Karin berättade om det arbete hon höll på med, att tolka ett antal kinesiska poeter och deras verk från självständigheten 1949 fram till nu.

– Jag kan inte bara ägna mig mitt liv åt utdöda imperier. Dikterna är en omväxling.

Birgitta var nära att berätta om sin hemliga och passionerade lek med schlagertexterna. Men hon sa ingenting.

– Många var modiga, sa Karin. Mao och dom andra i den politiska ledningen tålde sällan kritik. Men Mao hade tålamod med poeterna. Eftersom han skrev poesi själv, kan man föreställa sig. Men jag menar att han visste att konstnärer kunde komma med viktiga perspektiv på det stora politiska skeendet. När andra i partiets ledning ville ta krafttag mot dom som skrev felaktiga ord och målade med farliga penseldrag, satte sig Mao nästan alltid emot. In i det sista. Det som skedde mot konstnärerna under kulturrevolutionen var naturligtvis hans ansvar men inte hans avsikt. Även om den sista revolutionen han utlöste bar kulturella förtecken var den naturligtvis i grunden politisk. När Mao insåg att en del av dom rebelliska ungdomarna gick för långt slog han till bromsarna. Även om han inte kunde säga det högt tror jag han sörjde den förstörelse som skedde under dom där åren. Men han visste naturligtvis också bättre än någon annan att om man vill laga omelett så måste man knäcka ägg. Var det inte så man sa?

– Eller att revolutionen inte var en tebjudning.

Båda brast i skratt.

– Vad tänker du nu om Kina, sa Birgitta. Vad är det som händer där?

– Jag är övertygad om att det pågår en oerhörd kraftmätning. Inom partiet, inom landet. Samtidigt vill kommunistpartiet visa omvärlden, såna som du och jag, att det är möjligt att kombinera ekonomisk utveckling med en stat som inte är demokratisk. Även om alla liberala tänkare i västvärlden förnekar det, är partiets diktatur förenlig med en ekonomisk utveckling. Det skapar naturligtvis oro hos oss. Det är därför det talas och skrivs så mycket om dom kinesiska nackskotten. Bristen på frihet, öppenhet, dom i väst så omhuldade mänskliga rättigheterna, blir vår angreppspunkt på Kina. För mig är det hyckleri, eftersom vår del av världen är full av länder, inte minst USA och Ryssland, där mänskliga rättigheter kränks varje dag. Dessutom vet kineserna att vi vill göra affärer med dom, till vilket pris som helst. Dom genomskådade oss på 1800-talet när vi beslöt att göra dom alla till opiemissbrukare och därmed tillskansa oss rättigheter att bedriva affärer på våra villkor. Kineserna har lärt men dom kommer inte att göra om våra misstag. Så tänker jag och jag vet att mina slutsatser givetvis är ofullkomliga. Skeendet är så mycket större än vad jag kan överblicka. Vi kan inte använda våra egna vattenpass i Kina. Men vad vi än tycker så måste vi lyssna med respekt på vad som sker. Bara en idiot skulle idag tänka att det som händer där inte påverkar vår egen framtid. Hade jag små barn idag skulle jag skaffa en kinesisk barnflicka för att se till att dom lärde sig språket.

– Precis samma säger min son.

– Då är han framsynt.

– För mig var resan överväldigande, sa Birgitta. Ett land så oändligt stort, att jag hela tiden gick omkring med känslan av att jag när som helst kunde försvinna. Och ingen skulle fråga efter den där individen när det fanns så många andra. Jag skulle önska att jag hade haft mera tid att tala med Hong.

På kvällen åt de middag och förlorade sig på nytt i minnen ur det förflutna. Birgitta satt med en allt starkare känsla av att hon nu inte ville mista kontakten med Karin ännu en gång. Det fanns ingen annan hon delade sin ungdom med, ingen som kunde förstå vad hon talade om.

De satt uppe till sent och lovade varandra innan de gick för att sova att i fortsättningen träffas oftare.

– Begå någon trafikförseelse i Helsingborg, sa Birgitta. Erkänn inte för poliserna på gatan. Då hamnar du så småningom hos mig i domstolen. När jag har dömt dig kan vi gå och äta middag.

– Jag har svårt att föreställa mig dig i en domarstol.

– Jag också. Men jag sitter där dagligen.

Dagen efter följdes de åt till Hovedbanegården.

– Nu återvänder jag till mina kinesiska poeter, sa Karin. Vad ska du göra?

– I eftermiddag ska jag läsa in två åtal. Ett mot en vietnamesisk liga som smugglar cigaretter och begår hänsynslösa överfall mot gamla människor. Det är några sällsynt motbjudande unga män som är inblandade. Sen ett åtal mot en kvinna som misshandlat sin mor. Av det jag vet hittills verkar ingen av dom, varken modern eller dottern, riktigt klok. Det är vad jag ska ägna eftermiddagen åt. Jag avundas dig dina poeter. Men jag vill helst inte tänka på det.

De skulle just gå åt varsitt håll när Karin grep henne i armen.

– Jag har inte alls frågat om händelserna i Hudiksvall. Vad sker?

– Tydligen är polisen inriktad på att det trots allt var den där mannen som begick självmord som låg bakom.

– Ensam? Alla dom många döda?

– Det kan nog en riktigt målmedveten mördare klara av. Men fortfarande har man inte lyckats blottlägga motivet.

– Galenskap?

– Jag trodde det inte då och jag tror det inte nu.

– Har du fortfarande kontakt med polisen?

– Ingen alls. Jag läser bara vad som står i tidningarna.

Birgitta såg Karin skynda genom den stora centralhallen. Sedan åkte hon till Kastrup, letade rätt på bilen på parkeringsplatsen och for hem.

Att bli äldre innebär någon form av reträtt, tänkte hon. Man rusar inte bara på framåt. Ett stillsamt, nästan omärkligt återtåg sker samtidigt. Som Karins och mina samtal. Vi letar efter oss själva, vilka vi var och är, nu och då.

Vid tolvtiden var hon tillbaka i Helsingborg. Hon gick raka vägen till sitt kontor där hon läste igenom ett pm från Domstolsverket innan hon lutade sig över de två åtal som väntade. Hon klarade av att förbereda målet med den misshandlande kvinnan innan hon la papperen om vietnameserna i sin väska och gick hem. Det hade blivit varmare, kände hon. Träden hade börjat bli gröna.

En plötslig glädje slog upp inom henne. Hon stannade, blundade och drog in luften i lungorna. Ännu är ingenting för sent, tänkte hon. Jag har nu sett den kinesiska muren. Ännu finns andra murar och framförallt öar som jag ska besöka innan livet är över och locket ska läggas på. Något inom mig säger att Staffan och jag nog kommer att lyckas hantera den situation vi har hamnat i.

Åtalet mot vietnameserna var komplicerat och svåröverskådligt. Birgitta Roslin arbetade med det ända tills klockan tio på kvällen. Då hade hon också rådgjort med Hans Mattsson över telefon vid två tillfällen. Hon visste att han aldrig blev störd av att hon ringde honom hem.

Klockan hade hunnit bli elva när hon började göra sig i ordning för att gå till sängs. Då ringde det på ytterdörren. Hon rynkade pannan, men gick och öppnade. Ingen var där. Hon tog ett steg ut på trappan och såg ut mot gatan. En bil for förbi. Annars var gatan tom. Grinden var stängd. Ungar, tänkte hon. Dom ringer på, sedan springer dom.

Hon gick in igen och somnade före midnatt. Strax efter två vaknade hon utan att hon kunde avgöra vad som hade väckt henne. Hon mindes ingen dröm och lyssnade ut i mörkret utan att kunna uppfatta några ljud. Hon skulle just vända sig om för att fortsätta sova när hon satte sig upp i sängen. Hon tände lampan och lyssnade. Sedan steg hon upp, öppnade dörren ut mot hallen. Fortfarande hörde hon ingenting. Hon satte på sig morgonrocken och gick nerför trappan. Dörrar och fönster var låsta. Hon ställde sig vid ett fönster mot gatan och drog undan gardinen. Hon tyckte sig uppfatta en skugga som hastigt försvann ute på trottoaren, men slog bort det som inbillning. Mörkrädd hade hon aldrig varit. Kanske hade hon vaknat eftersom hon var hungrig. Efter en smörgås och ett glas vatten återvände hon till sin säng och hade snart somnat om.

Det var när hon skulle ta sin portfölj med alla domstolshandlingar på morgonen dagen efter som hon fick en känsla av att någon hade varit inne i hennes arbetsrum. Det var samma upplevelse som med väskan på hotellrummet i Beijing. När hon lämnat rummet kvällen innan hade hon lagt de tjocka handlingarna intill väskan. Nu låg några av papprens kanter ovanpå portföljens handtag.

Trots att hon hade bråttom gick hon igenom husets nedervåning. Ingenting var borta, allt var orört. Jag inbillar mig, tänkte hon. Oförklarliga ljud om natten ska inte förklaras med inbillningar på morgonen. Jag hade nog av förföljelseidéer i Beijing. Jag behöver dem inte här i Helsingborg.

Birgitta Roslin lämnade huset och gick backen ner mot staden och tingsrätten. Temperaturen hade stigit ytterligare några grader sedan dagen innan. Medan hon gick tänkte hon igenom det första målet som väntade. Säkerhetskontrollerna skulle förstärkas eftersom det var risk för handgripligheter bland de vietnamesiska åhörare som väntades. Hon hade i samråd med åklagaren och lagmannen avsatt två dagar till domstolsförhandlingarna. Hon misstänkte att det var i minsta laget, men pressen på domstolen var så svår att hon gått med på det. I sin egen dagbok hade hon reserverat ytterligare en dag och gjort en reservplan för nästa mål.

När hon kom till domstolen gick hon in på sitt kontor, stängde av telefonen och lutade sig bakåt i stolen med slutna ögon. I huvudet repeterade hon de viktigaste delarna i målet mot de två bröderna Tran som innefattat häktning, två gånger omhäktning och åtal. Nu återstod rättegång och dom. Under utredningstiden hade ytterligare två vietnameser, Dang och Phan, blivit häktade. Alla fyra var åtalade för samma brott och var varandras medbrottslingar.

Birgitta Roslin tyckte om att ha åklagare Palm i rättssalen. Han var en medelålders man som tog sitt yrke på allvar och inte tillhörde de åklagare som aldrig hade lärt sig hur man föredrog ett mål utan onödiga utvikningar. Av det utredningsmaterial hon haft tillgång till verkade det också som om Palm envist hade drivit fram en grundlig polisutredning, vilket inte alltid var fallet.

När klockan slog tio gick hon in i rättssalen och satte sig i sin stol. Nämndemännen och notarien var redan på plats. Avdelningen för åhörare var fullsatt. Det fanns både ordningsvakter och poliser i salen. Alla som kom in i rummet hade gått igenom likadana detektorer som innan man gick ombord på ett flygplan. Hon slog klubban i bordet, tog in de olika namnuppgifterna, kontrollerade att alla berörda var närvarande och gav ordet till åklagaren. Palm talade långsamt och tydligt. Det var lätt att följa honom. Då och då tillät hon sig att kasta en blick bort mot åhörarna. Det fanns en stor grupp vietnameser närvarande, de flesta mycket unga. Bland de övriga åhörarna kände hon igen flera journalister och en ung kvinna som var en stor tecknings- begåvning och som ritade interiörer åt flera rikstidningar. På sitt kontor hade Birgitta Roslin en teckning av sig själv som hon klippt ur en tidning. Hon hade lagt den i en låda, eftersom hon inte ville verka alltför fåfäng inför sina besökare.

Det blev en mödosam dag. Trots att utredningen på de viktigaste punkterna klart visade hur de olika brotten blivit begångna började de fyra unga männen skylla på varandra. Två av dem talade svenska, men bröderna Tran måste ha tolk. Birgitta Roslin blev vid flera tillfällen tvungen att påpeka för henne att hon uttryckte sig alltför oklart och undrade om tolken verkligen visste vad pojkarna sa. En gång blev hon också tvungen att tysta ner några åhörare och hota med att skicka ut dem om de inte lugnade ner sig.

Under lunchen kom Hans Mattsson förbi och frågade hur det gick.

– Dom ljuger, sa Birgitta Roslin. Men utredningen håller. Frågan är bara hur pass duktig tolken är.

– Erkänt skicklig, sa Hans Mattsson förvånat. Jag har verkligen sett till att vi fått den bästa tänkbara här i landet.

– Hon kanske har en dålig dag.

– Har du det?

– Nej. Men det tar tid. Jag är tveksam om vi blir färdiga till i morgon eftermiddag.

Under eftermiddagens förhandlingar fortsatte Birgitta Roslin då och då att betrakta åhörarna. Plötsligt lade hon märke till en medelålders vietnamesisk kvinna som satt för sig själv i ett hörn av rättssalen, halvt skymd av de som fanns framför henne. Varje gång Birgitta Roslin tittade åt hennes håll uppfattade hon att kvinnan såg just på henne, medan de andra vietnameserna mest höll ögonen på sina åtalade vänner eller familjemedlemmar.

Hon påminde sig den gång några månader tidigare när hon suttit i den kinesiska rättssalen. Kanske jag har fått ett gästutbyte från Vietnam, tänkte hon ironiskt. Men då hade väl någon talat om det för mig. Dessutom har den här kvinnan ingen tolk vid sin sida.

515

När hon avslutade förhandlingarna för dagen var hon fortfarande osäker på om morgondagen skulle vara tillräcklig för att allt som behövde sägas skulle bli sagt. Hon satte sig på sitt kontor och gjorde en värdering av det som återstod innan hon kunde avsluta förhandlingarna och ge besked om när dom skulle meddelas. Kanske det gick, om inte något oväntat inträffade.

Hon sov djupt den natten och stördes inte av några oväntade ljud.

Dagen efter när rättegången återupptogs satt kvinnan på sin plats igen. Det var någonting med henne som gjorde Birgitta Roslin osäker. I en paus under förhandlingarna kallade hon till sig en vaktmästare och bad honom undersöka om kvinnan höll sig för sig själv även utanför rättssalen. Just innan rättegången skulle återupptas kom han tillbaka och meddelade att det var så. Kvinnan hade inte talat med någon.

– Håll ett öga på henne, sa Birgitta Roslin.

– Jag kan naturligtvis avvisa henne om du vill?

– Av vilket skäl skulle det vara?

– Att du är orolig.

– Jag bara ber dig att hålla ett öga på henne. Ingenting annat.

Trots att Birgitta Roslin tvekade in i det sista lyckades hon driva på förhandlingarna till ett avslut sent på eftermiddagen samma dag. Hon gav besked om att dom skulle meddelas den 20 juni och avslutade rättegången. Det sista hon såg innan hon lämnade rättssalen, efter att ha tackat sina bisittare, var den vietnamesiska kvinnan som vände sig om och betraktade henne när hon lämnade rummet.

Hans Mattsson kom till hennes kontor när det hela var över. Han hade lyssnat på åklagarens och försvarets avslutande pläderingar genom det interna högtalarsystemet.

– Palm har haft ett par goda dagar.

– Frågan är bara hur straffen ska sättas. Att bröderna Tran är huvudfigurerna råder det ingen tvekan om. Dom två andra är givetvis medskyldiga. Men dom verkar rädda för bröderna. Det är svårt att komma ifrån att dom möjligen har tagit på sig mer skuld än dom verkligen har.

– Hör av dig om du vill diskutera.

Birgitta Roslin samlade ihop sina anteckningar och gjorde sig beredd att gå hem. Staffan hade skickat ett meddelande på hennes mobiltelefon att alla hade det bra. Hon skulle just lämna rummet när telefonen ringde. Hon tvekade om hon skulle bry sig om att svara. Sedan lyfte hon på luren.

– Det är jag.

Hon kände igen mansrösten men kunde först inte placera den.

– Vem jag?

– Nordin. Vaktmästaren.

– Förlåt. Jag är trött.

– Jag vill bara ringa och säga att du har besök.

– Av vem?

– Den kvinna som du tidigare bad mig att hålla ett öga på.

– Är hon kvar? Vad vill hon?

– Det vet jag inte.

– Om hon är släkt med någon av dom åtalade vietnameserna så kan jag inte tala med henne.

– Jag tror att du har fel.

Birgitta Roslin började bli otålig.

– Hur menar du? Jag kan inte prata med henne.

– Jag bara menar att hon inte är från Vietnam. Hon talar utmärkt engelska. Hon är kines. Och hon vill tala med dig. Hon säger att det är mycket viktigt.

– Var är hon?

– Hon väntar utanför. Jag kan se henne. Hon nöp just av ett blad från en björk.

– Har hon något namn?

– Det har hon säkert. Men hon har inget sagt till mig.

– Jag kommer. Säg åt henne att vänta.

Birgitta Roslin gick fram till fönstret. Därifrån kunde hon se kvinnan ute på trottoaren.

Några minuter senare gick hon ut.

35

Kvinnan, som hette Ho, kunde ha varit en yngre syster till Hong. Birgitta Roslin frapperades av deras likhet när hon kom henne nära, inte bara den strama frisyren utan också hennes värdighet. Ho hade fortfarande bladet från björken i handen när Birgitta Roslin kom ut på gatan.

Ho presenterade sig på utmärkt engelska, på samma sätt som Hong hade gjort.

– Jag har ett ärende, sa Ho. Om jag inte stör.

– Min arbetsdag är över.

– Jag förstod ingenting av alla ord jag hörde, sa Ho. Men jag såg den respekt som visades dig.

– För några månader sen följde jag en rättegång i Kina. Även där var det en kvinnlig domare. Också hon mötte stor respekt.

Birgitta Roslin frågade om Ho ville besöka ett café eller en restaurang. Men Ho pekade bara på den näraliggande parken och de utställda bänkarna.

De satte sig ner. I närheten stimmade ett berusat sällskap med äldre män som Birgitta Roslin hade sett många gånger. Hon hade ett svagt minne av att hon en gång hade dömt en av dem för någon förseelse hon inte längre kunde erinra sig. Det var parkens eviga invånare. Spritgubbar i parker och de ensamma män som går och räfsar löv på kyrkogårdar är själva navet i det svenska samhället. Tar man bort deras närvaro, vad blir kvar? Så hade hon ofta tänkt.

Det fanns en man med mörk hy bland de utslagna på fyllebänken. Även här höll det nya Sverige på att få sin identitet.

Birgitta Roslin log.

– Våren har kommit, sa hon.

– Jag är här för att berätta att Hong är död.

Vad Birgitta Roslin hade väntat sig visste hon inte. Men inte det.
Det högg till i henne. Inte av sorg, men av en ögonblicklig rädsla.

– Vad har hänt?

– Hon omkom i en bilolycka under en resa till Afrika. Hennes bror
var med. Men han klarade sig. Han var kanske inte ens med i bilen.
Jag vet inte alla detaljer.

Birgitta Roslin stirrade stumt på Ho, bearbetade orden, försökte
förstå. Den färgstarka våren blev plötsligt omgiven av skuggor.

– När hände det?

– För flera månader sen.

– I Afrika?

– Den kära Hong ingick i en stor delegation till Zimbabwe. Vår
handelsminister Ke var ledare för det besök som ansågs mycket vik-
tigt. Under en utflykt till Moçambique inträffade olyckan.

Två av de berusade männen började plötsligt skrika till varandra
och sedan slåss.

– Vi går, sa Birgitta Roslin och reste sig.

Hon tog med sig Ho till ett konditori i närheten där de nästan var
de enda gästerna. Birgitta Roslin bad flickan bakom disken att skruva
ner musiken.

Musiken dämpades. Ho drack en flaska mineralvatten, Birgitta
Roslin kaffe.

– Berätta, sa Birgitta Roslin. I detalj, långsamt, så mycket du vet.
Under dom få dagar jag träffade Hong blev hon på något sätt en vän.
Men vem är du? Vem har sänt dig den långa vägen från Beijing? Och
framförallt varför?

Ho skakade på huvudet.

– Jag kommer från London. Hong hade många vänner som nu sörjer henne. Ma Li som var med Hong i Afrika var den som gav mig sorgebudet. Hon bad mig också att kontakta dig.

– Ma Li?

– En annan av Hongs vänner.

– Börja från början, sa Birgitta Roslin. Fortfarande har jag svårt att förstå att det du säger är sant.

– Det gör ingen av oss. Ändå har det skett. Ma Li skrev till mig och berättade vad som hade hänt.

Birgitta Roslin väntade på fortsättningen. Hon uppfattade plötsligt att tystnaden också innehöll ett meddelande. Ho skapade ett rum omkring dem, stängde till.

– Uppgifterna går isär, sa Ho. Ma Li beskrev det i sitt brev som om det hon fått veta om Hongs död var en sanning som verkade tillrättalagd.

– Av vem hörde hon den?

– Ya Ru. Hongs bror. Enligt honom hade Hong velat åka långt ut i bushen för att se vilda djur. Antagligen körde chauffören för fort. Bilen välte och Hong dog ögonblickligen. Bilen började brinna, bensinen hade läckt ut.

Birgitta Roslin skakade på huvudet. Samtidigt rös hon. Hon kunde helt enkelt inte föreställa sig Hong död, som offer för en banal bilolycka.

– Några dagar innan Hong dog hade hon haft ett långt samtal med Ma Li, fortsatte Ho. Om vad vet jag inte, Ma Li bryter inte sina vänners förtroenden. Men Hong hade gett ett klart besked. Om något hände henne skulle du veta om det.

– Varför det? Jag kände henne knappt.

– Det kan jag inte svara på.

– Ma Li måste ha förklarat?

– Hong ville att du skulle veta var jag fanns i London, om du någonsin skulle behöva hjälp.

Birgitta Roslin kände hur rädslan ökade. Det är en spegelhändelse, tänkte hon. Jag blir överfallen på en gata i Beijing, Hong råkar ut för en olycka i Afrika. På något sätt hänger det ihop.

Budskapet skrämde henne. *Om du någonsin behöver hjälp ska du veta att det finns en kvinna i London som heter Ho.*

– Men jag förstår inte det du säger. Har du kommit hit för att ge mig en varning? Vad skulle kunna hända?

– Ma Li gav inga detaljer.

– Men det som stod i brevet var tillräckligt för att du skulle resa hit? Du visste var jag fanns, du visste hur du skulle få tag i mig? Vad skrev Ma Li?

– Hong hade berättat för henne om den svenska domaren, fru Roslin, som var hennes nära vän, sen många år. Hon beskrev det beklagliga överfallet och den noggranna polisutredningen.

– Sa hon verkligen så?

– Jag citerar brevet. Ord för ord. Dessutom talade Hong om ett fotografi som du skulle ha visat henne.

Birgitta Roslin hajade till.

– Är det sant? Ett fotografi? Sa hon något mer?

– En kinesisk man som du trodde hade något med händelser i Sverige att göra.

– Vad sa hon om den här mannen?

– Hong var orolig. Det var nånting som hon hade upptäckt.

– Vad?

– Det vet jag inte.

Birgitta Roslin satt tyst. Hon försökte tolka meddelandet från Hong. Det kunde bara vara ett varningsrop ur tystnaden. Hade Hong en misstanke om att något kunde hända henne? Eller visste hon att

Birgitta var utsatt för en fara? Hade Hong fått reda på vem mannen på fotografiet var? Varför berättade hon i så fall inte det?

Birgitta Roslin kände obehaget växa. Ho satt tyst och såg på henne, väntande.

– En fråga måste jag få svar på. Vem är du?

– Jag har bott i London sen början av 1990-talet. Först kom jag dit som ambassadsekreterare. Senare blev jag utnämnd till chef för den engelsk-kinesiska handelskammaren. Idag är jag fristående rådgivare till dom kinesiska bolag som vill etablera sig i England. Men inte bara där. Jag är också inblandad i ett stort utställningskomplex som ska uppföras utanför en svensk stad som heter Kalmar. Mitt arbete för mig runt i Europa.

– På vilket sätt känner du Hong?

Svaret överraskade Birgitta Roslin.

– Vi är släkt. Kusiner. Vi har känt varandra sen vi var unga. Även om Hong var tio år äldre än jag.

Birgitta Roslin tänkte på att Hong skulle ha sagt att hon och Birgitta varit vänner sedan lång tid. Det låg ett budskap i detta. Birgitta Roslin kunde bara tolka detta som att deras korta vänskap gått på djupet. Stora förtroenden var redan möjliga. Eller kanske snarare nödvändiga?

– Vad stod i brevet? Om mig?

– Hong ville att du skulle underrättas så fort som möjligt.

– Och mer?

– Som jag redan sagt. Du skulle veta att jag fanns, var jag fanns, om nånting skulle hända.

– Det är där alla trådar brister. Vad skulle hända?

– Jag vet inte.

Något i Hos tonfall gjorde att Birgitta Roslin blev på sin vakt. Hittills har nog Ho sagt som det är. Men här gled hon undan. Ho vet mer än hon säger, tänkte hon.

– Kina är ett stort land, sa Birgitta Roslin. För en västerlänning är det lätt att blanda ihop omfattningen med att det är hemlighetsfullt. Bristen på kunskap förvandlas till mystik. Jag gör det säkert också. På samma sätt upplevde jag Hong. Vad hon än sa till mig kunde jag aldrig helt förstå vad hon menade.

– Kina är inte mer hemlighetsfullt än något annat land i världen. Det är en västerländsk myt att vårt land är obegripligt. Européerna har aldrig accepterat att dom inte förstår hur vi tänker. Inte heller att vi gjorde så många avgörande upptäckter och uppfinningar innan ni erövrade samma kunskap. Krutet, kompassen, boktryckandet, allt är i utgångspunkten kinesiskt. Inte ens konsten att mäta tid var ni först med. Tusen år innan ni började framställa mekaniska ur hade vi vattenklockor och timglas. Det kan ni aldrig förlåta oss. Därför kallar ni oss obegripliga och hemlighetsfulla.

– När träffade du Hong senast?

– För fyra år sen. Hon besökte London. Vi tillbringade några kvällar tillsammans. Det var på sommaren. Hon ville ta långa promenader på Hampstead Heath och fråga ut mig om hur engelsmännen såg på utvecklingen i Kina. Hennes frågor var krävande och hon visade otålighet om mina svar var oklara. I övrigt ville hon gå på cricketmatcher.

– Varför det?

– Det sa hon aldrig. Hong hade en del överraskande intressen.

– Mitt idrottsintresse är inte särskilt stort. Men cricket förefaller mig vara en totalt obegriplig sport där det är omöjligt att avgöra på vilket sätt det ena eller andra laget vinner eller förlorar.

– Jag tror att hennes barnsliga förtjusning grundade sig i att hon ville förstå hur engelsmän fungerar genom att studera deras nationalsport. Hong var en mycket egensinnig människa.

Ho såg på sitt armbandsur.

– Jag måste resa tillbaka till London från Köpenhamn senare idag.

Birgitta Roslin tvekade om hon skulle ställa den fråga som långsamt mognat.

– Du var händelsevis inte inne i mitt hus i förrgår natt? På mitt kontor?

Ho tycktes inte förstå frågan. Birgitta Roslin upprepade den. Ho skakade undrande på huvudet.

– Jag bodde på hotell. Varför skulle jag ha gått in i ditt hus som en tjuv?

– Det var bara en undran. Jag vaknade av ett ljud.

– Men hade någon varit där?

– Jag vet inte.

– Är nånting borta?

– Jag tyckte att mina papper låg i oordning.

– Nej, sa Ho. Jag har inte varit där.

– Och du är här ensam?

– Ingen vet om att jag har rest till Sverige. Inte ens min man och mina barn. Dom tror att jag är i Bryssel, dit jag ofta reser.

Ho tog upp ett visitkort och la framför Birgitta Roslin. Där fanns hennes fullständiga namn, Ho Mei Wan, hennes adress och olika telefonnummer.

– Var bor du?

– I Chinatown. På somrarna kan det vara mycket oljud på gatorna nätterna igenom. Men jag vill ändå bo där. Det är ett litet Kina mitt inne i London.

Birgitta Roslin stoppade visitkortet i sin väska. Hon följde Ho ner till stationen och såg till att hon steg på rätt tåg.

– Min man är tågkonduktör, sa Birgitta Roslin. Vad gör din man?

– Han är servitör, sa Ho. Det är därför vi bor i Chinatown. Han serverar i restaurangen på bottenvåningen.

Birgitta Roslin såg tåget mot Köpenhamn försvinna i sin tunnel.

Hon gick hem, lagade mat och kände hur trött hon var. Hon bestämde sig för att se på nyheterna men somnade ifrån teven när hon lagt sig i soffan. En telefonsignal väckte henne. Det var Staffan som ringde från Funchal. Linjen var dålig. Han var tvungen att skrika för att tränga igenom bruset. Hon förstod så mycket som att allt var bra och att de hade roligt. Samtalet bröts tvärt. Hon väntade på att han skulle ringa upp på nytt utan att någonting hände. Hon lade sig ner på soffan igen. Att Hong var död var så overkligt att hon hade svårt att ta det till sig. Men redan när Ho hade berättat vad som hänt hade hon fått en känsla av att det var någonting som inte stämde.

Hon började ångra att hon inte hade ställt fler frågor till Ho. Men hon hade varit för uttröttad efter den komplicerade rättegången, hon hade inte orkat. Och nu var det för sent. Ho var på väg hem till sitt engelska Chinatown.

Birgitta Roslin tände ett stearinljus för Hong och letade i bokhyllan bland kartorna innan hon hittade en över London. Restaurangen låg alldeles intill Leicester Square. En gång hade hon suttit där i den lilla parken med Staffan och sett människor komma och gå. Det var en senhöst, de hade gjort resan utan att förbereda den, från den ena dagen till den andra. De hade ofta senare talat om just den resan som ett säreget och dyrbart minne.

Hon gick tidigt till sängs eftersom hon skulle vara i rätten även dagen efter. Målet mot kvinnan som hade misshandlat sin mor var inte så komplicerat som det hon handlagt mot de fyra vietnameserna. Men hon kunde inte tillåta sig att vara trött när hon satte sig i sin domarstol. Det tillät inte hennes självrespekt. För att vara säker på att inte ligga vaken tog hon en halv sömntablett innan hon släckte ljuset.

Målet visade sig bli enklare att hantera än hon väntat. Den åtalade kvinnan ändrade sig plötsligt från de tidigare förhören och erkände utan omsvep de omständigheter som åklagaren lagt fram. Försvaret kom heller inte med några överraskningar som gjorde att rättegången drog ut på tiden. Redan kvart i fyra på eftermiddagen kunde Birgitta Roslin avsluta förhandlingarna och ge besked om det datum i juni när dom skulle meddelas.

När hon kom till sitt rum lyfte hon luren och slog numret till polisen i Hudiksvall, utan att på förhand ha planerat det. Hon tyckte hon kände igen rösten hos den unga kvinna som svarade. Hon lät mindre nervös och överansträngd än den dag under vintern då Birgitta Roslin hade ringt.

– Jag söker Vivi Sundberg. Om hon är där.

– Jag såg henne nyss gå förbi. Vem kan jag hälsa från?

– Domaren i Helsingborg. Det räcker.

Vivi Sundberg kom nästan genast i telefonen.

– Birgitta Roslin. Det var länge sen.

– Jag kom mig plötsligt för att ringa.

– Nya kineser? Nya teorier?

Birgitta Roslin uppfattade ironin i Vivi Sundbergs röst och var mycket nära att svara att hon hade mängder med nya kineser att dra upp ur sin hatt. Men hon ursäktade bara samtalet med att hon var nyfiken.

– Vi tror fortfarande att det är den man som tyvärr lyckades ta livet av sig, sa Vivi Sundberg. Även om han är död så fortsätter utredningen. Vi kan inte döma den döde men vi kan ge dom som lever en förklaring till vad som skedde och inte minst varför.

– Kommer ni att lyckas?

– Det är för tidigt att svara på.

– Nya spår?

– Det kan jag inte uttala mig om.

– Inga andra misstänkta? Inga andra tänkbara förklaringar?

– Det kan jag heller inte uttala mig om. Vi är fortfarande inne i en omfattande utredning med många komplicerade detaljer.

– Men ni tror alltså att det var den man ni anhöll? Och att han verkligen hade ett motiv för att döda nitton människor?

– Det ser så ut. Så mycket kan jag kanske säga till dig att vi har haft all tänkbar expertis till vår hjälp, kriminologer, profilskapare, psykologer, och inte minst dom mest erfarna kriminalpoliser och tekniker som vi har i det här landet. Professor Persson är naturligtvis utomordentligt tveksam. När är han inte det? Men ingen annan har gett oss eller åklagaren bakläxa. Och det är fortfarande lång väg kvar.

– Pojken, sa Birgitta Roslin. Han som dog men som inte alls hörde dit. Hur förklarar ni det?

– Vi har ingen förklaring i sig. Men vi har naturligtvis en bild av hur allt har gått till.

– En sak undrar jag över, fortsatte Birgitta Roslin. Var det någon av dom döda som tycktes viktigare än dom andra mordoffren?

– Hur menar du?

– Någon som utsatts för särskild brutalitet. Eller kanske den som först blev dödad. Kanske sist?

– Det är frågor som jag inte kan svara på.

– Säg bara om mina frågor kommer som en överraskning.

– Nej.

– Har ni hittat nån förklaring till det röda bandet?

– Nej.

– Jag har varit i Kina, sa Birgitta Roslin. Där besökte jag den kinesiska muren. Jag blev överfallen och tillbringade en hel dag tillsammans med mycket stränga poliser.

– Jaha, sa Vivi Sundberg. Blev du skadad?

– Nej, bara rädd. Men väskan dom stal fick jag tillbaka.

– Då hade du kanske tur ändå?

– Ja, sa Birgitta Roslin. Jag hade tur. Tack för att du tog dig tid.

Birgitta Roslin blev sittande på kontoret efter att ha avslutat samtalet. Hon tvivlade inte på att de specialister som kallats in skulle ha reagerat om de funnit tecken på att utredningen höll på att styra in i en återvändsgränd.

På kvällen tog hon en lång promenad och ägnade sedan några timmar åt att bläddra igenom nya broschyrer om viner som nu fanns tillgängliga. Hon skrev upp några röda från Italien som hon ville beställa och såg sedan en gammal film på teve som hon hade sett tillsammans med Staffan under deras första tid tillsammans. Jane Fonda spelade en prostituerad, färgerna var bleka och urvattnade, historien underlig och hon log åt de besynnerliga kläder, framförallt de höga och vulgära platåskor, som modet föreskrev den gången.

Hon hade nästan somnat när telefonen ringde. Klockan på nattygsbordet visade kvart i tolv. Signalerna upphörde. Hade det varit Staffan eller något av barnen hade de använt mobiltelefonen. Hon släckte ljuset igen. Det ringde på nytt. Hon sprang upp och svarade i telefonen som stod på hennes skrivbord.

– Birgitta Roslin? Jag beklagar att jag ringer så sent. Hör du vem du talar med?

Hon kände igen rösten men kunde inte omedelbart ge den ett ansikte. Det var en man, en äldre man.

– Nej, inte riktigt?

– Sture Hermansson.

– Känner jag dig?

– Känner är kanske för mycket sagt. Men du besökte mitt lilla hotell Eden i Hudiksvall för några månader sen.

– Då minns jag.

– Jag beklagar att jag ringer så sent.

– Det har du redan sagt. Jag antar att du har ett ärende?

– Han har kommit tillbaka.

529

Sture Hermansson sänkte rösten när han uttalade de sista orden. I samma ögonblick insåg hon vad han menade.

– Kinesen?

– Just han.

– Är du säker?

– Han kom för en stund sen. Han hade inte beställt. Jag har just gett honom nyckeln. Han är på sitt rum nu. Nummer 12, samma som senast.

– Är du säker på att det är han?

– Filmen har ju du. Men jag tycker att det verkar vara samma person. Åtminstone använder han samma namn.

Birgitta Roslin försökte tänka ut vad hon skulle göra. Hjärtat hamrade hårt i hennes bröst.

Hon blev avbruten i sina tankar av Sture Hermansson.

– Det är också en annan sak.

– Vad?

– Han har frågat efter dig.

Birgitta Roslin höll andan. Rädslan inom henne slog till med full kraft.

– Det är inte möjligt.

– Min engelska är dålig. Om jag ska vara ärlig tog det en stund innan jag förstod vem han frågade efter. Namnet lät som "Bilgitta Loslin".

– Vad svarade du?

– Att du bodde i Helsingborg. Han verkade förvånad. Jag tror han hade räknat med att du var från Hudiksvall.

– Vad sa du mer?

– Jag gav honom din adress eftersom du lämnade den hos mig och bad mig höra av mig om något hände. Det kan man väl säga att det har gjort.

Satans människa, tänkte Birgitta Roslin. Hon kände sig plötsligt panikslagen.

– Gör mig en tjänst, sa hon. Ring mig när han går ut. Även om han går ut mitt i natten. Ring.

– Jag antar att du vill att jag ska hälsa honom att jag fått kontakt med dig?

– Det vore bra om du undvek det.

– Då gör jag det. Jag säger ingenting.

Samtalet var över. Birgitta Roslin förstod inte vad som höll på att hända.

Hong var död. Men mannen med det röda bandet hade kommit tillbaka.

36

Efter en sömnlös natt ringde Birgitta Roslin till Hotell Eden strax före klockan sju på morgonen. Många signaler gick fram utan att någon svarade.

Under natten hade hon försökt bearbeta sin rädsla. Om Ho inte hade kommit från London och berättat att Hong var död, hade hon inte reagerat så starkt över Sture Hermanssons nattliga telefonsamtal. Att Sture Hermansson inte vidare hört av sig under natten tolkade hon som att inget hade inträffat.

Den kinesiske mannen kanske fortfarande sov.

Hon väntade ytterligare en halvtimme. Hon hade förberett sig för några rättegångsfria dagar, då hon hoppades få undan eftersläpande pappersarbete och hinna börja värdera den slutliga bedömningen av vilka straff de fyra vietnameserna rimligen borde få.

Telefonen ringde. Det var Staffan från Funchal.

– Vi ska göra en utflykt, sa han.

– Över bergen, ner i dalarna? Längs dom vackra blomsterstigarna?

– Med båt. Vi har bokat in oss på en stor segelbåt som ska ta oss ut på havet. Det är risk att mobiltelefonerna inte har täckning två dagar framåt.

– Vart ska ni?

– Ingenstans. Det är barnens idé. Vi har hyrt in oss som okvalificerad besättning tillsammans med båtens kapten, en kock och två segelvana matroser.

– När ska ni fara?

– Vi är redan ute på havet. Det är ljuvligt väder. Men tyvärr ännu ingen vind.

– Finns det livbåtar? Har ni flytvästar?

– Nu underskattar du oss. Önska oss trevliga dagar. Om du vill kan jag ta med saltvatten i en burk hem till dig.

Förbindelsen var dålig. De ropade ut några avslutande ord. När Birgitta Roslin lagt på luren önskade hon plötsligt att hon ändå hade följt med, trots att Hans Mattsson skulle ha blivit besviken och hennes kollegor irriterade.

Hon ringde upp Hotell Eden igen. Nu var telefonen upptagen. Hon väntade, försökte igen efter fem minuter, fortfarande upptaget. Genom fönstret kunde hon se att det vackra vårvädret fortsatte. Hon insåg att hon var för varmt klädd och bytte kläder. Fortfarande upptaget. Hon bestämde sig för att försöka igen när hon hade kommit ner till sitt kontor. Efter en kontroll av kylskåpet skrev hon en lista över vad som behövde handlas och slog numret till Hudiksvall en sista gång.

En kvinna svarade på bruten svenska.

– Eden.

– Jag söker Sture Hermansson.

– Det går inte, skrek kvinnan.

Sedan ropade hon hysteriskt på ett främmande språk som Birgitta Roslin antog var ryska.

Det lät som om telefonluren ramlade ner på golvet. Någon grep den. Nu var det en man som svarade. Han talade hälsingedialekt.

– Hallå.

– Jag söker Sture Hermansson.

– Vem är det som frågar?

– Vem är det jag talar med? Har jag kommit till Hotell Eden?

– Ja, det stämmer nog. Men Sture kan du inte tala med.

– Jag heter Birgitta Roslin och ringer från Helsingborg. Jag blev kontaktad i går vid midnatt av Sture Hermansson. Vi skulle tala med varandra nu på morgonen.

– Han är död.

Hon drog häftigt efter andan. Ett kort ögonblick av yrsel, kanske kramp.

– Vad är det som har hänt?

– Det vet vi inte. Det verkar som om han har råkat skära sig på en kniv och förblött.

– Vem är det jag pratar med?

– Jag heter Tage Elander. Inte som den gamle statsministern, det fattas ett "r". Jag har tapetserarverkstan i grannhuset. Hon städerskan, ryskan, kom springande för några minuter sen. Nu väntar vi på ambulans och polis.

– Har han blivit mördad?

– Sture? Varför i herrans namn skulle han ha blivit det? Han har råkat skära sig på en kökskniv. Eftersom han var ensam här i natt var det ingen som hörde om han ropade på hjälp. Det är mycket tragiskt. En sån vänlig man.

Birgitta Roslin var osäker på om hon rätt hade uppfattat vad Elander hade sagt.

– Han kan inte ha varit ensam på hotellet.

– Varför inte?

– Han hade ju gäster.

– Enligt ryskan var hotellet tomt.

– Han hade åtminstone en betalande gäst. Det berättade han för mig igår. En kinesisk gäst som bodde i rum nummer 12.

– Det kan hända att jag har missförstått. Jag ska fråga henne.

Birgitta Roslin hörde samtalet på avstånd. Den ryska städerskans röst var fortfarande gäll och upprörd.

Elander kom tillbaka i luren.

– Hon insisterar på att hotellet saknade gäster i natt.

– Det är bara att se efter i hotelliggaren. Rum nummer 12. En gäst med kinesiskt namn.

Elander försvann igen. I bakgrunden kunde Birgitta Roslin höra att den ryska städerskan som kanske hette Natascha hade börjat gråta. Samtidigt uppfattade hon en dörr som slog och andra röster som talade i bakgrunden.

Elander återvände i luren.

– Jag måste sluta nu. Polisen och ambulansen har kommit. Men nån hotelliggare finns inte.

– Vad menar du med det?

– Den är borta. Städerskan säger att den alltid ligger på disken. Nu är den borta.

– Jag är säker på att det bodde en gäst på hotellet i natt.

– Han är borta nu. Kan det vara så att han har stulit hotelliggaren?

– Det kan vara värre än så, sa Birgitta Roslin. Han kan ha varit den som hållit i kökskniven och dödat Sture Hermansson.

– Jag förstår ingenting av det du säger. Det kanske är bäst att du talar med någon av poliserna.

– Det ska jag också göra. Men inte nu.

Birgitta Roslin la på telefonluren. Hon hade förblivit stående under samtalet. Nu var hon tvungen att sätta sig ner. Hjärtat hamrade innanför bröstbenet.

Plötsligt var det som om hon såg allting klart. Om den man hon trodde hade mördat invånarna i Hesjövallen hade återkommit och frågat efter henne för att sedan försvinna med hotelliggaren och lämnat kvar en död hotellägare, kunde det bara betyda en enda sak. Han hade återvänt för att döda henne. När hon hade bett den unge kinesiske mannen visa fram fotografiet från Sture Hermanssons kamera

535

hade hon inte kunnat ana vilka konsekvenser det skulle få. Av naturliga skäl hade han trott att hon bodde i Hudiksvall. Nu hade misstaget korrigerats. Den kinesiske mannen hade fått den rätta adressen av Sture Hermansson.

Hon upplevde ett ögonblick av kaos. Överfallet och Hongs död, väskan som försvunnit och sedan återkommit, besöket i hennes hotellrum, allt hängde samman. Men vad skulle hända nu?

Hon slog numret till sin man i full förtvivlan. Men hans telefon var inte nåbar. Tyst förbannade hon deras segeläventyr. Hon provade en av sina döttrars nummer med samma resultat.

Hon ringde Karin Wiman. Inget svar där heller.

Paniken gav henne inget andrum. Hon såg ingen annan möjlighet än att fly. Hon måste bort. Åtminstone tills hon förstod vad som hände, och vad hon blivit indragen i.

När hon väl fattat sitt beslut agerade hon som hon brukade i utsatta situationer; fort och bestämt, utan tvekan. Hon ringde Hans Mattsson och fick tag på honom trots att han satt i möte.

– Jag är dålig, sa hon. Inte blodtrycket. Jag är bara febrig. Kanske ett virus. Men jag sjukskriver mig några dagar.

– Du drev målet mot vietnameserna för fort, klagade han. Jag är inte förvånad. Just nu har jag avslutat en skrivelse till Domstolsverkets ledning och förklarat för dom att det svenska domarämbetet håller på att göras omöjligt. Som det nu ser ut med alla överarbetade lagmän och domare är det en risk för rättssäkerheten.

– Det tar nog bara ett par dagar. Jag har inga förhandlingar förrän nästa vecka.

– Krya på dig. Och läs lokaltidningen. "Domare Roslin ledde som vanligt förhandlingarna med säker hand och tillät inga störningar från åskådarna. Ett föredöme!" Vi behöver sannerligen allt beröm vi kan få. I en annan värld och en annan tid kunde vi ha utsett dig till

Årets Domare, om vi nu hade sysslat med såna tvivelaktiga utmärkelser.

Birgitta Roslin gick upp till övervåningen och packade en liten resväska. Instoppade i ett exemplar av en gammal lärobok från juridikutbildningen hade hon ett antal pundsedlar från en tidigare resa. Hon kunde inte tänka på annat än att mannen som hade dödat Sture Hermansson var på väg söderut. Han kunde dessutom ha gett sig iväg redan under natten om han körde bil. Ingen hade sett honom försvinna. Sedan insåg hon att hon hade glömt hotellets övervakningskamera. Hon slog numret till hotell Eden. Den här gången var det en hostande man som svarade. Birgitta Roslin brydde sig inte om att tala om vem hon var.

– Det finns en övervakningskamera på hotellet. Sture Hermansson brukade fotografera sina gäster. Det stämmer inte att hotellet var tomt i natt. Det fanns en gäst.

– Vem är det jag talar med?

– Är du polis?

– Ja.

– Du hörde vad jag sa. Vem jag är betyder ingenting.

Birgitta Roslin la på luren. Klockan hade blivit halv nio. Hon lämnade huset i taxi, begärde att bli körd till stationen och satt strax efter nio på ett tåg till Köpenhamn. Paniken hade nu börjat förvandlas till ett försvar för det hon gjorde. Hon var övertygad om att hon inte inbillade sig faran. I det ögonblick hon hade visat fotografiet på den man som bott på Hotell Eden hade hon utan att veta om det rört om i en stack med aggressiva jägarmyror. Hongs död var den oåterkalleliga alarmklockan som hade börjat ringa. Hennes enda utväg just nu var att använda den hjälp som Ho hade erbjudit.

I Kastrups avgångshall läste hon på översiktstavlan att det skulle gå

537

ett flyg till London Heathrow om två timmar. Hon gick till biljettkontoret och köpte en resa med öppen retur. Efter att hon checkat in, satte hon sig med en kopp kaffe och ringde ännu en gång till Karin Wiman. Men innan Karin svarade bröt hon samtalet. Vad skulle hon säga? Karin skulle inte förstå, trots det Birgitta hade berättat för henne när de träffats några dagar tidigare. I Karin Wimans föreställningsvärld inträffade inte saker som de som skett i Birgitta Roslins liv. Det gjorde det egentligen inte för henne själv heller, tänkte hon. En osannolik kedja av händelser hade drivit in henne i det hörn där hon nu befann sig.

Hon kom till London en timme försenad och möttes av en kaotisk flygplats där hon så småningom förstod att en terrorvarning hade utfärdats efter att en väska utan ägare hade upphittats i en av avgångshallarna. Först sent på eftermiddagen hade hon lyckats ta sig in i staden och skaffat sig ett rum på ett mellanklasshotell vid en av tvärgatorna till Tottenham Court Road. När hon installerat sig på rummet och täppt till det dragiga fönstret mot en tröstlös bakgård med en av sina tröjor la hon sig utmattad ner på sängen. Hon hade slumrat till några minuter på flygplanet men genast väckts av ett barn som hade fortsatt skrika ända tills hjulen slog emot asfalten på Heathrow. Den alldeles för unga modern hade till sist själv brustit ut i gråt över sitt skrikande barn.

När hon vaknade med ett ryck hade hon sovit i tre timmar. Det rådde skymning. Hennes tanke hade varit att redan samma dag söka upp Ho på hennes hemadress i Chinatown. Nu bestämde hon sig för att vänta till dagen efter. Hon tog en kort promenad ner till Piccadilly Circus och gick in på en restaurang. Plötsligt steg ett stort kinesiskt turistsällskap in genom glasdörrarna. Hon betraktade dem med en stigande känsla av panik innan hon lyckades lugna ner sig. Efter måltiden återvände hon till hotellet och satte sig i baren med en kopp te. När hon hämtat sin nyckel såg hon att hotellet hade en kinesisk natt-

538

portier. Hon frågade sig om det var först nu det överallt i Europa fanns kineser, eller om det var en utveckling hon tidigare inte noterat.

Hon tänkte igenom det som hänt, med den kinesiska mannens återkomst till Hotell Eden och Sture Hermanssons död. Hon var frestad att ringa till Vivi Sundberg för att få information men avhöll sig. Om hotelliggaren var borta skulle ett eventuellt fotografi i den provisoriska bevakningskameran knappast göra något intryck på polisen. Om mordet dessutom uppfattades av polisen som en olyckshändelse skulle ett telefonsamtal vara meningslöst. Däremot slog hon numret till hotellet. Ingen svarade. Där fanns inte ens en telefonsvarare som sa att hotellet för tillfället var stängt. Inte för säsongen men sannolikt för gott.

Utan att kunna befria sig från den fruktan hon upplevde, barrikaderade hon dörren med en stol och kontrollerade fönsterhakarna noga. Hon gick till sängs, bläddrade en stund mellan tevekanalerna, men märkte att hon mer såg framför sig en segelbåt som stävade fram över havet utanför Madeira än vad som flimrade förbi på skärmen.

Någon gång på natten vaknade hon av att teven fortfarande stod på, nu med en gammal svartvit film med James Cagney som gangster, och släckte lampan som lyste henne rakt i ansiktet. Hon försökte skynda sig tillbaka in i sömnen igen, utan att lyckas. Resten av natten låg hon vaken.

Det duggregnade utanför fönstret när hon steg upp och drack kaffe utan att äta någonting. Hon gav sig sedan ut i staden efter att ha lånat ett paraply i receptionen, där det nu stod en ung kvinna med asiatiskt utseende, från Filippinerna eller Thailand. Hon gick ner till Leicester Square och letade sig in i Chinatown. De flesta av restaurangerna var fortfarande stängda. Hans Mattsson, som med stor nyfikenhet reste världen runt på jakt efter matställen som kunde erbjuda honom nya smaksensationer, hade en gång sagt att bästa sättet att hitta de genuina restaurangerna, om än kinesiska, iranska eller italienska, var att se vilka som höll öppet på morgonen. De serverade inte bara turister och var därför oftast att föredra. Hon la några av dem som var öppna på minnet och letade sig fram till Hos adress. Där låg en restaurang i bottenvåningen. Den tillhörde de som var stängda. Huset var uppfört i mörkrött tegel och omgavs av två namnlösa gränder. Hon bestämde sig för att ringa på klockan vid den port som ledde till husets bostäder. Men någonting gjorde att hon tvekade och fick henne att dra tillbaka fingret. Hon gick över gatan till ett morgonöppet café och beställde en kopp te. Vad visste hon egentligen om Ho? Och vad visste hon om Hong? En gång hade Hong dykt upp vid hennes restaurangbord som från ingenstans. Vem hade egentligen sänt henne? Var det Hong som hade skickat en av sina välbyggda vakter efter Karin Wiman och hennes själv vid deras besök på Muren? En sak kunde hon inte komma undan, både Hong och Ho var välunderrättade om vem hon var. Och allt detta för ett fotografis skull. Stölden av väskan verkade inte längre vara en händelse i sig utan något som var invävt i allt annat som hänt. När hon sökte klarhet var det som om hon försvann allt djupare in i en labyrint.

Hade hon haft rätt? Att Hong hade dykt upp i hennes väg för att locka bort henne från hotellet? Kanske det inte ens var sant att Hong hade omkommit i en bilolycka, Vad talade egentligen emot att Hong och mannen som kallade sig Wang Min Hao på något sätt tillsammans var inblandade i det som hänt i Hesjövallen? Hade Ho kommit till Helsingborg av samma skäl? Kunde hon ha vetat om att en kinesisk man var på väg att återuppstå på det lilla Hotell Eden? De vänliga, vaktande änglarna kanske egentligen var fallna änglar som lockade henne bort från hennes möjligheter att värja sig.

Birgitta Roslin försökte erinra sig vad hon hade berättat för Hong vid deras olika samtal. Alldeles för mycket, insåg hon nu. Det som förvånade henne var att hon inte agerat varsammare. Hong hade varit den som dragit upp det hela. En oskyldig anmärkning om att händelserna med de många döda i Hesjövallen hade varit en nyhet i kinesiska massmedia? Var det verkligen rimligt? Eller hade Hong bara lockat ut henne på isen för att se henne halka omkring, och sedan hjälpt henne i land när hon tyckt sig fått veta tillräckligt? Varför hade Ho egentligen suttit en hel dag i hennes rättssal? Hon begrep inte svenska. Eller kanske hon gjorde det? Och sedan hade hon plötsligt fått bråttom att återvända till London. Tänk om Ho bara hade suttit där för att kontrollera att hon inte lämnade rättssalen? Kanske Ho hade haft någon med sig som tillbringat många timmar i hennes hem medan hon satt i domstolen?

Just nu behöver jag någon att tala med, tänkte hon. Inte Karin Wiman, hon skulle inte förstå. Staffan eller mina barn. Men de seglar på ett hav där man inte kan nå dem.

Birgitta Roslin skulle just lämna caféet när hon såg att dörren på andra sidan gatan öppnades. Ho kom ut och började gå ner mot Leicester Square. Birgitta Roslin tyckte sig märka att hon var vaksam. Hon tvekade innan hon gick ut på gatan och började följa efter. När de kom ner till torget gick Ho in i den lilla parken och vek sedan av ner mot Strand. Birgitta Roslin var hela tiden beredd på att hon skulle vända sig om för att se om någon följde efter henne. Det gjorde hon också, strax innan hon kom fram till Zimbabwe House. Birgitta Roslin hann fälla fram paraplyet så att det täckte hennes ansikte. Sedan höll hon nästan på att förlora Ho ur sikte innan hon upptäckte hennes gula regnkappa igen. Några kvarter innan ingången till Savoy Hotel sköt Ho upp den tunga porten till ett kontorshus. Birgitta Roslin väntade några minuter innan hon gick fram och läste på den välputsade mässingsskylten att här låg den engelsk-kinesiska handelskammaren.

Hon gick tillbaka samma väg hon kommit och valde ett café på Regent Street just intill Piccadilly Circus. Där slog hon ett av de nummer som stod på det visitkort Ho hade lämnat. En automatisk telefonsvarare bad henne lämna ett meddelande. Hon avslutade samtalet, förberedde vad hon skulle säga på engelska och knappade in numret på nytt.

– Jag gjorde som du sa. Jag har kommit till London eftersom jag tror att jag är förföljd. Just nu sitter jag på Simons, ett café intill Rawsons modehus vid Piccadilly, på Regent Street. Klockan är nu tio. Jag stannar här en timme. Om du inte hör av dig innan dess ringer jag upp dig senare under dagen.

Ho kom fyrtio minuter senare. Hennes grälla gula regnkappa lyste i mängden av mörka regnkläder. Birgitta Roslin fick en känsla av att också det betydde någonting särskilt.

När Ho kom in på kaféet kunde Birgitta Roslin se att hon var orolig. Hon började prata nästan innan hon hunnit dra ut stolen och sätta sig.

– Vad har hänt?

En servitris tog upp beställningen på Hos te innan hon svarade. Birgitta Roslin berättade i detalj om den kinesiske mannen som dykt upp på hotellet i Hudiksvall, att det var samma man som hon tidigare berättat om, och att hotellägaren blivit dödad.

– Är det säkert?

– Jag reser inte till London för att berätta något som jag inte kan stå för. Jag reser hit eftersom det jag berättar har hänt och att jag är rädd. Den här mannen frågade efter mig. Han fick veta min adress, var jag bor. Nu är jag här. Jag gör som Ma Li eller egentligen Hong sa till dig och du till mig. Jag är rädd, men också arg eftersom jag anar att varken du eller Hong talar sanning.

– Varför skulle jag ljuga? Du gör en lång resa hit till London. Glöm inte att min resa till dig var lika lång.

– Jag får inte veta allt som händer. Jag får inga förklaringar trots att jag är övertygad om att dom finns.

Ho satt orörlig. Tanken på hennes alltför färggranna regnkappa gnagde i Birgitta Roslins huvud.

– Du har rätt, sa Ho. Men du glömmer att det kan vara så att varken Hong eller Ma Li vet mer än vad dom säger.

– Jag såg det inte alldeles klart när du besökte mig, sa Birgitta Roslin. Men det gör jag nu. Hong var orolig för att någon skulle döda mig. Det var vad hon sa till Ma Li. Och budet gick vidare till dig, tre kvinnor på rad för att varna en fjärde om ett stort hot. Men inte vilket hot som helst. Döden. Ingenting annat. Utan att jag har förstått det har jag utsatt mig för en fara som jag först nu anar omfattningen av. Har jag inte rätt?

– Det var därför jag kom.

Birgitta Roslin lutade sig fram över bordet och tog tag i Hos ena hand.

– Hjälp mig då att förstå. Svara på mina frågor.

– Om jag kan.

– Du kan. Det var inte så att du hade någon med dig när du kom till Helsingborg? Det är inte så att det just nu finns någon som bevakar både dig och mig? Du kan ha hunnit ringa nån innan du kom hit.

– Varför skulle jag ha gjort det?

– Det är inget svar, det är en ny fråga. Jag vill ha svar.

– Jag hade ingen med mig när jag kom till Helsingborg.

– Varför satt du en hel dag i min rättssal? Du kunde ju inte förstå ett ord av vad som sas.

– Nej.

Birgitta Roslin slog hastigt över till svenska. Ho rynkade pannan och skakade på huvudet.

543

– Jag förstår inte?

– Är det säkert? Det är inte så att du i verkligheten förstår mitt språk mycket väl?

– Om jag hade gjort det hade jag väl talat med dig på svenska?

– Du måste inse att jag är osäker. Du kanske ser en fördel i att inte låtsas om att du förstår mitt språk. Jag undrar till och med om du bär en gul regnkappa för att det ska vara lättare för någon att se dig.

– Varför det?

– Jag vet inte. Jag vet ingenting just nu. Det viktigaste är naturligtvis att Hong ville varna mig. Men varför skulle jag söka hjälp hos dig? Och vad kan du göra?

– Låt mig börja med det sista, sa Ho. Chinatown är en egen värld. Även om du och tusentals andra engelsmän och turister vandrar på våra gator, Gerrard Street, Lisle Street, Wardour Street, dom andra gatorna och gränderna, så är det bara ytan vi tillåter er att möta. Bakom ditt Chinatown finns mitt Chinatown. Där kan man gömma sig, byta identitet, överleva i månader och år, utan att någon vet vem man är. Även om dom flesta som bor där är kineser som är naturaliserade engelsmän, så är själva grundkänslan ändå att vi befinner oss i vår egen värld. Jag kan hjälpa dig genom att släppa in dig i mitt China-town som du annars aldrig skulle kunna få tillträde till.

– Vad är det då jag ska vara rädd för?

– Ma Li var inte alldeles klar när hon skrev till mig. Dessutom ska du inte heller glömma att Ma Li också var rädd. Hon skrev det inte, men jag kunde märka det.

– Alla är rädda. Är du rädd?

– Inte än. Men jag kan bli.

Hos telefon ringde. Hon såg på displayen och reste sig upp.

– Var bor du? frågade hon. Vilket hotell? Jag måste gå tillbaka till mitt arbete.

– Sanderson.
– Det vet jag var det ligger. Vilket rum?
– 135.
– Kan vi träffas i morgon?
– Varför måste vi vänta så länge?
– Jag kan inte vara borta från mitt arbete innan dess. I kväll har jag
ett möte jag måste vara med på.
– Är det verkligen sant?
Ho tog Birgitta Roslins hand.
– Ja, sa hon. En kinesisk delegation ska tala affärer med ett antal
brittiska storföretag. Om jag inte är med får jag sparken.
– Just nu har jag ingen annan än dig att vända mig till.
– Ring mig i morgon förmiddag. Jag ska försöka göra mig ledig.
Ho försvann ut i regnet med sin flaxande gula regnkappa. Birgitta
Roslin satt kvar med en stor trötthet inom sig. Hon blev sittande länge
innan hon gick tillbaka till hotellet, som naturligtvis inte hette San-
derson. Fortfarande litade hon inte på Ho, lika lite som hon litade på
någon annan med asiatiskt utseende.
På kvällen gick hon till hotellets restaurang. Efter middagen hade
regnet upphört. Birgitta Roslin bestämde sig för att gå ut och sätta sig
en stund på den bänk där hon en gång hade suttit med Staffan, innan
grindarna låstes för natten.
Hon betraktade människorna som kom och gick, några ungdomar
som satt omslingrade en stund på hennes bänk. De försvann och följ-
des av en gammal man med gårdagens tidning i handen, som han
plockat upp ur en papperskorg.
Än en gång försökte hon ringa Staffan i havet utanför Madeira,
trots att hon visste att det var meningslöst.
Hon såg hur parkens besökare blev färre och färre och reste sig
slutligen för att gå tillbaka till hotellet.

Då såg hon honom. Han kom från en av gångarna snett bakom den bänk där hon hade suttit. Han var svartklädd, det kunde inte vara någon annan än den man hon hade sett på fotografiet från Sture Hermanssons övervakningskamera. Han kom rakt emot henne och han hade något i ena handen som blänkte.

Hon skrek till och tog ett steg bakåt. Han kom allt närmare samtidigt som hon föll baklänges och slog huvudet mot en av bänkarnas järnkant.

Det sista hon såg var hans ansikte, som om hon med sin blick hade tagit ytterligare ett fotografi av honom.

Det var allt. Sedan sjönk hon bort i ett stort och ljudlöst mörker.

37

Ya Ru älskade skuggan. Där kunde han göra sig osynlig, på samma sätt som de rovdjur han både beundrade och fruktade. Men den förmågan hade också andra. Han hade ofta tänkt att han levde i en värld där unga entreprenörer höll på att ta makten över ekonomin och därmed så småningom också skulle kräva sin plats vid det bord där politiken avgjordes. Alla etablerade sin egen skugga från vilken de kunde bevaka alla andra, utan att själva bli sedda.

Men den skugga han dolde sig bakom denna kväll i ett regnigt London, hade ett annat syfte. Han betraktade Birgitta Roslin som satt på en bänk i den lilla parken vid Leicester Square. Han stod så till att han bara kunde se hennes rygg. Men han vågade inte ta risken att hon upptäckte honom. Att hon var uppmärksam, vakande som ett oroligt djur, hade han lagt märke till. Ya Ru underskattade henne inte. Om Hong hade haft förtroende för henne, måste han ta henne på största allvar.

Han hade följt henne hela dagen, sedan hon tidigt på morgonen hade dykt upp utanför det hus där Ho bodde. Det hade roat honom att tänka på att han ägde den restaurang där Hos man Wa arbetade. Naturligtvis visste de inte om det, Ya Ru ägde sällan någonting under eget namn. Restaurang Ming tillhörde Chinese Food Inc., som var ett registrerat aktiebolag i Liechtenstein, där Ya Ru hade placerat sina restauranginnehav i Europa. Han höll ett vaksamt öga över boksluten och kvartalsrapporterna som presenterades av unga begåvade kineser, som rekryterades vid de främsta engelska universiteten. Ya Ru hatade allt som var engelskt. Historien skulle han aldrig glömma. Det gladde honom att han berövade landet några av de duktiga unga affärsmän som studerat vid de bästa universiteten.

Ya Ru hade aldrig någonsin intagit en måltid på restaurang Ming. Det var heller inte hans avsikt denna gång. Så fort han hade avslutat sitt uppdrag skulle han återvända till Beijing.

Det hade funnits en tid i hans liv då han hade betraktat flygplatser med nästan religiös känsla. Det var den moderna tidens hamnanläggningar. Då hade Ya Ru aldrig åkt någonstans utan att ha en upplaga av Marco Polos resor med sig. Den mannens orädda vilja att se det okända hade varit honom en förebild. Nu tyckte han att resandet alltmer blivit en plåga, även om han hade ett eget plan och var oberoende av tidtabeller och oftast slapp vänta på tröstlösa och fördummande flygplatser. Känslan av att också hjärnan vitaliserades av de snabba förflyttningarna, den berusande glädjen i att korsa tidszoner och i de mest extrema fallen komma fram till en destination innan man ens hade avrest, stod i konflikt med all den meningslösa tid som man tillbringade i väntan på att äntligen kunna ge sig av eller i väntan på bagaget. Flygplatsernas neonbelysta köpcentra, rullbanden, de ekande korridorerna, de alltmer minskande glasburarna där rökare stod hopklämda och gav varandra cancer eller kärlsjukdomar, var inte platser där nya tankar, nya filosofiska resonemang kunde föras. Han tänkte på den tid då människor färdades med tåg eller atlantångare. Där och då hade resonemang och lärda diskussioner varit en självklarhet, lika mycket som lyx och lojhet.

Därför hade han inrett det flygplan, den stora Gulfstream som han nu ägde, med några antika bokskåp, där han förvarade det viktigaste av den kinesiska och utländska litteraturen.

Han kände sig som en avlägsen släkting, utan andra blodsband än de mytiska, med kapten Nemo, där han färdades i sitt undervattensfartyg som en ensam kejsare utan rike, med ett stort bibliotek och ett förintande hat mot den mänsklighet som fördärvat hans liv. Det ansågs att Nemo hade en försvunnen indisk prins som förebild. Den prinsen hade gjort motstånd mot det brittiska imperiet och på det sättet kunde också Ya Ru känna släktskap med honom. Men det var ändå med den dystre och förbittrade kapten Nemo, den geniala ingenjören och den belästa filosofen, som han ytterst kände gemenskap. Den Gulfstream han nu färdades med hade han döpt till Nautilus II, och en förstoring av en av originaletsningarna till boken, där kapten Nemo står med sina ofrivilliga besökare i Nautilus stora bibliotek, prydde kortväggen vid ingången till piloternas cockpit.

Men nu gällde skuggan. Han dolde sig väl och betraktade den kvinna han måste döda. Med kapten Nemo hade han också det gemensamt att han trodde på hämnden. Nödvändigheten av att hämnas gick som ett ledmotiv genom historien.

Snart skulle det vara över. Nu när han befann sig i Chinatown i London, med fallande regndroppar mot jackans krage, slog det honom att det fanns något tänkvärt i att slutet på historien skedde i England. Det var härifrån de två bröderna Wang hade börjat återresan till Kina som bara en av dem fick återse.

Ya Ru tyckte om att vänta när han själv bestämde över sin tid. I motsats till flygplatser, där andra människor hade kontrollen. Det förvånade ofta hans vänner som betraktade livet som alltför kort, skapat av en gud som kunde verka som en sur gammal mandarin som inte ville att glädjen med livet skulle vara alltför länge. Ya Ru hade i samtal med dessa vänner, som nu höll på att lägga beslag på hela det moderna Kina, tvärtom hävdat att guden som skapade livet mycket väl visste vad han gjorde. Tilläts människorna att leva för länge skulle deras kunskaper växa till sådan omfattning att de kunde genomskåda mandarinerna och bestämma sig för att krossa dem. Livets korthet hindrar många uppror, hävdade Ya Ru. Och hans vänner höll som oftast med trots att de kanske inte alltid helt förstod hans resonemang. Även bland dessa unga kejsarämnen var det Ya Ru som höjde sig över mängden. Man ifrågasatte inte den som stod ovanför dem alla.

En gång varje vår brukade han samla sina bekanta på sin gård nordväst om Kanton. De bedömde hingstarna som skulle släppas ut, slog vad och betraktade sedan slagsmålet om ledarskapet över flocken, innan en av dem till sist stod skummande av fradga överst på en kulle och hade visat sig vara den starkaste.

Ya Ru återvände ständigt till djuren när han ville förstå sitt eget och andras beteende. Han var leoparden och han var också den hingst som slog sig fram till att bli den ensamme kejsaren.

Om Deng var den färglösa katten som jagade möss bättre än andra, var Mao ugglan, den tänkande, men också den iskalla rovfågeln som visste när han ljudlöst skulle slå för att få sitt byte.

Tankarna avbröts när han upptäckte att Birgitta Roslin reste sig. En sak hade med all tydlighet avslöjats under den dag han följt efter henne. Hon var rädd. Hon såg sig hela tiden om, tycktes aldrig stilla. Oroliga tankar strömmade oavbrutet genom hennes huvud. Den insikten skulle han kunna använda sig av, även om han ännu inte hade bestämt hur.

Men nu reste hon sig. Ya Ru avvaktade i skuggan.

Plötsligt hände något som han var helt oförberedd på. Birgitta Roslin ryckte till, gav upp ett skrik och snubblade sedan baklänges och slog huvudet i en bänk. En kinesisk man stannade och böjde sig ner för att undersöka vad som hade hänt. Flera människor samlades. Ya Ru steg fram ur skuggorna och närmade sig nu gruppen som omgärdade den liggande kvinnan. Två patrullerande poliser skyndade till. Ya Ru trängde sig fram för att kunna se bättre. Birgitta Roslin hade satt sig upp. Tydligen hade hon varit avsvimmad några sekunder. Hon hörde poliserna fråga om hon behövde en ambulans men hon svarade nej. Det var första gången Ya Ru hörde hennes röst. Han la den på minnet, en ganska mörk, uttrycksfull stämma.

– Jag måste ha snubblat, hörde han henne säga. Jag tyckte nån kom emot mig. Jag blev rädd.

– Blev ni överfallen?

– Nej. Det var bara inbillning.

Mannen som skrämt henne stod fortfarande kvar. Ya Ru tänkte att det fanns vissa likheter mellan Liu och denne man, som av en ren tillfällighet råkat träda in i en historia som han inte hade nånting med att göra.

Ya Ru log för sig själv. Hon berättar mycket för mig genom sina reaktioner. Först berättar hon om sin rädsla och sin vaksamhet. Nu visar hon med all tydlighet att det hon fruktar är en kinesisk man som plötsligt kommer emot henne.

Poliserna följde Birgitta Roslin tillbaka till hotellet. Ya Ru höll sig på avstånd. Men nu visste han var hon bodde. Efter att ännu en gång ha försäkrat sig om att hon mådde tillräckligt bra för att ta hand om sig själv, gick poliserna åt sitt håll medan hon försvann in i genom hotellentrén. Ya Ru såg henne få sin nyckel som receptionisten hämtade från en av de högsta hyllorna. Han väntade några minuter innan han gick in. Receptionisten var kines. Ya Ru bugade och sträckte fram ett papper.

– Damen som just kom in. Hon tappade det här på gatan.

Receptionisten tog emot det och stoppade det i det tomma facket. Det tillhörde rum 614, överst i hotellet.

Pappret var ett vitt, oskrivet ark. Ya Ru anade att Birgitta Roslin skulle fråga receptionisten vem som lämnat in det. En kines, skulle svaret bli. Och hon skulle bli ytterligare uppskrämd men också mera vaksam. Eftersom han visste om det, innebar det ingen risk för honom själv.

Ya Ru låtsades läsa i en hotellbroschyr medan han funderade på hur han skulle lyckas ta reda på hur länge Birgitta Roslin var inbokad på hotellet. Tillfället kom när den kinesiska receptionisten försvann in i ett bakre rum och ersattes av en ung engelsk kvinna. Ya Ru gick fram till disken.

– Fru Birgitta Roslin, sa han. Från Sverige. Jag ska hämta henne för att köra till flygplatsen. Det råder oklarhet om hon ska hämtas i morgon eller i övermorgon.

Receptionisten ifrågasatte inte hans ord och knappade in sig på datorn.

– Fru Roslin är inbokad i tre dagar, sa hon. Ska jag ringa till henne så att ni kan klara ut när hon ska hämtas?

– Jag gör upp det med kontoret. Vi stör inte våra klienter i onödan.

Ya Ru lämnade hotellet. Det hade börjat duggregna igen. Han slog upp kragen och gick mot Garrick Street för att hitta en taxi. Nu behövde han inte oroa sig för den tid han hade till förfogande. Det har gått en oändlig tid sedan det började, tänkte han. Då kan det få fortsätta ytterligare några dagar innan det får sitt obönhörliga slut.

Han vinkade in en taxi till trottoarkanten och uppgav adressen på Whitehall där hans företag i Liechtenstein ägde en lägenhet som han bodde i under sina besök i England. Ofta hade han tänkt att han svek sina anförvanters minne genom att bo i London när han lika gärna kunde göra det i Paris eller Berlin. När han nu satt i taxin bestämde han sig för att låta sälja lägenheten och söka en ny bostad i Paris.

Tiden var inne för att avsluta också det.

Han la sig ovanpå sängen och lyssnade på tystnaden. Han hade ljudisolerat samtliga väggar när han köpt lägenheten. Nu hörde han inte ens det avlägsna bruset från trafiken. Det enda var suset från luftkonditioneringen. Det gav honom en upplevelse av att befinna sig ombord på ett fartyg. Han kände en stor ro.

– Hur länge sen? sa han rakt ut i rummet. Hur länge sen var början
på det som nu måste få sitt slut?

Han räknade efter i huvudet. Det var år 1868 som San hade satt sig
ner i det lilla rum han hade på missionsstationen. Nu var det 2006.
138 år sedan. San hade suttit vid sitt stearinljus och mödosamt skrivit
tecken efter tecken för att berätta Sans och hans två döda bröder Guo
Sis och Wus historia. Det hade börjat den dag de lämnat sitt fattiga
hem och begett sig den långa vägen mot Kanton. Där hade den onde
demonen visat sig i Zis skepnad. Efteråt hade döden följt dem vart de
gått. Den ende som till slut fanns kvar var San och hans envisa vilja att
berätta sin historia.

De dog i den största förnedring, tänkte Ya Ru. De skiftande kejsarna
och mandarinerna följde Konfucius råd att hålla folket i så hårda tyglar
att uppror aldrig kunde bli möjliga. Bröderna flydde mot det de trodde
var ett bättre liv. Men på samma sätt som engelsmännen behandlade
människor i sina kolonier, blev bröderna plågade av amerikaner när de
byggde järnvägarna. Samtidigt försökte engelsmännen med iskallt för-
akt att göra kineserna till narkomaner genom att översvämma markna-
den i Kina med opium. Det är så jag ser dessa brutala engelska köpmän,
som narkotikahandlare som står i gathörn och säljer sitt knark till män-
niskor de avskyr och betraktar som lägre stående varelser. Det är inte
länge sedan kineser avbildades i europeiska och amerikanska karika-
tyrteckningar som apor med svans. Men karikatyren var sanning. Vi
var skapade att förslavas och bli förnedrade. Vi var inte mänskliga. Vi
var djur. Vi hade svans.

När Ya Ru gick runt på gatorna i London brukade han tänka att
många av de byggnader som omgav honom var uppförda med de för-
slavade folkens pengar, deras slit och deras lidande, deras ryggar och
deras död.

Vad var det San hade skrivit? Att de hade byggt järnvägen genom den amerikanska öknen med sina egna revben som syllar under rälsen. På samma sätt låg de förslavade människornas skrik och plågor ingjutna i järnbroarna som spände över Themsen eller i de tjocka stenväggarna på de väldiga husen i de gamla anrika finanskvarteren i London.

Ya Ru slumrade bort från sina tankar. När han vaknade gick han ut i vardagsrummet som enbart hade möbler och lampor tillverkade i Kina. På bordet framför den mörkröda soffan låg en ljusblå sidenpåse. Han öppnade den efter att ha lagt fram ett vitt papper. Sedan hällde han ut ett tunt glaspulver. Det var ett urgammalt sätt att döda människor, att blanda ut det nästan helt osynliga glassplittret i en tallrik soppa eller en tekopp. För den som drack fanns ingen räddning. De tusentals mikroskopiska glaskornen skar sönder tarmarna. I gamla tider hade det kallats "den osynliga döden", eftersom den kom plötsligt och inte lät sig förklaras.

Med det pulveriserade glaset skulle den historia som San påbörjat nu få sitt slut, sin sista punkt. Ya Ru hällde försiktigt tillbaka glaset i sidenpåsen och knöt igen den. Sedan släckte han alla ljus i rummet utom en lampa med en röd skärm med infällda drakar av broderat guld. Han satte sig i en stol som en gång hade tillhört en rik godsägare i Shangtunprovinsen. Han andades långsamt och sjönk ner i det rofyllda tillstånd där han tänkte bäst.

Det tog honom en timme att bestämma sig för hur han skulle skriva detta sista kapitel genom att döda Birgitta Roslin som med stor sannolikhet hade givit hans syster Hong förtroenden som kunde skada honom. Förtroenden som hon kunde ha fört vidare utan att han visste till vem. När han fattat sitt beslut tryckte han på en ringklocka som fanns på bordet. Några minuter senare kunde han höra hur gamla Lang började tillaga hans middag i köket.

Lang hade en gång städat hans kontor i Beijing. Under många nätter hade han betraktat Langs tysta rörelser. Hon städade bättre än någon annan av de städerskor som höll rent i huset med de många våningarna.

En natt hade han frågat henne hur hon levde sitt liv. När han förstod att hon förutom städningen anordnade traditionella middagar till bröllop och begravningsceremonier bad han henne att tillaga en måltid åt honom följande kväll. Efter det hade han anställt henne som kokerska och gett henne en lön som hon tidigare aldrig i sitt liv hade kunnat drömma om. Eftersom hon hade en son som utvandrat till London hade han låtit henne flytta till Europa för att ta hand om honom när han var där på något av sina många besök.

Den kvällen serverade Lang ett antal smårätter. Utan att Ya Ru hade sagt någonting hade hon förstått vad han önskade. Hon ställde teet på en brinnande fotogenlåga i vardagsrummet.

– Frukost i morgon? frågade hon innan hon gick.

– Nej. Jag lagar den själv. Men middag, fisk.

Ya Ru gick tidigt till sängs. Efter att han lämnat Beijing hade han inte fått många timmars sammanhängande sömn. Resan till Europa, därefter de komplicerade förbindelserna till staden i norra Sverige, sedan besöket i Helsingborg där han gått in i Birgitta Roslins lägenhet och på en lapp vid telefonen hittat ordet "London" skrivet med eftertryck på en minneslapp. Till Stockholm hade han flugit med sitt eget plan. Nu beordrade han piloterna att de omedelbart skulle begära tillstånd att flyga till Köpenhamn och sedan fortsätta till England. Han hade antagit att det var till Ho som hon skulle bege sig. Det var också där han såg henne komma, tveka vid porten och sedan gå vidare till caféet på andra sidan gatan.

Han gjorde några anteckningar i sin dagbok, släckte lampan och hade snart somnat.

Dagen efter låg ett tungt molntäcke över London. Ya Ru steg upp som han brukade redan vid femtiden och lyssnade på de kinesiska nyheterna på radions kortvåg. På en datorskärm betraktade han börsrörelserna i världen, talade med två av sina anställda direktörer om olika pågående projekt och lagade sedan en enkel frukost som till största delen bestod av frukt.

Klockan sju lämnade han sin lägenhet med sidenpåsen i fickan. I den plan han gjort upp ingick ett osäkerhetsmoment. Han visste inte vilken tid Birgitta Roslin åt frukost. Om hon redan varit i matsalen när han kom till hotellet fick han låta allt vänta till dagen efter.

Han gick upp mot Trafalgar Square, stannade en stund och lyssnade på en ensam cellist som satt och spelade på trottoaren med en hatt framför fötterna, kastade till honom några mynt och fortsatte. Han svängde in på Irving Street och kom fram till hotellet. I receptionen stod en man han inte sett tidigare. Han gick fram till disken och plockade till sig ett av hotellets visitkort. Samtidigt såg han att det vita pappersarket var borta ur facket.

Ingångsdörren till frukostmatsalen stod öppen. Han upptäckte genast Birgitta Roslin. Hon satt vid ett fönsterbord och hade tydligen precis börjat med sin frukost eftersom hon just blev serverad kaffe av en servitör.

Ya Ru höll andan och tänkte efter. Sedan bestämde han sig för att inte vänta. Det var denna morgon Sans långa historia skulle få sitt slut. Han tog av sig överrocken och vände sig till hovmästaren. Han var inte gäst men ville gärna äta frukost här och betala för det. Hovmästaren var från Sydkorea. Han förde Ya Ru till en plats som låg snett bakom det bord där Birgitta Roslin satt lutad över sin frukost.

Ya Ru lät blicken vandra över matsalen. Det fanns en nödutgång vid väggen som låg närmast hans bord. När han gick för att hämta en tidning kände han på dörren att den var olåst. Han återvände till bordet, beställde te och väntade. Fortfarande var många av borden i matsalen tomma. Men Ya Ru hade sett att de flesta av nycklarna var borta från sina fack. Hotellet hade många gäster.

Han tog fram sin mobiltelefon och visitkortet från hotellet som han plockat till sig i receptionen. Sedan slog han numret och väntade. När receptionisten svarade sa han att han hade ett viktigt meddelande till en av gästerna, Birgitta Roslin.

– Jag kopplar upp er till hennes rum.

– Hon finns i matsalen, sa Ya Ru. Hon äter alltid frukost vid den här tiden. Jag vore tacksam om ni kunde hämta henne. Hon brukar sitta vid ett fönsterbord. Hon är klädd i en blå dräkt, hennes hår är mörkt och kortklippt.

– Jag ska be henne ta samtalet.

Ya Ru höll telefonen i handen med linjen öppen tills han såg receptionisten komma in i matsalen. Då stängde han av telefonen, lät den glida ner i fickan och tog upp sidenpåsen med glas. Samtidigt som Birgitta Roslin reste sig och följde receptionisten ut genom dörren gick Ya Ru bort till hennes bord. Han tog upp hennes tidning och såg sig om, som för att kontrollera att gästen som suttit där verkligen hade gått. Han väntade medan en servitör kom med påfyllning av kaffe till bordet intill. Hela tiden höll han uppsikt över dörren till receptionen. När servitören hade gått öppnade han påsen och hällde hastigt ner innehållet i den halvfulla kaffekoppen.

Birgitta Roslin kom tillbaka in i matsalen. Ya Ru hade redan vänt sig om för att återvända till sitt bord.

I samma ögonblick splittrades fönsterrutan, den torra knallen av ett skott blandades med glaset som rasade ihop. Ya Ru hann aldrig tänka att något hade gått fel, alldeles katastrofalt fel. Skottet träffade honom i höger tinning och slet upp ett stort hål, som genast var dödande. Alla hans viktiga kroppsfunktioner hade redan upphört när

557

hans kropp föll över ett bord och rev ner en vas med blommor.

Birgitta Roslin stod orörlig, på samma sätt som de andra gästerna i matsalen, servitörerna och en hovmästare som krampaktigt höll en skål med hårdkokta ägg. Tystnaden bröts av någon som skrek. Birgitta Roslin stirrade på den döda kroppen som låg över den vita bordduken. Fortfarande förstod hon inte att det hade med henne att göra. En förvirrad tanke om att London drabbats av en terrorattack drog genom hennes huvud.

Sedan kände hon en hand som grep om hennes arm. Hon försökte dra sig loss samtidigt som hon vände sig om.

Det var Ho som stod där.

– Fråga ingenting, sa Ho. Följ med. Vi kan inte stanna här.

Hon föste ut Birgitta Roslin till foajén.

– Ge mig din nyckel, fortsatte hon. Jag packar din väska medan du betalar räkningen.

– Vad var det som hände?

– Fråga ingenting. Gör som jag säger.

Ho klämde så hårt om hennes arm att det gjorde ont. Samtidigt hade kaos brutit ut i hotellet. Skrikande människor sprang fram och tillbaka.

– Insistera på att få betala, sa Ho. Vi måste ut härifrån.

Birgitta Roslin förstod. Inte vad som hänt men väl vad Ho sa. Hon ställde sig vid disken och röt åt en av de förvirrade receptionisterna att hon ville betala. Ho försvann i en av hissarna och kom tillbaka tio minuter senare med hennes väska. Då hade hotellfoajén börjat fyllas av poliser och sjukvårdare.

Birgitta Roslin hade betalat sin räkning.

– Nu går vi lugnt ut genom porten, sa Ho. Om någon försöker stoppa dig så säg bara att du har ett flyg att passa.

De trängde sig ut på gatan utan att någon försökte hindra dem. Birgitta Roslin stannade till och vände sig om. Ho slet ännu en gång i hennes arm.

– Vänd dig inte om. Gå normalt. Vi talar sen.

De kom fram till Hos hus och gick upp till lägenheten som låg på andra våningen. Det fanns en man där, i tjugoårsåldern. Han var mycket blek och talade upprört med Ho. Birgitta Roslin såg att Ho försökte lugna ner honom. Hon följde med honom in i ett annat rum medan det upprörda samtalet fortsatte. När de återvände hade mannen ett avlångt bylte med sig. Han försvann ut genom dörren. Ho ställde sig vid fönstret och såg ner på gatan. Birgitta Roslin hade sjunkit ner i en stol. Först nu insåg hon att mannen som dött hade fallit alldeles intill det bord där hon suttit.

Hon såg på Ho som lämnade fönstret. Hon var mycket blek. Birgitta Roslin kunde se att hon darrade.

– Vad var det som hände? frågade hon.

– Det var du som skulle dö, sa Ho. Det var dig han skulle döda. Jag måste säga precis som det är.

Birgitta Roslin skakade på huvudet.

– Du måste vara tydlig, sa hon. I annat fall vet jag inte vad jag gör.

– Mannen som dog var Ya Ru. Hongs bror.

– Vad var det som hände?

– Han försökte döda dig. Det var i sista stund som vi stoppade honom.

– Vi?

– Du kunde ha dött för att du uppgav fel hotell till mig. Varför gjorde du det? Trodde du att du inte kunde lita på mig? Är du så förvirrad att du inte kan skilja vänner från dom som inte är det?

Birgitta Roslin lyfte handen.

– Det går för fort. Jag klarar inte att följa med. Hongs bror? Varför ville han döda mig?

– Därför att du visste för mycket om det som hade hänt i ditt land. Alla dom som dog. Förmodligen, det var i alla fall det som Hong trodde, låg Ya Ru bakom.

– Men varför?

– Det kan jag inte svara på. Jag vet inte.

Birgitta Roslin satt tyst. När Ho ville börja tala igen stoppade hon henne med handen.

– Du sade "vi", sa Birgitta Roslin efter en stund. Mannen som gick ut bar på ett föremål. Var det ett gevär?

– Ja. Jag hade bestämt att San skulle vaka över dig. Men på det hotell du uppgett fanns ingen med ditt namn. Det var San som sa att det här hotellet låg närmast. Vi såg dig genom fönstret. När Ya Ru kom fram till ditt bord och vände sig mot dig förstod vi att han skulle döda dig. San tog upp geväret och sköt. Det gick så fort att ingen på gatan förstod vad som hade hänt. Dom flesta trodde nog att det var en knall från en motorcykel. San hade vapnet dolt i en regnkappa.

– San?

– Hongs son. Hon skickade honom till mig.

– Varför?

– Hong fruktade inte bara för sitt eget liv eller för ditt. Hon var lika rädd för sin sons del. San var övertygad om att Ya Ru lät döda henne. Det behövdes inte mycket för att han nu skulle ta sin hämnd.

Birgitta Roslin mådde illa. Som en allt starkare och alltmer smärtsam känsla, visste hon nu vad som hade hänt. Det som hon tidigare hade anat, men förkastat eftersom det förefallit orimligt. Något i det förflutna hade tvingat döden på människorna i Hesjövallen.

Hon sträckte ut handen och grep tag i Ho. Hon hade tårar i ögonen.

– Är det över nu?

– Jag tror det. Du kan åka hem. Ya Ru är död. Allt stannar upp. Vad

560

som sen händer vet varken du eller jag. Men i den historien ingår i alla fall inte du.

– Hur ska jag kunna leva med det här utan att förstå vad som egentligen har hänt?

– Jag ska försöka hjälpa dig.

– Vad händer med San?

– Polisen kommer säkert att få in vittnen som säger att det var en kines som sköt en annan kines. Men ingen kommer att kunna säga att det var just San.

– Han räddade mitt liv.

– Han räddade sannolikt sitt eget liv genom att Ya Ru dog.

– Men vem är denne man? Hongs bror som alla fruktar?

Ho skakade på huvudet.

– Jag vet inte om jag kan svara. På många sätt är han en representant för ett nytt Kina som varken Hong eller jag eller Ma Li, eller för den sakens skull inte heller San, vill veta av. Det pågår stora strider i vårt land om vad som ska ske. Hur framtiden ska se ut. Ingen vet, inget är på förhand avgjort. Man kan bara göra det man tror är rätt.

– Som att döda Ya Ru?

– Det var nödvändigt.

Birgitta Roslin gick ut i köket och drack vatten. När hon ställde ner glaset visste hon att hon nu måste åka hem. Allt som ännu var oklart fick vänta. Nu ville hon hem, bort från London och det som hänt.

Ho följde henne i en taxi till Heathrow. Efter fyra timmars väntan kunde hon flyga till Köpenhamn. Ho ville stanna tills planet gick, men Birgitta Roslin bad henne gå.

När hon kom till Helsingborg öppnade hon en flaska vin och tömde den under natten. Dagen efter sov hon. Hon vaknade av att Staffan ringde och meddelade att segelturen var över. Hon kunde inte värja sig utan började gråta.

– Vad är det? Har nånting hänt?

– Ingenting har hänt. Jag är trött.

– Ska vi avbryta resan och komma hem?

– Nej. Det är ingenting. Om du vill hjälpa mig så tro mig när jag säger att det inte är nånting. Berätta om segelturen.

De talade länge. Hon envisades med att han i detalj skulle berätta om deras resa, om planerna för kvällen och morgondagen. När de till sist avslutade samtalet hade hon lugnat honom.

Hon hade också lugnat sig själv.

Dagen efter friskanmälde hon sig och återgick till arbetet. Samma dag talade hon med Ho i telefon.

– Jag kommer snart att ha mycket att berätta, sa Ho.

– Jag lovar dig att jag ska lyssna. Hur mår San?

– Han är upprörd, rädd och han sörjer sin mor. Men han är stark.

Efter samtalet blev Birgitta Roslin sittande vid köksbordet.

Hon slöt ögonen.

Bilden av mannen som legat hopsjunken över bordet i hotellets matsal började långsamt tona bort, tills nästan ingenting längre återstod.

38

Några dagar före midsommar höll Birgitta Roslin sin sista rättegång innan semestern skulle börja. Hon och Staffan hade hyrt en stuga på Bornholm. De skulle vara där i tre veckor och barnen skulle komma på besök i tur och ordning. Det mål hon räknade med att klara av på två dagar handlade om tre kvinnor och en man som agerat vägpirater. Två av kvinnorna kom från Rumänien, mannen och den tredje kvinnan var svenskar. Birgitta Roslin hade slagits av den brutalitet som särskilt den yngsta av kvinnorna visat vid två tillfällen när de angripit människor i husbilar på nattliga parkeringsplatser. En av männen, en äldre man från Tyskland, hade hon slagit så hårt i huvudet med en hammare att kraniet hade spräckts. Mannen hade överlevt men hade, om slaget träffat annorlunda, lika gärna kunnat vara död. Vid det andra tillfället stack hon en kvinna med en skruvmejsel några millimeter ovanför hjärtat.

Åklagare Palm hade beskrivit ligan som "entreprenörer verksamma i varierande brottsliga näringsnischer". Förutom att tillbringa nätterna trålande längs parkeringsplatser mellan Helsingborg och Varberg hade de också ägnat sig åt stölder, främst i klädbutiker och affärer som sålde elektronik. Med specialpreparerade väskor där fodret rivits ut och ersatts av metallfolie, som gjorde att alarmet inte aktiverades när de passerade utgången, hade de begått stölder för närmare en miljon kronor innan de kunde gripas. De hade begått misstaget att återvända till samma klädbutik i Halmstad, där de blev igenkända av personalen. Alla hade erkänt, bevisen och stöldgodset var säkrade. Till polisens förvåning, och Birgitta Roslin delade den, hade de inte skyllt på varandra när det gällde vem som hade gjort vad.

Det var regnigt och svalt den morgon hon gick till tingsrätten. Det var också främst på morgnarna som hon plågades av de händelser som kulminerat på hotellet i London.

Två gånger hade hon talat med Ho i telefon. Båda gångerna hade hon blivit besviken eftersom hon upplevt att Ho varit undvikande och inte berättat vad som hade hänt efter skottdramat. Men Ho hade insisterat på att Birgitta Roslin måste ha tålamod.

– Sanningen är aldrig enkel, sa hon. Det är bara i västvärlden ni tror att kunskap är något man skaffar sig med lättvindig brådska. Det tar tid. Sanningen skyndar inte.

En sak hade hon dock fått veta av Ho, något som skrämde henne mer än nästan allt annat. I den döde Ya Rus hand hade polisen hittat en liten sidenpåse som innehöll rester av ett ytterst finfördelat pulver av krossat glas. De brittiska utredarna hade inte kunnat förstå vad det var. Men Ho berättade om denna gamla raffinerade kinesiska metod att döda människor.

Så nära slutet hade hon varit. Ibland, men alltid när hon var ensam, kunde hon drabbas av häftiga gråtattacker. Inte ens till Staffan hade hon anförtrott sig. Hon hade burit detta ensam efter det att hon återvänt från London och hon hade lyckats dölja det väl eftersom han aldrig anat hur hon egentligen mådde.

Under denna tid hade hon också en dag på sitt kontor blivit uppringd av en person som hon inte gärna ville tala med, Lars Emanuelsson.

– Tiden går, hade han sagt. Några nyheter?

Det var veckan efter Ya Rus död. I ett kort ögonblick fruktade hon att Lars Emanuelsson på något sätt lyckats ta reda på att det var Birgitta Roslin som varit det tilltänka offret på hotellet i London.

– Ingenting, hade hon svarat. Polisen i Hudiksvall har väl inte ändrat sig?

– Om den döde mannen som mördaren? En liten obetydlig, förmodligen sinnessjuk våldsman som genomför det brutalaste massmordet i den svenska kriminalhistorien? Det kan naturligtvis vara sant. Men jag vet att många undrar. Liksom jag. Och du.

– Jag tänker inte på det. Jag har lämnat det.

– Det tror jag inte är alldeles sant.

– Vad du tror eller inte är din sak. Vad vill du? Jag är upptagen.

– Hur har du det med dina kontakter i Hudiksvall? Pratar du fortfarande med Vivi Sundberg?

– Nej. Nu avslutar vi det här samtalet.

– Jag vill naturligtvis att du hör av dig när du har nånting att berätta. Min erfarenhet säger mig att det fortfarande finns många överraskningar dolda bakom allt det förfärliga som hände där uppe i byn.

– Jag lägger på nu.

Det gjorde hon också och undrade hur länge till Lars Emanuelsson skulle fortsätta att besvära henne. Men kanske skulle hon sakna hans envishet när den upphörde.

Hon kom till sitt kontor den där dagen före midsommar, plockade ihop handlingarna i målet, ringde och talade med en kanslisekreterare för att reda ut några rättegångsdatum under hösten och begav sig sedan till tingssalen. Genast när hon kom in upptäckte hon att Ho satt på den bakersta bänkraden, på samma plats som första gången hon var i Helsingborg.

Hon lyfte handen till hälsning och kunde se att Ho log. Hon skrev några rader på ett papper där hon förklarade för Ho att de skulle ha lunchpaus klockan tolv. Hon kallade till sig en av vaktmästarna och pekade ut Ho. Han överlämnade lappen, Ho läste den och nickade tillbaka.

Sedan ägnade hon sig åt den ganska ynkliga skara som minst av allt liknade några morska pirater. När det var dags att göra uppehåll för lunch hade de nått en fas i förhandlingarna som innebar att de utan problem skulle kunna avsluta målet dagen efter.

Hon träffade Ho ute på gatan där hon väntade under ett blommande träd.

– Något måste ha hänt eftersom du har kommit hit? sa Birgitta Roslin.

– Nej.

– Ikväll kan jag träffa dig. Var bor du?

– I Köpenhamn. Hos vänner.

– Har jag fel om jag tror att du har något avgörande att berätta?

– Allting är tydligare nu. Därför är jag här. Jag har också nånting med till dig.

– Vad?

Ho skakade på huvudet.

– Det talar vi om i kväll. Vad har dom gjort? Dom som du ska döma?

– Stölder, våld. Men inga mord.

– Jag satt och såg på dom. Alla är rädda för dig.

– Det tror jag inte. Men dom vet att det är jag som bestämmer vilka påföljder dom ska få. Med allt dom har ställt till med kan det nog te sig ganska skrämmande.

Birgitta Roslin föreslog att de skulle äta lunch tillsammans. Men Ho sa nej, hon hade något annat att göra. Birgitta Roslin undrade efteråt vad Ho kunde ha för ärenden i en för henne främmande stad som Helsingborg.

Rättegången drevs långsamt men målmedvetet vidare. När Birgitta Roslin avslutade förhandlingarna för dagen hade de kommit så långt som hon hade hoppats.

Ho väntade utanför Tingshuset. Eftersom Staffan befann sig på ett tåg på väg mot Göteborg föreslog hon att Ho skulle följa med henne hem. Hon såg att Ho tvekade.

– Jag är ensam. Min man är borta. Mina barn bor i andra städer. Om du är rädd för att träffa någon.

– Det är inte det. Men jag är inte ensam. Jag har San med mig.

– Var är han?

Ho pekade på andra sidan gatan. San stod lutad mot en husvägg.

– Vinka åt honom, sa Birgitta Roslin. Sen går vi hem till mig.

San verkade mindre orolig nu än under deras första kaotiska möte. Nu kunde Birgitta Roslin också uppfatta att han var lik sin mor, han hade Hongs ansikte, och också något av hennes leende.

– Hur gammal är du? frågade hon.

– Tjugotvå.

Hans engelska var lika fulländad som Hongs och Hos.

De satte sig i vardagsrummet. San ville ha kaffe medan Ho drack te.

På bordet stod det spel uppställt som Birgitta Roslin hade köpt under resan till Beijing. Förutom sin handväska hade Ho en papperspåse i handen. Ur den tog hon upp ett antal kopior med handskrivna kinesiska tecken. Till detta fogade hon ett kollegieblock med en engelsk text.

– Ya Ru hade en lägenhet i London. En av mina vänner kände Lang som var hans hushållerska. Hon lagade hans mat och omgav honom med den tystnad han krävde. Hon släppte in oss i lägenheten och vi hittade en dagbok som dom här anteckningarna kommer ifrån. Jag har översatt en del av det han skrivit, som klargör varför det mesta av detta har hänt. Inte allt, men så mycket vi kan förstå. Det fanns motiv för Ya Ru som helt och hållet var hans egna, som bara kunde förstås av honom.

– Han var en mäktig man, har du berättat. Det måste betyda att hans död har fått mycket uppmärksamhet i Kina?

San som hittills suttit tyst var den som svarade.

– Ingenting. Ingen uppmärksamhet, bara tystnad, den som Shakespeare skriver om. "Resten är tystnad." Så mäktig var Ya Ru att andra med lika mycket makt har lyckats tysta ner det som har hänt. Det är som om Ya Ru aldrig har existerat. Vi tror oss veta att många blev glada eller lättade när han dog, också bland dom som ansågs vara hans vänner. Ya Ru var farlig, han samlade kunskap som han använde för att förgöra sina fiender eller dom han fann vara besvärliga konkurrenter. Nu avvecklas alla hans företag, människor köps till tystnad, allt stelnar och blir till en cementvägg som skiljer honom och hans öde från både den officiella historien och oss som ännu lever.

Birgitta Roslin bläddrade bland pappren som låg på bordet.

– Ska jag läsa dom nu?

– Nej. Sen, när du är ensam.

– Och jag ska inte bli rädd?

– Nej.

– Kommer jag här att förstå vad som hände med Hong?

– Han dödade henne. Inte med egen hand, med någon annans. Som han själv sen dödade. Den ena döden täckte den andra. Ingen kunde föreställa sig att Ya Ru hade dödat sin syster. Utom dom allra mest skarpsinniga som visste hur Ya Ru tänkte, om sig själv och om andra. Det som är märkligt och det vi aldrig kommer att förstå är ändå att han kunde döda sin syster samtidigt som han värderade sin familj, sina förfäder, högre än allt annat. Där finns något motsägelsefullt, en gåta vi nog inte kommer att kunna lösa. Ya Ru var mäktig. Han var fruktad för sin intelligens och sin hänsynslöshet. Men kanske var han också sjuk.

– På vilket sätt?

– Han bar på ett hat som frätte sönder honom. Kanske var han faktiskt galen?

– En sak har jag undrat över. Vad gjorde dom egentligen i Afrika?

– Det finns en plan om att Kina ska flytta miljontals av sina fattiga bönder till olika afrikanska länder. Nu bygger man upp politiska och ekonomiska strukturer som gör en del av dessa fattiga länder i Afrika beroende av Kina. För Ya Ru var detta inte en cynisk upprepning av den kolonialism som västvärlden tidigare praktiserade. För honom var detta en framsynt lösning. För Hong däremot, för mig och Ma Li och många andra är detta ett angrepp på själva grunden i det Kina vi har varit med om att bygga upp.

– Jag förstår det inte, sa Birgitta Roslin. Kina är en diktatur. Friheten är hela tiden begränsad, rättssäkerheten svag. Vad är det egentligen ni vill försvara?

– Kina är ett fattigt land. Den ekonomiska utveckling alla talar om har bara kommit en begränsad del av befolkningen till godo. Om den här vägen att leda Kina mot framtiden, med ett gap som ständigt ökar, får fortsätta leder det till en katastrof. Kina kommer att kastas tillbaka till ett hopplöst kaos igen. Eller så kommer fascistiska strukturer att bli rådande. Vi försvarar dom hundratals miljoner bönder som ändå är dom som skapar utvecklingen med sitt arbete. Den utveckling dom får en allt mindre del av.

– Ändå kan jag inte förstå. Ya Ru på ena sidan, Hong på den andra? Plötsligt upphör samtalet och han dödar sin egen syster?

– Den kraftmätning som pågår i Kina handlar om liv och död. Fattig mot rik, maktlös mot den som har makt. Det handlar om människor som med ett växande ursinne ser allt det dom kämpat för raseras, det handlar om andra som ser möjligheter att bygga egna rikedomar och maktpositioner dom tidigare inte ens kunnat drömma om. Då dör människor. Vindarna som blåser är verkliga vindar.

Birgitta Roslin såg på San.

– Berätta om din mor.

– Du kände henne inte?

– Jag träffade henne. Men kände henne, det gjorde jag inte.

– Det var inte enkelt att vara hennes barn. Hon var stark, bestämd, ofta omtänksam, men kunde också vara arg och elak. Jag erkänner gärna att jag var rädd för henne. Men jag älskade henne ändå, eftersom hon försökte se sig själv som del av något större. Hon hjälpte med lika stor självklarhet en berusad man upp från gatan där han fallit omkull, som hon förde intensiva diskussioner om politik. För mig var hon mer en människa att se upp till än någon som verkligen var min mor. Ingenting var enkelt. Men jag saknar henne och vet att den saknaden kommer jag att få leva med.

– Vad gör du?

– Jag ska bli läkare. Men nu har jag avbrutit studierna under ett år. För att sörja. För att förstå vad det innebär att leva utan henne.

– Vem är din far?

– En man som sen länge är död. Han skrev poesi. Jag vet inget mer om honom än att han dog strax efter att jag föddes. Min mor talade aldrig mycket om honom, annat än att han var en god människa och revolutionär. I mitt liv finns han inte kvar annat än som ett fotografi där han står och håller en hundvalp i händerna.

De talade den kvällen länge om Kina. Birgitta Roslin bekände sin ungdoms vilja att vara en rödgardist i Sverige. Men hela tiden satt hon otåligt och väntade på det ögonblick när hon kunde läsa pappren som Ho hade haft med sig.

Vid tiotiden ringde hon efter en taxi som skulle ta Ho och San till järnvägsstationen.

– När du har läst, sa Ho, så kan du höra av dig.

– Finns det ett slut på historien?

Ho tänkte efter innan hon svarade.

– Det finns det alltid, sa hon. Även här. Men slutet är alltid början

570

på något annat. Dom punkter vi sätter i livet är alltid på något sätt provisoriska.

Birgitta Roslin såg taxin fara och satte sig sedan med översättningen av Ya Rus dagbok. Staffan skulle komma hem först dagen efter. Då hoppades hon ha läst färdigt. Det var inte mer än tjugo sidor, men Hos handskrift var svår att tyda eftersom bokstäverna var små.

Vad var det hon läste? Efteråt, när hon tänkte tillbaka på den där kvällen, ensam i huset, med den kvardröjande doften av Hos milda parfym i rummet, visste hon att mycket kunde hon ha räknat ut alldeles själv. Rättare sagt: hon borde ha förstått men hon hade vägrat att acceptera det hon egentligen visste. Annat som Ho hade hämtat ur Ya Rus anteckningar och dagböcker och från sammanhang som Birgitta Roslin inte hade haft en aning om, klargjorde förhållanden som hon aldrig hade kunnat reda ut på egen hand.

Det fanns naturligtvis hela tiden också en undran hos henne över vad Ho hade utelämnat. Hon skulle ha kunnat fråga henne, men insåg att hon inte skulle ha fått några svar. Där fanns spår av hemligheter som hon aldrig skulle förstå, lock som hon aldrig skulle kunna öppna.

Det gällde historier om människor ur det förflutna, en annan dagbok som verkade ha författats som en motbild till den JA skrivit, han som blev förman på det amerikanska järnvägsbygget.

Gång på gång återvände Ya Ru i dagboken till sin upprördhet över att Hong vägrade förstå att den väg Kina slagit in på var den enda rätta och att personer som Ya Ru måste ha det avgörande inflytandet. Birgitta Roslin började förstå att Ya Ru hade många psykopatiska drag som han mellan raderna själv verkade klar över.

Ingenstans fann hon något försonande drag hos honom. Ett uttryck för tveksamhet, samvetskval, åtminstone över Hongs öde, hon som ändå var hans syster. Hon undrade om Ho hade redigerat texten

för att låta Ya Ru framstå som enbart en brutal man, utan några för-
mildrande karaktärsdrag. Hon undrade till och med om hela texten
var en fantasiskapelse från Hos sida. Men hon kunde inte riktigt tro
det. San hade begått ett mord. Han hade också, på samma sätt som i
de isländska sagorna, tagit en blodshämnd för sin mors död.

När hon två gånger hade läst igenom Hos översättning närmade
sig klockan midnatt. Det fanns oklarheter i det Ho hade skrivit, många
detaljer som ännu inte hade fått sin förklaring. Det röda bandet? Vad
hade det betytt? Det kunde bara Liu ha svarat på om han hade levt.
Det fanns trådar som skulle fortsätta att hänga lösa, kanske för alltid.
Vad var det till slut som återstod? Vad kunde eller måste hon göra
med den insikt hon nu hade fått? Birgitta Roslin anade svaret, även
om hon ännu inte var klar över hur hon skulle gå till väga. En del av
sin semester skulle hon kunna använda till detta. När Staffan fiskade,
något som hon själv enbart tyckte var tråkigt. Tidiga mornar när han
satt och läste sina historiska romaner eller biografier över jazzmusi-
ker och hon tog sina ensamma promenader. Då fanns det tid att for-
mulera det brev hon skulle skicka till polisen i Hudiksvall. Efter det
kunde hon ställa undan lådan med minnen av sina föräldrar. För hen-
ne skulle då allt vara över. Hesjövallen skulle långsamt glida bort ur
hennes medvetande, förvandlas till ett bleknande minne. Även om
hon naturligtvis aldrig helt skulle kunna glömma vad som hänt.

De for till Bornholm, hade växlande väder, och trivdes i det hus de
hade hyrt. Barnen kom och försvann igen, dagarna gled undan i för
det mesta dåsigt välbehag. Till deras förvåning dök Anna upp från sin
långa resa i Asien, och meddelade lika överraskande för dem att hon
till hösten skulle börja studera statsvetenskap i Lund.

Vid flera tillfällen bestämde Birgitta Roslin sig för att tiden nu var
inne att berätta för Staffan vad som hade hänt, både i Beijing och se-

nare i London. Men hon kom av sig, det var ingen mening i att berätta något som han visserligen skulle förstå men aldrig helt kunna acceptera att hon berättade först nu. Det skulle såra honom, upplevas som bristande förtroende och närhet. Det var inte värt det, hon fortsatte att vara tyst.

Så länge hon inget berättade för honom sa hon heller inget om resan till London och händelserna där till Karin Wiman. Det stannade hos henne, ett ärr som ingen annan kunde se.

Måndagen den 7 augusti gick både hon och Staffan i tjänst igen. Kvällen innan hade de äntligen satt sig ner och talat ut med varandra om sitt gemensamma liv. Det var som om båda två, utan att på förhand ha bestämt det, insåg att de inte kunde börja ett nytt arbetsår utan att åtminstone ha börjat tala om det som höll på att fördärva deras äktenskap. Det som Birgitta Roslin såg som det stora genombrottet var att hennes man självmant, utan att hon pressade honom, tog upp frågan om deras nästan helt inställda sexualliv. Han både sörjde det och skrämdes av det han kallade sin bristande lust och oförmåga. På hennes direkta fråga svarade han att det inte fanns någon annan som attraherade honom. Det var bara bristen på lust som plågade honom, men som han oftast sköt ifrån sig.

– Vad tänker du göra? frågade hon. Vi kan inte leva ett år till utan att vi tar i varandra. Det står jag inte ut med.

– Jag ska söka hjälp. Jag står nog inte ut mer än vad du gör. Men jag har svårt att tala om det.

– Du talar nu.

– Eftersom jag inser att jag måste.

– Jag vet nästan inte längre vad du tänker. Ibland på mornarna ser jag dig och tänker att du är en främmande människa.

– Du formulerar det bättre än jag skulle kunna. Men jag upplever det nog på samma sätt ibland. Fast kanske inte lika starkt.

– Har du verkligen tänkt att vi ska leva resten av våra liv på det här sättet?

– Nej. Men jag har skjutit undan det. Nu lovar jag att gå till en terapeut.

– Vill du att jag ska följa med?

Han skakade på huvudet.

– Inte första gången. Sen, om det behövs.

– Förstår du vad det här betyder för mig?

– Jag hoppas det.

– Det kommer inte att bli lätt. Men i bästa fall kan vi lämna det här bakom oss. Det har varit som en öken.

Han startade sin dag den 7 augusti med att kliva på tåget mot Stockholm klockan 8.12. Själv infann hon sig på sitt kontor först vid tiotiden. Eftersom Hans Mattsson hade semester hade hon ett visst ansvar för hela tingsrätten och började med att ha ett möte med sina kollegor och kontorspersonalen. När hon övertygat sig om att allt var under kontroll drog hon sig tillbaka till sitt rum och skrev det långa brev till Vivi Sundberg som hon förberett under sommaren.

Hon hade naturligtvis frågat sig vad det var hon egentligen ville eller åtminstone hoppades uppnå. Naturligtvis sanningen, att allt det som hänt i Hesjövallen fick sin förklaring, på samma sätt som mordet på den gamle hotellägaren. Men var det också så att hon ville ha någon form av upprättelse för det misstroende hon mötts av? Hur mycket var fåfänga och hur mycket var ett allvarligt försök att få utredarna i Hudiksvall att inse att mannen som begått självmord, trots sin bekännelse, inte hade med det hela att göra?

Det hade också på något sätt med hennes mor att göra. Att i sökandet efter sanningen hedra hennes fosterföräldrar som fått ett så ohyggligt slut.

Det tog henne två timmar att skriva brevet. Hon läste igenom det några gånger innan hon stoppade det i ett kuvert och skrev Vivi Sundbergs namn utanpå, adresserat till polisen i Hudiksvall. Sedan la hon brevet i tingshusets reception, lådan för utgående post, och öppnade fönstret på vid gavel i kontoret för att vädra ut alla tankar på de döda i de ensamma husen i Hesjövallen.

Resten av dagen ägnade hon åt att läsa ett remissunderlag från Justitiedepartementet inför en av de till synes oavbrutna omorganisationer som drabbade det svenska domstolsväsendet.

Men hon gav sig också tid att plocka fram en av sina ofärdiga schlagertexter för att försöka åstadkomma ytterligare några versrader. Uppslaget hade hon fått under sommaren. "En vandring på en strand" skulle den heta. Men just denna dag gick det trögt. Hon slängde några misslyckade försök i papperskorgen och låste på nytt in den ofärdiga texten i en av sina lådor. Men hon var fast besluten att inte ge sig.

Klockan sex slog hon av sin dator och lämnade rummet.

På vägen såg hon att lådan med utgående post var tom.

39

"Liu gömde sig i skogsbrynet och tänkte att han till sist ändå hade kommit fram. Han hade inte glömt att Ya Ru hade sagt att hans uppdrag var det viktigaste han någonsin skulle få. Det var nu hans uppgift att avsluta det hela, alla upprörande händelser som tagit sin början för mer än 140 år sedan.

Liu hade stått där och tänkt på Ya Ru som gett honom uppdraget, utrustat honom och förmanat honom. Ya Ru hade talat om alla de som gått före. Den oändliga resan hade pågått under många år, kors och tvärs över hav och kontinenter, resor fyllda av fruktan och död, outhärdlig förföljelse och nu, det nödvändiga slutet och hämnden. De som hade rest var alla borta sedan länge. Någon låg död på havets botten, andra vilade i omärkta gravar. Under alla dessa år hade det stigit en oavbruten klagosång från gravarna. Nu var det hans uppgift att som den utsände en gång för alla tvinga den smärtsamma sången att upphöra. Nu var det han som stod där med uppdraget att se till att resan äntligen fick sitt slut.

Liu befann sig i ett skogsbryn med snö under fötterna, omgiven av kyla. Det var den 12 januari 2006. På en termometer hade han tidigare under dagen sett att det var 9 minusgrader. Han rörde på fötterna för att hålla värmen. Fortfarande var det tidigt på kvällen. I flera av de hus han kunde se från skogsbrynet lyste det i fönster eller av det blåaktiga skenet från teveapparater. Han ansträngde sin hörsel men kunde inte uppfatta några ljud. Inte ens hundar, hade han tänkt. Liu trodde människor i denna del av världen höll sig med hundar som vakade över dem under nätterna. Liu hade sett spår av hundar men förstått att man höll dem inomhus.

Han hade övervägt om det faktum att hundar hölls inomhus skulle vålla honom några problem. Sedan hade han slagit bort tanken. Ingen anade vad som höll på att ske, inga hundar skulle kunna stoppa honom.

Han hade dragit av sig sin ena handske och sett på klockan. Kvart i nio. Ännu skulle det dröja tills ljusen hade slocknat. Han hade satt på sig handsken igen och tänkt på Ya Ru och alla hans berättelser om de döda som färdats så långt. Varje medlem av familjen hade gått en del av sträckan. Av en egendomlig tillfällighet var det nu han, som inte ens tillhörde familjen, som skulle avsluta det hela. Det fyllde honom med ett stort allvar. Ya Ru litade på honom som sin egen bror.

Han hörde en bil på avstånd. Men den var inte på väg hit. Det var en bil som passerade ute på huvudvägen. I det här landet, tänkte han, under de tysta vinternätterna vandrar ljud lång väg, på samma sätt som ljud vandrar över vatten.

Han rörde sakta på fötterna i skogsbrynet. Hur skulle han reagera när det var över? Fanns det trots allt en del i hans medvetande, hans samvete, som han ännu inte kände till? Han kunde inte veta. Det viktiga var att han var beredd. Allt hade gått bra i Nevada. Men man kunde aldrig veta, särskilt när uppdraget denna gång var så mycket större.

Tankarna vandrade. Han påminde sig plötsligt sin egen far som varit en partitjänsteman på låg nivå, som hetsats och misshandlats under kulturrevolutionen. Fadern hade berättat hur han och de andra "kapitalistfararna" fått sina ansikten vitmålade av rödgardisterna. Det var för att ondskan alltid var vit.

Nu försökte han tänka sig människorna så, de som fanns i de tysta husen. Alla med vita ansikten, som ondskans demoner.

Ett av ljusen slocknade, strax efteråt blev det mörkt också i ett annat fönster. Två av husen var nu nedsläckta. Han fortsatte att vänta. I hundrafyrtio år hade de döda väntat, för honom räckte det med några timmar.

Han tog av sig handsken på högerhanden och kände med fingrarna på svärdet som hängde vid hans sida. Stålet var kallt, den skarpslipade eggen kunde lätt skära igenom fingrarnas hud. Det var ett japanskt svärd som han av en tillfällighet kommit över vid ett besök i Shanghai. Någon hade berättat för honom om en gammal samlare som fortfarande hade några av dessa eftertraktade svärd kvar sen den japanska ockupationen under 1930-talet. Han hade letat sig fram till den oansenliga affären och inte tvekat när han fått svärdet i sina händer. Han hade genast köpt det och lämnat det till en smed som lagat handtaget och slipat eggen tills den var lika vass som ett rakblad.

Han ryckte till. En dörr öppnades i ett av husen. Hastigt drog han sig djupare in bland träden. En man kom ut på trappan med en hund. En lampa över ytterdörren lyste upp den snöklädda gårdsplanen. Han tog tag om svärdets handtag och kisade med blicken för att kunna följa hundens rörelser. Vad skulle hända om den fick upp vittringen av honom? Det skulle rubba alla hans planer. Blev han tvungen att döda hunden skulle han inte tveka. Men vad skulle mannen som stod och rökte på farstubron göra?

Hunden stannade plötsligt och vädrade. Ett kort ögonblick tänkte han att hunden hade fått tag på honom och hans lukt. Sedan började den springa runt på gårdsplanen igen.

Mannen kallade på hunden som genast sprang in. Dörren stängdes. Strax efter slocknade också lampan på farstubron.

Han fortsatte att vänta. Vid midnatt, när det enda kvarvarande ljuset kom från en teve, märkte han att det hade börjat snöa. Som lätta fjädrar föll snön över hans utsträckta hand. Som körsbärsblommor, tänkte han. Men snön har ingen doft, den andas inte, som blommor andas.

Tjugo minuter senare slocknade teven. Snön fortsatte att falla. Han tog upp en liten kikare med nattsikte som han hade i anorakens bröstficka. Långsamt lät han kikarens ögon vandra över husen i byn. Ingenstans uppfattade han längre annat ljus än några ytterbelysningar. Han stoppade tillbaka kikaren och drog ett djupt andetag. För sitt inre såg han den bild som Ya Ru så många gånger hade beskrivit för honom. Ett fartyg. På däcket människor, som myror, ivrigt viftande med näsdukar och hattar. Men han ser inga ansikten.

Inga ansikten, bara armar och händer som viftar.

Han väntade ännu en stund. Sedan gick han långsamt över vägen. I ena handen höll han en liten ficklampa, i den andra sitt svärd.

Han närmade sig det hus som låg ytterst i byn, på vägen västerut.

En sista gång stannade han och lyssnade.

Sedan gick han in."

Vivi,

Denna berättelse finns i en dagbok skriven av en man som hette Ya Ru. Han hade fått den muntligt berättad för sig av den person som först gjorde en resa till Nevada, där han dödade ett antal människor, och sedan fortsatte till Hesjövallen. Jag vill att du ska läsa den för att förstå allt annat som jag skrivit i detta brev.

Ingen av dessa människor finns längre kvar i livet. Men sanningen om det som hände i Hesjövallen var större, helt annorlunda mot det vi alla tänkte. Jag är inte säker på att allt det jag berättat går att bevisa. Antagligen är det inte möjligt. På samma sätt som jag till exempel inte kan ge en förklaring på varför det röda bandet hamnade i snön i Hesjö-vallen. Vi vet vem som tog dit det, men det är också allt.

579

Lars-Erik Valfridsson som hängde sig i poliscellen var inte skyldig. Det bör åtminstone hans anhöriga få veta. Varför han tog på sig skulden kan vi bara spekulera om.

Jag inser naturligtvis att detta brev kommer att vålla oreda i er utredning. Men det vi alla strävar efter är naturligtvis klarhet. Det hoppas jag att jag nu kunnat bidra med.

Allt jag idag har kännedom om har jag försökt förmedla i detta brev. Den dag vi slutar leta efter sanningen, som visserligen aldrig är objektiv men i bästa fall byggd på saklighet, välter hela vårt rättssystem över ända.

Nu är jag i tjänst igen. Jag finns i Helsingborg och förväntar mig naturligtvis att du kommer att höra av dig eftersom frågorna är många och svåra.

Bästa hälsningar

Birgitta Roslin

7 augusti 2006

Epilog

Birgitta Roslin handlade i sin vanliga affär på väg hem denna dag i augusti. I kön till kassan tog hon en av kvällstidningarna ur stället och bläddrade igenom den. På en av sidorna läste hon förstrött att en ensam varg hade skjutits i en by norr om Gävle.

Varken hon eller någon annan visste att vargen en dag i januari hade kommit in i Sverige från Norge genom Vauldalen. Den hade varit hungrig och inte ätit någonting sedan den tuggat på resterna av ett fruset älgkadaver i Österdalarna.

Vargen hade fortsatt österut, passerat Nävjarna, gått över den frusna Ljusnan vid Kårböle och sedan försvunnit in i de ödsliga skogarna igen.

Nu låg den skjuten på ett gårdstun utanför Gävle.

Ingen visste att den på morgonen den 13 januari hade kommit fram till en avlägsen by i Hälsingland vid namn Hesjövallen.

Då hade det varit snö. Nu var sommaren snart över.

Hesjövallens by var tom. Ingen bodde där längre. I några av trädgårdarna lyste redan rönnbären utan att någon längre brydde sig om deras färgprakt.

Hösten i Norrland närmade sig. Långsamt förberedde sig människorna på en ny och lång vinter.

Efterord

Det här är en roman. Det innebär att det jag skriver har en bakgrund i verkligheten men inte till alla delar är en realistisk återgivning av inträffade händelser. Något Hesjövallen tror jag inte existerar i verkligheten; jag hoppas jag har studerat kartorna tillräckligt väl. Men att presidenten i Zimbabwe heter Robert Mugabe när detta skrivs, är å andra sidan ett oomtvistligt faktum.

Jag skriver med andra ord om det som kunde ha hänt, inte det som nödvändigtvis har hänt. I fiktionens värld är detta inte bara en möjlighet utan själva grundförutsättningen.

Men även i en roman bör de viktigaste detaljerna vara korrekt återgivna. Vare sig det gäller förekomsten av fåglar i dagens Beijing eller huruvida en lagman har en av Domstolsverket inhandlad soffa på sitt kontor eller inte.

Många har varit behjälpliga under arbetet. Först och främst naturligtvis Robert Johnsson som återigen har gjort ett envetet och grundligt arbete när det gällt att fånga upp fakta. Men där finns också andra som skulle göra den här listan mycket lång. Inte minst många människor på den afrikanska kontinenten med vilka jag diskuterat.

Jag nämner dock inga fler namn utan tackar bara alla dem som varit med. Berättelsen är förstås mitt ansvar och ingen annans.

Maputo i januari 2008